HEYNE <

Das Buch

Im Frankreich des Hundertjährigen Krieges - etwa um das Jahr 1429 - liegt das Schicksal des Landes fest in Frauenhand. Karl VI. ist geistig umnachtet und unfähig, die rivalisierenden Landesfürsten unter geeinter Flagge gegen Heinrich V. von England zu führen. Seine Frau, Königin Isabeau von Bayern braucht starke Bündnispartner und vor allem einen würdigen und ernstzunehmenden Thronfolger. Doch sie ist keine geübte Machtpolitikerin. Sie lässt sich von Leidenschaft und Eitelkeiten leiten und unterliegt schließlich dem kalten und klugen Kalkül ihrer Verwandten Yolanda d'Anjou. In dem machtpolitischen Spiel um die Einigung Frankreichs und den Sieg gegen England ist es schließlich aber eine dritte Frau, die das Schicksal des Landes besiegelt. In der Gestalt der jungfräulichen Jeanne d'Arc, die in Männerkleidern in die entscheidende Schlacht um das belagerte Orleans zieht und die Krönung Karls im eingekesselten Reims ermöglicht, erfüllt sich die im Mythos angelegte »göttliche Vorsehung«.

Die Autorin

Ellen Alpsten wurde 1971 in Kenia geboren und verbrachte dort ihre Kindheit und Jugend. Ende der siebziger Jahre kehrte sie mit ihrer Familie nach Deutschland zurück und studierte Jura, Philosophie, Politik und Wirtschaft in Köln und Paris. Neben dem Schreiben war sie schon als Journalistin, Botschaftsmitarbeiterin, TV-Produzentin und Moderatorin tätig. Mit *Die Lilien von Frankreich* liegt nach *Die Zarin* ihr zweites Buch im Wilhelm Heyne Verlag vor.

Lieferbare Titel

Die Zarin

ELLEN ALPSTEN

Die Lilien von Frankreich

Roman

WILHELM HEYNE VERLAG
MÜNCHEN

FSC
Mix
Produktgruppe aus vorbildlich
bewirtschafteten Wäldern und
anderen kontrollierten Herkünften

Zert.-Nr. SGS-COC-1940
www.fsc.org

Verlagsgruppe Random House FSC-DEU-0100
Das FSC-zertifizierte Papier *München Super* für Taschenbücher aus dem
Heyne Verlag
liefert Mochenwangen Papier

Vollständige Taschenbuchausgabe 12/2006

Printed in Germany 2006
Umschlagfoto: © akg-images / Erich Lessing
Umschlaggestaltung: Nele Schütz Design, München
Druck und Bindung: GGP Media GmbH, Pößneck
ISBN-10: 3-453-47045-1
ISBN-13: 978-3-543-47045-3

http://www.heyne.de

Für Bärbel Schwantes

Im Wald von Creil

Das Fell des Pferdes schimmerte ebenso hell in der mond- und gottlosen Nacht wie die nackten Arme der jungen Frau, die mit ledernen Schnüren an den Schweif des Tieres gebunden waren. Beide, Frau wie Tier, waren von ausgesuchter Schönheit. Der Hengst Ralff war als Fohlen aus spanischer Zucht nach Frankreich gebracht und am Hof der Herzogin von Anjou zugeritten worden. Sein kleiner Kopf, das unruhige Spiel der Ohren und die feinen grauen Flecken um den hellen Rand der Nüstern verrieten sein reines Blut ebenso wie die trockenen Fesseln. Die Flanken waren rund und wohlgeformt, und unter dem schimmernden glatten Fell zeichneten sich die blauen Adern dicht an dicht ab wie ein Netz aus den geschickten Händen der normannischen Seeleute.

Der Reiter griff dem Hengst grob in die graue, lange Mähne und schlug zweimal kurz mit der Faust auf den Nacken des Pferdes. Seine Waden hoben sich kurz und zornig an, ehe er dann die Absätze seiner mit Matsch bespritzten Lederstiefel in die Seiten des Pferdes, das ihn mehr als einmal aus dem dichtesten Gewühl einer Schlacht gerettet hatte, schnellen ließ. Die blanken Sporen schnitten in das blasse Fell wie die Fesseln in die Haut der jungen Frau, die nun unter dem plötzlichen Ruck in ihren Gliedern aufschrie. Auch der Hengst wieherte vor Schmerz auf, als sich an seiner Seite eine Wunde wie ein Mund auftat, er stieg auf seine Hinterhufe und jagte los: Der Galopp verzehrte den torfigen Waldweg.

Der Schrei der jungen Frau war mit einem Mal verstummt, so daß der Reiter wie besorgt den Kopf wandte. Er brachte Ralff zum Stehen und sprang ab. Er näherte sich der Gestalt, die da lang ausgestreckt auf dem modrigen Herbstboden des nächtlichen Waldes beim Schloß von Creil lag, nur vorsichtig und berührte ihren wundgerissenen Arm leicht mit der Metallkappe, die an der Spitze seiner dunklen Stiefel saß. Sie rührte sich noch immer nicht, sondern lag da wie tot. Leise fragte er nun: »Hörst du mich?«

Sie antwortete nicht. Er beugte sich zu ihr herunter. Ihr blondes Haar war zerzaust und mit Blut verschmiert. Zweige, Blätter und lose Gräser hingen in den dichten Flechten, die er früher so gerne um seine Hände gewickelt hatte, um ihren schlanken Hals für seine Küsse freizulegen.

»Lebst du noch?« fragte er noch einmal. Da hörte er ein leises Flüstern dieser Stimme, die nicht wirklich rauchig und nicht wirklich weich klang, die ihm aber noch immer Schauer über die Haut jagen konnte.

»*Mon Mari, aie de la pitié de mon âme*!« kam es leise zwischen ihren Lippen hervor.

Er, ihr Gatte, sollte Gnade mit ihrer Seele haben? Sie seufzte wieder, und er schien zu zögern. Der Ritter ging nun neben ihr in die Knie und strich ihr das Haar aus der Stirn. In diesem Augenblick tauchte der Mond aus einer dichten Wolkenschlucht auf: Ihr Gesicht leuchtete klar in die Nebelschleier, die aus den Büschen stiegen. Gerade, als er sich zu ihr beugen wollte, um sie zu küssen, fuhr sie auf und schlug ihm ihre Hände ins Gesicht, so, als wolle sie ihre langen, schimmernden Nägel in seine dunklen Augen bohren. Die überraschende Kraft ihres Angriffs warf ihn einen Augenblick lang auf seine Fersen, dann aber griff er nach ihren gebundenen Handgelenken, preßte sie ihr über den Kopf und drückte ihren Körper nach hinten in das dichte Moos, so daß sie aufkeuchte. Mit einem Satz sprang er auf ihren Bauch und drückte ihre Arme mit seinen Schenkeln auf dem Erdboden fest. Im blassen Licht des Mondes leuchteten ihre Augen auf, deren tiefe Farbe und Seele ihn wohl noch immer berühren könnten, wenn sie es nur wollte.

Sie jedoch schrie: »Man wird uns rächen! Du kommst nicht ungeschoren davon!«

Er lachte auf und hob den Kopf zum Himmel. Ein leichter Wind kam auf, der ihm den Schweiß von der niedrigen Stirn trocknete. »Mag der Himmel dies hören!« rief er höhnisch. »Wer soll dich rächen? Ich erteile dir nichts als deine gerechte Strafe, Metze!«

Mit diesen Worten zog er ein Bündel Briefe aus seinem Wams und hielt sie ihr drohend vors Gesicht. »Hier, in diesen Briefen steht es von deiner eigenen Hand geschrieben! Du hast mich betrogen und die Herzogin verraten. Wer soll dir noch zu Hilfe kommen?«

Ein Wind kam auf und ließ die Briefe in der Hand des Ritters rascheln. Er schrie noch einmal vor Zorn auf und schleuderte das Bündel von sich. Die Papiere lösten sich voneinander, die Brise erfaßte sie und trug sie hell wie Nachtfalter mit sich fort. Die Frau sah den dicht an dicht mit einer bestimmt und steil aufsteigenden Handschrift beschriebenen Seiten nach, und sie weinte wieder auf. Der Verlust der Briefe schien sie mehr zu schmerzen als ihre Wunden.

Der Ritter beugte sich nach vorne und musterte das Gesicht seiner Frau, so, als habe er darin etwas verloren. »Kebse! Siehst du diese Hand?« Er hob seine rechte Hand, die in einem Handschuh aus buntbesticktem Schweinsleder steckte. »Dein Geliebter, dessen Titel man auf seinen Liegenschaften in drei Sprachen ausrief, kann nicht mehr viel auf dieser Erde tun. Er soll auf ewig in der Hölle braten! Du weißt wohl, daß er tot ist, aber du weißt nicht, daß ich ihm damals selber den Schädel gespalten und seine verräterische Hand abgehackt habe!«

»Nein! Nein! Du lügst, feiger Hund!« schrie sie auf und wollte sich unter ihm wegrollen, doch er lachte wieder nur und verstärkte den Druck auf ihre bloßen Oberarme.

»Fast machst du mir Spaß, *ma mie*, wie du so schreist!« sagte er nur höhnisch und griff nach ihrer Hand, die schlaff und wehrlos auf dem Kraushaar des Mooses lag. Er zog ihr den Ring vom Mittelfinger der rechten Hand: Das in den Lapislazuli geschnittene Siegel zeigte einen einzigen Stern vor einer Wolkenwand, und auf dem blauen Stein waren die Worte »*La Même*« zu lesen.

»Mit diesem Stein hast du doch sogar deine Liebesbriefe an ihn versiegelt, nicht wahr? Er hat das geschrieben, und ich habe es wieder und wieder gelesen.« Er lachte spöttisch auf. »So sicher warst du deiner Sache mit deinem hübschen Gesicht. Worauf hast du damals gehofft? Daß er seine Frau nach Hause schickt und statt ihrer dich freit?« Er musterte den Siegelring kurz und nachdenklich. »Aber, meine liebe Frau, du sollst nicht mit dem Ring sterben, denn sonst könnten dich die Engel im Himmel daran erkennen, und glaub mir, niemand wird dich mehr erkennen, wenn ich mit dir fertig bin.«

Sie spuckte ihm mit aller Kraft ins Gesicht. »Verräter! Hundsfott! Wie schäme ich mich für den Tag, an dem ich dir meine Hand zur Ehe reichte! Reichen mußte!«

Er wischte sich das Gesicht ab. »Was hat der Herzog nur mit dir getan in all den Nächten, daß du dein Hirn auf seinem Lager vergessen hast?« fragte er grob.

Sie schwieg, und nun spuckte er aus. Dennoch beharrte er auf seiner Frage: »Was hat er nur mit dir getan, daß du mich und meine Herzogin, die dich lange Jahre mit gutem Gold bezahlt hat, verraten hast? Wie konntest du in das Lager der Verräter wechseln, die Frankreich den Engländern ausgeliefert haben? War es Gier? Hat dich die Königin besser bezahlt als wir?«

Sie lachte nur verächtlich auf, so daß er aufsprang, um sie grob auf ihre Füße zu zerren. »Was hat er nur mit dir getan? Was war an ihm soviel besser als an mir?« Er schüttelte sie durch, seine Stimme schlug nun um in ein kurzes Schluchzen. Als er sie umarmte, war der Druck seiner Arme so heftig, daß sie überrascht aufschrie.

Er weinte nun. »Weshalb, weshalb nur? Weshalb hast du mich, hast du uns verraten? Ich mag nur ein einfacher Ritter sein, aber ich habe dir auf einem Altar mein Leben und meine Liebe dargebracht, war das nicht genug?« Er schlang sich ihre Flechten um die Faust, so daß es ihren Kopf nach hinten zog, und vergrub seine Nase einen Augenblick lang in der zarten Beuge, dort, zwischen Hals und Brust.

Dann schob er sie von sich und wischte sich den Schleim von der Nase.

»Sag mir weshalb, und ich lasse dich gehen«, wiederholte er leise, und er schien dabei seine Stimme zur Ruhe zu zwingen.

Sie stand vor ihm wie ein Geschöpf des Waldes: Der Nebel zog um das Weiß ihrer nackten Schultern. Ihre feinen Arme könnten zu Zweigen verwachsen, die bloßen Füße Wurzeln schlagen und Vögel im Dickicht ihrer Haare nisten. »Sag es mir«, forderte er noch einmal, beinahe flehend.

Sie hob den Kopf, als lauschte sie in den Wind, der wieder anhob. »Du willst eine Antwort, mein Gemahl?« fragte sie dann leise.

Er nickte nur stumm, wie in Erwartung seiner Erlösung.

Ihre Worte kamen klar und grausam. »Du sprichst mir von Liebe, *Chevalier*. Ich für meinen Teil habe erst erfahren, was Liebe heißt, als ich zum ersten Mal das Lager des Herzogs teilte. Dafür habe ich alles aufgegeben und meine Erziehung und meinen Glauben fahren lassen. Ich habe alles verraten, was mir früher lieb war. Ich konnte nicht anders. Und was die Königin angeht: Was weißt du schon von wahrer Treue? Mehr sage ich nicht mehr. Gott sei meiner Seele gnädig.«

Sie wollte anfangen zu beten, doch er schlug ihr auf die Lippen und stieß sie wieder zu Boden. Ralff spürte wohl den Zug in den Lederriemen, die die junge Frau an seinen Schweif banden, denn das Pferd wieherte auf.

»Metze! Das sagst du jetzt! Nur aus Gier hast du alle verraten und warst niemandem treu!« rief der Ritter, ehe er von seiner Frau zu seinem Pferd sah. »Gleich, mein Freund, wir kommen schon!« sagte er nur.

»Was willst du nun mit mir machen?« rief sie hinter ihm her. Ihre Stimme klang ängstlich. Er antwortete nicht, sondern ging nur zu seinem Schimmel und schwang sich von links in den Sattel. Der Rücken des Pferdes gab einen Augenblick lang unter seinem Gewicht nach.

»*Allez*, Ralff! Bringen wir dieses leidige Geschäft zu Ende«, wisperte er in die unruhig spielenden Ohren des Hengstes und gab ihm die Sporen. Ralff flog in die Dunkelheit, dem Befehl seines Herrn gehorchend, wie schon so oft. Dem Ritter schien es, als hörte er eine Stimme hinter sich: Ihr Murmeln kam und ging, so unheimlich wie ein wanderndes Licht hinter den sonst dunklen Fenstern eines nächtlichen Schlosses, so gleichmäßig wie eine Welle am Strand der Bretagne über die groben Kiesel.

»… Vater unser, der du bist im Himmel …« Die Hufe galoppierten über das schwache Seufzen hinweg.

»… Und vergib uns unsere Schuld …« Ralff wieherte unter dem wiederholten Schlag der Gerte auf.

»… Denn dein ist das Reich …« Ein Käuzchen flog aus seinem Baumstamm in die Nacht und nahm in seinem Ruf die leiser werdende Stimme der Frau mit sich.

Der Ritter gab dem Pferd wieder die Sporen, hob wieder die Gerte, rief wieder anfeuernde Worte, die Hufe donnerten schneller, immer schneller, über Moos, Torf, Erde, Gebüsch, Steinbrocken, gebrochenes Unterholz und durch sprudelnde Furten, bis der Reiter sich wohl sicher war, daß das »Amen« seiner Frau nicht mehr kommen konnte. Dennoch drehte er sich neugierig nach ihr um. Lebte sie noch?

1
Paris: Von Fluten umspült

Es hatte geregnet an jenem Morgen in Paris. Von ihrem Fenster aus gesehen schimmerte das Wasser in den Pfützen wie Blut. *Sein* Blut.

Er schien so immer wieder zu sterben, in diesem Herbst in Paris: Ludwig von Orléans, der Bruder des Königs, welchen das Volk von Paris hinter vorgehaltener Hand der Hexerei und des Diebstahls bezichtigt hatte. Die von Johann ohne Furcht, dem Herzog von Burgund, gedungenen Mörder hatten ihm vor seinem Tod vor sechs Jahren die linke Hand abgeschlagen. Seit diesem Mord herrschte kein Frieden mehr im Land, das sich ohnehin schon der Angriffe der Engländer unter ihrem neuen König Heinrich dem Fünften erwehren mußte.

Das schmutzige Wasser floß durch die tiefen Rinnsteine vor den hochgelegten Schwellen der stattlichen Häuser an den Boulevards, auf den dicht bebauten Brücken und nahm all den Unrat der Nacht mit sich fort. Das flache Grau des wolkigen Septemberhimmels erinnerte Isabeau an ein unreines Laken. Die Glocken von Notre-Dame schlugen jene Stunde zwischen dem Gestern und Heute, die frei von jeder Erinnerung und jeder Furcht sein sollte, jene Stunde des inneren Friedens. Isabeau jedoch fühlte sich bereits voller Furcht und Zweifel. Die Stadt erwachte: Wem gehörte sie, wem gehorchte sie heute? Gott hatte sein Gesicht abgewandt, von diesem Haus, von diesem Reich, von diesem Jahrhundert. Bei ihrem Einzug in Paris vor vielen Jahren hatte man ihr ein goldenes Schiff als Tafelschmuck überreicht: das Sinnbild von Paris.

»*Fluctuat nec mergitur!* Von Fluten umspült, geht es doch nicht unter …«, murmelte sie, als sie jetzt so aus dem Fenster sah. Paris stand mittlerweile das Wasser bis zum Hals, dachte sie: Einen Steuermann gab es auf diesem Schiff schon lange nicht mehr, sondern nur noch Rabauken, die sich an Bord blutig schlugen. Wer machte sich das Ruder nicht alles streitig: ihr Vetter Johann ohne Furcht, der Herzog von Burgund. Und der Halunke Bernhard von Armagnac mit seinen *Bandites*, seinen Männern mit den um die Brust geschlungenen weißen Schärpen. Sie kämpften erbittert um jeden Fußbreit verbranntes Land, um Einfluß auf den geschwächten König und letztendlich um die Krone von Frankreich! Gestern schrie man also auf den Gassen: »Es lebe Burgund!« Heute dann eben: »Es lebe Armagnac!«

Und sie selbst? Wer war sie heute? Die Gemahlin des kranken Königs, Gott beschütze ihn? Die Regentin für ihren leichtlebigen Sohn Ludwig, den Dauphin? Die Königin von Frankreich, frei und stolz? Oder etwa: eine Gefangene?

Die Vorstadt Saint-Antoine erwachte vor den hohen Mauern, den weiten Gärten und den Hunderten von Fenstern des Hôtel Saint-Paul mit dem anbrechenden Tag zum Leben: Karren ratterten über das grobe Pflaster in Richtung der Île de la Cité, wo heute auf der Place du Parvis der Markt stattfinden sollte. Die ärmeren Bauern, die schon viele Stunden Fußmarsch hinter sich hatten, hatten im Morgengrauen vor den Mauern der Stadt warten müssen. Nun wurden die Tore der Mauer, der *Enceinte* von Karl dem Fünften, geöffnet und die Ketten von den Straßen und der Seine gezogen. Auf ihrem Weg zum Markt zwangen vor Karren gespannte Maultiere und Esel die Fußgänger beiseite, und die ärmeren Bauern fluchten derb und warfen zur Vergeltung Pferdeäpfel hinter den Kutschern her. Fliegende Händler bauten ihre Stände aus gewachstem Tuch auf und schürten das Feuer an, um mit Rosinen gefüllte Äpfel zu backen und Fladen mit zuvor in den Wäldern der Herren gestohlenem Wild zu garen. Die Schmiede brüllten sich den Ruß der Nacht von der Stimme, der Bäcker fächelte geschickt den Duft der warmen Brotlaibe in die Menge, und die Kesselflicker schlugen gegen ihre Ware, daß es dröhnte. Die Schneider rollten das beste und farbigste Tuch aus, die Schreiber wärmten Siegelwachs und spitzten die Federn, die Tischler und Schnitzer schärften die Sägen, prüften den Hobel und wetzten den Stahl. Vom Hof der

Wunder, der *Cour des Miracles* nahe der Porte Saint-Denis, und auch aus dem Gewirr der Katakomben zogen die Gaukler, die Schmutzpoeten, die falschen wie die echten Verkrüppelten, die Bettler und die Taschendiebe aus. Das dichte Gedränge auf der Place du Parvis vor der Kirche versprach ihnen ein gutes Geschäft. Der Küster von Notre-Dame mußte heute wirklich mit seinem ganzen massigen Gewicht in den Glockenseilen hängen, denn sonst hörte man das Läuten doch nicht so deutlich bis ins Hôtel Saint-Paul! wunderte sich Isabeau. An den Klöstern, wie dem Couvent Sainte-Croix de la Bretonnerie oder dem Couvent des Bernardins auf der anderen Seite der Seine, öffneten sich die Klappen, um ausgesetzte Kinder aufzunehmen und ungesäuertes Brot und ein Gebräu, mehr Wasser als Suppe, an die Kranken und die Bedürftigen auszuteilen: Weshalb hatte Paris heute nur so viele von ihnen? wunderte sich Isabeau. Frauen eilten über die Höfe durch die Gassen, um Wasser aus den Brunnen zu schöpfen, um Grieß und Hafer an den Mühlen zu erstehen oder das Bier für die Morgensuppe zu besorgen. Wie einfach ihr Leben doch schien!

Mit einem Mal raffte Isabeau sich auf. Der anbrechende Tag schien ihr neue Kraft zu geben: Königin oder Gefangene, heute, an diesem Tag? Wie konnte sie es nur zulassen, daß die Entscheidung darüber nicht in ihren Händen lag? Sollte *sie* nicht eher über das Schicksal der Burgunder und der Armagnacs entscheiden als andersherum? Leichter gesagt als getan! Sie preßte einen Augenblick die Hände auf den Steinsims vor den Fenstern ihrer Kemenate im Hôtel Saint-Paul: Ihre Knöchel traten weiß unter ihrer Haut hervor, die eigentlich zu dunkel für die einer Königin war.

Hinter ihr raschelte es nun leise. Sie wandte sich um und sah, wie die junge Hofdame Jehanne de Giac sich auf ihrem Lager vor dem Kamin der Kemenate umdrehte. Das Mädchen schlief dort so fest, daß sie nicht einmal erwacht war, als ein Page Isabeau im Morgengrauen ihr Frühstück gebracht hatte. Der Wein jedoch hatte trotz all der beigefügten Gewürze sauer geschmeckt. Der Kellermeister sollte dafür gestäupt werden. Das

Brot war wohl auch noch vom Vorabend übrig, so hart und trokken, wie es war! So stand das Tablett aus gehämmertem Silber mit den eingelegten Halbedelsteinen nun nahezu unberührt nahe dem Feuer.

Isabeau beobachtete, wie Jehanne sich im Schlaf weiter bewegte und wie der Traum ihr das frische rote Blut in die hellen Wangen trieb.

Schlafen, ja, das täte gut. Statt dessen brannte neben ihrem Schreibpult das Licht die Nacht hindurch, und in der Kemenate brannten gerade die letzten Kerzen aus dem honigfarbenen Bienenwachs zu Stümpfen herunter.

Jehanne de Giac setzte sich nun auf und rieb sich den Schlaf aus den Augen. Wahrscheinlich wäre ihr wohler in ihrer eigenen Kammer, auf einem Sack aus Stroh, zwischen ihren Genossinnen oder vielleicht in den Armen ihres Mannes, dachte Isabeau. Schließlich war sie von ihrem Vater gerade erst verheiratet worden! Die junge Frau fuhr sich einmal mit den Händen flach über die blonden Zöpfe und reinigte sich wohl mit der Zunge rasch das pelzige Gefühl von den weißen Zähnen, ehe sie sich behende erhob und sagte: »Herrin, Ihr seid schon wach!« Ihre Stimme klang ausgeruht und freundlich.

Die Königin schüttelte den Kopf. »Nein, ich habe nicht geschlafen. Ich hätte ja doch nur böse Träume«, sagte sie leichthin.

Jehanne schwieg und lächelte verlegen.

Für sie bringt jeder Tag noch etwas Neues oder eine Überraschung. Mir nimmt er derzeit nur noch, dachte Isabeau. Sie lachte nun, um das Schweigen zu brechen, und Jehanne fiel in ihr Lachen ein. Ihre beiden Stimmen wurden allein durch die Gemeinsamkeit leichter und froher.

In diesem Augenblick schlug es dumpf gegen die Wand. Einmal und noch einmal und noch ein drittes Mal, so als ob sich ein Wesen mit ungeheurer Wut gegen die schweren, feuchten Steine warf. Isabeau hörte es heulen, toben, wüten. Die Hofdame wurde vor Schreck bleich und bekreuzigte sich.

»Keine Angst, es ist nur der König«, beruhigte Isabeau sie. »Unser geliebter Gatte«, fügte sie bewußt hinzu.

»Wollt Ihr Euch zu ihm gesellen? Soll ich Euch ein frisches

Kleid bringen lassen?« wagte Jehanne sie zu fragen. Isabeau schüttelte den Kopf. Es war lange her, daß sie sich hatte für ihren Gatten putzen lassen, doch diese Vermutung brauchte sie ihrem Hofstaat nicht zu bestätigen.

»Nein. Seine Majestät erkennt mich derzeit nicht mehr, Kind. Das letzte Mal, als ich mich ihm in Vincennes näherte, schrie er nur: ›Wer ist dieses Weib, das mich so beharrlich verfolgt? So schafft sie doch fort, so gebt ihr doch Geld, alles, was sie will, nur fort mit ihr!‹«

Isabeau merkte deutlich, daß sie Jehanne de Giac nichts Neues erzählte. Verfluchtes Paris, in dem jede Wand Ohren hatte, in dem es Geheimnisse eigentlich nur zur Kenntnis aller gab. Die Seine trug sie gurgelnd mit sich, spülte sie abends durch die Straßen, wo sie dann im zögerlichen Licht der Laternen der Nachtwächter auf den Pflastersteinen tanzten, ehe sie am Morgen schon ihren Weg in tausend Ohren und auf tausend Lippen fanden! In meiner Jugend in Bayern haben sich Geheimnisse besser hüten lassen, dachte Isabeau. Meine Jugend, in der mich nichts auf den Kampf, den ich nun führen muß, vorbereitet hat: den Kampf um die Krone, um das Recht für die Meinen! Was habe ich schon gelernt als junge Prinzessin in München? Das Sticken, Nähen und Weben, das Malen, die Pflege von Kranken, Lesen und Schreiben und gerade genug Latein, um meine eigenen Gebete und die Geschicke und das Leid der Heiligen zu verstehen. Sie war nicht zum Wagnis erzogen worden, war aber doch dafür bestimmt! Beinahe dreißig Jahre hatten vergehen müssen, bis sie sich dies eingestehen konnte. Konnte, durfte sie zulassen, daß Burgund und Armagnac sich nahmen, was doch das Gut ihrer Söhne war, die Krone von Frankreich? Nein!

Ein Windstoß jagte mit einem Mal durch den Schlund der Feuerstelle in den Raum und drückte die Flammen fauchend nach unten. Jehanne schrie leise auf. Isabeau hob den Kopf. War das der Teufel selbst? Sollte er kommen, sie fürchtete ihn nicht! Sie war doch kein junges Mädchen mehr, wie damals, als sie innerhalb eines Monats zu einer wohlerzogenen jungen Dame geformt wurde, um dem König von Frankreich vorgestellt zu werden. Er sah damals über ihre kleinen Ungeschicklichkeiten hinweg und fand sogar ihren bayrischen Zungenschlag bei den wenigen Worten Französisch, die sie hastig hatte lernen müssen, *charmant*, gar *ravissant*. Er schenkte ihr Kleider aus mit Silber durchwirktem Damast und von Goldlahn steifem Samt, Ballen von mit Perlen und Edelsteinen bestickten Stoffen. Er sandte ihr einen kleinen Affen mit einem Band aus rotem Samt um den Hals, an dem eine Glocke aus Kristall läutete. Er rollte Teppiche aus Flandern vor ihren Füßen aus und füllte ihr Wein in buntschillerndes Glas aus Venedig. Er sandte ihr Körbe voller Früchte aus dem Süden seines Reichs und füllte ihre Räume mit Blumen aus Holland, deren Knollen mit Gold aufgewogen wurden, bis der Duft ihr Kopfschmerzen bereitete. Er ließ Musikanten vor ihrer Kemenate spielen, bis ihnen die Finger auf den Saiten der Lauten und Harfen blutig und die Lippen am Mundstück der Schalmeien und der Flöten rissig wurden. Er schlang ihr eine Kette aus Diamanten und Saphiren, den Farben ihres Landes, um den kurzen, kräftigen Hals, er hielt den Strang der Juwelen fest und sie damit gefangen, sie hatten gemeinsam gelacht darüber, wie über so vieles in jenen freien Tagen! Schien damals an der Somme die Sonne heller, war der Himmel blauer, flogen die Vögel höher?

Vorbei! Vorbei vielleicht, aber nicht vergessen, verloren! Isabeau straffte sich: Die Vergangenheit war ein fernes Land mit Gepflogenheiten, die ihr jetzt fremd erschienen. Den Weg durch die Zukunft mußte sie nun erst noch finden.

Jehanne de Giac räusperte sich und strich sich den Rock aus burgunderfarbener Wolle glatt. Isabeau überlegte kurz, wo sie wohl das Geld für den roten Stoff herhatte: Die Tuchhändler in den Markthallen verlangten einen unverschämt hohen Preis dafür. Ob Johann ohne Furcht nun auch ihre Damen bestach? Sie musterte Jehanne kurz und prüfend. Lange war sie noch nicht in ihren Diensten, aber ihre Familie stellte seit Jahrzehnten Hofdamen für die Königin von Frankreich. Was für ein schönes Mädchen sie war! Wie konnte die Natur so ungerecht sein und einem einzigen Geschöpf so feine Züge, so dichtes Haar, so ebenmäßige Zähne und eine so schmale Gestalt gleichzeitig verleihen? Sie hatte an ihrem Hof gewiß noch kein hübscheres Ding als diese Jehanne de Giac gesehen. Die Sänger am Hof dichteten jetzt schon Sonette, in denen Jehanne als schönste Frau Frankreichs bezeichnet wurde. Isabeau seufzte. Die junge Frau stand still vor ihr und erwartete einen Befehl.

»Schick mir zwei meiner Damen zur Aufwartung. Dann ruf nach Odette de Champdivers. Der König braucht sie«, wies Isabeau sie an.

Ihre Worte kamen keinen Augenblick zu früh: Nebenan krachte und splitterte es. Jemand heulte auf. War es der König selbst, war es sein Arzt Guillaume Le Pelletier oder ein Diener, der ihn hatte beruhigen wollen? Am Vortag hatten sechs Gesellen mit rußgeschwärzten Gesichtern den rasenden König nicht an sein Bett binden können. Nur Odette, seine vom Kronrat ausgewählte Geliebte, konnte sich ihm in diesem Zustand nähern.

Jehanne knickste und wandte sich zum Gehen.

»Und …«, fuhr Isabeau fort …

»Ja?« Jehanne drehte sich wieder zu ihr.

»Sag meinem *grand-maître d'hôtel* Bescheid, daß die Herzogin von Anjou, Yolanda, mit jedem Tag samt ihren Kindern und ihrem Gesinde erwartet werden kann.« Sie versuchte, dies so beiläufig als möglich zu sagen. »Er soll packen lassen. Ich werde sie in Marcoussis empfangen.«

Jehanne de Giac bekam vor Erstaunen runde Augen. »Die Herzogin von Anjou macht jetzt, im Herbst, diese weite Reise? Mitten durch das Land? Das ist doch viel zu gefährlich!« Eine kleine Falte erschien zwischen ihren geschwungenen Brauen.

Jehanne schien von der Reise nichts zu wissen, obwohl ihr Mann Pierre de Giac in Diensten der Herzogin stand, vermerkte Isabeau. Was kann Yolanda von mir wollen, daß sie unser Treffen so geheimhält? »Geh jetzt«, befahl sie Jehanne nur.

Das Mädchen knickste, hob aber noch ihren Haarreif aus gedrehtem Silber vom Boden auf und setzte ihn sich auf den Kopf. Sie ordnete ihre dicken blonden Zöpfe sorgsam unter dem feinen Schleier, den sie als ehrbar verheiratete Frau trug. Dann ging sie.

Isabeau blieb allein in ihrer Kemenate zurück.

Yolanda von Anjou, eine nahe Verwandte des Königs, machte diese lange, beschwerliche Reise durch das zerrissene Land sicher nicht zum Vergnügen. Diese Frau zwinkerte nicht einmal ohne Grund, dachte Isabeau bei sich: Was will sie von mir? Bis zum vergangenen Jahr stand das Haus der Anjou wie Isabeau selbst noch auf der Seite der Burgunder, nun waren nach den letzten Meldungen ihrer Späher am Hof von Angers die Unterhändler von Bernhard von Armagnac gesehen worden. Wechselt sie die Seiten? Will Yolanda mir ein Bündnis vorschlagen? Kann sie auf meiner Seite stehen?

»Wer nicht für mich ist, muß nun gegen mich sein«, sagte sie laut. »Es gibt keinen Weg mehr, der zwischen Freund und Feind hindurchführt, nun, da es um alles geht.«

Der Lärm, der von den Straßen von Paris über die Mauern des Hôtel Saint-Paul in ihren Raum drang, schwoll an. Die Müdigkeit, die ihr die Nacht über ferngeblieben war, kam nun zu Isabeau, leise und gutmütig wie eine alte Kinderfrau zu einem ehemaligen Schützling. Die Königin trippelte zu ihrer Lagerstatt, denn ihre Schnabelschuhe mit den langgezogenen Spitzen erlaubten ihr keine weiten Schritte. Dort angekommen ließ sie sich auf ihrem fest mit Roßhaar gepolsterten Bett nieder und lehnte ihren Kopf an einen der vier Bettpfosten, von denen schwer die Vorhänge fielen. Ihr Nacken schmerzte unter dem Gewicht ihrer Haartracht: Der Coiffeur hatte ihre dunklen Locken zu zwei Schnecken rechts und links der Ohren gedreht und sie so mit fremdem Haar ausgestopft, daß sie nur seitwärts durch die Türen gehen konnte. Der mit den Lilien von Frankreich bestickte tiefblaue Damast der Bettvorhänge streifte kühl über ihre Wange. Die Stadt, ihr Leben, ihr Fordern wurde zu einem Summen, Dröhnen in ihrem Kopf, ehe ein tiefer, befreiender Schlaf es verstummen ließ.

Wie lange sie geschlafen hatte, wußte Isabeau nicht, als sie erwachte. Dem Licht nach zu urteilen, das durch die Butzenscheiben der Spitzbogenfenster fleckig über die Teppiche und die nackten Steinquader der Kemenate fiel, konnte es bereits Mittag sein! Als sie sich fast erschrocken aufrichtete, sah sie Odette de Champdivers in einem der Lehnstühle vor dem Kamin sitzen. Die junge Frau hatte ihn sich nahe an die Flammen geschoben, die nun wieder hell loderten: In ihrem gesegneten Zustand klagte sie oft über die Kälte in den Mauern der Pariser Schlösser. Ihre schlanken Finger bewegten geschickt zwei lange Nadeln aus Elfenbein hin und her und strickten so nach und nach aus der aufgespulten Wolle, die am Boden lag, ein kleines Hemd zusammen. Das Garn lief rot wie ein Faden Blut durch ihre Finger, und das Knäuel lag zu ihren Füßen wie eine Lache Tod.

Vielleicht ein Zeichen? Was konnte bei einer Geburt nicht alles geschehen! dachte Isabeau rasch und verbotenerweise: Das Leben unter Odettes Herzen war vielleicht nicht ehelich gezeugt, aber es war doch königlichen Blutes.

Bis auf die stete, fließende Bewegung ihrer Finger saß die Geliebte des Königs still, und ihre großen blauen Augen waren fest auf ihre Arbeit gerichtet. Als Isabeau sich jedoch rührte, sah sie auf und lächelte: »Meine Königin. Habt Ihr gut geschlafen?«

Isabeau blieb auf ihrem Bett sitzen und ließ es geschehen, daß Odette sich trotz ihres schweren Leibes umständlich erhob, um vor ihr zu knicksen. Sie streckte ihre dichtberingte Hand aus, und Odette küßte die Finger sanft zwischen die Edelsteine.

»Willst du trotz deines Zustandes noch zum König?« fragte Isabeau sie. Gleichzeitig dachte sie bei sich: Mich hat das nie jemand gefragt. Nachdem sein Wahnsinn offensichtlich geworden war, war sie ihm dennoch weiter zugeführt worden wie eine Kuh dem Bullen, immer wieder, um so viele Thronerben als möglich zu zeugen. Durch die Krankheit des Königs waren Söhne und Erben für das Reich noch wichtiger als sonst geworden. Sie hatte ihre Liebe zu ihm angestrengt, bis dies nicht mehr möglich war.

Odette lachte, und es klang beinahe wie ein Lied: »Er tut mir doch nichts. Alles, was er will, ist sein Ohr auf meinen Bauch legen. Er hat sich ein kleines Holzrohr anfertigen lassen: Damit hofft er den Herzschlag des Kindes zu hören!« sagte sie freundlich.

»Wie machst du das nur? Gestern erst hat er Guillaume Le

Pelletier, den Arzt, blutig geschlagen! Sie mußten Seine Majestät danach an sein Bett binden!« rief Isabeau erstaunt aus.

Odette schüttelte den Kopf. »Er ist nicht böse, meine Herrin, und auch nicht gewalttätig. Nicht umsonst nennt das Volk von Paris ihn den Vielgeliebten, *le bien-aimé!*«

Und nicht umsonst, fügte Isabeau in Gedanken hinzu, nennt das Volk von Paris dich *la petite Reine*, die kleine Königin. Und mich? *La Reine maudite*. Die verfluchte Königin.

Odette ahnte nichts von den Gedanken der Königin, und so zuckte sie nur die Schultern: »Ich lasse ihn einfach so sein, wie er es will, denke ich. So fühlt er sich wohl.«

Isabeau musterte Odette kurz: Es war eine gute Entscheidung des Kronrats gewesen, sie zur Geliebten des Königs zu machen. Niemand wollte noch eine zusätzliche Macht in dem zerrissenen Land, niemand noch eine Stimme in der bis aufs Blut zerstrittenen Familie, niemand noch einen Anspruch auf die Herrschaft in dem zerrütteten Reich. Pflichtbewußt liebte Odette seitdem den kranken König und nahm voll Anmut die Geschenke des Kronrates an, wobei Johann ohne Furcht besonders großzügig war: Gerade hatte er ihr ein stattliches Haus in Bagnolet vor den Toren von Paris geschenkt. Isabeau spürte Neid in sich aufsteigen. Sollte der Zauber der Champdivers etwa beide Männer, die ihr in ihrem Leben etwas bedeutet hatten, betört haben?

»Wann kommt deine Zeit?« Sie zeigte mit ihrem Kinn auf den gerundeten Leib der jüngeren Frau. Odette errötete nicht und lächelte stolz.

Sie ist eben auf dem Land zwischen Kater und Katze aufgewachsen, sagte sich Isabeau, da bleiben einem die Gegebenheiten des Lebens nicht fremd.

»In etwa sechs Wochen, meint die Hebamme.« Odette legte die Hände schützend um ihren Bauch. Sie zögerte kurz und fragte dann doch: »Habt Ihr von Eurem Wunsch bezüglich des Kindes abgelassen?«

Schwang da Hoffnung in ihrer Stimme mit?

Isabeau schüttelte den Kopf. »Nein, ich bleibe dabei: Ich werde es für dich aufziehen lassen. Du sollst dich voll und ganz dem König widmen und niemandem sonst«, bestimmte sie.

»Habt Ihr schon eine Familie für mein Kind ausgewählt?« fragte Odette noch leise.

»Ja«, log Isabeau und machte mit ihrer kurzen Antwort deutlich, daß sie keine weiteren Fragen wünschte. Odette öffnete den Mund und schloß ihn wieder, ohne jedoch etwas gesagt zu haben.

»Aber du darfst ihm einen Namen aussuchen!« fügte Isabeau tröstend hinzu.

Etwas schlug gegen die Wand. Sie hörte den König schreien, vor Schmerz, vor Zorn, vor Furcht vor seinen Dämonen. »Nun geh zu Seiner Majestät, Odette. Gehab dich wohl für heute, wenn du etwas benötigst, so laß danach schicken«, beschied sie ihr.

Isabeau sah Odette de Champdivers nach, wie sie ihre weit und spitz zulaufenden Ärmel zurückschlug und ihren mit Blüten gemusterten Überrock mit beiden Händen anhob, um mit anmutigen Schritten den Raum zu durchqueren. In der Tür drehte sich Odette noch einmal um. »Als Ihr geschlafen habt, meine Königin, kamen Eure Frauen mit einem reinen Kleid und dem Frühmahl. Ich habe sie fortgeschickt, um Euch ruhen zu lassen. Es ist zwar fast schon nach Nachmittag, aber soll ich wieder nach ihnen schicken? Oder wollt Ihr nun die Mittagsspeise zu Euch nehmen?«

Isabeau lachte: »Ich brauche jetzt mehr als schon wieder sauren Wein und hartes Brot, Odette! Der Koch und der Kellermeister sollten an den Pranger bei den Hallen kommen! *Au pilori avec lui!* Nein, laß mir noch ein Frühmahl bringen! Aber ein ordentliches!« fügte sie noch hinzu.

Odette de Champdivers knickste wieder, und die Tür schloß sich leise hinter ihr. Einige Augenblicke später brach das Heulen aus dem Nebenzimmer unvermittelt ab.

⚜

Yolanda von Anjou kämpfte gegen die Übelkeit an, die das Rütteln des Wagens ihr auf dieser Reise verursachte. Man mochte noch so viele starke Kaltblüter statt der drahtigen Maulesel vor die Karren spannen und noch so viele Kissen, Felle und Dekken auf die Bänke und den Boden des Wagens legen, es blieb einfach abscheulich unbequem. Daheim, in ihrem Schloß in Angers, wäre es nun schon an der Zeit für ein Glas hellen Weins, der dank der tiefen Keller auch den heißen Sommer über kühl blieb. Der Alchimist könnte ihr an ihrem bevorzugten Platz im Garten zwischen der Mauer und dem Burggraben nahe den noch blühenden Rosenbüschen erklären, weshalb er schon wieder nicht den Stein der Weisen gefunden hatte. Und er hatte eine gute Erklärung nötig! Bei den Summen, die seine Arbeit verschlang, hatte sie den Eindruck, daß er eher Gold zu Blei verwandelte als umgekehrt! Ihre Kartenleserin könnte ihr derweil eine Patience legen. Es gab soviel zu erfragen! Am Abend dann sähe sie sich die Fortschritte ihrer Kinder bei deren Unterricht an, dem Reiten, dem Fechten, der Musik und dem Gesang, der Kunst der rechten Sprache, dem Lateinischen und der Mathematik. Adel liegt nicht im Blut, sondern im Geist, hatte ihr Vater, der König von Aragón, ihr stets vorgehalten. Dennoch war die Reinheit des Blutes nicht zu verachten: So hatte es sich für sie gelohnt zu warten, wählerisch zu sein, unter all den Freiern, die da am elterlichen Hof von Saragossa auftauchten. In die Ehe mit dem Herzog von Anjou, einem Vetter des Königs Karl, hatte sie schließlich eingewilligt, als sie mit zweiundzwanzig Jahren schon über das beste gebärfähige Alter hinaus war. Sie hatte ihn genommen und er sie, *parbleu!*

Sie seufzte leise und setzte sich auf, um ihren Kopf aus dem Fenster zu stecken: Der Blick auf die Ebene half meist gegen den Schwindel und die aufsteigende Übelkeit. Man mochte glauben, ihre guter Anjou hatte ihr wieder ein Kind gemacht! Er sah immer so streng aus, dabei konnte man soviel Spaß mit ihm haben, und weil sie ihm seinen Spaß gönnte, tat er auch genau das, was sie wollte. Der Mann ist der Kopf, aber die Frau ist der Hals, hatte ihre Mutter stets gesagt.

Yolanda sah nun über die sich wiegenden, runden Hinterteile der Pferde nach vorne, weithin über die Ebene. Die Tiere setzten ihre Hufe nur noch müde und unsicher auf die aufgerissene Haut des Weges. Die Sonne senkte sich bereits: Es wäre besser, wenn sie das Kloster für die Nachtruhe bald erreichten. Wer weiß, was für ein Gesindel sich hier, nur vier Tage von den Mauern von Paris entfernt, herumtrieb! Irgend jemand war es immer, der raubte, der plünderte oder der den Bauern, fahrenden Händlern und Reisenden sonstwie Gewalt antat: verstreute Engländer aus dem Südwesten und dem Norden ohne einen ordentlichen Hauptmann; unbezahlte Söldnergruppen, die gerade aus dem einen oder anderen Dienst entlassen worden waren; bettelarme Bauern, deren Vieh abgeschlachtet und deren Dorf niedergebrannt worden war; oder auch jüngere Söhne von Edelleuten, welche das elterliche Haus nicht ernähren konnte oder wollte. So lange sie denken konnte, herrschten Krieg und Feindschaft im Land: Nicht nur, daß sich das Haus Burgund und Bernhard von Armagnac gegenseitig zerfleischten, Franzosen gegen Franzosen, während der Wahnsinn des armen Königs in seinen schrecklichen Anfällen kam und ging. Nach all ihren Kämpfen und Waffenstillständen wußte kaum noch jemand, wer gerade auf wessen Seite stand oder wer gerade in Paris herrschte. Zudem saßen nun auch noch die Engländer in Calais und beanspruchten die französische Krone für sich.

Dennoch, in der warmen Abendröte sah das flache Land der Île-de-France trügerisch friedlich aus: Das feuchte Gras am Wegrand bewegte sich, als seien Elfen und Gnome darin zugange. Um das schlierige Wasser der sumpfigen Wiesen schimmerten die Leuchtkäfer, die die Seelen der ungetauft gestorbenen Kinder waren. Ein Regenbogen verblaßte im matten Blau des frühen Abends: An seinem Ende, so wußte Yolanda, konnten die Menschen das Allheilmittel gegen die Krankheiten der Menschheit finden. Einige Kühe weideten noch oder käuten in der einbrechenden Dämmerung im Liegen gemächlich wieder. Sie wurden auf diese Weise noch fett, ehe sie von den Bauern geschlachtet wurden: Ihr Fleisch war entweder für die jährlichen Abgaben im Herbst bestimmt, oder es wurde als Vorrat und Marktware für den Winter getrocknet. Hirten sammelten ihre Schafe und Geißen ein: Yolanda hörte ihr Schnalzen und Singen, sie trieben ihre Tiere mit Hilfe ihrer kurzohrigen Mischlingshunde heimwärts; an den Hecken aus Hagebutten und

Buschwindröschen vorbei, über die abgeernteten Felder von Hafer, Hirse und Roggen. Yolanda konnte zwischen den aufgeworfenen Furchen die gebeugten Rücken der Bauersfrauen ausmachen, die die letzten Ähren nachlasen. Sie schätzte rasch den Ertrag der Felder ab: Das Korn konnte kaum genügen, um Paris über den Winter zu bringen, sollte er so streng werden wie der vergangene! Zudem hatte sie schon seit zwei Tagen keinen rechten Wald mehr gesehen, so sehr holzten die Einwohner der Stadt alles ab, was sie für Leben und Handel brauchten. Das nun brache Land schien aber auch nicht nutzbringend gerodet zu werden; auf vielen Feldern wurde weder die Fruchtfolge gewechselt noch das Vieh darauf getrieben, um die Erde für das kommende Jahr und die folgenden Ernten zu düngen! Waren dies Landstriche, auf welchen der Schwarze Tod noch immer seine Spuren hinterließ? Er hatte Frankreich erst vor zehn Jahren das letzte Mal heimgesucht. Oder fehlte dem Land eben zu deutlich die eine starke Hand, die es lenkte? Die ersten Sterne standen am blassen Himmel: Sie wollte ihren Sterndeuter noch vor der Nachtruhe bitten, ihren Stand für sie auszulegen.

Sie drehte nun den Kopf hin zu den zehn anderen Wagen, die sie begleiteten. Die Räder der Karosse direkt hinter der ihren, in der ihre Söhne Ludwig und René saßen, schlugen soeben in ein tiefes, unter einer Pfütze verborgenes Loch.

Der Kutscher fluchte derb: »*Merde, abruti! Tirez, tirez donc!*« und zog den beiden vorgespannten Kaltblütern eins mit der aus Ledersträngen geflochtenen Peitsche über.

Yolanda unterdrückte ein Lächeln. Hoffentlich hatte sich niemand anders gestoßen als dieser junge, schweigsame Abbé mit den langen Wimpern und dem heftigen Erröten, der Ludwig als Erzieher diente! Keine ihrer Hofdamen hatte ihn bisher verführen können, und das machte Yolanda mißtrauisch. Ihm konnte man ruhig etwas Leben in den Leib schlagen!

In diesem Augenblick zog einer der Ritter, die mit ihren Leibern einen lebendigen Schutzschild um die Karren bildeten, seinen Zelter neben sie. Er trug ebenso wie die anderen Männer nicht die schwere Rüstung der Tjoste und Kriege, sondern nur ein Hemd aus feingeschmiedeten Ketten und durch querverlaufende Nähte wattiertes Leder, und er hatte sich metallene Schienen über seine Arme und Schienbeine geschnallt. An seinen Schenkeln saßen eng die Beinlinge aus speckigem Schweinsleder, und die Stiefel, die ihm bis zum Knie reichten, waren mit Matsch bespritzt. Er drückte nun dem Pferd seine Absätze in die Seiten und zog mit seinen harten, schwieligen Händen an den Zügeln. Das Pferd, dem der Schaum vor den Nüstern stand, fiel gehorsam in den Schritt zurück. Als der Mann das Visier seines Helmes nach oben klappte, erkannte Yolanda dann Tanguy du Chastel.

»Verfluchte Reise und verfluchter Ritt, meine Herzogin! Gott sei Dank ist da eben an dem Wagen nicht die Achse gebrochen, das hätte uns noch schön aufgehalten, so kurz vor der Nacht!« knurrte er mit einem Wink zu dem Wagen hinter ihnen. Er atmete schwer vom Ritt. Der Schweiß lief ihm über die von Sonne und Schmutz gedunkelte Haut am Hals und hinterließ dort helle Spuren.

Sie schüttelte den Kopf und drohte scherzhaft mit dem Finger: »Fluch nicht in der Gegenwart von Damen, Ritter!«

Er lächelte, doch sein Mund verzog sich dabei nur schief wegen der blassen Narbe, die sich von seinem Mundwinkel bis hin zu seinem rechten Ohr zog: »Verzeih, Herzogin, aber bei meiner Treu, seit dem Feldzug nach Italien mit Eurem Gemahl habe ich kein so schreckliches Wetter mehr gesehen! Es stimmt, was die faulen Pfaffen sagen: Der Herr hat uns und unsere Zeit verflucht! Feuer, Krieg, Seuche und Tod, das ist unser täglich Brot!« sagte er bitter.

»Na, heute abend gibt es dann vielleicht mehr zu beißen als das!« entgegnete sie freundlich. In diesem Zug durften sich alle Furcht und Trübsal leisten, nur sie nicht. Zuviel stand auf dem Spiel, für sie, für Frankreich!

Sie zeigte mit dem Kinn hin zu dem Wagen hinter ihnen, der nun stetig weiterrollte. »Schau, Tanguy, das Rad dreht sich doch! Das Pferd ist wohl nur auf einem Stein oder einem Baumstamm ausgerutscht.«

Tanguy grinste und zeigte seine festen Zähne. »Vielleicht hat es den Abbé gegen die Amme des Prinzen René geschlagen! Da fällt er weich, an dem Busen!« Er schnalzte in mürrischer Anerkennung mit der Zunge, und Yolanda mußte lachen. Renés Amme war eine rosige Jungfer aus dem Périgord, die bislang dem Werben Tanguys auf der Reise nicht nachgegeben hatte.

Er fuhr bereits fort: »Sag mir einer, was er will, diese Abbés sind mir nicht geheuer! Sie schmieden Ränke schlimmer als die Weiber, wollen uns Männern Rat geben wie ein Krieger und erflehen dazu noch die reine Segnung des Heiligen Geistes! In jedem Fall, ich wollt' lieber sterben, als im Rock mit Kindern und Weibsvolk im Wagen zu sitzen!« Er zog verächtlich die Luft durch die Nase, als er dies sagte.

In diesem Augenblick hörten sie die junge Amme aufheulen.

Yolanda lachte wieder: »War das der Abbé?«

Tanguy du Chastel zuckte mit den Schultern: »Vielleicht. Oder der kleine Prinz hat sie in die Brust gebissen? Dein Sohn hat mit seinen drei Jahren schon jetzt ein Wesen, das für zehn Männer ausreichen könnte!«

Tanguy sah sich nun nach seinen Männern um, die ihre schwer gesattelten Pferde im regelmäßigen Trott hielten. »Herzogin, gestatte, daß ich mit zwei Männern zu dem Kloster voranreite, um unser Nachtlager sicherzustellen. Wir wollen nicht bei Dunkelheit so nahe den Mauern von Paris ohne bestimmtes Ziel und sichere Unterkunft unterwegs sein.«

Sie bewegte die Hand anmutig und gestattend: »Bitte, Chevalier du Chastel!«

Er klappte sich das Visier vor das Gesicht, um beim Ritt gegen den Wind und fliegende Steine geschützt zu sein, schlug sich mit der Faust zum Zeichen seiner Treue an die Brust und machte den Männern, die ihm am nächsten ritten, ein Zeichen. Sein Pferd warf sich einmal auf, als er ihm die Hacken in die Seiten schlug, beide Zügel faßte, sie schlagen ließ und mit der Zunge schnalzte. Nur Augenblicke später sah Yolanda die kleine Gruppe über die Ebene sprengen.

»*Maman*, so steckt doch den Kopf wieder hinein, mir wird kalt!« maulte da ihre Tochter Marie aus dem Wageninneren.

Yolanda überlegte kurz, ob sie die durch die Vorhänge gedämpfte Stimme übergehen sollte. Wenn Marie doch nicht so zimperlich wäre! Hoffentlich war sie dem gewachsen, was sie mit ihr vorhatte! Gott steh uns bei! dachte sie und zog den Kopf wieder in das Wageninnere, ganz so wie die Schildkröten, mit welchen sie als Kind in Saragossa gespielt hatte, ihren Hals in den Panzer. Als Yolanda ihre Tochter durch das Dämmerlicht streng ansah, lächelte diese sie nur sanft und gelassen an: Der Abend ließ ihre großen braunen Augen so friedfertig schimmern wie die einer Kuh auf den Feldern. Feine blaue Schatten schimmerten auf ihrer weißen Haut, die die Amme mit Buttermilch und Zitronen einrieb, um sie so fein und hell zu erhalten. Sie war erst zehn Jahre alt, aber ihre Nase war bereits so lang wie die ihres Vaters. Bei dem Herzog von Anjou hatten Yolanda seine lange Nase und seine großen Hände nicht zuviel versprochen, wenn sie sich an die Hochzeitsnacht erinnerte! Bei Marie enttäuschten sie ihre Mutter etwas. Aber ihr tadelloser Stammbaum, ihre sorgfältige Erziehung wie auch ihr gefügiges Wesen sollten jeden Freier über die lange Nase hinwegsehen lassen, sagte sich Yolanda. Jeden, wiederholte sie bei sich, wie zur Beruhigung.

So beugte sie sich vor und küßte ihre Tochter flüchtig auf die Wange: »Keine Angst, *Chérie*, gleich sind wir im Kloster, dann wird dir wärmer! Ich wette, es gibt mit Kastanien gestopften Kapaun, wie ich den verfressenen Abt dort kenne, und du darfst auch von meinem Wein trinken, wenn er nicht so schauerlich sauer ist wie das Gesöff bei den Klarissen gestern! Außerdem sollte auch der Bote der Königin da sein, der uns ein Lager in Paris zuweist.«

»Versprichst du mir, daß dieses Mal keine Flöhe auf meinem Bettsack sind, daß die Mönche nicht zu sehr stinken und daß sie sich nicht unentwegt in ihre Finger schneuzen?« maulte Marie statt einer Antwort.

Yolanda küßte sie wieder. »Du bist verwöhnt wie eine Königin!« tadelte sie. Sie hörte auf den Klang dieser Worte, und sie gefielen ihr. Dann klatschte sie in die Hände und befahl ihrer Hofdame Marie de Craon: »Marie, sing uns ein Lied!«

Marie de Craon griff zur Laute, die neben ihr auf dem Kissen lag, und stimmte eine freche Weise an, in welche Yolanda, die Herzogin von Anjou, die Königin von Neapel, Sizilien und

Jerusalem, die Gräfin der Provence, mit voller Stimme einfiel. Beim Refrain begannen sie zu klatschen und zu lachen, ihr Gesang drang durch die Vorhänge in die klare Luft des Abends und machte den ermüdeten Rittern wieder Mut, so daß sie ihren Pferden die Sporen gaben und froher in den ungewissen Abend und die anbrechende Nacht ritten.

⚜

Paris, im Oktober 1413

Meine geliebte Mutter!
Ehe ich zu schreiben beginne, muß ich Dich gleich warnen: Sehr viel Zeit für lange Ausführungen werde ich in den kommenden Wochen nicht haben! Mein Dienst bei der Königin fordert sehr viel mehr von mir, als wir alle damals angenommen haben. Es käme mir natürlich nie in den Sinn, mich über meine Lage zu beschweren, denn dies wäre nichts als Sünde! Es kann ja nur bedeuten, daß sie sich in meiner Gegenwart wohl fühlt. Mir ist bewußt, welche Gnade mein Vater mir erwiesen hat, als er mich anstelle meiner älteren Schwester an den Hof gesandt hat. Ich hoffe nur, er kann für sie nun ebenfalls einen Mann finden, wie er es für mich getan hat! So ganz ohne Mitgift konnte ich ja kaum je auf dieses Glück hoffen, aber Vater kannte Pierre de Giac ja noch aus alten Zeiten – oder so sagte er es mir zumindest! Wie dem auch sei: Ich kann es jedenfalls noch immer nicht fassen, wie mein Leben sich in den letzten Monaten verändert hat! Alles ging so schnell, ich hatte ja kaum Zeit, Dich zum Abschied recht zu umarmen, ehe ich nach Creil zu meinem Ehemann ziehen mußte und von dort aus weiter nach Paris. Im Frühjahr noch lief ich barfuß mit einer Schürze über meinem Kleid über unsere Weiden im Poitou und sammelte die Eier unserer Hühner auf! Nun, nur einige Monde später, teile ich mir hier im Hôtel Saint-Paul eine Kammer mit zwei anderen Hofdamen und darf unserer Königin aufwarten. Welch eine Welt dies hier ist, Mutter, so voller Farben und Pracht, ich kann es kaum beschreiben! Hier am Hofe merken wir nichts von dem Hunger und dem

Leid im Land. Wie oft haben wir zu Hause auf ein Souper verzichten müssen und gingen hungrig zu Bett? Die Schweine der Königin essen besser als wir in unserem Schloß im Poitou. Die Königin ist gut zu mir, zwickt mich nie und hat mir schon zwei ihrer prachtvollen Kleider geschenkt, in denen sie so strahlend schön aussieht wie die Sonne selbst. Sie ist nach ihren zwölf Geburten noch immer eine schöne Frau mit matter Haut, sehr dichtem schwarzem Haar und voll Würde und Anmut. Ich kann keine der schlechten Eigenschaften, die man ihr nachsagt, bei ihr finden! Glaub bitte kein Wort, wenn dir jemand etwas anderes über sie sagt. Nur ihr bayrischer Zungenschlag bei manchen Wörtern macht mich lachen, doch ich achte darauf, daß sie mich dabei nicht ertappt. Ich diene ihr erst seit drei Monden, aber ich hoffe, ihr immer treu sein zu können! Der Wahnsinn des armen Königs kommt und geht, aber meist ist sein Geist umnachtet. Wenn er die Königin dann nur sieht, schreit und tobt er, wird toll wie ein Vieh und schlägt auf sie ein. Er erträgt nicht einmal mehr den Anblick ihres bayrischen Wappens, und so haben die Rauten von den Wänden in Vincennes verschwinden müssen. Dabei heißt es doch, er habe sie damals nach nur drei Tagen Bekanntschaft geheiratet, so groß war seine Liebe zu ihr. Kannst Du Dir das vorstellen? Meine arme Herrin. Sie aber bezeugt ihm weiter alle Liebe und Achtung, deren eine Frau in ihrer Lage nur fähig sein kann. In ihrem Staat allerdings geht es doch reichlich frei zu, ganz wie Du befürchtet hast: Meine beiden Genossinnen in meiner Kammer laden sich schamlos jede Nacht einen Knappen oder Ritter ein, und ich muß alles von ihrem Treiben mit anhören, selbst wenn ich mir den Strohsack über die Ohren ziehe. Sie lachen mich aus, weil ich meinen Eheschwur ernst nehme und nicht den Minneversprechen eines anderen nachgebe. Der ganze Hof scheint trotz oder gerade wegen der schweren Lage im Land nur an sein Vergnügen und die Minne zu denken: Ich kann die eitlen Lieder kaum noch zählen, die allein auf mich gedichtet worden sind. Darin werde ich als schönste Frau in Frankreich besungen, was nun wirklich albern ist. Was schön ist, kann man mit einer Hand zudecken, hast Du mich stets gemahnt. Dennoch habe auch ich einen unbekannten Bewunderer, der mich neugierig macht: Er hat so viele Ideen und muß sehr reich sein! Vergangene Woche lag ein Ballen teuerster roter Stoff auf meinem Sack. Daneben lag gefaltet ein Liedvers, der nicht unterzeichnet war. Er klang so schön, daß ich ihn gegen alle Vernunft unter meinem Strohsack versteckt habe und ihn wieder und wieder lese. Aus dem Stoff habe ich mir ein Kleid nähen lassen. Meinst Du, das ist eitle Sünde? Sag nur Vater nichts, sonst schwingt er seine Reitpeitsche bis nach Paris. Glaube mir, ich versuche Pierre de Giac zu lieben, wenn er bei mir ist, auch wenn es nicht einfach ist. Sein Gemüt ist aufbrausend, und er kann sehr grob und streng sein. Da ist so vieles an ihm, das ich nicht verstehe. Eben habe ich gehört, daß die Herzogin von Anjou nach Paris kommt. Pierre ist doch in ihrem Gefolge: Weshalb hat er mir nicht von seiner Reise geschrieben? Warum soll dieser Besuch geheimgehalten werden? Ich habe Angst, denn in diesen Zeiten kann dies nur eines bedeuten: Das Haus Anjou wechselt die Seiten, weg von Burgund, hin zu Armagnac. Erinnerst Du Dich? Schon im vergangenen Jahr hat die Herzogin von Anjou Johann ohne Furcht seine älteste Tochter zurückgeschickt, die doch mit ihrem Sohn verlobt war. Der Dauphin Ludwig dagegen ist noch immer mit Margarete von Burgund verheiratet. Sie ist unserer Königin wohl eine gute und gehorsame Schwiegertochter, auch wenn die Ehe bisher kinderlos geblieben ist. Kein Wunder, wenn Ludwig sich lieber mit dem billigen Weibsvolk der Hallen vergnügt, aber das darfst du niemand anderem erzählen! Ehe ich schließen muß: Vor zwei Wochen begegnete mir der Herzog von Burgund selbst hier in den Gängen von Saint-Paul. Ich hörte sein Gefolge, ehe ich es sah: Falkner, die mit Befehlen ihre Vögel zur Ruhe zwangen, purzelbaumschlagende Narren mit Schellen und Schalmeien, Bluthunde, die gegen ihre eisenbeschlagenen Halsbänder anbellten, bullige Knechte, die in drei Sprachen den Namen ihres Herren ausriefen und alle im Gang beiseitestießen, die sich nicht schnell genug verneigten, und schließlich, einen Schritt hinter dem Herzog, eine kohlschwarze Frau! Bei ihrem Anblick wurde mir himmelangst, und ich bekreuzigte mich lieber einmal zuviel. Ich drückte mich schnell in eine Tapisserie, als mir die Gruppe entgegenkam. Der Herzog warf mir dennoch einen Blick zu, und seine seltsam leuchtenden Augen drangen mir bis auf die Knochen. Mein Herz wollte wohl einige Schläge aussetzen. Ich fühlte mich in seiner Gegenwart wie gelähmt. Dieser mächtige Mann trägt seinen Namen zu Recht: Nichts auf der Welt macht ihm wohl angst. Ich sah seinem lärmenden Gefolge noch lange nach, und es dauerte eine Weile, bis ich mich soweit beruhigt hatte, daß ich meinen Dienst antreten konnte. Nun muß ich eilen, denn die gute Königin Isabeau duldet keine Säumigkeit. Ich umarme und küsse Dich und meine Schwester, Gott behüte Euch, bis wir uns wiedersehen. Grüß auch meinen allergnädigsten Herrn Vater!

Jehanne

Yolanda senkte ihren Kopf vor dem Altar wie zum Gebet. Neben ihr, auf den mit rotem Samt bezogenen Kniebänken der kleinen Klosterkirche, stießen sich ihr Sohn Ludwig und ihre Tochter Marie unaufhörlich gegenseitig in die Seiten, um mehr Platz zu bekommen. Yolanda tat, als bemerke sie nichts: Die beiden würden sich noch schlagen, wenn jeder von ihnen eine eigene Kirche und ein eigenes Land hätte! Sie zwang ihre Gedanken hin auf die Tage, die vor ihr lagen: Sie brauchte Kraft und ihr Vorhaben nichts Geringeres als die Gnade und den Beistand des Herrn.

In der kleinen Kirche war es erstaunlich warm. Sie hatte den Schnürmantel aus dunklem, mit goldenen Ranken besticktem Samt wie auch ihren Kragen und die Kappe aus Silberfuchs am Eingang abgelegt. Sonst fror sie immer in Kirchen, hier aber schien der junge Mönch, der um sie herum unaufdringlich die alten Kerzen durch neue ersetzte, ehe er frische Zweige eines Goldregenbusches in den hohen Behältern aus Kupfer anordnete, einen verständigen Haushalt zu führen. In allen Ecken und an jeder dritten Bank der Kapelle standen Pfannen mit glühenden Kohlen, die den Raum wärmten. An der Decke jedoch sammelte sich nach Tagen des Regens die Feuchtigkeit, und die Tropfen ließen die schwelende Glut aufzischen.

Ihr Troß hatte das Kloster erst bei Dunkelheit erreicht, aber der lodernde Schein zweier Feuer hatte ihnen schon von weitem den Weg gewiesen. Aus der Entfernung hatte Yolanda nicht genau sagen können, wozu die Flammen dienten. Als ihre Wagen sich aber den Klostermauern genähert hatten, waren dort gerade weitere Reisigbündel, junge Stämme und Lumpen zu einem Scheiterhaufen aufgetürmt worden: Zwei junge Frauen wurden gerade von den Henkersknechten mit Rutenschlägen in das Innere der hohlen Scheiterhaufen getrieben, als Yolandas Troß vorbeigefahren war. Eine Volksmenge hatte bereits lärmend den Richtplatz an den Klostermauern umringt: Rotznasige Kinder starrten, Männer schrieen unflätige Bemerkungen, die Weiber wiegten sich angesichts des Unglücks der Verurteilten behäbig in den Hüften. Yolanda hatte sich neugierig vorgebeugt. Täuschte sie sich, oder kamen diese Verurteilungen in jüngster Zeit immer häufiger vor?

Einem dritten Mädchen, das in den groben Händen der Schergen noch auf ihren Gang in das Feuer gewartet hatte, waren nur stumm die Tränen über die runden Wangen gelaufen. Yolanda hatte ihre frische Schönheit bemerkt, als das Mädchen unter einem plötzlichen Funkenregen zusammengezuckt war und aufgeschrieen hatte.

Was sie wohl getan hatte? Hatte sie es mit dem Teufel getrieben? Yolandas Augen hatten nach einem Mal im Gesicht des Mädchens oder auf ihren nackten Schultern gesucht, aber nichts gefunden. Dabei hatte ihr Abbé ihr geschworen, daß diese Metzen einen großen Leberfleck sichtbar trugen, dort, wo der Teufel sie mit seinen Klauen berührt hatte. Die Haut der jungen Frau jedoch war hell und rein gewesen, nur im Glanz der Scheiterhaufen hatten ihre entblößten Schultern einen letzten goldenen Schimmer angenommen.

Der junge Mönch, der die Kapelle reinigte, richtete sich nun erstaunt auf: Erst da bemerkte Yolanda, daß sie laut geseufzt hatte. Sie lächelte ihn kurz an und zwang ihre Gedanken weg von dem verdammenswerten Geschöpf vor den Mauern des Klosters und hin zu ihrem Gebet. Würde Gott gutheißen, was sie vorhatte?

Sie zog einen Rosenkranz aus ihrem Gürtel, der aus weichem rotem Leder um eine mit Halbedelsteinen besetzte Schließe aus Kupfer geflochten war. Leise liefen die Perlen aus Elfenbein durch ihre schmalen Hände, während sie eine *neuvaine* betete. Sie glaubte an nichts so sehr wie an die Wirkung ihrer eigenen Gebete: Die Königin Isabeau dagegen, so wußte sie, gab Unsummen dafür aus, daß andere Menschen für sie beteten oder für sie in alle Himmelsrichtungen auf Wallfahrten gingen!

Yolanda hörte mit einem Mal Schritte hinter sich und das leise Klirren von Metall, wie das Geräusch eines Schwertes, das gegen Beinschienen schlug. Sie verwehrte es sich jedoch, den Kopf zu heben. Ein, zwei Atemzüge lang war es sehr still in der Kapelle.

»... Amen«, murmelte sie schließlich.

»Amen!« riefen Ludwig und Marie erleichtert und sprangen bereits auf.

Jetzt erst drehte Yolanda den Kopf. Einige Schritte hinter ihr stand Tanguy du Chastel. Im flackernden Halbdunkel der Wandlichter, welche nur aus in Schweinefett gedrehten Lumpen bestanden, konnte sie den Ausdruck seines Gesichtes nicht so recht deuten. Zu ihrem Erstaunen trug er einen langen Dolch am Gürtel.

»Chevalier, du kommst bewaffnet in das Haus Gottes?« fragte sie und runzelte nun ärgerlich die Stirn. »Vergißt du noch den letzten Anstand eines Ritters zu wahren?«

Er hob abwehrend die Hände: »Meine Herrin, im Gegenteil: In diesen Tagen ist kein Weib nach Einbruch der Dunkelheit sicher! Selbst in einem Kloster nicht! Mein Schwert habe ich wohl an der Schwelle abgelegt, wie ich es damals bei meiner Weihe gelobt habe. Aber ich will und kann dich keinen Augenblick ohne bewaffneten Schutz lassen, das habe ich dem Herzog versprochen.«

»Sind unsere Tage wirklich so unsicher?« fragte sie ihn, während sie den Rosenkranz wieder in den Beutel steckte und sich dann die Handschuhe aus weichem grauem Ziegenleder über ihre Finger zog.

»Nichts ist so sicher wie der Tod, nichts aber so unsicher wie seine Stunde!« sagte Tanguy du Chastel nur und trat näher an den Teppich heran, der an der Wand der Kapelle zwischen zwei Fenstern aus leuchtendem Buntglas hing. »Sieh her, meine Herzogin, das Land leidet und blutet seit mehr Jahren, als ich sie in meiner Unwissenheit zu zählen vermag! Frankreich ist zerrissen, aber unseren Mönchlein hier in Saint-Germain-en-Laye geht es doch noch erstaunlich gut! Dennoch, woran denkt man? An nichts als an den Tod! Sieh doch nur: Wovon erzählt dieser Teppich, meine Herrin? Etwa vom Leben, von der Schönheit, von der Hoffnung?« Er griff in die geknüpfte Seide des Wandbehangs neben sich. »Nein! Dieser Teppich spricht nur von Elend, Ende und Verwesung!« stellte er fest.

Yolanda trat näher und besah sich den kunstvoll gearbeiteten *Danse macabre*. Alles auf ihm war von dem unbekannten Künstler mit grausamer Genauigkeit dargestellt worden: Würmer zuckten in den aufgeschlitzten Leichen, aufgeblähte Kröten saßen auf toten Augäpfeln, Hunde nagten an von der Sonne gebleichten Knochen und offenen Körpern. In der Mitte des geknüpften Bildes führte ein spottend tanzendes Gerippe fünfzehn Freunde zum Fest in seinem Reich: An ihrer Kleidung erkannte Yolanda den Papst, den König, den Ritter, den Edelmann, den Mönch, den Bauern, den Narren und das unschuldige Kind. Am unteren Rand des Teppichs waren die sieben Todsünden als verführerisch tanzende junge Frauen dargestellt.

Sie trat näher, um die verzerrten Gesichtszüge des dargestellten Königs zu betrachten. »Welcher König ist das, glaubst du?« fragte sie dann Tanguy du Chastel. Der zuckte nur mit den Schultern. »Wer weiß, und wer will es schon wissen. Der Tod schluckt alles Wissen und alle Namen.«

Yolanda bekreuzigte sich rasch. »Aber hilft dir das denn nicht, Chevalier: das Wissen, daß wir im Tode alle gleich sind? Hilft das denn nicht dem Glauben der Menschen? Bestärkt das denn nicht ihre Hoffnung auf ein ewiges Leben?« fragte sie ihn leise. So leise, daß der eilfertige kleine Mönch, der nun die grauen Steinplatten der Kapelle um sie herum fegte, sie nicht hören konnte.

Tanguy du Chastel schüttelte nur den Kopf. »Meine Herzogin. Die Menschen in Frankreich glauben an nichts Höheres mehr als das Dach ihres Hauses. Und sie hoffen nicht weiter als bis zur Abendstunde. Nein, glaub mir: Das Ende der Welt ist nahe. Was uns übrig bleibt, ist mit dem Tod zu tanzen!« Er schwieg einige Augenblicke und fügte dann mit bitterem Spott hinzu: »Sei er denn ein Engländer oder ein Franzose, ein Burgunder oder ein Armagnac!«

Ehe sie ihm antworten konnte, begann eine kleine Glocke im Innenhof des Klosters hell zu schlagen. Tanguy du Chastel verbeugte sich und reichte ihr den Arm: »Herrin, die Glocke ruft zur Komplet! Und danach bittet der Abt zum Nachtmahl, er hat auf uns gewartet, wie ich es gehofft habe, denn seine Küche ist unverschämt gut! Sonst schlägt er sich schon nach der Abendvesper den Bauch voll. Endlich aber wurden meine eigene Hoffnung und mein Glaube an etwas einmal nicht enttäuscht! Auf seine Verfressenheit ist Verlaß.«

Sie mußte lachen und sah am Eingang der Kapelle zu, wie er sich sein Schwert umgürtete, in dessen Griff der Zahn eines Heiligen als schützende Reliquie eingelassen war. Sie selbst drehte sich noch einmal zu dem geschmückten Altar, knickste vor dem Bild der Jungfrau und bekreuzigte sich flüchtig mit dem Weihwasser neben der Tür der Kapelle. Segne meine Sünde, flehte sie gegen alle Vernunft.

Draußen vor der Tür überraschte sie die lärmende Geschäftigkeit des Klosterhofes: Andere Reisende waren mit dem Einbruch der Nacht noch angekommen. Sie sattelten ihre Pferde ab, denen warm der Dampf aus den Nüstern stieg, und sie sicherten ihre Waren für die Nacht. Eine Gruppe jüngerer Schüler, Knaben von vielleicht fünf oder sechs Jahren, welche eines Tages zu Novizen geweiht werden sollten, wurde von ihrem Lehrer zum Gebet gescheucht. Sie sahen mager und müde aus, einige von ihnen drohten gleich über ihre eigenen Füße zu fallen. Ein Mönch, der wohl der Vestiarius war, nahm einem Schuster an der Pforte gerade die frisch genagelten Sandalen der Mönche ab: Er bog die Sohlen nach hinten durch und zog einige Male fest an den Riemen, um die Güte der Ware zu prüfen. In den Fenstern des langen Haupthauses, das den Speisesaal, den Schlafsaal und den Kapitelsaal der Mönche unter seinem

Dach barg, brannte Licht. Dahinter mußte das Brauhaus stehen, denn ein lockender Duft nach süßem Malz und gärender Gerste zog über den Hof. Etwas abseits, auf der anderen Seite des Hofes gelegen, zwischen der Bibliothek, dem Schreibsaal und dem Infirmarium konnte Yolanda das Haus des Abtes ausmachen. Die Tür des Haupthauses öffnete sich nun auf den Ruf der Glocke hin. Yolanda sah den Zug der Mönche auf ihrem Weg zum Abendgebet auf sich zukommen: Es mochten ihrer etwa hundert sein, denn das Kloster von Saint-Germain-en-Laye war reich.

Tanguy du Chastel half ihr, beiseite zu treten und die Männer an sich vorbeizulassen. Yolanda hörte nun, daß sie leise sangen. Ihre Stimmen waren dunkel und volltönend. Als Tanguy und Yolanda dann unter dem schiefergedeckten Vordach der Kapelle in den offenen Hof traten, begann es wieder zu regnen. Die Pferde, die nicht mehr in den Stall gepaßt hatten, standen triefend vor den Gebäuden angebunden, ihre Schnauzen fest in einem Futtersack verzurrt. Die feuchten Kieselsteine des Hofes schimmerten Yolanda an wie tausend neugierige Augen. Der Regen schluckte aber auch den bitteren Geschmack von Asche, den der Wind von den Scheiterhaufen in den Klosterhof getragen hatte. Einen Augenblick später, als sich die schwere Pforte des Klosters hinter ihnen geschlossen hatte, begann es zu hageln.

Der Abt erwartete sie bereits bei Tisch: Er saß nahe am Kamin und hatte seine dicken Finger über der Mönchskutte aus weicher Wolle verschränkt. Er erfreute sich offensichtlich daran, wie sich das Licht der vielen Kerzen und der Schein der Flammen in den Ringen an seinen Händen brach. Als Yolanda den großen Raum mit der Kassettendecke betrat, fiel ihr wiederum die behagliche Wärme auf: An beiden Enden und in der Mitte des Saales, dessen Wände mit Holz und Mosaikarbeiten des italienischen *Pietra dura* verkleidet waren, brannten Feuer hell und warm in den Kaminen. Jede der drei Feuerstellen reichte fast bis hoch zur Decke und war so breit, daß man ohne Not einen Ochsen darin am Spieß braten konnte. Die Wärme kroch Yolanda wohlig unter den klammen Stoff ihres Rockes. Auch ihr Gepäck war mittlerweile vollkommen durchweicht: In den mit

Eisenbändern beschlagenen Reisetruhen war kein Kleid mehr trocken. Auf dem groben Stein der Fußböden lagen bunte Teppiche ausgerollt, die jeden ihrer Schritte schluckten. Hinter ihr gingen Tanguy du Chastel und der junge Abbé; ihre Kinder schliefen schon nach einem Mahl mit der jungen Amme, und die anderen Ritter speisten in den Klosterküchen. Die Mönche selbst ruhten wohl bereits, denn die Klosterglocke würde sie schon um zwei Uhr morgens zur ersten Vesper rufen.

Der Abt erhob sich nun aus seinem hohen Lehnstuhl nahe dem Feuer und verneigte sich. Er streckte seine Hand aus, und Yolanda küßte demütig den Ring mit dem violetten Stein an seinem dicken Ringfinger.

»*Père*, hab Dank für deine Gastfreundschaft!« murmelte sie.

Er nickte wohlgefällig. »Es ist mir eine Ehre, die Cousine des guten Königs zu beherbergen! *Notre Sire bien-aimé* … Ich nehme an, ihr seid auf dem Weg nach Paris, Euer Gnaden?« fragte er neugierig, während er mit einer sanften Geste der kleinen Gruppe ihre Plätze um den Tisch aus dunklem Eichenholz zuwies. Yolanda nahm ihm gegenüber Platz. Der Abbé, der vor Hunger schon ganz blaß war, und Tanguy du Chastel saßen zwischen ihnen an beiden Seiten des Tisches.

Das Mahl war üppiger, als Yolanda es sich vorgestellt hatte: Neben dreierlei Pasteten aus Gänsestopfleber, Trüffeln und Lerchenherzen sah sie gebratene und schon manierlich zerlegte Kapaune mit dem Mus von Kastanien, Enten am Spieß mit Orangen gespickt, geschmorte grüne und rote Bohnen, geschnittenen Mangold und weißen Lauch mit Pfeffer auf dem glatten Holz des Tisches stehen.

Der Abt betete murmelnd, wobei er nachlässig einige Worte der Fürbitte verschluckte, und flüsterte dann bescheiden: »Verzeiht die Schlichtheit meines Tisches! Die Not, ihr wißt …!« Er ließ den Satz unvollendet, während er aufmerksam zusah, wie Yolanda aus ihrem feingeflochtenen Gürtel ein schmales Messer mit einem Griff aus Elfenbein und einer silbernen Schneide zog, um sich als erste von der dick gestockten Soße zu schneiden. Sie legte sich das duftende Stück auf die Scheibe Weißbrot, die ihr als Teller diente.

Tanguy du Chastel musterte den Abt unter zusammengezogenen Augenbrauen, sagte jedoch nichts, ehe er nicht sorgsam mit drei Fingern einen Bissen Kapaun von der Platte gegriffen, gegessen und ihn mit seinem Burgunder hinuntergespült hatte.

»Allzusehr scheint mir ja die Kirche nicht zu leiden! Aber Ihr habt es ja auch gut: Seitdem wir zwei Päpste haben, fällt es wohl auch nicht so auf, wenn die Gelder aus dem Ablaß nicht weitergeleitet werden! Wem soll man da die Abgaben entrichten, Avignon oder Rom? Na, am besten gar niemandem!« sagte er dann und riß sich mit der bloßen Hand ein Bein von der Ente.

Yolanda unterließ es, ihn zurechtzuweisen. Der Abt jedoch brauste auf: »Chevalier, Ihr zweifelt an der Ehrlichkeit und der Sendung der Kirche? Pfui, ich wollt' Euch persönlich die Weihe zum Ritter entziehen! Ihr sollt glauben und für diesen Glauben kämpfen! Gott und das Rittertum stehen im Einklang! Ihr tragt eine Reliquie in Eurem Schwert, auf daß Gott Euren Eid erhöre!«

»Ach!« sagte Tanguy nur und stellte seinen Becher aus Silber so hart ab, daß der rote Wein über den Rand schwappte. »Und, mein werter Abt, was wißt Ihr hier in Eurem Kloster schon noch vom Rittertum?« Er lehnte sich in seinem Stuhl zurück, legte den Kopf in den Nacken und musterte den Kirchenmann. »Denkt Ihr, wir tun nichts anderes, als beim Tjost unser Geld zu verschwenden, wacker die bunten Wimpel fliegen zu lassen und uns um das Brusttuch einer Dame zu schlagen, nach der wir uns in ewiger, schmachtender und unerwiderter Minne verzehren?«

Er sah Yolanda bei diesen Worten nicht an. Sie selbst aß weiter, als hätte sie nichts gehört. Er fuhr fort: »Dann, *mon Père*, muß ich Euch eines Besseren belehren – wie es übrigens jeder Mann in diesem armen, blutenden Land könnte, wolltet Ihr nur je Euren fetten Fuß vor die Tür setzen!«

Mit diesen Worten ließ er seine Hand flach auf den Tisch schlagen. Die Teller auf der polierten Tischplatte taten einen leise klirrenden Sprung. Der Abt schnappte nach Luft. »Chevalier …«, wedelte er abwehrend mit den Händen.

Doch Tanguy du Chastel ließ sich nicht unterbrechen. »Nein, nun spreche ich! Ich habe kein Weib, das ich lieben darf, und keinen Sohn, auf welchen ich stolz sein kann. Ich verbringe mein halbes Leben im Sattel und trage dabei eine Rüstung, die fast so schwer ist wie ein Knabe von zwölf Jahren. Ich stoße auf meine Gegner im vollen Galopp, ich erteile und erhalte Schläge, welche Schädel spalten und Glieder abtrennen sollen. Ich darf nicht fürchten oder zweifeln, aber ich lebe im Angesicht des Todes. Heute esse ich wohl und reichlich, aber was werde ich morgen oder in der kommenden Woche auf meinem Teller finden? Schimmliges Brot, schales Wasser und madiges Fleisch vielleicht! Ich schlafe mal in feinem Leinen, dann wieder auf einem Sack aus Stroh oder gar in einer feuchten Wiese. Mein Feind mag nur einen Bogenschuß entfernt sein, dort im Dickicht, während ich schlafe! Dann der Ruf, noch vor Morgengrauen ...« Er senkte seine Stimme zu einem Flüstern, und Yolandas Haut kribbelte, als seien seine Worte Spinnenbeine darauf, als er weitersprach: »Wer da? Wer da? Zeig dein Gesicht, Fremder!« Mit einem Mal sprang er aus seinem Lehnstuhl auf, so daß dieser polternd hintenüber fiel: »Zu den Waffen, zu den Waffen! Auf die Pferde! Aufstellung! Durch das Wasser, in vollem Galopp! Da kommen sie, es sind viele, viel zu viele! So viele mehr als wir! Aber: Vorwärts, vorwärts!« schrie er. Als wäre er über seine eigenen Worte verwirrt, starrte er in die Flammen, schwieg für einige Augenblicke, ehe er leise wiederholte: »Vorwärts!«

Am Tisch herrschte nun ein brüchiges Schweigen, als er seinen Stuhl wieder aufstellte und sich setzte. Yolanda hob ihr Glas und unterbrach die ungemütliche Stille: »Und doch bist du einer der Ritter, auf die unser Herr und König Karl noch stolz sein kann!« sagte sie leise.

Tanguy beeilte sich, ebenfalls sein Glas zu heben, als Yolanda weiter sagte: »Ich trinke auf den König von Frankreich!«

Die anderen murmelten den Trinkspruch mit, und der Abt war offensichtlich froh, daß das Gespräch in andere Bahnen gelenkt wurde.

»Besucht Ihr unseren Herrn in Paris, meine Herzogin?« fragte er Yolanda nun wieder so vertraulich, als seien sie alleine am Tisch.

»Ich glaube nicht, daß es dem König momentan gut genug

geht, um Besuch zu empfangen. Nein, ich statte der Königin einen Besuch ab«, erwiderte sie.

»Isabeau de Bavière? Der fremden *Reine maudite?«* rief er aus. Er fragte weiter, während er sich die Bohnen neben das Fleisch auf das Brot häufte. »Auf wessen Seite steht sie nun gerade? Stimmt es, daß sie sich einen ganzen Hof aus Knaben hält, die ihre nächtlichen Gelüste befriedigen? Der Herzog von Burgund, mein Herr Johann ohne Furcht, hat wohl was Besseres für sein Bett gefunden als die bayrische Metze!« lachte der Abt, und Yolanda hörte mit Zufriedenheit den Ton der Verachtung in seiner Stimme.

»Davon ist mir nichts bekannt«, antwortete sie dennoch nur tadelnd auf diese Vermutungen.

»Aber man kann der Königin doch alles zutrauen, meine Herzogin! Sie hat nur den Vorteil ihrer bayrischen Verwandten im Sinn. Die Königin will die Macht im Land an sich reißen!« wetterte er weiter.

Yolanda bemühte sich, ihren erstaunten Gesichtsausdruck zu bewahren. Die Gerüchte, die unters Volk gestreut wurden, trugen also Früchte! »Wie kommst du auf diese Idee, *Père*? Die Königin hat drei gesunde Söhne und der Thron von Frankreich damit mehr als einen Erben!« wies sie ihn zurecht. Dennoch wartete sie gespannt auf seine Antwort.

»Na und? Und wer ist der Vater dieser Söhne?« kicherte der Abt schmutzig. »Glaubt Ihr wirklich, sie hat noch ihre Pflicht als Gattin des Königs verrichtet? Kennt Ihr nicht die Gerüchte um den kleinen Karl, ihren jüngsten Sohn? Er soll an seinem Rücken dasselbe Mal haben wie der verstorbene Ludwig von Orléans!«

Yolanda runzelte die Stirn. »Das ist das Mal der Valois, Abt! Der König wie auch mein Gemahl, der Herzog von Anjou, tragen es ebenfalls an der Schulter! Ich dulde es nicht, daß meine Cousine so verleumdet wird! Sie ist eine Frau, die sich durch die Krankheit unseres guten Königs wie ein Lamm in einem Wald voller Wölfe wiederfindet. Sollte sie ihrem Vetter Burgund und einem Vasallen wie Armagnac nicht trauen können, statt bei deren Fehde um die Macht in diesem Land Partei ergreifen zu müssen?« fragte sie und war selbst erstaunt darüber, wie überzeugt ihre Worte klangen.

Der Abt nickte mißmutig und ließ sich vom Wein nachschenken. Yolanda sah sich rasch am Tisch um: Der junge Abbé kaute nur eilig. Er schien seine Meinung nicht äußern zu wollen. Yolanda war sich jedoch sicher, daß er die Ohren spitzte, um hinterher alles genauestens nach Avignon zu berichten. Tanguy du Chastel jedoch musterte sie für einen Augenblick mit unergründlicher Miene.

Der Abt winkte nun ab. »Ich wollte Euer Haus nicht beleidigen, Herzogin! Aber die Gerüchte verstummen eben nicht. Seitdem *notre Roi bien-aimé*, unser vielgeliebter König, nicht mehr er selbst ist, bedient sich die Königin aus Bayern frei an dem Staatsschatz! Meiner Treu, von ihr kann der schlimmste Wegelagerer noch etwas lernen! Wenigstens hat der Herzog von Burgund dem einen Riegel vorgeschoben! Frankreich braucht einen starken Mann wie Johann ohne Furcht! Wer soll sonst den Engländern Einhalt gebieten?« jammerte er nun. Dann fügte er mit einem zweideutigen Grinsen noch hinzu: »Er hat selbst Isabeau gezeigt, wer Herr im Hause ist.«

Tanguy lachte und machte eine anstößige Bewegung mit seinen Fingern. Dann lehnte er sich in seinem Stuhl zurück und sah in die Flammen des Kamins nahe dem Eßtisch. »Ein Vetter tötet den anderen: Johann ohne Furcht meuchelte Ludwig von Orléans! Blut von seinem Blute und Fleisch von seinem Fleische: Glaubt mir, dieses Verbrechen wird nicht ungesühnt bleiben! Auch Johann ohne Furcht könnte eines Tages in seinem Blute liegen und soll statt seiner linken Hand nur noch einen Stumpf haben!« sagte er düster.

Yolanda musterte ihn aufmerksam. Hatte er eine Vorahnung? Sie mußte ihren Sterndeuter bitten, die Sterne erneut für den Herzog von Burgund zu lesen! Gab es da etwas, was er bisher übersehen hatte?

Tanguy fuhr zu sprechen fort: »Seit dem Mord haben wir keinen Frieden im Land, und die Krone von Frankreich ist so den verfluchten Engländern und dem neuen König Heinrich in London wieder näher gekommen!« Dann, mit einem Mal, huschte ein spöttisches Lächeln über sein Gesicht, und die Narbe auf seiner Wange verzog sich wie ein langer Schatten nach unten. »Die Rettung für Frankreich wird nicht von einem starken Mann kommen. Ihr kennt doch die Weissagung, Abt! Einst soll ein junges Mädchen aus Lothringen kommen, das die feindlichen Bogenschützen besiegen wird!« sagte er spöttisch. »Auf diesen Tag werden wir wohl geduldig warten müssen, soweit ist es mit uns gekommen!«

Der Abt machte einen spitzen Mund wie ein Waschweib beim Klatsch am Brunnen und kicherte schrill: »Nun, ehe es dahin kommt, daß das Schicksal der französischen Ritter in den Händen eines Weibes liegt, laßt mich die Nachspeise auftragen! Wie soll eine Tochter Evas uns retten? Die Weiber sind befleckt: Sie sind schuld an unserer Vertreibung aus dem Paradies.«

Die Männer lachten beide, prosteten sich noch einmal mit dem Burgunder zu, und der Streit zwischen ihnen schien vergessen. Der Abt klatschte nun in die Hände, und drei Mönche begannen, die leergegessenen Schüsseln und Platten aus Zinn abzutragen. Dabei jedoch legten sie die mit Fett und Soße vollgesogenen Brotscheiben, die der Runde als Teller gedient hatten, in einen grob geflochtenen Korb: Sie sollten am Abend noch an die Armen des Dorfes verteilt werden. Zwei junge Ordensbrüder brachten nun Schalen aus Bergkristall mit eingemachtem Obst, dem *cumpost*, und eingelegten grünen Walnüssen, einen Teller mit warmen Waffeln, eine hölzerne Platte mit Käse, wie Camembert und Pont de l'Evèque, und zwei Karaffen mit stark gewürztem Wein herein.

Der Abt griff sich einen Käse, preßte die weiche Rinde mit seinen Fingern zusammen und sagte anerkennend: »*Bien chambré, le fromage!*«

Die jungen Mönche stellten nun noch eine Kanne aus Messing mit einem spitzen Schnabel auf den Tisch. Als der Abt den Deckel hob, dampfte es heiß und bitter in sein Gesicht. Er sog den Duft lautstark ein. »Oh!« rief er entzückt: »Mein Mohrengetränk! Allein dafür haben sich die Kreuzzüge gelohnt.«

Dann drehte er sich zu einem der jungen Mönche, die den Raum verlassen wollten.

»Bruder Grégoire! Bleibt doch, und singt uns ein Lied!« bat er und drehte sich wieder zu seinen Gästen. »Er singt wie ein Engel! Und ihr wißt, die Musik gehört zu den sieben freien Künsten, die wir ehren müssen. Wie die von Gott gewollte Heilkunst beschäftigt sie sich mit der Harmonie des menschlichen Körpers!«

Der junge Mönch begann gehorsam zu singen. Seine Stimme setzte erst leise ein und schwoll dann zur Ehre Gottes an. Dem Abt ronnen vor Rührung die Tränen über die Wangen, und er griff nach der weichen Hand des jungen Mannes und küßte sie mehrere Male. Yolanda schloß die Augen, um sich dem Genuß des Liedes hinzugeben.

Am Morgen ließ der Regen nach, doch die Wolken hingen noch immer drohend über dem Kloster und dem Dorf. Der Regen hatte das drückende Grau des Himmels nicht reinwaschen können.

Tanguy setzte sich schon hoch zu Roß seinen Helm auf und murmelte: »Wenn uns heute der Himmel nicht auf den Kopf fällt, dann weiß ich nicht, wann sonst!«

Er ließ sich von dem Knecht seine Lanze mit dem Wimpel in seinen Farben reichen und setzte sich tiefer in den Sattel seines Rappen.

In diesem Augenblick flog die Tür des Haupthauses auf, und die Mönche warfen einen Sack grob aufs Pflaster des Hofes. Der Sack schrie und bewegte sich, und Tanguy lachte: Es war ohne Zweifel ein Mensch darin. Nun trat der Prior hinzu und gab den anderen Mönchen das Zeichen, den Mann im Sack zu zwicken und zu treten: Sie taten es feixend und jubelnd.

Tanguy du Chastel lenkte sein Pferd im Schritt hin zum Prior: »Was ist los, *Frère?* Was hat der Mann im Sack verbrochen?« fragte er neugierig. Der Prior schüttelte den Kopf: »Das ist Bruder Amaury. Unbelehrbar! Er hat sich nun schon zum zweiten Mal eine Dirne in den Schlafsaal genommen und will mir nun den Hurenzins nicht zahlen!« Er rief den Mönchen zu: »Na los, zwickt ihn ein bißchen fester, das verträgt er schon! Er hat gestern sicher wieder einen Bastard gezeugt, den wir dann füttern dürfen!«

Tanguy lachte wieder, drehte sein Pferd von dem jaulenden Sack weg und lenkte es zum Hof hinaus. Seine Männer folgten ihm. Das Klappern der Hufe hallte von den hohen Mauern des sonst leeren Klosterhofes wider.

In ihrem Wagen war nur Yolanda wach: Ihre Tochter Marie und ihre Hofdame schliefen schon wieder eng aneinandergeschmiegt auf den weichen Kissen des Karrens, denn die frühe Stunde des Morgenlobgottesdienstes hatte sie erschöpft. Die Pferde zogen an, es ging ein Ruck durch das Holz und die Räder, und Yolanda hob noch einmal den Vorhang, ehe auch sie weiter ruhen wollte. Ihr war wieder übel, und ihr Leib schien ihr geschwollen: War sie nun wieder in gesegneten Umständen, oder hatte der Abt gestern abend schlechten Wein unter all den Gewürzen verborgen? Sie hatte nicht einmal von dem frischen Bier kosten können, für welches das Kloster bekannt war!

In dem kleinen Dorf vor dem Kloster hatte der Hagel des Vorabends beträchtlichen Schaden angerichtet: Die noch nicht abgeernteten Felder lagen niedergedroschen, und auf den traurig anzusehenden Flächen suchte sich das magere Vieh hie und da noch einen stehenden Halm. In den Dächern der Hütten aus Lehm und Stroh klafften Löcher so groß wie ein Kindskopf, auf den Straßen lagen zerbrochene Krüge aus Ton, und Kinder mit hohlen, hungrigen Gesichtern, zerrissenen Kleidern am Leib und Matsch an den nackten Füßen fingen magere Ferkel und gackernde Hühner ein, die in der Verwirrung aus ihren Gehegen entkommen waren. Yolanda wußte, daß der Herzog von Burgund mit Zustimmung der Königin hier in der Île-de-France im vergangenen Jahr die *taille* wieder erhöht hatte: Die Herd- und Kopfsteuer legte den Bauern nun fast das Doppelte ihrer bisherigen Abgaben auf. Die Türen der niedrigen Häuser hingen offen in den Angeln, damit die Wasserlachen im Inneren austrocknen konnten: Yolanda sah in den Stuben die Schatten der Frauen, die schon wieder Brot buken, Seife siedeten und Wolle oder Flachs spannen, während die Männer versuchten, das feuchte Stroh auf den Plätzen zu wenden, damit es noch zur Fütterung taugte, auf die Dächer stiegen und ihr Vieh zählten. Einige von ihnen standen auch nur in kleinen Gruppen zusammen: Sie weinten und fluchten, rotzten sich in die Finger und versuchten, sich in ihren zerlumpten Kleidern gegen die Kälte und Nässe zu schützen.

Yolanda seufzte und lehnte sich nun ebenfalls in ihre Kissen zurück. Viele Jahrzehnte Krieg mit England und viele Hände, die nach der Krone griffen: Das kam das Land teuer zu stehen! Es wurde Zeit, daß ein Mann für Ordnung sorgte. Mußte das, wie der Abt meinte, der Herzog von Burgund sein? Mußte es »ein Mann« sein? Der Gedanke entfaltete seine lockende Kraft, er leuchtete in ihrem Kopf, wies ihr einen Weg, und seine Waghalsigkeit ließ das Blut rascher durch ihre Adern fließen. Es dauerte deshalb lange, bis das beruhigende gleichmäßige Geräusch der Hufe von Tanguys Rappen neben ihrem Wagen sie schließlich in einen tiefen zweiten Schlaf wiegte.

⚜

Paris, im Oktober 1413

Geliebte Mutter!
Nur einige rasche Zeilen an Dich, ehe ich den Kienspan neben meinem Bett löschen muß. Die Augen fallen mir zu, denn die Königin hat für ihr Treffen mit der Herzogin von Anjou auf dem Gut ihres Bruders Ludwig im Barte in Marcoussis packen lassen. Was für eine Arbeit! Stell Dir nur vor, sie nimmt dafür alles an Hausrat mit, was sie in den Tagen dort benötigen mag. Ihre Räume in den königlichen Gütern sind vollkommen leer vor ihrer Ankunft, und sie läßt erst dann die schlicht geweißelten Wände und den kalten Steinfußboden schmücken. Ich habe die Zofen bei ihrer Arbeit beaufsichtigen müssen: Ich sage Dir, schlimmer als unsere Küchenburschen, die die Speckseiten stibitzen wollten. Diese Mädchen haben immer diebische Finger, und wie schnell sind eine glitzernde Brosche oder ein wertvolles Stundenbuch verschwunden! Ich habe mit einem Mal Angst vor der Reise und dem Aufenthalt dort: Pierre hat mir nun doch eine kurze Nachricht zukommen lassen. Er wird ebenfalls in Marcoussis sein, und ich soll mich für ihn bereit halten,

schreibt er. Ich weiß, wie sehr er sich einen Sohn wünscht, und ich versuche so sehr, ihm eine gute Frau zu sein, wenn wir uns sehen. Aber leicht ist das nicht: Er badet nicht wie die Männer hier am Hofe und versteht sich auch kaum auf ein gefälliges Wort mir gegenüber. Dennoch, mach Dir bitte keine Sorgen: Ich werde mich für ihn so schön als möglich machen und meine vor Gott und den Menschen abgegebenen Gelübde solange ich lebe Wort für Wort einhalten. Vielleicht wird es besser, wenn ich ihm einen Erben schenke? Ich hatte gehofft, schon nach den Tagen in Creil Leben unter dem Herzen zu tragen. Was kann es Schöneres geben? Möge Gott mir meinen Wunsch nach einem Kind erfüllen. Um den Herrn milde zu stimmen, habe ich das letzte Geschenk meines Unbekannten, eine Spieluhr, die mit Saphiren und Smaragden besetzt war, dem Kloster Sainte-Croix de la Brétonnerie gestiftet. Eitler Tand, sonst nichts. Der Brief aber, der neben der geheimnisvollen Gabe lag, war zu schön, um ihn zu zerreißen! Jedes Wort darin klang wie ein Lied, und ich murmelte die Verse leise vor mich hin, bis ich endlich einschlafen konnte. Sei nun umarmt und geherzt, ich hoffe, Dein Husten ist abgeklungen. Sag Vater, er soll nicht so geizig mit dem Feuerholz sein, schließlich hat das Poitou im Gegensatz zum Umland von Paris noch Wälder! Wenn er niemanden mehr bezahlen kann, um Bruch zu sammeln, dann muß er es eben selbst tun! Die allzu herrschaftlichen Tage sind eben vorbei, wenn man keinen Sou mehr hat. In Liebe, Deine Tochter

Jehanne

2
Das Treffen von Marcoussis

Es war früher Morgen, als Isabeau die Kreuzgänge um die Gärten des Hôtel Saint-Paul betrat. Sie ließ das dunkle Labyrinth der Gänge des Palastes hinter sich und trat hinaus an das Licht und an die Luft. Der Himmel über Paris leuchtete nach dem schweren Unwetter der vergangenen Nacht, und feine Wolkenspuren zogen sich wie eine Liebkosung über das helle Blau. Ihr Atem stand Isabeau dennoch in der überraschend kalten Luft in Wolken vor den Lippen, und sie schob fröstelnd ihre Hände unter den glockigen Saum der Ärmel ihres Schnürmantels. Sie hatte ihre Handschuhe in ihrer Kemenate vergessen, und die Manschetten und der Kragen des Mantels aus dem weichen, fransigen Fell normannischer Schafe wärmten sie nur dürftig. In den Pfannen, die während des Tages mit glühenden Kohlen gefüllt waren, lag noch die kalte Asche vom Vorabend. War sie denn eher wach als ihre Diener? Wahrlich, wofür bezahlte sie sie! Isabeau ging nun schneller, um ihre Zehen in den Schnabelschuhen aus zu dünnem rostfarbenem Leder warm zu halten. Einmal in den Gärten angekommen, würde die Luft frischer und weniger klamm sein, so hoffte sie! Ihre Finger zwirbelten unruhig die Enden des Schleiers, der von ihrer Flügelhaube auf ihre Schultern fiel und der unter dem Kinn festgebunden war. Sie hatte Jehanne de Giac gebeten, die Binde nicht zu straff zu ziehen, so daß sie noch klar und deutlich sprechen konnte. Sie bewegte das Kinn wie zur Probe einige Male hin und her.

Ihre Schritte klangen durch den leeren Gang. Hinter ihr schlug mit einem Mal eine Tür zu, es hallte durch den grauen Stein, und von einem der ebenen Fenstersimse erhob sich eine schwarze Wolke von Krähen kreischend und krächzend. Es sah aus, als regnete es schwarze Asche. Sie bekreuzigte sich und verlangsamte erschrocken ihren Schritt, ehe sie um die letzte Ecke hin zu den Gärten bog: Ob es richtig gewesen war, unbegleitet hierherzukommen?

Doch da war sie schon in den letzten Kreuzgang vor den Gärten eingetreten. Sie durchquerte ihn und war noch immer erstaunt über die plötzliche Weite und Farbigkeit der Anlagen, die sich vor ihren Augen ausstreckten: Niemals hätte man hinter dem Schmutz und dem kochenden Leben des Boulevard Saint-Antoine und der Rue Saint-Paul diese fruchtbare Schönheit vermutet! Trotz der vergangenen, für die Jahreszeit viel zu frostigen Tage blühten noch viele der Blumen, die der König vor langer Zeit für sie hatte pflanzen lassen. Es war, als habe die Kälte sie in Schönheit erstarren lassen: Die dreihundert Stauden von roten und weißen Rosen leuchteten zwischen den tausend Kirschbäumen und hundertfünfzig Pflaumenbäumen; nahe den niedrigen, dichten Büschen von Lavendel, Thymian, Rosmarin und Lorbeer, deren Duft seinen Weg auch in die Töpfe der hundertundsiebzig Köche des Hôtel Saint-Paul fand; bei den vollen Beeten mit blühenden Tomaten und Zwergäpfeln; vor jenen niedrigen Hecken aus Myrten und bittersüß duftendem Buchsbaum, welche zum Labyrinth gepflanzt waren, in dessen Herzen sich eine Bank aus Silber verbarg. Sie verdrängten nun die Bündel von Tulpen aus Holland, deren Preis dem Haushofmeister des Königs wohl den Schweiß auf die Stirn treiben konnte und von welchen nun nur die Knollen aus der Erde lugten. Gegen eine Blume jedoch kam auch die gereihte, vielfach volle Blütenpracht der Rosen nicht an: Die Lilien behaupteten sich noch immer fordernd als wahre Herrscher des Gartens, flammend und in allen Farben, die ihnen zur Verfügung standen. In den siedenden Sommernächten der Stadt konnte ihr Duft so betörend werden, daß Isabeau die Fenster ihrer Kemenate schließen lassen mußte. Der süße Zauber raubte ihr dann den Schlaf und erinnerte sie zu schmerzlich an das Gewesene.

Eine der Lilienblüten hatte sich an diesem Morgen ihren Weg über die niedrige Balustrade des Kreuzganges gesucht: Ihr Kopf, von hellem Gelb und tiefem, königlichem Purpur, leuchtete Isabeau entgegen. Der Rand ihrer hellgrünen Blätter schien so scharf zu sein wie ein Schwert, und der Tau glitzerte auf ihm.

Isabeau verharrte, fuhr mit dem Finger über das leuchtende Grün und erwartete beinahe, einen Blutstropfen auf ihrer Haut zu sehen. War dies ein gutes Zeichen? Sie beugte sich zu der Lilie hinunter und sog ihren Duft ein, dem schon die Kristalle eines frühen Winters innewohnten.

In diesem Augenblick hörte sie die Schritte und die leisen Stimmen vom anderen Ende des Kreuzgangs auf sie zukommen.

Sie hob den Kopf: Da waren sie! Ganz so, wie der Arzt Guillaume Le Pelletier es ihr versprochen hatte. Sie sah den Menschen, dessen Anblick sie seit einigen Jahren so verunsicherte, wie er sie zuvor ermutigt hatte: König Karl von Frankreich betrat gemeinsam mit seinem Arzt und Johann ohne Furcht, dem Herzog von Burgund, die Gärten. Die kalte Erde atmete nun ersten Nebel aus, und die Beine der Männer schienen bei ihren langsamen Schritten den Schwaden zu entwachsen.

Isabeau runzelte die Stirn, doch ihr Herz machte gegen ihren Willen einen Sprung: Was hatte Johann ohne Furcht hier zu suchen? Man hatte sie nicht davon unterrichtet, daß er sich wieder nach Paris gewagt hatte, nachdem er die Stadt im Sommer an Bernhard von Armagnac verloren hatte. Jedermann ging davon aus, daß der Herzog sich auf seinen Liegenschaften in Flandern befand. Weshalb ist er noch nicht bei mir gewesen, schoß es ihr durch den Kopf, doch sie verbot sich den Gedanken augenblicklich. Es war die Frau in ihr und nicht die Königin, die sich eine solche Frage stellte.

Da aber betraten auch schon ihr Sohn Ludwig, der Dauphin, und seine Frau Margarete die grauen Steine des Ganges. Nun, so konnte sie die Anwesenheit des Herzogs verstehen: Johann ohne Furcht wollte sich wohl mit seinem Schwiegersohn gut stellen. Isabeau kannte ihren Sohn: Er war trotzig und ungestüm, und er ertrug nur schwer das Joch der Aufsicht seiner beiden Onkel, der Herzöge von Berry und Burgund, über seine Erziehung.

Isabeau ging nun auf den König zu, langsam und vorsichtig. Man wußte nie, wie es ihm von einem Tag auf den anderen ging. Mal war er ein rasendes Ungeheuer, mal ging es ihm wieder gut genug, um den Vorsitz im Thronrat zu führen. Diese kurzen Augenblicke der Gesundheit dauerten stets gerade lange genug an, als daß man ihn aufgrund seines Wahnsinns hätte absetzen können. Der König sah sie und hielt erstaunt in seinem Schritt inne. Sie knickste tief, doch sein Gesicht blieb leer und ohne Erkennen.

»*Sire*, wie geht es dir heute?« fragte sie ihn leise und förmlich.

Er antwortete ihr nicht. Daß er sie überhaupt verstanden hatte, konnte sie nur daran erahnen, daß seine Augen nach Halt suchend über ihr Gesicht glitten. Sie waren von dem hellen Blau der Valois, aber der furchtbare Mangel an Leben in ihnen ließ sie verwaschen erscheinen.

Sie jedoch sprach wieder zu ihm und nahm nun mutig seine Hände in die ihren. Wie lange hatte sie ihn nicht mehr berührt, den Mann, aus dessen Armen sie sich lange Nächte nicht hatte lösen wollen?

»Majestät? Karl? Erkennst du mich, deine Gattin? Ich sehe, du gehst mit unserem Sohn spazieren! Es ist so ein schöner Morgen …«, sagte sie mit froher Stimme. Vielleicht würde ja ein Wunder geschehen!

Er hob die Hand, Stille gebietend, und legte den Kopf schief.

Sie verstummte voll Hoffnung. Zwischen den Augenbrauen des Königs erschien nun eine kleine Falte, und Guillaume Le Pelletier trat einen Schritt nach vorne, schon bereit einzugreifen.

Der König aber sagte nur mit sanfter Stimme: »Madame, Ihr müßt Euch täuschen! Ich bin kein König, und ich heiße auch nicht Karl.« Er sah auf den Garten hinaus und schien zu überlegen. Kleine Nebelschwaden wirbelten nun um Zwergäpfel, zogen wie Fahnen durch das Heckenlabyrinth, in welchem Karl und Isabeau als junge Eheleute Fangen gespielt hatten.

Er sprach weiter: »Karl. Ein schöner Name, gewiß. Hätte ich einen Sohn, so sollte er ihn tragen. Wer die Männer sind, die mich begleiten, weiß ich nicht …« Er verstummte mit einem Mal, spitzte die blassen, rissigen Lippen und pfiff eine kleine Melodie, die doch kein Lied ergab.

Sie konnte nicht sprechen, denn die Tränen, die ihr heiß durch die Kehle stiegen, drückten ihr die Stimme ab. So hob sie seine Hände, die sie noch immer fest umfangen hielt, an ihre Lippen und küßte sie inbrünstig. Seine Haut roch welk.

Karl schien zu erschrecken und murmelte abwehrend: »Aber gute Dame, so weint doch nicht! Was immer Euer Herz betrübt, ich bin sicher, man kann diesen Kummer heilen!«

Seine Worte ließen sie noch mehr weinen, und ihre Tränen liefen bitter auf seine Haut. Er löste sich sanft aus ihrem Griff und faßte sie an der Schulter: »Wenn es Euch hilft, so können wir einige Schritte gehen ...« Er nahm ihre Hand, gab ruhig den Schritt vor, und sie folgte ihm blind vor Tränen.

»Seht, Madame, die Rosen blühen noch ...«, sagte er beruhigend. Der geharkte Kies auf den Wegen zwischen den Beeten und den Bäumen knirschte unter ihren Schritten. Sie jedoch sah nur auf ihn, der sich endlich zum ersten Mal seit drei Monden hatte waschen lassen. Er hatte seinen Kammerherren erlaubt, ihm den Bart zu scheren und ihm die struppigen Haaren zu schneiden. Seine Pagen hatten ihn baden und ihm frische Kleidung aussuchen dürfen. Aber auf seiner armen Haut sah sie die Geschwüre, wo sich während seines letzten Wahnsinns Würmer und Maden in seine Haut gefressen hatten, und seine Haare waren so kurz, damit man der Läuse leichter Herr wurde. Er war so ruhig und freundlich wie seit Monden nicht mehr, aber dies bedeutete ja nur, daß er sie nicht erkannte: Er hatte heute alles vergessen, seinen Namen, die Jahre des Glücks, ihre Heirat und ihre Kinder.

Sie wagte dennoch einen weiteren Versuch, die Erinnerung in seinen wirren Kopf zurückzurufen: »Die Rosen erinnern mich an jenen Morgen, an dem ich in Paris eingezogen bin! Du hattest den gesamten Weg von Saint-Denis bis nach Châtelet und Notre-Dame mit Rosenblättern bestreuen lassen! Über die Straßen waren Girlanden, Spruchbänder und mit Gold bestickte Tücher aus blauer und roter Seide gespannt, Paris sah aus wie ein Lager der Ungläubigen während der Kreuzzüge! An jedem Platz, an jeder Kreuzung führten unsere Untertanen *histoires* auf! Aus den Brunnen sprudelte der gewürzte Wein, der beste überhaupt, der *Clairet* aus deinem Reich und der *Hypocras*, den du aus Zypern hattest kommen lassen! Junge Mädchen mit Kappen aus Gold schenkten ihn aus, während ganze Chöre von Kindern wie die Engel sangen! Erinnerst du dich, Karl? Das Volk schrie vor Freude und Verwunderung! Erinnerst du dich?« bedrängte sie ihn. Vielleicht kam er auch ihm wieder in das Gedächtnis zurück, dieser Traum von Spielen und Lust, den sie gelebt hatten!

Der König sah sie jedoch nur liebenswürdig leer an und sagte nichts. Aus den Augenwinkeln konnte sie erkennen, wie der Herzog von Burgund seinen Schritt etwas beschleunigte, um ihnen näher zu kommen.

Sie lachte auf, um Johann ohne Furcht zu verwirren, und drückte den Arm ihres Mannes: »Du selbst hast dich unter die Menge gemischt, als Bürger verkleidet, und die Wachen gaben dir ein, zwei feste Schläge mit der Rute, weil du den Kutschen der Damen zu nahe gekommen bist … Karl? Erinnerst du dich? Richtig gestäupt haben die Männer dich!« Wieder mischte sich ein kleines Schluchzen in ihre Stimme, die der Nebel der Gärten nun zu schlucken schien.

Das erste hoffnungsvolle Blau des Himmels verblaßte nun zu einem gleichgültigen Grau. Der Morgen wurde klamm. Er hatte sich entschieden, die Sonne nicht zu sich zu lassen.

Der König hatte die Augen geschlossen und schüttelte nur wieder den Kopf. Er stand nun still und sah hinaus, über die rund geschnittenen Wipfel der Bäume hin zu den hohen Mauern, die das Leid seines zerrissenen Königreichs von ihm fernhielten. Isabeau senkte den Kopf und sah an seinen Handgelenken den Wundbrand von den Fesseln, die ihn sonst an sein Bett banden.

»Aber ich heiße doch nicht Karl …«, flüsterte er und griff sich an den Kopf, den mit einem Mal ein geheimnisvoller Schmerz zu zerreißen schien.

In ihrer Kemenate brannten die Feuer hoch, und Isabeau seufzte erleichtert, als Jehanne de Giac ihr die steife Binde von den Ohren löste und sie unter dem Kinn aufschnürte, um ihr die schwere, mit Perlen und Edelsteinen besetzte Flügelhaube abzunehmen. Isabeau bewegte einige Male vorsichtig ihren vom Leinen befreiten Kiefer. Der pochende Druck hinter ihren Schläfen ließ augenblicklich nach.

»Danke, Jehanne. Bring mir warmen Wein und von dem Feigenbrot! An diesem elenden Tag sind meine Knochen kalt, und ich muß heute noch nach Marcoussis abreisen!« sagte sie.

Sie ließ sich in den weichen Lehnstuhl vor dem Feuer sinken und sah in die Flammen. Noch ehe Karl die Gärten verlassen hatte, hatte die Gewalt seines Irrsinns ihn wieder ergriffen: Er schrie, als stächen tausend Teufel ihn, er flehte, man solle diesen bösen Zauber doch von ihm nehmen. Als Guillaume Le Pelletier ihn hatte halten wollen, schlug Karl dem Arzt einen Zahn aus, und der Dauphin hatte sich schützend vor Isabeau und seine junge Frau Margarete geworfen.

Isabeau sah aus dem Fenster, wo sich der Nebel nun immer dichter vor den vielen kleinen Scheiben aus dickem Glas zusammenzog. Dort, wo das Glas auf die Fassung aus Blei traf, beschlug es bereits und nahm einem die klare Sicht. Der am Morgen noch freie Himmel hatte sich vollkommen bezogen, und es begann wieder zu regnen. Was für ein unwirtlicher Tag! Ihre Gedanken wanderten, und sie ließ sie frei ziehen: Ob die Herzogin von Anjou heute schon in Marcoussis ankam? Sie selbst wollte nach dem Frühmahl aufbrechen: Ihr Haushofmeister ließ bereits die Karren beladen mit ihren Kleidern, ihren Möbeln, ihren Teppichen und Bildern sowie ihren Tieren. Ihre Lippen entspannten sich zu einem Lächeln, und sie lehnte den Kopf gegen das weiche Polster des hohen Stuhles, auf welchem Einhörner und Löwen eingestickt waren.

Als sie die Tür sich leise öffnen hörte, erwartete sie nur Jehanne mit dem warmen Wein. Die nackte Hand aber, die sich hart auf ihre Schulter legte, war stark und die eines Mannes.

Isabeau sprang mit einem leisen, entsetzten Ausruf auf: Vor ihr stand Johann ohne Furcht. Er war nicht groß gewachsen, aber seine stolze Art, sich zu halten, füllte den Raum. Der Herzog von Burgund war der erste Edelmann Frankreichs gewesen, der sie vor fast dreißig Jahren im Land willkommen geheißen hatte. Schon damals hatte er eine Brust, die an einen jungen Stier erinnerte, und seine mächtigen, aber wohlgeformten Schenkel hatten seitdem nichts von ihrer Schönheit verloren.

»Was wagst du!« fuhr sie ihn an. »Wie kannst du unangemeldet in mein Gemach kommen? Wo ist meine Wache?« fragte sie aufgebracht.

Der Herzog von Burgund lachte nur und zog sich den bestickten Handschuh von der anderen Hand, ehe er sich den dunkelblauen Tasselmantel aufschnürte und ihn ohne weitere Umstände auf einer Truhe neben der Tür ablegte. Er ließ sich nach einer kleinen spöttischen Verneigung in den zweiten Lehnstuhl vor dem Feuer fallen, streckte die Beine von sich und sah zufrieden auf seine Stiefel. Ihr Leder, in das der Stiefelmacher kunstvolle Muster gehämmert hatte, war so blank geputzt, daß sich die Flammen des Kamins darin spiegelten.

Er sah nun Isabeau an, und seine Augen funkelten herausfordernd, als er sagte: »Meine sehr geachtete und gefürchtete hohe Dame! Deine Wache erinnert sich an all die Tage und Nächte, in welchen du nichts dagegen hattest, daß ich zu dir kam. Angemeldet …« hier wedelte er mit dem einen Handschuh frech in ihre Richtung, »oder unangemeldet!« Er lachte und zeigte großzügig auf ihren nun leeren Stuhl. »Aber, meine schöne Königin, so setz dich doch wieder! Der Morgen war für dich schon schrecklich genug! Mein armer Onkel! Unser armer König! Hoffen wir, daß Zeit und Ruhe ihn von seinem rasenden Irrsinn heilen können«, sagte er sanft und ohne seine Heuchelei zu verbergen.

Isabeau blieb trotzig stehen, worauf er mit einem Mal ihr Handgelenk packte. Sie keuchte unter dem Druck seiner Finger auf, und er zog sie unbarmherzig in das Kissen ihres Stuhles. »Setz dich, habe ich gesagt!« Der Ton seiner Stimme klang mit einem Mal scharf und erlaubte keinen Widerspruch.

Sie gehorchte und wollte ihn nicht ansehen, doch seine Frechheit beeindruckte sie von neuem, immer wieder. Er trägt seinen Namen nicht umsonst, dachte sie: ohne Furcht. Den Beinamen hatte er sich während des letzten Kreuzzuges des vergangenen Jahrhunderts nach Nikopolis erworben. Dennoch: So leicht gab sie sich nicht geschlagen!

»Was machst du in Paris?« fragte sie ihn deshalb kühl und strich den Rock über ihren zitternden Schenkeln glatt. Er erfaßte die Unruhe ihrer Glieder mit einem Blick und zog die Augenbrauen hoch. Sie errötete und ärgerte sich darüber.

»Wir alle glaubten dich in Flandern: Bernhard von Armagnac und auch der Dauphin! Du hast die Stadt zu verlassen! Du darfst dich hier nicht ohne deinen Onkel, den Herzog von Berry, aufhalten! Dein letzter Friedensvertrag mit den Armagnacs besagt das nicht ohne Grund!«

Er hörte ihr schweigend zu und lächelte sie nur mit funkelnden Augen an. Sie wurde zornig ob seiner spöttischen Gelassenheit: »Du mußt damit aufhören, dich in die Angelegenheiten des Königreiches zu mischen! Genügt es nicht, daß wir mit England Krieg führen? Mußtest du das Land noch in einen Bürgerkrieg treiben?«

Der Herzog zog die Augenbrauen hoch. »Ich soll daran schuld sein? Du meinst, weil ich Ludwig von Orléans damals die gerechte Strafe habe zukommen lassen? Eitler Laffe, Lügner und Betrüger, der er war! Ketzer und Hexer! Weißt du was? Ich hätte ihn schon viel eher töten sollen. Aber es stimmt, seither ist es etwas schwierig zu sagen, wer denn nun das Sagen hat in Frankreich: Aber das wird sich ändern!« lächelte er. Mit einem Mal fügte er leiser hinzu: »Denn du, meine schöne Herrin, stehst doch noch auf meiner Seite?« fragte er neckend, und seine Finger glitten so rasch über ihren nackten Unterarm, daß sie glaubte, es sich eingebildet zu haben.

Isabeau errötete und wandte das Gesicht ab. Sie schämte sich der Nächte, die sie in den Jahren nach dem Mord an Ludwig von Orléans und seit die Krankheit des Königs offensichtlich war, in den Armen des Herzogs von Burgund verbracht hatte. Sie schämte sich ihrer Sehnsucht nach Beistand in jenen Tagen, auf welche sie nichts und niemand vorbereitet hatte. Sie schämte sich vor allem aber, weil weder diese Schwäche noch diese Sehnsucht wirklich vergangen waren. Es war so schwer, nichts als eine starke Königin und keine Frau sein zu wollen.

Der Herzog aber tat, als habe er nichts bemerkt, und sprach unverdrossen weiter: »Ernsthaft: Ich bin in Paris, weil mein Schwiegersohn mich darum gebeten hat! Und das ist nicht mein erster Besuch bei ihm! Ich habe insgesamt drei Briefe des Dauphins hier an meiner Brust.« Er schlug sich gegen sein zweifarbiges Wams, auf dessen beiden Seiten seine Wappentiere eingestickt waren. »Er bittet mich, Paris und ihn von der Herrschaft der Armagnacs zu befreien …«

Isabeau fuhr auf. »Der Dauphin hat noch keine Regierungsgewalt! Wenn die Gesundheit es dem König nicht erlaubt, selbst zu regieren, so fällen der Kronrat und ich die Entscheidungen, und nicht der Dauphin!« sagte sie scharf.

Johann ohne Furcht schüttelte den Kopf und setzte sich auf. Seine Stimme wurde vertraulich: »Isabeau! Begreifst du nicht? Hier in Paris bist du die Gefangene der Armagnacs, nichts anderes! Willst du das? Mit mir kannst du doch frei sein!« sagte er drängend.

Isabeau entgegnete ihm trotzig: »Wenigstens vertritt Bernhard von Armagnac die Ansprüche der rechtmäßigen Königsfamilie!«

Johann schüttelte wieder den Kopf und lächelte milde, was Isabeau zornig werden ließ. Da saß dieser Mann, mächtig, ohne Wärme, und sie fühlte sich ihm so hilflos ausgeliefert wie stets. Er sagte wegwerfend: »Die einzigen Ansprüche, die dieser Saukerl vertritt, sind seine eigenen! Verbünde dich mit mir!« drängte er.

Sie widersprach kraftlos: »Aber die Einigkeit des Landes …«

Hier lachte er auf, so daß seine Hacken auf den Stein vor dem Kamin schlugen und die verzierten Sporen daran klirrten. »Meine Königin! Es *gibt* kein geeintes Land! Das Königreich Karls des Sechsten reicht so weit wie sein wirrer Blick! Die Engländer sitzen in Calais, der Südwesten gehorcht dem Räuber Armagnac, der Nordosten schließt sich mir an! Wach auf, Isabeau, um Gottes willen!«

»Ich will nicht!« schluchzte sie mit einem Mal.

Er sah sie einen Augenblick lang erstaunt an. »Isabeau! Bei Gott, wir sind zusammen jung gewesen, in einer anderen, goldenen Zeit! Meinst du, ich verspüre nicht dieselbe Verzweiflung wie du? Aber unsere Welt geht ihrem Ende entgegen, Königin! Doch was immer ihr nachfolgt, ich werde ein Teil der neuen Welt sein! Weshalb sonst schließen sich mir der Nordwesten und die reichen Länder um Lothringen und Flandern an? Weil ich für die Sicherheit, den Handel und den Wohlstand stehe! Weshalb folgt ein Haufen von Bauern und Raubrittern aus dem Süden dem Lumpen Bernhard von Armagnac und seinen *Bandites?* Weil sie nichts zu verlieren und alles zu gewinnen haben! Sie wollen nur ihren Reichtum, ihre Bequemlichkeit und ihre Rechte!«

Isabeau weinte jetzt nur stumm.

Er schüttelte den Kopf: »Du bist schön, wenn du weinst«, sagte er grimmig, ehe er mit einem Mal lächelte.

Sie trocknete ihre Tränen und warf den Kopf in den Nacken. Johann ohne Furcht schien bei bester Gesundheit zu sein: Seine blaugrünen Augen leuchteten wie Steine nach dem Regen, und seine Haut war von den Tagen des Sommers, den er im Sattel verbracht hatte, noch gebräunt. Wenn er lächelte so wie eben, dann bildete sich um seine Augen mit den dunklen Wimpern ein Kranz froher weißer Fältchen. Er griff sich nun eine Olive, die auf einem silbernen Teller auf dem niedrigen Tisch, der zwischen den Stühlen stand, lag. Er drehte sie zwischen den Fingern hin und her, während er Isabeau musterte. Langsam, herausfordernd, nahm er die Olive zwischen seine vollen Lippen, sie sah seine weißen Zähne leuchten, und sie fühlte die alte Anziehung in sich, zwischen ihren Schenkeln, aufsteigen. Sie wandte die Augen ab, und er lachte zufrieden, während er sorgsam das Fleisch der Olive um den Stein herum knabberte.

»Hm, nicht zu salzig!« lobte er. »Ein Geschenk der Herzogin von Anjou aus ihren Provinzen im Süden vielleicht? Die besten Oliven in Frankreich kommen aus Les Baux de Provence! Kein Wunder, ein Baum, der auf den kahlen Hängen über den Alpilles Wurzeln fassen kann, taugt was!« meinte er mit unschuldigem Gesichtsausdruck. Er leckte sich die Fingerspitzen und musterte Isabeau wie eine Katze die Maus.

Isabeau antwortete wieder nicht, aber ihre Wangen wurden heiß vor Ärger. Konnte man denn vor diesem Mann nichts geheimhalten? Er strich sich nachdenklich über den gepflegten Spitzbart, und mit einem Mal war er neben ihr: Er kniete auf dem Teppich und umfaßte ihren Arm. Sie schloß die Augen und saugte den Duft des mit Moschus und Sandelholz parfümierten Wassers ein, mit dem der italienische Barbier seine Wangen nach der Rasur benetzt hatte.

»Hast du mich so vermißt wie ich dich?« fragte er leise und blies spielerisch durch die losen, dunklen Haare hinter ihrem Ohr.

Sie schüttelte trotzig den Kopf, doch die Stimme versagte ihr.

Er lachte wieder, nahm eine ihrer Hände von der Stuhllehne und begann, sanft an ihren Fingerkuppen zu saugen. »Weshalb werden deine Wangen dann so rot, meine Cousine? Ist das noch die frische Luft des Gartens?« flüsterte er. Er ließ seine Zunge um die zarte Haut an ihrem kleinen Finger gleiten, umspielte die rosige Kuppe einige Male und küßte ihn saugend.

Sie schloß wieder die Augen und fühlte, wie ihr Atem schneller ging. Mit einem Mal riß er sie hoch, nahm sie auf seine Arme und setzte sie auf das breite Fensterbrett ihrer Kemenate, nur einige Schritte von dem Kamin entfernt.

Sie schrie leise auf, als er sie an sich drückte. Die Edelsteine, die als Zierknöpfe auf seinem Wams aus Samt dienten, preßten sich in ihre Brust. Dort, wo sie es nicht wollte, zwischen ihren Schenkeln, spürte sie ihn hart und groß durch sein enges Beinkleid aus Wolle. Sie schluchzte auf. »Laß mich, Johann!«

Er lachte nur wieder und biß sie leicht in ihren kräftigen Hals. Sie seufzte und hielt ihm ihre Lippen entgegen – endlich, endlich war sie wieder dort, wo sie doch nur sein wollte. Was scherte sie Frankreich, was scherte sie die Zukunft! Alles was zählte war, ihn mit jeder Faser ihres Seins zu spüren. Sie schmeckte Tabak, als er mit seiner Zunge zwischen ihre Zähne drang. Sie biß mit gespielter Gegenwehr auf seine fordernden Lippen: Ohne Hindernis gibt es kein Begehren, schoß es ihr noch durch den Kopf. Dann aber gab sie seinem Drängen nach.

Sie schlang ihre Arme um ihn, ja, zog ihn an seinen Schultern und an seinem Wams noch dichter an sich. Er lachte auf und schob ihre beiden Röcke ohne Umstände nach oben, über ihre Schenkel, deren zarte Innenseite er küßte, und band mit geschickten Fingern die zarte Spitze ihrer Culotte auf.

Isabeau schmiegte sich an ihn und wollte ihn schon mehr spüren, als sie es tat. Wie sie ihn haßte, wie sie ihn liebte, diesen Mann, diesen Mörder! Er hatte sie erst in den Augenblicken ihrer Schwäche in sein Bett gezwungen, aber dann, als sie ihn kannte, wollte sie selbst nur noch in seinen Armen liegen. Mit einem Mal jedoch war er ihrem Gemach und ihrem Bett ferngeblieben, eine Beleidigung, die sie nicht verstanden hatte. Der Stolz versiegelte ihr damals die Lippen, aber wie oft hatte sie sich nach ihm gesehnt, nach seiner Stärke, seinem Mut, seinem Rat!

Sie spürte nun seine Lippen auf ihrem Gesicht, seine Zähne an ihrem Hals und ihren nackten Schultern. Seine Hände lösten ihr dunkles Haar und wühlten sich einen Augenblick in die Flechten, ehe er das enge, ausgeschnittene Oberteil ihres Kleids unter ihre Brüste zog. Sie lagen frei und voll vor ihm. Isabeau wollte sie mit den Händen greifen, denn ihre vielen Schwangerschaften hatten ihrem Busen die Straffheit genommen. Er verbot es ihr mit einem Griff: »Laß! Du bist schön«, flüsterte er.

Er senkte den Kopf und saugte an ihrem hellen Fleisch. Sie seufzte, öffnete ihre Schenkel weiter, hob von selbst die Knie an und setzte nun auch ihre Füße auf den Vorsprung aus Stein. Das Glas des Fensters war kalt unter ihrem Nacken, und es begann schon unter ihrer beider Atem zu beschlagen. Er lachte wieder, als er ihr Begehren spürte, und schnürte rasch seine buntbestickte Schamkapsel auf. Dann nahm er ihre Hand und legte sie um sein volles Geschlecht. »Spüre mich!« keuchte er. »Spürst du mich? Willst du mich?«

Sie nickte nur stumm, dann aber legte sie eine Hand auf seine Brust. »Und der König?« fragte sie noch.

Er antwortete das, was sie hören wollte: »Eine Liebe wie die unsere kennt keinen geraden Weg, *ma mie!* Der König denkt, er sei ein Mann aus Glas, und ich bin ein Mann aus Fleisch und Blut!« Ihre Hüften schoben sich ihm entgegen, er griff behende mit beiden Händen unter ihren vollen Hintern und zog sie auf sich.

Als er ganz in ihr war, legte er beide Hände auf ihre Brüste und begann, sich langsam in ihr zu bewegen. »Sieh mich an!« befahl er ihr. »Sieh mir in die Augen!«

Sie gehorchte und wollte ihn noch mehr, noch tiefer in sich, doch er hielt sie mit seinen ausgestreckten Armen zurück, zwang sie gegen das Glas, während er sich langsam seine Lust nahm. Sie weinte leise, ob vor Glück oder Trauer, wußte sie in diesem

Augenblick selbst nicht. Ihre Arme schlangen sich um seine Schultern, während ihre Nase an seinem Hals die Stelle suchte, wo er am meisten nach sich roch.

Einige Augenblicke später lehnten beide keuchend aneinander: Sie fuhr zärtlich durch sein Haar, blies über seine breite Stirn, strich über sein Gesicht. Ihre Finger folgten den feinen Linien, die sich um seine Augen und seine Lippen eingegraben hatten wie eine Landkarte seiner Abenteuer. Dort, in seinem kleinen Spitzbart schimmerten einige Schweißtropfen, sie wollte sie aufsaugen. Ob er wohl Lust hatte, mit ihr zu speisen, bei ihr zu bleiben, bis sie aufbrechen mußte? Mit einem Mal hatte sie eine tiefe Sehnsucht nach Glück, nach Zufriedenheit, nach einem Morgen, das friedlich sein konnte.

Mit ihm? Und: Weshalb nicht? fragte sie sich trotzig.

Er drehte den Kopf etwas, und seine Ohrringe aus Saphiren und Smaragden, das Blau und das Grün des Wappens von Burgund, glänzten im matten Licht auf. Einen Augenblick lang sah es so aus, als wollte er an ihrer Schulter ruhen, und sie lächelte zärtlich in sein dunkles Haar.

Mit einem Ruck aber richtete er sich auf, atmete tief durch und fragte dann: »Also, wohin verreist du diesen Mittag? Ich habe gesehen, daß du sogar deine Tiere verladen läßt.«

Seine plötzliche Sachlichkeit traf sie schmerzhaft, sie war froh, ihre Gefühlsregung nicht verraten zu haben, und verzog nun nur spöttisch den Mund. »Ich werde einige Tage in Marcoussis verbringen …«, sagte sie spielerisch.

»Bei deinem Bruder, dem Lumpen? Neulich erst haben wir seine Männer an der Grenze aufgegriffen! Sie hatten fünf Fässer voller Juwelen im Gepäck und wollten ab damit nach Bayern! Das sollte im Volk besser nicht bekannt werden. Triffst du nicht noch jemand anderes, dort in Marcoussis?« bohrte er weiter.

»Wirklich, es steht dir nicht an, dich so in meine Angelegenheiten zu mischen! Ich will nur einige Tage in Ruhe verbringen. Ich treffe dort niemanden. Und nun geh!« herrschte sie ihn an, aber sie bereute ihre letzten Worte augenblicklich.

Er lachte nur, trat einen Schritt zurück und schnürte sich die

Hosen zu. »Wie du befiehlst, meine Königin!« Er verneigte sich, und ihre Würde legte sich wie ein Mantel um ihre Blöße.

»Ich hasse dich!« sagte sie mit einem Mal. Die Worte sprossen in ihrem Herzen, schwollen durch ihre Kehle, für all den Schmerz, den seine Unberechenbarkeit ihr schon zugefügt hatte.

Er nickte. »Ich weiß«, sagte er schlicht. »Aber wenn du jemals wirklich Hilfe brauchst, dann schreib mir einen Brief, und versiegele ihn mit diesem Ring. Dann wirst du sehen, auf wen du dich wirklich verlassen kannst! Auf mich oder auf das Lumpenpack der Armagnacs.«

Er zog sich einen Siegelring vom kleinen Finger und hielt ihn ihr hin. Sie zögerte und nahm ihn dann an sich. Als sie das Schmuckstück näher besah, mußte sie die Feinheit der Arbeit bewundern. In den Siegelstein aus Lapis war ein einziger Stern vor einem wolkigen Himmel geschnitten, und sie konnte die Worte *»La Même«* entziffern.

»Dieselbe?« fragte sie beinahe spöttisch.

Er zuckte die Schultern. »Oder: die Einzige?« warf er hin. »Wer weiß?« fügte er leiser und auch lockend hinzu.

Isabeau sah ihm in die Augen, aber sie erkannte darin keine Regung: Ihr Blick fiel in den seinen wie ein Stein in einen tiefen Brunnen. Er trat nun in die Mitte des Raumes, wo er sich seinen Mantel umlegte. Die gewundenen Tasseln schlang er dabei geschickt um die beiden Haken unterhalb der Kragenspitzen. Er verneigte sich so tief, daß der üppig geschnittene Stoff einen glockigen, weiten Bogen schlug: Der Anblick erinnerte Isabeau an eine Abbildung des Teufels in den kunstvollen Stundenbüchern des Herzogs von Berry.

Im Hinausgehen griff Johann ohne Furcht sich noch eine Olive, warf sie in die Luft und fing sie geschickt wie ein Gaukler mit den Lippen auf. Kauend drehte er sich um, spuckte den Stein auf den Boden, schluckte hinunter und sagte dann: »Vergiß nicht, auf welcher Seite du stehen willst, meine Königin: auf der Seite der Sieger!«

In diesem Augenblick klopfte es an die Tür, und ein Page öffnete Jehanne de Giac, die auf ihren Händen ein Tablett mit Wein und Feigenbrot trug. Sie erschrak, als sie Johann ohne Furcht sah, und versank in einen Knicks. »Verzeiht, Herrin. Ich wußte nicht …«, begann sie und wagte kaum aufzusehen. Der Herzog lachte auf und musterte sie aufmerksam. »Hübsch«, meinte er dann nur wie beiläufig.

Jehanne erwiderte seinen Blick stumm.

»Du kannst gehen, Jehanne«, fuhr Isabeau auf, ohne ihre Nacktheit zu bedecken. Jehanne de Giac gehorchte. Johann ohne Furcht drehte sich noch einmal nach Isabeau um, lachte und verließ ebenfalls ihr Gemach.

Draußen auf dem Gang hörte sie ihn hell pfeifen, wie er so oft gepfiffen hatte: nach seinen beiden italienischen Windhunden, welche er mit den besten Happen seines Tisches fütterte; nach seinen drei Leibwächtern, gedrungenen, bulligen Kerlen aus Flandern; nach seinem Zwerg Jerôme, den er an einem mit Edelsteinen besetzten Halsband und einer Leine spazierenführte und ihn Kapriolen schlagen hieß; nach der stummen Mohrin Khadija, die er als Säugling aus den Flammen von Nikopolis gerettet hatte und deren Schleier von einer goldenen Spange vor Mund und Nase zusammengehalten wurden, ohne daß dies ihre Schönheit hätte verbergen können; nach seinem Pagen, der einen seiner edlen Falken auf der linken Faust hielt. Der Herzog von Burgund ließ sich seine Vögel zur Beizjagd von jenseits des Mittelmeeres kommen: Nur sie, so sagte er, hatten den scharfen Schnabel und das unfehlbare Auge von wahren Raubvögeln. Die Falken trugen Kappen so rot wie die Mohnblumen auf den Feldern von Flandern, und er liebkoste sanft ihr Gefieder, als sei es das Haar einer Frau, ehe er ihnen das Leder von den Augen zog und sie jagen und töten hieß.

Isabeau saß einen Augenblick still auf dem Fenstersims, ehe sie ihr Kleid wieder nach oben über ihre Schultern zog, ihre Röcke glattstrich und sich langsam auf ihre Füße ließ. Als sie sich hinstellte, zitterten ihre Schenkel noch vor unbefriedigter Lust und vor Zorn über seine Zurückweisung. Sie hörte die Schritte des Herzogs und wünschte sich, er käme zu ihr zurück, anstatt sich von ihr zu entfernen. Das Feuer knackte, einige Scheite fielen in sich zusammen, und sie zuckte ob des Funkenregens im Kamin und auf den Steinen vor der Feuerstelle zusammen. Isabeau eilte zum Kamin und trat die Glut um den Rand nahe den Teppichen aus. Sie griff nach dem Schürhaken, der in Form eines Pferdebeines geschmiedet war, und schob die Glut nach hinten, in den Schlund des Kamins hinein. Aber die soeben erlittene Beleidigung schwelte in ihrem Herzen wie die Glut unter der Asche der Feuerstelle: Sie sah auf, hin zur geschlossenen Tür.

»Wer Sieger ist, mein Herzog, entscheide noch immer ich!« sagte sie leise und bestimmt.

Ha! Wer war schon Burgund, wer waren Armagnac und Orléans? Falken, die den Adler töten wollten, um die Tauben besser schlagen zu können! Aber sie hatten nicht mit der Entschlossenheit gerechnet, mit der sie selbst ihren Horst verteidigen würde! Sie ahnten nichts von der Kraft ihrer Klauen, der Schärfe ihres Schnabels, dem Schlag ihrer Schwingen! Mit dem Treffen in Marcoussis sollte der erste Tag ihrer neuen Macht anbrechen.

⚜

Yolanda schien das Gut von Marcoussis so einsam und verloren wie eine Insel in einem Meer aus Nebel zu liegen. Die Umrisse seiner Mauern lösten sich fransig im schwebenden Dunst auf, und die dunklen Gerippe der Bäume im Park ragten aus dem milchigen Tag. An ihren Wurzeln konnte man schwach die Bewegungen des grasenden Wildes ausmachen, Rehe, Fasane und Wildschweine. Die Tiere bewegten sich frei und zufrieden im Schutz der Nebelschwaden und scherten sich kaum um die Diener, die im Park die ersten Kastanien sammelten, gebeugt und hastig, mit denen sie die Schweine fütterten. Einige Mägde wagten sich trotz der Kälte mit der Wäsche an den Fluß, doch ihre Schritte schienen schwer von der Feuchtigkeit, die sich in den Saum ihrer Kleider sog. Yolanda konnte keine von ihnen lachen oder singen hören, sondern sie gingen stumm und nachdenklich ihrer Arbeit nach.

Yolanda und Tanguy hatten an dem trüben Morgen in Marcoussis den beiden ältesten herzoglichen Kindern zugesehen, wie sie *Jeu de Paume* spielten: Marie und Ludwig warfen den Ball erst gegen eine Wand des überdachten Platzes, ehe der andere ihn mit der Hand auffing und gekonnt in der entgegengesetzten Richtung wieder an die Wand prallen ließ.

Yolanda spürte Tanguy du Chastels warmen Atem in ihrem Nacken, seine ganze angespannte Nähe, als er sagte: »Prinzessin Marie läßt Ludwig ein ums andere Mal gewinnen! Sie wird mir ein rechtes Weib, an dem ein Gemahl Freude haben wird.«

Yolanda nickte und antwortete ihm, ohne sich jedoch umzudrehen. »Ja, gefügig wie ein Lamm! Sie wird uns keine Schwierigkeiten machen.«

Tanguy lachte kurz auf. »Erzieht sie nur nicht zu sehr. Das verdirbt ein Weib nur.«

Als die scheinbar zahllosen Wagen des königlichen Zuges in den Hof ratterten, zog Yolanda sich mit ihren Damen in die ihr zugewiesenen Gemächer zurück: Isabeau als ihre Königin würde es sie wissen lassen, wann sie für ein Treffen bereit war. Dennoch konnte sie ihre Neugierde nicht ganz unterdrücken und sah aus dem Fenster, als das Hab und Gut der Königin abgeladen wurde. In dem ummauerten Hof von Marcoussis war man umtriebig zugange: Stallknechte spannten die Pferde ab und brachten sie in die Ställe, wo ein Schmied ihre Hufe untersuchte oder ihnen Heu in die Krippen gefüllt wurde. Der Regen hatte das Leder des Zaumzeugs klamm werden lassen: Deshalb fetteten sie es sorgsam ein, ehe die Riemen zum Trocknen in die warmen Ställe kamen, damit sie nicht brachen. Mägde stapelten das frische Leinen der Königin in große Körbe und hievten sie sich auf die Schultern, um die Betten für die hohen Gäste zu bereiten.

Yolanda sah, wie einige Männer von der Jagd zurückkehrten: Sie trugen an lange Stöcke gebundene Wildschweine, Hasen, Rehböcke und drei Schwäne über den Schultern. Rebhühner, Fasane und die kleinen, würzigen Wildenten baumelten mit verdrehten Hälsen an Schlingen von ihren Gürteln und Beuteln. Schon am Abend ihrer Ankunft waren Schafe, Hühner und Schweine aus den umliegenden Gütern an die Küchen geliefert worden. Die gefleckten, langohrigen Hunde der Jäger bellten, japsten, hechelten und tollten über die Steine. Sie schnüffelten neugierig an all dem Gut, das ausgeladen wurde. Bullige Knechte begannen schon, sich die Möbel und die Kisten auf den Rükken zu laden.

Sie wandte den Kopf: Zwei junge Pagen in den Farben des königlichen Hauses schoben eilig gezimmerte Stufen aus Holz an einen breit und bequem wirkenden Wagen. Die Fenster und auch die Tür des Gefährts waren mit tiefblauem Stoff verhängt. In die Vorhänge, in denen sich nun der schon frostige Herbstwind fing, waren mit goldenem Faden die Lilien von Frankreich eingestickt. Eine weiße Hand griff in den Stoff vor der Tür und zog ihn mit einem Ruck beiseite: Yolanda sah, wie ein Fuß in einem reichbestickten Schnabelschuh auf die erste Stufe der beweglichen Treppe gesetzt wurde. Beide Pagen gingen in die Knie, beugten den Kopf und legten sich die rechte Faust auf ihre Brust. Der Wind bekam ihre bunten Rockschöße zu fassen, er ließ sie keck fliegen, ehe er mit einem Wirbel durch die gefärbten Reiherfedern an ihren Kappen aus blauem Samt zog. Yolanda wich von ihrem Fenster zurück, die Seide ihres Kleides raschelte und verströmte einen matten Duft nach Sandelholz und Jasmin, sie klatschte erwartungsvoll in die Hände. »Marie!« rief sie nach ihrer Hofdame. »Meine Kleider! Mein Putz! Der Staat für die Kinder! Die Königin von Frankreich, Isabeau de Bavière, ist soeben angekommen!«

⚜

Marcoussis, im Oktober 1413

Meine liebste Mutter!
Nun sind wir in Marcoussis angekommen, und ich habe von all der Arbeit Schmerzen in allen Gliedern und bin todmüde. Wenn ich diesen Brief zu Ende geschrieben habe, muß ich den Mägden noch Anweisungen für das morgige Treffen mit der Herzogin von Anjou geben. Unsere Räume sind inzwischen eingerichtet: Was meine Kö-

nigin nicht alles mitgenommen hat! Eine Unzahl von Betten, Stühlen mit und ohne Armlehnen und weichen Sesseln; genügend Laternen und Kerzenhalter, um eine ganze Stadt zu erhellen; Fußschemel aus schlichtem Holz oder mit besticktem Stoff bezogen; eine Gebetsbank, Schreibkabinette, Kaminschirme, mehrere Reisenecessaires; eine Vielzahl von kleinen Truhen aus gekochtem Leder, die mit Eisenbändern beschlagen sind; kleine Schränke und Regale voller Bücher und unzählige Kisten, in welchen ich selbst in Paris Teppiche, Wandbehänge, Kleider, Hauben, Juwelen und auch Musikinstrumente habe verstauen lassen. Die Königin reist stets in Begleitung ihrer Musikanten, und allein für deren Lauten, Trommeln, Flöten und Harfen benötigten wir drei Karossen. Wie eine einzige Frau soviel besitzen kann und doch wie getrieben noch immer mehr anhäuft, ist mir ein Rätsel. Allerdings war die Reise zu dem Landgut ihres Bruders, des Herzogs Ludwig im Barte von Bayern, anstrengend, und ich war über jedes der Kissen aus Fell und Samt in unserem Wagen froh. Das Wetter war so schlecht, daß wir Angst hatten, die Sonne nie wieder aufgehen zu sehen. Unser Troß von gut sechzig Wagen verließ Paris am späten Mittag, und es ging auf den matschigen, aufgerissenen Straßen der Île-de-France nur sehr langsam voran. Die Wunden des Landes wollen nicht vernarben und bluten weiter, Mutter. Die Königin weigerte sich, auch nur einmal den Vorhang ihres Wagens heben zu lassen: Ich denke, sie fürchtet den Anblick ihres armen Landes. Im Inneren des Wagens tranken wir Wein aus Lothringen, aßen Rauchfleisch aus der Auvergne, Foie gras aus dem Périgord und schlürften Austern aus der Normandie, während draußen auf den Feldern abgemagerte Menschen nach Würmern gruben und Mäuse am Spieß brieten. Mehrmals hörten wir Rufe und Geräusche, die uns angst machten. Vielleicht hat die Garde versprengte Söldner in die Flucht schlagen müssen? Wann kann es je wieder Frieden geben? Und was kann der einzelne noch dazu tun? Sind wir nicht alle den großen Herren ausgeliefert? Ich wollte meine Hand dafür geben, etwas für die Einigkeit unseres zerrissenen Landes tun und die Engländer aus der Normandie vertreiben zu können. Was wollen sie überhaupt hier und mit welchem Recht? Bei Hofe höre ich, daß all unsere Schwierigkeiten von der unseligen Heirat der Prinzessin Isabella von Frankreich nach Eng-

land vor hundert Jahren herrühren. Die Engländer fordern nun die französische Krone als ihr Erbe für sich. Dabei können wir Weiber weder erben noch vererben. Kannst Du mir sagen, weshalb das so ist? Schließlich geben wir oft genug unser Leben für das unserer Kinder. Wann wird man aufhören, uns Frauen alle schlechten Eigenschaften dieser Erde zu unterstellen? Wir sind nicht von Grund auf verderbt, auch wenn mich einige Geschehnisse der letzten Tage daran zweifeln lassen! Näheres kann ich hier dazu nicht sagen, denn sollte der Kurier abgefangen werden, so kann mich das den Kopf kosten. Ich habe allerdings Pierre davon erzählt, wie ich den Herzog von Burgund in der Kemenate der Königin angetroffen habe. Er schmähte daraufhin unsere Königin als Kebse und ging spät nachts noch zu seiner Herzogin, um ihr meine Worte zu wiederholen. Ich habe nach Pierres Verhalten den Eindruck, dieses Treffen hier bedeutet nichts Gutes für meine Königin. Mittlerweile weiß ich nicht mehr, ob Armagnac oder Burgund für unser Land nicht einfach gleichermaßen das Verderben bedeuten. Pierre macht mir angst, Mutter: Er stinkt wie ein Vieh, trinkt unmäßig und flucht schlimmer als ein wandernder Schmied. Oder bin ich nach den vergangenen Monden am Hof nur verwöhnt? Er war auch wieder sehr grob, obwohl ich alles tat, um ihm zu gefallen. Ich bin nur froh, meinen Leib bedecken zu können, so daß niemand meine blauen Flecken sehen kann. Immer wieder wirft er mir vor, ich hätte keine Mitgift gehabt, und sagt schreckliche Dinge: Vater habe mich ihm zur Frau gegeben, um auf diese Weise seine Schulden im Spiel zu begleichen. Dabei ist das Schloß der Giacs in Creil nun wirklich nicht prachtvoll! Es regnet durch das Dach, die Teppiche schimmeln, die Treppen sind morsch, Schweine laufen durch die Gänge, und es zieht so, daß man sich nach nur einer Stunde dort einen Schnupfen holt. Wenn ich dann weine, hebt er mein Gesicht in das Licht der Kerzen und murmelt: »Es ist wahr, ich habe die schönste Frau Frankreichs geheiratet.« Ich bin nur immer froh, wenn alles bald vorbei ist und er trunken schnarchend neben mir einschläft. Ist das etwa die hohe Minne, von der alle singen? Merci bien, ich komme gut ohne sie zurecht! In der vergangenen Nacht fand ich etwas Ruhe, denn er verließ bei Abenddämmerung unsere Kammer und kam erst im Morgengrauen zurück. Ich weiß nicht, wo er gewesen ist, aber *sein Mantel und sein Haar waren naß vom Regen des Waldes, und er war sehr blaß im Gesicht. Oh Mutter, wird all dies besser, wenn man einem Mann einen Sohn schenkt? Ich glaube, ich höre Schritte im Gang, und muß schließen: Es umarmt Dich, Vater und Schwester*

Jehanne

⚜

Der zahme Leopard der Königin, den sie fest an einer kurzen Kette aus Gold hielt, hatte am Nachmittag schon gut gefressen. Man hatte aus Paris ein ganzes Schaf für ihn mitgebracht, das Tier bewegte sich nun satt und behäbig, und Isabeau erfreute sich an dem geschmeidigen Spiel der Muskeln unter dem seidig glänzenden Fell. Er paßte das launenhafte Tatzen seiner Pfoten ihrem Schritt an und sah nur einige Male mißmutig hoch zu dem kleinen Affen, den Isabeau gelassen auf ihrer Schulter trug. Sie hatte das Äffchen in rote Seide kleiden lassen, und Isabeau hatte ihm Glöckchen um die Pfoten und den Hals gebunden, so daß es bei jeder seiner Bewegungen allerliebst klingelte. Die Schleppe ihres mit Blüten bestickten Surkots glitt leicht über den Boden dahin, und die Schnabelschuhe verursachten bei jedem Schritt ein schleifendes Geräusch. So ging sie durch die langen Gänge von Marcoussis, hinweg über den grauen Stein, an den Spitzbogenfenstern aus Buntglas vorbei, um die Herzogin von Anjou zu treffen.

⚜

Marcoussis, im Oktober 1413

Liebste Mutter!
Nun hat das erste Treffen der hohen Damen stattgefunden, und ich gebe diese Zeilen dem Kurier rasch noch mit: Die Herzogin von Anjou wartete heute morgen mit ihren Kindern Ludwig und Marie im Grand Cabinet von Marcoussis auf die Königin. Draußen

im Gang hörten wir beim Herankommen schon die Trompeter, und die beiden hohen, geschnitzten Flügel der Tür aus dunkler Eiche öffneten sich mit einem Schwung. Zwei Soldaten nahmen ihre Stellung rechts und links der Türen ein, und wir drei Hofdamen betraten den Raum hinter Isabeau, ihrem Grand-Maître d'Hôtel Guy de Nielle und zweien ihrer Buchhalter. Zu meinem Ärger konnte ich am Anfang kaum etwas sehen, denn wir trugen große Käfige mit den Singvögeln der Königin auf den Armen. Und die Biester machten mehr Lärm als zehn Kupferschmiede, sage ich dir. Die Herzogin von Anjou und die Königin bewegten sich aufeinander zu: Aber erst, als sie ganz nahe vor Isabeau stand, knickste Yolanda tief. Die Königin jedoch zog sie augenblicklich zu sich hoch und küßte sie herzlich auf beide Wangen. Der Grand-Maître d'Hôtel mußte derweil den Leoparden halten, und ihm brach dabei der Schweiß auf seiner Stirn aus. Nun konnte ich auch das Gefolge der Herzogin erkennen: Selbst der Chevalier du Chastel hatte am Morgen gebadet und seinen dunklen Bart vom Barbier stutzen lassen. Zudem war er sorgfältig gekleidet: Die letzte Mode aus Paris scheint nun auch schon in Angers angekommen zu sein. Sein Wams war aus kastanienbraunem Samt geschnitten, und die Ärmel daran blähten sich puffartig in mit roter Seide gefütterten Schlitzen. Unter dem Gürtel sprang der Stoff in einen kurzen, gefalteten Rock auf, der ihm bis auf die Oberschenkel reichte. Pierre war bei dem Treffen nicht anwesend: Dabei hat er uns doch glauben lassen, er sei ein naher und wichtiger Ratgeber der Herzogin. Die herzoglichen Kinder machen einen starken und gesunden Eindruck, auch wenn die Prinzessin Marie eine sehr lange Nase hat. Ihrem Alter entsprechend ist ihre Brust noch flach wie die Ufer der Loire, aber ihr rotes Gewand, das ihr anmutig bis auf die langen Spitzen ihrer Schuhe fiel, hatte einen runden gerafften Ausschnitt, der etwas Fülle vortäuschte und sie fraulicher erscheinen ließ. Die Farbe des Kleides schmeichelte ihr Wärme auf die Wangen und Glanz in ihre dunklen Augen. Ihr Schmuck war schlicht, aber erlesen: In ihrem braunen Haar und um den Hals trug die Prinzessin Perlen, so groß wie Erbsen. Meine Königin begrüßte Yolanda von Anjou sehr herzlich, ehe sie sie unterhakte und mit ihr plaudernd eine Runde in dem langen Raum mit den zwei Kaminen, voller bunter Wandtep-

piche und mit schweren Lampen an Wänden und Decke, in welchen am Nachmittag schon die Kerzen brannten, drehte! Auf dem langen Tisch in der Mitte des Raumes lag auf silbernen Platten das Obst vom Gut aus. Meine Königin fütterte den Affen, der auf ihrer Schulter keckerte und klingelte, mit den saftigen roten Trauben dieses Jahres und kleinen Apfelstücken, während sie leise mit Yolanda sprach. Sie musterte die Herzogin, die wieder guter Hoffnung zu sein scheint, scharf. Dabei sah Isabeau selbst bei aller Pracht ihrer Kleider unglücklich und müde aus, so, als hätte sie nicht geschlafen. Ihre Haut wirkte wie wertvolle, aber brüchig gewordene Seide, die reißt, wenn man sie nur berührt. Ich kann den Anblick, den sie vor drei Tagen in ihrer Kemenate so nackt und so hilflos auf dem Fensterbrett geboten hat, nicht vergessen. Was für ein Mann ist dieser Herzog von Burgund, der denkt, er könne eine edle Dame so behandeln? Und nur einen Augenblick später musterte er auch mich wieder so durchdringend! Wie kann er es wagen? Mir wurde dabei ganz anders zumute, und ich mußte all meinen Mut und meine Gedanken an meinen ehrbaren Stand zusammennehmen, um seinem Blick standzuhalten. Dennoch: Ich kann das Verhalten der Königin verstehen. Er hat eine Macht über Menschen, die nichts mit seinem Rang zu tun hat. Trotz der traurigen Gedanken, die meine Königin haben mußte, lächelte sie warm, als die Herzogin von Anjou ihr ihre Kinder vorstellte. Sie mag nur drei davon haben, aber sie alle sind gesund und am Leben geblieben! Die Königin hingegen mußte ja bereits fünf ihrer zwölf Kinder wieder begraben. Zu ihrem ältesten Sohn gewandt, sagte die Herzogin dann: »Ludwig, mein Sohn und Erbe. Du erinnerst dich, er hatte die Ehre, mit der Schwester von Madame la Dauphine verlobt zu sein!« Die Augen der beiden Frauen trafen sich bei diesen Worten, und Yolanda schob ihre Tochter nach vorne. Der jungen Prinzessin Marie blieb bei dem prachtvollen Anblick der Königin von Frankreich fast der Mund offen stehen. Yolanda stupste sie sanft an, und das Kind versank in einen tiefen Knicks. Den Kopf hielt sie dabei gesenkt, und ihre Hände faßten sehr anmutig in den gefalteten Stoff ihres Überrokkes, so daß das reiche, kunstvoll gewebte Muster ihres Unterkleides sichtbar wurde. Isabeau gab mir ihren Affen auf die Schulter, wo er augenblicklich anfing, mit meinem Schleier zu spielen. Die Köni-

gin legte eine ihrer weiß gepuderten Hände, die vor Juwelen funkelten, unter das Kinn des Mädchens. »Wie hübsch sie ist! Meiner Treu, Yolanda, du mußt dem Kind bald einen Mann finden!« sagte sie scherzhaft. Dann löste sie eine ihrer Ketten und legte sie Marie von Anjou um den Hals. »Hier, ein Geschenk für dich, junge Prinzessin! Du weißt ja, der Smaragd erhält die Augen klar, und die Türkise verhindern den Verlust von Gliedmaßen!« Daß die Herzogin von Anjou angesichts dieser Großzügigkeit so zufrieden wie unsere Stallkatze vor dem Sahnetopf wirkte, muß ich wohl nicht erwähnen! Ich glaube, sie will ihrer Familie jeden nur möglichen Vorteil verschaffen. Nun sehe ich den Boten nach dem Süden des Reiches zur Königin gehen, um ihre Briefe aufzunehmen, so muß auch ich schließen. Er läßt sich den Umweg über Euer Gut teuer bezahlen, aber das ist es mir wert! Ich muß diesen Teil meines Soldes vor Pierre verstecken, denn er nimmt mir jeden Mond alles Geld ab. Sei umarmt, und ich werde Dir weiterhin von allem berichten! Sorge Dich nicht: Es küßt Dich, Vater und Schwester demütigst

Jehanne

⚜

Yolanda wie auch Isabeau kosteten jeweils nur von den achtzehn Gängen, die die Küche von Marcoussis aufbot: Viele der zahllosen Speisen jedes Gangs waren bereits kalt, wenn sie endlich aus der weit entfernten Küche im großen Speisesaal des Gutes ankamen. Beim Staat der Königin, der Begleitung Yolandas und den herzoglichen Kindern schmälerte dies den Appetit jedoch nicht: Sie saßen dicht an dicht in bunter Reihe an der langen Tafel, die in Form eines Hufeisens in dem großen Saal aufgebockt worden war. Ritter und Damen, Adlige und Fräulein beider Gesandtschaften teilten sich jeweils zu zweit einen Trinkbecher aus Bergkristall und bedienten sich gegenseitig mit den besten Stücken: Dabei griffen sie mit drei Fingern in die Schüsseln und Platten, auf welchen ein Vorschneider bereits die Braten auseinandergenommen hatte. Mit ihren eigenen kleinen

Messern schnitten sie in die festen Speisen und häuften sich mit Löffeln aus Horn, Elfenbein und Silber die Soßen auf die Scheiben aus weichem Weißbrot, die ihnen als Teller dienten. An den Wänden des Saales standen so viele Fackelträger, daß es fast so hell wie bei Tage war. Die flackernden Schatten der Lichter zuckten wie der Flügelschlag eines Nachtfalters über die Wand. Auf den Tischen türmten sich gebratene Rebhühner, Fleisch- und Fischaspik, Rissole aus Rindermark, schwarzer Blutpudding und Würste, Zwischengerichte von Schwan, Rohrdommel und Reiher, Wildpasteten und Singvögel, rosiger Lachs, welchen die Königin besonders mochte, mit Aprikosen gefülltes Ferkel, geschmortes Lamm, welches mit Knoblauch, Rosmarin und Gänseleberpastete angerichtet war, gegarte Bohnen, Lauch im Pfeffer und schließlich, nachdem diese Speisen abgetragen worden waren, folgten gezuckertes Konfekt, Birnen, Nüsse und gewürzter Wein.

Yolanda musterte die Schaugerichte: ein Lamm aus Butter und einen Pfau, der als Hohlbraten gerichtet war, und der nun wieder sein volles Federkleid trug. Sie mußten Isabeau ein Vermögen gekostet haben! Gleichzeitig zog sie die Augenbrauen hoch, als sie von dem Reis mit Safran kostete: Wahrlich, die Königin sparte an nichts bei diesem Essen! Den Reis ließ sie sich aus Italien kommen, der Heimat ihrer Mutter Thaddäe Visconti, wohingegen der Safran aus dem Morgenland von den Händlern mit Gold aufgewogen wurde.

Als die Gäste sich nach dem Essen in die verschiedenen Zimmer und Appartements verteilten, um Lotto, Würfel, Schach und *Tous Labels* zu spielen, zogen sich Yolanda und Isabeau in die Wärme des grünen Zimmers zurück. In der *Chambre verte* bewahrte Ludwig im Barte seine wertvollsten Bücher in verschlossenen Schränken auf. Das Feuer im Kamin loderte hoch, und die Flammen leckten über das gußeiserne Gitter, das die in Flandern geknüpften Teppiche auf dem Boden vor einem plötzlichen Funkenregen schützen sollte. Im unsteten Schein des Feuers schien die in sich gemusterte grüne Seide, mit welcher die Wände des Raums bespannt waren, zum Leben zu erwachen. Der Stoff der Wand setzte sich in den Vorhängen fort, die von der hohen Decke bis auf das warme Holz des Fußbodens fielen: Die fürsorgliche Hand eines Dieners hatte sie zugezogen, um die kalte, tiefe Nacht aus der *Chambre verte* auszusperren.

Die plötzliche warme Stille tat gut nach dem Trubel, der in den anderen Räumen herrschte, und beide Frauen ließen sich für einen Augenblick darin fallen, als sie sich in die niedrigen, fest gepolsterten Lehnstühle vor dem Feuer setzten. Yolanda bemerkte, daß in den Bezug der Stühle dicht an dicht das Wappen der Bayern eingewebt war. Isabeau selbst legte ihre Füße in den schmalen Schuhen aus goldfarbenem Leder auf einen der weich gepolsterten Fußschemel und knabberte zufrieden an einem Stück Quittenkonfekt. Es war so dick mit teurem Zucker kandiert, daß der *pâtissier* es in steife Vierecke geschnitten hatte. Dabei konnte man für den Preis von zehn Pfund Zucker schon ein gutes Pferd erwerben! Was für eine Verschwendung, dachte Yolanda, nahm sich aber dann auch von dem Konfekt. Es schmeckte himmlisch. Sie nahm sich augenblicklich noch ein zweites Stück und saugte genüßlich daran.

»Wie geht es meinem liebsten Vetter, dem König?« fragte sie dann die Königin höflich.

Isabeau schüttelte abwehrend den Kopf. »So schlecht wie schon lange nicht mehr. Die Abstände zwischen seinen schlimmsten Anfällen werden immer kürzer. Nur Odette de Champdivers kann noch bei ihm sein. Aber ihre Zeit ist nahe …«, sagte Isabeau.

»Was soll mit dem Kind geschehen?« wollte Yolanda wissen.

»Ich werde es fern von Paris aufziehen lassen. Odette soll ihre ganze Aufmerksamkeit auf Karl richten. Aber ich habe mich noch nicht entschieden, wo oder in welcher Familie«, antwortete die Königin ihr. »Hast du einen Vorschlag?« fragte sie dann und musterte die Herzogin von Anjou. Sie hatte die feine helle Haut und die blauen Augen der Königsfamilie, nur schimmerten ihre Haare nicht blond, sondern in einem tiefen Kupferton. Man konnte die flammende Farbe ihrer Flechten durch das silbrige Spiel ihres Schleiers erahnen.

»Laß mich nachdenken. Mein alter Onkel, der Herzog von Bar, ließ alle seine Bastarde bei einer Familie nahe der Grenze zu Lothringen aufziehen. Es scheinen gute, herzliche Leute zu sein. Ich kann mich für das Kind der Champdivers verwenden, wenn du möchtest!« bot Yolanda ihr an.

»Danke. Wir werden sehen«, winkte Isabeau ab.

Sie sah in die Flammen, die ein sanftes Licht auf ihre dunkle Haut warfen. Man konnte wieder erkennen, wie reizvoll sie gewesen sein mußte, damals, als sie dem jungen König von Frankreich vorgestellt wurde, dachte Yolanda bei sich. Ein Gefühl von Neid überkam sie: Hätte sie nicht selbst den jungen König heiraten können, damals? Schließlich war *ihre* Mutter keine italienische Krämerstochter gewesen, die den niederen Namen der Visconti durch eine Mitgift von hunderttausend Golddukaten vergessen machen lassen mußte! Nein, in ihren Adern rollte das königliche Blut gleich doppelt und dreifach!

Isabeau hob nun den Kopf, und Yolanda merkte, daß sie wieder sprechen wollte. So setzte sie sich höflich und aufmerksam gerade auf. Die Königin sagte zu ihrer Überraschung ohne Überleitung und beinahe grob: »Der Herzog von Burgund ist in Paris. Ich habe ihn gestern getroffen!«

Yolanda tat überrascht: »Was macht er in der Hauptstadt? Ich dachte, die Männer Bernhard von Armagnacs hätten ihn vertrieben?« erkundigte sie sich. Die nächsten Augenblicke konnten entscheidend für sie sein! Sie mußte herausfinden, auf wessen Seite die Königin stand, ehe sie alles auf eine Karte setzte.

»Nun, er war in Gesellschaft seiner Tochter, *Madame la Dauphine,* und meines Sohnes Ludwig«, entgegnete die Königin.

Yolanda lächelte fein, doch es wirkte wie ein Nadelstich. »Ach ja, du hast ja noch deine Schwiegertochter aus Burgund, meine Königin. Ich dagegen habe Katharina von Burgund, so fruchtbar sie auch schien, noch vor dem Vollzug der Ehe zu ihrem Vater zurückgeschickt.«

Isabeau rümpfte die Nase und faltete die Hände über ihrem Leib, der zwölfmal Leben geschenkt hatte. »Nun, ob die Burgunder Töchter so fruchtbar sind, sei dahingestellt! In der Ehe meines ältesten Sohnes sehe ich noch keine Anzeichen dafür, daß ich bei meinem Schreiner bald eine Wiege bestellen muß!« seufzte sie. Dann beugte sie sich zu Yolanda und faßte sie vertraulich am Arm. »Weshalb hast du Katharina von Burgund ihrem Vater zurückgeschickt? Du hast nun keinen größeren Feind als ihn im Reich!«

»Ich weiß«, sagte Yolanda ruhig.

»Macht dir das keine angst?« bohrte Isabeau weiter und sah Yolanda fest in die Augen.

»Nein«, antwortete diese wieder, ebenso gelassen wie zuvor. »Ich habe mich gegen ein Bündnis mit Burgund entschieden, so wie sich Paris gegen ein Bündnis mit Burgund entschieden hat«, erklärte Yolanda. »Ja, Johann ohne Furcht hat nur seinen Vorteil im Sinn. Bernhard von Armagnac dagegen unterstützt unseren König, wo er nur kann! Ein Bündnis mit ihm kann auch dir nur nützen.«

Yolanda war mit einem Mal froh über die Dunkelheit in dem Raum, welche ihre Worte stärker wirken ließ und den Ausdruck ihrer Augen verbarg. Gott verzeihe mir, ich tue es für Frankreich! bestärkte sie sich, ehe sie weitersprach: »Alle haben sich also entschieden, meine Königin und Cousine. Was ist mit dir? Du hast zusammen mit dem Thronrat die Macht im Lande«, drängte sie.

Isabeau setzte sich auf. So einfach wollte sie sich nicht überzeugen lassen, auch wenn der Zorn über das Verhalten von Johann ohne Furcht am Vorabend in ihrem Herzen bohrte und nagte. »Diese Wahl fällt mir nicht leicht, Yolanda. Soviel hängt davon ab«, sagte sie deshalb. »Ich bin durch zahlreiche Heiraten dem Herzog von Burgund mehr verbunden, als mir lieb ist. Seine Frau ist meine Cousine aus Bayern! Meine Tochter Michelle ist die Frau seines ältesten Sohnes Philipp, seine Tochter Margarete ist die Dauphine. Seine Enkelin Jacobäa ist die Frau meines zweiten Sohnes, Johann.«

Yolanda lachte: »Diese Bündnisse zählen in guten Tagen, meine Königin. Aber in schlechten Zeiten?« Sie zog fragend die Augenbrauen hoch.

Isabeau entgegnete rasch: »Sind sie nicht in guten Tagen geschlossen, um schlechte zu vermeiden?«

Yolanda schwieg. Darauf wußte sie keine Antwort.

Isabeau sah kurz in die tanzenden Flammen. Seine Lippen,

seine Kraft, seine Haltung. Jeden Herzschlag wollte sie bei ihm sein! Aber er hatte sie vor einigen Tagen in ihrer Kemenate zurückgelassen, als sei sie eine Hafenhure, die er im Stehen an der Wand eines Wirtshauses nahm! Dafür sollte er bezahlen!

So nickte sie langsam. »Ich habe mich entschieden, Yolanda: Mit dem neuen Jahr werde ich den Thronrat einberufen und ihm das Bündnis mit Bernhard von Armagnac nahelegen. Und dann müssen wir die Engländer und Johann ohne Furcht in Schach halten!«

Yolanda nickte zufrieden. All dies ging einfacher vonstatten als erwartet. »Eine weise Entscheidung, Majestät.« Sie umarmte und küßte die Königin herzlich. Sie spürte, wie Isabeau sich in ihren Armen entspannte und küßte sie wieder auf ihre niedrige, runde Stirn. »Haben wir ein Bündnis?« flüsterte sie dann sanft und schloß die Augen. Sie betete stumm, während sie auf die Antwort der Königin wartete, betete um das Gelingen ihres Vorhabens.

Isabeau hob den Kopf und sah Yolanda, die nun so nahe über ihr stand, ins Gesicht: »Wir haben ein Bündnis!« bestätigte sie mit fester Stimme.

Yolanda kniete vor ihr nieder und nahm die beiden Hände der Königin in die ihren. Sie küßte sie einmal und rief dann: »So laß es uns besiegeln!«

Isabeau lachte. »Wie denn? Wollen wir uns in die Hände schneiden, um unser Blut zu vermischen?« fragte sie fast spöttisch. Yolandas Herzlichkeit tat ihr gut. Sie brauchte eine Freundin, eine Verbündete!

Yolanda lachte ebenfalls, aber es klang freier als das Lachen der Königin von Frankreich. »Nein, meine Königin: Unser Blut soll sich wohl vermischen, aber wir müssen uns dazu nicht in die Hände schneiden.«

Isabeau saß nun sehr still, offensichtlich gespannt auf die nächsten Worte Yolandas. Diese hielt ihre Hände weiter umfaßt, näherte aber nun ihre rosigen Lippen dem runden Ohr der zehn Jahre älteren Königin: »Gestatte die Verlobung deines jüngsten Sohnes Karl mit meiner Tochter Marie! Laß unsere Häuser sich einmal mehr vereinen, um gemeinsam für Frankreich zu streiten!« flüsterte Yolanda, während ihr Herz wie rasend klopfte.

Isabeau drehte leicht den Kopf und sah Yolanda an. Sie überlegte: Ihre beiden ältesten Söhne waren stark und gesund, auch wenn sie Johann schon lange nicht mehr gesehen hatte. Er wuchs bei seiner Verlobten Jacobäa von Bayern am Hof von Hennegau auf. Ludwig, der Dauphin, mußte doch bald einen Sohn und Nachfolger zeugen! Er war bereits fünfzehn Jahre alt, und lange konnte diese Ehe mit der faden Margarete von Burgund doch nicht mehr kinderlos bleiben! Wer war der junge Prinz Karl schon, wenn es um die Thronfolge im Lande ging? Seine Eheschließung mußte nicht so bedacht werden wie die seiner Brüder! Zudem war es nicht die schlechteste Verbindung, die Yolanda da vorschlug: In den Adern der kleinen Marie von Anjou floß schließlich doppelt das Blut der Valois, und auch die Mitgift dürfte nicht zu knapp ausfallen.

So nickte sie nur und murmelte: »Es sei.«

Sie ließ es geschehen, daß die Lippen der Herzogin von Anjou sich weich auf die ihren legten. »Schwester!« murmelte Yolanda scheinbar bewegt.

Isabeau löste sich aus der Umarmung ihrer Cousine und fragte sachlich: »Willst du deine Marie bei mir in Paris lassen?«

Yolanda kniete wieder nieder. »Verzeih, meine Königin, aber bei all dem Streit und Kampf in der Hauptstadt will ich unsere Kinder sicher und gesund wissen. Wie wäre es, wenn Karl gemeinsam mit ihr in Angers aufwächst? So können sie Freunde sein, bis sie alt genug sind, die Ehe zu vollziehen! Ich habe dort die besten Erzieher, das Wetter ist sehr bekömmlich, und meine eigenen Kinder sind dem Prinzen Karl im Alter nahe!«

Sie lauerte auf die Antwort der Königin. Isabeau entging dies nicht, und sie zögerte: Die Kinder könnten doch in Vincennes aufwachsen. Dann, mit einem Mal, gab sie nach: Zu deutlich erinnerte sie sich an die Nacht, in welcher sie mit dem irrsinnigen König Karl hatte zeugen müssen. Guillaume Le Pelletier hatte vor der angelehnten Tür auf dem Gang gestanden, um sicherzugehen, daß der König seine Frau in seinem Wahn nicht verletzte. Oft ertappte sie sich dabei, daß sie es vermied, ihren jüngsten noch lebenden Sohn zu sehen, obwohl seine geraden Glieder und seine feinen Züge sie mit Stolz erfüllten. Seine

Schwester, die um nur zwei Jahre ältere Katharina, war dagegen ihr ein und alles!

»Es sei«, sagte sie wieder und erhob sich nun. »Laß uns nun zu den anderen gehen. Die Verlobung kann im Dezember bekanntgegeben werden, also noch vor dem Jahreswechsel. Ich hoffe, eine erneute Anreise von Angers wird Euch im Winter nicht zu beschwerlich werden!«

Yolanda schüttelte den Kopf. »Bei der Freude über diese Verbindung in meinem Herzen schmilzt aller Schnee, der meine Reise dann behindern könnte.«

Mit einem Mal freute sich auch Isabeau. Der kleine Karl würde es gut haben in Angers, da war sie sich sicher. Sie hatte fast den wohltuenden Eindruck, all ihr Zweifeln, ihr Zögern ihm gegenüber mit dieser Verlobung wettzumachen, und sie streckte die Hand aus: »Komm, Yolanda! Wir wollen eine Partie Lotto spielen! Meine Börse ist zu voll! Die Ländereien, die der König mir überschrieben hat, werfen gut Geld ab!« lachte sie und küßte die Herzogin auf die Wange. »Nichts stimmt eine Frau so froh wie ihr eigenes Geld!« fügte sie noch hinzu.

Beide Frauen betraten gemeinsam den *Salle de Theseus*, der nach der in die Wandteppiche eingewebten Geschichte so genannt wurde. Isabeau entfernte sich von Yolanda und tauschte einige heitere Worte mit ihrem Gefolge aus: Ihre Fräulein saßen bereits den Rittern der Herzogin von Anjou auf dem Schoß. Alle lachten und schrieen, Wangen glühten, und Haare lösten sich: Es wurden Spiele gespielt, deren Einsatz ein zartes Stück Leibwäsche oder ein gewagtes Geständnis war. Isabeau lächelte: Es war fast wie in alten, frohen Zeiten, in denen die Gänge ihrer Schlösser in jeder Nacht lebendig waren unter dem Gewisper, dem Gekicher, den leise eilenden Schritten und dem Seufzen hinter den Türen.

Yolanda selbst ging langsam zwischen den Stühlen und Tischen hindurch, an welchen gespielt, gelacht und auch weiter gegessen wurde. Ihr war vor Triumph warm in ihrem Inneren. In diesem Augenblick sah sie Tanguy du Chastel mit ihrem Sohn Ludwig an einem Tisch: Sie saßen vor einer Partie Schach, aber dem Knaben hingen die Augenlider vor Müdigkeit schwer herunter. Während des Essens hatte er die fehlende Aufmerksamkeit seiner Mutter dazu genutzt, sich immer wieder von dem schweren Wein aus Bordeaux nachschenken zu lassen. Yolanda trat zu ihnen und fuhr ihrem Sohn durch seine langen Haare, die glänzten wie die Kastanien im feuchten Gras von Marcoussis. Er sah auf, dankbar für die Unterbrechung. Tanguy du Chastel lachte.

»Mein junger Herr scheint zu müde zu sein, um die Partie noch fortzuführen!« sagte er freundlich. Yolanda ließ ihre Augen über das Brett aus Ebenholz und Elfenbein gleiten. Sie erfaßte den Standort von Pferd, Dame und Turm, griff dann bestimmt den weißen Läufer ihres Sohnes und führte ihn quer über das Brett, direkt vor den König aus Ebenholz auf Tanguys Seite.

»Schachmatt!« rief sie aus.

Der Chevalier du Chastel sah überrascht auf seine Spielfiguren, dann auf seine Herzogin. »Ihr habt gewonnen, meine Herrin!« sagte er erstaunt.

Yolanda zog ihren Sohn Ludwig von seinem Stuhl, lachte auf und umarmte ihn.

»Ich spiele immer auf Sieg, Tanguy du Chastel!« sagte sie froh.

⚜

Paris, im Dezembermond 1413

Meine liebste Mutter!
Nun habe ich Dir schon lange nicht mehr geschrieben, verzeih, die Tage und Wochen überholen meine Gedanken! Dafür habe ich nun um so mehr Nachrichten für Euch. Die Stadt erfriert unter eisigen Stürmen, die selbst die graue, sonst so ruhelos treibende Seine bis fast auf den Grund zufrieren ließen. Die Wasserspeier der Türme von Notre-Dame sind mit einem Mal um Jahrhunderte gealtert, so dick und weiß überzieht der Reif ihre Hörner und Fratzen. Gestern abend habe ich beim Nachtmahl gehört, daß der Grundstein der Conciergerie in der Kälte einer Nacht gesprungen ist und sich nicht wieder schließen läßt. Dabei hat man doch damals vor vielen

Jahren einen lebendigen kleinen Hund zum Schutz gegen den bösen Blick unter ihm eingemauert. Uns allen wurde angst, als wir das gehört haben. Die Dirnen auf der Rue Saint-Denis wagen sich kaum mehr aus dem Eingang der Bordelle, denn ihre Nasen frieren dann auf der Gasse fast so lasterhaft rot wie ihre Schultertücher, die sie zum Zeichen ihres Standes tragen müssen. Außerdem sollte auch kaum Mannsvolk unterwegs sein, selbst für die Sünde ist es zu kalt! Die Unwetter allerdings haben die Herzogin von Anjou nicht daran gehindert, wieder von Angers nach Paris zu kommen. Meine Königin hat in ihrem Hôtel Barbette schon zwei Tage vor der Verlobungsfeier sämtliche Kamine anschüren und die Betten der Besucher mit Kupferpfannen voll glühender Kohlen wärmen lassen. Im großen Saal wurden die Tische für das Festmahl gerichtet, und die Köche des Hôtel Saint-Paul sind murrend in die Küche des kleineren Hôtel Barbette eingezogen. Das war eine Arbeit, sage ich Dir! Du hättest Deine Freude an all dem Leben und dem Lärm in der Küche gehabt. Die Männer schnitten, hackten, pökelten, spickten, wässerten, rieben und pfefferten dort, was die Mägde und Knechte ihnen nur brachten und was ihre Kunst nur hergab. Der Grand-Maître d'Hôtel Guy de Nielle und seine fünf Hofmeister stöhnen über die Kosten der Geschenke, die meine Königin an den Besuch aus Angers macht! Aber für die Verlobung des kleinen Prinzen Karl scheint meiner Herrin nichts zu teuer zu sein: Sie will sich nichts nachsagen lassen. Insgesamt sollen die Gaben beinahe sechstausend Livre tournois wert sein. Diese Summe klingt nicht nur für Dich im Poitou unvorstellbar hoch, auch hier in der teuren Hauptstadt könnte man damit den Sold zweier Gardesoldaten fast fünfzig Jahre lang begleichen! Ich war dabei, als die Königin und die Herzogin von Anjou dann endlich diese Geschenke und den unterzeichneten Vertrag über die Ehe zwischen dem Prinzen Karl und Marie von Anjou austauschten. Yolanda bekam sechs goldene Becher, die innen hellrot emailliert waren. Einer von ihnen hatte einen Deckel, und die Herzogin lächelte zufrieden: In einer Versammlung ist es nur dem König gestattet, sein Haupt bedeckt zu lassen. Daß die Herzogin ihren Becher zuklappen kann, zeigt ihre Ebenbürtigkeit mit der königlichen Familie. Ich sah deutlich, wie Yolanda den Wert der Geschenke mit den Augen abschätzte. Ihre Augen scheinen alles zu sehen, was um sie herum vorgeht, und mit ihrem feuerroten Haar ist sie mir unheimlich. Schließlich beugte sich die Königin zu dem kleinen Prinzen Karl, und ihre Lippen streiften kaum seine hohe Stirn. Er wirkt geradezu bemitleidenswert zart, aber es ist erstaunlich, wie sehr er unserem armen König ähnlich sieht, der wegen seiner Krankheit gerade im Louvre weilt. Der junge Prinz leuchtete wie die Sonne in seinem reichbestickten Wams, den vor Goldlitzen steifen Beinkleidern, Gamaschen und den Schuhen mit den lange Spitzen. Auf dem Kopf trug er eine Kappe aus weichem grauem Leder, auf der eine kleine Krone saß. Seine Augen glänzten, als er zu seiner Mutter aufsah. Soweit ich weiß, hat er sie nicht mehr gesehen, seitdem sie ihn vor zwei Monaten von seiner Verlobung unterrichtet hat. Ihr Haushofmeister hat die Vorbereitung des Prinzen für den Umzug nach Angers beaufsichtigt. Alles wurde sorgsam in Kisten verpackt: seine Lauten, Trommeln und Flöten, seine Armbrust, Schwerter und Pfeil und Bogen, seine Land- und Spielkarten, seine Soldaten aus Blei und Holz sowie auch seine vielen teuren in Leder gebundenen Bücher von der Bibel über die Schriften Christine de Pisans bis zu den Erzählungen über die Kreuzzüge. Daran siehst du, wie wichtig es der Königin ist, die angeblich schwache Aufmerksamkeit des Prinzen zu fesseln und seine fehlende Entschlußkraft zu stärken. Es war anrührend zu sehen, wie die Prinzessin Marie ihn aus ihren großen braunen Augen ängstlich, aber auch erwartungsvoll ansah. Der Prinz beugte sich vor, und die Verlobten küßten sich gehorsam auf die Wangen. Alle Anwesenden und auch ich klatschten in die Hände. Da erst bemerkte ich Bernhard von Armagnac. Er sah mich so unverschämt durchdringend an, wie ich es bei den Männern am Hof nun schon gewohnt bin, doch sein Blick ließ mich erschauern. Seine gelben Augen leuchten wie die eines Wolfes bei Nacht in unseren Wäldern im Poitou. Es ist ansonsten alles so gekommen, wie ich befürchtet habe: Die Königin hat sich gemeinsam mit dem Thronrat diesem Grafen aus der Gascogne angeschlossen. Bernhard von Armagnac ist nun der Connétable de France, und einen mächtigeren Mann als ihn gibt es augenblicklich im Lande nicht, Mutter. Er hat seine Tochter Bonne an das Haus Orléans verheiratet, seine Männer besetzen alle wesentlichen Posten des Landes, und es heißt, er kann beinahe über

Nacht ein stattliches Heer ausheben. Die Herzogin von Anjou lächelte ihn an, und er erwiderte zwar ihre Freundlichkeit, aber es sah eher aus, als ziehe er die Lefzen nach oben. Ich glaube, daß diese Verlobung nur Teil eines üblen, geduldigen Plans ist, den sie für ihre Familie und Frankreich hat. Der Rest des Abends ging rasch vorbei. Der Herzog von Anjou hat wieder dem Cognac zu sehr zugesprochen. Nur dieses Getränk betäubt noch den Schmerz in seinem Magen, so behauptet er. Er stand lange neben dem Bruder der Königin, Ludwig im Barte, aber die beiden schwiegen zufrieden in die Musik, wie Männer es tun. Auch das Kronprinzenpaar gratulierte dem Prinzen Karl zu seiner Verlobung. Der Dauphin war dabei reichlich weiß um die Nase. Er soll die Nacht in den Dirnenhäusern von Paris verbracht haben, anstatt bei seiner sanftmütigen Gemahlin zu liegen. Natürlich reiste auch Pierre de Giac mit der Herzogin in Paris an. Er scheint bei der Herzogin und Tanguy du Chastel an Einfluß gewonnen zu haben, und ich versuche, glücklich für ihn zu sein. Ehe Du fragst: Ich bin noch nicht gesegneten Leibes, und ich fürchte schon die Abendstunde mit meinem Ehemann und alles, was sie mit sich bringen mag. Gestern nacht kniete ich vor dem Bett und wollte um einen Sohn beten, da schlug er mir den Rosenkranz aus der Hand und spuckte darauf. Ich mußte weinen, doch er zog mich an den Haaren um das Bett und nahm sich, was er wollte. Je mehr Schmerzen er mir zufügt, um so mehr scheint es ihm zu gefallen. Danach küßte er wieder mein geschwollenes Gesicht und flüsterte nur immer wieder: »Die schönste Frau Frankreichs ist mein!« Sag Vater nur, ich versuche weiterhin, meinem Mann eine gute Frau zu sein. Aber vielleicht kann er das Glücksspiel nun unterlassen, ehe er auch noch meine arme Schwester verspielt? Es ist besser, unverheiratet zu sein, als einen Mann wie Pierre zu haben, sag ihr das bitte. Es umarmt Euch alle von Herzen

Jehanne

⚜

Bei der Abreise der Besucher aus Angers am Ende des Januarmondes schneite es in dicken Flocken von einem Himmel, der die kahle Farbe von hellem Schiefer hatte: Die Flügel der Krähen über der Île de la Cité standen festgefroren in der Luft, dunkel und wie fremde Schriftzeichen. Der Turm der Sainte-Chapelle verschwand vor Isabeaus Augen hinter einer Wand aus eisigem Nebel, und das blaue Eis der Seine verbarg seinen stumpfen Glanz unter einer dicken Schicht von Schnee. Die Menschen von Paris kämpften sich durch die kalten Gassen der Stadt, von den Hallen durch die Rue des Lombards, vorbei an der Place de Grève, wo noch die Körper der am Vortag Hingerichteten hingen, deren wundes, totes Fleisch nun gefroren war, über den dichtbesiedelten Petit Pont und den Pont Neuf, wo wieder gebaut wurde, oder sie zerrten ihr Handelsgut auf Schlitten auf dem gefrorenen Fluß vorwärts.

Karl saß bereits mit Yolanda und Marie von Anjou in ihrem Wagen: Sie legten sich Felle über die Knie, während Mägde den Reisenden noch mit Kohlen gefüllte Kupferpfannen und heiße Steine unter die Röcke und die Decke schoben.

Als ein Ruck durch das Gefährt ging, hob der junge Prinz rasch den Vorhang hoch, um seine Mutter noch einmal zu sehen. Yolanda setzte sich direkt hinter ihn, und so sah sie, was er sah: Isabeau hatte dem Troß gerade den Rücken gekehrt und sprach mit ihrem ältesten Sohn. Es sah aus, als ob sie ihn schalt.

Der kleine Karl seufzte vor Enttäuschung auf, und Yolanda legte zum Trost ihre Arme um ihn. Sie küßte zärtlich sein helles Haar und verbarg ihr Lächeln dort, als sie sagte: »Sei nicht traurig, Karl! Du wirst eine wundervolle, aufregende Zeit haben! *Crois-moi, mon ange!*«

Er antwortete nicht, sondern starrte nur auf seine Mutter, bis der Troß den Hof verließ und die neblige Kälte des Wintertages sie dort im Eingang des Hôtel Saint-Paul seinem Blick entzog.

Als Isabeau sich wieder umwandte, sah sie nur noch die buntbemalte Rückseite des Wagens, der ihren Sohn von ihr wegtrug. Einen Augenblick später entschwand der Zug ihrem Blick in die bleierne Helligkeit des wirbelndes Schnees.

3
Die Schlacht von Agincourt

Das Kind hatte helle Augen, aber waren sie blau, grau oder grün? Isabeau beugte sich zu dem kleinen Mädchen, das in ihrer Kemenate im Schloß von Rouen vor dem Feuer spielte. Unbestimmt, entschied sie letztendlich. Wechselhaft. Die Augen waren unbestimmt, und sie wechselten die Farbe, je nach Lichteinfall. Was konnte das wohl über das Wesen des Kindes aussagen und für seine Zukunft bedeuten? Die Kleine griff nach den Enden des Schleiers, der über Isabeaus zu Schnecken gedrehtem Haar lag, und zog daran. Isabeau mußte wider Willen lächeln. Gesund und stark war sie, der kleine Bastard der Champdivers und des Königs, und für ihre zwei Jahre gut entwickelt!

»Komm her, Johanna, komm zu Margarete!« rief da gerade die Frau des Dauphins vom anderen Ende des Raumes und breitete einladend die Arme aus. Das Kind machte einige unsichere Schritte in die Richtung der jungen Frau, die ihre Stickerei fallen ließ und sich nun auf ihren Knien auf dem Teppich niederließ. Als Johanna auf ihren wackeligen, pummeligen Beinen endlich bei der Dauphine ankam, herzte diese sie und küßte sie auf die rosigen Wangen. »Mein kleiner Engel! Wenn du möchtest, spielen wir nachher mit dem Affen der Königin! Er hat neue Kleider bekommen, ganz aus Seide, in allen Farben! Du darfst ihn anziehen, wie du willst!« rief sie.

Isabeau musterte ihre Schwiegertochter unwillig: Ihre Kleider mochten wohl aus den teuersten Stoffen geschnitten sein, die das *Sentier* im Norden der Hallen zu bieten hatte, sie konnten dennoch nicht die erschreckende Magerkeit der Kronprinzessin verbergen. Ihre Schlüsselbeine stachen wie abgenagte Hühnerknochen in der Suppe der armen Leute zwischen Hals und Brust hervor, während die grauschimmernde Haut ihres Gesichtes sich über den scharf hervortretenden Wangenknochen spannte.

»Es wird wirklich Zeit, daß du selbst das Reich mit einem Erben erfreust, Margarete!« bemerkte Isabeau mürrisch. Im selben Augenblick schämte sie sich ihrer Worte: Ihre Tochter Katharina, die kaum älter war als Margarete und die nahe dem Kamin an einem Teppich knüpfte, schüttelte unmerklich den Kopf. Margarete von Burgund jedoch errötete, sie senkte den Kopf mit den schweren dunklen Zöpfen und verbarg so ihren Kummer in dem lockigen blonden Haar des kleinen Mädchens, das sie nun wieder liebevoll umarmte. »Wenn es nur an mir läge, hätte ich Frankreich schon zehn solcher Kinder geschenkt!« sagte sie leise.

Isabeau hob abwehrend die Hand. Margarete hob jedoch noch einmal an, sie schien unbedingt sprechen zu wollen. Ihre blassen Augen füllten sich nun mit Tränen, und die dünne Oberlippe ihres Kindermundes zitterte. »Manchmal will ich nur in das Schloß meines Vaters zurückkehren, an meinen Stickrahmen, oder mich in ein Kloster zurückziehen! Aber Vater antwortet auf keinen meiner Briefe.«

Isabeau dachte bei sich: Wenigstens gibt es noch andere Frauen, die Johann ohne Furcht nicht beachtet. »Schweig mir von deinem Vater, der wahrscheinlich gerade mit den Engländern verhandelt!« sagte sie jedoch nur knapp.

Katharina sah wieder von ihrer Arbeit auf, nachdem sie eine Farbe zu Ende geknüpft hatte und nun mit ihren schlanken Fingern das nächste Seidengarn auswählte. »Du bist zu hart, Mutter! Wir alle hassen die Engländer! Sie sind nicht besser als Wölfe im Winter, und ihr König Heinrich ist nicht besser als ein räudiger Hund! Angeblich soll sein Anblick schrecklicher sein als der des Jüngsten Tages!« Sie zog mit einem Mal den Knoten so heftig an, daß das Garn zwischen ihren Fingerkuppen riß, und unterdrückte dann einen zornigen Ausruf, ehe sie weitersprach. »Vielmehr sollte man meinen Bruder, *Monseigneur le Dauphin,* schelten, wenn er nicht bei seiner Frau liegen will!«

Sie lächelte Margarete bei diesen Worten vertraulich an. Isabeau jedoch schüttelte den Kopf, denn was wußte ihre unverheiratete Tochter schon von diesen Dingen? Sie lief nun zu Margarete hin, griff sie am Arm und zog sie vom Boden hoch. »Er will nicht bei dir liegen? Du meine Güte, bist du eine Frau oder ein Stück Holz?« zischte sie.

Margarete zog die Schultern hoch und hob eine Hand wie abwehrend.

Isabeau knuffte ihre Schwiegertochter in die Seite. »Aber du bist ja auch mager wie eine Heuschrecke! Meinst du etwa, mein Sohn will sich an dir blaue Flecken holen?« Sie brach ab, beinahe beschämt, als sie Margaretes Tränen sah. Es ist der Vater, den ich demütigen will, nicht die Tochter, ermahnte sie sich selbst. Aber zuviel hing an dieser Ehe, an den möglichen Kindern aus dieser Verbindung, als daß sie noch geduldig sein wollte. Hätte der Dauphin einen Sohn, so wäre ihre Stellung gegenüber von Armagnac gefestigt!

Sie ließ die weinende Dauphine los, die sich nun ihre Hände vor das schamrote Gesicht schlug. Isabeaus Blick blieb einen Wimpernschlag lang an diesen feinnervigen Fingern mit den hellen Halbmonden auf den Nägeln hängen: Margarete hatte die Hände ihres Vaters geerbt, bemerkte sie mit Widerwillen. Wo war Johann ohne Furcht jetzt? Was trieb er? Verhandelte er wirklich mit den Engländern, wie ihre Späher ihr berichtet hatten? Weshalb, weshalb nur mußte sie eine Stunde Hoffnung in seiner Anwesenheit mit langen Monaten des Leidens, der Sehnsucht in seiner Abwesenheit bezahlen?

Isabeau strich Margarete über den knochigen Arm: »Es tut mir leid, Margarete!« beschwichtigte sie. »Es wird schon werden.« Wie konnte dieser männlichste aller Männer nur eine so blutleere Tochter haben?

Katharina stand nun auf, ging um ihren Stickrahmen herum und nahm der inzwischen haltlos schluchzenden Margarete die kleine Johanna aus den Armen. Sie strich dem Kind über den Kopf und griff Margarete an die Schulter. »Weine nicht, Margarete. Mutter meint es nicht so. Du könntest im ganzen Land keine gütigere Schwiegermutter haben als sie. Nur, das Wohl des Reiches kann für eine Königin eine erdrückende Bürde sein, du wirst es eines Tages selbst sehen, so Gott will!«

Margarete nickte, weinte aber noch stärker. »Ja, so Gott will«, schniefte sie mutlos.

Katharina zog aus dem engen Ärmel ihres roten Unterkleides ein kleines Spitzentuch. Sie reichte es der Dauphine, die sich die Nasenspitze damit betupfte, ehe sie sich die rotgeweinten, leicht hervorstehenden Augen wischte. Isabeau umarmte Margarete nun ebenfalls und sagte: »Die Ehe ist nicht immer leicht zu ertragen für uns Frauen! Ich glaube, sie bringt dem Mann mehr Vorteile als uns Frauen! Ohne ein Weib lebt ein Mann wie ein Tier. Aber glaub mir: Eine schlechte Ehe ist ein bitteres Leiden auf Erden, aber eine gute Ehe ist ein prachtvolles Leben wie im Himmel! Gib nicht auf, und hör nicht auf, meinen Sohn zu lieben! Er wird erkennen, was er an dir hat!« beschwor sie ihre Schwiegertochter.

Katharina küßte die kleine Johanna wieder, die nun an den kleinen dunklen Haaren zog, die sich aus Margaretes Frisur gelöst hatten. »Und auch du sollst einmal eine glückliche Frau an der Seite eines glücklichen Mannes werden!« sagte sie zu dem Kind. In diesem Augenblick fiel ein Sonnenstrahl mitten in die Augen des kleinen Mädchens, und ihre Augen leuchteten Katharina mit einer Weisheit an, die ihre Jugend Lügen strafte. Katharina zögerte erstaunt, ehe sie das Kind wieder auf die Stirn küßte, so, als fehlten ihr die Worte. Dann sah sie auf, hin zu Isabeau, die schweigend und mit hängenden Schultern vor dem Kamin stand.

»Hast du dich denn nun entschieden, wer die Tochter der Champdivers erziehen soll?« fragte sie ihre Mutter leise.

»Ich gebe das Kind noch in diesem Winter nach Lothringen, wo mir die Herzogin von Anjou eine Familie empfohlen hat. Es ist ein Schreiber in Domrémy, anständige Leute, die schon einige Bastarde des Kardinals Ludwig von Bar aufgezogen haben. Wenn sie noch länger hier bei uns bleibt, wird sie zu sehr verwöhnt und ahnt ihre wahre Herkunft!« sagte Isabeau. Sie wußte, sie hatte mit dieser Entscheidung schon zu lange gewartet, aber das Kind war ihr unvermutet ans Herz gewachsen: Die kleine Johanna hatte ihrem Vater, dem König, schon seit ihrem ersten Tag erstaunlich ähnlich gesehen. War es recht, dem Rat Yolandas in dieser Angelegenheit zu folgen? Woher kam das Gefühl des Mißtrauens gegen sie, trotz all der

Zeichen von Ehrfurcht und Freundschaft, die sie ihr erwies? Erst heute morgen hatte sie bei der Ankunft des Morgenkuriers wieder vergeblich auf einen Brief von Karl aus Angers gewartet. Die einzigen Neuigkeiten über sein Wohlergehen erhielt sie von ihren Spähern am dortigen Hof. *Wollte* er ihr etwa nicht antworten?

»Wird Johanna denn dort in Domrémy eine Erziehung erhalten?« unterbrach Margarete die Gedanken der Königin.

Isabeau mußte lächeln. »Genug für ihren Stand. Sie mag die Tochter des Königs sein, aber das macht sie nicht zu einer Prinzessin.«

Mit diesen Worten wandte sie sich auffordernd hin zu Katharina, die aus dem Beutel an ihrem Gürtel gerade eine kleine Schere aus Silber zog, um den letzten Faden an ihrer Arbeit für den Tag abzuschneiden. Die Prinzessin musterte ihr Werk einen Augenblick, ehe sie die dunklen Locken nach hinten warf und ihren schlanken Hals zeigte. Isabeau musterte ihre Tochter, die sich mit jedem Tag so veränderte, verwirrt: Wo war nur das runde Kind geblieben in dieser jungen Frau mit den schmalen Schultern und der festen Brust? Katharina schien ihre reifende Schönheit zu erdulden wie andere ein Schandmal. Sie erwiderte den Blick ihrer Mutter nun ruhig, und im weichenden Licht des Nachmittags schimmerten ihre Augen matt wie feuchtes Laub. »Ich hasse die Engländer«, sagte sie wieder nur. »Schwerter sind zu gut für sie. Knüppel genügen, um sie zu erschlagen. Alle!«

Die Frauen lachten, aber in Isabeaus Ohren klang ihre Heiterkeit nicht ganz sorgenfrei. Sie trat an das Fenster und sah hinaus in den Hof, dessen Steine im stetig fallenden Regen von Rouen feucht glänzten. Dort, unter dem Vordach des Eingangstores, saßen einige der Männer Armagnacs, der *Bandites*. Ihre ehemals weißen Schärpen hingen ihnen schmutzig und zerfetzt um die Brust. Sie hatten ihre geflickten Mäntel über den grauen, harten Boden gebreitet und spielten Würfel. Das geschnitzte und bemalte Horn klapperte auf dem nackten Stein. Lange konnte die Schlacht mit den Engländern nicht mehr auf sich warten lassen, sagte sich Isabeau. Nicht die übelste Lösung: Eine Auseinandersetzung mit England würde den Krieg im Inneren ihres Reiches aufhalten. Das gab ihr Zeit. Zeit, zu beobachten. Zeit, einen Plan zu fassen. Zeit, zu handeln. Isabeau lächelte in den milden Sonnenschein, der mit einem Mal durch die Wolken brach, und der dort den graugewölbten Himmel über Rouen erhellte.

⚜

Rouen, im Oktobermond 1415

Liebste Mutter!
Nach langer Zeit nun wieder ein Wort von Deiner Tochter bei Hofe: Glaube nicht, daß ich mich hier dem eitlen Müßiggang hingebe, im Gegenteil. Nur, seitdem Pierre dem Chevalier du Chastel im vergangenen Jahr an den Hof gefolgt ist, habe ich nur sehr wenige gute Stunden gehabt. Ich will Dein altes Herz nicht mit Klagen betrüben, und so bleibe ich lieber stumm. Der Chevalier du Chastel ist nun Prévôt von Paris, und die Männer Bernhard von Armagnacs haben die Hauptstadt so fest im Griff wie ich früher unsere Hennen, ehe ich ihnen dann mit einer kurzen Bewegung des Handgelenks den Hals umdrehte. Wir weilen nun schon seit Wochen auf Befehl Armagnacs in Rouen. Die früher so reiche Stadt hungert, und so wage ich kaum, mir vorzustellen, wie es dem Land dort draußen ergehen mag. Wir bei Hofe spüren nichts von der Not, doch ich denke oft an Euch im Poitou. Wenn Vater weiterhin wirklich jeden Wilderer hinrichten lassen will, gibt es bald niemanden mehr, der unsere Felder bestellt. Wenn ich doch etwas tun könnte! Was hat meine Königin dazu bewogen, sich mit diesen Räubern zu verbünden? Der Herzog von Burgund hat sie als Frau zu tief gedemütigt, und das kann die Königin in ihr nicht vergessen. Manchmal finde ich sie allein in ihrer Kemenate, und ich kann sehen, daß sie geweint hat. Gott schütze uns. Dazu kommt noch, daß im Frühjahr der junge König Heinrich von England mit über fünfzehnhundert Schiffen an der Seinemündung gelandet ist und nun durch den Norden Frankreichs zieht. Armagnac hat daher ebenfalls ein Heer aufstellen lassen: Bisher haben beide Armeen ein Aufeinandertreffen

vermieden, aber wie lange wird das noch möglich sein? Und wenn es dazu kommt, dann sollen die Engländer ihr blaues Wunder erleben. Die Normandie leidet unter den einen Soldaten so sehr wie unter den anderen. Ist es den Menschen nicht egal, unter welcher Flagge sie ausgeraubt, geplündert und ermordet werden? Heinrich aber will Krieg, so heißt es hier bei Hofe. Er soll ein Ungeheuer von Mann sein, der die schwerste Rüstung so leicht wie einen Mantel trägt. Seine Männer sind vor seinem Feldzug in jedes englische Dorf geritten und haben nicht nur jeden verfügbaren jungen Mann ausgehoben, sondern auch noch jeder Gans vier Federn für die Pfeile seiner gefürchteten Langbogenschützen, der Longbows, ausgerupft! Nun, unsere Ritter werden diesem hergelaufenen Plantagenet schon zeigen, was wir hoch zu Roß mit Rüstung und ritterlichem Mut vollbringen können! Bogenschützen sind doch elendes Fußvolk, sonst nichts. Ein Kämpfer, der etwas auf sich hält, kommt hoch zu Roß daher und nicht zu Fuß wie ein Bauer! Das sagt zumindest Pierre, und ich muß ihm wohl glauben. Du hast mich in Deinem letzten Brief gemahnt, meinem Mann so zu gehorchen, als sei er der beste aller Menschen. Glaub mir, ein verderbterer Mann als der meine ist nicht auf Erden gewandelt. Doch Gottes Wille hat mich an ihn gebunden, und das Schicksal mag mir einen besonderen Weg bestimmt haben. Du hast mich gefragt, ob ich noch immer Geschenke und Gedichte von meinem Unbekannten erhalte: Die vergangenen beiden Jahre haben seine wertvollen Gaben und wunderschönen Briefe weiter ihren Weg in meine Kammer gefunden. Ich weiß aber immer noch nicht, wer er ist. Ich habe auch große Mühe, Pierre die Herkunft der Geschenke zu erklären. Außerdem brauche ich Geld, das ich Dir und meiner Schwester senden kann. So verkaufe ich manchmal einige der sehr erlesenen Dinge: Vergangenen Mond kam ich abends in unser Zimmer, und auf meinem Bett lag ein Zweig mit blauen und grünen Blüten. Erst als ich genauer hinsah, erkannte ich, daß die Blüten in Wahrheit Edelsteine in einer Kette, Ohrringen und einem Armband waren! Verzeih meine Eitelkeit, aber dieses Geschmeide mußte ich einfach behalten! Ich wollte meinen, es sei der König selbst, der die Geschenke für mich auswählt. Allerdings kann unser armer Sire bien-aimé derzeit in seinem verwirrten Geist nicht zwischen Brotkrumen und Kieselsteinen unter-

scheiden. Ich muß schließen, aber ich schreibe das nächste Mal sehr viel eher und auch mehr, das verspreche ich! In Liebe,

Jehanne

⚜

Über Frankreich brach der junge Tag an, und es schien Isabeau der friedlichste Morgen seit langem zu sein. Die frische Morgenluft war gesättigt von dem steten Regen der vergangenen Tage, und der Tau der frühen Stunden zog noch die Blätter der Büsche und die Zweige der Bäume mit sich in das hohe Gras, um sich vor dem Tageslicht zu verbergen. Die beginnende Färbung des herbstlichen Waldes filterte das kalte Licht des Morgens. Der Wind kam rauh von Nordwesten. Ein Wind, der große Segel füllen und ohne Mühe jedem Ruder seinen Willen aufzwingen konnte, dachte sie sorgenvoll. Ihre Augen richteten sich auf den Horizont, dorthin, wo die Welt enden sollte. Mein Horizont ist der Herzog von Burgund, sagte sie sich, denn alle meine Gedanken enden bei ihm. Isabeau fuhr sich hungrig mit der Zunge über die Lippen, sie schmeckte Salz darauf, und sie erahnte das Meer, das dort hinter den Wäldern der Normandie an die französische Küste rollte. Bald soll es das Blut der elenden Engländer von unserem Grund waschen, dachte sie, gab ihrem Pferd die Sporen und ritt weit über die Ebene hinweg.

Der König von England forderte Frankreich für sich? Ha, sollte er doch kommen und es sich holen! Heinrich und seine Männer waren in der Normandie weitergezogen, wohl aus Furcht vor der französischen Armee, die auf der anderen Seite der Somme lagerte. Wenn sie ihren Spähern trauen konnte, so waren seine Männer ausgehungert und litten so stark an der Ruhr, daß ihr Gestank selbst die Fliegen aus den Sümpfen vertrieb. Der letzte Bericht war zwei Tage alt, danach hatte der englische König sogar alle französischen Gefangenen ohne Lösegeld ziehen lassen. Mittlerweile mochten er und seine Männer verreckt sein wie das Vieh, das sie waren!

Isabeaus Gerte pfiff durch die reine Luft, sie preßte ihrem Falben die Schenkel unter den dick gefütterten und geteilten Rökken ihres Reitkleides in die starken Seiten, sie ließ die Zügel knallen und sprengte dem Reiher nach, der mit einem Mal aus dem nebligen Schilf um die grünen Seen aufstieg. Seine weißen Schwingen leuchteten erhaben im Blau des Morgenhimmels, sie wiesen Isabeau den Weg über die Hügel der Normandie: Die Hufe ihres Zelters schlugen dumpf auf den feuchten, modrig riechenden Torf des Weges, und ihr eigener, keuchender Atem mischte sich in das Schnauben des Pferdes. Isabeau ließ mit einem Ruck das Pferd steigen, sie hob ihren Arm, der in einem gepolsterten Handschuh steckte, hakte die Zügel um den Sattelknauf, zog dem Falken auf ihrer Hand die Kappe ab und jagte ihn mit dem Ruf »Hoi! Hoi!« hoch in das satte Blau, ehe er mit seinen Krallen nach ihrem Gesicht schlagen konnte.

Der Vogel wirbelte dunkel durch die Luft, bis er sein ruhig gleitendes Opfer ausmachte und ihm nachjagte. Die Glocke an seinen Krallen klingelte hell, als er gegen den Wind stieg.

Isabeau zog an den Zügeln, fiel in den Schritt zurück, hieß ihr Pferd stehen und legte eine Hand vor die Augen, um die Jagd zu verfolgen. Sonnenflecken tanzten, lösten sich langsam vor ihren Augen auf und verbanden sich wieder: Einer von ihnen wurde nun zum Falken, der gerade mit seinen Krallen das Weiß des Reihers blutig schlug. Sie schrie begeistert auf und feuerte ihren Vogel an. So bemerkte sie erst spät den Boten, der sein Pferd neben dem ihren zum Stehen brachte und sich aus dem Sattel schwang.

Er ging in die Knie, zog sich die in Falten gelegte Kappe mit den Eichelhäherfedern vom Kopf und meldete: »Der *connétable de France*, Bernhard von Armagnac, bittet Euch zu einem außergewöhnlichen Rat zurück in die Stadt.«

Sie hob den Arm und machte dem Falkner, der nun ebenfalls heranritt, ein Zeichen, den Vogel zu sich zu rufen. Sie hörte das Schlagen der Flügel wie das drohende Surren eines Armbrustbolzens in der Luft, als er auf den ausgestreckten und mit Lederbändern gepolsterten Arm des Manns niederschlug. Der Falkner schlang ihm geschickt die Lederschnur um die Krallen und stülpte ihm dann die kleine Kappe über den Kopf. Der Vogel schlug blind noch zweimal mit den Flügeln und saß dann still.

Als Isabeau ihr Pferd wendete, fing es wieder an zu regnen: Dunkle Gewitterwolken ballten sich am gerade noch leuchtenden Horizont zusammen, und mit den ersten schweren Tropfen verwandelte sich der Weg unter den Hufen ihres Pferdes in einen schmatzenden Morast, der hoch auf ihre Röcke und bis in ihr Gesicht spritzte.

⚜

Der Herbst ist keine gute Zeit, um hier in Les Baux de Provence zu sein, stellte Yolanda mißmutig fest. Die Herbststürme fegten über die kalkige Hochebene der Alpilles hinweg, auf welcher ihre Burg wie ein Adlernest hing. Der stete Wind der Jahreszeit, der über das Mittelmeer landeinwärts blies, machte sie unruhig und hinderte sie am Nachdenken: Am liebsten hätte sie sich in einer der dunklen, unermeßlich tiefen Höhlen verborgen, die rund um die Burg senkrecht in den Stein geschlagen waren! Alles, was diese schönste ihrer Liegenschaften ausmachte, wurde von der Gewalt dieses Windes hinweggetragen: Die Düfte nach der satten, würzigen Erde, dem Salz des Meeres, dem Rauch der Feuer auf den Feldern voller Lavendel, Rosmarin und Thymian. Die Geräusche, wie das leise Zirpen der Grillen im hohen Gras, die Musik eines Festes in einem Dorf, die Flöten, die Lauten und der Gesang, das Wiehern der weißen Pferde auf den flachen Weiden und das Rauschen der Schwingen der Flamingos, die die salzigen Seen der Camargue aufsuchten, und das dumpfe Stampfen der Hufe der Stiere auf dem Torf, die zum Tanz in eine Arena gelassen wurden. Die Farben, die im Frühjahr frisch und lebendig wirkten, ehe sie sich in der Glut des Sommers verloren und im stillen Glanz des Winters erstarrten. Der Herbst schluckte sie alle, beharrlich kalt und grau.

Sie erhob sich von ihrem Sitz am Feuer, wo sie im Kreise ihrer Damen gelangweilt eine Spitze klöppelte. Ihre Finger hatten die Unaufmerksamkeit ihres Geistes aufgenommen und machten schließlich einen Fehler nach dem anderen, ehe Yolanda sie ganz in ihrem Schoß ruhen ließ.

Weshalb war sie noch hier? fragte sie sich. Die Geburt ihrer beiden jüngsten Kinder im vergangenen Jahr hatte sie erschöpft, und irgendwie hatte sie immer den Eindruck, als ob das Blut in ihren Adern noch nicht ausreichte, um ihrem Körper Kraft zu geben. Sie wollte dem Bett ihres Mannes von nun an fernbleiben: Nach jeder Schwangerschaft war sie froh, sich die Brüste binden und den Säugling einer Milchamme übergeben zu können. Sie war schließlich kein junges Mädchen mehr! Zudem hatte der Herzog von Anjou kurz vor der geplanten Abreise nach Angers im September wieder begonnen, an seinen Magenschmerzen zu leiden. Der Medikus hatte von der Reise abgeraten, und Yolanda hatte sich seiner Anweisung mißmutig gebeugt.

Wenn doch wenigstens Tanguy du Chastel hier wäre oder wenn seine Boten doch öfter kämen! Sie wußte ja gar nicht mehr, was in Paris vor sich ging! War die Dauphine etwa guter Hoffnung? Ein Kind aus dieser Ehe könnte ihre Pläne zunichte machen. Da hieß es handeln! Sie wärmte sich kurz die Hände am Feuer und tat, als bemerke sie die fragenden Blicke ihrer Damen nicht. Eines ihrer beiden Windspiele, das vor dem Kamin auf einem Schaffell lag, wandte die Augen nach ihr und schlug schwach mit dem Schwanz auf die kahlen Fliesen vor der Feuerstelle, als es ihren Geruch wahrnahm. Sie beugte sich zu ihm und tätschelte gedankenverloren seinen schmalen Kopf mit den klug leuchtenden Augen.

Der Wind schlug mit einem Mal einen der hölzernen Fensterläden gegen den steinernen Fenstersims: Yolanda zuckte zusammen, sie lief hin zu dem schmalen Fenster, welches tief in die trutzige Wand der Burg von Les Baux eingelassen war.

Draußen im Hof sah sie nun ihre Tochter Marie mit fliegenden Füßen und wehenden Haaren laufen, und ihr Verlobter Karl jagte ihr hinterher.

Beide erschienen einen Augenblick zwischen den Vorratshäusern, verschwanden hinter einem Wachturm, tauchten hinter den Gräsern bei den Ställen wieder auf, liefen an dem Brunnen vorbei und schließlich zweimal um die kleinen, stämmigen Windmühlen am Rande der ummauerten Klippe herum. Sie standen nun nahe an Yolandas Fenster.

Marie lachte und lachte, so daß ihre starken Zähne aufblitzten. Irgend etwas schien ihr ungemeine Freude zu bereiten. Der Junge jedoch schien zornig zu sein, denn er bückte sich im Laufen, riß Gras aus den Ritzen der Steine und griff eine Handvoll Kies vom felsigen Boden, den er nach ihr warf. Er schrie etwas, das der stete Wind von Les Baux de Provence ihm von den Lippen riß.

Um besser hören zu können, worum es ging, öffnete Yolanda das Fenster.

»Gib ihn mir wieder! Gib ihn mir wieder!« rief Karl da gerade, und er machte einen Satz, mit dem er Marie an ihrem Arm zu fassen bekam.

Sie versuchte, sich mit einem Ruck freizumachen: »Nein! Du bist nicht gut zu ihm! Du hast ihn seit drei Tagen nicht gefüttert!« kreischte sie und drückte einen jungen Hasen enger an ihre Brust. Yolanda bemerkte, daß das schlichte blaue Kleid, das Marie trug, ihr wieder zu eng geworden war: Es spannte ihr sowohl unter der Achsel als auch über der Brust. Das mittlerweile dreizehnjährige Mädchen hatte nur noch wenig mit dem flachbrüstigen Kind von vor zwei Jahren gemein! Es wurde Zeit, daß die Schneiderin ihr die Kleider einer jungen Frau nähte.

Karl zerrte Marie nun am Arm, bekam sie ganz zu fassen, sie schrie auf und warf den Hasen von sich auf die Erde, wo er sich benommen aufrichtete und dann davonsprang.

»Da hast du deinen dummen Hasen! Du bist viel zu alt, um noch mit ihm zu spielen!« lachte sie spöttisch. »Du Kind! Ein Kind bist du noch!« Ihre Worte hallten durch den Hof und prallten an den bewehrten Mauern der Festung ab.

Karl stieß sie zu Boden, setzte sich auf ihren Bauch, drückte ihre Arme mit seinen Knien nach hinten und riß nun büschelweise Moos aus, um es Marie in den Mund zu stopfen. Sie heulte und spuckte, doch Karl griff weiter und weiter nach dem Moos. Nun lachte er.

Yolanda seufzte. Was sollte das noch geben. Eine Ehe etwa? Das Verlöbnis von vor zwei Jahren mußte noch bestätigt werden. Und nichts auf dieser Welt sollte dies verhindern, so wahr ihr Gott helfe!

Sie beugte sich nun aus dem Fenster und rief in den Wind: »Karl! *Mais laisse donc Marie tranquille!* Behandelt man so eine Frau? Komm hinauf, auf ein Glas heißen Met! Und du, Marie, sieh dich an, dein neues Kleid ist zerrissen! Schäm dich, du siehst aus wie ein Bauernmädchen.«

Karl wandte sich um und ließ augenblicklich von seiner Braut ab, die sich hustend aufsetzte und das Moos aus ihrem Mund holte. Sie stieß Karl von ihrem Bauch herunter, und er erhob sich, ohne sie noch eines Blickes zu würdigen. Marie sah Karl mit vor Zorn dunklen Augen nach, als er gehorsam davontrabte. Dieser Blick entging Yolanda nicht.

Sie wandte sich vom Fenster ab und klatschte leicht in die Hände. »Ihr könnt gehen, wir klöppeln morgen weiter! Laßt aus der Küche heißen Met bringen und etwas Salzgebäck! Marie!« wies sie ihre Hofdame Marie de Craon an: »Bring mir meinen Putzkasten, rasch!« Mit flinken Händen salbte sie sich das Gesicht und stäubte ihren Puder, den sie sich aus Venedig kommen ließ, auf ihre helle Haut. Ihre Finger glitten prüfend über die kupferfarbenen losen Zöpfe, in welche ihr der Coiffeur am Morgen Perlenschnüre und letzte Lavendelblüten eingeflochten hatte. Ihr Kleid hatte einen züchtigen Ausschnitt. Zu züchtig, stellte sie verärgert fest und löste hastig das Schultertuch aus zartem Chiffon, so daß der grüne Samt ihres Oberkleides nun direkt auf ihren nackten Schultern lag. Gerade, als Karl an die Tür klopfte, tupfte sie sich noch von der Jasmintinktur aus Grasse an die Schläfen und zwischen die Brüste. Der Duft entfaltete sich betäubend stark in der warmen Luft des Raumes.

»Geh nun auch du, Marie, und öffne Monseigneur die Tür!« befahl Yolanda ihrer ersten Hofdame. Diese knickste tief und bewegte sich rückwärts zur Tür. Ihr Gesicht blieb dabei ohne Ausdruck. Yolanda stellte sich nahe an das Feuer, so daß die Flammen dem Alabasterton ihrer Haut einen warmen Glanz gaben und ihr Haar aufleuchtete.

Die Tür öffnete sich, und Karl betrat ihre Kemenate. Er wirkte scheu wie jeder Mann, wenn er das Reich der Frauen betritt.

Sein Blick erfaßte die späten Blumen, und er schnupperte den Duft der Räucherstäbe, die aus der Heimat Yolandas jenseits der Pyrenäen kamen: Sie brannten leise in ihrem pulvrigen Sand in einer Schale aus versilbertem Kupfer. Karl setzte seine matschigen Stiefel vorsichtig auf die dicht an dicht geknüpften Teppiche aus Seide, die auf dem Boden bunt übereinander lagen. Yolanda konnte erkennen, wie sehr er die lodernde Wärme des Feuers im Raum, den Geruch nach Bienenwachs, den die Kerzen ausströmten, und den Glanz des Damastes der bestickten Bettvorhänge genoß.

Yolanda lächelte einladend und streckte ihre Hand nach ihm aus. Der Schein der Flammen erfaßte dabei die Rubine an ihren Ringen und ließ sie aufleuchten wie Blutstropfen. Der Stein sollte ihr Hab und Gut beschützen.

»Monseigneur! So komm doch, ich wollte nicht streng mit dir sein, das weißt du doch! Ich kann es bloß nicht zulassen, daß ein Mann grob mit einer Frau umgeht, wo bleibt denn da die Galanterie?« sagte sie freundlich und lachte nun.

Karl trat näher, und sie merkte, wie er ihr Bild in sich aufnahm. Auch er hatte sich verändert! Er war nun fast vierzehn Jahre alt, fast ein Mann. Nein, nicht fast: Er war ein Mann! Sie faßte seinen Arm, zog ihn noch näher heran, und er folgte ihr fast stolpernd. Sie wußte, daß er ihr Parfum nun dicht und voll riechen konnte und streifte mit ihren Lippen zweimal seine Wangen, an denen sie Bartstoppeln spürte.

»Marie ärgert mich nur«, murmelte er dennoch zornig. »Sie macht alles, wovon sie weiß, daß ich es nicht mag!« Seine Stimme klang vor Unzufriedenheit noch näselnder als sonst.

»Oh, laß sie, das wird sich auswachsen! Sie kann ihre Zuneigung zu dir nur nicht recht zeigen!« erklärte Yolanda froh und zog ihn zu dem kleinen Tisch, auf dem ein Page gerade den Met und das Gebäck abstellte.

Sie wartete, bis der Page verschwunden war, ehe sie sprach: »Trink, mein Prinz.« Sie reichte ihm einen der emaillierten Kelche, die die Königin ihr vor zwei Jahren geschenkt hatte, und schenkte ihn voll. Ihre Finger glitten dabei kurz wie der Flügelschlag eines Schmetterlings über die seinen.

»Auf dein Wohl!« Sie hob ihren eigenen Kelch und blickte ihm tief in die Augen, nur einen Augenblick. Er sollte glauben, geträumt zu haben. Karl nahm einen Schluck und musterte dann nachdenklich den Kelch. »Ist mit dem Boten aus Paris auch ein Brief von meiner Mutter für mich gekommen?« fragte er unvermittelt.

Yolanda antwortete bedauernd: »Nein, mein Prinz!« Sie hielt die Augen gesenkt und nahm wiederum einen tiefen Zug aus ihrem Kelch.

»Weshalb schreibt sie mir nie? Bin ich ihr gleichgültig?« fragte er, während sein Blick wie zweifelnd über das zarte Schlüsselbein Yolandas, dort zwischen Hals und Schultern, glitt. Dann griff er zu dem Gebäck aus salzigem Teig, das mit zerlassener Butter, geschmolzenem Käse und Kümmel bestrichen war. Er begann mit mürrischem Gesicht, daran zu knabbern.

»Wie könnte ein Knabe wie du seiner Mutter gleichgültig sein? *Non non, mon fils* – sie hat eben nur sehr viel zu tun!« Sie trank noch einmal und fuhr sich mit der Zunge langsam über den feingezeichneten Mund, wie um den letzten Tropfen des Mets zu kosten. Karl runzelte die Stirn.

»Ich bin nicht dein Sohn, Herzogin! Und ich bin auch kein Knabe mehr, sondern ein Mann«, sagte er, ohne daß sie den Ton seiner Stimme hätte deuten können. Trotz? Ablehnung? Spott? Sie trat rasch näher und legte beide Hände auf seine schmalen Oberarme. Der Schein des Feuers ließ sein Gesicht warm aufleuchten, seine dunklen Augen schimmerten, und seine zu lange Nase warf einen zackigen Schatten auf seinen schmalen Mund. Sie lachte und legte den Kopf schief.

»Nein, verzeih, Monseigneur. Natürlich bist du nicht mein Sohn! Und du bist auch kein Knabe mehr! Aber, glaub mir: Ich bin über eins so froh wie über das andere!« Sie beugte sich nach vorne und ließ ihre Lippen einen verwirrenden Augenblick lang über den seinen schweben. War es sein Kopf, der sich leicht, wie von allein, nach vorne bewegte, oder war es ihr Mund, der sich dort wie eine Blüte auftat? Ihre Lippen legten sich einen Wimpernschlag lang aufeinander. Yolanda fühlte tiefe Zufriedenheit in sich aufsteigen. Als sie sich aufrichtete, sah sie in seinen hellen Augen, was sie sehen wollte.

»Verzeihst du mir?« flüsterte sie und fuhr mit der Kuppe ihres Zeigefingers über seine Wange, hin zu seinem Mundwinkel. Sie zeichnete leicht die Linie seines Mundes nach.

Er nickte wie benommen und sagte: »Ich verzeihe dir!«

Mit einem Mal entfernte sie sich von ihm und hob ihren Kelch: »Laß uns darauf trinken, mein Prinz!« rief sie heiter, als sei der vergangene Augenblick nichts als ein Traum gewesen.

Karl war schon lange gegangen, doch Yolanda fand keine Ruhe. Sie war noch immer angekleidet, obwohl die Laternen der Nachtwächter seit Stunden wie fahle Sterne auf den Mauern der Burg leuchteten und der neue Mond eine tiefe Kerbe in einen wolkenlosen Himmel schnitt. Sie ging vom Fenster zum Kamin und sah dort in die Flammen, die ab und zu von einem heftigen Windstoß niedergedrückt wurden. Sie wanderte wieder hin zum Fenster und lief dann doch zu ihrem Bett, wo sie einige Augenblicke still und nachdenklich auf der dick mit Roßhaar gepolsterten Matratze saß.

Der in seiner Mitte geraffte Vorhang aus besticktem gelbem Damast vor ihrer Bettstatt verdeckte den kleinen Kasten auf ihrem Nachttisch beinahe. Die Schatulle war aus schlichtem Holz gearbeitet, aber mit Beschlägen aus Silber verziert.

Yolanda drehte das Kästchen wie unentschieden in den Händen hin und her. Ihre Finger glitten suchend über den vorderen Rand, dort, wo der geheime Mechanismus verborgen saß. Ein leichter Druck von der Kuppe ihres Mittelfingers genügte, und der Deckel sprang auf. Da lagen sie, sauber gebündelt und nach dem Tag ihrer Ankunft geordnet: die Briefe aus dem Hôtel Saint-Paul, genau in der Reihenfolge, wie sie in den vergangenen beiden Jahren am Hof von Angers angekommen waren. Yolanda nahm das erste Bündel aus der mit Samt ausgeschlagenen Schatulle. Sie hatte damals, bei der ersten Lektüre, das Siegel der Königin erbrochen, dennoch glühte es sie warnend im Dämmerlicht der Kerzen an. Ein Schauer überlief sie: Welche Macht davon ausging! Yolanda mußte den Brief nicht entfalten, denn sie wußte genau, wie Isabeau jeden ihrer Briefe an ihren jüngsten Sohn begann: »*Mein sehr verehrter und geliebter Sohn, Monseigneur Karl …*«

Ein Käuzchen rief vor dem Fenster, und ein Nachtfalter verirrte sich im selben Augenblick, angelockt vom Tanz der Flammen, im Leuchter neben dem Bett. Seine Flügel schlugen zischend auf, als er sich versengte und verendete. Yolanda zuckte zusammen. War dies eine Warnung des Schicksals?

Unsinn, schalt sie sich und nahm die Schatulle auf, griff mit der anderen Hand nach dem Leuchter und ging damit hin zu dem Kamin, in dem die letzte Glut noch warm schwelte. Sie raffte ihr Kleid, ging behende in die Knie und fühlte die Kälte des Steins in ihren Beinen. Mit dem Schürhaken stocherte sie die Glut auf und legte einige nicht zu feuchte Holzscheite nach. Die jungen Flammen leckten zischend darüber, und ein kleines Feuer loderte auf. Yolanda nahm beide Briefbündel aus der Schatulle und legte sie sorgsam auf den kleinen Haufen aus Holz und Reisig, den sie hatte errichten lassen. Das Feuer fraß sich gierig in das Papier, Funken stoben zornig über das Siegelwachs, und die Flammen färbten sich durch die Tinte blau.

Yolanda sah zu, wie die gefalteten Briefe zu grauen Fetzen wurden, die aus den Flammen durch den Kamin aufflogen wie Krähen aus einem Busch. Sie schlang sich die Arme um die Knie, summte ein Lied und wiegte sich im Takt hin und her. Schließlich war nur noch ein Häufchen Asche von den Briefen der Königin an ihren Sohn übrig. Nun konnte sie zu Bett gehen und ruhig schlafen.

⚜

»Die Königin!« rief der erste Wächter von den Mauern von Rouen: fünf Meilen aus Stein mit sechs bewehrten Ausbuchtungen und sechzig Wachtürmen, die den Frieden und den Reichtum der Stadt beschützen sollten. Sein Ruf pflanzte sich fort, von Mund zu Mund, der Befehl wurde zum Gesang, bis die Zugbrücke herabgelassen wurde: War Rouen auf einer Seite durch die Seine beschützt, so zog sich im Westen ein tiefer Graben voller Wolfsfallen um die Mauer.

Isabeau ließ die Zügel schnalzen. Die dichten Zotteln um die

Das Gesicht des jungen Mannes schien sich vor Erleichterung geradezu aufzulösen. Er lachte und zeigte dabei die wenigen großen gelben Zähne, die er noch im Mund hatte. Wenigstens einer, dem ich für kurze Zeit den Hals retten kann, dachte Isabeau.

⚜

Rouen, im Oktobermond 1415

Meine liebste Mutter!
Nun wirst Du überrascht sein, daß ich wirklich so bald wieder schreibe! Doch die Ereignisse haben sich überschlagen, und wer weiß schon, wann diese Neuigkeiten zu Euch in die Provinz dringen werden! Letztendlich vertraue ich meiner Feder noch am meisten. Als die Königin am heutigen Morgen von der Falkenjagd wiederkam, mußte ich sie augenblicklich zu Bernhard von Armagnac geleiten. Dieser Graf aus Gers macht mir Gänsehaut, und ich denke immer, er ist der rußige Bruder selbst, wenn ich ihn sehe. Er hatte als Kind die Blattern, und seine Haut hat diese Krankheit nie vergessen: Im Winter leuchten die Narben der schlecht verheilten Pusteln bläulich unter seiner Blässe, und im Sommer sieht seine Haut wie vom Sonnenlicht gequält, rot, pustelig und juckend aus. Als die Tür zu dem Ratsraum sich hinter uns schloß, fuhr meine Königin überrascht zusammen: Neben dem Grafen von Armagnac saß der arme König Karl selbst! Wir hatten nicht gewußt, daß er derzeit den langen Ritt von Paris nach Rouen auf sich nehmen kann. Sein Haar ist etwas nachgewachsen, so daß er nicht mehr kahlgeschoren wie ein Gefangener des Temple aussieht. Es streifte nun den Kragen seines kurzen Mantels aus blauem Samt, der am Hals von einer goldenen Spange zusammengehalten wurde. Die blonden Strähnen kräuselten sich sogar etwas in seinem Nacken wie bei einem Kind, und ich fühlte Mitleid mit ihm. Die Königin knickste tief vor ihm, aber er nickte nur stumm. Ob er sie erkannte, konnte ich im schon ungewissen Licht des Nachmittags nicht sagen. Nun sahen wir auch den Boten, der sich scheinbar nur mit Mühe noch ne-

ben dem Kamin aufrecht halten konnte. Seine Augenlider hingen schon halb geschlossen über seinem unsteten Blick. Armagnac hatte mit dem Gesicht zum Fenster gestanden und drehte sich nun zu uns. Der Bote ging in die Knie. »Meine Königin!« rief er. Karl der Sechste hob ob dieser Anrede den Kopf und musterte Isabeau verwirrt, als suche er etwas in ihrem Gesicht, das er dort verloren hatte. Dann zuckte er die Schultern und ließ den Blick ziellos weiterwandern. Ich konnte sehen, wie meiner Königin das Herz sank. Statt einer Antwort nahm sie sich die flache Reitkappe ab und setzte sich. Als sie sich mit Mühe die feuchten Reithandschuhe von den Fingern zog, fragte sie: »Was gibt es so Dringendes zu besprechen, Connétable von Armagnac?« Ich glaube, sie verwendet absichtlich diese Anrede, um ihn daran zu erinnern, daß er kein Prinz von Geblüt ist. Das gefiel mir, aber ich wagte nicht zu lächeln, da mir mein Leben lieb ist. »Unser Bote aus Agincourt ist angekommen«, sagte Armagnac nur leise, und der Ausdruck seiner Stimme war nicht zu deuten. Die Königin ging um den Tisch herum zum Kamin, um sich den Rücken zu wärmen. »Und? Wieviel will Heinrich von England zahlen, damit wir ihn ziehen lassen, den Hund? Haben wir die Engländer windelweich geschlagen, bis sie um ihr Leben flehten?« lachte sie mutig. Auch ich war auf seine Antwort gespannt: Schließlich sollten wir diesen elenden Engländern ordentlich das Fell versohlt haben. Armagnac aber gab dem Boten nur ein Zeichen, und dieser begann zu sprechen: über das, was er in Agincourt gesehen hat. Ich konnte ihn kaum verstehen, denn seine Stimme schien ihm in der Kehle steckenzubleiben, so, als fürchte sie die feindliche Welt dort draußen. Mutter, wir sind vernichtend geschlagen worden, und die Blüte Frankreichs ist auf dem Schlachtfeld von Agincourt geblieben. Ich kann es nicht fassen, und mir fließen wieder die Tränen über die Wangen, als ich dies schreibe. Unsere Männer hatten den Engländern auf der anderen Seite der Somme aufgelauert. Schwer war es ja nicht, ihrem Zug zu folgen. Wo sie gehen und stehen, brennen die Dörfer! Für König Heinrich von England ist ein Krieg ohne Feuer wie Wurst ohne Senf, so sagt er angeblich selbst. Zudem konnte man den Gestank seiner Männer bis über den Fluß wittern. Es hieß, sie seien alle halb an der Ruhr verreckt, dieser kleine Haufen, mit dem Heinrich durch die Lande zog. Man hörte das Schnauben ihrer Pferde und das Jammern der Bogenschützen, die zu Fuß gehen und ihre schweren Köcher und ihre langen Bogen selbst tragen müssen. Es sollen nur noch sechstausend Mann am Leben gewesen sein, und die Truppe bestand eben hauptsächlich aus diesen Longbows. Und wir? magst Du fragen. Wir hatten doch die Armeen der Pairs de France, der Herzöge von Alençon, Orléans, Bourbon, der Bretagne; und selbst der Herzog von Brabant gesellte sich zu uns. Mindestens fünfzigtausend Mann also! Du hast recht, liebste Mutter, aber von ihnen sind nur noch zweitausend am Leben! Es ist so schrecklich, ich kann vor Tränen kaum sehen, was ich Dir schreibe. So kann ich nur wiederholen, was der Bote uns berichtete. In der Nacht vor dem Tag des heiligen Crispin war mit einem Mal von den Engländern kein Laut zu hören und keine Spur zu sehen: Kein Pferd schnaubte, kein Schwert klirrte, und kein Rauch aus einem Kochtopf stieg zum Himmel. Es war so ruhig, daß unsere Soldaten sie geflohen glaubten und diesen scheinbar einfachen Sieg tüchtig begossen. So saßen sie trunken beim Mahl, als sie die erste Flanke der Engländer aus dem Nebel über den ungepflügten Acker auf sich zukommen sahen. Der König Heinrich ritt seinen Truppen auf einem grauen Pferd voran, und sein Helm leuchtete golden aus dem Nebel, als fürchte er weder Tod noch Teufel. Er wird von seinen Truppen wie ein Gott verehrt, heißt es. Die Knie seiner ausgeruhten Männer leuchteten hell im Nebel, sagte der Bote: Sie gingen trotz der elendigen Kälte barfuß und hatten ihre Hosen bis zum Schenkel aufgerollt, um besser durch den Matsch des Ackers laufen zu können. Unsere Soldaten hörten noch das Schmatzen ihrer Schritte, dann öffneten sie die Pforte der Hölle für sie. Die Pfeile fielen mit einem Mal so dicht wie der Regen zuvor. Oh Mutter, so sind sie alle gefallen: der Herzog von Brabant, als er Heinrich von England einen Zacken von seiner Krone schlug. Dem Herzog von Alençon hat man im Gefangenenlager die Kehle durchgeschnitten. Die Mehrzahl unserer Ritter wurde jedoch weder erschossen noch erschlagen. Einige wurden von den Holzpflöcken aufgespießt, die die Engländer zur Verteidigung aufgebockt hatten. Die meisten von ihnen aber sind ertrunken. Ertrunken, Mutter! Der Schlamm reichte den Rittern bis zum Oberschenkel, weil die Pferde mit ihren Hufen das verregnete Feld weiter und immer weiter aufrissen und dann langsam im Matsch versanken. Wer einmal hinfiel, lag dort so hilflos wie ein Käfer auf dem Rücken. Die walisischen Bogenschützen aber tragen keine Rüstung, so daß sie die Unseren umtanzten wie die Teufel selbst und unsere Edlen durch die Gelenke der Rüstungen und die Visiere erstachen. Wer das noch überlebte, wurde von den Kämpfenden in den Schlamm gedrückt und ertrank darin. Mir stockt nun die Feder vor Grauen, und ich schließe, um für die Seelen der Toten zu beten, ehe Pierre kommt. Es ist um Frankreich geschehen, denn nun haben wir wirklich die Engländer im Land, ohne uns selbst einig zu sein. Laß uns darum beten, daß meine nächsten Nachrichten besser sein mögen. In Liebe und Trauer,

Jehanne

⚜

Die Uhr schlug dröhnend neunmal in die Nacht, die das Ratszimmer ganz mit ihrer dunklen Ruhe ausfüllte. Isabeau sah auf und ihr Blick folgte dem trägen Vorrücken des Zeigers aus dunklem Metall auf dem Zifferblatt aus Porzellan. Was zählte nun noch eine Minute oder eine Stunde? Der König von England hatte Frankreich die Adern geöffnet und den Acker von Agincourt mit dem edelsten Blut des Landes getränkt, so daß nichts mehr auf dessen Erde gedeihen sollte. Sie wandte sich zu Bernhard von Armagnac, der am Tisch mit einer Feder in der Hand die Liste der wenigen Überlebenden der Schlacht von Agincourt durchging. Neben den Namen, so konnte sie erkennen, war jeweils die Summe vermerkt, die die Engländer für ihre Freilassung forderten.

»Fordert der König von England denn sonst nichts?« fragte sie den Connétable leise. »Mit dem Lösegeld für die paar Ritter ist es doch sicher nicht getan.«

Armagnac sah auf und legte die Feder ab, mit deren schnellem Strich er eine Lösegeldzahlung ablehnte oder annahm. Er streckte sich behaglich aus, ganz wie ein Kater am Herdfeuer. »Nun, er will ein Stück abhaben vom süßen Kuchen Frankreich«, antwortete er dann. »Aber er ist zu naschhaft für meinen Geschmack.«

»Was will er noch, außer den Provinzen, die er sowieso schon einfordert?« fragte Isabeau müde. »Das ist doch schon mehr, als jeder andere verlangen könnte? Beinahe die Hälfte des Landes!«

Bernhard von Armagnac musterte sie, und Isabeau konnte den Ausdruck seines Gesichtes in der Dunkelheit des Zimmers nicht deuten. Die Kerzen auf dem Tisch verzerrten das Bild vor ihren Augen eher, als daß sie es erhellten, und die Nacht, die wie ein Vorhang vor das Fenster gefallen war, war dunkel und mondlos.

»Er will nicht mehr die Hälfte von Frankreich wie vor sechs Monaten noch. Er will es nun ganz«, sagte von Armagnac mit Bedacht.

Sie fuhr auf: »Da wird er kämpfen müssen! Um jeden Zentimeter Erde soll er schwitzen und bluten!« Ihre Stimme klang mit einem Mal so laut durch die dunkle Stille des Zimmers, daß der König, der in seinem Stuhl eingenickt war, auffuhr und seine blassen Augen weit aufriß.

Bernhard von Armagnac dagegen lächelte nun sanft und zufrieden, so, als habe sie ihm ein Stichwort gegeben: »Er will nicht kämpfen«, sagte er.

»Sondern?« Sie zog die Augenbrauen hoch.

»Er will heiraten«, antwortete er leise. Die Flammen der Kerzen streckten sich nun seinem Gesicht entgegen und erhellten den Ausdruck darin.

Isabeau verstand plötzlich. Nein, Armagnac lächelte nicht milde: Er lächelte grausam. Mit einem Mal bereute sie das Bündnis mit ihm so heftig, daß es sie beinahe körperlich schmerzte. Nur der verletzte Stolz Johann ohne Furcht gegenüber und Yolandas Worte hatten sie dazu getrieben. Aber nun hatte sie ihr königliches Ehrenwort gegeben. Seine nächsten Worte trafen sie so gekonnt genau wie die Schläge seiner Folterknechte ihre Opfer: »König Heinrich von England hält um die Hand der Prinzessin Katharina von Frankreich an. Er erwartet eine Antwort noch in diesem Jahr!«

»Noch in diesem Jahr!« lachte da der König in seinem Stuhl wie über einen gelungenen Scherz. »Noch in diesem Jahr!«

Isabeau bemerkte zum ersten Mal an jenem Abend die Spinne, die geduldig ihren feinen Faden zu einem Netz zwischen zwei Ecken und der Decke des Raumes zog. Das Feuer wärmte die Königin nicht mehr. Die Kälte kam wie von innen, sie legte sich die Arme um den Leib, schützend, doch es wollte nichts helfen: Isabeau weinte. Sie spürte eine Hand an ihrem Arm, die sie leicht und unbeholfen streichelte. Es war der König.

⚜

Die große Festhalle in Les Baux de Provence war von Tausenden von Kerzen aus duftendem Bienenwachs und den tanzenden Lichtern in den Laternen aus buntem venezianischem Glas so hell erleuchtet, daß die Feiernden den Eindruck haben mußten, ihre Martinsgans bei hellem Tag zu verspeisen. Die Novembernacht, kalt und klar, wurde von den mit den Wappen der Anjous bestickten Vorhängen und Läufern vor den Fenstern ausgesperrt.

Yolanda sah sich zufrieden um: Der Mundschenk und seine Gesellen liefen die lange Tafel, deren Tische für den Anlaß in Form eines Hufeisens aufgestellt waren, unablässig innen und außen ab und füllten die Kelche der Gäste bis zum Rand mit dem Wein aus den Kellern des Herzogs von Anjou. Auf den weißen Tischtüchern standen Platten mit Gänsen, von deren gebratenem Fleisch das Fett nur so tropfte. Der Koch hatte sie mit Bier, Senf und Honig übergossen, so daß die Kruste unter den Zähnen krachte und leicht süß schmeckte. Das Innere der Vögel war mit gerösteten Kastanien, kleingehackten Schweineinnereien, Brot und süßen Trauben gefüllt. Im hinteren Teil des Saales nahmen nun die Musikanten ihre Plätze ein, und augenblicklich sammelten sich einige Kinder neugierig um die Instrumente. Yolanda ließ den Blick weiterschweifen und sah, wie Karl sich damit vergnügte, nur die Füllung aus der Gans zu naschen und den Rest den Hunden hinzuwerfen. Marie saß daneben und klapste ihm auf die Finger. Er jedoch lachte nur, griff ein vor Soße triefendes Stück Geflügel und ließ es vor ihrer langen Nase auf und ab tanzen. Sie zuckte die Schultern und wandte sich ab. Yolanda spürte Ärger in sich aufsteigen.

In diesem Augenblick spielten die Musikanten auf: Der Klang der Schalmeien, der Lauten, der Harfen und Flöten kämpfte sich durch das Klirren der Messer und der Löffel, das Anstoßen der Kelche, das helle Lachen der Frauen und die lauten Scherze der Männer, das Kläffen der Hunde, die sich um die besten Knochen balgten, das Toben der Kinder, das Klingen der Glocken um die Hälse von Yolandas Zwergen und das Seufzen des Kardinals von Bar, der neben Yolanda nun zufrieden und satt die Hände über dem dicken Bauch faltete.

»Na, sehr einig scheinen die zwei sich ja nicht zu sein. Sie ist trotzig, deine Marie. Du hast sie zu sehr erzogen!« meinte er und zeigte mit seinem Kinn, von dem ihm das pure Fett tropfte, hin zu Marie und Karl. »Ist die Ehe bereits bestätigt? Und auch vollzogen?« fragte er noch nach, als er seinen emaillierten Goldkelch aufnahm und einen tiefen Schluck tat. Der große Rubin an seinem Ringfinger leuchtete dabei mit dem Wein um die Wette.

»Bestätigt ist sie, aber vollzogen? Nicht, daß ich wüßte!« antwortete Yolanda und dachte bei sich: Und nicht, daß das ohne mein Wissen geschehen wird. Sie musterte die beiden jungen Leute wieder, die nun leise zu streiten begannen.

Der Kardinal unterdrückte ein Rülpsen, indem er sich die flache Hand vor die Lippen preßte: »Achjemine, Yolanda, gutes Kind, ich habe zu viel gegessen. Aber was für eine Freude Kinder doch trotz allem machen! Je älter ich werde, um so mehr bereue ich, keinen Erben zu haben!«

Yolanda lächelte. Wenigstens war ihr Onkel so ehrlich, nicht zu sagen, daß er keine Kinder habe! Denn die Zahl seiner Bastarde war zwar groß, nur einen Erben für sein Herzogtum Bar hatte er nicht. In diesem Augenblick aber kicherte er wie ein altes Weib am Brunnen: »Aber das erlaubt mir auch in meinem Alter noch so einigen Spaß, liebe Nichte! Stell dir vor, der Herzog von Burgund ist bei mir vorstellig geworden …«

Nun mußte er doch aufstoßen und schlug sich einige Male gegen die Brust unter seiner flammendroten Robe.

Yolanda tat, als habe sie nichts gehört. »Und, was will er von dir?« fragte sie mit gleichgültiger Stimme.

»Na, was wird er schon wollen? Mein Herzogtum! Der Herzog von Lothringen, mein Hundsfott von Nachbar, ist ja bereits mit ihm verbündet. Da wünscht Johann ohne Furcht sich wohl ein vereintes Herzogtum Bar-Lothringen! Außerdem wollte sein Bote auch noch wissen, wie es dem kleinen Mädchen gehe, der Tochter der Champdivers. Ein feines Weib übrigens, diese Champdivers. Ein Busen wie eine Milchmagd!« meinte er dann sinnend, ehe er lachte: »Da hat der König, unser armer König, wenigstens was zum Anfassen!«

Yolanda sah auf. »Was interessiert ihn das Kind?« fragte sie erstaunt und leckte sich etwas Soße vom Finger.

Der Kardinal lachte weiter und zuckte die Schultern. »Was weiß ich. Ich habe es in Domrémy untergebracht, wie du mich gebeten hast.«

In diesem Augenblick begann der Tanz, und Yolanda sah, wie Karl Marie nun doch an der Hand griff und sie zur Tanzfläche zog. Die jungen Leute nahmen ihren Platz in der Gruppe ein, die einen *Branle des rats* tanzte: Lange Reihen von Frauen standen den Reihen der Männer gegenüber. Sie begannen im Takt der Musik zu klatschen, Marie setzte mit den anderen Mädchen anmutig einen Fuß vor den anderen, und Karl näherte sich ihr nun. Seine Arme waren in der Hüfte aufgestützt, er setze seine Füße leicht und umkreiste sie im Takt der Trommeln, ehe er sie um die schmale Taille faßte und sie hochhob. Ihre dunklen, leuchtenden Zöpfe flogen, ihr buntes Unterkleid wirbelte fast ungehörig hoch um die Waden, und die Edelsteine auf ihren Schuhspitzen glänzten im Licht. Marie lachte, und ihre helle Stimme war über den frohen Klang der Musik hinweg zu hören.

Da sah Yolanda mit einem Mal ihren zweiten Sohn René durch die Reihen der Tänzer toben: Niemand störte sich an dem Sechsjährigen, der unbeholfen versuchte, den Takt der Musik so zu treffen wie die erwachsenen Tänzer. Er trat den Damen auf die Schleppen und sein Hemd verfing sich in den Gürteln der Männer, doch alle lachten nur, kniffen ihn in die roten Wangen, fuhren ihm durch das lockige kupferfarbene Haar und schoben ihn wie ein Pfand durch die Tanzenden hindurch.

Yolanda wollte schon etwas sagen, als sie sah, wie der Blick des alten Kardinals den Knaben freundlich umfing. Seine vom

Alter fleckigen Finger umfaßten ihr Handgelenk und drückten es fast schmerzlich.

»Der Herzog von Burgund soll sich zum Teufel scheren! Da ist er, mein Erbe, stark, gesund und mit natürlichem Taktgefühl!« sagte er zufrieden und zeigte auf René, der sich gerade gegen einen Kuß seiner Schwester wehrte. Der Kardinal hob sein Glas. »Sein Anblick vertreibt den bitteren Geschmack, den das Leben in dieser Zeit auf meiner alten Zunge hinterlassen hat: Zuviel Feuer, zuviel Schwert und zuviel Blut, liebe Nichte!«

Yolanda lachte auf und stieß mit ihm an, auf ihren Sohn, der, so Gott wollte, der Herzog von Bar werden sollte. Aus Bar oder Lothringen sollte doch schließlich die Rettung für Frankreich kommen, in Form einer Jungfrau, welche die Truppen führte? Sie wollte schon etwas Spöttisches sagen, doch mit einem Mal faßte sie einen Gedanken oder erfaßte der Gedanke sie: Seine Ungeheuerlichkeit erschreckte sie zuerst. Yolanda lehnte sich wieder zu ihrem Onkel hinüber. »Onkel, wenn ich es dir bezahle, kann dann jemand in Domrémy die kleine Johanna unterweisen und mir monatlich von ihren Fortschritten berichten?« Schnell fügte sie hinzu: »Sie ist doch schließlich von königlichem Blut!«

Der Kardinal zuckte nur die Schultern, und seine runzeligen Augenlider mit den eisgrauen Wimpern legten sich halb über seinen Blick, in welchem noch die Neugierde glitzerte. Er sah aus wie die Echsen, die in ihrer Winterstarre an den vom Wind zerrissenen Steinen von Les Baux de Provence hafteten. »Sicher. Wenn du es mir bezahlst, meine liebe Nichte«, sagte er und gähnte genüßlich, so daß sein Kiefer knackte.

Der greise Kardinal war zu Bett gegangen, ehe noch die Süßspeisen – die gezuckerten Nüsse, das kandierte Obst, die Waffeln mit Honig und süßem Rahm, das Kompott des vergangenen Sommers und das in Wein und Milch getauchte und mit Eischnee überbackene Weißbrot – aufgetragen worden waren, und ehe man begann, zum Spiel Lose mit Aufgaben zu ziehen.

Die Musik spielte gerade ein letztes Mal auf. Yolanda lehnte sich in ihrem Stuhl zurück und seufzte. Ihr Mann hatte sich wegen der Schmerzen in seinem Magen von dem Fest entschuldigt, und ohne ihn hatte sie keine rechte Lust zu tanzen. In diesem Augenblick fiel ein Schatten über sie. Es war Tanguy du Chastel, der sich zu ihr hinunterbeugte, so nahe, daß sie seinen Geruch nach Leder, Tabak und Schweiß wahrnahm.

»Siehst du dort den Herrn von Giac?« murmelte er vertraulich in ihr Ohr. Sein Gesicht war ihrer Haut so nahe, daß die kleinen Haare in ihrem Nacken sich verlangend aufrichteten. Sie nickte kaum merklich: Pierre de Giac, von dem es hieß, er stehe mit dem Teufel im Bunde, und der keine Gelegenheit ausließ, sich dem Prinzen Karl lieb zu machen, tanzte inmitten der Männer.

»Siehst du auch die Dame, mit der er tanzt?« fragte Tanguy auf dieselbe Weise weiter. Die Musik hatte sich geändert, die Spielleute setzten nun zu einer *Gaillarde* an. Yolanda ließ ihren Blick über die Reihen der erhitzten Tanzenden wandern und unterdrückte einen erstaunten Ausruf. Pierre de Giac tanzte mit einer der schönsten Frauen, die sie je gesehen hatte. Unwillkürlich verglich Yolanda sich mit der Unbekannten: Ihr eigenes Haar, das wie eine Flamme über das Weiß ihrer Schultern leckte, schien blaß gegen den goldenen Glanz der Flechten der Tänzerin. Ihr heller Teint war farblos gegen den warmen Schimmer der Haut der anderen, ihre Lippen blutleer gegen deren Mund, der nun von der Musik verführt lachte und der leuchtete wie reife Erdbeeren auf dem Feld. Das blaue Kleid der jungen Frau war schlicht geschnitten, doch es betonte ihre irrwitzig schmale Taille wie auch ihre schlanken Arme und ihre voll gerundete Brust.

»Das ist die neue Dame de Giac, Jehanne. Ihre Familie stammt aus dem Poitou und hat keinen Knopf auf der Hosennaht. Dennoch hat sie sich, schön wie sie ist, verheiraten können: Auch wenn Pierre de Giac damit angibt, sie im Spiel gewonnen zu haben.«

»Und?« fragte Yolanda weiter und musterte Jehanne de Giac, die Pierre de Giac nun hart an sich zog. Tanguy lächelte, als er weitersprach. »Wie du siehst, Herrin, hat Pierre de Giac sie fest im Griff. Und sie ist eine Hofdame der bayrischen Hure, der Königin Isabeau. Sie hört alles und sieht alles, was um die Königin vor sich geht. Zudem kann sie sich am Hof vor kalbsäugigen Verehrern kaum retten. Sie kann für uns eine sehr nützliche Quelle sein.«

Yolanda sagte nichts, aber sie zog die Augenbrauen hoch.

Tanguy lachte leise und setzte fort: »Ihr versteht schon recht! Ich bin sicher, Pierre de Giac hat sie so fest im Griff, daß sie tut, was wir wollen.«

Yolanda schwieg und musterte de Giac, wie er sich mit einem groben Schulterstoß zwischen den anderen Tänzern gegenüber seiner Frau Platz machte. Die Männer machten ihm mürrisch Platz, aber keiner widersprach ihm. Es wirkte, als kniffen kämpfende Hunde ihre Schwänze ein. Yolanda beobachtete Jehanne de Giac, die ihren Mann nun auf Armeslänge an der Schulter gefaßt hielt und sich mit ihm erst in eine, dann in die andere Richtung drehte. Sie wirkte frisch, obwohl doch auch sie den ganzen Abend getanzt haben mußte.

Sie nickte. »Nimm sie in unsere Dienste. Allzu teuer wird sie schon nicht sein. Sie soll uns über die Entscheidungen und den Umgang der Königin berichten«, entschied sie, ehe sie noch leiser hinzufügte: »Gut gemacht, Tanguy!«

Der Ritter griff nach ihrer Hand und preßte seine Lippen auf die weiße Haut, während sein Blick sich in ihrem Gesicht verlor.

»Willst du nicht noch etwas bleiben, Chevalier du Chastel?« fragte Yolanda ihn leise, als sie einige Tage nach dem Martinsfest auf den Außenmauern von Les Baux de Provence standen. Niemand konnte sie dort belauschen: Der Wind blies stark, und zudem konnte man jede Menschenseele erkennen, die sich auf fünfzig Meilen näherte. Es war ein klarer Wintermorgen: Im frühen Dezemberhimmel hing noch etwas von dem Grau des abflauenden Sturmes, doch das helle Blau des Mittags gewann schon die Überhand, und einige Wolken standen darin wie die Flecken im Fell des Viehs. Still und grün lagen die Felder der Provence weit unter ihnen, und die Flüsse glitzerten träge dem Meer entgegen, das sich als violetter Streifen über den Horizont zog.

Tanguy blinzelte einen Augenblick in das helle Licht der Ferne, ehe er ihr antwortete. Er sah müde aus, bemerkte sie, doch seine Worte ermutigten sie: »Mein Herz ist immer hier, Herzogin, bei dir. Aber du wolltest mich doch als Prévôt von Paris haben! Nun bin ich es geworden, und ich muß dort meine Pflicht erfüllen, so wie du die deine an der Seite des Herzogs von Anjou.«

Er wagte es nicht, sie bei diesen Worten anzusehen. Ein schärferer Wind blies nun durch die dunklen Wipfel der Wälder der Alpilles. Die Gipfel der Bäume beugten sich ihm gehorsam, und Yolanda zog ihren bodenlangen Mantel aus honigfarbenen Nerzfellen dichter um ihren schmalen Körper.

»Seigneur du Chastel, Tanguy ...« Zögerlich legte sie eine Hand auf seinen Arm. Er musterte ihre Finger, als seien sie seltene Schmetterlinge, die sich auf einer Blume niederlassen. Sie sprach leise weiter. »Der Herzog von Anjou liegt im Sterben. Niemand soll es wissen, aber die Entscheidung, wie viele Tage mein guter Gemahl noch haben wird, liegt in Gottes Hand. Es sind nur wenige, das steht fest. Ich bin nichts als eine schwache Frau. Sollte der Herzog nun diese Welt verlassen müssen, so schwör mir doch, daß du immer bei mir bleibst! Schwör mir die Treue, die du meinem Gemahl geschworen hast!«

Er schien zu zögern. Den Eid gegenüber einer Frau ablegen? Sie konnte ihm seine Zweifel deutlich vom Gesicht ablesen. Verfluchtes Salisches Gesetz, das Frauen nicht erben, geschweige denn herrschen ließ!

»Bitte«, sagte sie deshalb leise, und ihre Augen füllten sich mit Tränen.

Er ergriff ihre Hände in den Handschuhen aus weichem Ziegenleder und küßte ihre Finger, ehe er stumm vor ihr in die Knie ging.

»Meine Herzogin. Ich war nur ein armer Ritter, dem nichts gehörte als der Kopf auf seinen Schultern, bevor mich zuerst Ludwig von Orléans und schließlich dein Gemahl in ihre Dienste genommen haben. Ich besitze noch immer nicht sehr viel mehr an irdischen Gütern. Mein Herz und meine Seele jedoch gehören nun Euch.«

Ehe er noch weitersprechen konnte, legte Yolanda ihm die

Fingerspitzen auf die Lippen. »Du mußt nichts mehr sagen. Deine Geste genügt mir, Ritter.«

Fast riß der Wind ihr die Worte von den Lippen, aber Tanguy nickte. Er blieb jedoch auf den Knien und sagte: »Anstatt eines Eides, den ich Euch leiste, kehre ich nach Paris zurück, meine Herrin. Ich nehme dafür sogar in Kauf, vor Avignon zu lagern, obwohl die Stadt zum Himmel stinkt!« Er lachte kurz und wurde dann wieder ernst. »Am achtzehnten Tag dieses Dezembermondes wird der Dauphin in den Louvre laden, zu Ehren seines Schwiegervaters, des Herzogs von Burgund. Es ist ein Festessen mit Weinen aus Burgund vorgesehen. »

Sie sah ihn an und wählte jedes weitere Wort sehr vorsichtig. »Und du wirst auch dort sein?« fragte sie ihn.

Er nickte und antwortete ebenso bedachtsam. »Ich werde auch dort sein. Mehr noch: Ich werde neben dem Dauphin sitzen und ihm das Essen auf dem Teller zerteilen. Ich werde ihm selbst den Wein in seinen Kelch gießen. Dieser Abend, meine Herzogin, wird uns auf ewig aneinander binden, mehr als jeder Eid, mehr als jeder Schwur.«

Sie schwieg einen Augenblick und erwog die Bedeutung seiner Worte. »Hast du nie Angst?« flüsterte sie, und sie war sich zuerst nicht sicher, ob er sie in den anhaltenden Wind hinein verstanden hatte.

Nach einer Weile jedoch sah er sie an und sagte: »Ich habe jetzt keine Angst mehr, das ist etwas anderes.«

»Dann seid Ihr frei«, stellte sie fest.

Er jedoch schüttelte den Kopf. »Im Gegenteil. Frei ist der, der nichts mehr zu verlieren hat. Mir dagegen scheint, ich habe in meinem ganzen Leben nie mehr besessen als jetzt.«

Sie schwiegen nun beide. Das stumme Einverständnis war beredt genug. Die Mühlräder nahe der Mauer klapperten geschäftig im frischen Wind, und einige Soldaten näherten sich laut schwatzend auf ihrem Wachgang den beiden Gestalten auf der Mauer, ihrer Herzogin und dem Ritter. Aus dem Taubenturm flatterten weiß einige Vögel in das Blau des Himmels. Sie richteten geschickt ihre Flügel nach der Brise aus und waren bald nur noch helle Flecken am kraftvollen Himmel der Provence.

»Niemals! Niemals, hörst du, werde ich den König von England heiraten!« Katharinas Stimme war bereits heiser vom Schreien, doch ihr Zorn, so stellte Isabeau beinahe bewundernd fest, war ungebrochen. »Eher gehe ich ins Kloster wie meine Schwester Marie, oder ich springe noch heute vom höchsten Bergfried, den ich finden kann! Niemals heirate ich dieses Ungeheuer!«

Nach dem Zorn kamen nun die Tränen, und sie liefen ihr hell und groß über die rosigen Wangen. Kindertränen, dachte Isabeau trotz ihrer Bewunderung für die Beharrlichkeit ihrer Tochter. Genauso hat sie geweint, wenn sie sich vor Jahren im Wald von Vincennes oder in den Gängen des Hôtel Saint-Paul die Knie aufschlug. Sie unterdrückte jedoch das Verlangen, ihre Tochter in den Arm zu nehmen. Katharina weinte und weinte: Sie kreuzte ihre Arme auf der gepolsterten Lehne des hohen Stuhls vor dem Kamin, in dem ein warmes Feuer flackerte, und verbarg ihren Kopf in diesem Nest. Ihre dunklen Haare lösten sich dabei aus dem kunstvollen Flechtwerk und fielen glänzend und voll über die gelbe Seide ihres Kleides.

Armes Kind, sagte sich Isabeau. Wie kann Haß sich schon so tief in ein junges Herz fressen?

Katharina hob wieder den Kopf. Das kalte Dezemberlicht von Paris fiel ihr unbarmherzig ins Gesicht, doch es fand dort keinen Makel. Ihre dunklen Augen glänzten kämpferisch. »Ich verstehe nicht, wie man überhaupt über dieses Angebot nachdenken kann! Wollt ihr Frankreich etwa kampflos den Engländern überlassen? An dem Tag, an dem du dich ebenfalls mit den Engländern verbündest, werde ich meine Pflicht gegenüber Frankreich erfüllen! Ansonsten aber werde ich ihn in der Hochzeitsnacht mit meinen eigenen Händen erwürgen, diesen König Heinrich von England! Seine Leiche soll mein Brautbett zieren!«

Isabeau war stolz auf ihre Tochter. Sie zeigte von Armagnac und dem König von England, wie eine Valois sich zu verhalten hatte! Isabeau erhob sich. »Dann soll es niemals geschehen. Ist das die Antwort, die du Bernhard von Armagnac ausrichten läßt?« fragte sie noch einmal.

Katharina setzte sich nun gerade auf und lächelte ihre Mutter an. »Ich bin froh, daß wir uns verstehen, *Maman*. Sag diesem blatternnarbigen Hund: Niemals werde ich den König von England heiraten!«

Isabeau dachte bei sich: Er kann dich zwingen, wenn es ihm paßt. Aber sie sagte nichts. Das Leben wird sie noch so oft enttäuschen, da muß ich nicht heute damit anfangen, dachte sie. Isabeau trat zu Katharina, und diese schlang die Arme um ihren Leib. Sie klammerte sich an ihre Mutter, und ihr schmaler Körper wurde wieder von Schluchzern geschüttelt. Isabeau strich Katharina über das volle Haar, wiegte sie leise hin und her, bis sie sich langsam beruhigte.

⚜

Paris, im Dezembermond 1415

Meine liebste Mutter!
Nun ist wieder ein Jahr ins Land gegangen, und Dein letzter Brief hat mir die traurige Nachricht gebracht, daß meine Schwester gestorben ist. Weshalb hast du mir nicht eher geschrieben, daß Ihr kein Geld für den Medikus oder die Mönche im Kloster hattet? Ich wollte ihnen das Dach über dem Kopf anstecken, dem schwarzberockten Pack, daß sie Euch nicht geholfen haben. Gott sei der lieben Seele meiner Schwester gnädig. Hier am Hofe ist die Zeit meiner Unbeschwertheit zu Ende gegangen: Zu Sankt Martin ließ mich Tanguy du Chastel durch Pierre zu sich rufen und befahl mir, der Herzogin von Anjou wöchentlich von den Geschehnissen um die Königin zu berichten. Wenn ich mich weigere oder etwas verschweige, so soll es mir schlecht ergehen, drohte mir Pierre. Ich aber sah ihm zum ersten Mal in unserer Ehe direkt in die Augen und sagte: »Ich wüßte nicht, wie es mir noch schlechter gehen könnte, als es das schon tut. Droh mir nicht.« Woher ich diesen Mut nahm, weiß ich nicht. Er schwieg aber zu meiner Überraschung und erwähnte meinen Trotz auch später nicht mehr. Vielleicht sind Stärke und Widerstand das einzige, das er achtet? Dennoch muß ich tun, was er

verlangt; aber eine Münze hat immer zwei Seiten. Vielleicht kann ich auf diese Weise Frankreich helfen, den Streit zwischen den Häusern zu schlichten? Vielleicht hat Gott mir diese Rolle zugedacht? Ich will meine Königin nie verraten, sondern im Gegenteil alles tun, um ihr zu helfen. Wie um mich für diese Entscheidung zu belohnen, lag auch wieder ein Geschenk meines unbekannten Bewunderers auf meinen Kissen. Es war nur eine Schachtel mit Konfekt, aber die Veilchen und die grünen Anisbonbons darin waren so gezuckert, es muß ihn ein Vermögen gekostet haben. Zuerst schmeckte es mir gut, dann aber dachte ich, daß ich mit dem Preis des vielen Zuckers hundert Schwestern das Leben hätte retten können. Ich muß mich nun sputen, da Pierre mir aufgetragen hat, heute abend bei dem Bankett des Dauphins im Louvre an seiner Seite zu sitzen. Der Dauphin scheint sich mit seiner Frau nun besser zu verstehen, und wir alle hoffen auf ein Kind aus dieser Verbindung. Was haben Frankreich und wir Menschen in diesen Tagen nötiger als eine gute Hoffnung? In Liebe und tiefem Schmerz,

Jehanne

⚜

»Wacht auf, meine Königin, wacht auf, im Namen des Herrn!«

Isabeau schüttelte die Hand erst mißmutig ab, die sie da so mitten in der Nacht wachrüttelte. Sie hatte am Abend noch lange um eine Schwangerschaft der Kronprinzessin gebetet. Als der Schlaf sich dann noch immer nicht einstellen wollte, hatte sie die Blüten ihres Herbariums, die sie im vergangenen Sommer in Vincennes gesammelt hatte, wieder und wieder umgelegt, bis sie mit ihrer Arbeit zufrieden war. Nun war sie müde, man sollte sie schlafen lassen!

Aber die Hand wollte nicht lockerlassen, sie kam wieder, dieses Mal noch bestimmter. »Meine Königin! Es geht um Leben und Tod! Wacht auf! Bitte!« wisperte die Stimme nun erregt: Es war Jehanne de Giac.

Isabeau rieb sich die Augen und setzte sich unwillig in ihrem

Bett auf. Jehanne hatte sich nur einen leichten Umhang über ihr Schlafgewand aus warmer Wolle geworfen. Ihre Haare waren noch wirr vom Schlaf und nur lose in Zöpfe geflochten.

»Der Leibarzt des Königs, Guillaume Le Pelletier, wartet vor der Tür«, sagte sie so drängend, daß es den trüben und verschlafenen Ausdruck ihrer blauen Augen Lügen strafte. »Ihr sollt augenblicklich mit ihm kommen! Es geht um Leben und Tod …«, wiederholte sie.

Nun war Isabeau hellwach. Sie schlug die Decke aus Fuchsfellen zurück, die sie in den Winternächten des Hôtel Saint-Paul warm hielt. »Was ist geschehen? Der König?« fragte sie rasch, als sie Jehanne ein Zeichen gab, nach ihrem Umhang aus Samt und Pelz zu greifen, den sie am Abend nach der Beichte achtlos auf eine mit Eisenbändern beschlagene Truhe geworfen hatte. Sie stand schon, als Jehanne ihr den Mantel um die Schultern legte und ihre Haare aus dem Kragen hob. Sie fielen ihr lose und schwer bis zur Hüfte. Beinahe zog ihre Last ihr den Kopf nach hinten, und Jehanne wollte schon beginnen, sie in einen Zopf zu flechten. Isabeau jedoch schob sie ungeduldig weg, obwohl sich bereits ein ziehender Schmerz hinter ihren Schläfen einstellte. »Dazu haben wir keine Zeit, wenn es Seiner Majestät in Vincennes schlecht geht!« Sie schlüpfte in ihre Schuhe, die vor ihrem Bett standen.

Jehanne schüttelte den Kopf und sagte leise, so leise, daß Isabeau es kaum hören konnte: »Es handelt sich nicht um den König in Vincennes, Herrin.«

Isabeau, die schon zur angelehnten Tür ging und die gerade den zu langen Saum des Mantels an den Ärmeln einmal umschlug, drehte sich erstaunt um: »Sondern?« fragte sie leise.

Jehanne hatte vor Entsetzen weiße Lippen, als sie sich aufrichtete und antwortete: »Es handelt sich um den Kronprinzen, *Monseigneur le Dauphin*, im Louvre!«

4
Die Kinder von Frankreich

Es schien Isabeau eine unwirkliche Nacht in einem unwirklichen Land zu sein, die dort vor den Toren des Hôtel Saint-Paul still in ihrem silbernen Mantel aus Schnee und Eis glänzte. Es hatte am Abend zu schneien aufgehört, und nun schien es ihr, als ob der Mond aus der dunklen Schlucht zwischen den beiden Türmen von Notre-Dame aufstiege, während die Sterne vom klaren Himmel in die Seine stürzten. Das schwarze Wasser schluckte ihren Glanz.

Ihr Wagen folgte den fliegenden Hufen von Guillaume Le Pelletiers Rappen so rasch, daß sie meinte, die Achse könnte auf dem groben Pflaster jeden Augenblick brechen. Die Menschen, die sich in dieser eiskalten Winternacht auf den Straßen von Paris herumtrieben – die Huren, die kein Bordell aufnahm, die Waisen, die sich nicht am Hof der Wunder verdingen konnten, die Diebe, die die Hauswände mit ihren Zeichen bemalten, die Alten, die sich nicht mehr unter ein Dach schleppen konnten, die Armen, die sich keinen Schutz leisten konnten, und die Schmutzpoeten, die keinen mitleidigen Busen zur Rast gefunden hatten – sprangen beiseite, um nicht unter die schlagenden Räder oder die Hufe der galoppierenden Pferde zu geraten. Alles, was sie wohl noch erkennen konnten, waren die königlichen Lilien auf den Türen der Kutsche.

In der Rue du Roi de Sicile brannte noch Licht in den Häusern der Juden, die in diesem Viertel lebten. Isabeau sah einige Frauen durch die Straßen huschen: Ammen, die sich gegen das Gebot der Kirche bei einer jüdischen Familie verdingten. Der Wagen bog in die Rue de la Verrerie ein, er raste vorbei am Kloster Sainte-Croix de la Bretonnerie, an dessen verriegelter und verrammelter Pforte einsam und ängstlich ein Nachtlicht brannte, und überfuhr die Kreuzung der Rue Saint-Martin. In der

Rue des Lombards herrschte trotz der Stunde reges Leben. Kein Wunder: ob Tag oder Nacht, es kamen und gingen die Boten von und nach dem Norden Italiens von und zu den Bankiers dieses Viertels. Es hieß, daß sowohl der König, der Herzog von Burgund als auch Bernhard von Armagnac auf der Schuldnerseite ihrer Bücher geführt wurden! In ihrer Verschwendungssucht waren sich die verfeindeten Parteien einig. Am Friedhof der Unschuldigen Kindlein sah man die Lumpen und Gauner hinter den Grabsteinen in Deckung gehen, während von den Hallen ein Geruch nach Meer in die Kutsche zog: Die Wagen, die am Morgen des Vortages aus der Normandie aufgebrochen waren, kamen mit ihren Fischen, Muscheln und Austern in der Stadt an.

Nun waren sie bald da! Isabeau fächelte sich Luft zu: Weshalb war ihr trotz der schneidenden Kälte mit einem Mal so heiß? Die Glocken am Turm der Kirche zu Saint-Agnes im Norden der Hallen schlugen dumpf zweimal: War es halb drei oder schon halb vier am Morgen? Jehanne de Giac war zu ihrem Ärger trotz der rasenden Fahrt wieder eingeschlafen. Isabeau gab ihr einen kräftigen Stoß mit dem Ellenbogen in die Rippen, so daß das Mädchen sich die Augen rieb und eine Entschuldigung murmelte.

Die Räder des Wagens schlugen nun auf die Steine der Rue de la Croix de Trahoir, die kleine Gruppe bog in die Rue d'Autriche ein und kam vor den gewaltigen Toren des Louvre einen Augenblick lang zum Stehen, ehe die Pferde endlich wieder anzogen und Guillaume Le Pelletier in den Hof der Festung folgten. Der Nebel fraß sich in die dunklen Steine der Festung, die sich gegen die bedrohliche Nacht stemmten. Isabeau spürte auf ihrer Haut die Feuchtigkeit des Flusses, der dort unten dunkel und ruhelos gegen die Pfeiler der Brücke trieb. Sie begann nun doch, ihr Haar lose zu flechten, als könnte die Bewegung der Finger ihre Gedanken beruhigen.

Der vom Flackern der tropfenden Nachtlichter verzerrte Schatten von Guillaume Le Pelletier tanzte an den mit Kalk geweißten und nach Moder riechenden Wänden der Festung entlang.

Ich habe den Louvre nie gemocht, dachte Isabeau: Er ist zu groß, zu grau, er ist viel zu wenig Hôtel und viel zu sehr Bastion. Zuviel Zweifel, zuviel Verrat, zuviel Tod in seinen langen, dunklen Gängen, den verwinkelten Treppen mit den uneben gearbeiteten und ausgetretenen Stufen und den tiefen Kellern, aus welchen verschwiegene Schächte hinaus auf den schwarzen Fluß führten. Nichtige Gedanken! Aber sie klammerte sich an sie, um die allumfassende Furcht zu unterdrücken, die ihre Schritte beschleunigte, so daß sie zweimal beinahe gefallen wäre, hätte Jehanne de Giac sie nicht gerade noch aufgefangen. Was erwartet mich nun? Ihre Fingerspitzen fühlten sich taub an, und die Füße wurden ihr schwer. Wenn sie doch diese Schritte nie gehen müßte! Es handelt sich um den Kronprinzen, um *Monseigneur le Dauphin*, im Louvre: Die Worte wollten ihr nicht mehr aus dem Kopf, sie vermischten sich mit dem Rauschen ihres Blutes, mit dem Hämmern ihres Herzens.

Sie roch den Dauphin, ehe sie ihn im Halbdunkel seines Gemachs sehen konnte.

Guillaume Le Pelletier öffnete ihr die Tür zu dem Raum, um ihr den Vortritt zu lassen. Isabeau schnappte nach Luft und hielt sich die Nase zu. Aber der Gestank schien durch ihre Haut in ihr Innerstes vorzudringen. Es stank nach dem Blut, das ihr Sohn aus allen Poren schwitzte, das ihm nun wie Wasser aus den Augen und dem Mund stieg. Es stank nach dem Auswurf seiner Gedärme, die in seinem Inneren aufgeplatzt schienen wie faules Obst am Ende eines Markttages. Es stank nach dem Schweiß des Schmerzes, in welchem er sich wie ein rasender Irrer auf seinen Laken hin und her warf.

»Ludwig!« rief sie. Sie sah noch, wie Jehanne de Giac sich mit grauem Gesicht ein Taschentuch vor Mund und Nase drückte und die Augen schloß.

Isabeau selbst sah nur ihr Kind, das sich vor Schmerz in die Bettvorhänge krallte, welche mit seinem Wappentier, dem Delphin, bestickt waren. Sein Mund war wie ein dunkler Schlund zum Schrei aufgerissen, doch es kam nur ein schäumendes Gurgeln daraus hervor. Der Damast des Vorhangs riß unter seiner

Kraft, er fiel auf sein Lager zurück, in ihre Arme. Sie umschlang ihn dort, als könne sie seinen Schmerz auf sich nehmen. So hielt sie ihn, hielt ihn so fest, als wolle sie verhindern, daß ihr sein Leben entglitt.

»Ludwig, du darfst nicht sterben, bitte!« flehte sie. »Bleib bei mir! Komm zurück!«

Er röchelte und wandte die Augen zu ihr hin, das Weiße darin war mit Blut durchsetzt. Sie konnte nicht sagen, ob er sie noch erkannte. Der Dauphin öffnete wieder den Mund, wie um zu sprechen. Sie näherte ihr Ohr seinen aufgesprungenen Lippen. Doch seine Zunge war aufgequollen und schwarz, sie füllte seinen Rachen aus, und sein letztes dunkles Blut rollte über sie hinweg. Es quoll Isabeau auf die Hände und ihren Mantel. Sie betrachtete es einen Augenblick lang ungläubig, ehe sie sich umwandte.

»Wasser! So bringt dem Prinzen doch Wasser!« fuhr sie Guillaume Le Pelletier an. Dessen Gesicht war vor Entsetzen verzerrt. Sie ahnte, daß er etwas wußte, das niemand wissen wollte. Er schüttelte den Kopf. »Das würde sein Leiden noch verstärken«, sagte er demütig. »Er verbrennt von innen.«

»Wasser!« forderte sie wieder, doch niemand im Raum rührte sich. Auf den Gesichtern der Umstehenden las sie Neugier auf das Elend, das nicht das ihre war, und auch das Grauen vor dem nahen Tod, der jeden von ihnen hätte ereilen können.

Ihre Kehle war mit einem Mal so trocken, daß die Stimme darin verdorrte. Sie erstickte den Ausruf auf ihren Lippen mit einem Kuß auf die schweißnassen Haare ihres Sohnes. Er begann nun in ihrem Arm zu zittern, als sei ihm sehr kalt.

»Eine Decke! Bringt dem Dauphin noch eine Decke!« rief sie, doch noch immer rührte sich niemand. »Er friert doch!« rief sie noch einmal und begann nun selbst zu weinen. Sie löste sich mit zitternden Fingern den Mantel von den Schultern und breitete, so gut es mit einer Hand ging, den warmen Stoff über den sich windenden Leib ihres Sohnes aus. Plötzlich hielt er still.

Isabeau wagte es nicht, ihren Blick von seinem regungslosen Gesicht zu heben. Guillaume Le Pelletier nahm das Handgelenk des Dauphins in seine Hand, er fühlte daran nach Leben. Da machte der Kronprinz ein kleines, hustendes Geräusch, mit dem ihm die Seele entwich, und sein Kopf fiel zur Seite, an die Brust seiner Mutter.

Isabeau sah auf, Guillaume Le Pelletier ins Gesicht, ihre Augen suchten nach Hoffnung in den seinen. Der Arzt schüttelte nur den Kopf. Der Dauphin war tot.

Isabeau legte sich die Hand vor den Mund. Ihre Zähne schlugen sich in den Ballen unterhalb ihres Daumens, bis sie Blut schmeckte. War es das ihre oder das ihres Kindes?

Guillaume Le Pelletier schwieg einen Augenblick, ehe er die nun schlaffgewordene Hand sanft auf die stille Brust des jungen Mannes legte. Er verneigte sich und wollte dem Toten die Augen schließen.

Isabeau jedoch ließ ihren toten Sohn auf seine blutigen Kissen gleiten und sprang auf, ihm in den Weg. »Wer hat das getan? Wer hat das getan?« schrie sie. Die kalten grauen Steine der Mauer schluckten ihre Stimme mit derselben Gleichmut, mit der sie dem Leiden des Kronprinzen zugesehen hatten. Die Kerzen flackerten und zogen die Schatten auf den müden Gesichtern der Anwesenden erschrocken in die Länge.

»Es muß niemand etwas getan haben, meine Königin! Die Krankheit des Kronprinzen hat alle Zeichen der Ruhr ....«, entgegnete der Arzt hilflos.

Isabeau faßte den großen Mann an den Ellenbogen und schüttelte ihn durch, als wäre er eine junge Magd, die ihr Kleid beim Bügeln verbrannt hatte.

»Die Ruhr? Ein einziger Mann soll daran erkranken, nach einem großen Festmahl? Der Dauphin war achtzehn Jahre alt! Jung, stark und bei besten Kräften, als ich ihn das letzte Mal gesehen habe! Erspart mir Eure Ammenmärchen, wenn Euch der Kopf auf den Schultern lieb ist. Wer ist dafür verantwortlich?« rief sie wieder, bis ihre Stimme brach. Nun kamen ihr wieder die Tränen, und sie strömten ihr über die Wangen. Sie wischte sie mit den Händen ab, und dabei schmierte sie sich das Blut ihres ältesten Sohnes in das Gesicht.

Paris, im Dezember 1415

Meine liebste Mutter!
Wieder ein Brief, den ich frühmorgens noch bei Kerzenlicht schreibe, ehe der neue Tag anbricht. In diesem Leben werden uns die Nächte zum Tag und die Tage zur dunkelsten Nacht. Zumindest muß ich keine Angst haben, daß Pierre mich unterbricht. Er ist seit dem frühen Abend bei Tanguy du Chastel, und der Teufel weiß, was sie zu besprechen haben – wahrscheinlich feiern sie eine schwarze Messe und lassen ihr unglaubliches, schreckliches Verbrechen vom Beelzebub gutheißen! Welches Verbrechen, magst Du verwundert fragen. Mutter, der Dauphin Ludwig ist verstorben, und zwar in derselben Nacht, als ich mit Pierre zu dem Festmahl im Louvre war. Ich habe mit eigenen Augen gesehen, wie dieser Satan Tanguy du Chastel dem Prinzen das Essen zerteilte und ihm den Mundschenk spielte. Ich habe mit eigenen Augen gesehen, wie er den Vorkoster vom Tisch des Prinzen mit einem Fußtritt verjagte. Ich habe mit eigenen Ohren gehört, wie er den erstaunten Dauphin dann entrüstet fragte: »Traut Ihr mir etwa nicht, mein Herr?« Das Vertrauen hat der Dauphin, Gott sei seiner Seele gnädig, nun teuer bezahlt! Das Leid der Königin an seinem Totenbett mit anzusehen, war schrecklich: Sie heulte wie eine Wölfin und griff Guillaume Le Pelletier mit ihren Nägeln an, bis er endlich bestätigte, was sie schon befürchtet hatte. Nein, er mochte nicht schwören, daß es sich bei dem Tod des Dauphins nicht um einen Giftmord handelte. Wer kann das getan haben? Und weshalb? Ludwig war doch noch jung und so beeinflußbar. Er hätte vielleicht sogar ein König nach dem Geschmack Armagnacs werden können, trotz seiner Burgunder Frau. Wem nutzt sein Tod? Nun ist der Prinz Johann, der in Hennegau bei seiner Verlobten lebt, Kronprinz von Frankreich. Was erhofft sich Tanguy du Chastel? Oder sollte ich eher fragen: Was erhofft sich die Herzogin von Anjou? Will sie die Kinder Frankreichs morden, bis ihr Schwiegersohn Karl der Thronerbe wird? Mir stockt die Feder. Wiederhole diese Worte niemandem gegenüber, wenn Dir mein Leben lieb ist. Niemals, Mutter, hörst Du? Niemals! Schwöre es bei allem, was Dir im Leben teuer ist, nur nicht bei der schwarzen Seele meines Vaters. Tanguy du Chastel betrat selbst das Totenzimmer

des Prinzen im Louvre, als die Königin am Kamin Wärme suchte. Ich stützte sie dort gerade mit meinem Leib, und ich spürte, wie ihr Körper sich bei seinem Anblick verhärtete. Er trat zur Bettstatt des Prinzen, kniete nieder und sah beinahe neugierig in dessen blaues, vom Todeskrampf verzerrtes Gesicht. Als er sich erhob, glitten seine Finger dem Dauphin über das Antlitz und schlossen ihm die weit aufgerissenen Augen, in denen noch die Angst vor dem Ende zu lesen stand. Isabeau verwehrte ihm die Geste nicht: Sie war wohl viel zu erschöpft dazu. Sie erwiderte seinen Gruß mit kaltem Schweigen. Mochte sie auch ein mit Blut beflecktes Nachtgewand tragen, mochte ihr Gesicht auch vom Weinen verquollen und ihre Haare wirr vor Kummer sein: Sie war die Königin. Ihre Stimme klang brüchig, als sie nach ihrem Sohn Johann in Hennegau schickte. Der neue Dauphin soll zusammen mit seiner Gemahlin Jacobäa von Bayern nach Paris kommen. Wir blieben die ganze Nacht über im Louvre. Als wir endlich gingen, erwachte über den Dächern von Paris schon der Morgen: eine Spur von dunklem Blau im mitleidlosen Schwarz einer Nacht, in welcher wir nicht mal mehr den Fluß hatten sehen können. In den Fenstern der Bastion tanzten bereits die Lichter, niemand schlief mehr im Louvre: Die Nachricht vom Tode des Dauphins verbreitete sich rascher, als die Ratten durch die Gänge der Festung huschen konnten. Im Hof schwatzten die Soldaten der Garde miteinander. Im flackernden Licht der Fackeln, von denen zischend das Pech tropfte, leuchtete das Weiß ihrer Armagnacschen Schärpen wie eine Warnung auf. Nun fallen mir die Augen zu, ich muß ruhen, Mutter. Was für ein Jahr endet nun für meine Königin? Wie konnte sie nur je auf das Bündnis mit Armagnac eingehen? Was der Herzog von Burgund wohl macht? Wie kann es sein, daß einem ein Mann, den man nur zweimal gesehen hat, nicht aus dem Sinn gehen will? Schelte mich nicht. Niemals wollte ich eine seiner vielen Kebsen sein. Mag Pierre mich auch zu seiner Lust und seinem Vergnügen schlagen: Ich bin ihm angetraut, bis daß der Tod uns scheidet. Ich blicke gerade auf den letzten Rest Konfekt hier neben meinem Schreibpult, und zum ersten Mal fällt mir auf, daß alle Geschenke meines Unbekannten die Farben Burgunds tragen: Les Pers, Blau und Grün. Wie lange bemüht er sich nun schon um mich, ohne je sein Gesicht zu zeigen? Allein mit seinen Worten kann er mich für sich gewinnen: Wir Weiber sind doch Ohrentiere. Eitle Fragen. Er ist beinahe unheimlich in seinem Beharren: Wie eine Spinne im Netz, die auf eine Fliege lauert. Seine Verse sind jedoch zu schön, als daß er böse sein könnte. Ich hebe sie alle auf und lese sie in dunklen Stunden wieder und wieder. Wer mag er sein? Sei umarmt von Deiner Dich liebenden Tochter

Jehanne

⚜

Nach dem Tod des Kronprinzen ließ Isabeau die verwitwete Dauphine sechs Wochen lang das Bett hüten, wie es die Sitte verlangte. Margarete lag dort, blaß, kunstvoll frisiert und ganz in Schwarz gekleidet, während der Hof ihr sein Beileid bekundete. Am Abend wandte sie erschöpft den Kopf in die Kissen und murmelte so leise, daß Isabeau es kaum hören konnte: »Sie sind wie die Aasgeier, nicht wahr? Sie kreisen, warten und mutmaßen, wer wohl der nächste sein mag.«

Nach dieser Zeit wünschte sie, an den Hof ihres Vaters zurückzukehren, und Isabeau gestattete ihr dies, ohne zu zögern: Sie wußte, daß Johann ohne Furcht bereits nach einem neuen Ehemann für seine verwitwete Tochter Ausschau hielt. Am liebsten wäre sie mit ihr nach Dijon geritten, doch das Leben verbot es ihr. Wenn sie glaubten, sie mit dem Tod Ludwigs geschlagen zu haben, so sollten sie sich täuschen, wer immer auch dahintersteckte!

Die Augen beider Frauen waren leer geweint, als sie sich ein letztes Mal im Hof des Hôtel Saint-Paul umarmten. Der Frühling kam in diesem Jahr bald nach Paris: Ein seidenweicher Tag brach an, und die Luft des blauen Morgens war so frisch, daß sie dem Atem der beiden Frauen Widerstand bot. Von der Seine her kam eine leichte Brise, in welcher sich die Möwen dem tiefen Klang der Glocken von Notre-Dame entgegenschwangen: Ihre langen, weißgefiederten Körper im Himmel hatten etwas Tröstliches. Eine Stadt, in der die Möwen fliegen, muß schön und friedlich sein, dachte Isabeau. Die Stimmen der Menschen in der Rue Saint-Paul drangen über die Mauer in den Hof des Hôtel: Sie klangen bunt und geschäftig. Paris war damals, als ich das erste Mal hierherkam, so wie heute! dachte Isabeau. So voller Wunder, so voller Möglichkeiten! Sie umarmte Margarete noch ein letztes Mal und spürte wieder die erschreckende Magerkeit der jungen Frau. Man hatte ihr in den Trauerwochen die heiße Suppe mit verrührtem Ei und in Rotwein getränktes Brot geradezu hineinzwingen müssen, damit sie wieder zu Kräften kam.

Margarete richtete sich den dichtgewebten, dunklen Schleier, in dem der Wind spielte, und versuchte, ein Lächeln auf ihre blassen Lippen zu zwingen. Es mißlang. Der für den Tag viel zu schwere Samt ihrer schwarzen Robe zog ihr die letzte Farbe aus dem Gesicht: »In Dijon blühen jetzt schon die Mimosen. Ich will mich um die Gärten meines Vaters kümmern«, sagte sie leise.

Isabeau küßte sie stumm auf die Stirn und umarmte sie noch einmal, wobei das Schwarz ihrer beider Kleider verschmolz und die dunkel gefärbten Federn in Isabeaus Hörnerhaube anmutig wippten. Margarete war es nun gelungen, den Schleier unter ihrem Kinn festzubinden. Der Hof in Dijon war der strengste und förmlichste in ganz Frankreich. Johann ohne Furcht beugte sogar das Knie vor seiner Schwiegertochter, der Prinzessin Michelle von Frankreich, so wußte Isabeau. Da würde keine Zeit für Mimosen bleiben. Margarete ist wie wir alle, dachte Isabeau: Sie will einen Traum leben, doch sie wird es nicht dürfen. Als ihre ehemalige Schwiegertochter in den Wagen stieg, hob Isabeau die Hand und winkte ihr mit aller Freundlichkeit, derer sie fähig war. Margarete lächelte noch aus dem Fenster, wie ohne jemanden bestimmten damit zu meinen und auch ohne noch ein weiteres Wort zu sagen.

Der Wagen zog an, die Tore des Hôtel Saint-Paul öffneten sich, und der Troß der ehemaligen Dauphine rollte auf die Straße.

Gott sei Dank ist in diesem Fall der Kronprinz ebenso leicht zu ersetzen wie die Kronprinzessin, sagte sich Isabeau, um ihre Tränen am Fließen zu hindern. Aber: Ihr Sohn Johann, der neue

Dauphin von Frankreich, hatte noch immer keine Nachricht mit dem genauen Tag seiner Ankunft aus Hennegau gesandt. Hatten er und seine Frau Jacobäa von Bayern den Hof dort überhaupt schon verlassen?

Sie wandte sich um und ordnete sorgsam ihre dunklen Rökke: Sie sollte der Sitte gehorchend noch beinahe zwei Jahre lang in Trauer um ihren Sohn Schwarz tragen. Isabeau ging, um dem König, der an jenem Tag bei überraschend klarem Verstand war, von der Abreise der Dauphine zu berichten. Karl der Sechste wartete in seinen Gemächern auf sie. Sein Gesicht war fahl, und sein magerer Körper war ganz in Rot gekleidet, wie es ihm allein im Falle der Hoftrauer zustand.

⚜

Das Loch in der Wand war gerade groß genug, daß Yolanda bequem hindurchsehen konnte. Ihre Hofdame Marie de Craon hatte das Bild, das über dem Guckloch hing, abgenommen und stand nun stumm und wartend hinter ihrer Herrin. Yolanda preßte ihr rechtes Auge gegen die Öffnung in dem grauen Stein, die ihr den Blick in die Kemenate ihrer Tochter erlaubte, und sie versuchte sich in dem Zimmer zurechtzufinden. Seit der Bestätigung der Ehe mit Karl von Frankreich war aus der Kinderstube der Raum einer jungen Frau geworden. Yolanda lächelte zufrieden. Sie hatte einen direkten Blick auf das Bett ihrer Tochter. Nun wollte sie doch sehen! In den vergangenen Monaten hatte Marie ihr nur ausweichende Antworten gegeben, war frech geworden oder hatte die schmalen Lippen nur zu einem bockigen Schweigen zusammengepreßt, wenn Yolanda sie auf den Vollzug ihrer Ehe angesprochen hatte!

»Marie, *ma fille,* es geht um mehr als nur um dich allein! Du bist nicht wie jedes andere Mädchen: Du hast auch für Frankreich geheiratet!« hatte Yolanda ihr am Vorabend vorgehalten, als sie zusammen im Bade saßen. Sie unterbrach ihre Schelte, als die Badefrau einen Eimer heißes, nach Rosenöl duftendes Wasser in den Bottich aus Eichenholz nachgoß. Der Dampf stieg in Wolken aus dem großen, mit Eisenbändern zusammengehaltenen Zuber. Marie hustete mehrere Male und wedelte sich mit der Hand frische Luft zu. Yolanda genoß kurz das Gefühl der sich weitenden Poren ihrer Haut und atmete einige Male tief die wohltuend feuchte Luft ein und aus, ehe sie Marie wieder streng musterte. Marie hatte Monde nach der Bestätigung der Ehe noch immer keinen Einfluß auf den Prinzen, der immer mürrischer wurde. Der Abbé hatte Yolanda dann unter dem Mantel der Verschwiegenheit anvertraut, Marie habe in ihrer Beichte darauf beharrt, die Ehe nicht vollziehen zu wollen.

»Andere wären froh, in deiner Lage zu sein!« fuhr Yolanda ihre Tochter an, während die Badefrau ihr nun einen Schwamm über die Schultern gleiten ließ. Das klare Wasser, das ihr von der weißen Haut rann, vermischte sich wolkig mit der Mandelmilch, die den Badebottich füllte.

Marie antwortete nichts, sondern glitt erst einmal unter Wasser, so daß ihre langen Unterschenkel in die Luft ragten. Als sie wieder auftauchte, lachte sie unter dem Tanggewirr ihres dunklen Haares, und das Wasser tropfte von ihren hohen Brüsten. »Dann verheiratet doch die anderen an Karl! Ich habe keine Eile!« sagte sie gleichmütig.

Yolanda wurde zornig: Sie gab Marie zu ihrem eigenen Erstaunen kurzerhand eine kleine Schelle auf den Mund. »Keine Eile! So kann eine Müllerstochter sprechen, aber nicht du! Sei nicht so unverschämt! Du wirst mir noch einmal danken!«

Marie schrie eher vor Überraschung als vor Schmerz auf und erhob sich aus dem Zuber. Sie hielt sich die Lippe, und als sie trotzig aus dem Wasser stieg, hinterließ sie mit jedem Schritt kleine Lachen auf den Kacheln in der Farbe von gebranntem Ton. Yolanda sah ihr nach, und der Anblick der langen Beine und der festen Hinterbacken ihrer Tochter ärgerte sie noch mehr. Schön gewachsen wie sie war, sollte es doch kein Problem sein, Karl in den Griff zu bekommen! Wo war das gehorsame Kind geblieben, das Marie einst gewesen war? Alles, was sie nun sah, war eine mürrische und ungehorsame junge Frau! Eine junge Magd eilte sofort mit vom Dampf der Badestube geröteten Wangen zu Marie und wickelte sie sorgfältig in ein reines Laken, das zuvor auf einem Ständer vor dem offenen Kamin gewärmt worden war. Marie hielt still, während das Mädchen auf die Zehenspitzen ging, um ihre feuchten Haare in einen Knoten zu winden, ehe sie sich wieder zu ihrer Mutter drehte: »Dir danken? Danach ist mir momentan nicht zumute! Am liebsten würde ich mich in ein Kloster zurückziehen und mein Leben Gott widmen!« Ihre sanften braunen Augen füllten sich mit Tränen, so daß sie nicht weitersprach. Statt dessen drehte sie sich um und klatschte in die Hände. Die Magd brachte ihr nun den Mantel, der sie warm halten sollte, bis sie in ihrer Kemenate ankam, in der die Feuer schon hoch loderten. Marie ging, ohne Yolanda noch einmal anzusehen. Diese nahm der Badefrau, der vor Staunen der Mund offenstand, den Schwamm aus der Hand und drückte ihn verärgert über ihren Schenkeln aus.

Lange mußte Yolanda nicht an ihrem Guckloch warten: Marie betrat ihr Zimmer, nachdem sie wohl ihre Stickerei mit ihrer liebsten Hofdame, ihrer *Mignonne* Agnés, die sich kleidete und frisierte genau wie sie, beendet hatte. Marie stellte sich mit geduldig ausgestreckten Armen vor ihr Bett, während die Mägde sich daranmachten, sie zu entkleiden, ihr die Haare zu lösen und das Feuer zu einer knisternden Glut zu bändigen, die den Raum über Nacht warm halten sollte. Obwohl es Sommer war in Les Baux der Provence, brannten in den Kemenaten des Schlosses die Feuer auch nachts. Marie sprach weiter leise und vertraulich mit ihrer *Mignonne*, selbst als die dunklen, offenen Haare ihr den Kopf durch ihre Last nach hinten zogen und die Magd ihr vorsichtig zuerst das ärmellose Oberkleid aus Damast und dann das reichbestickte Unterkleid über den Kopf zog. Sie streckte die nun nackten Arme aus, und eine andere Magd öffnete die breiten gehämmerten Armreifen aus Gold daran und nahm sie ab. Einen Augenblick später schimmerten sie matt neben den Haarnadeln auf einem mit Samt ausgeschlagenen Tablett auf dem Putztisch der Prinzessin. Yolanda konnte hören, wie die beiden Mädchen miteinander kicherten, doch nicht, was sie genau sagten. Nur einmal hob die *Mignonne* die Stimme etwas und sagte:

»Du bist jetzt eine Prinzessin von Frankreich! Stell dir vor, auch der neue Dauphin Johann stirbt! Dann bist du die Dauphine! Und ich bin noch nicht einmal verlobt, obwohl ich drei Jahre älter bin als du.»

Marie zuckte die runden Schultern, die im Schein des Feuers wie Schnee leuchteten. »Lieber wäre ich Gott angetraut. Wenn es nach mir geht, dann soll kein Mann mich auf Erden berühren. Ich will rein bleiben. Im Kloster will mich wenigstens nicht andauernd ein Mann anfassen!« Beide Mädchen lachten, und Marie fuhr fort: »Ich sage dir, so erstrebenswert ist es gar nicht, verheiratet zu sein! Es mag für die Ehre deiner Familie wichtig sein, aber Liebe findest du dort nicht.«

»Aber hast du dies denn erwartet, Marie?« fragte Agnés erstaunt. »Wir Frauen können nichts anderes sein als Jungfrauen, Ehefrauen, Mütter oder Witwen! Da gibt dir der Ehestand doch noch am meisten Freiheit und Auswahl! Jeder weiß, daß nicht die Ehe für die Liebe da ist, sondern die Minne der Ritter! Hast du nicht den *Roman de la Rose* gelesen?« sagte sie dann mit einem Augenzwinkern.

Marie gab ihr im Scherz einen Klaps, und beide Mädchen lachten.

In diesem Augenblick war eine näselnde Stimme aus Richtung Tür zu hören. »Ich komme wohl etwas zu zeitig?« sagte Karl spöttisch.

Yolanda an ihrem Guckloch biß sich auf die Lippen: Hatte er die letzten Worte der Mädchen mit angehört?

Marie fuhr herum, und ihre Augen verloren den Glanz, als sie ihren Mann sah, doch ihre Stimme klang freundlich und beherrscht, als sie ihm antwortete. »Karl! Hattest du einen angenehmen Tag? Meine Mägde sind noch nicht fertig mit mir …« Sie schien zu zögern und fuhr sich dann durch die langen Haare.

Die Augen des Prinzen hafteten verlangend auf ihr.

»Oh, ich kann ihre Arbeit fertigmachen!« rief er aus und ging einmal um sie herum. Er schien dabei die Mägde, die um ihn her tief am Boden knicksten, gar nicht zu bemerken. In ihren farbigen Kleidern wirkten sie wie Blüten, die zu früh von einem Strauch zur Erde gefallen waren. Als er hinter Marie stand, fuhr er mit beinahe andächtigem Gesichtsausdruck über ihre weiße Schulter.

»Laß mich dir aufwarten, Marie«, bat er.

Sie aber schüttelte den Kopf. »Bitte ... Ich habe mit einem Mal brennende Kopfschmerzen. Also willst du vielleicht heute nacht lieber in deinem Gemach schlafen? Dein Hund hat Welpen geworfen, die kannst du mit ins Bett nehmen«, schlug sie ihm vor und wand ihre Schulter aus seinem Griff.

Yolanda hörte Karls Schweigen, und in seiner Wortlosigkeit lag mehr Enttäuschung als in jedem Vorwurf.

»Meine *Mignonne* kann mir die Zeit und den Schmerz vertreiben ...«, fügte Marie leiser hinzu und legte sich zwei Finger an die Schläfen.

Nun trat Karl voll in Yolandas Blickfeld: Diese preßte ihr Auge fester an die Öffnung, damit ihr nichts entging. Er musterte Marie, die in ihrer zarten Leibwäsche aus italienischem Leinen und Spitze aus Cleve vor ihm stand. Ihre Brüste und das dunkle Dreieck zwischen ihren Schenkeln schimmerten durch den feinen Stoff. Sie sah ihren Mann stumm und trotzig an.

Mit einem Mal drehte er sich zu der *Mignonne:* »Ich sehe, du bist gekleidet und frisiert wie meine Frau. Vielleicht kannst du auch meinen Schmerz vertreiben? Vielleicht sogar besser, als sie es kann, *Mademoiselle* Agnés?« fragte er sie herausfordernd.

Seine Stimme klingt, als wollte er gleich weinen, dachte Yolanda.

Agnés wußte offensichtlich nicht, was sie tun sollte, und schlug nur errötend die Augen nieder. Marie fuhr herum.

»Geht! Alle miteinander, geht!« befahl sie ihren Mägden, die ihre Röcke rafften und gehorchten. Als sie mit Karl und Agnés alleine zurückgeblieben war, sagte sie freundlicher: »Bitte, Karl, gib mir noch Zeit.«

»Zeit! Zeit! Wie mich dieses Wort aus deinem Mund langweilt!« rief er. Dann fuhr er sich durch sein aschblondes Haar. »Also gut. Weil ich dich ehre, gebe ich dir Zeit«, fügte er ruhiger hinzu. »Aber warte nicht zu lange!« Er drohte ihr mit ausgestrecktem Zeigefinger.

Karl drehte sich um, und nach wenigen Schritten fiel die Tür hinter ihm ins Schloß. Marie begann zu weinen, und Agnés umarmte sie augenblicklich. Yolanda runzelte die Stirn, als sie die Vertrautheit dieser Geste erkannte.

»Warte nicht zu lange!« ahmte Agnés Karl nach. Marie ließ sich in die Arme ihrer *Mignonne* sinken, die nun begann, die Haare der Prinzessin zu küssen. Ihre Lippen wanderten bedächtig über die Flechten hin zu der weißen Haut. Marie seufzte und bog den Kopf nach hinten. Agnés lächelte sie an. Ihre Augen funkelten, als sie nun beide Hände auf Maries Wangen legte und sie langsam auf die schmalen Lippen küßte. Yolanda sah, wie Marie ihren Körper an den der Freundin drängte.

»Wir beide wissen, daß Karl das nie so gut könnte, nicht wahr?« fragte Agnés dann leise. Ihre Finger glitten nun über das zarte Schlüsselbein hin zu Maries Busen.

Diese schüttelte wie benommen den Kopf: »*Non, ma mignonne!*«

Agnés küßte sie wieder, und Marie wagte noch einen letzten Einwand: »Aber, Agnés, ich weiß nicht …«

Agnés lachte: »Ich schwöre dir, Prinzessin, du bleibst so rein und unberührt, wie du es nur möchtest!«

Als Agnés sie hin zu ihrer Bettstatt zog, ließ Marie es geschehen.

Yolanda hatte genug gesehen. Sie wich von dem Guckloch zurück, und Marie de Craon hängte stumm und mit geschickten Fingern das Bild wieder an seinen Platz davor. Einige Atemzüge lang versuchte Yolanda vergeblich, ihren Ärger zu beherrschen. Wenn Karl und ihre Tochter so weitermachten, war er bald eine leichte Beute für jede Frau, die sich Einfluß verschaffen wollte. Erst als sie wieder etwas ruhiger geworden war, drehte sie sich zu ihrer Hofdame um, die nun abwartend vor ihr stand.

»Du hast recht, wir müssen handeln. Der Prinz Karl entgleitet uns noch, wenn das so weitergeht«, entschied sie.

»Aber wen wollt ihr mit dieser Aufgabe betrauen? Die Angelegenheit ist zu wichtig, um sie jemandem von außerhalb des Schlosses anzuvertrauen«, fragte Marie de Craon mit schimmernden Augen. »Wenn Euer Gnaden dabei meiner bedürfen ...« Sie knickste tief und richtete sich wieder auf.

Täuschte Yolanda sich, oder schob Marie de Craon in diesem Augenblick den Busen nach vorne und zog den Bauch ein? Die Aufgabe, von der sie sprachen, konnte jeder Familie im Reich große Macht bringen.

So lächelte Yolanda nur und schüttelte den Kopf: »Nein, Marie de Craon. Ich weiß schon, wem ich in dieser Angelegenheit trauen kann: Es gibt da wirklich nur eine Person ...«, sagte Yolanda geheimnisvoll und wandte sich zum Gehen.

Marie de Craon nahm gehorsam ihre Schleppe auf und folgte ihr zur Tür. Im Raum blieb ein Duft von Jasmin und Sandelholz hängen.

⚜

Das Osterfest fiel in den April, das kirchliche Jahr war schon einen Monat alt. Am Ostertag selbst war Isabeau schon früh auf die Zinnen von Vincennes gestiegen. Bis auf ihre beiden Schoßhunde, unwirsche Tiere mit platten Nasen, kurzen Beinen und scharfen Zähnen, und die Wächter auf den Ausbuchtungen der Türme war sie allein dort oben. Von den Zinnen aus gesehen ist mein Land schön und friedlich, dachte sie. Mein Land? Sie verbot sich Zweifel: Heute war sie nicht Isabeau *la maudite*, die Verfluchte: eine Königin ohne Reich, eine Frau ohne Mann, ein Herz ohne Heimat. Mein Land, bestätigte sie sich selbstbewußt. Sie ging einige Schritte auf den unebenen Pflastersteinen des flachen Daches, von dem aus der König früher gejagt hatte. Auf den Zinnen und Mauervorsprüngen wehten die Flaggen in königlichem Blau vor dem festlich klaren Himmel. Die in Goldlahn eingestickten dreiblättrigen Lilien trieben leicht neben den Wolken im Wind. Vor ihren Augen öffnete sich die Île-de-France weit wie die Blätter eines Buches voll unbekannter Geschichten, die alle gut endeten: Ihr Blick reichte bis nach Paris, diesem brodelnden Kessel voller Leben, Wunder und freudiger wie auch drohender Ungewißheit. In Paris konnte alles in jedem Augenblick passieren: Das war für Isabeau Zauber und Fluch dieser Stadt. An jedem Morgen konnte dort alles gewonnen oder alles verloren werden. Aus der Richtung der Stadtmauern sah sie nun schon die Menschen nach Vincennes wandern: Es war ein schier endloser Zug, der sich zu Fuß, hoch zu Roß oder auf Esel- und Ochsenkarren in Richtung der königlichen Festung wälzte. Wolken und Staub, Lärm und Gestank umgaben die Menschen dort unten, die den Ostertag in Vincennes feiern wollten. Isabeau schien es, als könnte sie schon die vielen Sprachen und Tonarten des Reiches hören, und hier und da blitzten in der Morgensonne neben dem Putz der Damen auch die Waffen der Armagnacschen Soldaten auf. Bisweilen verbargen die grünen Wipfel des Forstes um Vincennes den Zug, dann tauchte er in den Feldern wieder auf, ganz wie eine sich zwischen hohem Gras und staubiger Straße windende Schlange.

Bernhard von Armagnac hatte nach der Ostermesse ein großes Turnier angesetzt. Auch das zeigte, wie verkommen das Land war: An Ostern, dem Tag des Friedens, einen Tjost anzusetzen! Isabeau seufzte, und sie ging weiter, um eine Mauer herum und lehnte sich dort nach der anderen Seite des Schlosses hin über die Brüstung. Sie übersah nun den Turnierplatz, der noch friedlich und verlassen in der Morgensonne lag. Die Schreiner legten zwar dort schon letzte Hand an die Schranken und die steilen Tribünen, während die Händler noch ihre Zelte aufschlugen, die Feuer schürten und ihre Ware aus den Körben und Truhen holten. Die Mehrzahl der Klappen an den buntgestreiften Zelten der Ritter war jedoch noch geschlossen, und die daneben angepflockten Pferde grasten friedlich im morgendlichen Sonnenschein. Die Rücken der Zelter waren noch nicht mit den dick wattierten Satteldecken bedeckt, und ihre Schweife und Mähnen hingen noch ungeflochten nach unten. Isabeau kniff die Augen zusammen, um die im Wind tanzenden Wimpel auf den Spitzen der runden Zelte erkennen zu können. Bretagne, Artois, Berry, Alençon: Sie alle waren der Aufforderung zum Turnier gefolgt. Gut. Sie alle sollten da sein, um den Prinzen Johann – endlich, endlich! dachte Isabeau und mußte aus Vorfreude auf das Wiedersehen mit ihrem Sohn lachen – als neuen Dauphin zu begrüßen.

Die weichen Hände der Dame de Giac hoben Isabeau das lose dunkle Haar aus dem Nacken, und sie schloß seufzend die Augen. Die Hofdame goß sich etwas warmes Rosenöl in die Handflächen und rieb damit sanft Stirn und Nacken der Königin ein. Der Druck hinter Isabeaus Schläfen ließ augenblicklich nach. Aus der Ecke des Zimmers, in der sich zuvor der neue italienische Musikus niedergelassen hatte, erklangen nun die zarten Töne einer Laute, und die Weise trug ihre Gedanken mit sich fort. Die Ostermesse war lang gewesen, und der Armagnacsche Priester hatte vor allen Dingen gegen Maria Magdalena als Ehebrecherin gewettert, statt ihre Verdienste am Grab Jesu zu loben. Eine Weile hatte Isabeau seinem Blick ungerührt standgehalten, bis sie entschied, daß sie ihre Kraft für den Rest des Tages brauchte. So hatte sie ihren Blick für den Rest der Messe nicht mehr aus dem Gesangbuch gehoben. Weshalb nahm Johann ohne Furcht heute nicht an dem Tjost teil? Weshalb wollte er den Dauphin heute nicht mit einem Kniefall begrüßen, wie es für einen *Pair de France* Pflicht war?

»Wie wollt Ihr Eure Haare für das Turnier gerichtet haben?« fragte Jehanne de Giac leise, während der Putzmacher seine Kämme und die verschiedenen Karaffen voll duftender Öle aus einer Kassette aus steifem braunem Leder räumte.

Isabeau lachte: »So hoch als möglich! Niemand, der hinter mir sitzt, soll etwas sehen können. Schließlich bin ich die Königin.«

Jehanne de Giac lächelte ebenfalls und begann, sorgfältig das königliche Geschmeide auszubreiten, während der Putzmacher Isabeaus Haar viele Male scheitelte. Er durchkämmte ihr Haar Scheitel für Scheitel mit einem Läusekamm aus Horn und Silber und zerknackte mißbilligend zwei Tiere, die er fand, zwischen seinen langen Fingern. Isabeau betrachtete ihn dabei ungerührt. Er fuhr nun mit seinen Händen beinahe gierig durch ihre vollen Haare, ließ die Flechten wie Seidenstränge durch seine Finger gleiten und breitete sie dann genüßlich über Isabeaus Hals und Schultern aus. Die Haare teilten sich dort auf ihrer Haut wie Flüsse, die dem Meer entgegenströmen. Er ging zweimal um die Königin herum, teilte hier den Scheitel ab, schüttelte den Kopf und legte ihn auf die andere Seite. Isabeau lächelte. Sie brauchte diese Stunden mit ihm vor einem Fest: diese Stille, die ihrer Schönheit gewidmet war. Der Mann schien letztendlich seine Wahl getroffen zu haben. Mit einem feinzinkigen Kamm aus Elfenbein und Silber kämmte er eine fingerbreite Strähne nach der anderen straff nach oben. Sie öffnete die Augen. Gut! Für die nächsten beiden Stunden sollte er mit ihrem Haar, das ihr aufgelöst bis in die Kniekehlen fiel, beschäftigt sein. Sie ließ ihre Gedanken wandern und beobachtete dabei aus den Augenwinkeln die ruhigen Finger der Dame de Giac, die goldene Ketten, Broschen und Ohrgehänge der Königin zur Wahl ausbreitete. Isabeau hatte sich an die Hofdame gewöhnt. Es war angenehm, von Schönheit umgeben zu sein. Jehanne de Giac drehte sich nun zu den aufgeklappten Kommoden, in denen die Schleier der Königin zwischen kleinen Säckchen mit Kampfer und Lavendel gestapelt lagen. Der Seidenchiffon und der zarte Voile schimmerten in allen Farben des Regenbogens. Sie nahm sorgsam Stapel für Stapel heraus und unterteilte die bestickten, schlichten farbigen oder weißen Schleier und Brusttücher rasch. An ihrem Handgelenk schimmerte bei jeder ihrer Bewegungen ein breites Armband auf, das aus gehämmertem Gold und mit Saphiren und Smaragden besetzt war und beinahe maurisch aussah. Gold, Blau und Grün, die *Pers*, die Farben des Herzogs von Burgund? Sicherlich ein Zufall, dachte Isabeau, wunderte sich aber flüchtig: Woher hatte Jehanne das Geld für einen solchen Schmuck? Pierre de Giac hatte keinen roten Heller, das stand fest: Es war bekannt, daß es auf seinem Landschloß durch die Decke regnete und daß seine Bauern in ihrem Hunger auf den Feldern nach Würmern gruben und Mäuse am Stecken brieten. Da konnte er zehnmal seine rechte Hand dem Teufel versprochen haben, wie es bei Hofe hieß! Anscheinend zahlte sich das Bündnis mit dem rußigen Bruder für ihn nicht aus.

Isabeau richtete ihre Aufmerksamkeit wieder auf die Hände des Putzmachers, der ein Kissen aus Roßhaar auf ihren Kopf stülpte und ihre Haare kunstvoll in Lagen und Walzen darüberfaltete. Es sah nun aus wie eine hohe, glänzende Haube mit mehreren Falten. Sie lächelte ihrem Spiegelbild zufrieden zu, und der Mann seufzte stolz, als er die letzte Strähne zu seinem vergänglichen

Kunstwerk nach hinten legte. In der Mitte des Haarberges steckte er nun vorsichtig eine flache Haube aus rotgoldenem Samt fest. Die Dame de Giac legte nachdenklich den Kopf zur Seite, ehe sie einen lachsfarbenen Schleier zu der mit Hermelin besetzten, burgunderfarbenen Robe der Königin auswählte. Nach der Trauer um ihren Sohn Ludwig trug Isabeau nun seit einigen Monaten wieder Farbe, und es tat ihrem Gemüt Wunder!

Als Jehanne de Giac die Kommode mit den Schleiern zuklappen wollte, wies Isabeau sie mit einem kleinen Lachen an: »Vergiß mir nicht, einige Schleier und Tücher mehr einzupacken, wer weiß, wie viele Ritter ihre Lanze vor mir senken! Beim letzten Turnier hatte ich zuletzt nackte Arme und einen bloßen Hals, weil ich nicht genug Tücher zu vergeben hatte!«

Die Dame de Giac lächelte mit ihren Perlzähnen und faltete noch vier weitere kleinere Schleier aus zartem Seidenvoile zusammen. Dann klappte sie den Deckel der Kommode herunter und verschloß ihn mit dem zarten goldenen Schlüssel, der an ihrem Gürtel baumelte. Das Sonnenlicht spielte dabei mit einigen Strähnen ihres blonden Haares, die sich unter dem Schleier ihres Spitzhutes auf ihre hoch ausrasierte Stirn stahlen. Das hoch in die Luft ragende, kegelförmige Hennin und der weich fallende Seidenstoff des Schleiers daran schienen die zerbrechliche Anmut ihres langen Nackens noch zu betonen. Isabeau dachte: Wie kann ich glauben, daß jemand die Lanze vor mir senken würde, damit ich meine königlichen Farben daranheftete, wenn sie neben mir auf der Tribüne sitzt? Sie verjagte den Gedanken: Das war eben der Lauf der Zeit und der Dinge, sie war nun siebenundvierzig Jahre alt. Natürlich sah die Dame de Giac mit ihren siebzehn Lenzen dagegen aus wie das blühende Leben! Natürlich leuchteten ihre Wangen frisch, ohne daß sie sie mit Öl und Brombeersaft einreiben mußte! Natürlich war ihre Leibesmitte straff, sie hatte schließlich noch kein einziges Kind geboren. Dabei hatte sie doch lange eine Kammer mit ihrem Ehemann geteilt, ehe er wieder nach Angers reiste? Vielleicht sollte sie sie öfter zu ihrem Ehemann am Hofe von Yolanda von Anjou senden? Vielleicht konnte sie ihr ab und an berichten, was man sich dort so erzählte?

»Sag, Jehanne …«, begann sie also vorsichtig.

Die hob den Kopf, und das warme Frühlingslicht verliebte sich augenblicklich in das ihm dargebotene Gesicht. Die Sonne strich zärtlich über ihre Haut und ließ diese wie den ersten Honig eines Jahres leuchten.

»Meine Königin?« fragte sie nach, als Isabeau sichtlich zögerte. Was hat es auf sich mit der Macht der Schönheit, fragte sie sich einen Augenblick lang verwirrt. Sogar ich will mich ihr anheischig machen. Kühler, als sie es wollte, fragte sie Jehanne de Giac deshalb: »Ist dein Gatte heute auch hier?«

Die Dame de Giac nickte ernst. »Ja. Er wartet hier in Vincennes auf die Rückkehr von Tanguy du Chastel mit dem Prinzen Johann.« Ihre Stimme klang unsicher, und ihre Finger falteten den Schleier in ihrer Hand öfter als notwendig.

»Die Ankunft des Dauphins und der Dauphine wurde für heute gemeldet. Wir werden sehen.« Isabeau lächelte ermutigend. Dann fragte sie weiter: »Und ist Pierre de Giac noch immer ein treuer Diener unserer lieben Cousine, der Herzogin von Anjou?«

Jehanne de Giac senkte den Kopf. »Gewiß«, sagte sie leise, ohne den Blick zu heben.

Isabeau überlegte kurz. Konnte ein Mann mit dieser Frau zusammenleben, ohne wahnsinnig vor Zorn und Eifersucht über jeden Blick zu werden, den ein anderer ihr zuwarf? Am zerbrechlich scheinenden Handgelenk der Hofdame schimmerte wieder das Armband auf. »Nun, meine liebe Jehanne, dann soll es dein Schaden nicht sein, wenn du mir ab und zu berichten willst …«, sagte Isabeau leise. Ihre Worte wurden fast von dem Klappern der Bürsten verschluckt, die der Coiffeur nun in ihre Hüllen aus besticktem Samt gleiten ließ.

Jehanne de Giac sah erstaunt auf. »Berichten? Wovon?« wiederholte sie zögerlich.

Isabeau nickte freundlich: »Von der Lage der Dinge in Angers, von dem Wohlergehen meines Sohnes. Von allem, was Pierre dir so erzählt vom Hof unserer lieben Cousine. Wird dir das möglich sein?« fragte sie, während sie wie beiläufig aus einer offenen Schatulle eine Paar Ohrringe aussuchte. Als sie nach dem Geschmeide griff, fiel ihr Blick auf den Ring mit dem rätselhaften blauen Siegel, den Johann ohne Furcht ihr vor Jahren im Hôtel Saint-Paul anvertraut hatte. Sie schob ihn achtlos beiseite und hielt dann die Ohrringe ins helle Osterlicht. »Saphire. Hell wie das Blau deiner Augen, Jehanne. Nimm sie als Zeichen meiner Wertschätzung!« lachte sie und hielt ihrer Hofdame das Geschmeide verlockend vor die Nase.

Im Frühlingslicht glitzerten die Steine unwirklich. Ein Ausdruck von Verwunderung glitt über die ebenmäßigen Züge der Dame de Giac. Sie zögerte noch einen Augenblick lang, ehe sie tief knickste, die Ohrringe aus der Hand der Königin nahm und deren Finger küßte. »Ihr müßt mich für meine Treue nicht bezahlen«, murmelte sie dennoch. »Mein Herz und mein Leben gehören Euch.«

Isabeau entzog ihr ihre Hand rasch. »Aber die Ohrringe passen auch zu dem wunderschönen Armband, das du trägst! Ein wertvolles Stück. War es ein Geschenk deines Mannes?« fragte sie beiläufig. »In den Burgunder Farben? Wohl kaum!« fügte sie dann noch neckend hinzu.

Eine tiefe Röte überzog mit einem Mal Jehannes Gesicht und Hals. Sie schüttelte den Kopf. »Nein, es ist das Geschenk eines unbekannten Verehrers«, sagte sie.

Isabeau tat, als habe sie von Jehannes Verwirrung nichts bemerkt. Sie sah noch einmal hin zum Spiegel: Ihr Gewand mit den Trompetenärmeln aus mit Goldlahn besticktem rotem Samt stand ihr gut zu Gesicht. Wenn sie die Arme bewegte, konnte man durch die tiefen Schlitze, die die Kirche als Teufelsfenster verdammte, ihr Unterkleid aus rot-weiß gestreiftem Damast erkennen. Das tiefe dreieckige Dekolleté am Rücken und an der Brust, das sich spitz bis hin zur Taille zog, betonte ihren vollen Busen und die weiche, geschnürte Leibesmitte. Ihr Gürtel wurde von goldenen Haken um die Hüfte gehalten und war aus grünem Leder gearbeitet: Grün, der Farbe des frischen Lebens zur Osterzeit. An dem weichgegerbten Leder baumelten ein Geldbeutel, ihr Schlüsselbund, das Gebetbuch, Messer und Löffel aus Silber und Elfenbein und ein Fläschchen mit Parfum. Um ihren Hals und ihre Handgelenke schmeichelte sich ein Hermelin, der Pelz der Könige. An ihren Ohren wie an ihren Handgelenken glitzerten weiße Diamanten über rauchgrauen, tropfenförmigen Perlen, die auf Goldschnüre gezogen waren. Sie nickte sich selbst zu: Sie war noch immer schön. Wie dumm war der Herzog von Burgund, sich diesen Anblick entgehen zu lassen! Sie seufzte leise. Der Gedanke an Johann ohne Furcht war wie ein Fieber, das ab und an in ihren Körper zurückkehrte, sie bis in ihr innerstes Wesen ergriff und schüttelte, ehe es sie wieder für Wochen verließ. Manchmal war sie sogar so lange frei von diesem Sehnen, daß sie dachte, sie sei gesundet. Einige Tage lang fühlte sie sich dann wie befreit, ehe eine Kleinigkeit genügte, um ihn in ihr Herz zurückzurufen: der Schnitt eines Mantels, eine Art, den Kopf zu drehen, der rote Glanz des Mohns in den Feldern, der volle Geschmack des Weins seiner Länder. Sie vertrieb den Gedanken an ihn: Ich bin nicht besser als eine läufige Hündin, wenn ich an ihn denke! schalt sie sich und hob den Rock leicht an, um besser ausschreiten zu können.

Jehanne de Giac gehorchte diesem stummen Befehl: Sie bückte sich und nahm mit beiden Armen die schwere Schleppe der Königin auf, ehe sie dem vor der Tür stehenden Gefolge ein Zeichen gab. Die Trompeter nahmen neben den Soldaten vor der Tür Haltung an und stießen mit geblähten Backen Luft in ihre Instrumente. Isabeau schritt aus der Tür, und ihr Zug von Damen, Pagen, Zwergen, Hunden und Dienern folgte ihr voller Freude auf den bevorstehenden Tjost in den blauen Ostertag hinein.

Im großen, gepflasterten Hof von Vincennes wartete bereits ihre Sänfte, die sie zum Turnierplatz bringen sollte. Die Tür stand offen, um die Frühlingsluft in den stickigen Holzkasten ziehen zu lassen, und die mit den königlichen Lilien bestickten Vorhänge aus blauer Seide fingen die frische Brise ein. Katharina hatte es sich bereits auf den Kissen bequem gemacht. »Endlich kommst du, Mutter, wenn das weiter so langsam geht, verpassen wir noch den Anfang des Tjosts!« Sie klopfte mit ihrer ringgeschmückten Hand drängend auf die Kissen.

»Weshalb bist du so ungeduldig, Katharina? Ist da ein bestimmter Ritter, den du in die Schranken reiten sehen willst?«

neckte Isabeau ihre Tochter, während sie ihr Surkot sorgsam über die Polster breitete.

Katharina errötete, und Isabeau mußte lächeln. Mit sechzehn gab es immer einen Ritter, der einem gefiel. Obwohl, ich hatte in ihrem Alter Frankreich schon einen ersten Dauphin geschenkt. Einen ersten von vielen, dachte sie bitter.

Die Glocken der Kapelle läuteten unaufhörlich, um die Größe des Ostertages zu feiern. Die Schwalben schwirrten aus den Kirchtürmen und um den grauen Stein herum: Isabeau konnte erkennen, daß sie Zweige in ihren Schnäbeln trugen. Ein leichter Wind spielte in den Wipfeln der Bäume der weiten Wälder von Vincennes, in denen nur der König jagen durfte: Das Grün ihrer Blätter wurde in der Entfernung zu einem rauchigen Blau, wo es sich dann mit dem klaren Osterhimmel vereinigte.

»Wie Johann nun wohl aussieht?« fragte Katharina in Isabeaus Gedanken hinein. »Ob er Vater wohl ähnlich ist? Ich freue mich so auf ihn! Wenn er da ist, bin ich nicht mehr so alleine.«

Isabeau lächelte. »Warte noch ein wenig, dann sehen wir ihn endlich wieder! Als Kind war er auf jeden Fall der kräftigste meiner Söhne! Ein richtiger kleiner Stier und frech, sage ich dir! Wenn er den Pferden im Hof nicht die Schweife zusammenband, dann streute er den spanischen Botschaftern Kichererbsen vor die Füße!« Sie mußte bei der Erinnerung an ihren Sohn lachen.

Die Sänfte wurde von vier bulligen Knechten auf ihre Schultern gehoben, und Katharina und Isabeau wurden kurz gegeneinandergeworfen. Als beide lachend ihre Haare geordnet und sich wieder in ihren Kissen aufgerichtet hatten, überlegte Isabeau weiter. Sie hatte ihren vierten Sohn, der seit beinahe zwei Jahren der neue Dauphin war, nicht mehr gesehen, seitdem er als Kind nach Hennegau aufgebrochen war. Heute mußte er beinahe neunzehn Jahre alt sein! Er hatte seine Abreise nach Paris aus den verschiedensten Gründen immer wieder aufgeschoben, bis Bernhard von Armagnac dann Tanguy du Chastel nach Hennegau sandte, um Johann nach Paris zu bringen. Wie war die Reise verlaufen? War sein Wesen der Aufgabe, die hier in Frankreich auf ihn wartete, gewachsen? Konnte er seine Ankunft in Paris abwarten, ehe er Entscheidungen über Bündnisse, über Freund- und auch Feindschaften traf? Oder hatte Tanguy du Chastel keine Minute ungenutzt verstreichen lassen, um ihn zu beeinflussen? Hatte er alles versucht, um den Dauphin schon jetzt auf die Seite von Armagnacs zu ziehen?

»Und wie seine Gemahlin wohl ist?« Katharina schien mehr mit sich selbst zu sprechen, während sie aus einem Spalt zwischen den Vorhängen der Sänfte lugte. »Margaretes Sanftmut und Freundlichkeit fehlen mir.«

»Jacobäa ist eine Wittelsbacherin, wie ich! Und wie du, zur Hälfte zumindest!« erinnerte sie Isabeau, ehe sie mit einem Ruck die bestickten Vorhänge der Sänfte aufzog.

Das Leben und der Lärm des Turnierplatzes drangen nun in die vertrauliche Enge und die bequeme Stille der kleinen Kabine. Sie lehnten sich beide nach vorne, um ja nichts von dem Wunder dort draußen zu verpassen. Der Duft nach in Honig gebratenen Mandeln, von Waffeln aus süßem Eierteig und der fetttriefenden Bratspieße der fliegenden Händler stieg lockend in ihre Nasen. Sie hörten die Schellen der fahrenden Musikanten und das Schlagen der Trommeln der Ausrufer, die sich mit dem Schall der Trompeten des Turnierplatzes mischten. Das Fest um den Kampfplatz war seit dem Ende der Messe in vollem Gang, und eine bunte Menge drängte sich zwischen den Zelten. Gaukler warfen ihre hölzernen Kegel und ihre ledernen Bälle flirrend in die Luft, Männer mit nackter Brust und unwirklich starken Schultern schluckten Feuer, und grellgeschminkte Frauen in zerfetzten und wieder notdürftig zusammengeflickten Kleidern versuchten, Zuschauer zum Zelt des Baders zu locken. Überall am Boden und entlang der Wege saßen die falschen und echten Verstümmelten, die bettelten und ihren Freunden, den Taschendieben, bei der Arbeit zusahen. Hier und da wiesen sie mit einem Nicken des Kopfes auf ein besonders leichtes Opfer hin, dessen volle Börse leichtsinnig am Gürtel baumelte.

Die Sänfte der Königin näherte sich nun dem innersten Kreis um den langgezogenen viereckigen Turnierplatz. Im Wind wehten dort die Wimpel an den aufgesteckten Lanzen der Ritter, und die Zelte der Kämpfer leuchteten in allen Farben des Regenbogens. Reichbestickte und hochgeschlagene Eingangsklappen gaben den Blick auf das Innere der Zelte frei: Isabeau konnte die faltbaren Möbel aus dunklem, geschnitztem Holz erkennen. Auf den Tischen standen oft noch achtlos ein paar Gläser mit klebrigen Weinrändern vom Vorabend, oder es lag ein vergessener Satz Karten herum. Neben den flachen Ruhebetten sah sie auch die tragbaren Altäre, vor welchen die Kämpfer um den Turniersieg beteten. Die Flaggen und Wimpel der ersten Familien Frankreichs leuchteten neben den Zelten in der frischen Brise, und in das Stimmengewirr der Menschen bei den Zelten mischte sich das klirrende Schlagen der Hämmer der Schmiede und das Zischen von heißem Eisen in Wasser. Überall wurde letzte, sorgsame Hand an die Waffen und die Rüstungen für den Tjost gelegt.

Isabeau sah nun ihren Schwiegersohn, den Herzog der Bretagne, aus seinem Zelt treten. Mit Daumen und Zeigefinger prüfte er die Schärfe der Schneide an seinem langen Dolch: Er nickte und schien zufrieden damit zu sein. Es sollte zwar ein Tjost *à plaisance*, mit stumpfen Waffen, werden, aber man wußte nie, was einen in diesen Tagen auf dem Kampfplatz erwartete! Ruhm und Ehre waren nicht mehr billig zu haben. Der Herzog der Bretagne hob den Kopf und erkannte wohl die Standarte der Königin, denn er verneigte sich, und sie hob anerkennend die Hand: Er war mit seiner krummen Nase, den hängenden Augenlidern, den narbigen Wangen und den schlechten Zähnen ein so häßlicher wie mutiger Mann, der teure Kleidung und edle Pferde liebte. Vor allen Dingen aber war er ihrer Tochter Jeanne ein guter Ehemann.

Katharina reckte den langen Hals und drückte sich an Isabeau, um besser sehen zu können. Aus ihren Kleidern stieg ein Duft nach Lavendel. »Ist Jeanne auch mitgekommen?« fragte sie ihre Mutter leise.

Isabeau schüttelte den Kopf. »Die Herzogin der Bretagne liegt wieder im Kindbett«, erklärte sie.

Katharina zog die Augenbrauen hoch. »Wie eine Henne, meine Schwester! Sie legt ein Ei nach dem anderen.«

Isabeau schlug ihr leicht und mahnend mit dem Fächer auf

den Arm und beide lachten. In diesem Augenblick kreuzte ein Knappe die Sänfte, der sich Mühe gab, drei schwer gesattelte Zelter mit einer Hand am Zaumzeug festzuhalten, während er mit der anderen versuchte, sich einen Weg durch die Menge zu bahnen. Sein junges Gesicht war dabei rot angelaufen und von der eigenen Wichtigkeit ganz aufgebläht. Ein Gaukler ahmte ihn augenblicklich nach und machte sich erst davon, als der Knappe ihm mit der Gerte aus einem entlaubten Haselstrauch drohte. Der Stecken beugte sich im Wind. Isabeau mußte mit einem Mal noch mehr lachen, und sie warf dem Gaukler eine Münze zu, die dieser mit einer Kapriole und einer Grimasse auffing. Dann umarmte sie Katharina, die sich warm an sie schmiegte: Das Spiel konnte beginnen!

Auf den von bunten Leinenplanen überschatteten Tribünen suchten sich die letzten Damen gerade noch ihren Platz, als die königliche Garde mit glänzenden Piken und die Musikanten mit gesenkten Trompeten auf dem Turnierplatz aufzogen. Die Sonne brach sich auf dem glänzenden Blech, das die jungen Männer an ihre Lippen führten. Ihre Füße gruben sich in die Sägespäne, die an diesem Mittag noch nicht zertrampelt oder mit Blut vollgesogen waren. Wenn sie Atem holten, konnte man sehen, wie sich die Brustmuskeln erwartungsvoll unter den königlichen Livreen spannten.

Isabeau beschattete ihre Augen mit der flachen Hand, um besser sehen zu können, was vor sich ging, und lehnte gleichzeitig die gezuckerten Mandeln ab, die Jehanne de Giac ihr hinhielt. Sie wollte einen reinen Atem haben, wenn sie ihren Sohn nach all den Jahren in der Fremde begrüßte. Katharina schien diese Sorgen nicht zu haben, denn sie bediente sich freizügig aus der feingeschnitzten Schale aus Holz und lutschte dann wie ein Kind an der knusprigen Hülle, die die Mandeln umgab.

Isabeau sah sich um. Die drei Tribünen mit den Sitzbänken rund um den Tjostplatz waren voll besetzt, und an der anderen Längsseite drängte sich das Volk lärmend und um Raum kämpfend in der prallen Sonne. Der Wind stand ungünstig, und sie rümpfte die Nase. Nicht nur die Stimmen und die Rufe von dort kamen und gingen wie eine Welle über den Strand, sondern auch ein unerträglicher Gestank nach Mensch stand in dichten Wolken über dem Turnierplatz. Isabeau bewegte ihren Fächer aus bemalter Seide und hellem Sandelholz stärker hin und her und hielt sich noch ihr parfümiertes Tuch vor die Nase. Sie sah sich um. Der König war auf seinem hohen Stuhl neben ihr zusammengesackt. Er schwieg und hielt vollkommen still, denn in seinem armen verwirrten Geist glaubte er heute wieder, ein Mann aus Glas zu sein. Das war immer noch besser als der rasende Fieberanfall, der ihn am Morgen ergriffen hatte: Guillaume Le Pelletier hatte den König daraufhin Wasser trinken lassen, von dem vorher ein Pferd gesoffen hatte, und das Fieber war wirklich gesunken.

Der für den Bischof von Paris vorgesehene Stuhl auf der anderen Seite des Königs war leer geblieben, wie sie feststellte. Sollte der Pfaffe doch wegbleiben, dachte sie. Sie war noch immer ärgerlich über die Osterpredigt, die auf sie gemünzt gewesen sein mußte. Die Kirche lehnte Tjoste ab, kein Wunder! Nach der ritterlichen Begegnung wurde gefeiert, und nach den Feiern entlud sich die Spannung des Tages in Zweikämpfen anderer Art. In diesen Nächten schlief kein Fräulein dort, wo sie es sollte. Isabeau mußte lächeln. Das Leben war zu kurz, um trübsinnig zu sein.

Die Fanfare endete, und die Garde trat ab. Ein erwartungsvolles Schweigen legte sich über den Turnierplatz. Hoch im blauen Himmel schrien die Möwen und zogen ihre Kreise, als hätten sie ein geheimes Muster im Kopf.

Isabeau beobachtete, wie zwei Knappen ihren Schwiegersohn, den Herzog der Bretagne, auf der einen Seite des Kampfplatzes in den schweren Sattel hievten. Sie mußten seine Füße in die Steigbügel klemmen und seine Finger in den eisernen Kampfhandschuhen um seine Lanze biegen, so unbeweglich war er in seiner neuen Rüstung, die er in Mailand hatte arbeiten lassen. Die Sonne spiegelte sich auf seinem Visier, und er umfaßte die Lanze, auf deren Spitze bunt sein Wimpel im Wind flatterte, fester. Isabeau bemerkte wohl die Pracht seiner Aufmachung: den Glanz der Metallschienen an seinen Armen und Beinen; das mit Gold verzierte, kunstvoll geschmiedete Visier seines Helmes, auf dessen Spitze die Federn in den Farben seines Hauses wippten; den mit Kupfer beschlagenen Sattel aus matt schimmerndem, eingeöltem Leder wie auch die Satteldecke aus einem mit tiefrotem Samt gefaßten Leopardenfell. Sein Pferd hob ungeduldig die schweren Hufe. Isabeau sah, daß selbst auf den Beinschienen des Tieres das Wappen der Bretagne golden eingelassen war. Als der Herzog sicher saß, wandte sie den Kopf in die andere Richtung. Dort nahm der Graf von Saint-Germain gerade seine schwere Lanze entgegen und klappte sich mit der noch freien Hand das Visier hinunter. Beide Ritter gaben ihrem Pferd nun die Sporen. Die Rösser setzten sich erst träge in Bewegung und schienen dann unter ihrem eigenen Gewicht schneller und schneller nach vorne aufeinander zuzuwalzen. Die Sägespäne flogen in die Luft, und unter dem stumpfen Klappern der Hufe zogen beide vor Isabeau und dem König auf.

Isabeau hörte Karl neben sich leise und ängstlich wimmern. Sie hob ihre Hand, wie um ihn zu berühren. Dann jedoch unterließ sie es: Man wußte nie, was man von ihm zu erwarten hatte.

Die beiden Kämpfer hielten die Pferde vor der königlichen Tribüne nur mit Mühe ruhig, und sie sah die dunklen Augen des Herzogs der Bretagne hinter seinem Visier glitzern. Sein Blick streifte Jehanne de Giac, die neben ihr saß. Er schien einen Augenblick lang zu zögern, dann aber senkte er die Lanze höflich vor der Königin. Isabeau lächelte und band einen kleinen Schleier um die abgeflachte, mit drei Zacken verzierte eiserne Spitze des Holzes. Er bedankte sich mit einem Nicken des Kopfes und legte sich die freie Faust auf das Herz. Die Bewegung machte ein stumpfes Geräusch. Seine Lanze hob sich, so daß der Schleier ihm leicht in seine Hand glitt und er ihn sich in die Brustplatte stecken konnte, genau dort, wo der Harnisch auf den Rand des Helmes stieß.

Der Graf von Saint-Germain jedoch, wie nicht anders zu erwarten war, senkte die Lanze vor seiner Frau. Die Umstehenden lachten: Das junge Paar liebte sich so sehr, daß es für Eheleute geradezu ungehörig war. Die junge Gräfin wand ihren

Schleier mit vor Eifer roten Wangen gleich dreimal um die Lanze ihres Mannes.

Die Ritter trabten nun zu ihren Stellungen zurück. Die Mittagssonne stand hoch am Himmel, und der Geruch nach zu vielen Menschen, nach Sägespänen, nach frisch gesägtem Holz und Pferdeäpfeln ließ die Luft noch dicker und drängender werden: Sie legte sich in dichten Lagen um den Turnierplatz.

Ein einziger Trompetenstoß gab das Signal, und mit einem Mal senkten sich die Lanzen der beiden Kämpfer. Sie sehen aus wie der giftige Stachel einer Wespe, dachte Isabeau: zornig und tödlich. Die Hufe donnerten durch die wirbelnden Späne aufeinander zu, der Bodenbelag schien unter dem Druck weichen zu wollen, die anfeuernden Rufe der Ritter mischte sich in das Keuchen der Pferde und das nun willkürliche Durcheinander der Farben der Felle und Fahnen. Die Tiere wieherten schrill, der Schaum flog von ihren Nüstern über die schulterhohe Barriere, die die Kämpfer voneinander trennte. Holz splitterte und Metall krachte, als die Ritter mit aller Wucht aufeinandertrafen. Für einen Augenblick lang war unklar, was geschehen war. Die Kämpfer schienen mit ihren Lanzen wie Krebse mit ihren Zangen am Strand der Bretagne ineinander verhakt zu sein. Dann mischte sich der Schrei eines Mannes in das blutrünstige und begeisterte Heulen der Menge: Der Graf von Saint-Germain kippte an der Schulter getroffen nach hinten und fiel aus dem Sattel.

»Henri!« schrie seine junge Frau, raffte die Röcke, und ehe jemand sie zurückhalten konnte, war sie schon ganz wie ein gewöhnliches Weib in den Ring geeilt. Der Herzog der Bretagne faßte sein Pferd gerade noch kurz am Zügel, damit die tanzenden Hufe seines Schimmels nicht nach ihr schlugen. Der Graf von Saint-Germain lag bewegungslos in der Sonne, und etwas Blut tropfte nun von seiner Schulter in die Sägespäne und den Sand.

Katharina lehnte sich neugierig nach vorne. »Ist er tot?« flüsterte sie gespannt.

Jehanne de Giac schüttelte wie abwesend den Kopf und reckte den langen Hals, um besser sehen zu können. Isabeau sah, wie

Bernard d'Armagnac den Arm hob, um den Tjost unterbrechen zu lassen, als eine Bewegung am Eingang des Turnierplatzes seine Aufmerksamkeit zu fesseln schien. Isabeau wandte ebenfalls den Kopf. Ihr Blick folgte dem seinen: Der gespannte Ausdruck in seinen Augen war ihr nicht entgangen. Was sah er dort?

⚜

Vincennes, am Ostertag 1417

Meine liebste Mutter!
Wann kann ich Dir endlich einmal von freudigen Dingen Nachricht geben? Früher habe ich gehofft, Dir eines Tages schreiben zu können, daß ich gesegneten Leibes bin. Heute aber bin ich froh, daß ich von Pierre nicht empfange. Ein Kind von ihm müßte Bocksfüße und einen Eselsschwanz haben. Dabei sehne ich mich danach, Leben unter meinem Herzen zu spüren. Ist das nicht die Gnade, die Gott uns hat zuteil werden lassen: Leben zu schenken? Aber wie es aussieht, soll es für mich nicht sein, wenn nicht noch ein Wunder geschieht. Ein Trost mag sein, daß mir auch so der größte aller Schmerzen erspart bleibt: nämlich ein Kind vor seiner Zeit zu Grabe zu tragen. Wie oft soll meine Königin dies noch erleiden müssen? Bei dem heutigen Tjost in Vincennes war gerade die erste Partie à plaisance zwischen dem Herzog der Bretagne und dem Grafen von Saint-Germain zu Ende gegangen, als die Garde überraschend ihre Lanzen vor dem Eingang zum Tjostplatz öffnete. Wir alle reckten die Hälse, um besser sehen zu können, was da vor sich ging. Auf den Platz ritt ein mit Staub bedeckter Ritter. Er hielt sein offensichtlich erschöpftes Pferd kurz am Zügel, und das Tier kaute müde schnaubend mit Schaum vor dem Maul auf der Trense herum. Der Mann war so verschmutzt, daß wir im harten Licht der Mittagsstunde weder seine Haarfarbe noch sein Wappen auf dem Panier oder dem leichten Kettenhemd erkennen konnten. Ihm folgten einige berittene Soldaten in den Ring und in ihrer Mitte eine junge Frau. Ich konnte eine schlanke, in schwarze Schleier gehüllte Gestalt ausmachen, die sich sehr gerade zu Pferd hielt. Die dunk-

len Kleider dieser Unbekannten schienen das helle Licht um sie herum aufzusaugen wie ein Schwamm das Wasser. Meine Königin tat einen leisen Aufschrei. Sie erhob sich, doch sie mußte dabei beide Hände auf den Lehnen ihres Stuhles lassen, um sich zu stützen. Ihre Beine schienen ihr mit einem Mal weich zu werden. Der jungen Frau folgten wieder zwei Ritter, an deren Kaltblüter eine Bahre gebunden war. Auf der Bahre stand ein Sarg aus schlichtem Holz, der jedoch mit der königlichen Flagge Frankreichs bedeckt war. Das matte Blau des wertvollen Stoffes schien seine Farbe von dem frischen Osterhimmel zu nehmen, nur war es um den Ton der Trauer vertieft. Mit einem Mal hörte ich meinen eigenen Atem in den Ohren steigen und fallen. Der Ritter war vor dem Platz der Königin an der Tribüne angelangt. Er klopfte sich den Staub von der Brust und klappte sein Visier noch oben, und wir erkannten Tanguy du Chastel. Oder war es der Teufel selber in seiner Gestalt? Meine Königin sah ihn an, und er wich ihrem Blick einmal mehr nicht aus. Schamloser Geselle! Geschieht all dies wirklich an diesem Osterfest, oder befinden wir uns wieder im Louvre, Weihnachten, vor zwei Jahren? Meine Herrin mußte keine Fragen stellen, da sie jede nur mögliche Antwort wohl schon im Anblick des Sarges fand. Der Wind hatte sich wie aus Mitleid gelegt, und das blau-goldene Wappentuch dort auf dem groben Holz des hastig gezimmerten Kastens hing nun still und endgültig herab. Seine Zipfel schleiften traurig in den vom Tjost zertrampelten Sägespänen. Isabeau bewegte die Hand, um Tanguy das Absteigen zu erlauben. Er ging in die Knie, doch seine Höflichkeit wirkte auf uns alle wie blanker Hohn. Meine Königin hat den Bund mit dem Teufel gewählt, und ich soll ihr nun noch aus der Hölle berichten! Tanguy du Chastel senkte den Kopf und legte sich eine Faust auf das Herz. »Ich bringe Euch Johann, den Dauphin de France«, sagte er und trat beiseite. Die Ritter hatten mittlerweile den Sarg von der Bahre genommen und ihn hinter Tanguy du Chastel abgestellt. Die Sonne kam wieder hinter der Wolke hervor und ließ die goldenen Lilien auf dem blauen Tuch unwirklich aufleuchten. Sie schienen zu wachsen und die zackigen Spitzen ihrer Blätter nach uns auszustrecken. Madame Katharina legte sich in stummem Entsetzen die Hände vor den Mund. Ich bekreuzigte mich und zog mir den Schleier vor das Gesicht. Die Trä-

nen stiegen meiner Königin in die Augen, doch sie wollten nicht fließen, und Isabeau wollte sie wohl auch nicht fließen lassen. Die tief verschleierte Frau, die bisher schweigend auf ihrem Zelter gesessen war, ließ sich nun beim Absteigen helfen. In ihrem wattierten Reitrock hing der Staub, und ich konnte neben dem Schwarz des Stoffes noch Streifen anderer Farbe erkennen: Das Kleid mußte sehr hastig umgefärbt worden sein. Sie kniete neben dem Sarg nieder und betete leise. In der plötzlich unwirklichen Stille des Turnierplatzes war jedes der liebevollen Worte, mit denen Jacobäa von Bayern für die Seele ihre Mannes bat, deutlich zu hören. Sie bekreuzigte sich am Ende ihres Gebetes. Man hörte ein leises »Amen« von ihren Lippen kommen. Das Volk nahm das Wort entgegen wie eine Hostie beim Abendmahl: Es wiederholte es andächtig, so daß es von allen Enden des Platzes zu hallen schien, einer Bitte gleich, rauh und gemurmelt. Jacobäa von Bayern erhob sich und wandte sich der Tribüne zu. Sie schlug sich den dunklen Schleier zurück, der ihr dichtes Haar verbarg. Ihre Haut war so weiß, als hätte sie seit Monaten kein Tageslicht gesehen. Unter ihren dunklen Augen lagen blau schimmernde Schatten, und ihre Lippen waren geschwollen und wundgebissen vor Trauer. Sie senkte den Kopf und versank in einem tiefen Knicks. Dabei liefen leise Tränen über ihre Wangen. Meine liebste Königin sagte auf deutsch: »Willkommen, liebe Nichte …« Noch ehe sie den Satz vollenden konnte, fiel sie in Ohnmacht. Nun ist die Rechnung der rothaarigen Hexe in Anjou wohl aufgegangen. Es steht für mich außer Frage, wie Johann gestorben ist. Vielleicht hat sich sein Ohr wirklich entzündet, wie Pierre mich glauben machen will. Aber gewiß hat sich Tanguy nicht beeilt, nach dem Medikus zu senden, oder hat auch sonst nicht versucht, das Fieber des Prinzen zu senken. Nun ist Karl in Angers der letzte lebende Sohn des Königs und Dauphin von Frankreich. Wieviel Einfluß Yolanda von Anjou wohl bereits auf ihn genommen hat? Nicht zum ersten Mal spiele ich mit dem Gedanken, an den Herzog von Burgund um Hilfe zu schreiben. Wer sonst kann meine Königin aus diesem unheilbringenden Bund lösen? Sie ist blind für den Schaden, den sie sich zufügt, selbst wenn sie mich gebeten hat, ihr alles zu berichten, was mir zu Ohren kommt. Kann ich mich an Johann ohne Furcht wenden? Steht mir dies als einfache Hofdame zu, bewege ich mich damit nicht aus der von Gott gewollten Ordnung? Die Königin braucht seine Hilfe, und sie selbst ist zu stolz, um ihr an Armagnac und Yolanda gegebenes Ehrenwort zu brechen! Sie ist den ganzen Nachmittag bettlägerig gewesen und murmelt nur immer wieder den Namen des toten Dauphins. Madame Katharina weicht nicht von ihrer Seite, und auch ich werde mich wieder zu ihr begeben. Morgen will ich über einen Brief an den Herzog nachdenken, und schelte mich nicht dünkelhaft. Außergewöhnliche Zeiten verlangen außergewöhnliches Handeln. Ich werde mich seiner schon zu erwehren wissen, sollte er mich als nutzloses Weib behandeln. Es geht nicht mehr um Mann und Frau oder um königlichen Herzog und einfache Hofdame. Es geht um Frankreich und alles, woran ich glaube. Es geht um uns alle und die Zukunft der Welt, wie wir sie kennen. In Liebe und Treue,

Jehanne

Yolanda verbot sich jeden Ausruf der Freude, als sie das Billett las, das Tanguy du Chastel aus Vincennes gesandt hatte: Es war gelungen. Ihre Finger zitterten, als sie den Zettel auf dem Fenstersims glattstrich, ehe sie ihn an das flackernde Wandlicht neben dem Fenster hielt. Die Flammen des in Schweinefett gedrehten Tuches griffen nach dem Papier und ließen es augenblicklich als feine graue Asche zu ihren Füßen herabregnen. Sie rieb einige Male mit der Fußspitze darüber, bis es sich mit dem Staub in den Ritzen zwischen den grauen Steinen am Fußboden vermischte. Sie sah auf, aus dem Fenster hinaus. Die Sonne sank am Himmel tiefer und tauchte die wellige Landschaft der Provence in ein satten, beinahe blutigen Ton. Yolanda nutzte die letzten Augenblicke des Tages, um sich zu sammeln. Aber erst als die Sonne in den tintigen Streifen Blau des Mittelmeers gesunken war, ging sie zur Tür und öffnete sie: Marie de Craon fiel beinahe vornüber in die Kemenate.

Die Hofdame versank schnell in einen Knicks: »Ich wollte gerade klopfen«, sagte sie kleinlaut und mit rotem Kopf.

»Mit deinem Ohr, Marie de Craon?« fragte Yolanda tadelnd. »Wie ungewöhnlich. Ruf mir den Abbé. Wenn er gegangen ist, laß mir die Badestube heizen. Dann kannst du mich zur Nacht richten. Danach ...« Sie zögerte kurz.

»Ja?« Marie de Craon richtete sich mit einem erleichterten Gesichtsausdruck auf.

»Danach ruf mir Karl«, sagte Yolanda leise und genoß jedes Wort.

»Karl?« vergewisserte Marie de Craon sich.

»Ja. Den *Dauphin de France*«, antwortete Yolanda und lächelte kaum merklich. Sie wandte sich zum Kamin und hielt die Hände hoch gegen die Flammen. Doch die Hitze, die unter ihrem Kleid langsam über ihre Haut zog, wurde nicht durch die Glut hinter dem gußeisernen Gitter verursacht.

Der Abbé saß nahe neben Yolanda und lauschte mit blassem Gesicht ihrer hastig geflüsterten Beichte. Ihre Worte wurden dabei von Schluchzern unterbrochen, und einige Male hob er die Hand, als wollte er sie beruhigend auf ihre zuckenden Schultern legen. Dann jedoch schien ihre Beichte ihn wieder davon abzuhalten. Als sie geendet hatte, atmete Yolanda einige Male tief durch. Sie fühlte sich besser. Alles, was sie getan hatte, all ihre Sünden, alles Böse, war von ihrer Seele auf die eines anderen geräumt worden. Als der Abbé wohl merkte, daß Yolanda nicht weiterbeichtete, räusperte er sich und faltete seine zarten, fast weibischen Hände vor seiner Brust.

Sie hob rasch die Augen, um seine Reaktion auf ihr Geständnis abzuschätzen. Ihr Blick fiel in seine runden Augen. Auf seiner noch glatten Stirn hatte sich zwischen den Augenbrauen eine steile Falte gebildet, und auf der glattrasierten Oberlippe glänzten einige Schweißtropfen.

Yolanda faltete auf der Armlehne seines Stuhles die Hände zum Gebet. »Vergib mir, Herr, ich habe gesündigt«, flüsterte sie und spürte wieder Tränen aufsteigen.

Der Abbé konnte nur schwach nicken.

Sie wartete auf seine Entgegnung, doch er schien nach Worten zu suchen. Als die Pause ihr unerträglich lang erschien, fragte sie lauernd: »Ist ein Ablaß möglich, Abbé?«

Er zuckte die Schultern. »Ich kann das nicht alleine entscheiden, Herzogin. Ich muß dafür nach Rom schreiben, um mich mit dem Heiligen Vater zu besprechen. Eine Sünde dieses Ausmaßes …«

Yolanda atmete auf. Erleichterung durchflutete sie. Sie hörte nur die Worte, die ihr wichtig waren. Rom, Gott sei Dank. Ablaß. Es gab noch Rettung für ihre Seele.

»Ich bin bereit, eine Kapelle zu bauen. Oder auch zwei. Ich will den Klöstern der Provence großzügig stiften …«, bot sie rasch an.

Der Abbé schien sich zu fassen, denn er winkte ab. »Der Heilige Vater in Rom wird das rechte Maß der Buße festlegen. Ich weiß, daß er die Grafschaft um Saint-Guilhem für überaus fruchtbar hält …«, setzte er an.

Yolanda schüttelte jedoch augenblicklich den Kopf. »Ich denke, zwei Kapellen und Stiftungen sollten den Heiligen Vater zufriedenstellen«, sagte sie mit schon ruhigerer Stimme und richtete sich auf ihrem mit rotem Samt gepolsterten Betstuhl gerade auf.

Der Abbé sah ihr einen Augenblick lang in die Augen, und sie sah Unsicherheit in seinem Blick aufleuchten. Dann nickte er gehorsam, ganz, wie sie es erwartet hatte. »Freilich. Die Grafschaft wäre wohl zuviel verlangt. Der Ablaß sollte für zwei Kapellen und Stiftungen in den kommenden Jahren möglich sein.«

Yolanda nickte zufrieden und reichte ihm die Hand zum Kuß. Als sie alleine war, verschränkte sie die Arme vor der Brust und dachte nach. Die Grafschaft Saint-Guilhem gefiel dem Heiligen Vater also. Seitdem es nur noch den einen Papst gab und die Kirche während des Konzils in Konstanz wieder vereint worden war, war der Handel mit dem Heiligen Vater nicht mehr ganz so einfach wie früher, als man den einen Papst gegen den anderen ausspielen konnte. Dennoch, sie würde sich wohl von dem friedlichen und fruchtbaren Landstrich um Saint-Guilhem trennen müssen, um Absolution für die Sünde zu erhalten, die sie heute nacht begehen wollte. Ein teurer Spaß, aber die Sache wert.

»Gut«, flüsterte Yolanda zufrieden. »Gut so! Laß mein Haar lose fallen. Und stäub mir von dem hellen Puder auf die Schultern, das Schlüsselbein und die Wangen …«

Sie sah schweigend zu, wie Marie de Craon ihre Befehle ausführte. Das Bild, das die zum Spiegel polierte Metallplatte ihr entgegenwarf, befriedigte sie. Ihr Haar glänzte im matten Licht der vielen Kerzen aus duftendem Bienenwachs: Marie de Craon hatte es so gebürstet, daß es wie die knisternden Flammen des Kamins Funken zu sprühen schien. Ihre Haut schimmerte nach dem Bad in Mandelmilch und Orangenwasser so rein und hell wie Alabaster. Das geschnürte Hemd aus belgischer Spitze saß lose über ihren runden Schultern. Wenn sie sich zu den Flammen im Kamin drehte, sah sie ihren Körper wie unbekleidet durch den feinen Stoff leuchten. Im Spiegel begutachtete sie den Umriß ihrer noch hohen, festen Brust, der schmalen Leibesmitte und der geschwungenen Hüfte, die in die langen Schenkel überging. Sie hob die Hände über den Kopf: Der weit geschnittene Ärmel aus Spitze schäumte über das feste Fleisch ihrer Oberarme. Fast wollte sie lachen, so zufrieden war sie mit ihrem Anblick.

»Gut. Laß mich nun. Und ich will über Nacht nicht gestört werden, hörst du?«

Sie gab ihrer Stimme einen warmen Klang, als sie Marie de Craon die letzten Anweisungen gab. Marie hielt die Augen gesenkt, als sie vor Yolanda knickste.

»Der Dauphin wartet bereits vor Eurer Kemenate, Herrin«, murmelte sie.

Yolanda spürte mit einem Mal das Blut durch ihre Adern jagen. Ihre Haut, die sie in der Badestube mit Meersalz und Öl hatte glattreiben und mit Mandelpaste salben lassen, bis sie weich war wie die eines neugeborenen Kindes, prickelte, als spürte sie schon die Liebkosung eines Mannes. Der warme Duft, der aus den mit Sand und Räucherwerk gefüllten kupfernen Pfannen stieg, umnebelte ihre Gedanken. Auf dem vor dem Kamin gedeckten Tisch ruhten die letzten, schon gelösten Austern des Frühjahres auf langen, in den Kellern von Les Baux de Provence gekühlten Platten aus Silber. Später sollte der Koch im Dampf gegarte und mit Rosinen und Trüffeln gefüllte Wachteln, über die das gedörrte Herz einer Taube gerieben war, in die Kemenate schicken. Das gedörrte Herz einer Taube – dieser Zauber versagt nie, dachte Yolanda zufrieden lächelnd.

»Laß ihn herein«, sagte sie schließlich heiser und drehte sich zur Tür, die sich langsam öffnete.

⚜

»Bist du dir ganz sicher Mutter?« fragte Katharina noch einmal und wandte sich in der Tür nach Isabeau um. »Willst du nicht mit mir und dem Hof nach Paris zurückkehren?«

Isabeau erhob sich von der mit besticktem blauem Samt gepolsterten Kniebank vor ihrem aus Ebenholz geschnitzten Altar: Sie hatte ihn am Tag nach Johanns Tod anfertigen lassen. Die dunkle satte Farbe des Holzes paßte sich dem Ton all ihrer Kleider und auch ihrer Gemütslage an. Sie bekreuzigte sich, um ihr Gebet um die Seele ihres Sohnes abzuschließen, und sah Katharina an, die so jung und blühend vor ihr stand. Das königliche Blau des Reisekleides ließ die matte Haut ihrer Tochter leuchten, und ihr dunkles, in dicke Zöpfe geflochtenes und um den Kopf geschlungenes Haar glänzte fast schwarz. Für den Ritt nach Paris hatte der Putzmacher der Prinzessin ein dichtes Haarnetz über die Flechten gezogen, und die darin eingeknüpften Perlen glänzten wie Morgentau.

Das Kind, das ihr nach zwölf Geburten blieb. In Katharinas Alter war sie bereits zweifache Mutter gewesen und hatte ein Kind schon wieder begraben. Isabeau spürte den übermächtigen Wunsch, sie zu beschützen, und zwar um jeden Preis. Aber zuerst mußte sie selbst wieder Kraft schöpfen.

»Ich bleibe in Vincennes, Katharina. Ich bin ja hier nicht allein«, sagte sie deshalb lächelnd.

Katharina zog die Augenbrauen hoch. »Nicht allein? Aber doch so gut wie – nur dein enger Hofstaat an Frauen bleibt und die Ritter, die Tanguy du Chastel und Armagnac dir stellen. Kannst du ihnen trauen? Überwachen sie dich nicht eher, als daß sie dich bewachen?« fragte sie.

Isabeau schüttelte den Kopf. »Du übertreibst! Ich habe mir bewehrte Gemächer anlegen lassen, deren Schlösser alle sechs Tage ausgewechselt werden. Zudem habe ich den Sire de Bosredon an meiner Seite.«

»Wen?« unterbrach Katharina sie. »Ich habe den Namen noch nie gehört. Wer hat ihn dir empfohlen? Kannst du ihm trauen?« fragte sie.

Ehe Isabeau antworten konnte, unterbrach eine Männerstimme das Gespräch der beiden Frauen: »Erlaubt, Majestät, daß ich Madame Katharina selbst antworte!«

Katharina drehte sich erstaunt in die Richtung, aus der die Stimme kam: Sie hatte den Mann, der auf dem Bett der Königin saß, zuvor nicht bemerkt. Ob seiner entspannten Haltung und seinem Platz auf der Bettstatt ihrer Mutter runzelte sie die Stirn. Der junge Mann jedoch lächelte sie entwaffnend an. Sie musterte seine fast geckenhafte Aufmachung: Das in Grün und Blau zweifarbig leuchtende, in der Brust dick ausgestopfte Wams, die Strümpfe, die wie das Wams gefärbt waren, seine Schecke, deren Ärmel glockenförmig über seine Handgelenke fielen, und der mit Schleifen und Fransen betonte Hosenlatz. Der Dolch, der neben dem Geldbeutel von seinem Gürtel hing, schien dagegen nur noch zur Zierde dazusein. Er erwiderte ihren Blick gelassen und fuhr mit den Fingern über die Saiten der Laute, die er auf seinen wohlgeformten Schenkeln hielt. Seine Beine waren übereinandergeschlagen, und er schlenkerte mit einem seiner Füße, die in Schnabelschuhen aus blauem Leder steckten.

»Ist das die Waffe, mit der Ihr die Königin vor ihren vielen Feinden bewahren wollt?« fragte Katharina spöttisch und zeigte auf die Laute. »Fürwahr, über den Kopf gezogen, kann sie feine Beulen verursachen ...«, lachte sie.

De Bosredon lachte ebenfalls, und seine ebenmäßigen Zähne blitzten dabei auf. Er antwortete mit einer wohlklingenden Stimme: »*Touché*, Madame. Seid versichert, daß ich die Königin in jedem Augenblick mit all meinen Waffen, meinem Leib und meiner Seele beschützen werde! Nur über meine Leiche wird man Hand an sie legen. Aber leider erheitert das Geklirr von Waffen Damen kaum, und so muß ein Ritter sich heutzutage noch auf anderes als nur den Kampf verstehen. Die Königin hat mich gebeten, einige Weisen zu spielen.«

Damit senkte er den Kopf, so daß eine Strähne seines braunen Haares über seine hellen Augen fiel, und er schien sich ganz auf die Saiten seines Instruments zu konzentrieren.

Katharina sah von ihm wieder hin zu Isabeau und musterte ihre Mutter einen Augenblick lang schweigend. Mit einem Mal lief sie zu ihr und schlang ihr die Arme um den Hals. Isabeau fühlte Katharinas warmen Atem an ihrer Haut, als sie ihr ins Ohr flüsterte: »Gib auf dich acht, Mutter. Diese Schlange von Armagnac und auch Yolanda von Anjou haben ihre Späher überall. Gib ihnen keine Gelegenheit, dich zu kompromittieren. Sie sollen nach Johann nie wieder Hand an ein Mitglied unserer Familie legen dürfen.«

Isabeau schüttelte stumm den Kopf und schloß die Augen, um ihre Tränen am Fließen zu hindern. »Vorsicht. Sei vorsichtig mit dem, was du sagst …«, flüsterte sie und wies hin zur offenen Tür, wo die Eskorte auf Katharina wartete.

Die drei Soldaten mit den weißen Schärpen der Armagnacs lehnten gelangweilt an der Wand des Ganges, bohrten mit schmutzigen Fingern in der Nase und zogen mit ihren abgewetzten Stiefelspitzen Kreise auf dem Steinboden von Vincennes.

Katharina warf den Kopf zurück und sagte laut und trotzig: »Ich bin sicher, der blatternnarbige Hund von Armagnac ist in einer Sonntagnacht gezeugt worden, als seine Mutter unrein war!« Dann drehte sie sich um und herrschte die Männer an: »Hinaus! Was haltet ihr hier Maulaffen feil? Es genügt schon, daß ich euren Anblick und euren Gestank auf dem ganzen langen Ritt nach Paris ertragen muß!« Sie ging zur Tür und warf sie den Soldaten vor der Nase zu. »Gestern noch die Schweine gehütet und heute eine Prinzessin von Frankreich anstarren, was? Aber da habt ihr euch getäuscht!«

Dann nahm sie Isabeaus Hände fest in die ihren. »Mutter!« flüsterte sie mit einem Seitenblick auf Ludwig von Bosredon, der ihnen nicht zuzuhören schien. »Du glaubst doch nicht, daß sowohl Ludwig als auch Johann einfach so gestorben sind? *Cui bono*, Mutter, wem nützt das? Wer ist jetzt Dauphin? Wer? Karl, in Angers! Wer hat Johann aus Hennegau nach Paris begleiten sollen? Tanguy du Chastel! Wem ist er treu ergeben, Mutter, wem?«

»Yolanda von Anjou«, gab Isabeau zu. Dann hob sie den Kopf. »Du hast dafür keine Beweise!« Ihre Stimme klang scharf. »Alles geschieht nach Gottes Willen. Wir haben darauf keinen Einfluß! Wir können nichts tun, als unser Los anzunehmen.«

»Gottes Wille? Daß ich nicht lache!« Katharina warf verächtlich den Kopf nach hinten. »Beweise? Nein, die habe ich nicht! Aber ich habe einen Kopf, der denken kann, und zehn Finger, um eins und eins zusammenzurechnen!« Sie streckte anklagend ihre beiden Hände in die Höhe, ehe sie weitersprach. »Sie haben dich in ein Bündnis mit Bernhard von Armagnac gelockt, damit du ihnen ohne den Beistand von Johann ohne Furcht schutzlos ausgeliefert bist! Sieh doch, selbst deine Garde hier besteht aus Männern Armagnacs. Allein Pierre de Giac! Er ist der letzte, dem ich trauen würde. Was muß geschehen, damit du dich an den Herzog von Burgund um Hilfe wendest?« fragte Katharina leise und dringlich.

Oh, nicht viel: Es genügt mittlerweile, daß er mit dem kleinen Finger winkt, dachte Isabeau. Ich hab' ihn seit beinahe drei Jahren nicht mehr gesehen. Deshalb kann ein junger, fröhlicher Mann wie de Bosredon mir auch die Zeit vertreiben. Wenn er bei mir ist, dann fällt in meine Seele ein Streifen Licht, ganz wie aus einer Laterne in ein längst eingefallenes und vergessenes Bergwerk. Doch sie schüttelte entschieden den Kopf.

»Ich habe dem Bund mit von Armagnac und Yolanda von Anjou damals mein königliches Ehrenwort gegeben!« verteidigte sie sich und richtete sich gerade auf. »Der Herzog von Burgund soll außerdem mit den Engländern verhandeln.«

Katharina lachte auf. »Besser, als mit dem Teufel unter einer Decke zu stecken. *Maman!* Wir sind nur noch Könige dem Namen nach, so unfrei wie ein Singvogel in seinem engen Käfig, nicht viel besser als die Puppen der Marionettenspieler auf der Place du Parvis. Und was die Ehre anbelangt, so ist sie nicht mehr *en vogue*, Mutter. Bitte, sieh doch der Wahrheit ins Auge …!«

Ehe sie ausreden konnte, hatte Isabeau sie sanft von sich geschoben. »Du mußt los, Katharina, wenn du noch vor Einbruch der Dunkelheit im Hôtel Saint-Paul eintreffen willst!« sagte sie leise, aber bestimmt. Sie wollte nichts mehr hören.

Katharina schwieg einen Augenblick, ehe sie knickste und ihrer Mutter mehrere Male die Hand küßte. »Gib auf dich acht, allergnädigste Mutter«, flüsterte sie noch, ehe sie zur Tür ging und sie mit einem Ruck öffnete. Einer der Soldaten, der an der Tür gelauscht hatte, fiel fast vornüber in den Raum.

»Los. Wir reiten. Und wascht euch das nächste Mal gefälligst, ehe ihr einer Prinzessin von Frankreich das Geleit gebt! Ihr stinkt schlimmer als die Säue!« Mit diesen Worten zog sich Katharina die Reithandschuhe über und nahm selbst die Schleppen ihres im Rock geteilten und wattierten Reitkleides auf. Die Soldaten nahmen überrascht Haltung an. Katharina streifte de Bosredon noch mit einem Seitenblick, tat aber so, als sehe sie seine Verbeugung nicht.

Als sich die Tür hinter Katharina geschlossen hatte, kniete Isabeau wieder nieder, um um Schutz für die letzten Kinder von Frankreich zu bitten. Ihre Kinder. Eine Nonne im Kloster zu Saint-Marcel hatte bereits sechsunddreißig Stunden lang gefastet, um diesen Gebeten Nachdruck zu verleihen. Isabeau seufzte: Das sollte sie neun Livre und sechs Sou kosten! Es wird Sommer in Vincennes, dachte Isabeau noch, während ihre Finger geübt und rasch den Rosenkranz durchzählten. Die Wärme wird die Trauer um Johann aus meinem Herzen vertreiben. De Bosredon stimmte auf seiner Laute ein schwermütiges Lied an und begann leise zu singen. Seine Stimme erinnerte Isabeau an den Herzog von Burgund, und sie faltete ihre Hände fester.

⚜

Das Morgenlicht fiel Yolanda warm ins Gesicht, und sie hörte die Vögel in den Hecken von wilden Rosen und Buchsbaum um Les Baux de Provence zwitschern. Sie öffnete die Augen noch nicht, sondern lauschte aufmerksam auf den Atem des jungen Mannes, der neben ihr in dem zerknitterten Leinen ihrer

Bettstatt lag. Seine Finger, die zuerst ruhig auf ihrer Schulter gelegen hatten, rührten sich nun. Die rauhen Kuppen glitten über die Wölbung ihres Schlüsselbeines und tauchten kurz in die kleine Mulde am Ende ihres Halses. Sie wanderten langsam nach unten, hin zu ihren Brüsten. Die Finger schienen ihrem Glück nicht trauen zu wollen: Sie begannen vorsichtig, mit den dunklen Warzen zu spielen, die sich begehrlich aufrichteten.

Yolanda seufzte. Es war nicht schwer gewesen. Natürlich nicht. Wie hätte es auch anders sein können? Ein junger Mann, dem seine Ehefrau ihr Bett verweigerte. Zu den Wachteln mit dem gedörrten Taubenherz waren sie gar nicht mehr gekommen, sondern sie hatte schon ihre gelösten Austern von seinem Nabel geschlürft.

Er war schnell gekommen, kaum daß sie mit weit gespreizten Schenkeln auf ihm saß, ihre geheimen Muskeln um ihn zusammenzog und er seine Hände auf ihre hohen Brüste legen durfte. Dann war er neben ihr auf dem Teppich vor dem Kamin wie ein gesättigtes Kind eingeschlafen. Dennoch, so war sie sich sicher, war sie nicht die erste Frau in seinem Leben gewesen. Irgendeine Magd oder auch eine Hofdame hatte ihr bereits die gröbste Arbeit abgenommen.

Yolanda hatte den schlafenden Prinzen am Vorabend noch lange gemustert, ehe sie die letzte Glut des Feuers mit dem Schürhaken in einer Ecke des Kamins zusammengeschoben und die Kerzen gelöscht hatte. Dann hatte sie sich neben ihn gelegt und war ebenfalls eingeschlafen.

Sie spürte nun, wie der Körper neben ihr sich regte, und wandte den Kopf in seine Richtung. Die schmalen Lippen ihres Schwiegersohnes legten sich verlangend auf ihren Mund. Sie schnappte spielerisch nach ihm, und als er lachte, ließ sie ihre Zunge herausfordernd in seinen Mund gleiten. Er erwiderte die Geste, und sie begann, zart an seinen Lippen zu saugen. Seine Hände legten sich auf ihre Brüste, und sie ließ ihre Finger über seine kaum behaarte Brust über die knochige Hüfte zwischen seine Schenkel gleiten und kraulte sein dunkles Haar dort. Er war noch nicht ganz bereit für sie, doch mit einem Mal rollte er sich auf sie. Er wollte sich schnell in sie schieben, doch sie lachte auf: »Nicht so hastig, Karl. Du willst es doch genießen!« neckte sie ihn.

Er sah sie einen Augenblick lang erstaunt an und nickte dann. Sie zog ihn sanft nach oben. »Komm nach oben, hier zwischen meine Brüste …«, flüsterte sie. Er gehorchte und ließ sich zwischen ihren vollen Busen gleiten. Sie umfaßte seine Hüften und zog ihn näher an sich. Als sie ihre Lippen um ihn legte, schrie er leise und überrascht auf. Yolanda fühlte, wie er in ihrem Mund anschwoll. Sie umspielte ihn mit der Zunge und umkoste dabei mit ihren Fingern seine festen Hinterbacken.

Er glitt zwischen ihren halboffenen Lippen hin und her und hatte seine leicht hervortretenden Augen dabei geschlossen. Mit einem Mal, schneller als sie es wollte, bäumte er sich auf und wurde von seiner Lust geschüttelt. In ihrem Mund breitete sich ein bitterer Geschmack aus. Sie unterdrückte ihren Ärger und seufzte statt dessen, als habe auch sie Lust empfunden. Daran würden sie noch arbeiten müssen. Aber schließlich hatten sie ja genug Zeit.

Er ließ sich rückwärts auf die Laken fallen, und sie schmiegte sich an ihn, weich wie ein junges Kätzchen.

»Hat es dir gefallen?« fragte sie leise.

Er nickte nur und legte den Arm um ihre Schultern.

»Das war nur ein kleiner Gefallen, den ich dem Dauphin tun konnte …«, sagte sie wie beiläufig. »Der erste von vielen, mein Prinz.«

Er richtete sich mit einem Ruck auf und starrte sie an. »Dem Dauphin? Was soll das bedeuten? Was ist mit Johann passiert?«

Sie senkte die Lider und nickte betreten. »Es tut mir so leid. Ich dachte, du wüßtest es bereits …«

Einen Augenblick lang schwieg Karl. Dann begann er zu Yolandas Erstaunen zu weinen. Er legte sich die Hände vors Gesicht und schluchzte haltlos, so daß seine schmalen Schultern und das Fleisch an seinen dünnen Oberarmen zitterten.

»Mutter!« hörte sie ihn murmeln. »Mutter!«

Sie setze sich auf und umarmte ihn. »Ich bin ja da …«, murmelte sie und wiegte ihn wie ein Kind, hin und her, hin und her, bis er sich etwas beruhigt hatte.

5
Die Gefangene von Tours

Vincennes, im Junimond 1417

Meine geliebte Mutter!
Pierre hat mich gestern hier in Vincennes zurückgelassen, da er in Paris die Herzogin von Anjou willkommen heißen will. Er wollte mich zwingen, mit ihm zu kommen, aber ich habe ihm nur ins Gesicht gelacht. Er soll mich zu nichts mehr zwingen: Woher ich den Mut zu meinem Verhalten nehme, weiß ich nicht. Aber ich mag eher sterben, als so weiterzuleben, als eine Gefangene seines Zorns und seiner Gewalt. Eine Ehe wie die unsere kann nicht von Gott gewollt sein, und ich habe mir einen Strohsack in die Ecke unserer Kammer gelegt. Ich schlafe lieber auf dem kratzigen Leinen, als ihn noch einmal in meinem Leben meinen Körper besitzen zu lassen. Zu meinem Erstaunen läßt Pierre mich gewähren: Alles, was er tat, war, mich zu treten und zu sagen: »Wenn du mich betrügst, töte ich dich.« Scheinbar genügt es ihm, ansonsten bei Hofe »die schönste Frau Frankreichs« an seiner Seite zu haben, wie er immer wieder sagt. Ich bin sicher, das Leben kann mir mehr bieten als einen saufenden und schlagenden Ehemann und sei es nur Seelenfrieden und Herzensfreude. Schelte mich nicht: Ich habe all dies lange genug erduldet. Ich bin nur froh, heute nicht mit ihm nach Paris zu müssen. Als ich ein Kind war, hast Du mir so oft von dieser Stadt erzählt: Paris, die Hauptstadt des einst so glorreichen Französischen Reiches, die Stadt der Feste, der Schönheit, des Lichts, durch die sich die Seine wie ein glänzendes Band zog. Diese Stadt Deiner Träume, Mutter, ist heute nichts als ein Alptraum aus verfallenden Häusern und stinkenden Gassen, zwischen denen sich Menschen – mehr Gerippe als lebendige Wesen – mit scheinbar letzter Kraft in Deckung schleppen. Auf der Seine tanzen auch keine Lichter mehr, sondern der Fluß ist nichts als eine stinkende Kloake, in der die Kadaver treiben. Bei den meisten der aufgeblähten Körper handelt es sich jedoch nicht

um Tiere aus den umliegenden Wäldern, sondern um Menschen. Das letzte Mal, als ich noch mit Pierre dort war, bot sich mir ein entsetzliches Bild. Die Straßen der Stadt, die sonst von geschäftigem, buntem Leben überschäumten, waren leer bis auf die gebückten Gestalten, die die ihnen aufgetragene Arbeit verrichteten: Die Totengräber und die Büttel der Bastille sammelten auf Karren die Leichen ein, die in den Ekken zwischen den Häusern und den Straßenrändern lagen. Einige der Körper bewegten sich noch, Stimmen flehten schwach um Hilfe, um Wasser, um einen Priester oder um den letzten Anblick eines geliebten Wesens. Sie wurden ebenso ungerührt untergefaßt und auf die zweirädrigen Karren gehievt wie jene, die unleugbar bereits tot waren. Vorher leerten die Männer den Verwundeten und Toten noch hastig die Taschen und steckten ein, was sie davon brauchen konnten. Das ist wohl der Lohn ihrer abscheulichen Arbeit. Der widerlich süße Gestank nach Blut und einsetzender Verwesung wurde unerträglich, je näher man der Festung Châtelet kam, und Wolken von Schmeißfliegen bevölkerten die Luft mit einem gierigen Surren. An den Häusern, an denen unser Troß vorüberratterte, schlossen sich die Fensterläden hastig. Nur ein Reiter kreuzte unseren Weg, und ich bemerkte den Anhänger, den er deutlich sichtbar an seiner Brust baumeln hatte. Er grüßte uns nicht, sondern zog sich nur den Hut tiefer ins Gesicht und gab seinem Pferd hastig die Sporen. Pierre lachte vergnügt und erzählte mir, daß in der Nacht zuvor Bernhard von Armagnac ein Strafkommando für die allzu braven Bürger von Paris angeordnet hatte. Alle, die seine Bandites nur zu fassen bekamen, wurden getötet, außer eben diejenigen, an die zuvor Ketten mit diesem Anhänger verteilt worden waren. Mir wurde übel, und ich steckte den Kopf aus dem Kutschenfenster. Auf der Straße aber lag eine junge Frau, der man die Kehle kreuzförmig aufgeschnitten hatte. Die Wunde leuchtete so rot wie das Wahrzeichen des Herzogs von Burgund. Ihr blondes Haar war blutverkrustet und die Augen verdreht. Neben ihr lag erschlagen ein kleines Kind, auf dessen Nacken ihre Hand noch wie schützend lag. Es war so entsetzlich, ich begann zu weinen. Weshalb tut der Mensch, was keinem Tier einfiele: Er quält und reißt seinesgleichen ohne Unterlaß! Glaube mir, wenn Bernhard von Armagnac so weitermacht, dann bleiben dem nächsten König keine Untertanen mehr! Wenn seinen Männern langweilig ist, dann schickt der Connétable sie eben ins Freie zum Spielen, ganz wie verzogene Kin-

der. Wer noch in Paris lebt, der hungert: Kein Wunder bei den abgebrannten Feldern der Île-de-France, wo Armagnacsche Soldaten und die Männer von Johann ohne Furcht sich ihre zahllosen Scharmützel lieferten. Zudem kämpfen sich die Truppen des Königs Heinrich langsam, aber sicher in Richtung von Paris vor. Ich habe nun einen Boten zum Herzog von Burgund gesandt, aber wer weiß, ob er je lebendig bei ihm angekommen ist. Selbst Händler wagen die Reise durch das Land schon lange nicht mehr. Anders aber die Herzogin von Anjou, wie es scheint. Ihre Ankunft in Paris kann nichts Gutes bedeuten! Was mag sie vom König wollen? Meine Herrin wollte jedoch nicht hören, was ich ihr zu sagen habe. Niemand soll sagen, ich hätte nicht versucht, sie zu warnen. Dennoch, wenn sie wüßte, daß ich an den Herzog geschrieben habe, so wollte sie mir die Ohren langziehen. Wir können nur abwarten, was die Zukunft bringt. Hier in Vincennes vergehen die Tage in einem unwirklichen Rausch von Vergnügen und Festen, und selbst meine Königin hat wieder das Lachen gelernt. Am meisten liebt Isabeau den Cour d'Amour, wo wir in Liebesdingen zu Gericht sitzen. Womit könnte man das Grauen vor den Toren des Schlosses besser vertreiben als mit diesen Fragen, die so leicht und unbedeutend sind wie Asche im Wind: Darf eine Dame, die von ihrem ersten Liebhaber verraten worden ist, sich rechtmäßig einen zweiten nehmen? Ist ein Ritter schwach, der sich einer neuen Minne zuwendet, nachdem er alle Hoffnung auf die Gunst einer verheirateten Angebeteten aufgeben mußte? Handelt ein Edelmann verwerflich, der seine Liebe für eine einfache Magd für die Zuneigung eines Mädchens von Stand aufgibt? – Derzeit scheint der junge Sire de Bosredon das Gesicht meiner Königin zum Leuchten zu bringen. Er erinnert mich etwas an den Herzog von Burgund, ohne dabei den seltsamen Zauber Johanns ohne Furcht zu besitzen. Mutter, ich denke, ihr armes Herz ist ohne Richtung, seit der Weg zum König ihr durch dessen Krankheit versperrt wurde. Denkt sie noch an den Herzog von Burgund? Was immer man ihm vorhalten mag: Es gibt in dieser Welt keinen zweiten Mann wie ihn. Ich muß eilen und mich umkleiden, in einer Stunde beginnt das Souper und der Tanz. Ich umarme Dich,

Jehanne

Mutter, diese Zeilen schreibe ich noch am Abend nach dem Fest, wo mir ein Knappe einen Brief zusteckte. Ich dachte zuerst, es sei wieder ein Liebesvers, doch es war eine Mitteilung des Herzogs von Burgund an mich. Mir wurde ganz heiß, als ich sein blutrotes Siegel erkannte, und ich drückte mich hastig in einen Samtvorhang, um im Schein des Kienspans an der Wand in Ruhe lesen zu können. Ich mußte die Worte dreimal lesen, bis ich ihren Sinn begriff. Er schlägt mir ein Treffen vor, Mutter: Dieser mächtige Mann will mich sehen, und gemeinsam werden wir der Königin helfen können. In meinem nächsten Brief dann hoffentlich schon mehr!

⚜

Die blassen Augen des Königs glitten von einem Mitglied des Rates zum anderen. Ab und zu kicherte er ohne Grund und hielt sich die Hand vor die Augen, als blende ihn das helle Licht, das durch das bunte Glas der Spitzbogenfenster in den kleinen Ratsraum des Hôtel Saint-Paul fiel. Yolanda atmete nur mit Widerwillen die muffige, abgestandene Luft des Zimmers ein und bemerkte die Staubkörner, die vor den Möbeln in den Sonnenstrahlen tanzten. Alles hier, von den Spinnweben in den Ecken bis hin zu den von Motten kahlgefressenen Stellen an den Gobelins an den Wänden, sprach von Nachlässigkeit und Verfall. Das Zimmer war offensichtlich schon seit langem nicht mehr benutzt worden.

Sie runzelte die Stirn und sah Bernhard von Armagnac auffordernd an. Der Connétable räusperte sich nun. »*Monseigneur* …«, sagte er einleitend.

Als der König diese Anrede hörte, richtete er sich auf. Wenigstens weiß er, daß er gemeint ist, dachte Yolanda erleichtert. So kann er alle Papiere unterzeichnen, die er unterzeichnen soll. Karl der Sechste legte den Kopf schief, und etwas Speichel rann glitzernd über sein glattrasiertes Kinn. Yolanda entging weder die Sorge, mit der der Arzt Guillaume Le Pelletier den Kranken im Auge behielt, noch die drohende Anwesenheit der drei bulligen Knechte mit den Fesseln aus Hanf in den Fäusten, die den König bei einem Anfall bändigen sollten.

»Mein König, die Großen des Reiches sind versammelt, um Euren Rat einzuholen ...«, erklärte von Armagnac mit gespielter Demut. Der König zog die schon grauen Augenbrauen hoch. »Die Großen des Reiches? Aber wo sind denn meine Söhne, Ludwig und Johann? Ohne sie ist der Rat nicht vollständig. Und wer ist – das?« fragte er und zeigte dabei auf Karl.

Oh, mein Gott, dachte Yolanda. Bitte nicht. Karl verzog weinerlich das Gesicht. Pierre de Giac sah zu Tanguy du Chastel hin.

Bernhard von Armagnac lachte unruhig auf. »Es kann Euch doch nicht entgangen sein, daß unser Schöpfer Eure beiden Söhne zu sich berufen hat, Gott sei ihrer Seele gnädig? Aber Ihr habt noch einen Erben: Dies ist Karl, der Dauphin von Frankreich, Euer jüngster Sohn ...«

»Ach ja, ach ja: der kleine Karl. Es stimmt, Isabeau hat mir immer versprochen, er sei wirklich mein Sohn«, sagte der König und runzelte dann die Stirn. »*Je ne lui ai d'ailleurs jamais cru.*« Er sah einen Augenblick lang ins Leere. »Ich habe ihr übrigens nie geglaubt«, wiederholte er dann leiser, so, als hätten die Anwesenden ihn nicht verstanden.

»Was sagt er da?« fuhr Karl auf. »Was meint er damit, Yolanda?« fragte er scharf. Sie legte ihm die Hand auf den Arm. »Hör nicht auf ihn, um Gottes willen!« flüsterte sie. »Du siehst doch, er ist nicht bei Sinnen.«

Karl fügte sich, doch sie sah, wie er zornig an seinen Fingernägeln biß. Eine lähmende Stille lag über dem Zimmer. Nur eine Fliege surrte und suchte an den bunten Glasscheiben nach einem Fluchtweg aus dem stickigen Raum.

»Wo ist die Königin?« fragte der König in die Stille hinein.

»In Vincennes, mein Herr«, erwiderte Tanguy du Chastel. »Sie wollte nicht nach Paris zurückkehren.«

Der König hob den Kopf, schloß die Augen und lieferte sein müdes, zerfurchtes Gesicht einen Augenblick lang dem Pariser Sonnenschein aus. Seine Fragen schienen ihn viel Kraft zu kosten. Und wenn es das letzte ist, was er in seinem armseligen Leben tut – er muß heute und hier so handeln, wie wir es wollen, dachte Yolanda nun zornig. Er ist schwachsinnig, vollkommen schwachsinnig.

»Sie wollte nicht nach Paris kommen? Ja, ist sie denn ganz alleine dort?« fragte Karl der Sechste da erstaunt. »Man muß ihr eine Wache schicken, Soldaten, eine Garde!« befahl er. »Eine Frau kann doch dort nicht allein und ohne Schutz bleiben.«

Bernhard von Armagnac sah seinen Augenblick wohl gekommen, denn er erwiderte scheinheilig: »Nichts täte ich lieber als das! Meinen letzten Mann will ich zur Bewachung der Königin aufwenden. Nur …«

»Ja?« unterbrach ihn der König, und sein Kopf wackelte auf dem nun viel zu dünnen Hals hin und her. »Was hindert Euch daran?«

»Ich habe kein Geld dazu!« antwortete Bernhard von Armagnac demütig und öffnete die Hände vor dem König.

»Dann nehmt es doch aus dem Staatstresor, Mann!« befahl der König und kicherte, als wäre er wieder ein junger Prinz, der seinem Lehrmeister Harz auf den Stuhl geschmiert hatte.

»Er ist leer, Majestät. Jemand hat ihn ausgeräumt und die Schätze wohl verborgen«, antwortete der Connétable.

Die Augen des Königs weiteten sich erstaunt, und sein Mund verzog sich weinerlich. »Wer hat das getan?«

Von Armagnac senkte den Kopf. »Meine Hochachtung für diese Person verbietet mir die Anschuldigung.«

»Ich befehle Euch die Antwort!« rief der König, und die drei Wärter kamen drohend einige Schritte näher. Als Karl der Sechste sie sah, sank er wieder in seinem Stuhl zusammen und wimmerte nur. »Antwortet mir …«, flehte er.

Bernhard von Armagnac holte tief Atem: »Es war die Königin selbst.«

»Isabeau? Was will sie denn mit dem Geld, wenn sie in Vincennes alleine ist?« fragte der König erstaunt, und nun mischte sich Yolanda ins Gespräch ein.

»Das ist es ja gerade: Sie ist nicht alleine dort! Meine frauliche Scham sollte mir diese Worte verbieten, gleichzeitig weiß ich, daß du meinen Worten so Glauben schenken mußt, Monseigneur. Ich wollte niemals eine Schwester verraten! Aber hier geht es um das Wohl und die Ehre des Königreichs!«

Sie spürte, wie der Dauphin neben ihr die Muskeln anspannte. Es mußte sein. Er sollte ganz und gar ihr gehören, so lange sie lebte. Dieses letzte Band zu seiner Mutter mußte durchschnitten werden.

Der König schwieg und sah sie regungslos an. »Ja?« fragte er dann leise. »Sprich weiter«, befahl er. Wie wahnsinnig ist er wirklich, fragte Yolanda sich flüchtig. Er war unberechenbar! Nun ergriff Pierre de Giac das Wort.

»Die Königin ist in Vincennes umgeben von dem übelsten Gelichter. Sie überschüttet ihre Ritter und Frauen dort mit Gold und Juwelen von unschätzbarem Wert, während das Volk hungert! Diese Männer halten Hof zwischen ihren Damen wie die Gockel zwischen Hühnern: mit sündhaften Spielen, verderbten Willfährigkeiten und allerlei Dingen, die ich aus Scham hier nicht nennen kann! Aber keine Dame in Vincennes kann ihnen widerstehen, besonders einem nicht, dem Sire de Bosredon«, schloß er.

Yolanda sah den König gespannt an. Waren sie zu weit gegangen? Die Anschuldigung war deutlich, und der Dauphin hatte sein Gesicht in seinen Händen vergraben. Der König jedoch hatte gehört, was er hören sollte. »Keine Dame kann ihm widerstehen?« wiederholte er. »Keine?« Seine Stimme verlor sich in der plötzlichen Stille, die im Raum herrschte.

Yolanda stieg die Röte in die Wangen. »Keine«, bestätigte sie dennoch an Pierre de Giacs Stelle, ohne dem brennenden Blick des Königs auszuweichen.

Er sah schweigend in die Runde. Sein Blick, der eben noch so leer gewesen war, schien nun schwer auf ihnen zu liegen. »Was schlagt Ihr vor?« flüsterte er schwach und blies sich die mit Grau durchzogenen feinen Haarsträhnen aus der Stirn.

Guillaume Le Pelletier trat nach vorne. »Der König braucht Ruhe. Ich bitte Euch, die Sitzung zu vertagen«, sagte er leise.

Yolanda schüttelte unwillig den Kopf, und sie warf Bernhard von Armagnac einen warnenden Blick zu. Der Arzt war Isabeau treu ergeben, nur deshalb wollte er die Unterredung aufschieben! Die Angelegenheit mußte hier und heute zu Ende gebracht werden. Wer wußte, wann der König wieder zu sprechen sein würde?

Tanguy du Chastel erhob sich und beugte vor seinem König das Knie. »Sire, übertragt Eurem Rat und dem Dauphin die Entscheidungsgewalt in dieser Frage! Quält Euch nicht, alles soll so geschehen, wie Gott es vorgesehen hat«, fügte er tröstend hinzu. Der König wirkte unentschieden und griff nach der Hand seines Arztes. Er wirkte nun so schwach wie ein Kind. Tanguy du Chastel jedoch zog rasch die vorbereitete Vollmacht aus seinem Wams. Yolanda kannte ihren Wortlaut auswendig:

»... *Indem Wir alle Oberste Statthalterschaft, Befehlsgewalt und Macht, die Wir Unserer Gemahlin übertragen haben, von Stund an und für alle Zukunft aufheben und für null und nichtig erklären* ...«

Unbarmherzig löste Tanguy die Finger des Königs aus dem schützenden Griff von Guillaume Le Pelletiers Hand. »Nur eine Unterschrift, und Ihr könnt ruhen, Sire ...«, sagte er lockend.

Der König zögerte noch immer, bis Tanguy du Chastel ihm die Finger um die Feder legte. »Hier. Dort setzt Euren Namen hin ... gut so. Habt Dank, *Monseigneur.* Alles geschieht nur zum Wohl des Reiches!« Er blies mit gespitzten Lippen über die noch feuchte Tinte. »Wo ist das Siegel?« fragte er scharf den Arzt, der den König nun beim Aufstehen stützte.

Guillaume Le Pelletier wirkte mit einem Mal müde, und er bewegte statt einer Antwort nur den Kopf in Richtung des *Connétable*, Bernhard von Armagnac. Der lehnte nachlässig an der Wand, aber seine Augen leuchteten im Sommerlicht wie die eines Raubtieres, das Reisenden im nächtlichen Wald an ihren Lagerfeuern auflauert, zum Sprung und zum Angriff bereit. Yolanda wußte, daß das Gold der Königin alles war, was ihn augenblicklich interessierte: War Isabeau ihm aus dem Weg, so konnte er mit ihren Schätzen seine Männer für das Gemetzel der vergangenen Tage entlohnen, ehe sie ungeduldig wurden, und er konnte zudem neue Truppen ausheben. Mit einem kleinen, zufriedenen Lächeln löste er also das handtellergroße königliche Siegel von seinem Ledergürtel. Es hing dort neben dem Abzeichen seiner gascognischen Familie, den vier Löwen mit weit aufgerissenem Rachen.

»Und was soll mit de Bosredon geschehen?« fragte Yolanda die Männer leise, als der König zurück in seine Gemächer geführt wurde.

Bernhard von Armagnac lächelte. »Ein Mann, der den König zum Hahnrei macht? *Duchesse, quelle question: Laissez passer la justice du Roi!* – Das Recht des Königs geschehe.«

⚜

Vincennes, im Juni 1417

Geliebte Mutter!
Wundere Dich bitte nicht, wenn sich in diesem Brief keine Zeile sinnvoll an die andere reiht, denn meine Feder fliegt nur so über das Papier. Ich weiß vor Aufregung gar nicht, wo ich beginnen soll. Meine Wangen brennen, in meinem Mund habe ich einen süßen Geschmack, und wenn ich die Augen schließe, dann sehe ich einen Mann vor mir – ja, Du hast recht gelesen. Ist dies das Gefühl, das ich in all den Minneliedern beschrieben gehört habe, ohne daß ich es verstand? Wenn ich aber sage: einen Mann, so meine ich damit keinen Wurm wie Pierre de Giac oder gar einen putzsüchtigen Gokkel wie den jungen Günstling der Königin, de Bosredon. Nein, ich spreche von einem echten Mann: mit Herz, Mut und Verstand. Mit Stolz, Nachsicht und Weitblick. Mit Humor, Charme und Stärke. Ich kenne ihn kaum und weiß doch schon alles über ihn, alles, was ich über ihn wissen muß. Mein Herz erkennt ihn besser als meine Augen, die bisher zu hart über ihn geurteilt haben. Es gibt nur einen wie ihn auf dieser Welt, und ich habe ihn gestern abend in Begleitung seines Getreuen Hector de Saveuse getroffen. Aber laß mich von vorne beginnen, sonst denkst Du noch, man muß mich zur Ader lassen, um mich zu beruhigen: Es war nicht einfach, abends aus dem Schloß herauszukommen. Schließlich unterstehen ja alle Stallburschen Pierres Aufsicht, und ich habe mir die huflahme Mähre, die sie mir nach langem Gebitte und Gebettel mit zweideutigem Grinsen überlassen haben, teuer erkaufen müssen. Sie dachten wohl, ich sei auf wohlfeile Liebeshändel aus. Meine Königin aber war mir dies wert. Der Mond stand voll am Himmel, und ich umwickelte die Hufe meines Pferdes mit Lumpen, so daß sie keinen Lärm auf dem Weg verursachten. Ich legte den Ritt langsam im Schritt und im-

mer im Schatten der höchsten Bäume zurück. Mehrmals ließ mich der Ruf eines Käuzchens oder der schlagende Flug einer Fledermaus zusammenfahren. Bei dem Gesindel in den Wäldern hätte dieser Ritt leicht mein letzter sein können! Endlich hörte ich hinter einer Böschung leises Pferdeschnauben, und vor meinen Augen öffnete sich die mir in dem Brief beschriebene Lichtung. Zwei Männer warteten dort auf ihren Pferden im taufeuchten Gras auf mich, und der Mond zeichnete ihre Umrisse in den dunklen Wald in ihrem Rücken. Ich führte mein Pferd an sie heran. Wir alle stiegen ab, und ehe ich vor Johann ohne Furcht knicksen konnte, war er schon vor mir in die Knie gegangen und küßte meine Hände. Ich gab einen überraschten Laut von mir und schreckte zurück. Er jedoch hielt meine Finger fest mit den seinen umschlossen. Sein Blick fesselte den meinen, als er sagte: »Dein Brief, Dame de Giac, hat mich überzeugt, daß nur zwei Dinge deiner Schönheit gleichkommen: dein Mut und dein Herz. Ich habe beides schon erkannt, als du mir vor vier Jahren im Gang des Hôtel Saint-Paul begegnet bist!« Ich wußte nicht, was ich darauf sagen sollte, und wies ihn aus Verlegenheit zurecht: »Mein Herzog, bitte, erhebt Euch! Die Lage ist zu ernst, um so zu scherzen!« Er stand tatsächlich auf, ließ aber meine Hände nicht los, sondern hob sie an sein Herz. Er fuhr fort: »Ich habe nie in meinem Leben ernster gesprochen. Damals hast du dich wie ein Kind in den Vorhängen vor mir versteckt. Ich aber habe mir geschworen, daß nichts Böses dieser schönsten Frau im Land zustoßen soll! Du solltest mein sein, und ich habe seitdem um dich geworben.« Mir wurde der Mund trocken. Wovon sprach er? »Kein Mann hat um mich geworben, und kein Mann hat seine Hand erhoben, um mich vor meinem Mann zu schützen!« erwiderte ich beinahe trotzig. All dies kam mir so unwirklich vor in den Nebelschleiern der Nacht! Der Begleiter des Herzogs, Hector de Saveuse, stand nur schweigend hinter ihm, und ich konnte den Ausdruck seines Gesichts bei den Worten seines Herren nicht erkennen. Doch trotz der Dunkelheit war deutlich zu erkennen, wer von beiden Herr und wer Diener war. Der Herzog lachte leise und zog meine Finger an seine Lippen. Ich schrie leise auf und entzog ihm meine Hand. »Ich bin nicht gekommen, um Euer Lager zu teilen! Dafür solltet Ihr genug Mägde haben. Ich bin gekommen, um Frankreich zu retten!«

wies ich ihn zurecht. Er lachte wieder: Seine Augen schillerten im Mondlicht, und sein Blick zog mich wie Strudel ein leckes Boot tief in ein dunkles Wasser. »All die Geschenke und die Billetts waren von mir, Jehanne. Ich wußte, meine Stunde würde kommen. Und sie ist gekommen! Du bist hier, und du bist mein!« Ich machte mich nun endgültig von ihm frei und sagte: »Ich gehöre nur mir selber. Ich bin nicht hier, um von der Minne zu hören. Unsere Königin braucht Euren Beistand.« Meine Stimme zitterte zu meinem Ärger, und ich sah, wie seine eleganten Finger sich wie zum Gebet falteten. »Die Königin ist trotzig«, bemerkte er mit Genuß. Ich dachte mit einem Mal an den Morgen, als ich ihn und meine Herrin nach der Liebe überrascht hatte. Er will Macht, die vollkommene Macht im Land, dachte ich: Er ist das wildeste aller Tiere unter den Fürsten, aber selbst das, Mutter, kann seinem Zauber keinen Abbruch tun. Er sprach weiter, in meine Gedanken hinein. »Aber ich werde ihr helfen. Um Frankreichs willen. Und um deinetwillen. Wir sehen uns wieder!« Mit diesen Worten schwang er sich auf sein Pferd, und sein Begleiter tat es ihm gleich. Ich hörte die Hufe ihrer Pferde schlagen, und nur einen Augenblick später befand ich mich allein auf der Lichtung. Meine Glieder zitterten, und ich fiel auf meine Knie. Der Mond stand still am Himmel, doch das Dunkel um mich füllte sich mit den leisen, lebendigen Geräuschen der Nacht. Der Wind in den Blättern, der Ruf des Käuzchens, die Pfote des Fuchses im hohen Gras um mich, das Rascheln der Eidechsen im Laub. Ich begann zu weinen, als ich begriff, was mit mir geschehen war: Ich liebe, Mutter. Ich liebe den einen Mann, den ich nicht lieben darf! Wie sollte ich sonst meiner Königin noch unter die Augen treten? Ihr, der ich alles verdanke? Es dauerte einige Zeit, bis ich meine Gedanken soweit geordnet hatte, daß meine Hände den Zelter zum Schloß zurückführen konnten. In den Ställen tat ich, als sähe ich das anzügliche Grinsen der Stallburschen und ihre unverschämten Blicke auf meine feuchten, zerknitterten Kleider nicht. In ihrem verderbten Sinn ist immer nur eines möglich, und ich hatte gute Lust, ihnen mit der Gerte eines überzuziehen. Pierre mag mich töten, wenn er all dies erfährt. Es kümmert mich nicht. Ich werde versuchen zu ruhen. Ich muß versuchen zu ruhen! Meine Augen brennen, und meine Gedanken fliegen. Oh Mutter, Mut-

ter, was ist mit Deiner Tochter geschehen? Welche Prüfung wird mir armem Menschen auferlegt. Niemals werde ich meiner Königin diesen Schmerz zufügen! In Liebe,

Jehanne

⚜

Die Geräusche des Morgens von Vincennes tropften langsam in Isabeaus Kemenate, und der junge Tag saugte sich mit ihnen voll. Die Schreie der Möwen in der Luft, das Klappern der Pferdehufe im Hof, die Rufe der Knechte, die Auseinandersetzungen der Pagen, das Kläffen ihrer Schoßhunde, das Lachen ihrer Damen, die hastigen Schritte der Mägde im Gang: Alles mischte sich in die tiefen, friedlichen Atemzüge von de Bosredon, der neben ihr auf den Kissen lag. Sie kniff die Augen ein wenig zusammen. Wie war er dort hingekommen? Sie fuhr mit einer Hand durch seine dichten, dunklen Locken. Es gefiel ihr, wie sein Haar sich zwischen ihren Fingern anfühlte, fast wie das eines Mädchens. Es war ein ausschweifendes Fest gewesen am Vorabend, und sie schloß kurz die Augen, um in Gedanken um Verzeihung für ihre Sünden zu bitten. Doch als ihr Mund einmal begonnen hatte zu lachen, ihre Füße zum Tanz der *Gaillarde* angesetzt hatten, als ihr Geist ein Urteil in einem *Cour d'Amour* fällen mußte, gab es kein Zurück mehr. Der Frohsinn war während des Festes mit einem Mal aus ihr hervorgebrochen wie der Perlwein der Champagne aus einer Flasche, wenn der Kellermeister sie zu sehr schüttelte. Freude: In den vergangenen beiden Jahren hatte sie vollkommen vergessen, was dieses Wort bedeutete! Freude: Wie sie einen packen konnte, wie der Vogel Greif mit seinem mächtigen Schnabel, der einen auf die Schwingen hob und mit sich davontrug, in Höhen, von denen man nichts ahnte, nichts hatte ahnen können.

Par dieu, es gab noch ein Leben, und ein Teil davon lag hier neben ihr, warm und stark. Johann ohne Furcht ist nicht der einzige Mann auf Erden, dachte sie trotzig. Isabeau richtete sich auf und bedeckte sich Brust und Schenkel mit ihrem Laken. Sie wollte ihn nur ansehen, still und ganz für sich alleine.

In diesem Augenblick räkelte er sich, drehte sich um und öffnete die Augen.

Einen furchtbaren Augenblick lang dachte sie, er könnte erschrecken, wenn er sie so nahe neben sich sah. In der Nacht sind alle Katzen grau, aber wie sah es damit am Morgen aus? fragte sie sich ängstlich. Er war nicht viel älter, als ihr Sohn Ludwig es jetzt wäre.

Statt dessen aber glitt ein kleines, zärtliches Lächeln über seine Lippen. Sein Blick schien direkt in ihre Brust zu greifen, und ihr Herz schmiegte sich in seine Hände.

»*Ma mie*. Endlich. Hast du gut geschlafen und geträumt?« Er streckte die Hand aus und wickelte sich eine ihrer glänzenden Haarsträhnen um die Finger. »Wie schön du bist, so ohne all deinen Schmuck im Morgenlicht. Du solltest immer nackt im Morgenlicht sein. Dann sehe ich dich und nicht die Königin. All dein Putz verstellt nur den Blick auf die Frau.«

Er streifte mit einer vorsichtigen Bewegung das Laken von ihrer Brust, und es fiel um ihre Hüften. Seine Hand glitt weich unter ihr Haar, dann über ihren weißen Nacken und ihren Busen, bis sie auf ihrem vollen Schenkel ruhte.

Sie nickte stumm. »Und du?« fragte sie zögernd. »Wie hast du geruht?«

Jedes Wort konnte den Zauber, der sich gerade zwischen ihnen so zart und leuchtend spann wie ein Spinnennetz im Frühlingslicht, zerreißen. Sie wollte den Augenblick auf ewig festhalten, ihn in Harz gießen und ihn so fangen wie einen Schmetterling in einem Anhänger aus Bernstein, ihn in ihr Herbarium pressen wie die Blüten der schönsten Rosen der Gärten des Hôtel Saint-Paul.

»So gut, wie ich von nun an jede Nacht schlafen will«, sagte er und nahm ihre Hand. Er küßte zärtlich jeden einzelnen Finger. »Darf ich das?« fragte er leise. »Jede Nacht bei dir sein? Dich beschützen?«

Sie mußte lachen, ein Lachen, in dem Ungläubigkeit mitschwang. Ihr Traum mußte noch anhalten. Sie konnte noch nicht wach sein! »Hast du Hunger?« fragte sie, statt ihm zu antworten.

Er nickte. »Und wie. Ich brauche Kraft für neue Taten!«

Ehe sie nach der Klingelschnur neben ihrem Bett greifen konnte, um die Magd, die zusammengerollt vor ihrer Schwelle schlief, zu rufen, griff er sie unter die Achseln. Er zog sie hoch, so daß sie beide aufrecht knieten. Sie öffnete ihre Lippen, erwiderte vorsichtig seinen tastenden Kuß und spürte, wie er vorsichtig in sie glitt. Seine Arme hielten sie fest umschlungen. Sie schloß die Augen, um nur auf die langsamen Atemzüge zu hören, die ihre Schulter streiften. Er bewegte sich nicht und murmelte:

»Halt still. Wir haben keine Eile. Ich will dich fühlen. Ich will in dir wurzeln, wachsen und knospen. Ich will immer bei dir bleiben.«

Isabeau legte die Stirn auf seine Schulter. Sie genoß, wie er sie ausfüllte. Seine Lippen glitten über ihr Gesicht, und er küßte die Tränen weg, die ihr nun still über die Wangen liefen. Ruhe kam über sie beide, eine Ruhe, der sich selbst der heftiger werdende Atem der Liebe anpaßte. Isabeau schien es, als sehe sie sich mit einem Mal von außen: eine Frau in den liebenden und schützenden Armen eines Mannes. Sie wollte den Kopf heben, etwas sagen, etwas von ihrem Gefühl für die Ewigkeit festhalten, als sie die Magd vor ihrer Tür aufschreien hörte und die Tür zu ihrer Kemenate aufgerissen wurde. Katharina stürzte in das Zimmer und rang nach Atem. Sie trug noch ihre Reitkleider, und ihre Haare waren wirr von dem raschen Ritt von Paris nach Vincennes, den sie wohl hinter sich hatte. Isabeau schrie auf und klammerte sich an de Bosredon, der augenblicklich das Laken über ihre nackten Körper zog.

»Mutter, du mußt fliehen! Du bist verraten!« rief Katharina und hustete.

»Was ist geschehen?« fragte Isabeau. Was konnte noch Schlimmeres geschehen, als all das, was man mir schon angetan hat? schoß es ihr dabei durch den Kopf.

Katharina antwortete nicht, sondern lief zu der Truhe, auf der noch Isabeaus reichbesticktes, geschlitztes und gefüttertes Obergewand aus blauem Damast vom Vorabend lag. Sie griff den wertvollen Stoff und warf ihn nachlässig zu ihr aufs Bett. »Zieh dich an. Schnell!« drängte sie, ehe sie erklärte: »Armagnac und Vater selbst sind auf dem Weg hierher, um dich zu verhaften. Wir müssen weg.«

»Aber haben wir denn Geld?« fragte sie, während sie ungeschickt versuchte, ohne die Hilfe ihrer Damen in die engen Ärmel ihres Gewandes zu schlüpfen. De Bosredon schien nun aus seiner Betäubung zu erwachen und half ihr dabei. Der Damast riß unter seinen zitternden Fingern. Katharina antwortete zornig:

»Nein! Deine Schwächlinge von Sekretär und Kanzler haben dem Hundsfott von Armagnac unter der Folter verraten, wo du all deine Schätze gehortet hast.« Ihre Augen waren schwarz vor Ärger. »Seine Männer waren schon in Saint-Denis, Vendôme, Corbeil und auch Melun, um alles an sich zu reißen, was nur ging.« Sie schien noch mehr sagen zu wollen, überlegte es sich dann jedoch anders. Für Vorwürfe war jetzt keine Zeit, dachte Isabeau dankbar.

Katharina wandte sich statt dessen an de Bosredon. »Ritter, sie wollen dich auf dem Schafott sehen und die Stühle im Ratsraum des Hôtel Saint-Paul mit deiner Haut beziehen! Besorg der Königin Männerkleidung, und dann schau, daß du fortkommst! Ich will gar nicht wissen, wohin!«

»Bleib!« rief Isabeau und wollte de Bosredon zurückhalten. Er jedoch zog sich schon die Beinlinge über. »Mein Kammerdiener bringt dir die Kleider, Isabeau! Wir sehen uns wieder!« rief er.

»In einer anderen Welt, Ritter! Flieh, wenn dir dein Leben lieb ist!« rief Katharina und stieß den noch halbnackten de Bosredon zur Tür hinaus. Dann griff sie sich einen Schal Isabeaus, der von der Stuhllehne vor der zum Spiegel polierten Metallplatte hing, faltete ihn zum Beutel und füllte ihn rasch mit dem achtlos herumliegenden, glitzernden Geschmeide und den goldenen Kämmen, Spangen und Haarnadeln, die sie nur finden konnte.

Isabeau begann derweil, sich mit fliegenden Fingern die Haare zu flechten und in einem Knoten festzustecken. Mit einem Mal sah sie zwischen dem Schmuck, den ihre Tochter noch raffte, den Siegelring aufleuchten, den Johann ohne Furcht ihr vor Jahren anvertraut hatte. Sie wußte selbst nicht weshalb, aber sie nahm ihn rasch an sich und streifte ihn über ihren Ringfinger.

»Wo sollen wir hin?« fragte sie Katharina. »Nach Melun? Oder über den Rhein? Bis nach Bayern werden sie uns nicht verfolgen?«

Ihre Stimme verlor sich, denn ehe Katharina antworten konnte, hörten sie draußen im Gang Kettenhemden, Beinschienen und Schwerter klirren. Die Magd schrie wieder auf, aber dieses Mal in Todesangst. Der Schrei verstummte mit einem Mal.

Katharina ließ ihre Hände, die den Beutel voll Gold umklammert hielten, kraftlos sinken. Isabeau wandte sich um und bekreuzigte sich: »Heilige Mutter Gottes, hilf!« murmelte sie. In der Tür standen Bernhard von Armagnac, Pierre de Giac und Tanguy du Chastel. Erst nach einem kurzen Augenblick erkannte sie in dem vierten Mann, einem hochaufgeschossenen Jüngling mit dünnen blonden Haaren, ihren Sohn Karl, den neuen Dauphin. Sie erhob sich, raffte das Laken um den Körper und wollte auf ihn zu eilen: »Karl! Gott sei Dank!« rief sie erleichtert.

Er aber verschränkte die Arme vor der Brust und preßte bei ihrem Anblick die Lippen mißbilligend zusammen. »*Madame*«, sagte er nur und verbeugte sich. Er sog mit geblähten Nasenflügeln die Luft in dem Zimmer ein. Isabeau ließ ihre Arme sinken und schlug die Augen nieder. Die Kemenate war noch getränkt von dem Duft ihrer Liebesnacht mit de Bosredon. Eine feindselige Fremdheit ließ sich zwischen Mutter und Sohn nieder, so dicht und undurchdringlich wie die morgendlichen Nebelbänke auf der Seine im Herbst.

⚜

Vincennes, im Junimond 1417

Geliebte Mutter!
Diese Zeilen werden für eine lange Zeit meine letzten aus Vincennes sein: Meine Königin ist unter den lächerlichsten Anschuldigungen gefangengenommen worden, und ich will ihr wohin auch immer folgen. Du hast ja sicher schon vieles in den Spottliedern im ganzen Land gehört. Wissen denn die Leute nicht, welches Los sie mit dem Wahnsinn ihres Mannes zu tragen hat? Was wird von uns Frauen erwartet? Ich verstehe die Suche meiner Herrin nach Wärme und Schutz. Ich kenne keine andere Frau, die so alleine auf der Welt ist wie sie. Nach dem, was ich in Vincennes miterlebt habe, werde ich mich so schnell keinem Mann mehr unterordnen, mag er ein Bauer oder ein Herzog sein! Meine Königin saß nur still weinend auf dem Bett, als ich die Mägde ihre Kleider und ihr Gepäck für einen langen Aufenthalt auf einer kalten und unbequemen Burg zusammenpacken lassen mußte. Beinahe bin ich froh, daß Pierre mir befohlen hat, die Königin zu begleiten. Er und Tanguy du Chastel glauben ja, ich berichte treu und töricht alles, was sie wissen wollen! Wir werden wohl irgendwohin auf das Gebiet unter der Aufsicht der Armagnacschen Truppen gebracht. Verfluchte Bandites. »Wohin bringt ihr uns?« fragte Isabeau die Männer immer wieder, doch die taten, als hätten sie nichts gehört. Endlich sprang sie von ihrem Bett auf und lief zur Tür. Als sie jedoch daran rüttelte, war sie fest verschlossen. In diesem Augenblick drehte sich von außen der schwere Schlüssel zweimal im Schloß. In dem niedrigen Rahmen und dem Gang dahinter drängten sich Bernhard von Armagnac und seine Begleiter. Isabeau ballte die Fäuste, um ihm nicht vor Zorn mit den Fingernägeln in die Augen zu fahren. »Ah, die Herren Ritter!« spottete sie. »Schöne Edelleute seid Ihr mir, setzt Eure Königin und Regentin wie eine Bauernmagd gefangen!« Von Armagnac zog die hellen Augenbrauen hoch und sagte tadelnd wie zu einem Kind: »Eine Königin, die sich schlechter benommen hat als jede Bauernmagd. Die würde man bei einem solchen Verhalten wie eine Katze im Trog ersäufen, edle Dame. Oder ihr die Nase abschnei-

den! Ihr habt Glück, daß Monseigneur der König noch Gnade walten läßt! Nur der Anwesenheit Eures Sohnes ist es geschuldet, daß ich Eure Vergehen nicht näher benenne. Der Dauphin muß geschont werden.« – »Euch allen steht kaum ein Urteil über mich und meine Sitten an, Diebe, Mörder, Verräter und Lügner, die Ihr seid, alle miteinander!« rief die Königin. Sie warf den Kopf in den Nacken und ihre lose hochgesteckten Zöpfe fielen wieder dunkel über ihre Schultern. Ich war stolz auf ihre Stärke angesichts ihrer Widersacher. Madame Katharina stand ihr in nichts nach. Sie bohrte: »Ist es wahr, was man sich im Hôtel Saint-Paul erzählt? Ihr wollt die Königin verhaften?« fragte sie ungläubig. Pierre nickte nur und Tanguy du Chastel sagte zufrieden: »Auf Befehl des Königs.« Madame Katharina lachte nur spöttisch. »Wie bitte? Was habt Ihr mit meinem armen, verwirrten Vater getan, um ihm diesen Befehl zu entlocken?« Als sie keine Antwort erhielt, stellte sie nur fest: »Euer Schweigen ist beredt genug, Halunken!« Nun richtete sich ihr Blick auf den Dauphin. Sie trat zu ihm und umarmte ihn herzlich. Er erwiderte ihre unerwartete Zärtlichkeit mit einem beinahe erleichterten Gesichtsausdruck. »Monseigneur! Wir können nicht zulassen, daß dies mit unserer Mutter geschieht, Karl! Tu etwas! Du bist ein Mann!« forderte sie, als sie sich von ihm gelöst hatte. Er aber richtete sich auf und straffte seine schmalen Schultern. Er schien ganz erfüllt von seiner plötzlichen Wichtigkeit, und Katharina runzelte die Stirn. Karl schüttelte den Kopf. »Die Königin hat sich der ihr übertragenen Macht unwürdig erwiesen. Unser Vater hat mir deshalb die Regierungsgewalt übertragen ...«, sagte er stolz. Katharina fragte ungläubig in seine dünne Stimme hinein: »Das kann nicht dein Ernst sein?« Er sah sie einen Augenblick lang gekränkt an, ehe er nickte. Dabei kaute er an seiner Unterlippe, als wollte er Tränen zurückhalten. Das Format eines Dauphins hat er wahrhaftig nicht, glaube mir! Er wirkte wie eine Marionette, die der Puppenspieler mit zerrissenen Schnüren beiseite gelegt hatte. »Tu etwas!« fuhr Katharina ihren Bruder nun wieder an. Sie knuffte ihn in die Seite. Der Dauphin schüttelte trotzig den Kopf. »Nein. Ich muß an mein Reich denken!« beharrte er. Sechs Soldaten betraten nun den Raum und nahmen uns in ihre Mitte. Die Königin wollte sich selbst an den Dauphin wenden, doch der mied ihren Blick. Ehe sie etwas sagen konnte, richtete er den Zeigefinger auf sie: »Ich verstoße dich! Du bist nicht mehr meine Mutter!« Seine Stimme hallte schrill wie die eines Weibes durch den dunklen Gang des Schlosses. Ein Sohn, der seine Mutter verstößt! Kann es eine größere Sünde geben? Madame Katharina schrie vor Empörung auf und warf sich mit aller Kraft auf ihren Bruder. Der Dauphin hob seine Hände wie zum Schutz vor die Stirn, doch es war zu spät: Ihre Reitgerte durchschnitt die Luft mit einem scharfen Geräusch und fuhr ihm über das Gesicht. Er heulte auf wie eine Magd und hielt sich die blutende Wange. »Hundsfott! Dafür wirst du bezahlen! Und wenn ich selbst Rache an dir nehmen muß!« spuckte Madame Katharina und hob die Gerte noch einmal. »Greift sie! Die Prinzessin ist von Sinnen!« rief der Connétable von Armagnac. Zwei Soldaten griffen Madame Katharina von hinten und umklammerten ihre Handgelenke. Sie schrie auf, und die leichte Gerte aus geflochtenem schwarzem Leder mit einem Silbergriff fiel zu Boden. Tanguy du Chastel beugte sich augenblicklich besorgt über das Gesicht des Kronprinzen. »Monseigneur, seid Ihr verletzt?« Der Dauphin besah sich das Blut auf seiner Hand und war so blaß, als wolle er gleich in Ohnmacht fallen. »Bringt Madame Katharina zusammen mit meiner Mutter nach Tours«, sagte er dann nur. So begleite ich nun meine Herrin auf ihrem schweren Gang in die Gefangenschaft und hoffe nur, daß der Herzog von Burgund sein Wort hält. Ich habe mir die Briefe meines Unbekannten wie auch seine Geschenke wieder und wieder angesehen. Kann es denn wahr sein, was er mir sagte? Keines seiner Worte wird mir je wieder aus dem Sinn gehen, und in der Stunde, in der ich sterbe, will ich noch einmal seine Briefe lesen. Dennoch: Ich habe mich nicht von Pierre frei gemacht, um mich dem Joch der freien Liebe zu fügen. Ich bin keine Metze, die er sich nach Belieben nehmen kann, und meine Herrin liebt ihn – wie kann ich da seinem Werben nachgeben? Weißt Du eine Antwort, Mutter? Die Frage zerreißt mich. Deine Dich liebende Tochter

Jehanne

Yolanda streckte ihre Beine aus, so daß sie in ihren Füßen mehr von der Wärme des offen flackernden Stubenfeuers spürte. Es war Mitte Juni, doch ihr Troß war auf der Reise von Paris nach Lothringen und Bar von einem Sturm überrascht worden, dessen Heftigkeit sie entsetzt hatte: Hagelkörner so groß wie ein Kinderkopf durchschlugen das hölzerne Dach ihrer Karosse, mehrere Ritter ihrer Eskorte wurden verletzt und einer der Kaltblüter vor ihrem Wagen von der Wucht des Unwetters erschlagen. Mehrere Male hatten sie an Bauernhäuser um Schutz geklopft, doch niemand wollte ihnen bei diesem Wetter die Tür öffnen. Dabei konnten sie durch die geschlossenen Fensterläden der Häuser deutlich das rauchige Licht von Kienspänen und in Schweinefett gedrehten Lumpen erkennen. Aber sie konnte die Leute verstehen: Nur der Teufel selbst war bei solch einem Wetter unterwegs! Letztendlich hatte sie den Abbé hinaus in den Regen gejagt, damit er vor ihren Augen um die Gnade Gottes flehte. Nun hatte er eine schwere Erkältung und lag mit hohem Fieber zu Bett.

Sie war allein in der Stube und sah sich um: Endlich waren sie am Ziel ihrer langen Reise angekommen! Das Dorf Domrémy in der Seigneurie von Vaucouleurs bestand nur aus wenigen Häusern, die um ein Kloster lagen. Der Herr des Hauses, Jacques d'Arc, war in das Kloster gegangen, um einen Mönch und Medikus zu holen. Sein Haus war einfach, aber sehr ordentlich gehalten. Der Boden aus festgestampfter Erde mit untergemischten Kieselsteinen war sauber gefegt und mit frischem Stroh bedeckt worden. Die Familie konnte es sich offensichtlich leisten, die Säue, Ziegen und Hühner in einem Pferch außerhalb des Hauses zu halten. Über dem Kaminsims, auf dem Leuchter aus Zinn und Messing standen, hing ein schlichtes Kruzifix aus Holz an der weißgekalkten Wand. In einer Ecke des Zimmers konnte Yolanda im rußigen Licht der Kerzen die Umrisse eines wuchtigen Eßtisches ausmachen, an dem zwei lange Bänke aufgestellt waren. Den einzigen bequemen Stuhl, dessen Sitzfläche und Armlehnen mit Stroh, Roßhaar und Stoff gepolstert waren, hatten die d'Arcs für sie vor das Feuer gezogen. Yolanda schnupperte hungrig: Aus der Küche zog ein Duft nach dicken Bohnen mit Speck und frisch gebackenem Brot in die Stube. Hoffentlich brachte Jacques d'Arc von seinem Gang ins Kloster außer einem Mönch auch einige Humpen frisches Bier mit! Ihr Magen knurrte, und sie lauschte mit wachsender Ungeduld den frohen Stimmen aus der Küche, wo Jehanne Rommée, die Frau Jacques d'Arcs, zwei Mädchen aus dem Dorf Anweisungen für das Mahl der hohen Besucher gab.

In diesem Augenblick hörte sie von draußen eine helle Mädchenstimme.

»*Allez*, Niko, beweg dich ein bißchen. Du bist dicker als *Frère* Martin im Kloster, und das will was heißen! Morgen, wenn der Regen aufhört, können wir wieder aufs Feld! Dann bekommst du wieder Bewegung. Komm, ich laß dich rein, und du darfst dich vor das Feuer legen, solange Vater nicht da ist!«

Die Tür zur Stube öffnete sich. Yolanda sah ein junges Mädchen, mehr ein Kind noch, aus der nassen Dunkelheit in die Stube schlüpfen. Sie war nicht sehr groß: Der zottelige Hund mit den dicken Pfoten, der ihr dankbar in die trockene Wärme folgte, reichte ihr bis zur Hüfte. Yolanda setzte sich gespannt in ihrem Lehnstuhl auf. Nachdem all die Bastarde ihres Onkels Ludwig von Bar, die die d'Arcs aufgezogen hatten, schon erwachsen waren, konnte es sich bei dem Kind nur um die Tochter der Champdivers und des Königs handeln. Das Mädchen hatte ihre Anwesenheit offensichtlich nicht bemerkt, denn es ließ sich neben der Tür auf dem Boden nieder und begann sich leise singend die matschige Fußbekleidung aufzuschnüren: Lederlappen, die mit Bändern an den Sohlen ihrer Schuhe festgemacht waren. Der Hund jedoch kam über das Stroh des Fußbodens zu Yolanda und schnupperte neugierig an ihren Fingerspitzen. Sein zotteliges Fell reichte ihm bis an die feuchte Nasenspitze, doch Yolanda konnte hinter all dem Haar seine neugierig glänzenden Augen erkennen.

»*Niko, où es-tu*?« fragte das Mädchen von der Tür her erstaunt. »*Viens ici*!« Sie klopfte mit der flachen Hand auf den Boden, stockte aber mitten im Satz, als sie Yolanda vor dem Kamin sitzen sah. Das Kind erhob sich zögernd vom Erdboden und rieb sich die von Mücken zerstochene Wade mit der vor Schmutz starrenden Sohle ihres nackten Fußes. Dabei musterte sie Yolanda gründlich, doch ohne Angst.

Diese stand auf, und mit einem Mal wurde ihr bewußt, wie der Reichtum ihrer Kleider hier, inmitten des schlichten Hauses der d'Arcs, wirken mußte. Das Kind Johanna schien sich davon jedoch nicht einschüchtern zu lassen. Gut. Das gefiel ihr. Yolanda warf mit einer Armbewegung den langen, geschlitzten und bestickten Ärmel ihres Gewandes aus senfgelber, feiner Wolle zurück. Dabei glitzerten ihre breiten, mit Rubinen besetzten Armbänder im Licht der Flammen wie Blitze auf.

Johanna zuckte zurück und stand dann sehr gerade. Ihr ganzer Körper drückte furchtsame Aufmerksamkeit aus wie bei einem Tier im Wald, das eine fremde Witterung aufnimmt.

»Komm, Kind«, befahl ihr Yolanda, »komm zu mir.« Sie streckte eine Hand aus und fuhr mit der anderen Niko, der sich nun an ihren Duft gewöhnt hatte, über die langen Ohren. Der Hund grunzte vor Vergnügen, drehte sich dreimal um sich selbst und ließ sich dann auf dem Schaffell vor dem Kamin nieder. Yolanda spürte die Wärme seines Körpers.

»Sieh doch, selbst Niko hat Vertrauen zu mir! Da kannst du doch auch kommen!« versicherte Yolanda Johanna.

Die kam nun zögernd näher. Ihre Augen wanderten zwischen ihrem Hund und Yolanda hin und her.

»Niko, das ist ein schöner und ungewöhnlicher Name. Weshalb hast du ihn so genannt?« fragte Yolanda freundlich weiter.

Johanna stand jetzt vor ihr und knickste. »Ich habe ihn nach dem Ziel des letzten Kreuzzuges benannt: Nikopolis«, antwortete sie.

Yolanda zog erstaunt die Augenbrauen nach oben. »Woher weißt du von dem letzten Kreuzzug? Er fand lange vor deiner Geburt statt.«

»Die Mönche im Kloster haben mir davon erzählt, immer wieder. Dort hat sich der böse Johann ohne Furcht seinen Beinamen erworben!« sagte sie mit weit offenen Augen.

Yolanda mußte lachen. »Der böse Johann ohne Furcht?« wiederholte sie erstaunt.

Johanna nickte. »Sobald wir seine Männer am anderen Ufer

des Flusses sehen, werfen wir mit Steinen nach ihnen!« sagte sie stolz. »Sauburgunder, elendige! Sie machen mit den Engländern gemeinsame Sache und werden Frankreich noch verraten, wenn wir sie lassen.«

Yolanda nickte. »Sehr gut. Und was haben die Mönche dir noch erzählt?« Anscheinend lohnten sich die Stunden, für die sie das Kloster bezahlte!

Johanna schluckte und sprach mit leiser Stimme weiter: »Sie haben mir auch von den Kindern erzählt, die sich zu einer eigenen Armee zusammengeschlossen haben, um ihr Land und die Kirche gegen die Ungläubigen zu verteidigen!«

Yolanda musterte Johanna, die die zarten Züge ihres Vaters und die kräftige Natur der Champdivers geerbt hatte. Nicht die schlechteste Kombination. Im Schein des Feuers glänzten die Zöpfe des Mädchens golden, und ihre Wangen röteten sich in der Wärme der Stube.

»Ah ja, *les enfants pastoureaux*! Wärst du gerne mit ihnen nach Süden gezogen? Du weißt, daß sie alle gestorben sind auf ihrem Weg nach Jerusalem oder daß sie von Händlern gefangen und verkauft wurden! Hättest du ihr Schicksal gerne geteilt?« fragte Yolanda neckend.

Johanna sah sie einen Augenblick lang still an. Yolanda bemerkte mit Erstaunen den brennenden Ernst in den hellen Augen des Mädchens, die je nach Lichteinfall von Grau zu Blau oder Grün wechselten. Sie schienen von innen zu leuchten und glänzten unwirklich, als sie nun heftig nickte.

»Ja! Für den rechten Glauben wollte ich um die Welt ziehen. Und auch dafür sterben!« fügte sie hinzu, ehe sie kurz überlegte und einschränkte: »Wenn ich Niko hätte mitnehmen können!«

Yolanda mußte lächeln. Die Kleine enttäuschte sie nicht. Sie war ebenso lebhaft und von wachem Geist, wie ihre Späher und die Mönche im Kloster es ihr berichtet hatten.

Johanna zuckte nun die Schultern. »Aber ich bin nur ein Mädchen, und deshalb werde ich wohl mein Leben lang Ziegen hüten hier in Domrémy, ehe ich heirate und selbst Kinder habe«, fügte sie mißmutig hinzu.

Yolanda strich ihr über die vom Regen feuchten Zöpfe und

legte ihr den Finger unters Kinn, um den Kopf des Kindes zu heben. »Gottes Wille, Johanna, geht wundersame Wege«, sagte sie dann nur.

Die Augen des Mädchens verdunkelten sich vor Neugierde, doch es schwieg.

Yolanda wählte ihre folgenden Worte vorsichtig. »Nicht alle Mädchen müssen heiraten und Kinder bekommen. Einige sind von Gott zu etwas anderem ausersehen.«

»Meint Ihr, Nonne zu werden?« fragte Johanna. »Soll ich darum bitten, wenn ich das nächste Mal einen Kranz an die heilige Eiche hänge? Ich kann darum beten, wenn ich wieder alleine im Wald bin. Ich bin dort so gerne: Der Wald ist frei und er befreit.« Ihre Stimme zitterte vor Aufregung.

Ehe Yolanda ihr antworten konnte, öffnete sich die Tür, und zwei vom Wind gepeitschte Gestalten stürzten gebeugt in die Stube. Es waren Jacques d'Arc und der Mönch aus dem Kloster, der den Abbé kurieren sollte. Im selben Augenblick erschien Jehanne Rommée im Türrahmen zur Küche. Sie wischte sich die Hände an einer leidlich sauberen Schürze ab. »Ihr kommt gerade zur rechten Zeit! Die Suppe ist fertig!« sagte sie. Mit ihr zog ein so weltlicher Duft nach gutem Essen in die Stube, daß Yolanda es für besser hielt, Gespräche über den Willen Gottes auf die kommenden Tage zu verschieben.

Johannas Finger hielten das kleine Bildnis des Dauphins so fest, als wollte sie es nie wieder hergeben. Sie musterte seine Züge genau, die auf dem Bild geschmeichelt und eher zart als unentschlossen wirkten. Mit einer Fingerspitze zeichnete sie die Umrisse seiner schmalen Lippen nach und fuhr über den Rücken der langen Nase. Schließlich ließ sie die Leinwand, die gerade so lang wie ihr Daumen war, mit einem Seufzen sinken. »Ein schöner Mann! Und so reich gekleidet!«

Yolanda mußte lächeln. Auf dem Bild erkannte man gerade den Ansatz eines Fellkragens und den Beginn der goldenen Kette mit den Delphinen, die Karl als Dauphin auswiesen.

Johanna warf einen letzten Blick auf das Bild, ehe sie es Yolanda reichen wollte.

Yolanda machte eine abwehrende Handbewegung. »Du mußt das Bild behalten und es dir jeden Abend, ehe du den Kienspan neben deinem Bett löschst, ansehen. Du mußt ihn unter Tausenden und Abertausenden von Männern erkennen können, selbst wenn sein Anblick für dich in jenem Moment überraschend kommt«, sagte sie eindringlich.

Johanna schwieg nachdenklich. »Ist das der Mann, den ich heiraten werde?« fragte sie dann. »Hat Gott mich dazu bestimmt?«

Yolanda schüttelte den Kopf. »Er ist bereits verheiratet. Aber er kann für dein Leben wichtiger sein als jeder Ehemann und du für das seine bedeutender als jede Frau, die sein Bett wärmt.«

Das Kind nickte, als verstünde es. Yolanda streckte die Arme aus. »Komm, Johanna, laß mich dich zum Abschied umarmen! Ich werde morgen nach dem Frühmahl aufbrechen, und es wird lange dauern, bis wir uns wiedersehen. Nur eines noch ...«

Johanna hob den Kopf. »Ja, Herzogin?« fragte sie erwartungsvoll.

»Du mußt dich rein halten«, forderte Yolanda ohne Umschweife.

Johannas Augen weiteten sich erstaunt. »Bitte?« flüsterte sie.

»Du verstehst mich schon recht. Wenn du willst, daß Gottes Wille an dir geschieht, so darfst du es keinem Mann erlauben, sich dir jemals zu nähern. Nie, hörst du? Den dicken Mönchen im Kloster ebensowenig wie den Jungen, die mit dir die Ziegen hüten!«

Johanna nickte langsam und errötete. »Weshalb?« wagte sie dann doch zu fragen.

Yolanda richtete sich drohend auf. »Weil Frankreich, von einer Frau zerstört, nur von einer Jungfrau gerettet werden kann! Das besagt die Legende!« Sie zog Johanna näher zu sich und beugte sich zu ihr hinunter. »Wenn du es doch tust, dann soll Gottes Zorn dich furchtbarer als jeden Menschen bisher strafen!« zischte sie dem Mädchen ins Ohr.

Johanna schloß die Augen, murmelte ein Gebet und bekreuzigte sich.

⚜

Wie schnell das Vertraute fremd, das Nahe fern, das Alltägliche besonders werden konnte! Isabeaus Augen saugten sich an dem schmalen Stück Himmel fest, das sie von dem vergitterten Fenster ihrer Kemenate aus sehen konnte. Die kreuzförmig angeordneten Steine der schmalen, spitz zulaufenden Öffnung wirkten wie ein Rahmen an dem viel zu kleinen blauen Bild, in dem Wolkenfetzen des Spätsommers trieben. Doch sobald die willkürlichen weißen Formen aus ihrem Blickwinkel verschwanden, fiel es Isabeau schwer, ihnen in Gedanken in die Endlosigkeit des Firmaments zu folgen. Bedeckten sie den Himmel über dem weichen Schwung der Weiden nahe dem Schloß von Tours? Teilten sie sich dunkel, wenn der Regen fiel und Blitz und Donner die Soldaten fluchend unter die Dächer und die Bauern auf dem Feld betend unter die Bäume trieb? Verharrten sie schweigend, wenn die scharfen Flügel der Schwalben sie zerrissen, oder nahmen sie den Schrei der Falken mit sich fort in die Ferne, in die sie ihnen nicht folgen konnte?

Sie trat von dem Fenster weg in das Dämmerlicht der schlicht eingerichteten Kemenate hinein, in der sie seit mehr als zwei Monaten gefangengehalten wurde. Wie ihr das Leben von Paris fehlte, sein Rausch, seine Tollheit, sein freche Offenheit, seine Herausforderung an das Schicksal, der unbedingte Wille der Stadt zum Überleben, an jedem Tag, immer wieder. Weshalb mußte man etwas erst verlieren, um zu erkennen, wie sehr man es liebte und brauchte? Sie schämte sich des Hochmuts und der Verachtung, mit denen sie Paris oft den Rücken gekehrt hatte. Sie hätte die Stadt besser schützen müssen vor dem Zugriff Bernhard von Armagnacs. Statt dessen hatte er tun und lassen können, was ihm gerade in den grausamen Sinn kam. Nun war er sie losgeworden und hatte sie unter einem billigen Vorwand in Tours gefangengesetzt. Im ganzen Land zogen die Schmutzpoeten sie und den kurzen Augenblick, den sie mit de Bosredon geteilt hatte, in den Dreck. Die Soldaten sangen die Spottlieder unter ihrem Fenster, und der Koch und die Mägde brachten die lasterhaften, verdorbenen Gedichte vom Markt nach Hause und schmuggelten sie ihr und ihren Damen beim Abendmahl unter die Scheiben des groben, dunklen Brotes, das man ihnen hier zu essen gab, als seien sie Schweine und keine Damen von Rang.

Im Schloß von Tours, im Augustmond 1417

Liebste Mutter!
Mein erster Brief an Dich aus Tours. Gott sei Dank bleiben mir als Pierres Gemahlin noch Feder und Tinte in meinem Gemach erhalten, denn die Herzogin von Anjou wartet ja schon immer gespannt auf meine nichtssagenden Briefe. Ich berichte ihr von unserem Essen und dem Wetter und hoffe, die Hexe schläft vor Langeweile über meinem Bericht ein. Nun, wenn ihr das genügt, so mag es genug sein. Ach, Mutter: Es geht uns gar nicht gut hier: Das Wasser ist schal, das Brot hart, die Kemenate bitterkalt, und meine arme Königin hat nur eine Magd, die ihr aufwartet. Pierre hat ihr die Mehrzahl ihrer Kleider weggenommen und sie verkauft, um den Sold der Bandites zu begleichen. Die Herzogin von Anjou und ihr niederträchtiger Schwiegersohn brauchen nun jeden Sou, scheint es. Meine Königin geht mit sich sehr streng ins Gericht und glaubt, nun für den Augenblick der Tollheit mit dem Sire de Bosredon bitter bezahlen zu müssen. Dennoch hieß sie mich herausfinden, ob der junge Ritter sich hat retten können. Ich konnte ihr keine guten Nachrichten bringen: Man hat ihn schon gefaßt, als er aus dem Wald von Vincennes fliehen wollte. Angeblich ist er dem König selbst und seinen Soldaten im Wald begegnet und war so in Eile, daß er ihm nicht alle Ehrerbietung erwiesen hat. Der König soll von einem irrsinnigen Zorn ergriffen worden sein, als de Bosredon einfach weitergaloppierte, statt abzusteigen und sich zu verneigen! Sie haben ihn gefaßt und im Châtelet einem hochnotpeinlichen Verhör unterzogen. Er hat trotz der Tortur nichts eingestanden und niemanden belastet, was die Folterknechte und den Connétable nur noch zorniger machte. Soviel Standhaftigkeit hätte ich dem Chevalier nicht zugetraut, und ich muß im nachhinein seiner Seele noch Abbitte leisten. Der Folter überdrüssig ließ ihn Tanguy du Chastel, nachdem

ihm alle Knochen gebrochen worden waren, wie eine Katze lebendig in einen Sack stecken und in die Seine werfen. Meine arme Königin: So muß ein junger Mann seine Treue zu ihr also bezahlen! Fischer wollten den Sack aus dem Wasser ziehen, denn sie hörten seine Hilferufe und sahen, daß das Tuch sich noch bewegte. Aber der Connétable hatte auf der Brücke einen Ausrufer postiert, der ihnen befahl, das Recht des Königs geschehen zu lassen: »Laissez passer la justice du roi!« De Bosredon ist dann ertrunken. Meine Königin setzte sich nur wieder still an die Arbeit, als ich geendet hatte. »Friede seiner Seele«, murmelte sie und griff ihren vom Stickrahmen gespannten Stoff fest mit der einen Hand, um mit der anderen ihre Nadel mit dem Goldlahn durch den feinen Seidensamt zu führen, schweigend, Stich für Stich. Sie sah auf den Boden, wo der burgunderrot leuchtende Stoff sich Elle um Elle auf den Steinen faltete. »Es wird eine kleine Ewigkeit dauern, um ihn ganz zu besticken. Sollen wir den Rest unseres Lebens hier an dieser Arbeit sitzen müssen, untätig und unnütz?« fragte sie mich dann. Ich konnte nur die Schultern zucken und hoffen, daß dieser Mann, dieser eine unter allen, sein Versprechen hielte! Das ist alle Hoffnung, die mir bleibt. Nur unsere gemeinsame Liebe zur Königin und zu Frankreich darf den Herzog und mich verbinden, sonst nichts. Es umarmt Dich

Jehanne

⚜

Isabeau ging vom Fenster durch die Kemenate zu ihrem Schreibpult, wo sie geduldig über jeden Tag, jede Stunde und jede noch so kleine Begebenheit Buch führte. Wie wichtig der Augenblick sein konnte, wenn man eine unbestimmte Ewigkeit vor sich hatte. Sie nahm die frisch gespitzte Gänsefeder auf, die Pierre de Giac ihr jeden Morgen zugestand, und tauchte sie in die dickflüssige Tinte. Einen Augenblick lang schwebte ihre Hand unentschlossen über dem unbefleckten Papier. Die Worte wollten nicht zu ihr kommen, und so war sie beinahe erleichtert, als sie im Gang die Stimmen ihrer Tochter und ihrer Schwägerin hörte.

Katharina kam als erste in die Kemenate und schüttelte sich den Morgentau aus dem blauen Filz ihres Mantels. Isabeau bemerkte, daß in ihren Manschetten aus Biberfell einige Gräser hingen. Wo um Himmels willen war Katharina ausgeritten? Ihre Tochter wurde bei weitem nicht so streng überwacht wie sie selbst!

»Brr, es wird Herbst! Auf dem Markt bieten sie nun die ersten Weintrauben an, aber sie sind noch sauer wie Essig. Trotzdem hat meine Tante genügend davon gekauft, um selber Wein herzustellen!« lachte die Prinzessin und knuffte die Herzogin von Bayern, die Frau von Ludwig im Barte, in die Seite.

Hinter ihnen betraten nun zwei Soldaten mit den weißen Schärpen der Armagnacs den Raum und nahmen mit gelangweilten Gesichtern ihre Stellung neben der Tür ein. Einer der bulligen Knechte packte sogleich ein Würfelspiel aus und hielt es seinem Genossen auffordernd hin. Der zuckte die Schultern und ließ sich auf dem Boden nieder, zum Spiel bereit. Beide Männer suchten in ihren Beuteln nach einigen Münzen.

Isabeau bemerkte erstaunt, daß ihre Schwägerin errötete und sich rasch umsah. Dennoch fiel sie in den neckenden Ton ihrer Tochter ein: »Sollen wir uns die Schuhe ausziehen und den Wein selber stampfen, Schwester?«

Die Herzogin von Bayern lachte nun ebenfalls. »Wir müssen ja etwas zu trinken haben, wenn die Fässer mit dem Burgunderwein, die du bestellt hast, leergetrunken sind!«

Isabeau war es, als ob Katharina und ihre Schwägerin sich schnell einen prüfenden Blick zuwarfen. Hinter ihnen ertönte das gleichmäßige Geklapper der knöchernen Würfel auf dem Stein des Fußbodens und der erste Fluch des Soldaten, der seinen Einsatz verloren hatte.

Isabeau wählte ihre nächsten Worte vorsichtig: »Die Fässer Burgunderwein, die ich bestellt habe?«

Katharina nickte und trat rasch näher. »Aber ja, gerade kam mir der Kellermeister entgegen und gab mir die Rechnung, die du selbst abzeichnen mußt!«

Sie zog ein sorgsam versiegeltes Papier aus den weiten Falten ihres Mantels. Isabeau konnte sehen, daß der Bogen vielfach gefaltet worden und vom morgendlichen Regen feucht war. Katharina hielt ihr den Brief mit eindringlichem Blick hin.

»Mutter, bitte!« flüsterte sie rasch, während die Herzogin von Bayern begann, ein Lied zu singen und geräuschvoll im Kamin herumstocherte, um die Glut unter der Asche zu einem Feuer zu beleben. »Rasch!« flüsterte sie.

Isabeau ergriff das Papier und eilte damit zum Fenster. Als sie es entfaltete, sagte sie laut: »Mal sehen, was für faules Gebräu der Kellermeister mir wieder verkaufen will! Das letzte Mal war der Wein sauer unter all dem Zimt und dem Kardamom, den er hinzugefügt hatte!« Sie wandte sich kurz zu den Soldaten: »Wenn ihr mich vergiften wollt, so richtet Bernhard von Armagnac aus, Schierling sollte kaum besser als sein Wein wirken!«

Isabeau spürte ihr Herz heftig schlagen, als das Morgenlicht auf den dichtbeschriebenen Bogen in ihren Händen fiel. Sie erkannte die weitschweifige fordernde Schrift sofort: Hatte sie sich nicht jahrelang nach ihrem Anblick gesehnt? Ihre Augen erfaßten vor Hast und Aufregung nur flüchtig einige der tanzenden Buchstaben, die sich langsam in ihrem Geist zu Worten zusammensetzten:

»*... Ich bitte Euch, mir gütigst verzeihen zu wollen, meine Königin, falls ich irgendeine Beleidigung wider Euch begangen habe, Euren Groll zu vergessen und mir jene Zuneigung zurückzugeben, auf die mir die Bande des Blutes gewisse Anrechte gaben, und mir die Gunst zu gewähren, die Reize Eurer Gesellschaft genießen zu dürfen ...*«

Ihr Blick flog über das Papier, hinunter zu dem dunkelrot leuchtenden Siegel des Herzogs von Burgund und seiner schlichten Unterschrift: »*Johann, genannt ohne Furcht*«.

Die Soldaten an der Tür begannen sich nun laut über ihren letzten Wurf zu streiten. Der eine warf dem anderen vor, die Würfel gezinkt zu haben. Katharina drehte sich schnell vergewissernd um, ehe sie zu Isabeau trat und ihr von hinten die Arme um die Schultern legte.

»Was will er, Mutter?« fragte sie leise.

»Hast du ihn selbst getroffen?« wollte Isabeau erst wissen, ehe sie antwortete. Ihre Stimme klang belegt. Wie es wohl sein mußte, auszureiten und unvermittelt auf Johann ohne Furcht zu treffen! Eine Gänsehaut lief über ihre Arme.

Katharina schüttelte den Kopf und legte dann das Kinn auf die Schulter ihrer Mutter. »Nein, nur seinen Gesandten Hector de Saveuse, auf einer Lichtung im Wald. Er hat dort auf mich gewartet und mich bei meinem morgendlichen Ausritt überrascht. Erst habe ich ihn für einen Wegelagerer gehalten!«

Isabeau spürte die Wärme des jungen Körpers hinter ihr und drückte sich an ihre Tochter. Wo wäre ich ohne sie, den einen Menschen, dem ich voll vertrauen kann? fragte sie sich flüchtig. Sie atmete tief durch.

»Er will uns helfen«, antwortete sie jetzt kurz und sah dann nur schweigend aus dem Fenster. Ihr Blick verlor sich in dem kleinen Stück Himmel, das sich zunehmend verdunkelte. Die Zeit der Herbststürme mußte bald beginnen.

»Du mußt ihn dir helfen lassen, Mutter«, flüsterte Katharina weich. »Was auch immer zwischen euch vorgefallen ist!«

Isabeau drehte sich erstaunt um, doch sie konnte keine Spur eines geheimen Wissens in Katharinas Augen entdecken. Und wenn sie etwas wußte, so urteilte sie nicht darüber. Katharina sprach bereits weiter: »Von Armagnac und Yolanda von Anjou denken, sie hätten das Spiel mit unserer Verbannung gewonnen, denn wer wird ihm denn nun noch die Macht streitig machen wollen? Mein armer, schwachsinniger Vater oder etwa der Dauphin? Er steht vollkommen unter dem Einfluß der Hure von Schwiegermutter!«

»Karl, der sich Dauphin nennt!« verbesserte Isabeau Katharina.

Die warf ihr einen erstaunten Blick zu. »Bitte?« fragte sie überrascht.

Isabeau schüttelte nur den Kopf, so daß Katharina weitersprach. »Niemand mag Armagnac derzeit die Macht streitig machen, aber worauf begründet er sie andererseits? Er ist weder ein Prinz von Geblüt noch der von meinem Vater eingesetzte Regent! Er ist kein *Pair de France*, und glaube nicht, daß dies auch nur einer Menschenseele in Paris entgeht! Er kann rauben, plündern, morden, wie er will – solange noch ein Pariser lebt, solange wird man sich erinnern, daß er nur ein Graf aus der Gascogne ist, der keinen Anspruch auf die Krone Frankreichs, oder was von dem Reich meiner Ahnen noch übrig ist, hat!« schloß sie heftig. »Johann ohne Furcht ist nun der erste Prinz von Geblüt, und wir dürfen seine Hilfe nicht ausschlagen! Bei Gott, wenn ich ein Mann wäre, ich wollte sie schon die rechten Sitten lehren!«

Isabeau strich Katharina über die glühenden Wangen und nickte langsam: Sie sollte Frankreich erben und nicht der dünnblütige Knabe, der seinen Anstand zwischen den Schenkeln der Herzogin von Anjou vergaß!

»Aber wie soll er uns hier helfen können? Will er das Schloß von Tours belagern? Das Herzogtum von Anjou ist nur einen Steinwurf entfernt, und Tours selbst ist dem Dauphin … ich meine, meinem Sohn treu ergeben!« sagte sie ohne viel Hoffnung.

»Auch daran hat Johann ohne Furcht schon gedacht! Er hat mit meiner Schwester, Madame Marie, in ihrem Kloster in Poissy gesprochen, und sie hat eingewilligt, der Abtei von Marmoutier einen Besuch abzustatten …«

»Marmoutier?« Isabeau zog die Augenbrauen hoch. »Das ist doch ganz hier in der Nähe!«

Katharina nickte, wobei sich einige Haarsträhnen aus dem vom Ritt feuchten Kranz ihrer Zöpfe lösten. »Eben. Wir müssen nur um Erlaubnis bitten, sie treffen zu dürfen, um mit ihr in der Klosterkirche um das Wohl des Königs zu beten! Das kann man uns nicht abschlagen. Wir fragen einfach immer wieder, bis es Pierre de Giac zu dumm wird und er uns dorthin reiten läßt!«

»Und Marie hat in die List eingewilligt?« fragte Isabeau zweifelnd. Madame Marie war als Kleinkind Novizin geworden und hatte sich später als junge Frau durch kein noch so glänzendes Heiratsangebot dazu bewegen lassen, den Schleier abzulegen.

»Aber ja, es geht doch um ihre Familie und Frankreich! Sie wird Johann ohne Furcht mitteilen, wann wir kommen, und er wird uns dort befreien! Und dann haben der Hund Armagnac und mein feiger Bruder ausgelacht!« meinte Katharina zufrieden.

»He, was gibt es da zu tuscheln?« rief plötzlich einer der Soldaten von der Tür her, erhob sich und klopfte sich den Staub von den schweinsledernen Beinlingen. Seiner Miene nach zu urteilen hatte er eben den Sold für mehrere Tage Dienst verspielt, denn der andere Soldat steckte zufrieden grinsend die Würfel weg.

Isabeau hielt rasch den Brief an den neben dem Fenster brennenden Kienspan und antwortete leichthin: »Das liebe Geld, guter Mann. Die Preise für Wein sind so gestiegen, daß meine Börse kaum nachkommt! Aber guter Wein muß sein, nicht zuletzt, um dich und deine Männer bei Laune zu halten, nicht wahr?« Sie lächelte ihn freundlich an, während ein Luftzug die Asche des Billetts ergriff und sein Geheimnis mit sich in die blaue Ferne über Tours trug.

Der Soldat musterte abschätzig die Kleidung der Königin. Seine Augen wanderten von ihrem mit Bergkristall, Turmalinen und Amethysten besetzten Stirnreif aus Silber, der den seidenen Schleier auf ihrem Kopf hielt, bis hin zu den glänzenden Schnallen auf ihren Schnabelschuhen, von deren Spitzen kleine silberne Glocken hingen.

»Na, Geldnöte scheint Ihr noch immer nicht zu haben! Euch geht es als Gefangene besser als all Euren Untertanen in Freiheit«, knurrte er respektlos. »Aber das ist wohl Gottes Wille.«

»So ist es. Amen«, erwiderte Katharina frech.

In diesem Augenblick sah der Soldat einige verbrannte Überreste des Briefes als Flocken zu Boden rieseln. Er fluchte, sprang nach vorne und haschte mit seinen groben, schmutzigen Händen danach.

Katharina lachte schallend über den Anblick, den er dabei bot.

Er drehte sich zu ihr um und hielt ihr drohend den Finger vor die Nase: »Das war Euer letzter Ausritt für sehr lange Zeit, Madame Katharina, dafür werde ich sorgen!«

⚜

Im Schloß von Tours, Oktobermond 1417

Geliebte Mutter!
Wie sagtest Du doch immer so weise und wirst es auch heute nicht müde, mir die Worte zu wiederholen? Gottes Bogen hat mehr als eine Sehne. Alles, was geschehen ist, ist so Sein Wille, und wer bin ich, daß ich mich gegen den Wunsch des Allmächtigen auflehne? Meine Finger werden mir schwach, und ich muß die Feder absetzen, um meinen Atem zur Ruhe zu zwingen. Ich will versuchen, Ordnung in meine Gedanken zu bringen. Vor einigen Tagen saß ich mit meiner Herrin in einem Alkoven nahe einem Fenster des Schlosses von Tours zusammen. Das Sonnenlicht des frühen Oktober fiel durch die bunten Glasscheiben und zeichnete neue Muster auf die Gobelins, die an den Wänden gegenüber der Nische hingen. Unzählige, endlos geduldige Finger hatten darauf Bilder der Bären- und Wildschweinjagd eingeknüpft, und ich fühlte mich an unsere tägliche, immer gleiche Arbeit erinnert. Meine Königin ergriff mit einem Mal meine Hand. Sie riß mich aus meinen Gedanken an den Herzog von Burgund und fast schrie ich vor Schreck auf. »Jehanne, jetzt ist der Augenblick gekommen, wo ich mich auf deine Treue verlassen können muß!« sagte sie leise. Dennoch wurde ich das Gefühl nicht los, daß sie mich eindringlicher als üblich musterte. Ahnt sie etwas von meinen Gefühlen? Sieht man mir das Feuer, das mich verzehrt, so an wie ein Fieber? Glüht meine Hand, wenn sie sie so berührt? Ahnt sie, daß der Mann, den sie liebt, mich um jeden Preis besitzen will? Ich habe mir nichts vorzuwerfen: Aus Treue zu ihr hatte ich mich ihm bisher verweigert. Mit einem Mal aber zog die Königin sich einen Ring vom Finger. Der blaue Stein des Siegels schimmerte dunkel und geheimnisvoll im abnehmenden Licht des Oktobernachmittags, und sie drehte ihn wie fragend hin und her. »Nimm diesen Ring und reite damit ins Lager der Burgunder. Aber gib ihn niemand anderem als dem Herzog von Burgund selbst, hörst du! Laß dich von einem Hector de Saveuse zu ihm bringen. Madame Katharina hat mir gesagt, er wartet jeden Tag zur selben Zeit auf derselben Lichtung«, erklärte sie mir. Ich senkte den Blick und nickte. Er hat sein Wort gehalten! jubelte mein Herz. Für Frankreich, aber auch für mich! Dennoch, ich wußte: Wenn ich ihn nun sehe, kann

ich ihm gewiß nicht widerstehen. So wagte ich einen letzten Widerspruch, wie um mich selbst vor diesem stärksten aller Gefühle und all seinen Folgen, die gewaltig sein müssen, zu schützen. »Kann Madame Katharina nicht zu ihm reiten?« fragte ich die Königin und fügte noch hinzu: »Ich habe Angst vor meinem Mann! Er kann in seinem Zorn unberechenbar sein.« – »Nein. Alle Schritte der Prinzessin werden überwacht wie auch die meiner Schwägerin. Von mir ganz zu schweigen! Diese Hunde zählen jeden meiner Atemzüge!« antwortete sie und fügte noch mit grausamer Ehrlichkeit hinzu: »Zudem soll das Leben und der Ruf der Prinzessin nicht in Gefahr geraten.« Ihre letzten Worte trugen meine letzten Zweifel mit sich fort. Ich kann mich nicht vor meinem Schicksal retten. Ich mag keine Prinzessin sein, die auf ihren Ruf achten muß, und so will ich leben, wie ich es kann! Ich besah mir den Ring näher. Auf dem blauen Lapis des Siegels war ein einziger Stern vor einer Wolke eingeritzt. Darunter stehen die Worte »La Même« zu lesen. Ich sah fragend auf. »Der Herzog von Burgund wird verstehen. Du mußt dir seine Antwort und seine Anweisungen ganz genau merken und sie mir ausrichten!« drängte die Königin mich noch, wo doch kein Druck mehr notwendig war. Halten hätte sie mich sollen, halten! In meinem Herzen war ich schon gegangen, als ich noch bei ihr saß. »Für Frankreich! Du tust es für Frankreich!« fügte sie noch hinzu. Ich sah wieder auf den Ring, nickte stumm und steckte ihn mir an den Mittelfinger der rechten Hand. »Für Frankreich!« wiederholte ich dann etwas leiser. »Wenn alles gutgeht, so sollst du den Ring behalten dürfen.« Mit diesen Worten sandte sie mich auf den Weg, meinem Schicksal entgegen. So reite ich nun in das Lager des Herzogs: Gott hat mich für diesen Mann geschaffen, und das Leben hat uns den Weg zueinander gewiesen. Die Königin selbst schickt mich zu ihm. Wie kann ich ihr den Gehorsam verweigern? Bete für mich Mutter, denn ich werde nie wieder die sein, die Du zu kennen glaubtest.

Jehanne

Die Novembernebel strichen wie Verschwörer durch das hohe Schilf um den Schloßgraben von Tours. Einige Enten glitten auf dem grauen Wasser dahin, lautlos und einsam, wie verdammte Geister der Verstorbenen von einer Welt zur anderen. Ab und an zog ein Fischrücken Kreise im Schlick, oder Wasserschnecken sandten Luftblasen an die Oberfläche, sonst blieb alles ruhig. Selbst das dumpfe Dröhnen der Pferdehufe auf der heruntergelassenen Zugbrücke verlor sich augenblicklich in der eigentümlichen, mächtigen Stille des herbstlichen Landes, das sich am viel zu nahen Horizont hinter den grauen Schichten der Luft verbarg. Tautropfen hingen an den scharfen Blättern und Rispen des Seegrases um die heruntergelassene Zugbrücke und wurden vor Isabeaus Augen in der Morgenkälte zu schillerndem Eis. Krähen spreizten am tiefhängenden Himmel stolz die dunklen Flügel so wie Damen ihre Fächer und ließen sich vom Morgenwind krächzend von einer Lage der kalten Luft auf die andere tragen. Isabeau fröstelte: Kleine Nester von klebriger Feuchtigkeit hängten sich in ihrem Mantel aus dunkelblauer gekochter Wolle fest und formten dort kristallene Muster. Sie zog den Mantel enger um sich, doch die Kälte kroch unter den Kragen und die Manschetten aus Nerz, die ihre Magd ihr gegen die Kälte eng an Hals und Gelenke geschnürt hatte.

Isabeau wandte den Kopf. An ihrer Seite ritt Pierre de Giac auf einem Braunen. Er fluchte leise über die Kälte, und sie sah, wie er seine Finger in den Handschuhen aus besticktem und gefärbtem Leder bewegte. Sein graues Gesicht verschmolz mit dem Nebel des Morgens, und die Furchen auf Stirn und Wangen schienen sich noch tiefer als sonst in der fahlen Haut einzugraben. Pierre de Giac kratzte sich schlecht gelaunt an einem eitrigen Geschwür an seinem Kinn, das ihm seit Tagen Schmerzen bereitete, und schob sich etwas Kautabak unter die Oberlippe, dort, wo ihm zwei Zähne im Gaumen fehlten und ein dritter hohl war.

Isabeau fand den Geruch des Kautabaks am Morgen widerlich. Sie hatte nichts im Magen, denn sie hatte weder von dem sauren Wein noch dem salzigen Brot des Frühmahles etwas hinunterbekommen. So atmete sie einige Male durch den Mund ein und aus, um die aufsteigende Übelkeit zu besiegen. Vor ihren Lippen formten sich Wolken. So Gott wollte, sah sie ihn heute zum letzten Mal, diesen ruchlosen Handlanger des Wolfes von Armagnac und der Hure Yolanda. Sie sollten bezahlen!

Pierre de Giac schien ihr Mißfallen zu spüren, denn er spuckte aus. »Glaubt nur nicht, daß Ihr auf diesem Ritt irgendwelche Dummheiten machen könnt! Ich behalte Euch im Auge, auch wenn Ihr zu beten vorgebt«, knurrte er.

Sie sah ihn nur verachtungsvoll an. »Jemand wie du, Pierre de Giac, sollte hinter den Pferden herkriechen und nicht auf ihnen reiten. Meine Gerte ist zu gut, als daß ich sie auf deinem Rükken zerbräche.«

Er lachte und rotzte sich geräuschvoll in die Finger. »Nach so vielen Monaten Gefangenschaft noch immer so frech? Ich werde Euch das Essen kürzen lassen.« Zufrieden mit sich, schnalzte er den Schleim von den Fingern.

Und ich werde dich Lumpen um einen Kopf kürzen lassen, sobald sich die Gelegenheit ergibt, dachte sie bei sich. Aber es war besser, nichts mehr zu sagen. Es hatte so lange gedauert, die Erlaubnis für diesen Ritt ins Kloster von Marmoutier zu erhalten, da wollte sie das Unternehmen nicht durch einen dummen Streit gefährden.

Der Nebel fraß sich in die niedrigen Mauern des Klosters von Marmoutier und schien das Gebäude nur zögerlich den Blicken der Reiter freizugeben. Es lag auf einer dichtbewaldeten Insel im Fluß, und die dicken Mauern mit den schmalen Scharten sollten Eindringlinge vor jedem Versuch eines Angriffs warnen. Die Gruppe hieß ihre Pferde halten. Isabeau ergriff die ausgestreckte Hand des Soldaten, legte das rechte Bein über die Kruppe ihres Pferdes und stieg ab. Schweigend folgten sie einem kleinen Pfad, der durch das hohe, feuchte Gras getrampelt war. Die Schritte schmatzten leise in dem matschigen Grund, und die feuchten Rispen des scharfen Grases wickelten sich mit einem Flüstern um ihre Waden. Als sie am Ufer ankamen, pfiff Pierre de Giac einmal scharf auf zwei Fingern. Aus dem Nebel auf dem Fluß löste sich nun eine Barke. Isabeau konnte erkennen, daß der Fährmann das flache Boot nur mit Mühe mit seinem mächtigen Stecken in der Strömung der Loire hielt und lenkte. Auf der schweigsamen Fahrt durch die dichten weißen Schwaden hörten sie das dunkle Wasser unter sich mehr gegen den Rumpf der Barke schlagen, als daß sie es sahen.

Als der kleine Trupp um Isabeau sich der Pforte näherte, zerriß der helle Schlag einer Glocke warnend die unwirkliche Stille des Morgens. De Giac erreichte das Kloster als erster und schlug dreimal mit der Faust gegen die Pforte. Die kleine Luke hinter dem in das Holz eingelassene Gitter öffnete sich, und Isabeau konnte das von der Kälte gerötete Gesicht einer Nonne erkennen. Der Gesichtsausdruck der Frau war ängstlich und fragend zugleich. »Wer da?« fragte sie abweisend in den Morgen.

War das Marie? fragte Isabeau sich. Sie hatte ihre Tochter vor über zehn Jahren zum letzten Mal gesehen, als sie sie überzeugen wollte, das Kloster zu verlassen, um zu heiraten. Umsonst: Marie hatte den Schleier behalten. Nach einigen Worten, die Pierre de Giac mit der Nonne gewechselt hatte, öffnete sich die Pforte des Klosters mit einem klagenden Ton. Heute soll der erste Tag meines neuen Glücks sein, dachte Isabeau. Behüte uns, betete sie rasch. Die Pforte war so niedrig, daß sie den Kopf senken mußte, um sich nicht an dem Rahmen aus grauem Stein zu stoßen. Die Nonne knickste vor ihr und küßte den königlichen Siegelring an ihrem Finger.

»Willkommen, Herrin«, murmelte sie.

Pierre de Giac runzelte die Stirn, und Isabeau lächelte ihn an.

Die Nonne fuhr fort: »Madame Marie wird jeden Augenblick bei uns sein. Kommt mit in die Abtei. Wir haben die Feuer angeschürt!«

Isabeau folgte der Nonne in den Kreuzgang. Die Waffen von Pierre de Giac und seinen Männern schlugen bei jedem ihrer Schritte klirrend gegen ihre metallenen Beinschienen und erfüllten die Luft mit ihrer Drohung. Die Nonne runzelte die Stirn und Isabeau zischte. »Dies ist ein Haus Gottes, Pierre de Giac! Hast du vielleicht noch den Anstand, die Waffen abzulegen?«

Er zögerte sichtlich, doch die Frauen drehten sich alle fordernd zu ihm und seinen Männern um. Selbst die Laienschwestern, Mädchen einfacherer Herkunft, die um sie herum den Hof fegten und sich anschickten, die Zellen zu wischen, runzelten die Stirn. Pierre de Giac seufzte und begann, sich das Schwert von der Hüfte zu gürten. Auf eine Kopfbewegung hin folgten seine Männer dem Beispiel.

Die Glocke der Klosterkirche begann dumpf zu schlagen, und die beiden wuchtigen Flügel der Kirchentür aus dunklem Holz wurden von innen aufgestoßen. Eine junge Novizin schlüpfte als erste hinaus und legte sich flach, mit zum Kreuz ausgestreckten Armen auf den Boden vor der Schwelle der Kirche. Eine ganze Zahl von Nonnen folgte ihr nun aus der Kirche, schweigend und mit gesenkten Köpfen. Jede von ihnen trat dabei auf die am Boden liegende Frau oder stieß sie hart mit den Fußspitzen an. Einige Male stöhnte das Mädchen vor Schmerz auf.

Katharina sah Isabeau fragend an, doch die zuckte die Schultern. Sie wollte gerade den Mund öffnen und fragen, als sich eine gedrungene Gestalt aus der Gruppe der Nonnen löste. Sie war nicht in Schwarz gekleidet, sondern trug das wollweiße Gewand der Zisterzienserinnen unter einem kürzeren schwarzen Überwurf, dem Skapulier, und einem weißen Mantel, der Kukulle, die hinter ihr auf dem Boden schleifte.

»Mutter! Und du mußt Katharina sein!« rief die Frau und knickste kurz vor Isabeau, ehe sie sie herzlich umarmte. Sie drehte sich zu ihrer Schwester: »Das ist das erste Mal, daß wir uns sehen! Wie hübsch du bist! Sicher haben sie schon einen Ehemann für dich gefunden!« neckte sie sie, und Katharina senkte mit für sie untypischer Scheu den Kopf und errötete. Marie lachte und zwickte ihre jüngere Schwester in die rosigen Wangen.

Pierre de Giac hielt mürrisch von den Frauen Abstand und drehte sich zu seinen Männern. Sie begannen leise zu sprechen.

Isabeau musterte Marie erstaunt. Wie gut ihr Kind aussah! Macht die Abgeschiedenheit von unserer Welt so glücklich, fragte sie sich überrascht. Marie strahlte sie an: Ihre Haut war glatt und durch ein zufriedenes, versorgtes Leben im Kloster ausgepolstert. Sie hatte noch alle Zähne im Mund, und ihre Augen, die dunkel waren wie zwei Kohlenstücke, hatten einen undeutbaren Glanz.

Sie hakte Isabeau vertraulich unter und führte sie durch den Gang hin zu der kleinen Kirche. Vor der Schwelle erhob sich gerade die junge Novizin. Sie hatte Tränen in den Augen und klopfte sich den Staub vom dunklen Gewand aus grober Wolle.

Isabeau sah, wie Maries Gesicht einen strengen Ausdruck annahm.

»Was hat das arme Kind getan?« fragte sie.

Marie schüttelte den Kopf. »Sie ist dreimal zu den Laudes zu spät gekommen, weil sie verschlafen hat. Zudem hat sie während der Arbeitsstunden geschwatzt. Das wird ihr eine Lehre sein! Ich sage dir, Novizinnen zu unterrichten ist schlimmer, als Flöhe zu hüten! Zwei sind mir im vergangenen Jahr schwanger geworden!«

Katharina verzog den Mund wie zu einem Lächeln, sagte aber nichts.

Marie sprach weiter, während sie sich der weit offenen Kirchentür näherten. Als sie vor dem Eingang standen, ergriff sie beide Hände ihrer Mutter.

»Ich lasse dich nun beten gehen, Mutter. Es ist besser, du verrichtest deine Andacht sofort. Du solltest hier allen Beistand finden, den du brauchst.« Sie sah Isabeau einen Augenblick lang in die Augen und küßte sie auf beide Wangen. »Mein Platz ist hier. Aber ich werde froh sein, dir geholfen zu haben.« Dann senkte sie die Augen und flüsterte beinahe unhörbar: »Gott schütze dich, und Gott schütze Frankreich.«

Isabeau fühlte Tränen in ihren Augen aufsteigen und drückte nur schweigend und dankbar die Hand ihrer Tochter. Marie schlug ein Kreuz über den Frauen und murmelte ein Gebet. Dann sagte sie laut, so daß Pierre de Giac sie hören konnte: »In der Küche bereitet man schon ein Mahl für dich und deine Begleiter vor. Wir sehen uns nach deiner Andacht!«

Pierre de Giac rieb sich den Bauch. »Endlich ein vernünftiges Wort in diesem Tollhaus, Madame Marie!« knurrte er. »Und ich hätte nichts gegen einige knackige Novizinnen, die uns nach dem Mahl Gesellschaft leisten!«

Seine Männer lachten und klatschten in die Hände. Marie drehte ihnen den Rücken zu und ging langsam den Kreuzgang hinunter in Richtung des Hauses des Äbtissin. Isabeau war es, als entfernte ihre Tochter sich dankbar mit jedem ihrer Schritte von der anderen Welt jenseits der Klostermauern, mit der sie eben in Berührung gekommen war.

Isabeau legte einen Augenblick lang ihre Hand auf das rauhe, von grobgeschmiedeten Nägeln zusammengehaltene Holz der Kirchentür. Ich betrete dieses Haus Gottes als Gefangene. Wie werde ich es verlassen? Sie atmete tief durch und trat über die niedrige Schwelle. Die Luft im Inneren der Klosterkirche war muffig, und Isabeau fröstelte es. In den Wärmpfannen häufte sich die kalte Asche, und der Atem der kleinen Gruppe schlug Wolken unter den Kreuzbögen des Gewölbes.

Isabeau ging langsam auf die Sakristei zu. Über einem fein gemalten Triptychon nahmen ihre Augen nur flüchtig das Kruzifix, die in Stein gehauenen Figuren der Heiligen und die Glasfenster mit den Bildern der Mutter Gottes wahr. Sie lauschte einen Augenblick lang unruhig in die frostige Stille der Kirche. Kam da nicht ein Wispern und Klirren aus dem Seitenschiff?

Sie hielt den Atem an. Nein, da war nichts: Sie mußte sich getäuscht haben.

Katharina griff Isabeau von hinten am Ellenbogen und zog sie neben sich auf eine der Kniebänke aus schlichtem Holz vor dem Altar. Jehanne de Giac und die Herzogin von Bayern murmelten beide ein Gebet und knieten ebenfalls nieder. Isabeau griff nach ihrem Rosenkranz aus Goldperlen und Emaille. Sie ließ den Kranz einmal betend durch ihre Finger laufen. Die vier Frauen nickten sich dann einmal zu, ehe sie ein leises, aber klares Ave Maria anstimmten. Als Isabeau den Ton vorgab, fiel ihr Blick auf die gefalteten Hände ihrer Hofdame: Jehanne de Giac trug noch immer den Siegelring am Mittelfinger, mit dem sie sie zum Herzog von Burgund geschickt hatte. Fast bereute sie, daß sie ihn ihr geschenkt hatte. Es war das einzige Geschenk, das Johann ohne Furcht ihr je gemacht hatte. Dann richtete sie ihre Gedanken auf das Lied.

In diesem Augenblick sprang die Tür zur Sakristei auf, und Hector de Saveuse stürzte, gefolgt von einem Trupp Burgunder Soldaten, in die Kirche. Isabeau selbst konnte einen überraschten Aufschrei nicht unterdrücken.

Pierre de Giac griff Katharina am Arm und rief: »Wir müssen weg! Die Burgunder und die Engländer sind hier!«

Katharina aber lachte auf, riß sich los und flüchtete sich aus der Bank hinter die schützende Mauer der Burgunder Soldaten. Pierre de Giac schien mit einem Mal zu begreifen, daß er in eine Falle geraten war, und fluchte laut.

Isabeau drehte sich um und rief: »Chevalier de Saveuse, ergreif diese Männer! Sie sind Hochverräter!« Sie zeigte mit anklagendem Zeigefinger auf die Armagnacschen Soldaten am Eingang der Kirche. Die Männer um Pierre de Giac leisteten keinen Widerstand, als die Burgunder sie gefangennahmen. Solange sie lebten, konnten sie ihren Feinden noch ein Lösegeld einbringen, das wußten sie.

Isabeau sah nun, wie Hector de Saveuse sich mit einem Zweihänderschwert auf Pierre de Giac warf und wie dieser die bloßen Fäuste zum Kampf hob. Die schwere Waffe verfehlte de Giac nur knapp, und der blanke Stahl schlug klirrend Funken auf dem Steinboden der Kirche. De Saveuse brauchte all seine Kraft, um die Waffe wieder zu heben, und Pierre de Giac nutzte den Augenblick geschickt. Er trat seinem Gegner gegen den Brustharnisch: Hector de Saveuse strauchelte nach hinten weg, und das Schwert fiel klirrend auf die Platten. De Giac warf sich mit einem Schrei auf den Mann, der jetzt in seinem schweren Brustharnisch, seinem Visier und den verschraubten Arm- und Beinschienen hilflos wie ein Käfer auf dem Rücken lag. Beide Männer wälzten sich am Boden. Als die Burgunder ihrem Anführer zu Hilfe kamen und ihn in seiner schweren Rüstung auf die Füße zogen, rannte Pierre de Giac aus der Kirche. Er fiel zwar an der Schwelle vor Eile einmal über die eigenen Füße, war aber dennoch zu schnell für die schwerbewaffneten Burgunder. Als sie den Kreuzgang erreichten, sahen sie nur noch die Pforte hinter ihm ins Schloß fallen und hörten ihn draußen vor der Mauer nach dem Fährmann rufen.

Isabeau schrie vor Zorn und Enttäuschung auf, doch Hector de Saveuse wischte sich nur das Blut von der Oberlippe. »Laßt, meine Königin, er kommt nicht weit! Das Kloster ist umgeben von unseren Männern, und der Fährmann wird auch von uns entlohnt! Er hat den Auftrag, jeden Flüchtigen wie eine Katze zu ersäufen.« Er strich sich erschöpft das verschwitzte, dunkle Haar aus der Stirn, ehe er in seiner Rüstung umständlich das Knie vor Isabeau beugte. »Ihr seid frei, meine Königin«, erklärte er. »Der Herzog von Burgund hofft, noch vor dem Mittagsmahl bei Euch zu sein!«

Isabeau spürte bei diesen Worten den Herzschlag aus ihrer Brust in ihre Kehle steigen, bis er ihren trockenen Mund ausfüllte. Es schmeckte bitter und sehnsuchtsvoll. Nur noch einige Stunden, dann sollte er bei ihr sein. Die Monate der Gefangenschaft hatten ihren Geist stumpf und ihre Haut fahl werden lassen. Gefiel sie ihm noch? Und schließlich: Kam er zu ihr als der Frau oder der Königin? Ihre eben noch leuchtende Freude über die wiedergewonnene Freiheit färbte sich mit den dunkleren Tönen der Furcht ein. Ging dieses Gefühl denn nie, nie vorbei? Ihr Herz fügte sich in seine Unruhe, ihre Seele in ihre Ungeduld. So wie es war, so sollte es dann eben sein.

»Ich danke dir, Chevalier de Saveuse«, sagte sie leise und faltete ihre Hände unter den weichen Fellmanschetten ihres Mantels, um das plötzliche Zittern ihrer Finger zu verbergen.

6
Der Kampf um Paris

Yolanda sah lange und aufmerksam auf das Schachbrett, das vor ihr stand. Ihre Kemenate in ihrem Schloß von Saumur war angenehm warm: Die Scheite knackten leise im lodernden Feuer des hohen Kamins, und eines ihrer trächtigen Windspiele drehte gerade den Flammen seinen runden Bauch zu. Sie sah aus den Augenwinkeln, wie Karl zum wiederholten Male seine Finger in die silberne Schale mit dem bunten Rand aus Halbedelsteinen neben dem Schachbrett wandern ließ, um sich ein weiteres Stück Honigkuchen zu nehmen.

Wenn das so weiterging, wird er noch zu dick, um je in eine Schlacht zu reiten! dachte sie bei sich.

Sie legte den Zeigefinger auf ihr Pferd, und Karl seufzte vor Ungeduld auf.

Yolanda lächelte und sah ihn einen Augenblick lang an: Du mußt lernen zu warten. Du wirst vielleicht noch sehr lange warten müssen! sagte sie sich und ließ die Kuppe ihres Fingers unentschieden auf dem Elfenbein der Spielfigur kreisen.

Zwischen den hellen Augenbrauen des Kronprinzen bildete sich eine steile Falte, und er verzog mißmutig den Mund. Mit einem Mal ließ sie das Pferd los und tat einen entschlossenen Zug mit dem Läufer, quer über das Spielbrett.

Er übersah das Spielbrett, lehnte sich zurück und nahm einen Schluck Wein.

»Du bist am Zug, Karl«, sagte sie leise.

Er nickte nur. Seine Finger trommelten auf dem Spielbrett. Dann schob er seine Unterlippe unzufrieden vor. »Ich weiß nicht, welchen Zug ich tun soll!« maulte er. Yolanda seufzte. Sie legte ihre Hand erst weich auf die seine und fuhr ihm dann durch das feine blonde Haar, das sich in seinem Nacken zu Locken kräuselte.

»Welcher ist der mächtigste Spieler auf dem Brett? Der, auf den du achten mußt?« half sie ihm weiter.

Karl überlegte nicht lange. »Der König«, sagte er selbstzufrieden.

»Wirklich?« fragte Yolanda leise, mit hochgezogenen Augenbrauen.

Karl sah wieder auf das Spielbrett und nahm noch ein Stück Kuchen. Er kaute laut darauf herum und schien nachzudenken.

Schließlich gab Yolanda ihm die Antwort. »Die Königin, Karl! Gib immer auf die Königin acht! Das solltest du doch mittlerweile wissen.« Sie konnte den Spott in ihrer Stimme nicht unterdrücken.

Mit einem Mal fegte er die Spielfiguren vom Brett. Sie landeten klappernd auf den Steinfliesen, als er rief: »Immer die Königin! Die Königin! Ich kann es nicht mehr hören! Wäre sie den Armagnacs nicht im vergangenen Herbst entkommen, so hätten wir eine Sorge weniger am Hals!«

Yolanda sprang auf und wollte ihn zurechtweisen, besann sich dann aber eines Besseren. Sie ging um den Tisch herum und schlang ihre Arme um den sitzenden Prinzen, um ihn zu beruhigen. Erst als sie begann, sein Haar zu küssen, konnte er weitersprechen.

»Frankreich hat nun zwei Regierungen – die von Armagnac in Paris und die meiner Mutter und des Herzogs von Burgund in Troyes! Sie hat sich ein königliches Siegel anfertigen lassen und hat an alle Städte geschrieben, daß sie nun die rechtmäßige Macht im Lande ausübt – so als hätten all die anderen Bestimmungen meines Vaters kein Gewicht! Sie, eine Fremde, die offen hurt, erst mit jedem beliebigen Ritter, und nun wohl mit dem Herzog von Burgund! Und wir, was machen wir? Wir sitzen hier nur herum und warten, daß andere die Entscheidungen für uns treffen! Aber wenn ich mal König bin, dann hat es damit auch ein Ende! Ich werde über ein geeintes, starkes Frankreich herrschen! Es sollen ein Land und ein Reich sein, wie man es bisher nicht gesehen hat!«

Yolanda klatschte in die Hände: »Bravo! Du sprichst wie ein wahrer Herrscher!« rief sie froh.

Sie beugte sich nach vorne, nahm seinen Kopf zwischen ihre Hände und küßte ihn mit geöffneten Lippen. Er erwiderte ihren Kuß gierig, und Yolanda erlaubte seinen Händen, sich um ihre Taille zu legen. Heute nacht muß ich ihn wohl wieder zu mir lassen, dachte sie mißmutig. Sie spürte, wie seine Hände über ihre Schenkel glitten und er sie zu sich auf den Schoß ziehen wollte. Der Kronprinz wollte offensichtlich nicht mehr bis zum Abend warten.

In diesem Augenblick sagte eine klare Stimme von der Tür her: »Er spricht wie ein wahrer Herrscher, aber er verhält sich kaum wie ein rechter Schwiegersohn!«

»Marie!« rief Karl entzückt und ließ Yolanda augenblicklich los. Die beobachtete, wie Karl zu seiner jungen Frau eilte und ihr die Hand küßte, ehe er Maries Finger zwischen seine Hände nahm und ihre Haut warm rieb.

»Deine Hände sind kalt. Warst du bei diesem ekelhaften Wetter draußen vor der Tür? Weshalb? Wenn du nicht aufpaßt, erkältest du dich noch!« mahnte er sie.

Marie schien bei seinen besorgten Worten gegen ihren Willen lächeln zu müssen. Dann aber wandte sie sich an ihre Mutter, und ihr Gesicht wurde wieder ernst.

»Ich war draußen, um Agnés zu verabschieden«, sagte sie anklagend.

»Deine *Mignonne*? Verreist sie denn? Dies sind keine Zeiten, in denen ein Edelfräulein auf den Straßen unterwegs sein sollte! Ein Dorf nach dem anderen wird geplündert, und die Klöster werden in Bordelle umgewandelt«, meinte Karl erstaunt.

Marie sah ihn nicht an, sondern hielt ihre Augen auf Yolanda geheftet. »Mutter hat sie an einen Grafen der Gascogne verheiratet. Er ist mehr als zwanzig Jahre älter als sie und schon zweimal verwitwet! Ich werde sie wohl zu meinen Lebzeiten nicht wiedersehen.«

Yolanda hielt dem Blick ihrer Tochter stand. »Und das ist auch gut so. Die Zeiten für Kindereien sind vorbei, Marie«, erklärte sie. Marie errötete, sagte aber nichts.

Yolanda sprach weiter: »Was wir brauchen, sind Erben für Frankreich! Was wir brauchen, bist du! Momentan lebt Karl und erfreut sich bester Gesundheit. Aber was sollen wir tun, wenn ihm etwas geschieht? Er ist der letzte lebende Sohn des Königs!« Ihre Stimme klang bestimmt. Ganz konnte doch die Erziehung, die sie Marie gegeben hatte, nicht fehlgeschlagen sein?

Karl sagte nichts, führte aber Maries Hand wieder an seine Lippen. Er sah sie dabei flehend an, und sein Blick erinnerte Yolanda an ihre Windspiele zur Futterzeit.

Ein kleines Lächeln erschien auf Maries Lippen. »Wir werden sehen«, meinte sie.

Karl aber drehte sich zu Yolanda hin. »Als wir im vergangenen Sommer in Paris bei meinem Vater waren ...?« begann er.

»Ja?« fragte Yolanda nach, ging in die Knie und machte sich daran, die Schachfiguren aufzusammeln. Sie ärgerte sich über das Ungestüm des Dauphins: Das Brett und die Figuren waren für den verstorbenen Herzog von Anjou jenseits des Mittelmeeres im Land der Ungläubigen aus Elfenbein und Ebenholz angefertigt worden, und nun waren einige der teuren Figuren zerbrochen.

»Was meinte der König damit, als er sagte – meine Mutter habe ihm stets geschworen, ich sei sein Sohn, aber er hat ihr nie geglaubt?« fragte Karl.

Yolanda schüttelte ungeduldig den Kopf. »Ammenmärchen und das Geschwätz eines Wahnsinnigen! Wer kann darauf schon etwas geben?« Sie schien zu überlegen, als sie den Mangel an Überzeugung in seinem Blick sah. Dann bestimmte sie mit einem Mal: »Aber du hast recht: Laß uns nach Paris aufbrechen! Wir können hier nicht mehr tatenlos sitzen. Ein Dauphin gehört nach Paris!«

Ihre Finger hielten bei ihren letzten Worten eine der Schachfiguren fest umklammert. Als sie ihre Hand öffnete, lag die aus Elfenbein geschnitzte Königin in ihrer Handfläche. Die Figur schimmerte und hatte keinen einzigen Sprung. Yolanda seufzte: Zwar war Tanguy du Chastel in Paris, um in der Nähe von Bernhard von Armagnac zu sein, aber sie vertraute niemandem so sehr wie sich selbst.

⚜

Isabeau drehte sich auf den Rücken und sank dabei tiefer in die Kissen aus reinem Linnen, die fest mit Daunenfedern ausgestopft waren. Der Morgen begann so gut und friedlich, daß sie sich beinahe vor dem Mittag fürchtete: Besser konnte der Tag nicht mehr werden. Die Vorhänge aus doppelt gewebtem dunkelgrünem Damast waren nicht vor die Fenster gezogen worden, und das helle Frühlingslicht strich in willkürlich fließenden Mustern über die schwarzweißen Steine des Fußbodens, ehe es auf die kräftigen Farben der chinesischen Teppiche traf. Im Kamin verglühten die aus der Nacht übriggebliebenen Scheite und gaben dem Raum ihre letzte Wärme. Niemand hatte bisher nach dem Kammerdiener geläutet, und alles befand sich noch in der friedlichen Unordnung des Vorabends, als sie hier unter der Begleitung von zwei Musikanten gespeist, Karten gespielt und sich dann geliebt hatten. Die Reste des Mahls standen noch auf dem runden, hohen Tisch vor dem Kamin, in dem man einen ganzen Ochsen am Spieß drehen konnte, und einige Kissen aus Samt lagen auf dem Boden verstreut. Auf ihnen schliefen nun friedlich die Jagdhunde des Herzogs von Burgund.

Sie wandte den Kopf: Johann ohne Furcht schlief noch, und sie unterdrückte ihr Verlangen, den eingegerbten Zügen seines Gesichtes neugierig mit ihrem Finger zu folgen. Dabei gab es in seinem Antlitz immer etwas Neues für sie zu entdecken! Sie genoß die wenigen friedlichen Augenblicke, die sie mit ihm in der Bettstatt hatte. Es war nicht einmal so sehr die Liebe mit ihm, die sie am meisten genoß, obwohl es ihr schien, als habe sich ihr Körper sein Leben lang nach seinem Gewicht gesehnt. Vielmehr suchte sie die Gespräche mit ihm, ebenso die Augenblicke, in denen sie beide nur still dalagen und überlegten, wie das Leben wohl weitergehen sollte. Gemeinsam schweigen zu können, welch ein Sieg! Ihren Gedanken schienen dann Flügel zu wachsen, mit denen sie toll wie junge Singvögel im Raum umherschwirrten, ihn mit dem Jubel ihrer Stimmen erfüllten. Wenn Isabeau die Augen schloß, so glaubte sie den Atem des Schicksals wie eine Brise auf ihrer Stirn zu spüren. So wie es jetzt war, so sollte es immer bleiben. Sie labte sich an dieser Nähe zu ihm wie eine Katze an einer Schale Sahne. Sie wuchs an der Vorstellung, daß er doch ohne sie nicht sein konnte, wie wilder Wein an einer sonnigen, aber doch vom Stein kühlen Mauer. Der König war nicht mehr ihr Mann, sondern nur ein unglückliches Wesen, das Gott seit beinahe zwanzig Jahren für die Sünden seiner Vorväter büßen ließ. Sie war dem armen Chevalier de Bosredon noch immer dankbar für den Augenblick der Ruhe, den er ihr geschenkt hatte. Ohne ihn hätte sie ihre Kraft nicht wiedergefunden: ihre Kraft, zu leben, zu hoffen, zu kämpfen. Aber nun lebte sie hier und heute, und wer wußte, wie viele solcher Tage ihr noch vergönnt waren? Dies jedoch, dies war das Leben, dies war die Liebe! Dies jedoch, das war der Herzog von Burgund!

Ihre Hand fuhr nun doch durch sein dunkles Haar, über seine Wange, und sie zupfte ausgelassen wie ein junges Mädchen an seinem Spitzbart.

Er verzog den vollen Mund, und sie mußte lachen, als er die Augen aufriß und seine Hand sofort an seine nackte Seite ging, dorthin, wo normalerweise sein Schwert hing. Er entspannte sich augenblicklich, mahnte sie jedoch: »Lach nicht! Mit einer Frau wie dir muß man auf alles gefaßt sein!«

Sie wurde ernst. »Was meinst du damit?«

Er zuckte die Schultern, rieb sich die Augen und setzte sich in den Laken auf. »Menschen wechseln heute schneller ihre Bündnisse als Damen ihre Haartracht!«

Isabeau setzte sich ebenfalls auf und umfaßte seine Handgelenke. »Mein schöner, stolzer Cousin! Ich muß dich von allen Männern dieses Reiches als einzigen lieben! Wer sonst hat auf meine Bitte hin alles stehen- und liegenlassen und hat mich befreit? Ich werde dein Vertrauen nie, niemals enttäuschen, weil du mich liebst! Und weil du den König liebst, seine Kinder, dieses Reich und sein Volk!«

Er nickte und rieb sich geistesabwesend den Daumen, ehe er rauh lachte. »Nun, es gibt Menschen, die ich mehr geliebt habe als die Söhne des Königs!« gab er zu. »Für Madame Katharina aber will ich gerne eine guten Mann suchen, es ist an der Zeit, sonst macht sie uns noch Schande!«

Isabeau überhörte jede Anspielung auf eine mögliche Trennung von Katharina, aber sie nahm beide Hände des Herzogs in die ihren. Ihr Laken verrutschte dabei, und sie saß nackt bis zur Leibesmitte im Bett. »Alle Söhne des Königs sind tot, Johann. Insofern hast du dir nichts mehr vorzuwerfen«, sagte sie leise.

Er sah sie an, ohne recht zu verstehen. »Tot? Alle? Ja, sicher, deine anderen Söhne, ja ... aber was ist mit Karl?«

Sie schüttelte den Kopf. »Er hat mich als seine Mutter verstoßen. Was bindet mich noch an ihn? Wer kann denn schon sagen, wer sein Vater ist? Wer kann es denn wissen, wenn nicht ich?« fragte sie ihn leise. Bei diesen Worten lief es ihr heiß durch den Körper, und sie verstand, wie ein Ritter des Kreuzzuges sich fühlen mußte, der eine mächtige, tödliche Waffe hoch über seinem Kopf schwang, ehe er sie auf die Ungläubigen niederfahren ließ. »Was, wenn er nicht von Karl dem Sechsten gezeugt worden ist?« fragte sie Johann ohne Furcht leise.

»Mein Gott, Isabeau!« flüsterte Johann ohne Furcht und strich ihr weich über das Gesicht. »Denk nach, meine Königin, ehe du diese Worte jemals wiederholst oder dies öffentlich erklärst! Denk nach, denn du triffst damit nicht nur ihn und die Herzogin von Anjou. Dies ist ein zweischneidiges Schwert, meine Königin, mit dem du dich selbst tief verletzen kannst. Willst du das wirklich auf dich nehmen? Den Ruf, eine Ehebrecherin und Mutter eines außerehelich gezeugten Sohnes zu sein? Nicht besser als eine königliche Hure? Dein Name kann in alle Ewigkeit verdammt sein ...«, sagte er warnend.

Sie ergriff seine Handgelenke und zwang ihn, sie anzusehen. »Mein Name? Was bedeutet er noch, Johann? Hat man mir nicht schon soviel genommen? Wieviel Liebe habe ich Karl gegeben! Und was tut er? Er hurt mit der Herzogin von Anjou und verstößt mich! Er hat als erster gesagt, ich sei nicht mehr seine Mutter!« Ihre Worte gingen fast in einem Schluchzen unter, und in die Tränen der Trauer mischten sich nun Tränen der Wut. Sie setzte sich mit einem Ruck auf. »Die Herzogin von Anjou will kämpfen? Nun, sie hat noch nicht einmal eine Ahnung davon bekommen, wie mächtig ihre Gegnerin ist!« fauchte sie.

Johann ohne Furcht sah sie einen Augenblick lang schweigend an und schüttelte dann den Kopf. »Isabeau, Isabeau ... Versprich mir, daß du eine solche Erklärung nie leichtfertig abgeben wirst. Laß sie uns als letzte, als allerletzte Möglichkeit betrachten! Wir hassen die Armagnacs, aber die Engländer stehen wieder in Frankreich! Heinrich rückt mit jedem Tag weiter in unser Land vor!« erinnerte er sie. »Ein Spiel, wie wir es spielen, ist nicht mit Haß und Trotz zu gewinnen.«

»In der Not frißt der Teufel Fliegen!« entgegnete Isabeau trotzig.

Johann ohne Furcht strich ihr das schwarze Haar aus dem Gesicht und über ihre Schulter. »Fliegen ja – aber keine haarigen Hummeln wie Heinrich von England!« lachte er. »Schau, derzeit bekommt es Frankreich noch besser, wenn Franzosen miteinander kämpfen und verhandeln, als wenn unser Reich an Heinrich von England geht und du Katharina mit ihm verheiraten mußt! Bitte, hör auf mich. Laß uns abwarten, was geschieht.«

»Ich kann dir sagen, was geschieht! Wir sitzen hier mit unserer Regierung in Troyes, während Paris noch immer den Armagnacs gehört! Wie sollen wir ihnen oder den Engländern in der Normandie die Stirn bieten, wenn uns nicht einmal die Hauptstadt gehört?« fuhr sie ihn an.

Er musterte sie schweigend, und seine blaugrünen Augen schillerten undeutbar im wechselnden Morgenlicht. Dann nickte er. »Du hast recht. Wir brauchen Paris, und wir werden es uns nehmen.«

»Aber wie?« fragte sie erstaunt. »Paris jetzt den Armagnacs zu entreißen, das bedeutet Tausende und Abertausende von Toten! Willst du das? Uns bleiben keine Untertanen mehr, wenn wir da weitermachen, wo Bernhard von Armagnac aufgehört hat!«

»Laß das meine Sorge sein!« murmelte er, und sie spürte, wie seine Arme sich um sie schlangen und seine Hände geistesabwesend über ihre schweren Brüste fuhren. Ihre Brustwarzen richteten sich verlangend auf, und sie drängte sich an ihn. Er erwiderte ihren Kuß, und sie spürte seine Berührung über ihren Bauch und ihre Hüften zwischen ihre Schenkeln wandern. Wie dunkel die sonnengegerbte Haut seiner Hände auf ihrem hellen Körper wirkte! Seine Finger glitten in ihrer Feuchtigkeit auf und ab, und sie öffnete die Beine weiter für ihn. Sein Mittelfinger kreiste sanft und beharrlich um die geheime Stelle ihrer Lust, bis ihr ganzes Sein sich um diese tiefe Mitte bündelte. Isabeau schrie leise auf und barg ihren Kopf gesättigt an seinem Nakken. Sie ließ es zu, daß er sie auf den Bauch drehte und ihre Hüften mit einem Ruck an die seinen zog. Sie öffnete ihre Schenkel weiter für ihn und zog sich eines der Kissen unter ihre Brust. Der Augenblick, in dem er in sie eindrang, war für sie immer wieder neu, immer wieder überraschend: das unglaubliche Gefühl, wenn ihr Körper sich dem seinen anpaßte und sie zu einem Wesen verschmolzen. Er begann, sich in ihr zu bewegen, und sie fing ihn auf, während seine Hände über ihren vollen Hintern, über ihre Leibesmitte bis hin zu ihren Schulterblättern strichen und er mit einem Schauer in ihr kam. Sie ließ ihre Gedanken seinem keuchenden Atem folgen und streckte sich langsam auf den Kissen aus, so daß er sich auf sie fallen lassen konnte. An ihrem Schulterblatt spürte sie nun seinen raschen Herzschlag, an ihrer Nackenbeuge seinen warmen, von der Liebe noch raschen Atem. Dann rollte er sich von ihr herunter und seufzte zufrieden. Er zog mit einem Mal das Laken über ihren nackten Körper und sah über ihre Schulter zur Tür hin. Der Ausdruck seiner Augen wandelte sich, so daß Isabeau sich ebenfalls rasch umdrehte.

In der nun offenen Tür stand Jehanne de Giac: Sie trug ein enganliegendes Kleid aus schimmerndem blauem Samt, das die Schönheit ihres schlanken Körpers durch seinen einfachen Schnitt unterstrich. Um ihren schmalen Hals trug sie eine schwere Goldkette geschlungen, die mit Saphiren und Smaragden besetzt war. Auch der feine Schleier, der ihre Haare bedeckte, wurde von einem Stirnreif aus gehämmertem Gold gehalten. Sie muß einen reichen Liebhaber haben, dachte Isabeau. Hinter Jehanne de Giac konnte sie eine Magd erkennen, die eine Schale mit heiß dampfendem Wasser trug. Über ihrem Arm hing sorgsam gefaltet ein Tuch aus reinem Leinen.

»Was tust du hier, Jehanne?« fragte Isabeau überrascht.

Die Dame de Giac errötete und knickste. »Verzeiht, ich wollte den Herzog von Burgund für den Barbier vorbereiten«, entschuldigte sie sich verwirrt. »Ich wußte nicht, das Ihr hier seid, Herrin.«

Isabeau wedelte nur ungeduldig mit der Hand, und die Hofdame zog sich mit einem fragenden Blick zum Herzog zurück. Als sie ging, schien es etwas dunkler in dem Raum zu werden. Als Isabeau sich wieder Johann ohne Furcht zuwandte, war der bereits aufgestanden und zog sich gerade seine Beinlinge aus feinem Leder über. Er pfiff ein Lied und fuhr sich einmal durch die dunklen Haare, die nach dem Schlaf und der Liebe wie bei einem Jungen in alle Richtungen abstanden.

»Ist sie nicht schön wie ein Engel?« fragte er dann, als er sich wieder zu Isabeau hindrehte.

»Seit wann ist es die Aufgabe meiner Hofdamen, dich zur Rasur vorzubereiten?« fragte sie ihn statt einer Antwort und versuchte dabei, ihre Stimme gleichgültig klingen zu lassen.

Er zuckte mit den Schultern. »Kennst du nicht den alten Aberglauben? Wenn eine schöne, junge Frau dir das Wasser zur Rasur bringt, dann wird dich nie ein Messer an der Kehle verletzen oder sie dir durchschneiden – weder das des Barbiers, noch sonst eine Klinge!« lachte er.

»Dann kann ich dir doch am Morgen das Wasser bringen!« meinte sie herausfordernd.

Er lächelte nur und schwieg.

⚜

Yolanda lauschte in die dunkle Stille des Hôtel Petit-Musc. Aus irgendeinem Grund wollte sie diese Nacht im Haus des Dauphins in Paris den hohen Leuchter aus vergoldetem Silber neben ihrer Bettstatt nicht löschen, und sie zögerte auch, die Vorhänge, die von den vier Pfosten des Bettes in unzähligen Falten zu Boden fielen, zuzuziehen. Ihr Bett schien ihr mit einem Mal ein rettendes Boot in einer See aus Betrug und Verrat zu sein. Als sie vor einigen Tagen in Paris angekommen waren, schien irgend etwas in der Hauptstadt anders, verändert zu sein. Aus den Gesichtern der Pariser war die Furcht und die Duldsamkeit verschwunden. Auf der Place du Parvis, vor der Sorbonne, in Les Halles und auf dem Cour des Miracles sammelten sich die Menschen zu ungewöhnlicher Stunde, sie rotteten sich zusammen, und ihre unzufriedenen Stimmen, ihre leisen Beratungen füllten grollend und schwer wie ein heranziehendes Gewitter die Straßen der Stadt. Nur die Knüppel, Piken und Äxte der Armagnacschen Soldaten konnten sie auseinandertreiben. An den Häusern der *Bourgeois* häuften sich die Gaunerzinken, und wer konnte schon sagen, welche Botschaft sie wirklich verkündeten? Bernhard von Armagnac hatte vor einigen Wochen willkürlich Geiseln aus beinahe allen Familien in Paris genommen: Sie waren in Senlis gefoltert und gevierteilt worden. Die Überreste der geschundenen Körper hatte er in die Straßen von Paris werfen lassen, wo die Familien nach den Ihren suchen durften. Sie mußten sich dabei beeilen: In der Nacht schwammen die Wölfe der umliegenden Wälder die Seine hoch, um sich knurrend und heulend um die Leichen zu balgen. Bernhard von Armagnac war selbst wie ein Tier, das Blut trank.

Im Gang knackte es, als gingen Füße vorsichtig über die Dielenbretter.

Yolanda setzte sich auf und lauschte in die Dunkelheit. Sie konnte den leisen Atem der Nacht nicht von ihrem eigenen unterscheiden. Die Glocken des Couvent des Cordeliers schlugen, doch sie versuchte vergebens, die Schläge zu zählen. Ihr Geist wanderte unruhig von einer Ecke des Raumes zur anderen, und sie konnte ihn nicht bändigen. Durch das offene Fenster zog ein leichter Wind durch den Raum, und das Wachs des Kerzenleuchters tropfte zischend auf die Holzplatte des kleinen Tisches, der neben ihrem Bett stand. Widerwillig schwang Yolanda die Beine über den geschnitzten Rand der hohen Bettstatt und ging mit bloßen Füßen über die Steinplatten und Teppiche der Kemenate an das Fenster, um die Läden zu schließen. Es war Mai, und sie wollte eigentlich die frische Frühjahrsluft genießen. Am Fenster angekommen, beugte sie sich aus der Öffnung und sah einen Augenblick lang auf die Stadt, die doch zu dieser Stunde schlafen sollte. Sie blickte zum Horizont und stutzte: Wie spät war es? Wie konnte sie schon das Morgenrot über den Mauern der Stadt sehen? War das Grollen, das aus den entfernteren Straßen an die Mauern des Hôtel Petit-Musc rollte wie eine Welle an den Strand der Normandie, ein morgendliches Gewitter? Sie lauschte angestrengt und erschrak: Nein, es waren Stimmen, rauh, heiser, fordernd und blutdürstig. Sie kamen näher und näher, und der Himmel über der Stadt wurde leuchtender und heller, bis das beißende Orange dort über der Mauer, der mächtigen, uneinnehmbaren *Enceinte* von Karl dem Fünften, sich zu dem glühenden Feuerrot des Burgunder Kreuzes wandelte. Da erst begriff Yolanda: Paris brannte! In die bittere Asche der Stadt, die der Wind nun zu ihr hintrug, mischten sich die Rufe: »*À Mort! À Mort, les Armagnacs! Tuez tous*!« Gleichzeitig wurde in anderen Gassen ein Lied angestimmt: »*Duc de Bourgogne, Dieu te tienne en joie, Duc de Bourgogne, Dieu te tienne en joie!*« Es schien nun von Tausenden von Stimmen getragen zu werden. Dazwischen hörte sie jedoch auch einzelne Rufe: »Friede! Friede! Es lebe Burgund!«

Yolanda zögerte nicht: Der Dauphin mußte gerettet werden! Sie warf sich im Laufen ihren Frisiermantel aus Spitze über das leichte Nachtgewand, aber ehe sie die Tür erreichte, wurde diese auch schon von außen aufgestoßen. Yolanda griff zu dem Leuchter neben dem Bett, um auf die Eindringlinge einschlagen zu können, doch zu ihrer Erleichterung sah sie Tanguy du Chastel in der offenen Tür stehen.

»Was ist geschehen?« rief sie, als er sie kurzerhand am Handgelenk griff und aus dem Zimmer zog. Der Leuchter fiel scheppernd auf den Steinboden, und sie hatte gerade noch Zeit, die Flammen der Kerzen auszutreten, ehe sie Tanguy folgen mußte.

»Ein kleiner Nachtwächter hat den Burgundern eines der Stadttore geöffnet, und nun machen sie Hatz auf die Armagnacs! Wir müssen weg! Wo ist der Dauphin?« Er zog sie in den Gang, und sie hatte Mühe, sich seinem Laufschritt anzupassen.

»In seinem Gemach, er schläft!« rief sie entsetzt.

Überall im Hôtel Petit-Musc waren nun die Bediensteten und die Höflinge aufgeschreckt, sie stürzten mit vom Schlaf zerwühltem Haar und müdem Blick auf die Gänge, und Yolanda und Tanguy hatten Mühe, sich einen Weg durch die verschreckten Menschen zu bahnen. Als sie schließlich die Tür zum Zimmer des Dauphins öffneten, schlief er dort wie ein Kind mit offenem Mund. Er hatte seine Arme um eine mollige, nackte Magd geschlungen, die ruhig neben ihm atmete: Yolanda sah neben seinem Bett eine leere Weinbrandkaraffe stehen. Tanguy du Chastel zögerte nicht lange, sondern griff den schnarchenden Prinzen mitsamt seinem Laken und legte ihn sich wie ein Bündel über die Schulter.

»Los, wir müssen weg!« keuchte er unter seiner Last.

Als die Magd erwachte, sich die Augen rieb und zu schreien begann, waren Yolanda und Tanguy mit ihrer Beute schon zur Tür hinaus. Sie drängten sich die Freitreppe in den gepflasterten Hof hinunter, wo schon von der Rue Saint-Antoine her die ersten Axthiebe gegen das Tor des Hôtels donnerten. Yolanda hörte eine Lage des Holzes nach der anderen splittern. Die starken Nägel, die das Tor zusammenhielten, sprangen einer nach dem anderen in die Luft. Die Fackeln des Pariser Volkes drangen mit einem bedrohlichen Licht in den stillen und dunklen Hof des Hôtels ein, sie fraßen sich mit gierig langen Zähnen in die eben noch friedliche Stille des nächtlichen Hauses. Im Schein der Flammen wurden die tausend Gesichter der Pariser zu einer einzigen bedrohlichen Fratze.

Yolanda schrie auf und drängte sich ängstlich an Tanguy du Chastel. »Sie kommen, um uns zu töten! Sie wissen, daß wir mit dem Dauphin hier sind!« jammerte sie.

»Durch die Küche!« bestimmte der nur und griff sie wieder am Handgelenk.

Der Weg zurück durch das Hôtel Petit-Musc schien ihr endlos, die Höflinge fielen übereinander, schlugen aufeinander ein, sie suchten einen Weg ins Freie wie Ratten, denen der Kammerjäger in ihren Gängen mit seinem Rauchwerk und seinen Fallen nahe und immer näher kommt. Hinter ihnen hörte Yolanda nun Flammen knistern, und als sie sich umdrehte, sah sie, wie die Treppe von einem lodernden Feuer ergriffen wurde. Die Funken sprühten aus dem spröden Holz, und die plötzliche Hitze im Inneren des Hôtels schien ihr die Wimpern und die Brauen zu versengen. Sie drängten sich weiter, erreichten endlich die Küche, wo über dem Feuer des Kamins noch die Suppe der Nachtwache brodelte, und von dort aus führte sie eine kleine

Tür ins Freie. Yolanda atmete erleichtert auf, sie sehnte sich nach der Frische der Nachtluft, doch die Dunkelheit war bereits mit Blut, Feuer und Tod getränkt. Die Menschen in Paris hatten sich in Wesen verwandelt, die nur aus drohenden Fäusten, aufgerissenen Mündern und einer blutrünstigen Rachsucht zu bestehen schienen: Auf der Straße hinter dem Hôtel tummelte sich das Volk, die Gaffer, die Plünderer und die Mörder. Sie hatten sich die Köpfe der ersten gemeuchelten Armagnacs auf die Spitzen ihrer Piken gesteckt. Ihre Umrisse schwankten wie grausame Vogelscheuchen im blutroten Gegenlicht der Feuer: Auf den Scheiterhaufen an den Straßenecken brannten Körper, an denen die weiße Binde über der Brust zu Asche verschmorte. Die Anhänger des *Connétable* Armagnac unter den Bürgern, ob Mann, Frau oder Kind, wurden an den Haaren aus ihren Häusern gezerrt und auf den Straßen erschlagen. Aus den Fenstern wurden Möbelstücke, Teppiche und alles, was nicht niet- und nagelfest war, in die Gassen geworfen, wo sich ein jubelnder Mob auf das reiche Plündergut warf.

Mit einem Mal drängte Tanguy Yolanda so heftig gegen die Hauswand, daß sie vor Schreck aufschrie. Der grobe Putz aus Stroh, Kalk und Mörtel grub sich in ihre Haut.

»Seht doch, Herzogin!« flüsterte er nur.

Die Menge auf der Straße teilte sich nun vor einem Zug von Männern. Die eben noch vor Wut schäumende Masse teilte sich für die Reiter, und die Stimmen verstummten für einen Augenblick.

»Ist das der Herzog von Burgund?« fragte Yolanda ängstlich. Sie konnte nichts sehen, da zu viele Menschen sich um sie herum drängten.

Tanguy versuchte, mit zusammengekniffenen Augen mehr zu erkennen und schüttelte dann den Kopf. »Nein, das ist Capeluche, der Henker von Paris. Und – Bernhard von Armagnac!« fluchte er leise. Yolanda legte eine Hand auf seine Schulter und ging auf die Zehenspitzen, um den *Connétable* von Paris besser sehen zu können. Der Scharfrichter von Paris ließ seinen kräftigen Schimmel im Schritt gehen: Seine nackte Brust glänzte im lodernden Schein der Fackeln, und Yolanda schien es, als richte er seine Augen hinter dem schmalen Schlitz seiner roten Kapuze direkt auf sie. Ihr schauderte. Das Schwert, das seitlich ohne Hülle von seinem groben, breit geschnürten Gürtel hing, war von Blut verkrustet, und ein Schwarm Fliegen folgte ihm und seinem Kaltblüter wie treue Untertanen ihrem Fürsten.

Yolanda preßte sich vor Ekel und Entsetzen die Hand vor den Mund.

Erst als das Pferd an ihr vorübergeschritten war, sah sie den Mann, der am Schweif des Rosses festgebunden war. Er kroch mehr, als daß er ging. Sie erkannte Bernhard von Armagnac kaum unter all den Wunden in seinem Gesicht. Er hielt sich nur mit Mühe auf den Füßen, und jedesmal, wenn er mit einem Schmerzensschrei auf seine zertrümmerten Knie fiel, begann die Menge mit allem, was sie in den Händen hielt, auf ihn einzuschlagen, an ihm zu reißen und ihn anzuspucken.

Capeluche hob daraufhin die Hand, drehte sich im Sattel um und mahnte die Menge wie ein geduldiger Vater seine ungehorsamen Kinder: »Langsam, habe ich gesagt!«

Die Menge aber schrie und forderte: »*Tuez d'Armagnac! Tuez ses bandites!* Ehe nicht alle seine Banditen tot sind, werden weder die Königin noch unser Herzog in die Stadt kommen.«

Dennoch ließen sie einen Augenblick von dem *Connétable* ab, der sich nun auf den Pflastersteinen krümmte und vor Schmerz heulte. Die Augen der Menge saugten sich an ihm fest, ihre Blicke hielten ihn umfangen wie tausend Arme: Daß er ihnen ja nicht entkam! Von Armagnac zog sich mühsam wieder auf die Knie, Rotz und Tränen liefen ihm über das Gesicht, und einen Augenblick lang sah es so aus, als wollte seine Armagnacsche Schärpe sich auflösen. Erst bei seiner folgenden Bewegung begriff Yolanda, daß er weder Hemd noch Schärpe trug: Die *Bande*, das Wahrzeichen seiner gehaßten und gefürchteten Truppen, war ihm mit einem Messer tief und so blutrot wie das Kreuz der Burgunder in die blasse Haut eingeschnitten worden. Da trieb Capeluche seinen Wallach mit einem frohen Pfeifen an: Der *Connétable* schrie heiser auf und wurde außer Sichtweite geschleift. Die johlende Menge schloß sich hinter ihm, undurchdringlich wie eine Mauer, ehe sie sich gehorsam für den nachfolgenden Zug von Reitern wieder öffnete.

Yolanda drängte sich dichter an Tanguy, als sie den Mann in der Mitte der nun heranreitenden Gruppe erkannte: Der Halbgreis, der auf dem Rücken seines braven Braunen festgebunden saß und der in die tobende Menge winkte, war niemand anderes als der König selbst. Im tanzenden Schein der Fackeln glitzerte sein glasiger Blick erstaunt auf, und er grinste von einem Ohr zum anderen. So viele Menschen hatte er sicher schon lange nicht mehr gesehen! Die Aufständischen hatten ihn offensichtlich aus seinem Bett im Hôtel Saint-Paul geholt, denn er trug nichts an seinem mageren Leib als ein wollenes Nachtgewand, und man hatte ihm hastig aus Zweigen eine Krone gewunden. Sie wippte bizarr auf seinem schütteren Haar und wirkte eher wie eine höhnische Narrenkappe als ein Zeichen seiner Macht. Dennoch: Seine Anwesenheit gab dem Morden eine Legitimation und erklärte das Tun der Mörder für Rechtens, begriff Yolanda.

»*Notre Sire bien-aimé!* Unser vielgeliebter König!« riefen die Leute von Paris augenblicklich. Sie stürzten nach vorne, hin zu dem Pferd des Königs, und wer konnte, küßte die in den Steigbügeln nackten und mit Pusteln und Geschwüren übersäten Füße des kranken Mannes.

In diesem Augenblick spürte Yolanda, wie eine grobe Faust ihre zu einem losen Zopf geflochtenen Haare griff und ihr den Kopf nach hinten zog. Sie heulte vor Schmerz auf.

»Was haben wir denn hier Hübsches, so sauber anzusehen und fein gekleidet?« fragte eine rauhe Stimme.

Im Gegenlicht der Fackeln konnte sie das Gesicht ihres Angreifers nicht erkennen, aber der faule Atem des Mannes und sein Gestank nach Schweiß und Blut drehten ihr den Magen um. Sie wand sich und versuchte, sich aus seinem Griff zu befreien.

»So eine Spitze kann nur mit dem Geld der Armagnacs bezahlt worden sein!« rief der Mann siegessicher und riß an ihrem Frisiermantel. Der feine Stoff gab mit einem ratschenden Geräusch nach, und Yolanda schrie auf, als sie den Nachtwind auf der mit einem Mal nackten Haut spürte und in der Hand des Mannes ein Messer aufblitzen sah.

»Tanguy!« war alles, was sie noch hervorbrachte, ehe die Hand des Mannes um ihren Hals ihr die Stimme abdrückte.

Wo der Chevalier du Chastel trotz der Last auf seinen Schultern so schnell den Dolch hergenommen hatte, wußte sie nicht. Mit einem Mal jedoch gurgelte der Angreifer und ging in die Knie. Ihre Augen hatten sich nun an das Dunkel der Straßenekke gewöhnt, und sie sah den Griff eines Messers aus seiner Kehle ragen. Blut schäumte aus der Wunde. Seine Hand hielt noch immer einen Fetzen Spitze ihres Mantels umfaßt, als ihr Angreifer mit dem Gesicht zuerst auf das Pflaster fiel.

»Mein Gott!« Mehr konnte sie nicht sagen, als der massige Körper zu ihren Füßen sich nicht mehr bewegte.

»Zur Bastille!« wies Tanguy sie knapp an und zog sie mit sich mitten hinein in die brodelnde Menge. Sie stolperte ihm nach und hielt mit Mühe im Laufen ihre Kleider zusammen. Der Dauphin schlief noch immer tief und fest seinen Rausch auf den Schultern des Prévôt aus.

Von der Bastille, der Burg am Tor Saint-Antoine, blickte Yolanda hinunter auf die brennende Stadt. Tanguy du Chastel hatte ihr den Mantel eines Nachtwächters um die Schultern gelegt, und sie hatten auch ein passendes Paar Stiefel für sie gefunden. Sie zog den groben, kratzigen Stoff enger um ihren schmalen Körper. Es fühlte sich an, als ob Tanguy du Chastel selbst seine Arme um sie schlang, um sie warm und sicher zu halten. Der volle Mond erhellte teilnahmslos das Grauen zu ihren Füßen, das von der Stadt Besitz ergriff. Es war, als wolle er nur zeigen, was geschah: nicht mehr und auch nicht weniger. Die dunkle Bastion ragte schweigsam und schützend gegen den Wahnsinn der Nacht in den Himmel, der trotz der nächtlichen Stunde in allen Farbtönen des vergossenen Blutes, der Flammen und des unmäßigen Hasses glühte. Die Luft über der Stadt roch nach heißer Asche, und die Mauern der Festung warfen ungerührt die Schreie und das Leid seiner Einwohner in die Gassen zurück. Paris war nicht besser als jedes Weib, als jede launische Kurtisane: Sie verachtete Herzöge und Könige, um letztendlich einem simplen Nachtwächter die Pforte zu öffnen, sagte sich Yolanda. Wie jede Frau muß sie nun für ihre Dummheit und ihre Schwäche bezahlen.

An ihrer Seite hörte sie Karl leise weinen: Der Dauphin war erwacht, und er zitterte am ganzen Leib. Auf der windigen Plattform einer der Türme der Bastille preßte er sich gegen Tanguy du Chastel, der ihn um gut einen Kopf überragte und neben dessen breiten Schultern er fast verschwand.

Tanguy hielt ihn einen Augenblick lang tröstend fest, ehe er den Prinzen zur Stadt hindrehte: »Das ist Paris, mein Herr! Erkennt Ihr Eure Stadt noch wieder? Seht Ihr, was dieser Krieg von Franzosen gegen Franzosen mit ihr macht?« fragte er ihn leise.

Karl weinte nun noch heftiger und drehte sich zu Yolanda, doch sie verschränkte die Arme vor der Brust, anstatt ihn zu umarmen. So wischte er sich den Rotz von der Nase, und im Schein der lodernden Nacht schien sein Gesicht mit einem Mal reifer und stärker zu werden. Er hob seine Faust zum gleichgültigen Mond.

»Ich schwöre, daß ich meine Stadt glücklich machen will!« schluchzte Karl. »Gegen wen auch immer ich wie lange kämpfen muß, sei es Heinrich von England oder der Herzog von Burgund oder eben alle beide zusammen! Ich werde kämpfen, bis Frankreich geeint und frei von den Engländern ist! Für diese Nacht soll der Herzog von Burgund mit seinem Leben bezahlen, so wahr ich der *Dauphin de France* bin!«

Yolanda sagte nichts, sondern umarmte ihn nur. Er ließ sich weinend wie ein Kind in ihre Arme fallen und klammerte sich an sie. Über seine schlaffen Schultern hinweg suchten ihre Augen den Blick von Tanguy du Chastel. Die Umrisse seines schweren, hochgewachsenen Körpers verdeckten einen Teil des Himmels. Er schien das Leuchten der Sterne aufzusaugen wie ein Schwamm das Wasser. Sie lächelte ihn an, konnte aber nicht erkennen, ob er ihre Freundlichkeit erwiderte. Er stand nur da, schwarz und schützend, wie ein dunkler Engel. Als er die Arme ausbreitete und sich die Ärmel seines dunklen Mantels entfalteten wie die Schwingen eines Raben, konnte Yolanda nicht sagen, ob er näher kam, oder sich entfernte.

Im gnädigen Dunkel einer milden, mondlosen Juninacht verließ eine kleine Gruppe von Reitern die Bastille durch das Osttor, das sich wie ein gieriger Schlund in dem drohenden Gesicht der Festung nach Vincennes hin öffnete. Alle waren sie in dunkle Mäntel gehüllt und hatte sich Kapuzen über die Köpfe und tief in die Gesichter gezogen. Die Hufe der Pferde waren mit dikken Lagen Stoff umhüllt worden, um jeden Lärm auf dem mit Blut getränkten Pflaster vor der Festung zu vermeiden. Um sie herum schien die Nacht hellwach zu sein: Eine Woche nach seinem Beginn ging der Kampf um Paris unvermindert heftig weiter. Von Armagnac war noch drei Tage durch die Straßen von Paris geschleift worden, ehe er starb. Der Mob hatte seine Leiche zerrissen, um die Fische der Seine damit zu füttern, und seine tausend Mörder zeichneten ihre Gesichter mit dem Blut ihres Opfers. Capeluche, der Henker, strafte dagegen vorzugsweise jene, die nicht schnell genug laufen konnten, um sich zu retten. So konnte er den Hieb seines Schwertes genauer setzen, wurde Yolanda berichtet. In den Gassen von Paris häuften sich die Leichen der Frauen, Kinder und Greise zu grausigen Stapeln.

Als Yolanda dann auf der offenen Straße nach Vincennes ihrem Pferd die Sporen gab, drehte sie sich kein einziges Mal nach Paris um, bis sie das Schloß von Melun erreichten und sie in Sicherheit waren. Sie war entschlossen, der Stadt erst dann wieder in die Augen zu sehen, wenn sie sie bezwungen hatte. Die Reiter erreichten Melun im Morgengrauen, gerade als die letzten Wolken der Nacht von eben noch scharfen Umrissen zu den ersten Schleiern des Tages wurden.

⚜

Isabeau ließ den Brief des jungen Boten, der vor ihr kniete, in ihren Schoß sinken. Sie hatte zu Ende gelesen. Johann ohne Furcht stand am Fenster des Hôtel Saint-Paul und hatte ihr seinen breiten Rücken zugewandt. Er wippte dabei leicht auf den Fersen und hielt seine schönen Hände mit den langen Fingern auf dem Rücken verschränkt.

»Es ist gut. Du kannst gehen. Laß dir in der Küche zu essen geben«, sagte sie mit leiser Stimme zu dem jungen Mann, der sich gehorsam die rechte Faust auf das Herz legte und sich aufrichtete. Sie sah ihm nach: Dort, wo er herkam, fiel jeden Tag eine neue Stadt, ein anderes Dorf an die Engländer.

Erst als der Bote den kleinen Ratsraum verlassen hatte und die Tür hinter ihm ins Schloß gefallen war, drehte der Herzog von Burgund sich zu ihr um. Sie sah ihn stumm an und wartete. In dem kalten Herbstlicht des regnerischen Pariser Morgens schien er um Jahre gealtert. Das Streben nach der Macht bekommt niemandem, fuhr es ihr durch den Kopf. Uns allen nicht. Wir alle büßen, früher oder später. Ihr fröstelte trotz der tröstlichen Wärme des Feuers, das hell hinter dem schmiedeeisernen Gitter des Kamins flackerte.

⚜

Paris, im Oktobermond 1418

Liebste Mutter!
Nun bin ich also seit drei Monaten wieder in Paris, wohin ich meiner Herrin gefolgt bin. Deiner Herrin? magst Du nun fragen. Sollte ich nicht ehrlich sein und sagen: Meinem Herren? Ja, es stimmt, es ist Johann ohne Furcht allein, der am vierzehnten Tag des Julimondes als stolzer Sieger im Kampf um die Stadt nach Paris eingezogen ist! Er und die Königin hatten gemeinsam in Troyes abgewartet, bis die schlimmsten Unruhen in der Hauptstadt sich beruhigt hatten. Als wir uns der Stadt näherten, haben die Kämpfenden dies als Zeichen genommen, das Schlachten einzustellen. Das zugemauerte Tor zur Rue Saint-Antoine wurde für uns aufgeschlagen, und wer im Volk konnte, kleidete sich an jenem Sommertag in den Pers, den Farben des Herzogs von Burgund, Blau und Grün, oder heftete sich frische Zweige und blaue Blumen an die Kleider. Ich legte

den Schmuck an, den er mir geschenkt hatte, und die Königin ließ ihre Augen nicht von mir. Ahnt sie etwas von unserer Liebe? Ich mag eine Närrin sein, aber ich kann nicht anders. Er ist alles, was ich je gesucht und erhofft habe, wenn ein Mensch denn überhaupt auf so vieles hoffen darf! Schelte mich nicht, wir können unserem Schicksal nicht entfliehen. Als wir in Paris einzogen, ritt ich hinter der Königin und meinem Liebsten her: Auf den Straßen von Paris wurde getanzt, der Herzog von Burgund ließ Wein aus den Brunnen sprudeln, und das Volk schrie: »Noël, Noël!« Alles lachte und weinte zugleich vor Freude über die Ankunft jenes Gastes, der der Stadt so lange ferngeblieben war: des Friedens. Der König empfing uns im kalten, verlassenen Louvre: Sein Blick war leer, als er den Herzog von Burgund gehorsam umarmte und murmelte: »Seid willkommen, beau Cousin, und habt Dank für all das Gute, das Ihr der Königin erwiesen habt!« Sein Verstand hat den Weg in unsere Welt nun wohl endgültig verloren. So kehrte wieder Ordnung ein in den Straßen von Paris: Capeluche, der Henker, bestieg unter dem Jubel des Volkes in Les Halles selbst das Schafott. Johann ohne Furcht hatte ihm erlaubt, die Axt für seine Hinrichtung selbst zu schärfen. In den Gassen von Paris hieß es, daß er seine letzte Nacht am Wetzstahl und am Leder verbrachte. Johann ist müde, und der Preis für die Macht steht deutlich in seinem Gesicht geschrieben: Die tiefen Schatten der Erschöpfung, die unter seinen schillernden blaugrünen Augen liegen. Die scharfen Falten, die sich von seinen Nasenflügeln hin zu den Mundwinkeln eingraben. Einige feine Strähnen Grau, dort, wo sein dichtes, dunkles Haar auf seine Ohren trifft. Ich will ihn küssen und lieben, bis er wieder jung und stark ist, bis wir unser Leben gemeinsam beginnen können. Sag nicht wieder, Du magst nichts hören! Unsere Liebe ist so recht, wie meine Ehe mit Pierre unrecht ist. Ja, er sitzt lange Stunden mit der Königin zusammen. Wann immer er die Nacht mit ihr verbringt, werde ich rasend vor Eifersucht und springe ihn am Morgen an wie eine tolle Hündin. Ich will ihn dann beißen und schlagen, dafür, daß er mich so leiden läßt. Er aber umarmt mich und wispert leise Worte in mein Ohr, süßer als Konfekt und unsinniger als Spiel, aber sie beruhigen mein Herz. Es gibt eben Dinge, die er tun muß. Er ist kein Mann wie alle anderen, sondern er soll Frankreich beherrschen. Wer wirklich zu bemitleiden ist, das ist die Königin: Sie bekommt die Krümel, die von meinem Tische fallen. Ich weiß, daß keine Frau ihm soviel bedeuten kann, wie ich es tue. Meine Königin liebt ihn, und er darf ihre Gefühle nicht verletzen. Zudem ist die Lage im Land schwieriger denn je, und Frankreich braucht die Einigkeit zwischen Johann und der Königin. Heinrich von England hat mittlerweile Rouen von jeglichem Nachschub aus Paris abgeschnitten. Die Nachrichten, die von dort kommen, sind entsetzlich, Mutter. Die Engländer binden ihre Gefangenen aus unseren besten Familien in Rouen an die Gucklöcher ihrer Belagerungstürme und lassen sie dort als Futter für die Geier im Wind hängen, so daß man sie von der Stadtmauer aus deutlich sehen kann! Wenn die Leute von Rouen aber dasselbe mit einem der wenigen von ihnen gefangenen Engländer machen, so läßt der englische König sofort zehn oder zwanzig von ihnen in den Graben vor der Stadt werfen, sie mit Pech übergießen und dann anzünden. Die Leute in der Stadt haben bereits ihre Pferde aufgegessen, und längst ist in ganz Rouen keine Katze, kein Hund, keine Ratte mehr zu finden. Menschen, mehr tot als lebendig, graben mit nackten Händen nach Wurzeln, Frauen stillen tote Kinder, und Kinder saugen verzweifelt an der Brust von toten Müttern. Nun will Heinrich von England, daß meine Königin und Johann ohne Furcht nach Rouen kommen, um zu verhandeln. Zudem soll auch Madame Katharina sie begleiten. Seitdem der Wunsch des englischen Königs bekannt wurde, ist die junge Prinzessin sehr still und blaß. Ich sehe sie oft ohne jede Begleitung durch die langen Kreuzgänge um die blühenden Gärten des Hôtel Saint-Paul wandern. Es scheint, als sei ihr in dieser Lage jede Gesellschaft zuviel. Was kann sie anderes tun als ihre Pflicht, frage ich mich? Oh, halte mir meine eigenen Worte hier nicht vor. Was weißt Du nach einem Leben mit Vater schon von der Liebe? Johann wird heute nacht nicht bei mir sein, und ich würde mir am liebsten mit einem scharfen Messer in die Arme schneiden, um den Schmerz in meiner Seele darüber zu vergessen. Wir gehören zusammen, wenn schon nicht vor den Menschen, dann vor Gott. Es küßt und umarmt Dich

Jehanne

⚜

Katharina hatte während der drei Tage dauernden Reise nach Rouen kaum gesprochen, und auch nun, als sie sich der belagerten Stadt näherten, hob sie nur ab und zu den Vorhang vor dem Fenster des bequem gepolsterten Reisewagens, um hinaus in die regentriefende Landschaft zu sehen. Sie blickte nach draußen, seufzte gelangweilt und ließ den bestickten Stoff wieder fallen. Friedlicher Dämmer breitete sich dann wieder in der Karosse aus. Die Frauen drückten sich tief in die mit weichem Fell bezogenen Kissen und zogen die Decken aus Wolle bis unters Kinn. Isabeau musterte ihre Tochter: Das schwarze Haar fiel ihr glänzend und in dicke Zöpfe geflochten über die Schultern, und die Saphire des engen Halsbandes, das von ihrem Schlüsselbein fast bis unter ihr Kinn reichte, fingen das matte Gold ihrer Augen auf und vertieften seinen Glanz noch. Nicht umsonst preist man meine Tochter als die schönste Prinzessin der Christenheit, sagte sich Isabeau stolz. Und nicht umsonst preist man Heinrich von England als den entschlossensten und grausamsten König unserer Tage, mußte sie gleich darauf denken. Dennoch entgingen ihr auch die Zeichen der Müdigkeit und der Unruhe bei ihrer Tochter nicht: Katharina fuhr sich mit fahrigen Händen über den tiefen dreieckigen Ausschnitt ihres Überkleides, der den Ansatz ihrer vollen, jungen Brust freiließ. Ihre Finger spielten dann mit den Perlen an den Enden ihres Fransengürtels, der tief auf ihrer schmalen Hüfte hing. Ihr Gesicht sah nun aus, als wollte sie gleich weinen, fast wie ein vom Spiel erschöpftes Kind.

Wie froh und mutig habe ich mich dagegen gefühlt, als ich vor langen Jahren den Hof in München verlassen habe, um den jungen König von Frankreich zu treffen, erinnerte Isabeau sich. Allerdings hatte sie auch nichts von dem Ziel oder dem Zweck der Reise geahnt: Ihr Onkel Friedrich von Bayern hatte ihr eine Wallfahrt nach Flandern vorgeschlagen, und was konnte ein junges, behütetes Mädchen tun, als eine solche Einladung begeistert anzunehmen? Isabeau mußte bei der Erinnerung an ihre freudige Aufregung lächeln. Es war so lange her. Nur eines hatte sie damals stutzig gemacht: Als ihre Amme und ihre Hofdame und Freundin Katharina in ihrem Wagen Platz nahmen, konnte Isabeau sehen, wie ihr Vater ihren Onkel beiseite nahm. Der drükkende Wind der Alpen, die sich an jenem Tag trotzig gegen den festen blauen Himmel der Stadt stemmten, trug seine Worte bis zu ihr hin. »Ich sage dir, Bruder, wenn du sie mir abgewiesen und in Schande wiederbringst, dann hast du keinen ärgeren Feind als mich!« hatte Stephan der Kneißl geknurrt, ehe er hinzugefügt hatte: »Wenn der Franzose sie nicht will, wer dann?« Die Schwalben, die zwischen den Ziegeln des Münchner Schlosses nisteten, umschwärmten und musterten mich mit ihren klugen, glänzenden Augen, ehe sie durch die Schießscharten der Mauern in das reine Blau des Himmels geschossen sind: So frei! So unbesorgt! erinnerte sich Isabeau voll Wehmut. Damals hatte ich nicht gewagt, den Sinn der Worte des Vaters zu erforschen, wie ich so vieles so lange nicht gewagt hatte. Eines jedoch war mir schon bewußt gewesen: Ich war nicht mehr die Tochter einer Frau, sondern die eines Hauses. Eine leichte Ungeduld mit Katharina mischte sich bei diesem Gedanken in ihre Erinnerungen.

»Weshalb will der Herzog von Burgund, daß ich mich kleide wie ein Hure, die sich ihren Freiern auf der Straße zur Schau stellt? Es fehlt nur noch eine rote Kappe! Am liebsten wollte ich mir einen dunklen Sack über den Kopf ziehen, wenn ich den Engländer treffe!« maulte Katharina gerade.

Isabeau mußte lachen. »Katharina, dieses Treffen dient nur dazu, Heinrich zum Stillhalten zu bewegen! Solange er dich will – und bei Gott, wenn er dich so sieht, dann wird er dich wollen –, bleibt uns der Rücken frei, und wir können weiter verhandeln! Er soll nach unserer Pfeife tanzen!«

Katharina schüttelte den Kopf. »Wenn ich aus dem Fenster sehe, habe ich nicht den Eindruck, daß dieser Heinrich sich hinhalten läßt oder nach irgend jemands Pfeife tanzt!« sagte sie nur traurig und hob wieder den Vorhang der Karosse auf. Isabeau rutschte nach vorne, um besser aus dem Fenster sehen zu können. Sie erschrak. Was war aus dem reichen, guten Land geworden, auf dem sie während ihres letzten Aufenthaltes in der Normandie so gerne gejagt hatte? Der in ihrer Erinnerung weite blaue Himmel hing schwer und drückend wie ein Urteil über einem toten Landstrich. Wo waren die reichen Dörfer des Nordens geblieben, in denen man den fetten, faul riechenden Käse herstellte, der sich auf den Märkten in Paris und Rouen so gut verkaufte? Wo hatten sich die gleichmütigen und geselligen Einwohner der Dörfer versteckt? Ihre Augen schienen bei dem Anblick, der sich ihnen bot, vor Kummer zu brennen: Die Felder waren abgebrannt, und selbst die letzten verkohlten Stoppeln vom englischen Heer niedergetrampelt worden. Die Häuser der Dörfer waren bis auf die Grundmauern geschliffen und verschmort. Brunnen waren zerstört und zugeschüttet worden, und Heinrich von England hatte selbst die Dorfkirchen nicht verschont. Verkohlte Reste der Kniebänke ragten aus alten Feuerstellen in die Luft, und Isabeau konnte in den abgerissenen und geschwärzten Ruinen der Kirchen die Glocken nicht sehen. Aus dem Wald stiegen hier und dort dunkle Rauchfahnen auf, und Isabeau kniff die Augen zusammen, um besser sehen zu können. Brannte der Wald noch immer? Dann sah sie eine hastige Bewegung zwischen den Büschen: Es war ein Knabe, der Beeren sammelte und sich bei dem Anblick ihres königlichen Trosses in das Dickicht drückte. Die Überlebenden aus den Dörfern hatten sich also in den Wald geflüchtet und warteten dort auf bessere, friedlichere Tage.

In diesem Augenblick schloß der Herzog von Burgund auf seinem Rappen zu ihr auf. Dem Pferd fiel eine mit dem Wappen von Burgund reichbestickte Satteldecke von der Kruppe bis zu den Hufen, und Johann ohne Furcht hielt ihm die Zügel kurz, so daß der Kopf des Tieres unter dem Stirnharnisch stolz zurückgezogen wurde.

»Wir kommen an. Ich kann das Lager der Engländer schon sehen. Verflucht, sind das viele! Und wenn ich mich nicht täusche, hat Heinrich sogar seine eigenen Viehherden mitgebracht! Kein Wunder, daß wir ihn nicht aushungern können«, hörte Isabeau seine Stimme dumpf hinter dem Visier hervorkommen. Obwohl es sich um ein freundliches Treffen handeln sollte, waren der Herzog von Burgund und seine Männer in vollem Staat und kompletter Rüstung. Der Regen hörte nun auf, und eine milde Herbstsonne brach sich auf der Brustplatte des Herzogs. Er beugte sich mit Mühe tiefer im Sattel und sagte durch das

Fenster der Karosse: »Haltet Euch bereit, und richtet Eure Kleider und Haare, Madame Katharina.«

Ehe er bemerken konnte, wie sie ihm die Zunge herausstreckte und wie ihre Damen gehorsam kicherten, richtete er sich auf und gab seinem Pferd, dem der Schaum von den Nüstern flog, die Sporen. Isabeau sah, wie der Matsch um die Hufe des Rosses aufspritzte, als er seinen Platz an der Spitze des Zuges einnahm. Der Himmel zog sich wieder zu, ein schwererVorhang vor dem Fenster zur Sonne, und die nächsten Tropfen fielen auf das Dach der Karosse.

⚜

Vor den Toren von Melun, im Mai 1419

Liebste Mutter!
Es ist sehr spät in der Nacht, doch meine Königin ist noch nicht von den Beratungen mit dem Herzog von Burgund zurückgekehrt. So nutze ich die Zeit, um Dir zu schreiben, denn wenn ich die Königin zu Bett gebracht habe, muß ich auch schon einer anderen Herrin gehorchen: der Minne, obwohl einem bei all dem Leid in Rouen alle Freude am Leben und der Liebe vergehen kann. Dennoch: Wenn ich Trübsal blase und nicht jeden Augenblick mit diesem herrlichsten aller Männer auskoste, was nutzt das den armen Teufeln hinter den Mauern von Rouen? Vom Eingang unseres Zeltes aus kann man schon am Morgen erkennen, wie sich die Zinnen der mächtigen Mauern von Rouen langsam mit Menschen füllen. Ihre Gesichter sind auf diese Entfernung nicht zu erkennen, doch man kann die Hoffnung, die die Wartenden dort beflügelt, beinahe mit Händen greifen. Diese Menschen können ja auf ihren Zinnen nur die bunten Banner, die hier im grauen Herbstwind wehen, sehen: die Lilien von Frankreich neben dem Wappen von Burgund. Was kann dies anderes für sie bedeuten als die Rettung vor den Engländern? Man hört, wie sie den Gefangenen im Wolfsgraben vor der Stadt ermutigende Worte zurufen. Diese Unglücklichen sitzen seit Wochen dort gefangen, Mutter! Der Rat von Rouen hatte vor Wochen alle Frau-

en, Kranken und Greise vor die Mauern gejagt, weil die Stadt hungerte. Heinrich von England jedoch hat sie nicht durch seinen Belagerungsgürtel ziehen lassen. Er soll den Gesandten aus Rouen nur gefragt haben: »Wer hat diese Menschen in den Graben geschickt, ihr oder ich?« So bleiben diese armseligen Geschöpfe dort den Gezeiten ausgesetzt, hungernd und frierend, und ihre Klagen verfolgen uns bis in die Träume. Johann findet seit Nächten keinen Schlaf mehr, und dabei steht die Begegnung mit dem König von England kurz bevor. Unsere Zelte stehen rund um das Feld aufgepflockt, auf dem er und Isabeau Heinrich treffen werden. Über den Matsch des Ackers sind Bretter und Teppiche gelegt worden, so daß wir Frauen nicht unsere Schuhe und Kleider beschmutzen. Das Feld ist mit Palisaden eingefriedet worden, damit sich niemand den Zelten mit Lanzen oder Wurfgeschossen nähern kann. Die Befestigung reicht bis hinunter zum Ufer der Seine, und die Pfähle sind auch quer durch den Fluß gereiht worden. In der rauchigen Ferne sieht man das Zelt des englischen Königs aufleuchten: Es scheint, als rissen seine Wappentiere, die drei englischen Löwen, ihre Rachen beinahe spöttisch in unsere Richtung auf. Komm her und wir fressen dich, scheinen ihre aufgerissenen Mäuler mit den langen leuchtendroten Zungen zu sagen! Genau in der Mitte zwischen unseren Lagern ist ein drittes Zelt aufgeschlagen worden, dort, wo mein Geliebter schon bald den jungen Eroberer treffen soll! Mutter, ich muß nun unterbrechen, meine Herrin naht. Ich werde Dir über das Treffen berichten, sobald es stattgefunden hat!

Zwei Tage sind inzwischen vergangen, und ich hoffe, nun mein Versprechen erfüllen zu können, Mutter. Ich weiß, wie ungeduldig Du immer auf Neuigkeiten vom Hofe wartest! Am heutigen Morgen hörte ich bereits beim Frühmahl die ersten Trompeten über das Feld schallen. Als ich das Zelt für die Königin öffnete, zog um den Platz herum eine berittene Garde auf. Im Gegenlicht versuchte ich die Farben der Ritter zu erkennen, als neben der Königin auch mein Geliebter an das helle Tageslicht trat. Ich sah, wie sie seine Nähe geradezu einatmete, und blieb nur mit Mühe ruhig. Ich will dort an seiner Seite sein! Er gehört mir! Johann ohne Furcht nahm einen Schluck Wein aus einem goldenen, mit seinem Wappen verzierten Kelch und hielt ihr dann das Gefäß einladend hin. Sie schüttelte ab-

lehnend den Kopf. »Es geht los«, hörte ich ihn mit seiner schönen Stimme leise sagen, als sich von der anderen, in der Ferne ungewissen Seite des Feldes ein Trupp Reiter löste. Johann zeigte auf das Wappen auf den dreizipfeligen Fahnen, die die Reiter im Trab mit einer freien Hand in die Höhe hielten. »Der Graf von Warwick«, stellte er fest. Aus den Zelten unseres Gefolges traten nun die sechzig Edelleute und sechzehn Räte, die die Königin bei dem Treffen begleiten durften. Dieselbe Zahl sammelte sich auf der Seite der Engländer. Mittlerweile war der Graf von Warwick bei unserem Zelt angelangt. Seine Knappen halfen ihm beim Absteigen, und seine Füße sanken unter dem Gewicht seiner glänzenden Rüstung in den Morast des Feldes ein, als er auf uns zukam. Isabeau trat nach vorne und streckte ihre Hand aus. Madame Katharina folgte ihr nur zögernd, wie mir schien, und der Graf von Warwick beugte vor beiden umständlich das Knie, ehe er ihre weißen, reichgeschmückten Hände küßte. »Erlaubt, daß ich Euch zu meinem Herren, dem König von England, begleite!« sagte er in einem Französisch, das nur noch schwer zu verstehen war. Da fordern sie unser Land für sich, und dann sprechen sie nicht einmal mehr seine Sprache ordentlich! Uns entging jedoch nicht, wie genau der englische Graf Katharina von Kopf bis Fuß musterte, als er sich aufrichtete. Er schien zufrieden zu sein mit dem, was er sah. Das kannst du auch sein, Engländer! Sie hat keine Narben und keine Hasenscharte! Sie riecht nicht schlecht und hat keinen Klumpfuß! Nein Mutter, Madame Katharina ist das Feinste, was Frankreich zu bieten hat. Isabeau legte ihre Hand in die des Grafen von Warwick und schritt neben ihm auf die Mitte des Feldes zu. Dort, vor dem blau- und rotgestreiften Zelt, über dessen Eingang die Wappen der Valois und der Plantagenets glänzten, konnten wir einen hochgewachsenen Mann erkennen, der auf seinen breiten Schultern wohl eine Rüstung so leicht wie einen Mantel aus Wolle tragen konnte. Mutter, ich habe Heinrich von England gesehen und werde seinen Anblick bis zu meinem Tod nicht vergessen. Mit jedem Schritt, den wir ihm näher kamen, lösten sich seine Gesichtszüge mehr aus dem Grau des Nachmittags und verdichteten sich zu jenem Antlitz, das unser Land zu fürchten gelernt hat. Die Haare des Königs sind rund um seinen Kopf geschnitten, und dunkle Stirnfransen fallen ihm bis auf die geraden, beinahe schwarzen Augenbrauen. Als wir noch näher kamen, erstaunte uns jedoch das leuchtende Blau seiner Augen. Er küßte die Hand meiner Königin, und sie nahm auch die Ehrerbietung der Herzöge von Clarence und Bedford, der Brüder des Königs, entgegen. Dabei jedoch beobachtete sie scharf das Zusammentreffen des Königs mit Madame Katharina. Einen Augenblick lang herrschte Schweigen zwischen den beiden jungen Menschen. Dann hob Katharina eine Hand, die die Badefrau den Morgen über in Buttermilch gebadet und mit Zitrone gerieben hatte, damit sie hell im Dämmer des Zeltes leuchtete. Mit einem Mal beugte Heinrich der Fünfte das Knie: »Madame Katharina, ich beuge das Knie vor Euch nicht als Prinzessin von Frankreich, sondern als der schönsten jungen Frau, die ich je gesehen habe!« sagte er leise, und sein Blick bohrte sich dabei in Katharinas Gesicht, die verwirrt die Augen senkte. Es war, als brannte er Löcher durch ihre gesenkten Lider. In die Wangen der Prinzessin stieg eine helle Röte. Ich sah, wie meine Königin ein zufriedenes Lächeln in Richtung des Herzogs von Burgund nicht unterdrücken konnte. Diese Verhandlungen sollten nicht schwer sein! Nach der Begrüßung wurden wir aus dem Zelt geschickt, und nun warte ich auf die Heimkehr meiner Herrin und meines Herrn, dem ich bis an das Ende der Welt folgen würde. Vielleicht kann ich endlich etwas schlafen, obwohl alles an mir vor Sehnsucht nach ihm brennt. Dennoch hängen mir meine Glieder wie Blei am Körper, und wenn ich nur ans Essen denke, so wird mir übel. Wenn die Königin dabei ist, so würdigt er mich keines Blickes, und ich sterbe tausend Tode. Sage mir nicht, daß dies das Los einer jeden Buhle sei. Er nennt mich seine Frau und ich ihn meinen Mann. Wir sind eins und bewegen uns in der Welt, bis die Welt sich um uns bewegen wird. Lange kann es nicht mehr dauern. In Liebe

Jehanne

⚜

Es war dunkle Nacht, als Isabeau und der Herzog von Burgund in das königliche Zelt zurückkehrten. Zwei Diener ließen hinter ihnen die gewachste Klappe des Zeltes herunter und zogen mit geschickten Händen ein Seil durch die Ösen, um den Eingang für die Nacht zu verschließen. Isabeau warf ihren regenfeuchten Mantel aus Samt und Zobel ab und ließ ihn achtlos zu Boden gleiten. Aus dem Dunkel des Zeltes löste sich eine Kammerzofe, um mit mißbilligend gerunzelter Stirn das feinbestickte Kleidungsstück sorgfältig aufzuheben und zu falten. Johann ohne Furcht ließ sich noch in seinem Surkot und seinen Stiefeln in einen der faltbaren Stühle aus geschnitztem Zedernholz fallen. Er klatschte kurz in die Hände und machte einem neben dem Eingang knienden Pagen ein ungeduldiges Zeichen hin zu dem Tisch, auf dem Wein, frisches Brot und kaltes Fleisch standen. Erst als er einen Kelch Wein geleert und wütend einige Bissen von dem Fleisch mit Brot verschlungen hatte, konnte er sprechen.

»Hundsfott!« knurrte er zwischen zwei Bissen. »Elender Bastard! Was wagt er, über Frankreich zu verhandeln, wenn sein Anspruch auf den englischen Thron nicht einmal legitim ist. Schließlich hat sein Vater den rechtmäßigen König Richard den Zweiten ermordet, Gott sei seiner Seele gnädig! Heinrich ist kein König, sondern der Sohn eines Königsmörders!«

Isabeau sank in einen Stuhl neben dem des Herzogs von Burgund und ließ es dankbar seufzend geschehen, daß ihre Zofe ihr ein Kissen in den schmerzenden Rücken schob. Die stete Feuchtigkeit dieser Jahreszeit machte ihren Knochen zu schaffen.

»Was er nicht alles will!« rief Johann ohne Furcht aus. »Und wir Narren haben gedacht, dank Katharina sei er so nachgiebig wie warmes Wachs in unserer Hand!« Er streckte fordernd den Arm aus und ließ sich nachschenken. »Dieser Mann ist keiner wie alle anderen! Lust und Freude bedeuten ihm nichts!« fuhr er auf. »Hast du gehört, wie eitel er gesagt hat: Rouen ist nichts anderes als meine Erbschaft, die mir zusteht?« äffte er Heinrich nach. »Und: Nachdem Ihr mir nicht gebt, was mir zusteht, komme ich es mir eben holen? Aber ja, mein König, so nehmt Euch doch die Normandie, und weshalb nicht auch den Rest von Frankreich, wenn wir gerade dabei sind! Bitte, bitte, im Dutzend kommen unsere Provinzen billiger!« Er spuckte einige Knochen aus, und seine Hunde erhoben sich wie auf Zuruf träge von ihren Fellen. Isabeau nickte und sagte: »Hinzu kommt, daß die Hälfte der Gebiete, die er fordert, in der Hand meines Sohnes und der Herzogin von Anjou sind. Wie sollen wir sie ihm da geben?« fragte sie.

»Oh, Heinrich hatte auch darauf eine Antwort!« rief Johann ohne Furcht. »Er sagte zu mir: Lieber Cousin, Wir werden die Tochter Frankreichs und das, was Wir mit ihr gefordert haben, bekommen, oder Wir werden Euren König und auch Euch aus dem Königreich vertreiben!«

»Was hast du ihm geantwortet?« fragte Isabeau.

Johann ohne Furcht streckte die Beine aus. »Ich habe ihm gesagt, daß er nach seinem Belieben sprechen kann: Aber ehe er den König oder mich aus unserem Land vertreiben kann, wird er am Ende seiner Kraft sein! Bei meinem Wort, französische Würmer sollen sich an diesem englischen Kadaver laben!«

Isabeau musterte den Herzog. »Nun, du hast zumindest noch Zeit gehabt, mit Heinrich einen Vertrag zu schließen, der dein reiches, fettes Flandern vor einem Angriff der Engländer bewahren soll. So kannst du dich erst einmal zurücklehnen.« Er wandte ihr den Kopf zornig zu. Sie aber gab ihm keine Gelegenheit, sie zu unterbrechen, und setzte fort: »Wenn wir seine Forderungen annehmen, dann fallen die besten Barone, Ritter sowie Städte von uns ab und schließen sich meinem Sohn Karl an! Daraus kann aber nichts anderes entstehen als ein noch größerer Krieg, der Frankreich zerreißt, und das wollen wir nicht. Wir mögen verzweifelt sein, aber nicht so verzweifelt. Ein Bündnis zu seinen Bedingungen kann nur die letzte aller Möglichkeiten sein.« Er nickte nur. Beide schwiegen einen Augenblick, als die Klappe des Zeltes von den Soldaten davor angehoben wurde. Kalte Abendluft zog in das Innere des Zeltes, und die Flammen des Feuers in der Mitte fuhren mit einem Zischen zusammen. Die Dame de Giac betrat das Zelt mit einem schweren Bündel reinen Leinens in ihren Armen. Sie stockte kurz in ihrem Schritt, als sie Isabeau und Johann ohne Furcht nahe dem Feuer sitzen sah. War es die warme Glut, die ihrer Haut mit einem Mal den Schimmer von Bronze verlieh? fragte sich Isabeau unlustig. Ihr fiel auf, daß die Augen ihrer Hofdame wie fiebrig glänzten und daß der Siegelring an ihrer rechten Hand lose hing. Jehanne knickste und sagte leise: »Ich bringe das Leinen für Euch, meine Königin. So kann die Zofe Euer Lager bereiten.«

Isabeau nickte und beugte sich nach vorne, als wollte sie sich von den Trauben nehmen, die der Page ihr anbot. Aus den Augenwinkeln jedoch, sie wußte selbst nicht weshalb, beobachtete sie den Herzog von Burgund. Sein Blick saugte sich an den weich schwingenden Hüften der Dame de Giac fest, und er nahm wie in Gedanken noch einen Schluck Wein. Jehanne de Giac hielt die Augen gesenkt, als sie der knicksenden Zofe das Bettleinen übergab, doch eine scharfe Röte stieg ihr in die Wangen. Sie knickste dann ebenfalls vor Isabeau und verließ das Zelt rückwärts gehend und ohne ein weiteres Wort zu sagen. Isabeau nahm noch rasch von dem kalten Fleisch und hielt es Johann ohne Furcht hin. Er jedoch schob die Platte beiseite.

»Meinen Hunger kann keine Speise der Welt stillen«, sagte er nur doppeldeutig und erhob sich.

Er pfiff einmal ungeduldig nach seinen Hunden, die sich in einer dunklen Ecke des Zeltes gähnend erhoben, sich durchstreckten und schwanzwedelnd an seine Seite begaben. Die Klappe des Zeltes hob sich, und einen Augenblick später hatte die stille, schützende Dunkelheit der Nacht ihn verschluckt. Isabeau lauschte hilflos seinen Schritten, die sich im feuchten Gras entfernten. Sein Streben nach Macht war wie eine Wunde, deren Blutung sich nicht stillen ließ, dachte sie traurig. Nicht einmal die Königin von Frankreich ist ihm genug.

In diesem Augenblick kam Katharina herein, schnürte ihren Mantel auf und warf ihn achtlos zu Boden. »Madame, ich beuge das Knie vor Euch nicht als Prinzessin von Frankreich, sondern als der schönsten jungen Frau, die ich je gesehen habe!« äffte sie die Worte des englischen Königs nach. Sie setzte sich in den freigewordenen Stuhl am Feuer und streckte die Glieder durch. »So ein plumpes Kompliment habe ich noch nie gehört! Nun, kein Wunder bei den häßlichen Engländerinnen, da muß ein Mann nicht besonders phantasievoll sein! Die legen sich schon hin, wenn einer nur wie ein Hund bellt! Wuff, wuff! Aber nicht mit mir!«

Isabeau ritt allein durch die Wälder um Melun, wo ihr Zug auf dem Rückweg nach Paris Pause machte. Es tat gut, einmal ohne Begleitung an der frischen Luft zu sein. Johann ohne Furcht war in den vergangenen Tagen unerträglich schlecht gelaunt und unbeherrscht gewesen. Er hatte sie gemieden, wo er nur konnte. Katharina dagegen weinte nur, und Isabeau konnte nicht sagen, ob dies aus schlichter Erschöpfung oder aus Erleichterung über den Ausgang der Verhandlungen geschah. Sie selbst hatte versucht, den Ärger über das fruchtlose Treffen alsbald zu vertreiben: Ihr schönes, stolzes Rouen sollte an die Engländer fallen! Wenigstens herrschte hier draußen um die Hauptstadt Frieden vor den Engländern. Sie sah nach oben, wo das Laub des Waldes sich wie das Dach einer Kirche über ihr schloß. Die Luft aber strich warm über ihre Haut. Sie fühlte sich, als ob sie durch eine geheime Schatzkammer ritte, so von Schönheit und Wunder umgeben. Ihr Zelter setzte vorsichtig einen Huf vor den anderen, über Wurzeln und Steinbrocken hinweg, und die Decke aus Moos und den modernden, feuchten Blättern des Vorjahres schluckte das Geräusch der Hufe. Über ihrem Kopf rauschte es in den Zweigen, wenn die Raben von den Feldern sich in den Bäumen niederließen oder wieder davonflogen. Plötzlich aber hörte sie noch ein anderes Geräusch. Sie sah auf den Weg vor sich: Einige der Zweige waren abgebrochen, und im Matsch konnte sie den frischen Abdruck von Pferdehufen erkennen. Jemand mußte an diesem Morgen schon hier geritten sein. Sie zog kurz an den Zügeln und murmelte »Brr«, um ihren Zelter zum Stehen zu bringen. Das Pferd gehorchte und stand auf der Stelle still. Die Ohren spielten unruhig, bis es den Kopf senkte und leise schnaubend mit seiner weichen Schnauze nach einigen letzten frischen grünen Gräsern suchte.

Isabeau lauschte in die Stille. War das der Gesang von Vögeln?

Sie ließ sich aus dem Sattel gleiten und band ihr Pferd an den tiefhängenden, starken Zweig einer Eiche. Als sie die Zügel zweimal verknotete, hielt sie in ihrer Bewegung inne. Da war das Geräusch wieder: Es waren Stimmen, die aus der Richtung des kleinen Sees kamen, der durch die kahlen, hohen Stämme der Nadelbäume fragend wie ein grünes Auge in das matte Gold des Waldes um sie herum leuchtete. Isabeau löste die Tasseln ihres Reitmantels, um besser atmen zu können: Es war noch warm wie an einem Sommertag. Der sumpfige Moder des Weges dämpfte ihre Schritte, und sie duckte sich etwas, um hinter den Bäumen und niedrigen Büschen nicht gesehen zu werden, wer immer da auch sein mochte.

Sie hörte nun einen Mann und eine Frau lachen und wollte schon kehrtmachen: Es war wohl nur ein junges Bauernpaar, das sich hier vergnügte, und sie mußte lächeln. Wenigstens gab es noch etwas Freude in diesem Königreich.

Da jedoch rief eine Stimme, die sie unter Tausenden erkannt hätte: »Khadija, bring mir mehr heißes Wasser!«

Ihr Herz schien ihr in der Kehle zu schlagen, und sie hatte einen bitteren Geschmack auf der Zunge. Johann ohne Furcht war hier! Er hatte die vergangenen Nächte nicht in ihrem Zelt geschlafen, so oft sie ihn auch darum gebeten hatte, und war auch am Morgen nie zu ihrem Frühmahl gekommen. Isabeau war nun ganz nahe am Ufer des Sees angelangt. Sie griff in das dichte Buschwerk und bog die Zweige etwas auseinander: Genug, um zu sehen, aber nicht so weit, daß sie gesehen werden konnte. Sie blickte über eine kleine Lichtung, über deren Gras hell die Sonnenflecken mit dem Wind in den Blättern der Bäume huschten. Isabeau reckte den Hals.

Im Schatten einer Kastanie grasten drei Pferde. Die Zügel waren nur lose um die Zweige des Baumes geworfen, und die feingearbeiteten Sättel lagen im noch taufeuchten Gras. Der bittere Rauch eines Lagerfeuers stieg ihr in die Nase, und vor der schwelenden Glut sah sie Khadija, die stumme schwarze Dienerin des Herzogs von Burgund, im warmen Sonnenlicht des Morgens knien. Sie schöpfte gerade dampfendes Wasser aus einem Kessel, der über dem Feuer hing. Als ihre Karaffe voll war, richtete sie sich auf, hob sich voll Anmut den schweren Krug auf den schmalen Kopf und ging leichten Schrittes hin zum Wasser. Isabeau folgte jedem ihrer Schritte mit den Augen: Sie wagte es nicht, weiter zu sehen, als Khadija ging. Weshalb, das wußte sie selbst nicht. Diese langte nun bei einer Stelle am Seeufer an, wo Steine und Wurzeln eine seichte, klare Wanne bildeten.

Das Wasser darin glitzerte im Sonnenlicht so grün wie die Smaragde der Ringe an Isabeaus Hand. Sie konnte bis auf den Sandboden des Wassers sehen: die kleinen Steine, die Wasserschnekken, die Halme der Wasserpflanzen – und die Schenkel der beiden Menschen, die dort badeten. Aus dem Wasser ragten die dunklen Schultern des Herzogs von Burgund und neben ihm, rein wie die Kuppen schneebedeckter Berge, die Brüste der Dame de Giac, die sich gerade aufsetzte. Ihre rosigen Warzen waren in der Morgenkälte aufgerichtet, und eine Gänsehaut überzog ihre schlanken Arme, aber sie lachte erwartungsvoll auf. »Es ist so kalt!« rief sie.

»Gib mir das Wasser, Khadija. Du kannst dich jetzt ans Feuer setzen!« wies Johann ohne Furcht die Dienerin an. Khadija gehorchte und zog sich mit einer Verbeugung und gesenktem Blick zurück. Isabeau dagegen betrachtete nun die beiden Menschen im Wasser, als gäbe es nichts anderes mehr auf dieser Welt.

»Komm her, meine Schönste! Gleich wird dir wärmer!« sagte der Herzog von Burgund zärtlich und richtete sich im Wasser auf. Er hob die Karaffe und ließ das warme Wasser auf Jehanne de Giac hinabregnen. Sie jubelte auf, als seine andere Hand ihr nun durch die feuchten Haare fuhr und ihr die Kopfhaut rieb.

»Gut so?« fragte er. Sie schnappte nach Luft und nickte. Als sie sich noch das warme Wasser aus dem Gesicht rieb und unter dem Gewirr ihrer nassen Haare lachte, schlang Johann ohne Furcht seine Arme um sie. Die Gier und die Heftigkeit seiner Bewegung erschreckten Isabeau: Sie kannte in ihm nur den beherrschten, verhaltenen Mann, selbst in der Liebe. Sein Gesicht und seine dunklen Haare vergruben sich in den weißen Schultern ihrer Hofdame, die seine Umarmung noch immer lachend erwiderte. Seine Hände glitten über ihren geraden, hellen Rükken zu ihrem Hintern, der hoch und rund aus dem Wasser sah.

»Komm. Ich will dir gefallen«, murmelte er heiser, und sie ließ es geschehen, daß er sie umfaßte und auf seine Arme hob.

Isabeau sah, wie erregt er war, als er mit Jehanne de Giac in den Armen aus dem Wasser stieg, und sie krampfte die Hand um den Zweig, den sie hielt. Erst als sie die Finger wieder lösen wollte, bemerkte sie, daß sie neben einem Busch wilder Rosen stand. Die Dornen hatten sich tief in ihre Haut gegraben, und ihre Handfläche blutete.

Der Herzog von Burgund legte Jehanne weich auf ein Lager aus Mänteln und Decken, das Khadija unter den Blättern einer Eiche bereitet hatte. Die Dienerin hatte dem Paar den Rücken zugedreht und stocherte in der Glut des Lagerfeuers.

Johann ohne Furcht hielt die junge Frau in seinen Armen so vorsichtig, als könne sie zerbrechen. Seine Lippen erforschten langsam ihren Körper: die zarten Knospen ihrer Brüste, den flachen Bauch und den Schwung der Hüften, der in ihre langen, gespreizten Schenkel überging. Er glitt tiefer an ihr herunter, und Isabeau sah, wie Jehanne de Giac es sich bequem machte: Sie strich sich die Haare aus dem Gesicht und ließ die Arme entspannt auf den Kissen ruhen. Isabeau verstand: Dieses Paar erkannte und genoß sich an diesem Morgen so wie schon viele Male zuvor. Dies war kein erstes Mal, kein hastiges Stelldichein. Sie sah, wie die Hände des Herzogs die weißen Schenkel der Frau weiter teilten und wie er begann, sie mit seiner Zunge langsam zu erforschen. Jehanne schloß die Augen und legte den Kopf zufrieden nach hinten, in den warmen Sonnenschein, der über ihre Züge strich.

Isabeau durchfuhr es heiß: Nie hatte er sie so liebkost!

Jehanne spreizte die Beine genüßlich und griff ihrem Liebhaber in die Haare, um ihn zu lenken. Dabei blitzte der Siegelring am Mittelfinger ihrer rechten Hand in der Sonne auf. Er folgte ihr, gehorsam und geduldig, seine Lippen legten sich auf ihre Scham. Er suchte sie mit seiner Zunge, immer wieder, bis Jehanne sich vor plötzlicher Lust auf dem Lager aufrichtete. Sie unterdrückte ihren heiseren Schrei und ließ sich dann wieder auf die Kissen sinken. Johann ohne Furcht verharrte eine Weile zwischen ihren Beinen und küßte sie dort weich, immer wieder, bis sie ihn an seinen Schultern nach oben zog. Die Dame de Giac murmelte etwas, und einen Augenblick später bewegten sich die kräftigen Hüften des Mannes in ihr. Sie hielt seine Schultern fest umfaßt und ließ es geschehen, daß er ihren Hintern anhob, um sich langsam seine Lust zu nehmen. Beide lagen still aneinandergedrückt da, bis er sagte: »Ich liebe dich, bei Gott! Ich habe so lange auf dich gewartet und hatte die Hoffnung bereits aufgegeben. Wie lange habe ich dir schon Geschenke gesandt, aber du hast mich nicht erhört!«

Jehanne de Giac sah ihn schweigend an und folgte mit ihrem Finger zärtlich den Zügen seines Gesichtes. Er wiederholte seine Worte noch einmal und dieses Mal lauter, als solle die Natur seinen Schwur bezeugen. Sie nickte. »Als die Königin mich mit deinem Ring zu dir ins Lager sandte, da wußte ich, daß ich mich dem Willen Gottes nicht länger entziehen kann! Ich will immer bei dir bleiben«, hörte Isabeau sie antworten. Johann ohne Furcht hob Jehannes Hand an seine Lippen und küßte den Ring mit dem blauen Siegel, der an ihrem Mittelfinger steckte.

Khadija hatte sich kein einziges Mal nach den Liebenden umgedreht. Sie rückte sich nur hin und wieder ihre schmale Maske aus Gold über Mund und Nase zurecht, obwohl diese nicht verrutscht war. Ihre Hand, die klein wie die eines Kindes war, hielt einen Stock fest, mit dem sie in die Asche des Feuers fremde Muster zeichnete.

Isabeau legte ihre Hand wieder um die dornigen Zweige der Büsche und drückte fest zu, wieder und immer wieder. Es fühlte sich an, als presse sie alles Leben aus ihren Gefühlen. Ihr Herz verschlang den Anblick des Paares im weichen Gras: Er lag schwer in ihrer Brust, bis ihre Seele ihn langsam in Bilder zerlegen konnte. Sie schwirrten Irrlichtern gleich durch ihren Geist, ehe sie sich in ihre Erinnerung einbrannten wie ein Schandmal auf der Stirn der Diebe und Verräter. Erst als die Sonne tiefer auf das Land bei Melun sank; erst als die Liebenden schon lange ihre Sachen zusammengeräumt hatten; erst als die Asche des Feuers unter der schweigenden Aufsicht der Dienerin verglüht war; erst dann konnte auch sie zu ihrem Pferd zurückgehen, das den Weg in das Lager wie von selbst fand.

7
Die Brücke von Montereau

»Der Herzog von Burgund lehnt ab. Er will uns nicht treffen: Sein Sterndeuter hat ihn vor dem von uns vorgeschlagenen Tag wie auch dem Ort der Verhandlungen gewarnt«, sagte Tanguy du Chastel und legte den Brief, der am Morgen aus dem Lager des Herzogs von Burgund gesandt worden war, offen vor sich auf den Tisch.

Yolanda schüttelte den Kopf. »Manch ein Prinz leistet sich noch gute Sterndeuter!« meinte sie dann nur mißmutig. Sie sah in die Runde ihrer Ratgeber: Der Dauphin blickte von ihr zu Tanguy du Chastel, so als verfolge er eine Partie *Jeu de paume* statt einen Rat seiner Regierung von Chartres. Wie stets überlegt er sich wohl, wem er was nachplappern kann, sagte sich Yolanda: Nicht besser als einer ihrer Papageien in den Volieren des Gartens.

Karl saß neben Pierre de Giac, dessen dunkles Haar strähnig in seine hohe Stirn fiel. Yolanda wunderte sich: Der Seigneur de Giac rechnete für heute mit der Ankunft seiner Frau aus Corbeil und hatte dennoch nicht das Badehaus aufgesucht? Entweder er war sich ihrer sehr sicher, oder die Geschmäcker waren sehr verschieden. Pierre de Giac spielte unruhig mit dem Daumen seiner rechten Hand auf der Tischplatte, als wolle er Flöhe knacken. Yolanda war gespannt, was Jehanne de Giac ihr zu berichten hatte. Seit der Befreiung der Königin durch Johann ohne Furcht vor zwei Jahren waren ihre Schreiben nur noch sehr spärlich und nichtssagend ausgefallen. Zur Rede gestellt, hatte die Hofdame nur gemeint, sie habe nun weniger Zugang zu Isabeau und die Lage sei sehr schwierig. Yolanda hatte ihr dennoch nicht den Sold gekürzt: Was nicht war, konnte ja noch werden.

»Aber hat er denn verstanden, daß eine Aussöhnung mit uns

möglich ist, wenn er und die Königin den Bund mit den Engländern unterlassen?« fragte sie in die Runde.

Tanguy nickte. »Oh ja. Aber er hat jetzt eben Zeit, sehr viel Zeit. Er will uns seine Macht beweisen – und seine Furchtlosigkeit. Vergiß nicht, daß er seit Ende Juli seinen Hof sogar von Pontoise nach Corbeil verlegt hat, also kaum einen Steinwurf von unserem Lager in Melun entfernt!«

»Natürlich hat er das! Dazu gehört kein großer Mut!« rief der Dauphin. »Erst verhandelte er Anfang Juli noch mit uns und macht uns wie dem Volk von Paris große Versprechungen! Im nächsten Augenblick sendet die Königin ein Gemälde meiner Schwester an den König von England, der sich daraufhin ermutigt sieht, Pontoise einzunehmen! Außerdem sendet der Sohn einer Hündin Katharina jeden Tag Geschenke, die zunehmend wertvoller werden. Ehe wir es uns versehen, nimmt Heinrich das Abendmahl in Notre-Dame ein, *par dieu,* und wird in Reims zum König gesalbt!«

Yolanda ermutigte den Dauphin zum Weitersprechen, indem sie ihn fragte: »Was also schlägst du vor, Karl?«

Alle Männer wandten gespannt den Kopf hin zu ihm.

Er aber schwieg einen Augenblick und kaute statt zu reden auf der Haut des Nagelbettes um seinen Daumen herum. Yolanda sah, daß die Nägel seiner Finger bis zum Ansatz abgekaut waren. Sie runzelte mißbilligend die Stirn.

»Ihr alle wißt, wie ich zum Herzog von Burgund stehe«, sagte er dann mit einem vielsagenden Blick hin zu Yolanda und Tanguy du Chastel. »Aber er *muß* sich mit uns treffen, wenn er nicht als zweigesichtiger Verräter in Paris dastehen will. Und für mich ist es eine Frage meiner Würde als Dauphin und meines Erbes, daß ich und nicht er den Zeitpunkt und den Ort dieses Treffens bestimme!« Er machte eine kurze Pause, griff nach dem Brief des Herzogs, der vor Tanguy lag. Dann sagte er abschließend, während er das feine Papier, durch das die Morgensonne leuchtete, in den Händen drehte: »Ich will den Herzog von Burgund auf der Brücke von Montereau treffen! Findet einen Tag, der uns allen genehm ist! Bereitet alles vor und tut, was notwendig ist, damit er auch kommt!«

»Wohl gesprochen, Monseigneur!« sagte Pierre de Giac schmeichelnd. Yolanda entging es nicht, wie Tanguy du Chastel daraufhin spöttisch den Mund verzog.

Sie nickte und hob die Hände, um die Versammlung aufzulösen. Leichter gesagt als getan, sagte sie sich jedoch mißmutig. Gegen einen guten Sterndeuter war nicht so einfach anzukommen bei einem Mann wie Johann ohne Furcht, dem das Mißtrauen wie Blut in den Adern rann. Vielleicht wußte Jehanne de Giac einen Rat. Irgendwann mußte ihr nicht unbeträchtlicher Sold sich ja bezahlt machen.

Die Gärten von Melun dufteten süß nach der schwindenden Kraft des Sommers, als Yolanda und Jehanne de Giac die kleine, aus Stein geschlagene Bank im Herzen des Heckenlabyrinths oberhalb der letzten Mauer der weiten Burganlage erreichten. Von dort reichte ihr Blick weit über das flache Land um Melun, das sich in blau schimmernden Schleiern am Horizont verlor. Sie waren alleine dort, denn die beiden Musikanten, die sie von ihrer Kemenate herunter begleitet hatten, mußten zwischen den klafterhohen Hecken einen anderen Weg eingeschlagen haben. Nur ab und zu drangen der Schlag der Laute und das lokkende Singen der Flöte durch die dichten Zweige und die Mauern aus Blättern zu ihnen. Der hohe Buchsbaum duftete bitter und dennoch verlockend, und die Musik wirkte im einsamen Schweigen des Irrgartens so verloren wie die Lichter von Reisenden, die in finsterer Nacht keine Zuflucht mehr finden konnten.

Yolanda ließ sich als erste auf der Bank nieder, auf der eine Magd zuvor Kissen aus Fell und Samt ausgebreitet hatte. Sie zog anmutig die Schleppe ihres blaugrauen Überkleides mit eingewebten Mustern an sich, so daß ihr enganliegendes Unterkleid aus heller Spitze kurz aufleuchtete. Unter ihrer Wulsthaube war ihr nun warm, und sie war froh, sich den unter das Kinn gebundenen Schleier etwas lockern zu können, ehe sie sprach.

»Setz dich zu mir, Jehanne! Wer weiß, wie lange es noch dauert, bis unsere Musikanten den Weg in das Herz des Labyrinths finden. Bis dahin können wir uns die Zeit angenehmer vertreiben, als nur zu warten!« forderte sie die Dame de Giac auf und streckte einladend die Hand aus.

Die Hofdame der Königin knickste gehorsam und hielt den hinteren Schleier ihres spitz zulaufenden Hutes fest, als der Wind begann, nun in ihrem züchtig festgebundenen Stirnschleier, dem Mandil, zu spielen. Als Jehanne de Giac sich nahe neben Yolanda auf der Bank niederließ, erfaßte die kurz den teuren Duft der Tinktur, den Jehannes Haut und Kleider verströmten. Yolandas geübte Nase erkannte den warmen Hauch von Ambra: So gut bezahlte sie Jehanne doch nicht, daß sie sich diese geheimnisvolle, wertvollste Essenz aus dem Innersten der Wale leisten konnte? fragte sie sich flüchtig. Die Händler in Grasse wogen sie mit Gold auf. Pierre de Giac hatte keinen roten Heller: Sie selbst hatte ihn vor ein paar Wochen mit einem der besten Pferde aus ihrem Stall beehrt, dem Hengst Ralff, um sich mit ihm gutzustellen. Vielleicht hatte er ja wirklich einen Pakt mit dem Teufel geschlossen, wie man munkelte: Sein Stern war in der Gunst des Dauphins stetig im Steigen. Yolanda lächelte Jehanne nun freundlich an: Es gab viel zu erfahren und viel zu berichten!

Yolanda griff nach der hellen Hand der Dame und zog sie vertraulich an sich: »Es ist viel zu lange her, daß wir uns das letzte Mal gesehen haben! Sind die Vergnügungen am Hof der Königin so verlockend, daß sie dich sogar von deinem Ehemann fernhalten?« fragte sie Jehanne neckend.

Die schüttelte den Kopf. »Nein, nein! Nur in diesen unsicheren Zeiten wage ich es nicht, so viel unterwegs zu sein! Bei dem Gesindel auf den Straßen kann jede Reise die letzte sein!« erwiderte die Hofdame, ohne Yolanda anzusehen. Unbewußt legte sie sich ihre freie Hand schützend vor den Unterleib.

Yolanda dachte einen Augenblick lang nach und musterte Jehanne de Giac nun genauer. Sicher, das täuschend schlicht gearbeitete Kleid aus sicherlich sehr teurer blauer Seide saß wie eh und je schmal um die Leibesmitte der jungen Frau, aber entdeckte sie da nicht tiefe Schatten der Müdigkeit unter den sonst so leuchtenden Augen? Sie ließ ihren Blick über den Hals und den Ausschnitt der Jüngeren wandern. War ihre Brust schon immer so voll gewesen? Yolanda mußte lächeln und sagte mütterlich: »Aber doch oft genug, um deinem Haus einen Erben zu schenken, wie ich sehe?« Sie beugte sich nach vorne und griff nach der Hand der jungen Frau. »Hast du es deinem Mann schon gesagt, daß er Vater wird?« fragte sie sie vertraulich. Sie lächelte Jehanne de Giac warm an, aber es entging ihr nicht, wie die Haut der Hofdame sich erst rötete und dann einen Ton blasser wurde.

»Heilige Mutter Gottes, Herzogin, ich flehe Euch an! Niemand darf derzeit etwas davon erfahren!« rief Jehanne aus und glitt von der Bank auf ihre Knie. Der Staub des Weges zog graue Schlieren über den teuren Stoff ihrer Robe. Sie griff nach Yolandas Hand und küßte sie flehentlich. Dabei wagte sie es offensichtlich nicht, Yolanda in die Augen zu sehen.

Die zog erstaunt die Augenbrauen hoch. »Aber weshalb denn nicht, mein Kind? Pierre de Giac wird außer sich sein vor Freude! Und mit dem Geld, das ich dir für deine treuen Dienste zahle, kannst du deinem ungeborenen Sohn schon jetzt eine Rüstung in Nürnberg oder Mailand bestellen! Ein Kind ist doch immer eine frohe Nachricht! Nichts machte meinem verstorbenen Gatten, dem Herzog von Anjou, mehr Freude, als wenn ich wieder Leben unter dem Herzen trug!« ermutigte sie Jehanne. In ihrem Kopf jedoch überschlugen sich die Gedanken.

Jehanne aber schüttelte wieder den Kopf und preßte Yolandas Finger nun so hart, daß es der fast weh tat. »Nein, nein – ich bin schon zu weit! Und ich habe seit Monden, wenn nicht seit Jahren, nicht bei meinem Mann gelegen! Ich will es mir jedoch nicht nehmen lassen! Wenn die Königin das erfährt, dann sei Gott meiner Seele gnädig!« weinte sie. »Sie behandelt mich sowieso schon so kühl und herablassend! Ich verrichte keinen besseren Dienst mehr als eine Kammerzofe! Aber sie ist nur eifersüchtig …!« Bei diesen Worten unterbrach sie sich erschrocken und sprach nicht weiter.

Yolanda fragte leise: »Eifersüchtig …?« Doch Jehanne schüttelte nur den Kopf und begann zu weinen. Yolanda zog Jehanne an sich und umarmte sie. Die schluchzte nun noch heftiger, und Yolanda wiegte sie einen Augenblick lang wie ein Kind in ihren Armen hin und her. »Meine arme Jehanne! Und ich nehme an, du konntest dich bisher niemandem offenbaren?« fragte sie lauernd in den zarten Nacken der jungen Frau, die sich an sie schmiegte.

Jehanne schüttelte den Kopf und sah Yolanda an. Die griff sie unter das Kinn und küßte sie einige Male tröstend auf die rosigen Lippen. »Wir werden eine Lösung finden!« sagte sie ermutigend und strich ihr über die blassen Wangen.

»Was ist mit dem Vater des Kindes?« fragte sie dann.

Jehanne begann nun noch heftiger zu weinen und schlug sich die Hände vors Gesicht.

»Gott hab Gnade mit meiner Seele! Ihm kann ich mit diesen lächerlichen Kleinigkeiten nicht kommen!« rief sie gequält aus.

Yolanda wischte ihr die Tränen von den Wangen und ließ einige Herzschläge verstreichen, ehe sie die entscheidende Frage stellte, deren Antwort sie schon ahnte: »Wer ist es?« drängte sie.

Jehanne schüttelte verzweifelt den Kopf, so daß Yolanda etwas wartete, ehe sie noch einmal forderte:. »Sag mir, wer ist es!«

Als Jehanne wieder nicht antworten konnte, seufzte sie und tat, als wollte sie sich erheben. »Es muß ein mächtiger Herr sein, der der Königin sehr nahesteht, da sie eifersüchtig zu sein scheint. Aber wenn du es mir nicht sagst, dann kann ich dich auch nicht vor dem Zorn deines Mannes bewahren. Es stimmt, ich habe gestern erst gesehen, wie er einen Pagen verprügelt hat, der seinem Pferd feuchtes Heu zu fressen gab«, sagte sie leichthin. »Der Bursche hatte wirklich Glück, mit dem Leben davonzukommen«, fügte sie noch hinzu. Sie beschattete ihre Augen mit der flachen Hand und sah Jehanne forschend an. Ihre Worte taten ihre Wirkung.

Jehanne zwinkerte im hellen Sonnenlicht, vielleicht auch, um weitere Tränen zu vertreiben. »Es ist der Herzog von Burgund«, flüsterte sie schließlich in den sich nähernden Klang von Laute und Flöte. Die Musikanten mußten den rechten Weg durch den Irrgarten gefunden haben.

»Hat er dir Gewalt angetan?« wollte Yolanda wissen und zwang sich, ruhig weiterzuatmen. In ihrem Inneren stieg die wohltuende Wärme eines nahen Sieges auf.

Jehanne schüttelte den Kopf. »Aber nein!« fuhr sie auf. »Er liebt mich und tut, was ich sage! Kaum jemand hat soviel Einfluß auf ihn wie ich!« Sie konnte den Stolz in ihrer Stimme nicht verbergen. »Aber ich weiß eben nicht, wie er diese Nachricht aufnehmen wird. Schließlich weiß die Königin nichts von meiner Lage«, murmelte sie noch.

Eine Welle des Siegesgefühls ging durch die tiefe See in Yolandas Innerem: Gott war doch noch auf ihrer Seite. Sie warf den Kopf in den Nacken und lachte auf. Johann ohne Furcht hatte mehr Bastarde als Haare auf dem Kopf, aber dieses eine ungeborene Kind sollte ihn teuer zu stehen kommen, das schwor sie sich.

Jehanne setzte sich empört auf ihre Hacken. »Ihr lacht, Herzogin? Schlimmer könnte meine Lage kaum sein!« sagte sie.

»Dummes Kind! Im Gegenteil! Gerade sagte mir der Dauphin, er wolle wieder mit Johann ohne Furcht verhandeln! Der Kronprinz will Frieden schließen, Gott helfe ihm!« heuchelte Yolanda. »Aber wir brauchen dazu deine Hilfe und deinen Einfluß: Auf wen sonst würde ein Mann wie Johann ohne Furcht hören? Frankreich braucht dich!« erklärte Yolanda und beugte sich nach vorne.

Jehanne nickte langsam, und Yolanda sprach rasch weiter: »Es kann nur zu deinem Vorteil sein, wenn sich alle wieder verstehen und du nicht mehr zwischen zwei Stühlen sitzt.«

Jehanne schien zu überlegen. Dann fragte sie zweifelnd, gerade als die beiden Musikanten um die Ecke in das Herz des Gartens bogen: »Aber gerade Ihr seid doch die schlimmste Feindin des Herzogs? Oh, was habe ich getan, als ich Euch mein Geheimnis anvertraut habe!« Sie barg ihr Gesicht in den Händen und wollte wieder anfangen zu weinen.

Yolanda lachte wieder, griff Jehanne bei den Schultern und schüttelte sie etwas. »Unsinn! Das Schicksal will, daß wir uns momentan in einer schwierigen Lage befinden! Aber der Herzog ist nicht unser schlimmster Feind, sondern vielmehr ein Vetter und ein *Pair de France!* Nur gemeinsam können wir dem Land den Frieden geben, den es so sehr braucht!« Sie wartete vorsichtig ab, um zu sehen, wie Jehanne auf diese Erklärung reagierte, ehe sie weitersprach. »Und Gott sei Dank gibt es jemanden wie dich, auf den wir uns verlassen können und der Einfluß auf ihn nehmen kann!« fuhr sie dann fort. Sie ließ die Schmeichelei auf Jehanne wirken: Ihre Worte sollten im Geist der Hofdame keimen wie ein Samen in fruchtbarer Erde.

Jehanne schwieg. Dann fragte sie nur leise: »Was kann ich denn tun?«

Einer der Musikanten trat nun aus den Hecken hervor und stellte sich neben die beiden Frauen. Yolanda sah auf und nickte ihm auffordernd zu. Im weichenden Licht des Nachmittags zeichnete sein Körper sich als dunkler Umriß vor der Burganlage ab, der über den nun brachliegenden Feldern auf einer Klippe zu schweben schien. Der junge Mann stellte einen Fuß auf die Bank: Er legte sich seine Laute auf den strammen Schenkel, nickte dem Flötenspieler zu und ließ seine Finger prüfend über die Saiten des Instrumentes gleiten. Beide Frauen lauschten schweigend der Weise, die er anstimmte. Es sind nur vier Schafsdärme, dachte Yolanda mit einem Blick auf die langen, geschickten Finger des Musikanten, doch sie ziehen uns die Seele aus dem Leib.

⚜

Paris, im Augustmond 1419

Geliebte Mutter!
Nun bin ich nach meiner Reise nach Melun wieder in Paris angelangt. Ja, ich habe Pierre gesehen, aber ich habe mich ihm mehr denn je verweigert. Als er mich dann wieder schlagen wollte, griff ich zu seiner Reitpeitsche, die neben seinen Kleidern lag, und hielt ihn mir damit vom Leibe. Denn, liebste, allerliebste Mutter, ich muß nun besonders auf das Wohl meines Leibes und meiner Seele achten. Du errätst sicherlich schon, was ich Dir schreiben will: Ich bin endlich gesegneten Leibes. Unter meinem Herzen wächst das Leben heran, auf das ich so lange umsonst gehofft hatte. Wie viele Gebete habe ich gesprochen, bis Gott mir meinen Wunsch erfüllte? Das schönste ist, daß dieses kleine

Leben den besten aller Männer und mich für immer vereint. Dieses Kind ist unsere fleischgewordene Liebe, und es besiegelt sie, wie kein Schwur der Welt es könnte. Hast Du mir nicht stets gesagt: Nichts erfreut einen Mann so sehr wie ein Sohn? Nun magst Du spotten, der Herzog von Burgund habe mit seinem Sohn Philipp bereits einen Erben! Und: Was soll er sich um einen Bastard mehr oder weniger scheren? Ich aber habe nun allen Grund, mir Hoffnung auf mehr als eine Buhlschaft zu machen, und dabei kam mir eine Frau zu Hilfe, von der ich dies nie erwartet hätte. Die Herzogin von Anjou, Mutter, mag vielleicht doch so schlecht nicht sein, wie ich dachte. Ich weiß, daß ich bisher die erste war, die ihren schlechten Leumund in die Welt tragen wollte. Nun aber scheint sich die ganze Welt auf den Kopf gestellt zu haben! Was kann ich denn von meiner Königin, die ich weiter liebe, in dieser Lage erwarten? Sie mag mich gar töten wollen, wenn sie von meinem Zustand erfährt. Eine eifersüchtige Frau ist schlimmer als eine Wölfin, und ich muß nun an die Zukunft unseres Kindes denken. Es soll in Frieden als Kind verheirateter Eltern aufwachsen. Nun steht es da, das große Wort, und es erschreckt mich beinahe selbst. Ich kann wohl sehen, wie Du aufschreist und diesen Brief fallen läßt, so, als sei er mit dem Schwefel vom Beelzebub selbst geschrieben. Aber: Wie gefiele es Dir, wenn Deine Tochter nun Herzogin von Burgund würde? Wie gefiele es Dir, wenn Deine Tochter nun das entscheidende Treffen zwischen den Burgundern und dem Dauphin herbeiführte? Das Treffen, das Frankreich retten kann? Yolanda von Anjou sagte mir, daß es um die Gesundheit von Johanns Frau nicht zum besten steht. Wie anders sollte mir ein Mann, der mich liebt, seine Dankbarkeit bezeugen? Ich zögerte wohl, doch die Herzogin hatte auf alle meine Fragen eine Antwort: Pierre de Giac muß sich dann dem Befehl des Dauphins beugen und mich freigeben. Ist nicht auch sonst alles so gekommen, wie sie es geplant und vorhergesehen hat? Sie mag wohl eine Hexe sein, aber: Johann soll nicht auf seinen vergreisten Sterndeuter hören, sondern auf mich, da hat die Herzogin von Anjou recht! So soll, so muß er sich einfach mit dem Dauphin treffen, und weshalb nicht gleich am zehnten Tag dieses Septembermondes auf der Brücke von Montereau? Wenn alles nach unserem Plan geht, so soll noch vor den Herbststürmen Frieden im Land herrschen. Frieden, für meinen Sohn. Wenn alles nach unserem Plan geht, dann bin ich noch vor der Geburt dieses

Kindes die Herzogin von Burgund. Mutter, wie schön es ist, Leben zu schenken.

Jehanne

⚜

Johann ohne Furcht lief das heiße Wasser in Strömen über den Kopf, und er prustete fröhlich wie ein Kind, als Khadija den Krug aus feingehämmertem Silber ganz umstülpte, um noch den letzten warmen Tropfen ihrem Herren im Bade über den Leib zu gießen. Isabeau beobachtete, wie sich das Wasser im dunklen Brusthaar des Mannes in Rinnsalen seinen Weg suchte, ehe es um die dichten Wirbel zu seinem Bauchnabel hin in kleinen Strudeln hängenblieb und dort glitzerte wie der Tau in jungem Gras. Es wirkte, als hätten die Tropfen ihren eigenen Willen, so schimmerten sie im Morgenlicht auf seiner Haut.

Johann ohne Furcht lehnte sich nun nach vorne, und die stumme Dienerin legte ihre über und über mit schwarzen und roten Zeichnungen verzierten Hände auf seine Schultern. Sie begann, seine Haut langsam und sorgfältig zu streichen und zu kneten, von den angespannten Sehnen um seinen Hals weg, über die Muskeln seiner Oberarme, bis hinunter zu den breiten und von Narben gezeichneten Schulterblättern. Isabeau kannte die Geschichte einer jeden Verwundung: Der verwundete Bär, der die Hunde bei der Jagd abgeschüttelt und listig im Gebüsch auf Johann ohne Furcht gelauert hatte. Nur die Geistesgegenwart und die Treffsicherheit seines Knappen mit der Armbrust hatten ihm an jenem Nachmittag das Leben retten können. Der Pfeil, der ihn bei einem Nachgefecht der Schlacht von Agincourt getroffen hatte und dessen Spitze mit dem englischen Widerhaken den Wundarzt viele Stunden Arbeit gekostet hatte. Die vielen, vielen Wunden des letzten Kreuzzuges nach Nikopolis, von denen jede eine unauslöschliche Spur hinterlassen hatte und die die helle Haut auf seinem Rücken zu einer unverwechselbaren Landkarte des einen Lebens machten, das den Beinamen ohne Furcht verdiente.

Johann ohne Furcht seufzte wohlig unter dem gekonnten, knetenden Griff der Schwarzen auf und öffnete nun langsam die Augen. Einen Augenblick wirkte es, als erwache er aus einem Traum, dann war er hellwach.

»Meine Königin. Wie ich sehe, hast du die letzte Einladung des Dauphins ebenfalls bereits gelesen?« fragte er direkt mit einem Blick auf den entfalteten Brief, den Isabeau in ihren Fingern hielt.

»Mehr als einmal, das kannst du mir glauben! Weshalb beharren sie so auf diesem Treffen?« fragte sie zurück.

Er lachte. »Nun, wahrscheinlich hören sie, wie Heinrich unsere schöne, launenhafte Katharina mit immer wertvolleren Geschenken verwöhnt und umwirbt. Und wer weiß besser, wieviel Einfluß eine Schwiegermutter auf ihren Schwiegersohn haben kann, als Yolanda, die große Hure?« fragte er fröhlich. »Was fürchtet sie mehr, als daß wir dem groben Engländer unser Goldstück wirklich anvertrauen?«

Isabeau schüttelte sich kurz. Sie wollte den Gerüchten um die widernatürliche Beziehung ihres Sohnes mit der Herzogin von Anjou keinen Glauben schenken. Dennoch: Marie, die Dauphine, hatte bereits zwei Kinder verloren, und das jedesmal nur wenige Tage nach der Geburt. Was konnte dies anderes sein als eine Strafe Gottes für die Unzucht des Dauphins mit Yolanda? Ihr schauderte.

»Nun schlagen sie also den zehnten Tag des Septembermondes vor. Das ist in nur etwas mehr als einer Woche! Was hat dein Sterndeuter für diesen Tag im Firmament gelesen?« fragte sie den Herzog, statt zu antworten.

Der richtete sich nun unbekümmert in seiner Nacktheit auf: Er schüttelte mißmutig die letzten Tropfen des warmen Wassers von seiner Haut ab und schnippte fordernd zweimal mit den Fingern, ohne den Blick von Isabeau zu wenden. Khadija neigte den Kopf und ging anmutig zum Kamin, wo auf einem Gestell ein Leintuch vor den lodernden Flammen gewärmt wurde. Johann ohne Furcht stieg aus dem Bottich, ohne auf die

Pfützen zu achten, die sich unter seinen Füßen auf den seidenen Teppichen über dem Steinboden bildeten. Er ließ es sich mit einem wohligen Seufzen gefallen, daß Khadija ihn erst wie einen Säugling in das warme Tuch einschlug und dann begann, ihn mit festen Bewegungen trockenzureiben.

»Was soll er schon lesen? Nichts Neues. Mosque ist ein alter Miesepeter. Vielleicht werden seine Augen bei der Sterngukkerei ja trübe, wer weiß? Ich habe den Eindruck, ich bezahle ihn für nichts und wieder nichts. Wann immer ich ihn um Rat frage, erhalte ich dieselbe Antwort: Geh auf keinen Fall, mein Herr, denn wenn du dennoch gehst, so kommst du auf keinen Fall wieder!« ahmte er seinen Sterndeuter nach und schüttelte den Kopf. »Das Geschwätz eines alten Mannes kann schlimmer sein als das eines Weibes!« grinste er dann. »Was meinst du?« fragte er herausfordernd.

Isabeau zuckte die Schultern und ließ sich in einem der beiden Lehnstühle nahe dem Kamin nieder. Die Wärme der Flammen kroch ihr über ihre Schenkel, doch vielleicht war es auch der Anblick ihres Geliebten, der das Blut in ihren Adern pochen ließ. Sie hatte in dem vergangenen Jahr nichts tun können, als ihn zu teilen: ihn mit Jehanne de Giac zu teilen, ergänzte sie mißmutig. Sie nahm es hin, daß sie ihn jedesmal in ihr Bett bitten mußte, während Jehanne kein Begehren zu kennen schien. Isabeau begriff wohl, daß gerade dies die Jüngere noch anziehender machte, aber sie konnte und wollte deren Verhalten nicht nachahmen. Sie liebte, und so litt sie: zumeist stumm und manchmal auch laut klagend. In solchen Augenblicken aber wandte er ihr nur den Rücken zu und ließ sie auf Wochen allein, wie ein schmollendes, ungezogenes Kind. Der Stolz war ein kalter Bettgenosse, zu kalt für sie: Sie hatte nicht die Stärke, mit ihm zu spielen, ihn zu reizen.

Isabeau riß sich aus diesen schmerzhaften Gedanken und antwortete ihm entschieden: »Auch ich halte es für nicht sehr klug, sich in Montereau zu treffen.«

Er wandte sich ihr erstaunt zu. »Weshalb nicht?« fragte er und hielt Khadija eine seiner Hände hin. Diese griff danach und reinigte erst sorgfältig mit einem spitzen Holz eine Fingerspitze nach der anderen, ehe sie jeden Nagel einzeln mit einem Kisschen aus Hasenfell schimmernd rieb. Isabeau erhob sich und kam einige Schritte näher. Sie konnte nun nicht mehr still sitzen.

»Letze Nacht träumte ich von einem Adler, der allein in einem weiten blauen Himmel flog. Es war ein ausgesprochen edler Vogel, und es gibt bestimmt keinen zweiten wie ihn in unseren Wäldern. Mit einem Mal jedoch erhob sich aus einem dunklem Gebüsch ein Schwarm von Habichten! Es waren räudige, halbblinde Biester, doch sie stürzten sich auf den Adler und schlugen ihn, bis seine Federn blutig zu Boden regneten. Sie trugen sogar seine Kralle als Beute mit sich im Schnabel davon«, erklärte Isabeau leise, und ihre Augen füllten sich mit Tränen.

Johann ohne Furcht sah sie überrascht an. Er trat auf sie zu und küßte sie auf den Mund. »Habichte fliegen nicht in Schwärmen, sondern höchstens Gänse und Raben. Und nichts anderes ist auch diese Bande um deinen Sohn und die Herzogin von Anjou, die sich so gewitzt vorkommt! Sicher, Mousque warnt mich vor dem Zusammentreffen! Aber ich habe anderen, guten Rat gefunden, der die Stimme des Volkes in mein Ohr trägt ...«, sagte er geheimnisvoll und drehte sich hin zu seinem Bett, in dem sich nun wie auf Zuruf die schweren Vorhänge bewegten.

Isabeau zog die Augenbrauen hoch, als eine weiße Hand in den bestickten Stoff griff und den Vorhang mit einem Ruck beiseite zog. Zwischen den zerwühlten Laken der Nacht sah Isabeau nun Jehanne de Giac sitzen. Im Morgenlicht sahen ihre festen Glieder aus wie aus italienischem Marmor gemeißelt, und ihre Haut schimmerte so hell wie Alabaster. Es schien, als schimmerte das Blau ihrer Adern durch die weiße Haut ihres langen, schlanken Halses, als sie sich nun nachlässig die blonden Flechten aus dem Gesicht strich. Der Anblick traf Isabeau unerwartet, und sie fühlte sich verraten.

Kein Wunder, daß sie ihn berückt hat, dachte Isabeau: Ein Mann, der ein Vermögen dafür ausgibt, alles zu sammeln, was es nur Schönes auf unserer Welt gibt! Der immer wieder aufs neue einen Schwarm von Händlern aussendet, um immer neue Schätze für seine Schlösser und Güter zu finden. Wie kann er sich da die hinreißendste Frau Frankreichs entgehen lassen? Der Gedanke würde nicht aufhören zu schmerzen, das wußte sie.

Isabeau richtete sich dennoch mit all der ihr verbliebenen Würde auf.

Jehanne de Giac zog sich langsam das zerknitterte Laken vor die nackten Brüste und senkte den Kopf zum ehrerbietigen Gruß. Sie warf einen unsicheren Blick zum Herzog von Burgund.

Isabeau wandte sich jetzt selbst zu Johann ohne Furcht und fragte spöttisch: »So, und woher nimmt dieser neue Rat seine Weisheit?« Sie kannte die Antwort bereits, doch sie wollte es aus seinem Munde hören.

Johann ohne Furcht streckte gerade seine Arme aus, damit Khadija ihm das Wams aus grünem und blauem Samt überziehen konnte. Sein Gesicht blieb ernst, als er sagte: »Hier ist kein Platz für Eifersucht, meine geachtete und gefürchtete Königin. Es geht um Frankreich. Ich muß gehen, wohin es Gott gefällt, mich zu führen. Ich will nicht, daß man mir vorwirft, der Frieden sei durch meine Feigheit gescheitert!«

Isabeau spürte, wie ihr das Blut in die Wangen stieg. Er mahnte sie vor ihrer Hofdame wie eine dumme Magd ab. »Der Frieden?« fuhr sie auf. »Der Dauphin will dich umbringen!«

Jehanne de Giac saß ganz still auf der hohen Bettstatt des Herzogs, doch ihre Augen wanderten zwischen Isabeau und ihrem Geliebten hin und her. Johann ohne Furcht tat, als habe er die Worte der Königin nicht gehört. Er zog sich den Gürtel fester um den Leib und überprüfte den Sitz seiner neuen Beinlinge, ehe er in das bereitgestellte Paar Schnabelschuhe schlüpfte. Erst als Khadija ihm den Mantel aus nachtblauem Samt um die Schultern legte und goldene Schließen in Form von Löwenköpfen einschnappen ließ, sprach er weiter: »Unser Land braucht Frieden. Ob wir ihn mit Anjou oder den Engländern finden, sei dahingestellt.«

Er trat an seinen Schreibtisch, und Isabeau konnte erkennen, daß dort eine Karte aufgerollt lag: Eine geduldige Hand hatte darauf eingezeichnet, welche Partei welchen Teil des Reiches hielt: Heinrich von England, der Dauphin und schließlich sie selbst, *les Royalistes* oder *les Bourguignons*, wie sie je nach Einschätzung der Machtverhältnisse genannt wurden. Johann ohne Furcht sah darauf und fuhr mit dem Finger die scharf mit roter Tinte gezogenen Trennlinien zwischen den Gebieten nach. »Aber verhandeln müssen wir. Es geht nicht an, daß ich als Feigling oder gar als Verräter verschrien bin. Nur über meine Leiche: Ich kenne keine Furcht«, sagte er abschließend, rollte die Karte zusammen und steckte sie sorgsam in eine Hülle aus Leder. Johann ohne Furcht strich sich durch das noch feuchte Haar und fuhr sich über das glatte Kinn. Sein Barbier mußte ihm schon vor dem Bad aufgewartet haben. Er deutete vor Isabeau eine Verbeugung an. »Verzeih, Herrin. Ich bin zur Jagd verabredet. Danach werde ich den Brief an die Herzogin von Anjou aufsetzen und seinen genauen Wortlaut mit dir absprechen. Ich werde den Dauphin am zehnten Tag des Septembermondes auf der Brücke von Montereau treffen. Machst du mir die Freude, das Souper mit mir einzunehmen?«

Sie nickte stumm und hoffnungsvoll. Er aber lächelte sie nur kurz an und war in drei Schritten an seiner Bettstatt angelangt. Dort hob er eine lose blonde Haarsträhne vom Nacken seiner Geliebten, die noch immer kein Wort sagte, ihn aber anlächelte. »Was für eine Ehre es für einen Mann ist, das Haar einer ehrbaren Frau offen zu sehen! Dieser Anblick ist doch sonst nur ihrem Gatten vorbehalten!« Als Jehanne de Giac antworten wollte, küßte er sie nur auf die Lippen und war schon aus dem Zimmer.

Khadija knickste in seinen breiten, gleichgültigen Rücken und ließ sich dann auf dem Teppich vor dem Feuer nieder. Dort zog sie die Knie an und schenkte weder Isabeau noch Jehanne de Giac weiter Beachtung. Ihr Blick verlor sich in den tanzenden Flammen.

Isabeau jedoch war schon an der Bettstatt angelangt und griff so hart nach Jehannes Handgelenk, daß diese vor Schmerz und Überraschung aufschrie.

»Woher kommt dein plötzliches Interesse an der hohen Politik, Jehanne?« fuhr sie sie an. »Wie willst gerade du wissen, was Frankreich guttut?«

Jehanne de Giac weinte auf und versuchte, sich aus dem Griff der Königin zu befreien. »Es geschieht zum Besten des Landes, glaub mir!« rief sie. »Bitte, laßt mich los, meine Königin! Ich will weder Euch noch dem Herzog je schaden!«

Isabeau jedoch griff sie genauso hart auch noch am anderen Arm und schüttelte sie durch. »Wem plapperst du das nach? Etwa deinem Mann, diesem unseligen Genossen der Herzogin von Anjou? Es heißt, er habe seine rechte Hand dem Teufel verschrieben! Ein feiner Einfluß ist mir das!« Sie lachte bitter auf.

Tränen stiegen nun in die blauen Augen der Dame de Giac, aber sie schüttelte entschieden den Kopf. Isabeau sah sie einen Augenblick lang schweigend an, ehe sie Jehanne losließ. Die rieb sich leise jammernd die Handgelenke, an denen der harte Griff Isabeaus rote Spuren hinterlassen hatte.

»Gnade dir Gott, wenn dem Herzog von Burgund bei diesem Treffen etwas geschieht«, warnte Isabeau sie eindringlich und wandte sich zum Gehen. »Dann sollst du deines Lebens nicht mehr froh werden. Der Eidgenosse deines verderbten Gatten soll dich holen, so wahr ich Königin von Frankreich bin!«

Jehanne warf trotzig den Kopf nach hinten. »Meint Ihr, ich will, daß dem Vater meines Kindes etwas geschieht?« schleuderte sie Isabeau nun entgegen und schien die Worte im selben Augenblick noch zu bereuen.

Isabeau spürte, wie bei diesen Worten ein leichtes Kribbeln auf ihrer Kopfhaut einsetzte. Ihr Blick glitt über die vollen Brüste auf den leicht geschwollenen Leib ihrer Hofdame. Sie legte sich die Hand auf die Brust, während sie nach einem Gefühl in sich suchte. Die eben noch siedende Hitze in ihrem Inneren konnte den stolzen Worten ihrer Hofdame nicht standhalten: Sie fielen wie Schneeflocken auf ihre Seele, kühl und alles andere bedeckend.

Jehanne senkte den Kopf nun und sah Isabeau nicht mehr an.

»Gnade dir Gott«, wiederholte diese schließlich nur. »Gnade dir Gott! Ich werde dich nicht bestrafen müssen, wenn dem Herzog etwas geschieht. Das Leben wird es für mich tun.«

Als sie aus dem Raum ging, warf sie einen letzten Blick auf die Dienerin Khadija. Es schien ihr, als spielte unter der schmalen Maske aus Gold ein kleines, wissendes Lächeln um die stummen Lippen der Schwarzen.

Der Morgen des zehnten Tages des Septembermondes brach hell und klar an. In dem blanken Himmel trieb keine Wolke dahin, und kein Vogel wagte es, sein Zeichen in das unbefleckte, alles beherrschende Blau zu setzen. Es war ein so friedlicher, stiller Himmel, wie Isabeau ihn schon lange nicht mehr gesehen hatte. War dies ein Zeichen, fragte sie sich hoffnungsvoll, als sie den Aufbruch des Herzogs von Burgund vom Fenster eines Wehrganges aus verfolgte. Weshalb will der Mensch immer hoffen? Wie töricht wir sind! schalt sie sich gleichzeitig. Der Tag wird sein Ende finden, und dann wird auch der Ausgang der Verhandlungen bekannt sein.

Sie wanderte weiter in dem feuchten Gang. Mit wenigen Schritten hätte sie auf die Zinnen der den Hof umgebenden Mauer treten können: Doch sie zog es vor, seinen Abschied im verborgenen zu beobachten.

In dem mit groben Steinen gepflasterten Hof um den Burgfried herrschte reges Treiben: Johann ohne Furcht hatte bei Sonnenaufgang noch die Messe in Bray gehört und fast die ganze Nacht über um ein Gelingen seines Ausfluges gebetet. Nun war er in die Burg zurückgekehrt, und um ihn herum bereiteten sich fünfhundert Kriegsknechte und zweihundert Bogenschützen für den Aufbruch nach Montereau vor. Vielleicht können sie meinem edlen Adler einen ruhigen Flug ermöglichen, sagte sich Isabeau, zweifelnd und hoffend zugleich. Es gibt keinen zweiten Vogel wie ihn in den Wäldern Frankreichs, erinnerte sie sich an ihren Traum.

Die ersten Männer ritten nun zum Tor hinaus, vor dem das Gitter an wuchtigen, frisch geschmierten Ketten hochgezogen worden war: Seine Spitzen schnitten scharf wie die Zähne eines Raubtieres in das unschuldige Blau des Himmels, der darüber lag. Isabeau hörte das Dröhnen der Hufe auf der hölzernen Zugbrücke und roch das warme Fell der geschmückten Pferde, die zu viert nebeneinander in das Land zogen. Als die erste Hälfte der Streiter die Burg verlassen hatte, setzte sich auch die Eskorte um den Rappen des Herzogs von Burgund in Bewegung. Der frische Wind spielte froh in seinem aufgepflanzten Wimpel, und die tanzenden Farben seines Wappens schienen seinen Truppen nichts als Mut zu machen.

Gerade, als Johann ohne Furcht selbst die Beine in den leichten Schienen anhob, um seinem Hengst die Sporen zu geben, trat Isabeau doch auf die Brüstung.

»Johann!« rief sie gegen alle Vernunft hinunter in den lärmenden Trubel des Hofes: die Stimmen der Männer, das Schnauben der Rösser und das heitere Spiel der den Herzog begleitenden Musikanten. Wie konnte er sie da hören? Sie faßte sich in den Schleier, der von ihrer mit einem Goldnetz überzogenen Hörnerhaube fiel, und legte ihn sich mit beiden Händen vors Gesicht. Niemand sollte ihre Tränen sehen.

In diesem Augenblick jedoch drehte sich Johann ohne Furcht nach ihr um. Er sah nach oben, zu der schmalen Brüstung hin, und hob die linke Hand: Mit der rechten zwang er sein Pferd zur Ruhe. Ihre Augen trafen sich über den Hof hinweg, auf dem das bunte, laute Leben hundertfach Wellen zu schlagen schien. Er drehte sein Pferd, denn es tänzelte unruhig auf seinen schimmernden, frisch beschlagenen Hufen und schlug mit dem zu einem kurzen Knoten geflochtenen Schweif nach den Fliegen aus.

Ihr Herz streckte sich nach ihm aus. Sein Blick griff danach und hielt es fest: Sie wußte, sie war ihm unlösbar verbunden.

Johann ohne Furcht verneigte sich tief in seinem Sattel. Sie schloß die Augen, um die aufsteigenden Tränen zu vertreiben. Als sie sie nur einen Wimpernschlag später wieder öffnete, hatte das Dunkel des Tores ihn und das leuchtende Blau und Grün seiner herzoglichen Equipage wie ein gieriger Schlund verschluckt. Das Bild vor ihren Augen zerfiel mit einem Mal in unzählige rührige Bestandteile, sie wußte nicht, welche sie zuerst in ihrem unruhigen Geist halten sollte, und so vergingen sie fast neckend alle, bis der Hof leer und verlassen zu ihren Füßen lag.

⚜

Yolanda sah hoch zu dem leidenden Christ am Kreuz und setzte zum vierten Mal in Folge zum Gebet an, doch es war wieder vergeblich. Verwarf Gott ihre Bitte um Erlösung? fragte sie sich erschrocken. Was konnte sie dem Abbé noch bieten, um Ablaß für ihre Sünden zu erhalten? Er hatte sie am Abend nicht sehen können, und nun war es bereits tiefe Nacht. Ihre Gedanken wirbelten mit den Schatten im Dunkeln der Kapelle, und sie hatte die letzten Schläge der Glocke nicht mehr mitzählen können. Yolanda hatte bereits zum dritten Mal eigenhändig frische Kerzen in die hohen Leuchter aus Gußeisen rechts und links des Altars gesteckt. Sie hatte diesen Dienst selbst verrichten wollen, und so war Tanguy du Chastel in der hintersten Bank der Kapelle knien geblieben. Wie sie war auch er bereits die ganze Nacht hier. Ob er wirklich betete, konnte sie nicht sagen. Er hielt den Kopf gesenkt, aber seine Lippen blieben stumm und seine Hände starr. Mit den Bildern des vergangenen Tages in seinem Kopf konnte auch er in dieser Nacht keinen Schlaf finden, das stand fest. Wir sind verflucht, sagte sich Yolanda verzweifelt. Nur in der Nacht erlaubte sie sich diese Gedanken voll Furcht.

Sie wandte sich um zu Tanguy, und ihre Stimme saugte sich mit der feuchten Luft der Kapelle des Schlosses von Montereau voll: »Sag mir, daß es sein mußte, Tanguy! Sag mir, daß wir das Richtige getan haben«, forderte sie.

Sie sah, wie er sich aus seiner Bank erhob. In seinem dunklen, schmucklosen Umhang, der hinter ihm auf dem kalten Steinboden schleifte, wirkte er wie ein Geist, der sich dort aus der Umklammerung der Schatten des heiligen Gewölbes befreite. Er trat neben sie und griff sie sanft unter den Arm. »Ich bringe dich jetzt in deine Kemenate, Herzogin. Du mußt schlafen. Du brauchst Kraft. Auge um Auge, Zahn um Zahn«, murmelte er, als seien diese Worte des Alten Testamentes ein Trost für sie in dieser verlorenen Stunde.

Sie sah zu ihm auf und sah zwischen der schwarzen Wolle des Mantels und dem dunklen Leder seines Wamses halb versteckt die Kette glitzern, die der Herzog von Anjou ihm vor so langer Zeit geschenkt hatte. In jenen Tagen hatte sein Aufstieg am Hof der Anjou begonnen.

»Aber: Mein ist die Rache, sagt der Herr!« entgegnete sie leise und faltete wieder ihre Hände. Sie fror nun bis in die Fingerspitzen.

Tanguy lachte bitter auf. »Dann wird die Stunde des Herrn für uns alle noch schlagen! Darauf ist Verlaß! Aber bis dahin werde ich jeden zum Kampf auf Leben und Tod fordern, der mich des Meuchelmordes bezichtigt. Was ich getan habe, mußte getan werden!«

Sie gehorchte dem Druck seiner Hand unter ihrem Ellenbogen und erhob sich. Die Knöchel und Schenkel schmerzten ihr vom langen Knien vor dem Altar, aber sie folgte Tanguy du Chastel dennoch nur langsam aus der Kapelle, hinaus in die Welt, in das Leben, in dem sie den Folgen ihrer Tat ins Auge sehen mußte. Das Unglaubliche war geschehen. Johann ohne Furcht war tot.

Yolanda konnte nur wenige Augenblicke die Ruhe und die Wärme ihrer Kemenate genießen. Kaum hatte die Kammerfrau das Feuer wieder zum Lodern gebracht, ihr auf den runden Tisch neben ihrer Bettstatt ein silbernes Tablett mit Wein und Gebäck aus Ingwer und Nüssen gestellt, das Bett auf der Roßhaarmatratze aufgeschüttelt und die hölzernen, verwitterten Fensterläden vor den Scharten der Burg fest verschlossen, da klopfte es leise an ihrer Tür.

Die Haare in ihrem Nacken stellten sich auf, doch sie schlang sich den Umhang ihres Nachtgewandes fester um die nackten Oberarme.

»Wer ist da?« rief sie und versuchte, ihre Stimme sicher klingen zu lassen. War es der Geist des Herzogs von Burgund? Die Tür öffnete sich, und vor dem kalten Dunkel des Schloßganges konnte sie das blasse Gesicht des Dauphins erkennen. Es schien dort leuchtend zu schweben, fast wie die mit Luft gefüllten Schweinsblasen an den rußigen Türen der Gasthäuser am Schlachttag. Fast wie ein Geist, dachte sie wieder schaudernd. Himmel hilf. Keiner der toten Prinzen hat mich bis in meine Nächte hinein verfolgt, aber der lebende Dauphin tut es.

»Kann ich bei dir bleiben?« fragte er leise.

Yolanda nickte und breitete die Arme aus. Er flüchtete sich in ihre Umarmung wie ein Kind, das ungehorsam gewesen war und bei seiner Mutter um Verzeihung bitten wollte. Seine Finger hakten sich in die feine Spitze ihres Umhangs. Als er den Kopf nach einigen Augenblicken hob, sah sie, daß seine Augen rotgeweint waren.

»Ich war es nicht. Man wird doch nicht glauben, daß ich es war?« fragte er dann leise.

Yolanda seufzte und schüttelte den Kopf. »Erzähl mir alles noch einmal, ganz genau.« Ein kalter Luftzug zog vom Fenster her in die Kemenate, und es fröstelte sie an ihren nackten Füßen. »Komm ins Bett. Da ist es warm.«

Er nickte und drückte sich zwischen den Laken wieder an sie, doch in seiner Umarmung lag keine Lust, sondern nur Furcht und Hilflosigkeit. Sie schlang ihre Arme um seine Schultern, um noch einmal zu hören, was geschehen war. Erst einige Stunden nach einer Tat kann diese ruhig beurteilt werden, fand Yolanda. Mit weinerlicher Stimme begann der Dauphin zu erzählen.

»Es ging alles so schnell! Am Morgen hatte der Zimmermann die Brücke für unser Zusammentreffen vorbereitet: Zwei Vorräume aus Holz, *antichambres*, für unsere Begleiter und ihre Waffen, und dann einen Raum in der Mitte, für Johann ohne Furcht und mich.«

Yolanda nickte, unterbrach ihn jedoch nicht.

»Um drei Uhr nachmittags ritt Tanguy dann in das Lager des Herzogs, um ihn zu der Unterredung zu holen. Johann ohne Furcht kam, begleitet von zehn Männern, ebenfalls ganz wie wir es abgemacht hatten. Ich muß sagen, daß mir die Knie weich wurden, als ich ihn gestern so wiedersah. Dieser Mann hatte etwas, das ich noch bei keinem anderen gespürt habe – er füllte den Raum mit seiner Gegenwart!«

Yolanda verzog ungeduldig den Mund, was der Dauphin im milde tropfenden Dämmerlicht der Kerzen und mit seiner Nase an ihrem Hals wohl nicht erkennen konnte.

»Alle Männer legten ihre Waffen ab, bis auf den Herzog, der seinen kurzen Degen an der Seite behielt. Wir stellten Wachen an den Eingängen zu den *antichambres* auf. Alles begann so friedlich! Johann ohne Furcht beugte zum ersten Mal sein Knie vor mir und sagte: »Monseigneur, ich bin hier auf Euren Befehl. Ihr wißt Bescheid um das Elend dieses Königreiches: Schafft Abhilfe dagegen! Was mich betrifft, so bin ich bereit, mich mit meinem Leib, meinen Gütern sowie denen meiner Vasallen, Untertanen und Verbündeten dafür einzusetzen. Aber wir können hier nichts beschließen, denn der König von Frankreich ist nicht anwesend: Kommt mit mir nach Troyes zu Eurem Vater! Laßt uns dort verhandeln, und laßt uns dort Frieden schließen.«

Yolanda nickte wieder. Natürlich, er hatte den Kronprinzen in seine Gewalt bringen wollen! Nach Troyes, das könnte ihm so passen, ha!

»Was hast du ihm entgegnet?« fragte sie gespannt.

Karl warf den Kopf in den Nacken und sprach leise weiter in die ablehnende Dunkelheit der Kemenate. »Nun, das einzige, was ich als Dauphin einem meiner Vasallen antworten kann! Daß ich mich zu meinem Vater begebe, wann es mir beliebt, und daß ich nicht nach dem Willen der Burgunder handele! Denn schließlich ist er das doch, mein Vasall, und nichts anderes, denn ich bin der letzte lebende Sohn des Königs!« Leiser Trotz schwang noch immer in seiner Stimme mit, als er seine Worte wiederholte. Dennoch hörte Yolanda darin auch den Zweifel: diesen Zweifel, den sie so hartnäckig zu vertreiben suchte. Aber er saß fest in seinem Herzen, dort eingepflanzt von dem mächtigsten aller Samenkörner: dem Wort seines eigenen Vaters, gesprochen vor so vielen Jahren in Paris.

»Was geschah weiter?« fragte Yolanda nur. Karl seufzte und fuhr sich mit seinen blassen Fingern über die geschlossenen Augenlider.

»Dann – ja dann, weiß ich nicht wirklich, was geschah! Johann ohne Furcht machte eine Bewegung hin zu der Seite, wo sein Degen hing. Aber vielleicht wollte er sich auch nur verbeugen?« Er schluchzte auf, ehe er weitersprach. »Im selben Augenblick aber griff mich Tanguy du Chastel auch schon von hinten und zerrte mich aus dem Raum. Er ist so stark, weißt du, ich hatte keine Möglichkeit, mich gegen ihn zu wehren! Das letzte, was ich sah, war, wie Pierre de Giac und seine Männer mit einem Mal mit Äxten in ihren Händen aus dem Vorraum brachen und auf den Herzog, der noch kniete, einschlugen. Pierre de Giac kreischte hell wie ein Weib: ›Du hast meinem Herrn, dem Herzog von Orléans, vor Jahren die Hand abgeschlagen, und so werde ich dir heute die deine abschlagen!‹ Sie gerieten wie in einen Rausch und hackten ihn vor meinen Augen in Stücke. Daß ein Mann soviel Blut in seinem Leib haben kann«, schluchzte er.

Yolanda nahm ihn in den Arm und senkte den Blick. »So ist Ludwig von Orléans nach so vielen Jahren also doch noch gerächt worden«, sagte sie. »Es mußte sein, Karl«, meinte sie leise, und noch einmal, wie um sich selbst zu überzeugen: »Es mußte sein! Du hast doch selbst damals auf den Zinnen der Bastille geschworen, ihn zu töten, wenn sich eine Gelegenheit bietet!« erinnerte sie ihn.

Da richtete er sich auf. »Ja, sicher, aber als er dann so vor mir stand …«, setzte er zögernd an. »Johann ohne Furcht war der einzige Mann, der Heinrich von England die Stirn bieten konnte. Was wird nun geschehen? Und was ist mit seinem Erben? Ich bin sicher, es sind schon Boten zu ihm nach Gent unterwegs«, überlegte er laut. »Was, wenn er sich ebenfalls unter den Einfluß meiner Mutter begibt? Ihre Streitmacht wird uns dann weit überlegen sein!«

Gewiß, dachte Yolanda. Aber Johann ohne Furcht war auch der einzige Mann, der dir unter den Franzosen noch die Krone streitig machen konnte. Für alles andere sollte sich schon eine Lösung finden! Sie hörte, wie Karl wieder leise zu weinen begann. Gedankenverloren zog sie sich das Nachthemd von der Schulter und schob seinen Kopf hin zu ihrer in der Dunkelheit helleuchtenden Brust. »Hier, nimm«, sagte sie und spürte, wie er seine Lippen dankbar um ihre Brustwarze schloß. Wie ein Säugling hing er daran und erwartete dort den Schlaf. Nur einmal sagte er noch: »Ehe ich mich in den Süden der Loire auf mein *terrain dauphinois* zurückziehe, muß ich an die Leute von Paris schreiben! Sie müssen wissen, daß sein Tod nur die Folge seiner Tollheit war! Ich trage daran keine Schuld …«, bevor er einschlief.

Yolanda erwartete dagegen mit schmerzenden Augen den Anblick des von dieser Tat unbefleckten Morgens. Eine undurchdringliche Nacht umgab sie, ohne Urteil, aber auch ohne den Trost oder den Rat, die der Schlaf sonst bergen kann.

Wie nur hatte alles so weit kommen können? fragte sich Isabeau. Sie war müde, unendlich müde, und ihre Knochen schmerzten, als sei ihr Leib einem hochnotpeinlichen Verhör unterzogen worden. Wie eine Närrin fühlte ich mich als die glücklichste aller Frauen, als ich als Kind von Bayern nach Frankreich geschickt wurde, um einen jungen, starken Mann zu freien, der König von Frankreich war. Konnte das Leben prachtvoller sein, als es damals gewesen ist? Heute fallen die vergangenen Jahre von mir ab, müde und ohne Saft wie die Blätter eines Baumes im Herbst. Ich blicke in die nackten Zweige der Gegenwart und sehe doch den Himmel der Zukunft darüber nicht deutlich. Wolken und die Vogelschwingen der Raben der späten Tage verdecken mir die Sicht. Der Wahnsinn meines Mannes brach über mich herein wie ein Unwetter, vor dem ich keinen Schutz auf meinem Weg durchs Leben mehr fand. Ich habe ihm und dem Land Kinder geboren, diese Kinder verloren oder nach bestem Wissen und Gewissen verheiratet. Nur sie ist noch bei mir: Isabeau wandte den Kopf hin zu dem Lehnstuhl neben ihr, in dem Katharina gerade stumm die Seiten eines Stundenbuches umblätterte.

Das Gesicht ihrer Tochter war blaß, und auch ihre Augen waren vom Weinen geschwollen. Trauerte sie um Johann ohne Furcht, oder fürchtete sie den Ausgang der erneuten Verhandlungen, die Isabeau mit den Engländern hatte aufnehmen müssen? Aber an wen sonst kann ich mich noch wenden? fragte sich Isabeau. Ich bin allein, und nur Heinrich von England kann mir noch zur Seite stehen. Wir *müssen* jetzt verhandeln. Weshalb konnte ich Karl, meinen letzten Sohn, nicht bei mir behalten? Weshalb können wir uns nun nicht gemeinsam um Frankreich sorgen? Yolanda hat ihn mir entrissen: Karl, der sicher nicht der klügste, der stärkste oder der schönste von meinen Söhnen ist, aber nun doch der, der überlebt, der Frankreich übrigbleibt – aus welchem Grund auch immer. Das ist auch eine Stärke, dachte Isabeau traurig. Mächte, die größer und dunkler sind als wir, sind hier am Wirken. Wenigstens hatte sie schon getan, was in Paris in diesen Tagen augenblicklich getan werden mußte: Als die Nachricht von der Ermordung des Herzogs von Burgund ihren Weg in die Gassen der Hauptstadt fand, schnitt man allen Männern des Dauphins, die man greifen konnte, die Kehle durch. So hatte sie von Troyes aus verboten, irgend jemanden ohne ein gerichtliches Urteil zu töten. Jedoch forderte sie die Bürger der Stadt auf, sich das blutrote Andreaskreuz des Herzogs von Burgund auf die Mäntel zu sticken, und zwar auf die Seite, unter der ihr Herz schlug. Dennoch hatte niemand Lust, sich nach Paris zu begeben, wo sich so leicht wieder der Blutrausch und die Rachsucht ausbreiten konnten wie vor zwei Jahren.

Aus dem engen Hof der Burg von Troyes hörte sie nun das Leben zu sich in die Kammer dringen, es riß sie mit seiner Kraft aus ihren Gedanken: Pferde schnaubten, Stimmen und Befehle schwirrten durch die Luft, Hufe schlugen auf die Pflastersteine, Waffen klirrten gegen beschiente Beine und Hüften.

Sie stand auf und trat an das schmale Fenster, das das graue Licht des Herbsttages milde in ihre Kemenate filterte. Truppen ritten auf niedrigen, kräftigen Pferden durch das Tor der Burg ein: Es waren unzählige Männer, wie ihr schien. Auch sie trugen das Andreaskreuz auf ihrem Banner. Gut. Das waren die Soldaten, die Philipp, der Sohn von Johann ohne Furcht und neue Herzog von Burgund, ihr zum Schutz an die Seite stellte: Ihr flehentlicher Brief an ihre Tochter Michelle, seine Frau, hatte seine Wirkung getan.

Hinter Isabeau raschelte nun leise Papier, und als sie sich umdrehte, sah sie, wie Katharina gerade sorgsam den kleinen Verschluß ihres mit Leder und Gold beschlagenen Stundenbuches zudrückte, ehe sie sich erhob. Sie trat neben Isabeau und sah ebenfalls in den Hof hinunter. Dann legte sich ein blasses Lächeln um ihre Lippen. »Philipps Männer. Auf Michelle ist eben

Verlaß. Geht jetzt alles so weiter wie bisher? Kämpfen wir, bis einfach niemand mehr lebt?« fragte sie leise. Schwang da Müdigkeit in ihrer Stimme mit?

Isabeau schüttelte den Kopf. »Im Gegenteil. Unser Weg liegt nun klar vor uns, Katharina, auch wenn es nicht einfach sein wird, ihn zu beschreiten. Aber erst muß nun jeder von der Verderbtheit meines Sohnes Karl erfahren, jeden Tag und jede Woche, immer wieder von neuem.«

Hier und heute lag sie nun in ihren Händen, diese letzte Möglichkeit, dieses zweischneidige Schwert, vor dessen Gebrauch Johann ohne Furcht sie gewarnt hatte! Die Zeit ist gekommen, mein Geliebter: Ich muß tun, was man mir zu tun vorgibt, brachte sie im Geist zur Rechtfertigung vor. Ich kann mich nicht geschlagen geben, jetzt, so ganz ohne dich, erst recht nicht mehr. Wenn ich mich selbst verwunde durch diese Entscheidung, so ist das eben der Preis für meine Entschlossenheit, Frankreich nicht an diesen verlorenen Sohn, der eine liebende Mutter verstößt, fallen zu lassen. Nicht an ihn und nicht an seine berechnende Hure, die Herzogin von Anjou.

Katharina sagte zunächst nichts, sondern sah nur schweigend in den Hof hinunter, der sich mit Männern füllte. Dann griff sie nach der von Ringen schweren Hand ihrer Mutter. Ihre kalten Lippen legten sich auf Isabeaus Finger, doch ihre Augen suchten vergeblich den Blick der Königin.

»Und ich?« fragte sie leise. So leise, daß Isabeau im Pfeifen des Windes, der Aufregung im Hof und dem Knacken der Scheite im Kamin vorgeben konnte, nichts gehört zu haben. Wird Frankreich durch das Blut seiner Kinder reingewaschen? Sie fürchtete die Antwort auf diese Frage selbst.

Katharina jedoch ließ nicht locker. Natürlich nicht, wie hätte ich das auch erwarten können, sagte sich Isabeau beinahe zufrieden.

»Und ich?« wiederholte Katharina in den Trubel des Hofes hinein.

Isabeau legte ihrer Tochter eine Hand an die Wange und fühlte, wie sich Katharinas Gesicht in ihre Handfläche schmiegte. Eine Welle der Zärtlichkeit schäumte hell über ihr Herz, ihr wirbelnder Sog nahm die düstere Trauer um Johann ohne Furcht für einen Augenblick lang mit sich und schwemmte die letzten dunklen Fugen und Ecken aus: Ich kann noch lieben! dachte sie erstaunt. Das heißt, ich lebe auch noch.

»Du? Du mußt nun tun, was man von einer Prinzessin von Frankreich erwartet«, antwortete sie schlicht und lächelte zärtlich und abwartend in das offene Gesicht ihrer jüngsten Tochter.

»Meine Pflicht«, setzte Katharina hinzu, ohne zu zögern. Die Sonne brach mit einem Mal durch die dichte Wolkendecke des bleiernen Himmels und ließ mit ihren Strahlen ihre Augen schimmern wie die Knöpfe aus Bernstein an ihren schlichten schwarzen Trauerkleidern.

Isabeau nickte stumm und umarmte Katharina. Diese erwiderte die Liebkosung.

In diesem Augenblick sah Isabeau auf den Zinnen der Burg von Troyes einen weißen Schatten dahingleiten: Blonde Haare lösten sich ungehörig und verlockend unter einem dichten Schleier und folgten den ziellos eilenden Schritten der Frau dort wie ein Banner im Herbstwind. Isabeau kniff die Augen zusammen. Es war Jehanne de Giac, die dort so rastlos die Ankunft der Burgunder verfolgte. Seit dem Tod von Johann ohne Furcht hatte sie kein rechtes Wort mehr geäußert und hatte sich in ihrem Raum eingeschlossen. Gnade ihr Gott, erinnerte sich Isabeau und griff nach Katharinas Händen. »Mein Liebling. Weshalb gehst du nicht und spielst mit deinen Hunden? *Loupine* hat Welpen geworfen! Laß uns heute abend weiterreden«, sagte sie tröstend. Mit diesen Worten wandte sie sich zum Fenster und sah wieder hoch auf die Zinnen der Burg, wo die weißgekleidete Gestalt nun reglos verharrte. Die helle Farbe ihres Gewandes verschmolz mit dem blassen Ton ihres Gesichtes und ihrer Hände, die sie vor der Brust wie zum Gebet gefaltet hatte. Gnade ihr Gott, dachte Isabeau ohne Bedauern.

Karl der Sechste konnte seinen Kopf nicht stillhalten, als Isabeau ihm die Hand mit dem königlichen Siegel über den von ihr aufgesetzten Erlaß führte, ehe sie das handtellergroße Emblem in seinen Fingern in das heiße rote Wachs drückte. Er stammelte einige unverständliche Worte, als sie mit dem Papier in ihren Händen an das Fenster trat, um besser lesen zu können. Ihr Blick überflog den Erlaß, der in seiner Hast und Gier nur einzelne Wörter erfaßte: Sie fühlte sich wie ein Gefangener, der nach langer Hungerzeit seine erste Speise bekommt und in seinem entwöhnten Rachen nur heiß und kalt, aber keinen Geschmack unterscheiden kann. Die Bruchstücke der Sätze tanzten vor ihren Augen hin und her: »*Der Dauphin hat den ruchlosen Mördern meines geliebten Cousins, Johann ohne Furcht, selbst den Befehl gegeben ... von Stund' an ist er nicht länger Dauphin, noch Herzog, noch Prinz, noch Graf ... von nun an soll er als Karl der Schlechtberatene, welcher sich nur Sohn von Frankreich nennt, bekannt sein ...*«

Isabeau lächelte zufrieden. Der Sinn dieser Worte, die die Winde in alle vier Ecken des bröckelnden Reiches tragen sollten, war klar: Welcher sich Sohn von Frankreich nennt! Karl war von Stund an nicht der Sohn des Königs: Er war ein Bastard, ohne Anspruch auf den Thron, sollte Gott ihren armen Mann bald erlösen! Am Ende der Erklärung leuchtete stolz und endgültig das königliche Siegel der Valois, um diese Tatsache vor aller Welt zu bezeugen!

Als sie sich wieder zum König drehte, schien mit dem Licht der Mittagssonne der ersten Oktobertage auch Klarheit in seinen Geist zu dringen, so unvorhersehbar und unerwartet wie stets: Diese Augenblicke dauerten immer gerade lange genug, daß man ihn in all den Jahren nicht hatte entmündigen können. Er wandte den Kopf zu Katharina, die neben Philipp von Burgund schweigend am Tisch saß.

»Bist du das, meine liebe Katharina? Was für ein schönes Mädchen du geworden bist! So dunkel wie deine Mutter, aber so groß wie die Valois! Ach, und unser stolzer Schwiegersohn Philipp ist auch hier! Wie geht es Madame Michelle? Sollte es nicht deine Pflicht sein, für Madame Katharina einen guten und mächtigen Gatten zu finden? Sie soll genauso glücklich werden wie deine eigene Frau mit dir!« sagte er so froh und neckend wie in alten Tagen.

Katharina warf Philipp einen Seitenblick zu, und so räusperte sich dieser. »*Monseigneur*, dank der mir von Euch übertragenen Ermächtigung werde ich am zweiten Tag des Dezembermondes in meiner Stadt Arras mit dem König von England einen Ehevertrag zwischen ihm und Madame Katharina aushandeln.«

Isabeau musterte Katharina scharf, aber das Gesicht ihrer Tochter blieb bei diesen Worten ausdruckslos. Sie war erstaunlich schweigsam gewesen, seitdem ihr ihre einzige Aufgabe gegenüber Frankreich und ihrem Erbe bewußt geworden war. Aber handelte es sich bei ihrer Fügsamkeit nur um Pflichtgefühl, oder verfolgte sie ihre eigenen Pläne?

Isabeau seufzte: Um so besser, wenn ihr der junge König gefallen hatte! Vor einigen Tagen, als sie unangemeldet in die Kemenate ihrer Tochter gekommen war, hatte sie diese dabei überrascht, wie sie einige Worte auf englisch lernte.

Katharina hatte gerade ihre Hände in das weichende Tageslicht gehalten und einer nickenden, alten Hofdame wiederholt: »*Les doigts … the fingers!*«

Als Katharina jedoch Isabeau bemerkt hatte, war sie aufgesprungen und hatte gerufen: »*Maman*, ich lerne Englisch! Und den nützlichsten Satz habe ich schon gelernt: *Si tu me touches, je te tuerai … If you touch me, I will kill you!*«

Auch die Hofdame war in das Gelächter eingefallen, und selbst Isabeau hatte ein Lächeln nicht unterdrücken können. Katharina in diesem Punkt nicht ernst zu nehmen, das war das Beste, was sie tun konnte.

Der König nickte nun, so, als könne sein sehniger Hals das Gewicht des im Verhältnis zum mageren Körper übergroßen Kopfes mit dem mit Edelsteinen besetzten Stirnreif nicht mehr lange halten. »Ah, der König von England. Ein feiner Schwiegersohn«, meinte er, ehe er mahnend den Zeigefinger hob. »Aber achtet mir gut auf die Mitgift für Katharina!« murmelte er noch. »Sollte Heinrich sterben, will ich jeden Sou davon wiederhaben.«

Philipp von Burgund verbarg ein Lächeln hinter seiner Hand mit der sonnengegerbten Haut. Unter der mit Goldlahn bestickten Manschette seines Surkots sah Isabeau dunkle Haare bis zum Ansatz seiner kurzen Finger. Sie war froh, daß nur seine untersetzte Kraft sie an Johann ohne Furcht erinnerte.

Er wollte etwas sagen, und Isabeau legte sich rasch und warnend die Finger auf die Lippen, um ihn schweigen zu heißen. Er verstand und schloß den Mund wieder. Es sah aus, als schnappe er nach Luft wie ein Karpfen aus den königlichen Teichen, der zum Weihnachtssouper abgefischt wurde. Der König mußte nicht jetzt schon wissen, was in diesem Vertrag in Arras noch ausgehandelt würde! sagte sie sich. Karl war zum Bastard erklärt, öffentlich und vor aller Welt, und so konnte sich alles andere wie von selbst ergeben. Sie sah Katharina bei diesem Gedanken zärtlich an. Sie hatte diese schöne junge Frau geboren, sie erzogen und geliebt. Nun sollte es nur recht sein, daß ihre Tochter Frankreich als Mitgift bekam, sagte sich Isabeau. Dieser Gedanke sollte ihr das Warten über den einsamen grauen Winter hinweg wie auch die Geduld während der langen, zähen Verhandlungen, die vor ihr lagen, erleichtern.

⚜

Paris, im Märzmond 1420

Meine Mutter!

Ich bin sicher, daß mein langes Schweigen Dich nicht überrascht hat. Dennoch: Deine beiden Briefe, die Du trotz der Lage zu mir hast senden können, waren mir ein Licht in tiefster Finsternis. Zweimal schon hatte ich mir das Messer an die Handgelenke gesetzt, zweimal konnte ich nicht selbst Hand an mich legen. Diese Sünde wäre zu groß. So zwinge ich mich in dieses Leben zurück, von dem ich doch nichts mehr wissen will. Der, für den mein Herz schlug, ist nicht mehr. Er ist mir vorausgegangen in die Nacht, und ich bin hier in eine dauernde Dämmerung eingeschlossen. Was soll ich Gedanken an die Zeit verschwenden, die noch verstreichen wird, bis ich ihn im Jenseits wiedersehe? Eine Stunde ist ein Tag, und jeder Tag ist eine Stunde. Jeder Augenblick ist von Dunkel erfüllt: einer Dunkelheit, die meinen Geist erfüllt und in die nie wieder ein Licht der Freude und der Hoffnung fallen wird. An was für einem verfluch-

ten Tag wurde ich gezeugt, und zu welcher unseligen Stunde wurde ich geboren? Du hättest mich noch vor meinem ersten Atemzug wie ein Katze erwürgen sollen. Ich bin des Glückes tumbe Törin. Welches Los ist schwerer zu ertragen, als Gutes tun zu wollen und dann das Furchtbarste damit zu erreichen? Ich liebte meine Königin und mußte sie so schändlich verraten. Meine Eitelkeit ließ mich blind werden für alles Gute, das sie mir getan hat. Nun dachte ich, sie würde mich mit Schimpf und Schande davonjagen, doch ihre Strafe für mich war grausamer und auch verständlicher als das. Ich liebte, ich lebte Johann ohne Furcht und hätte ihn doch ebensogut mit meinen eigenen Händen erschlagen können. Diese nichtswürdigen Lumpen haben diesem edelsten unter allen Rittern die Hand abgeschlagen, als sei er ein ganz gewöhnlicher Dieb. Was nützt es mir, daß sein Sohn Philipp den Meuchelmördern von Montereau ewige Rache geschworen hat? Die Rache obliegt dem Herren und tausend andere Tode machen mir doch diesen einzigen Mann auf Erden nicht wieder lebendig. Nun wird mein Kind der Seele seines Vaters im Himmel begegnen können. Ja, Du liest richtig, und ich sehe vor mir, wie Du Dich bekreuzigst. Laß uns gemeinsam weinen, denn als die Königin mich zu sich rief, da blieben meine Augen trocken. Nein, sie jagte mich nicht weg, aber sie machte deutlich, daß sie mein Kind nicht in ihrem Leben dulden wollte. Was sollte ich tun? Wohin mich wenden? So muß ich nun diese größte aller Sünden von meiner Seele laden und sterbe doch weiter in meinem Inneren bei jedem Wort, das ich so schreibe. Ich, die ich mich ein Leben lang nach Kindern gesehnt habe, habe dem Leben unter meinem Herzen ein Ende setzen lassen. Es war entsetzlich, Mutter, und ich lag für Wochen nach dieser schändlichsten aller Taten mit hohem Fieber zu Bett. Die Adresse des widerlichen Weibes in Les Halles bekam ich von einer anderen Hofdame zugesteckt, und ich machte mich in der gefährlichen blauen Stunde von Paris zu Fuß dorthin auf. Fast hatte ich vielleicht gehofft, von Dieben erschlagen zu werden. Die Gasse stank nach Fisch, und ihre Stiege nach allem nur möglichen Auswurf. Als ich an ihrer Tür ankam, trat mir eine andere Hofdame entgegen, die sich rasch einen Schleier vor ihr blasses Gesicht zog. Sie hieß mich stillhalten, während sie mit einer langen Nadel ihre ruchlose Tat vollbrachte, und gab mir nur *ein Stück Holz, auf das ich in meinem Schmerz beißen konnte. Im Traum sehe ich nun jede Nacht immer wieder, wie die Hexe dann die Teile meines schon vollkommen geformten Kindes in die Flammen ihres rußigen Kamins wirft und sich dann wie angeekelt die Finger wischt. Mein Herz und meine Seele verglühten dort mit seinem unschuldigen Leben. Ich wache dann von meinem eigenen Schrei auf und schreie weiter, bis mir die Stimme bricht. Dies ist kein Traum mehr, dies ist mein Leben, dies ist mein bitteres Los, die Strafe für meine Hoffnung und meine Eitelkeit. Wie hätte ich anders entscheiden können? Pierre de Giac hätte dieses Kind kaum gefüttert, und Johann ohne Furcht war mir genommen. Die Königin wollte mich mit geschwollenem Leib nicht um sich dulden. Wo sollte ich hin? Sei Gott dieser kleinen Seele und seiner verderbten Mutter gnädig. Bete für mich, Mutter, bete für mich. Was immer mir noch zustoßen mag, mir ist es nun gleich.*

Jehanne

⚜

Es war wenige Wochen vor Mittsommer, und die Frauen von Troyes wanden Kränze, Sträuße und Girlanden um die Tore, Mauern und Türme, um den friedlichen Einzug des Königs von England in ihre Stadt zu feiern. Die Stadt leuchtete so bunt wie ein Sommerfeld in Flandern und duftete so verlockend wie die Gassen von Grasse. Die prächtigsten Schöpfungen aus dichtem Grün und den buntleuchtenden Blüten in den Farben der Häuser Plantagenet und Valois waren für den Eingang der Kathedrale bestimmt, wo Katharina in einigen Tagen Heinrich den Fünften von England heiraten sollte. Selbst die Krone, die Katharina bei der Trauung tragen sollte, erinnerte Isabeau nun an ein Gesteck von Blüten: Sie war gerade in der Kemenate ihrer Tochter, als der fein mit Gold beschlagene kleine Lederkoffer aus dem Lager des englischen Königs vor der Stadt zu Katharina gebracht wurde.

Die musterte die Hülle auf ihrem Putztisch nahe dem größten Fenster des Raumes und stand erst eine Weile stumm und drehte die Ringe an ihren Fingern unruhig hin und her. Hatte sie mit einem Mal Angst? wunderte sich Isabeau.

»Willst du sie dir nicht ansehen, die Krone, die die Königin von England und die Erbin von Frankreich tragen soll?« fragte Isabeau sanft und legte Katharina den Arm um die Schultern. Ihre Tochter aß kaum noch und verbrachte die Nächte im Gebet vor ihrem Hausaltar. Wenn das so weiterging, so würde Heinrich in dem mageren Geschöpf vor dem Altar kaum noch die schöne Prinzessin von Frankreich wiedererkennen, die er vor mehr als einem Jahr bei Melun zum ersten Mal gesehen hatte!

»Ich habe Angst«, antwortete Katharina schlicht.

»Angst, wovor?« Isabeau zog sie noch näher an sich, doch Katharina machte sich aus der Umarmung frei:

»Nun, über wie viele Jahre haben Engländer und Franzosen miteinander gestritten, ob eine Frau auch das Recht auf den Thron vererben kann! Und schließlich haben wir doch selbst das Salische Recht zum Gesetz erhoben, das uns Frauen diese Macht verwehrt. Und nun? Nun wird Heinrich durch die Ehe mit mir Erbe von Frankreich! Das Land ist meine Mitgift.«

Isabeau lachte scharf auf. »Ha! Und weshalb sollte das nicht so sein? Männer legen das Recht stets so aus, wie es ihnen gerade paßt. Ich bin eine Wittelsbacherin, für mich gilt dieses sogenannte Gesetz nicht! Philipp von Burgund hat selbst auch Erbschaften über seine Mutter angetreten! Und was Heinrich von England angeht – sein Vorfahr, der erste Plantagenet, hat den Thron nur über seine Mutter Mathilde geerbt!« Sie griff Katharina bei den Schultern. »Wenn wir gut genug sind, um Prinzen zu gebären, dann können wir ihnen auch das Anrecht auf den Thron vererben, *par dieu!*«

Katharina wirkte noch immer nicht ganz überzeugt, und so sprach Isabeau rasch weiter. »Außerdem, du sagst es ja selbst: Heinrich wird zunächst Erbe von Frankreich, solange dein armer Vater noch lebt! Erst dann wird er König beider Länder sein und beide endlich unter einer Krone vereinen. So können wir dem Bruderzwist zwischen Engländern und Franzosen ein Ende setzen, und so steht es in dem Vertrag von Troyes geschrieben, den er noch beeidigen muß«, erklärte Isabeau.

Katharina hatte den Koffer mit der Krone noch immer nicht geöffnet und verschränkte ablehnend die Arme vor der Brust. »Wird man uns nicht vorwerfen, mit diesem Vertrag Frankreich verraten und verkauft zu haben?« fragte sie zweifelnd.

Isabeau schüttelte den Kopf. »Nein. Wir haben alles versucht, Katharina. Es ist ein guter, großer Vertrag. Mit deiner Ehe muß eine neue Zeit beginnen, in der man nicht mehr nur englisch oder nur französisch denken, sondern sich eine Gemeinsamkeit über die Grenzen hinweg vorstellen kann! Was sind unsere Grenzen überhaupt noch? Frankreich ist so zerrissen und zerpflückt wie der Mantel eines Bettlers! Uns gehört ein schmaler Streifen nördlich der Loire, darüber sitzt uns schon Heinrich im Nacken, der auch fast den gesamten Südwesten besetzt hält. Der Bastard Karl sitzt südlich des Flusses und klammert sich zudem im Westen in Bar fest, dank der Tatsache, daß René von Anjou das Herzogtum dort geerbt hat.«

Katharina schluckte einmal trocken und befreite ihre dunklen Flechten mit einem kurzen Ruck aus den Händen ihrer Kammerfrau, die gerade mit einem feinzinkigen Kamm aus Silber und Elfenbein nach Läusen suchte.

»Besser?« fragte Isabeau ihre Tochter abwartend. »Oder hast du noch vor mehr Angst?«

Katharina schlug die Augen nieder. »Was hast du damals vor deiner Eheschließung mit Vater empfunden? War das – Liebe?« fragte sie dann vorsichtig.

Isabeau zögerte mit ihrer Antwort. In einigen Tagen sollte sie ihre letzte Tochter an einen Mann weggeben. Sie konnte ihr dieses Wissen und ihren Rat nicht verweigern. »Liebe? Sicher, wir waren verliebt, geradezu närrisch nacheinander.« Sie lachte bei der Erinnerung an die tollen ersten Tage ihrer Ehe. »Heute glaube ich, daß die wahre Macht der Ehe das Gleichgewicht und die Ruhe sind, die du Heinrich und er dir geben kann. Du gehst nicht mit leeren Händen in diese Gemeinschaft, Katharina, sondern mit Taschen voll unsichtbarer Geschenke. Was auch immer geschieht: Vertraue! Du wirst jetzt selbst die Königin zweier

Länder sein, doch im Königreich der Ehe soll es keine Gier, keinen Besitz und keine Macht geben. Je mehr du gibst, um so mehr wirst du empfangen.« Isabeau sah Tränen in den Augen ihrer Tochter glitzern und faßte sie liebevoll unter das Kinn. »Und tu mir einen Gefallen: Nimm kein Messer in dein Brautgemach mit, um Heinrich in der Hochzeitsnacht zu erstechen!« sagte sie nur halb scherzhaft.

Katharina lächelte schwach, wischte sich einige Tränen von den inneren Augenwinkeln und nickte. »Also gut«, flüsterte sie und griff endlich nach dem Deckel der kleinen Kassette. Das feingegerbte, violett-blaue Leder des Bandes, auf das die geduldigen Finger von Nonnen mit flüssigem Gold Gebete geschrieben hatten, glitt geräuschlos aus der feinbeschlagenen Schließe, und Katharina ließ es achtlos zu Boden gleiten. Sie hob den Deckel leicht an und ließ ihn dann lautlos zurückfallen, so daß er den Schatz in seinem Inneren offenbarte. In der mit blauem Samt ausgeschlagenen Kassette funkelten die sechzehn ungleich langen Zacken der goldenen Krone, die über und über mit Blüten aus Saphiren, Rubinen, Diamanten und Perlen besetzt waren. Zwischen die Rosen von England, das Zeichen der Plantagenets, hatten die Goldschmiede die Lilien von Frankreich eingearbeitet. Um den unteren Rand der Krone waren in regelmäßigen Abständen drei Reihen Perlen eingelassen worden. Auf dem Gold über dem Wulst aus blauem Samt und Hermelin, mit dem die Krone auf der Stirn ruhen sollte, konnte Isabeau den mit Emaille eingelassenen Namen ihrer Tochter erkennen. Zwischen den einzelnen Buchstaben leuchteten wieder Blüten aus Edelsteinen auf.

Katharina griff mit ruhigen Händen nach der Krone: Sie hielt sie einen Augenblick lang hoch in die Luft, so daß der sommerliche Sonnenschein sich im tausendfachen Schnitt der Diamanten brach, ehe sie sich das Schmuckstück langsam, ganz langsam auf den Kopf setzte. Sie drehte sich zu dem hohen Spiegel vor ihrem Putztisch um. Die Magd versank unwillkürlich bei diesem Anblick in einen tiefen Knicks. Katharina verzog den Mund. Der matte Glanz des edlen Metalls in ihrem losen Haar, das sie wie ein schützender Mantel bis zu ihren Hüften umgab, wärmte den blassen Ton ihrer Wangen und brachte ihre Augen, die tief in den Höhlen lagen, wieder zum Leuchten.

»Schön«, mußte sie schließlich zugeben. »Sehr, sehr schön.«

Aus der Pfeife des normannischen Dudelsackbläsers löste sich ein schriller Ton, der die Luft in der feierlich geschmückten Kathedrale von Troyes in zwei Lagen teilte. Isabeau senkte den Kopf zum Gebet, während der Bischof Heinrich und Katharina nach ihrer Trauung das heilige Abendmahl erteilte. Isabeau blinzelte durch einige Tränen nach oben, um nichts von dem Geschehen vor dem Altar zu verpassen. Sie sah, wie Heinrichs Hand, die so sicher das wildeste Pferd zähmen konnte, zitterte, als er Katharina den Kelch mit dem Rotwein reichte. Sie sah auch die Unruhe in den Fingern Katharinas, die den Kreuzstich so fein wie keine Nonne des Reiches beherrschten, als sie das Gefäß entgegennahm. Der Bischof mußte ihr dabei helfen, den mit Edelsteinen besetzten Rand des Gefäßes richtig an ihre vollen Lippen zu setzen. Für einen Augenblick spiegelte sich das Junilicht, das gebrochen durch die in allen Farben leuchtenden Fenster der Kirche fiel, auf dem hellen Metall.

Isabeau sah, wie einige Tropfen des Weins über die leuchtende Haut ihrer Tochter auf den silbergrauen Damast des Brautgewandes liefen. Sie schimmerten wie Blut an Katharinas tiefem, dreieckigem Ausschnitt, der den Ansatz ihrer Brüste betonte und den Blick auf das vor Silberlahn und Weißstickerei steife Untergewand freigab. Isabeau bekreuzigte sich hastig: Laß dies kein Zeichen für ihre Ehe oder ihre Zukunft sein! betete sie. Dazu war der Vertrag von Troyes ihren Unterhändlern zu gut gelungen: Diese Ehe darf nun nicht zerbrechen! Ich selbst darf meinen Rang und meine Privilegien bis an mein Lebensende behalten, und Heinrich wird im Einvernehmen mit Philipp von Burgund eine gebührende Regierung in Paris einsetzen. Heinrich sollte schon jetzt Regent in Frankreich werden: Damit werden Karl und Yolanda noch weiter in den Hintergrund gedrängt, dachte Isabeau zufrieden. Der Zugang zum Thron war ihm auf immer versperrt! Der König hatte sogar in einem Zusatz des Vertrages schreiben lassen: *»In Anbetracht der entsetzlichen Verbre-*

chen, die Unserem Reich zugefügt worden sind durch Karl, der sich Dauphin von Viennois nennt, wird verfügt, daß weder Wir noch unser besagter Sohn König Heinrich, noch unser lieber Sohn Philipp von Burgund in irgendeiner Form mit besagtem Karl Frieden oder Eintracht schließen oder schließen lassen, es sei denn, es geschehe auf Anraten und Zustimmung durch Uns selbst und uns alle drei sowie durch die Städte der beiden obengenannten Königreiche …« Isabeau stimmte in den Choral ein, der nun durch das Kirchenschiff klang, und sie beobachtete ihren neuen Schwiegersohn unter gesenkten Lidern. Er sollte die an die Armagnacs verlorenen Städte wiedererobern: Heinrich versprach in dem Vertrag, für die Verteidigung, die Ruhe und den Frieden des Reiches zu sorgen und dies gerecht und ritterlich zu tun. Man wollte ihr vorwerfen, Frankreich an die Engländer verkauft zu haben und ihre Tochter als Pfand auf den Handel obenauf zu legen? Ha, man wird mir meine Weitsicht noch danken! sagte sie bei sich. Ihr Blick streifte die schmale Leibesmitte ihrer Tochter, um die ihre Kammerfrau einen Gürtel aus schwerem, geflochtenem Silber geschlungen hatte. Wenn Katharina nur bald einen Sohn bekäme!

In diesem Augenblick setzten die Bläser wieder an, und Heinrich hob die Hand seiner Frau an seine Lippen. Das Blut schoß ihm in die schmalen Wangen, als er sie ansah. Isabeau sah, wie er seiner jungen Braut etwas zuflüsterte.

Katharina, die neue Königin von England, senkte verwirrt die Augen. Sie neigte demütig den Kopf, doch ein kleines wissendes Lächeln erhellte dabei ihr stolzes Gesicht. Die Blüten aus Gold, Perlen und Rubinen an ihren Ohrläppchen, die Heinrich ihr am Morgen noch in die Kemenate hatte schicken lassen, blitzten bei der kleinen Bewegung. Als sie den Kopf wieder hob, bewegten sich ihre langen, dicht an dicht von Perlenschnüren durchzogenen Zöpfe über ihren geraden Rücken wie Gras im Wind. Es war das letzte Mal, daß Katharina in der Öffentlichkeit ihr Haar offen und unbedeckt tragen durfte. Hoch über den Köpfen des Brautpaars und der Zeugen der Trauung setzten die Glocken ein, und in das Innere der Kirche drang der Jubel der Bevölkerung von Troyes: Die Brunnen hatten begonnen, Wein und Bier zu sprudeln. Buntgekleidete Narren schlugen Kapriolen, Zwergenpaare begannen, auf dem Vorplatz der Kathedrale eine *Gaillarde* zu tanzen, Jungfrauen führten Spiele und lebende Bilder auf, Feuerschlucker und Jongleure führten ihre Kunststücke vor, während englische Soldaten auf kräftigen Kaltblütern auf Anweisung ihres Königs hin Dukaten in die Menge warfen. »*Noël, Noël!*« schrieen die Leute begeistert in den hellen Sonnenschein des zweiten Tages des Junimondes.

Als Katharina sich umwandte, um an Heinrichs Arm aus der Kathedrale zu treten, glitt ihre lang schleifende, mit Hermelin besetzte Schleppe über den roten Teppich der Kirche, als ob ein Strom von Licht das Blut ihres geschundenen Landes abwüsche. Kinder streuten aus ihren zarten Händen Blumen vor die Füße des gemessen schreitenden Brautpaares. In den Herzen des gemeinen Volkes, so wußte Isabeau, standen sie für die Hoffnung auf Frieden in Frankreich.

⚜

»Karl, der sich Dauphin nennt! Karl, der Bastard!« Die Stimme des Dauphins gellte schmerzhaft in Yolandas Ohren, die zu so früher Morgenstunde empfindlich waren. Sie beobachtete Karl, wie er den Raum mit langen Schritten durchquerte, erst von rechts nach links, dann wieder von links nach rechts. Sie ließ ihn sich noch weiter aufregen, das gab ihr Zeit, in ihrem Kopf einen Plan zurechtzulegen. Kein Plan war an und für sich gut oder schlecht, das hatte sie in ihrem Leben gelernt: Er konnte letztendlich ja nur nach seinem Gelingen beurteilt werden.

Karl spuckte gerade vor Wut auf den Teppich, auf dem er stand: »Diese Hure! Diese große bayrische Hure, die mir nach all meinem Geld und meinem Land nun auch noch mein Erbe stiehlt. *La reine maudite! Die verfluchte Königin!* Es stimmt also doch: Ich bin ein Bastard. Ich bin ein Bastard!« Er heulte einmal auf wie ein Hund, der vom vollen Eßtisch weggetreten wird. »Mit wem hat sie es getrieben, als mein armer Vater krank daniederlag? Und meine Schwester ist nun nicht viel besser!

Wahrlich, der Apfel fällt nicht weit vom Stamm! Meine Mutter hurt mit dem Burgunder, und Katharina legt sich zu dem Engländer ins Bett! Aber seine Haut ist schon jetzt fahl wie Asche! Blasse Asche des Hauses Plantagenet, euer Bündnis soll nicht gesegnet sein! Aus seinem verderbten Samen soll nur der Tod sprießen! Tod deinem Mann, Katharina, und Tod deinen Kindern!« Er legte sich die Hände vors Gesicht und begann bitterlich zu schluchzen. Seine Beine wollten ihn nicht mehr halten, er sank in die Knie und krümmte sich dort auf den Teppichen vor innerem Schmerz.

Yolanda fühlte Ungeduld in sich aufsteigen: Schließlich hatten er und Marie selbst noch kein lebensfähiges Kind gezeugt, und da verfluchte er schon die zukünftige Brut seiner Schwester! Dennoch, eines mußte sie Isabeau zugestehen: *Touché, ma soeur!* Sie hatte Karl und auch sie selbst an der empfindlichsten Stelle getroffen: Karls Erbanspruch auf den Thron von Frankreich, diesen Thron, den sie für die Ihren wollte und der nun null und nichtig schien.

Sie erhob sich und ging mit raschelnden Röcken neben dem jungen Mann in die Knie.

»Mein armer Liebling!« flüsterte sie und fuhr ihm mit ihren langen Fingern durch das wirre blonde Haar. »Wie weit ist es mit der Königin gekommen, daß sie den Sohn des Königs zum Bastard erklären kann?« meinte sie dann. »Wie hat sie *Monseigneur,* unseren armen König, dazu gezwungen?« fragte sie in die Stille des Raumes.

Karl hob den Kopf, und seine Augen funkelten zornig. »Herzogin!« Es klang, als riefe er sie zur Ordnung, und Yolanda hob ob der förmlichen Anrede erstaunt den Kopf. »Ich danke Euch für Euren Versuch, mich zu trösten, aber ich habe keinen Grund, an der Erklärung des Königs von Frankreich zu zweifeln!«

Er zeigte wegwerfend auf den an alle Städte und Burgen verteilten Erlaß Karls des Sechsten. Das königliche Siegel glühte selbst vor den kräftigen Farben der feingewebten Teppiche des Schlosses von Saumur übermächtig und bestimmend. Alles in dem Raum schien sich seiner Kraft zu beugen.

»Er ist wahnsinnig, Karl!« rief sie aus. »Vergiß das doch nicht!

Er wiederholt alles, was man ihm oft genug vorspricht!« erinnerte sie ihn.

Er jedoch packte sie bei den Schultern und schüttelte sie durch. »Er ist der König! Er ist noch immer der König! Vergiß das nicht! Vergiß das niemals!« schrie er sie an.

Karl schien sich etwas zu fassen, ehe er weitersprach. »Ich bin nicht sein Sohn, verstehst du? Das ist es doch, was er sagt?« Er griff nach dem Saum ihres Gewandes und wischte sich achtlos die tropfende Nase daran ab, ehe er sich trostsuchend in ihre Arme drückte. »Ach, alles ist umsonst. Karl von Valois, so heiße ich nun! Karl der Schlechtberatene, so nennt mich der König, den ich für meinen Vater hielt. Ich kann, ich darf seinen Thron nicht erben!« Seine Stimme verriet eine Trostlosigkeit, in die kein Mensch ihm folgen konnte. Yolanda fand bei seinem Anblick eine Erinnerung in ihrem Kopf wieder, die sie ärgerlich vertreiben wollte, doch sie blieb stur haften: das Bild des jungen Königs, wie er sich vor Jahren tagelang einer kraft- und grundlosen Traurigkeit hingab, in der niemand, nicht einmal die junge Isabeau, ihn hatte erreichen können. Erst später war sein Wahnsinn offenbar geworden.

Karl weinte nun still an ihrer Brust, und sie ließ es geschehen. In ihren Kopf ließ sich jetzt doch keine Ordnung bringen. Der Sommer würde neue Kämpfe und neue Herausforderungen bringen, denen sie alle sich stellen mußten. Das Geld wurde ihnen knapp wie die Männer. Die ehemaligen Söldner Bernhard von Armagnacs waren über ganz Frankreich zerstreut, nachdem sie sie nicht mehr hatte bezahlen können. Nun nahmen sie sich einfach, was sie für das Ihre hielten. Yolanda seufzte. Der Geist des Dauphins mußte wiederaufgerichtet, sein Mut ihm wieder durch die Adern gepumpt werden. Sie wußte wohl: Weder ihre Tochter Marie noch sie selbst war die Frau, der Gott diese Kraft und diese Rolle zugestehen wollte. Aber diejenige, an die sie dachte, war noch ein Mädchen, das Schafe hütete. So mußten sie alle warten und diese Wartezeit überleben. Sie mußte dem Herzogtum Bar ihres Sohnes René bald wieder einen Besuch abstatten, nahm sie sich vor. Danach konnte sie nichts anderes tun, als zu hoffen, daß der Glaube wirklich Berge versetzte. Jenen Berg, der ihre Familie noch vom Thron Frankreichs trennte.

Karl hatte aufgehört zu weinen und hob nun trotzig den Kopf: »Niemals, niemals werde ich nach Paris gehen und dem Engländer im Palais de la Cité meine Aufwartung machen! Eher küsse ich einen feuchten Schafsarsch als die Fingerspitzen Heinrichs, an denen das edelste Blut Frankreichs klebt! Bastard oder nicht, eher sterbe ich, als solch einem entehrenden Befehl zu folgen oder so dumm in eine Falle zu tapsen!« Er gab dem Brief, der dem Erlaß beigefügt war, einen Fußtritt, so daß das Papier halb zerfetzt wurde.

Yolanda hob sein Kinn mit ihren Fingerspitzen an und küßte ihn auf die Lippen. »So gefällst du mir wieder!« sagte sie sanft.

Aber sein Mut hielt nicht lange an, denn er schüttelte ihre Zärtlichkeit unwillig ab und setzte sich auf. »Aber hast du gelesen, womit sie mir drohen?« Er nahm das von seinem Stiefel verschmutzte Papier wieder auf und wischte sich noch einmal die Nase mit seinem Ärmel ab, ehe er den Brief in das Sonnenlicht hielt und laut vorlas: »*Karl von Valois, ehemals Dauphin, sowie seine Komplizen gehen, da des Verbrechens der Majestätsverletzung höchsten Grades schuldig, aller Erbfolgerechte, Ehren und Würden verlustig. Zudem werden ihre Untertanen und Vasallen aller geleisteten Treueide entbunden!*«

Yolanda schüttelte ungläubig den Kopf. Das war zu erwarten gewesen, dachte sie jedoch gleichzeitig. Karl aber griff sie mit einem Mal fest unter der Achselhöhle. Es schmerzte, und sie verzog ärgerlich das Gesicht. Was war in ihn gefahren?

»Oh, du listenreichste aller Frauen! Wenn ich doch je lesen könnte, was in deinem bösen, klugen Kopf vorgeht! Schwöre mir, daß du mir immer treu zur Seite stehen wirst!« fuhr er sie an.

Yolanda entwand sich seinem Griff. »Ich schwöre!« sagte sie. »Jetzt laß mich los!« forderte sie gleich darauf ungeduldig. »Du tust mir weh, Dummkopf.«

Er aber lachte bitter auf. »Dummkopf nennst du mich? Du willst mich herumkommandieren und benutzen wie meine Mutter, aber das lasse ich nicht zu! Ich mag ein Bastard sein, aber gewiß kein Dummkopf. Ich werde dir beweisen, wer hier das Sagen hat.« Mit diesen Worten packte er sie hart bei den schmalen Handgelenken. Ein scharfer Schmerz zog durch ihre Knochen, und sie keuchte überrascht auf.

»Karl! Laß mich sofort los! Willst du mir wohl gehorchen!« rief sie.

Er aber drückte sie hart zu Boden und legte ihr die Hand auf den Mund. »Schweig, Weib! Alle sollen dir immer gehorchen!« rief er höhnisch aus. »Meine Brüder sind gehorsam in den Tod gegangen, und auch der Herzog von Burgund sieht dir zu Gefallen das Gras von unten wachsen. Meine arme Marie bringt brav ein dem Tod geweihtes Kind nach dem anderen zur Welt, nur um dir gehorsam zu sein. Aber jetzt habe ich genug! Was habe ich noch zu gewinnen, wenn ich dir gehorsam bin? Ich bin ein Bastard!«

Yolanda schrie auf, als sie spürte, wie er ihr beide Röcke an den Schenkeln hochschob, so daß die feine Seide ihres Unterkleides riß. »Laß mich, Karl! Laß mich sofort los!« flehte sie.

Er aber lachte nur wieder: »Du hast mir doch selbst alles beigebracht, und ich werde dir beweisen, daß ich ein gelehriger Schüler bin. Oder gefalle ich dir mit einem Mal nicht mehr?«

Ehe sie noch einmal schreien konnte, riß er sich schon die bunten Bänder seiner Schamkapsel auf und drehte Yolanda auf den Bauch. Dabei lösten sich die Nadeln, die ihre Schmetterlingshaube an ihrem Haar und Nacken befestigten, und ihr Haar fiel lose auf ihre Schultern und ihren Rücken.

»Ich will dein Gesicht nicht mehr sehen, Metze!« schrie er zornig. Er zog ihre Hüften hoch und drang grob in sie ein. Yolanda schluchzte auf, als er ihre Schenkel weit auseinanderzog. Seine Finger gruben sich schmerzhaft in das helle Fleisch ihrer Schenkel, als er ohne Rücksicht auf sie zustieß.

Sie drehte dennoch den Kopf und flehte: »Karl, bitte …«

Sein Gesicht jedoch rötete sich, als er ausrief: »So gefällt es euch Frauenzimmern doch? So hat es doch meine Mutter auch getrieben, mit jedem Kammerdiener und Pferdeburschen? Ihr sollt alle bezahlen für eure List und eure Ränke! Wenn ihr mit uns kämpfen wollt, dann kämpft wie Männer!«

Er warf sich nun mit seinem gesamten Gewicht auf sie und drückte ihr Gesicht in die weichen Teppiche, so daß sie kaum atmen und kein Wort mehr sagen konnte. Dann keuchte er nur noch in ihr Weinen, bis er den Kopf in den Nacken warf und mit einem Lustschrei ein letztes Mal in sie stieß. Er fiel schwer auf sie und atmete dort in ihren Nacken und in die Stille des Raumes, die soeben seine Gewalt bezeugt hatte. Nach einigen Augenblicken zog er sich aus ihr zurück und erhob sich ohne ein weiteres Wort. Er schnürte sich die Beinlinge zu, und sah sie an, als sei sie eine Fremde, wie sie dort auf dem Teppich lag: Sie versuchte, ihre zitternden Schenkel zu schließen und ihren zerrissenen Rock an den Hüften nach unten zu ziehen. Er griff in ihr zerrauftes Haar, riß ihr den Kopf hoch und zischte ihr ins Ohr: »Weiber. Ich hasse euch alle!«

Mit diesen Worten stieg er achtlos über sie hinweg.

Yolanda schloß die Augen. Gleich darauf hörte sie seine Schritte auf dem Steinboden nahe der zweiflügligen Tür, die sich öffnete und dann mit einem Schlag geschlossen wurde. Draußen im Gang hörte sie ihn laut nach Pierre de Giac rufen. Sie hörte, wie Pierre de Giac antwortete: »Monseigneur? Ist das Gespräch mit der Herzogin so verlaufen, wie Ihr es wolltet?«

Yolanda hielt den Atem an und lauschte auf die Antwort ihres Schwiegersohnes. Karl lachte: »Ich habe ihr gezeigt, wer Herr im Hause ist, ganz wie du es mir geraten hast! Das werde ich dir nicht vergessen! Jetzt laß unsere Pferde satteln, ich will zur Beizjagd reiten!«

Yolanda hörte, wie sich die Schritte der Männer auf dem Steinfußboden des Ganges entfernten. Sie rollte sich zur Seite und ließ ihren Tränen freien Lauf.

8
Der König ist tot, es lebe der König!

Paris, im Dezembermond 1421

Meine liebste Mutter!
Nach langer Zeit wieder ein Brief Deiner Tochter: Ich hoffe, Dein Augenlicht ist noch gut genug, um meine Worte zu lesen. Vorlesern ist nicht zu trauen, und es gibt vieles zu berichten. Die letzten beiden Jahre waren eine stille, dunkle Zeit in meinem Leben. Da ich selbst auf dieser Welt keine Freude mehr finden kann, so versuche ich zumindest zu helfen, wo ich nur kann. Die Königin hat mir erlaubt, zwei Tage in der Woche im Siechenhaus Hôtel Dieu Dienst zu tun. Dort verrichte ich die niedrigsten Arbeiten, vor denen sich selbst die jüngsten Novizinnen gerne drücken. Ich wasche die Sterbenden, ehe der Schreiner sie für ihren Sarg aus dünnem, wohlfeilem Holz messen kommt. Ich wechsle die Verbände der Aussätzigen und bete beinahe darum, mich bei ihnen anzustecken. Ich lausche den Erinnerungen jener Menschen, die von dieser Welt vergessen worden sind. In ihren Worten finde ich Trost und vergesse meinen Schmerz für die Dauer eines Herzschlages. An diesen Tagen werden die Stadt und das Siechenhaus eins, so groß ist das Elend auf den Straßen, durch die meine Karosse vom Hôtel Saint-Paul rollt. Als der König Heinrich und Madame Katharina nach ihrer Eheschließung vor weniger als zwei Jahren nach Paris einzogen, da eilten die Pariser noch jubelnd auf die Straßen. Alles, jede Einzelheit des sorgfältig und reich geplanten Festes wurde genau und freudig von ihnen aufgenommen: Die beiden Hermelinmäntel, die Katharina stolz als Zeichen ihrer doppelten Königswürde vor sich hertragen ließ. Die hochmütige Haltung der Herzöge von Clarence, Bedford und Gloucester, der Brüder des Königs von England, die dem jungen Paar hoch zu Roß in die Hauptstadt folgten: Die Plantagenets sind ein fruchtbares Geschlecht, so vermerkte man zufrieden. Und was, so dachten wir, kann

Paris eher den Frieden geben als viele Söhne aus dieser Ehe zwischen Katharina und Heinrich? Wie stark, jung und gesund das Paar damals aussah! Sie schienen alles Glück dieser verlorenen Welt für sich erbeten zu haben. Die Weiber von Paris stemmten zufrieden die Arme in die Hüften, und die Männer dichteten anzügliche Lieder auf das junge Paar, die schon am folgenden Abend durch die Gassen, Höfe und Häuser der feiernden Stadt schallten. Du weißt ja, wie das ist! Der Wind scheint diese Verse ja bis zu Dir ins Poitou zu tragen. Selbst die Truppen unter der Führung der Grafen von Salisbury und Warwick rangen den Parisern Bewunderung ab, Mutter: Schon lange hatten wir keine Edelleute wie diese mehr ein Heer führen sehen! Alles, was wir hier in Frankreich noch kennen, sind zerlumpte, verarmte und um so blutrünstigere freie Söldner, les Écorcheurs, die ihren Opfern das letzte Hemd stehlen und sie dann lebendigen Leibes anzünden. Schließlich tat in jenen Tagen das stumpfsinnige, schweigende Lächeln unseres Königs Karl des Vielgeliebten noch das Seine dazu: Wenn er Heinrich von England als Erben guthieß, wie konnte Paris, seine Stadt, da etwas anderes tun? Wir alle gehorchten ihm mit Freude! Der Vertrag von Troyes kann uns so nur Gutes verheißen: einen jungen und starken König mit einer schönen und gesunden Königin, die viele, viele Kinder haben werden. Nur die Anhänger des falschen Dauphins sind mit dem Vertrag von Troyes natürlich nicht einverstanden, da er ihnen ihre blutig eroberten Besitzungen wegnehmen wird: In den letzten beiden Jahren ist das Gebiet unter der Regierung des Verräters stetig geschrumpft, und die Königin glaubt fest an die Macht des Bündnisses mit den Engländern. Ich diene ihr noch immer und kann sie nicht hassen für das, was sie mich hat tun lassen. Nicht sie hat mich gestraft, sondern mein Leben. Ich kann nichts anderes tun, als die ungeheure Schuld, die ich auf mich geladen habe, stumm zu ertragen. Johann lebt in meinem Herzen weiter: Heinrich von England hat nur wenige Tage nach seiner Eheschließung die Städte Sens sowie Montereau erobert, so daß Philipp von Burgund die sterblichen Überreste seines Vaters aus dem hastig gescharrten flachen Grab nahe der Brücke der Stadt hat heben lassen. Er hat einen Tag und eine Nacht lang betend und fastend Wache vor dem eingeschlagenen Schädel meines Geliebten gehalten. Daraufhin ließ er den Körper seines Vaters nach Dijon bringen, wo er in der Chartreuse von Champmol feierlich in burgundischer Erde beigesetzt wurde. Dort liegt Johann nun alleine unter kaltem herrschaftlichem Stein: Mir für immer entzogen und deshalb auf immer bei mir. Es umarmt Dich

Jehanne

⚜

Isabeau atmete die reine Winterluft von Paris in den Gärten des Hôtel Saint-Paul tief ein. Fast schmerzte jeder Atemzug in der Lunge, doch es war ein Schmerz, der sie in das Leben zurückrief. Die Kälte ließ selbst den sonst die Sinne betäubenden Gestank der Gassen gefrieren und warf dem Schmutz und der Armut der Stadt einen Mantel aus feingewobenem Silber über die hageren, gebeugten Schultern, in dessen Maschen sich das blaue Eis mit seinen zarten Kristallen wie eine schmückende Stickerei hängte. Unter ihren Füßen knirschte der im Mittagslicht gleißende Schnee, und von jenseits der Mauern des königlichen Heims stiegen tröstlich und geschäftig die lebendigen Stimmen von Paris in einen klaren Winterhimmel, gegen den sich im Westen des Hôtel Saint-Paul grau und ewig die Türme von Notre-Dame stemmten. Die Ströme des Winterregens der vergangenen Tage waren nun mit der plötzlichen Kälte gefroren und blieben wie häßliche Worte in den lasterhaft aufgerissenen Mäulern der Wasserspeier stecken, sie hingen ihnen in spottenden Tropfen um die hochgezogenen Lefzen. Von der Place du Parvis bis zum Palais de la Cité, hinter dessen Mauern die beherrschende Spitze der Sainte-Chapelle aufragte, rutschten die Kinder auf dem von tausend eiligen Fußspuren verschmutzten Eis um die Wette.

Ich habe Paris mit dem Vertrag von Troyes den Frieden und die Eintracht wiedergegeben, sagte sich Isabeau und hielt einen Augenblick inne, um dem heiseren Ruf der Krähen in den kahlen Zweigen der Bäume zu lauschen. Ihr eigener Atem stieg und fiel in ihren Ohren, Ebbe und Flut ihres Pulses, und sie grub ihre Hände tiefer in den Muff aus langhaarigem Silberfuchs, der an einer Kette aus Amethysten und Silber von ihrem Hals hing. Wie kann man mir vorwerfen, ich hätte unser Land verkauft?

Isabeau bückte sich mit plötzlichem Übermut und formte mit ihren nackten Fingern einen Schneeball, so wie sie es mit Ludwig im Barte als Kind in der Ludwigsburg in München getan hatte. Sie holte weit aus und warf ihn mit Kraft in einen kahlen Kastanienbaum: Die Krähen flogen kreischend auf von den Zweigen, die wie dunkle Finger mahnend in die Luft ragten, und zogen sich klagend in die Weite des Winterhimmels zurück. Elende, häßliche Viecher, schwarz und stinkend, Aasfresser, nicht besser als die letzten Armagnacs, die sich umsonst um meinen verlorenen Sohn sammeln, sagte sich Isabeau, der Teufel hole sie alle! Das englisch-französische Reich, das sie mit ihren eigenen Händen errichtet hatte, sollte eine Macht sein, wie man sie in Europa noch nicht gesehen hatte! sagte sie sich zufrieden, als sie den Zickzackflug der dunklen Vögel weg aus ihrem verschneiten Garten verfolgte. Ihre dunklen Schwingen zogen abwartende, geduldige Kreise in das zerfließende Licht des Horizonts.

Bist du dort oben, Johann? fragte sie sich nicht zum ersten Mal. Johann ohne Furcht war nun schon seit zwei Jahren tot, doch die Trauer um ihn lebte in ihrer Brust weiter. Manche Wunden sollten eben nicht mehr heilen, und sie fügte sich darein: Das Leben ging weiter. Eine Laute, an der eine Saite zersprang, hatte danach auch nie wieder denselben Klang, so tröstete sie sich. Was schmerzte mehr, als etwas zu verlieren, das einem doch nie so recht gehört hatte? Es blieb nicht einmal der stille Frieden einer reichen Erinnerung an gelebtes Glück.

Isabeau blinzelte in das helle Licht der beginnenden Mittagsstunde, das schon bald dem Dämmer des Nachmittags weichen würde: Zu dieser Jahreszeit herrschte um fünf Uhr schon beinahe finstere Nacht, und die ehrbaren Bürger von Paris verriegelten Tor und Tür. Die von ihr aufgescheuchten Krähen wandten ihren Flug nun wieder dem Hôtel Saint-Paul zu. Nur Augenblicke später ließen sie sich erneut in den Zweigen der Bäume nahe der hohen Mauer hin zur Rue Saint-Paul nieder, von denen Isabeau sie aufgescheucht hatte.

Isabeau zuckte mit den Schultern und ging weiter. Die Spitzen ihrer Schnabelschuhe hatten sich mittlerweile mit der schweren Nässe des Schnees vollgesogen, und jeder ihrer Schritte machte ein leises, schmatzendes Geräusch. Ein klammes Gefühl kroch durch ihre Knochen, und ihr war mit einem Mal nach einem Glas warmen Weines zumute. Außerdem hatte ihre Kammerzofe am Morgen in der Küche Zimttaler mit einer sündig dicken Zuckerkruste backen lassen. In München, als Kind, hatte sie um diese Jahreszeit vor dem Weihnachtsfest immer kleine Kuchen mit Vanille und geriebenen Mandeln gegessen: Ihre Mutter hatte das Rezept aus Italien und ihrem Haus der Visconti mitgebracht. Das Gebäck zerfiel wie Puder in ihrem Mund, ehe sein Geschmack den Gaumen wie eine Kugel aus Licht traf und dort zerschellte.

Isabeau ging nun schneller in Richtung des Kreuzganges vom Hôtel Saint-Paul zurück. Vielleicht wollte die Herzogin von Bayern ihr ja vor dem Feuer in ihrer Kemenate Gesellschaft leisten und mit ihr auf Neuigkeiten von Katharina aus England warten: Die junge Königin stand in Windsor kurz vor der Niederkunft. Isabeau schmerzte es, nicht bei ihrer Tochter sein zu können: Katharina hatte ihr von der ungemütlich feuchten Kälte und den riesenhaften Ausmaßen des Schlosses weit vor den Toren von London geschrieben. Hoffentlich konnten ihre englischen Hebammen zumindest in den Räumen der Gebärenden das Feuer in Gang halten! Engländer hatten andere Vorstellungen von Wärme als Franzosen, das war ihr bereits bewußt geworden: Dem Herzog von Clarence, der in Paris die Regierung führte, schien nie kalt zu sein, obwohl er selbst bei Frost nur selten einen Mantel mit Pelzkragen trug! Isabeau faltete in ihrem Muff rasch die frostigen Finger zum Gebet. Vielleicht war der Bote schon unterwegs über den im Winter stürmischen Kanal; vielleicht war er schon geboren, der erste Erbe des vereinten englisch-französischen Königreichs; vielleicht war sie ja nahe, die Stunde ihres endgültigen Sieges über Yolanda von Anjou.

⚜

Paris, im Maimond 1422

Meine liebste Mutter!
Du schreibst mir, daß nach Vaters Tod meine Briefe Deine einzige Freude sind, und so will ich Dir soviel Freude machen, wie ich es nur kann. Jeden Tag geschieht soviel, daß ich drei Briefe damit füllen könnte. Es ist seltsam, wie ich, die ich mich im Leben um nichts mehr sorge, nun Freude am Berichten des alltäglichen Geschehens finde. Vielleicht ist es mir ein Beweis der Vergänglichkeit dieser nichtigen Welt! Wenn der Tod morgen zu mir in meine Kammer kommt, so will ich nur fragen: Gevatter, wo warst Du nur so lange? Heinrich von England weilt nun schon seit drei Monden wieder in Paris, und die von seinem Bruder eingesetzte Regierung schaltet und waltet hier nach Gutdünken. Die Pariser sind es derzeit noch zufrieden. Niemand steckt ihnen das Dach über dem Kopf an, und es gibt genug Mehl, um Brot für ihre Kinder zu backen. Was wollen sie mehr? Dennoch frage ich mich, wie lange dieses Miteinander noch gutgehen kann. Man murrt auf den Gassen von Paris mit einem Mal auch über den düsteren Hochmut der Engländer: Ihre Art, sich zu benehmen, ist nicht immer die von verständnisvollen Verbündeten, sondern vielmehr die von etwas zu stolzen Siegern, heißt es. Viele Leute nennen sie schon die Godons nach ihrem steten, mißmutigen Fluch »God damn!«. Dies mag nur eine Kleinigkeit sein, aber der größte Sturm beginnt mit einem lauen Wind, sagen unsere Bauern im Poitou. In der Normandie fürchten die Menschen mittlerweile, demnächst für das Zwinkern besteuert zu werden! Heinrich preßt sein Lehen im Norden bis aufs Blut aus, um für die stetig steigenden Kosten des Krieges aufkommen zu können, und Madame Katharina tut nichts, um ihn zu beeinflussen. Und mit dem Krieg um Frankreich wird es nicht getan sein: Heinrich will nach der Eroberung Frankreichs einen erneuten Kreuzzug nach Jerusalem wagen, und Madame Katharina will an seiner Seite in die Stadt Jerusalem einreiten, so hat sie gesagt. Sie ist seit der Eheschließung mit ihm eine andere Frau geworden, Mutter. Ihr Glück ist das Glück Frankreichs, so scheint es, und könnte ihre Freude noch größer sein? Selbst einen starken, gesunden Sohn hat Gott ihr geschenkt, den kleinen Prinzen Heinrich von Frankreich und England. Wenn ich ihn sehe,

dann muß ich wieder an den Sohn denken, dessen Leben ich opfern mußte. Wartet er im Himmel gemeinsam mit Johann auf mich? Der junge Prinz Heinrich hat die blauen Augen wie auch den blassen Hautton der Plantagenets geerbt, seine lange Nase dagegen verrät den Valois. Meine Königin ist auf ihren Enkelsohn so stolz, wie sie es wohl auf keines ihrer eigenen Kinder gewesen ist. Ein Reich kann nicht genug Erben haben! Manchmal genügen sechs Söhne nicht, um einen einzigen Dauphin zum König werden zu lassen. Ich weiß, daß dieser Knabe für sie aber auch ein Faustpfand der Macht gegenüber dem Herzog von Bedford ist: Ständig muß sie fürchten, von ihm aus dem Thronrat und auf ihr Altenteil gedrängt zu werden. Die Königin hat die Engländer ins Land geholt, und nun fällt es ihr schwer zu beweisen, daß sie noch gebraucht wird. Karl der Vielgeliebte ist nur noch ein trauriges Bündel Mensch. Es ist erstaunlich, wie lange er überhaupt mit diesem Fluch, der auf ihm liegt, lebt. Oder ist seine Krankheit ein Zeichen der Liebe Gottes zu ihm, die ihn schon bald unserer düsteren Welt enthoben hat? Ich muß meine Tage dagegen hier auf Erden noch abdienen, auch wenn kein Augenblick vergeht, in dem ich nicht an Johann denke. Morgens und abends lese ich seine Briefe an mich durch, einen nach dem anderen, leise murmelnd. Das ist mein Gebet. Es umarmt Dich

Jehanne

⚜

Yolanda beugte sich über die Wiege und nahm das dicht an dicht mit Seidenbändern gewickelte Kind hoch. Sie sah ihrem Enkel kurz ins Gesicht und herzte ihn dann, so daß der Säugling gurgelte. Sie spürte, wie er seine Glieder regen wollte, es jedoch wegen des straff über seinen Körper gespannten und gebundenen Leintuches, in das das Wappen der Valois weiß auf weiß eingestickt war, nicht konnte. Der Fluch schien von ihrer Tochter und Karl genommen zu sein: Der kleine Ludwig war nun schon über einen Monat alt. Sie wandte sich zum Fenster und ging einige Schritte, bis die freundliche Septembersonne ihr ins Gesicht schien. Sie küßte den Kleinen in ihrem Arm wieder und wieder, bis er begann, sie anzusehen.

»Ludwig, *Roi de France* …«, murmelte sie in den hellen Tag hinein, dem Flug der Schwalben nach, die um den gesprungenen Stein des Fenstersimses herum ihre Nester gebaut hatten. Gleichzeitig mußte sie lachen über diese Narrheit: Nie war ein königlicher Prinz aus dem Hause der Valois weiter vom Thron entfernt gewesen als dieser Säugling! Sie hörte nun aus dem kleinen Garten unterhalb des Fensters Stimmen und hob den Säugling in ihrem Arm höher.

»Laß uns sehen, wer dort ist, mein kleiner Prinz«, flüsterte sie ihm ins Ohr, und das Kleinkind zwinkerte einige Male verschlafen mit den großen braunen Augen, die er von seiner Mutter Marie geerbt hatte.

Yolanda reckte sich auf ihre Zehenspitzen, um besser sehen zu können. Im Garten erschien nun Karl, und nur einige Schritte hinter ihm lief Pierre de Giac. Um beide Männer herum tollte die Meute der Jagdhunde, und den verschmutzten Kleidern des Dauphins nach zu urteilen, kehrte er gerade von der Wildschweinjagd zurück. Die Männer ließen sich ins Gras fallen, und Diener eilten mit Kissen, Decken und Karaffen mit Wein herbei. Yolanda runzelte die Stirn. Sie hatten kaum noch Geld und verloren mit jedem Tag einen Fußbreit Land, und was taten der Dauphin und seine Genossen? Jagen und saufen! Sie hütete sich jedoch derzeit, ihn zu schelten: Es hatte zu lange gedauert, bis sie wieder auf ruhige Art und Weise mit ihm sprechen konnte.

In diesem Augenblick klopfte es an die Tür der Kinderstube, und die Amme, die neben der Wiege sitzen geblieben war, hob fragend den Kopf. Sie erhob sich auf ein Zeichen Yolandas hin, um die Tür zu öffnen. Ein mit Staub bedeckter Bote fiel mehr in den Raum, als daß er ihn betrat. Er ging auf ein Knie nieder und legte sich die rechte Faust auf sein Herz. Dann sah er auf, rang nach Atem und keuchte: »Herzogin! Wichtige Neuigkeiten aus Paris!«

»Ja?« fragte Yolanda erwartungsvoll.

»Der König ist tot! Er ist am letzten Tag des Augustmondes im *Donjon* von Vincennes gestorben!« Der Bote holte wieder

Atem, doch ehe er weitersprechen konnte, sah Yolanda hinter ihm Tanguy du Chastel aus der Dunkelheit des Ganges auftauchen. Spiegelte sein blasses Antlitz ihre eigene Angst wider? fragte sie sich und bekreuzigte sich.

»Tanguy!« flüsterte sie heiser. »Möge Gott uns beistehen! Denn sonst weiß ich nicht, wer uns noch helfen könnte! Der König ist tot. Wir sind verloren.«

Erst dann bemerkten beide, daß der Bote nicht am Ende seiner Nachricht angelangt war, sondern sie erstaunt ansah. Yolanda lauschte seinen Worten, ungläubig, und sie begann zu lachen. Sie lachte, als wolle sie nicht wieder aufhören: Gottes Wille, so wußte sie nun, fand seine eigenen, gar wunderlichen Wege zu seinem Ziel.

⚜

Isabeau konnte durch das Weinen von Katharina, die neben ihr kniete, und den verzweifelten Schleier von Tränen, der sich über ihre eigenen Augen legte, den Herzog von Bedford weder erkennen noch konnte sie seine Worte aufnehmen. Seine hohe, für einen Plantagenet breitschultrige Gestalt in der dunklen Rüstung und dem bodenlangen Mantel aus schwarzem Samt verschmolz mit der Dämmerung, die im *Donjon* des Schlosses von Vincennes herrschte. Er wurde zu einem Gesellen der Trauer: Die Fenster und Türen des höchsten der vielen Türme der Burg waren mit ellenlangen Schleppen aus dunklem Samt verhängt worden, die das Licht des frühen September wie auch jede Erinnerung an das Leben vor den Toren des Schlosses aus dem Raum aussperren sollten. Es drang keine frische Luft in den Turm, und Isabeau stand ein süßlicher, verdorbener Geruch in der Nase: Der Duft des Todes war unverkennbar. Wie oft hatte sie ihn schon eingeatmet? Es war, als dringe er durch ihre Poren in ihr Innerstes ein und vergiftete ihr Herz. An den Wänden und der Dekke des *Donjon* aus dem grauen, grob behauenen Stein der Auvergne sammelte sich das Wasser: Es rann in feinen Bächen zu Boden, und es tropfte zischend in die Kerzen, die unstet in den hohen Leuchtern aus dunklem Eisen flackerten. Alle Fußbreit ragten sie mannshoch vom Boden auf, aber es gelang dem Licht dennoch nicht, den dunklen Schleier der Trauer zu heben. In den vier Ecken des Raumes und um den noch offenen bleiernen Sarg des toten Königs knieten Mönche, denen seit Tagen und Nächten die Rosenkränze durch die geduldigen Finger liefen. Sie hielten ihre geschorenen Köpfe gehorsam und blicklos gesenkt und sangen und beteten leise um das Seelenheil des Verstorbenen. Ihre stumpfen, murmelnden Worte stiegen mit den Schwaden aus Weihrauch hinauf bis in die Spitze des das umliegende Land weit überragenden Gebäudes.

Der Herzog von Bedford straffte seine Schultern, als ihm ein Priester den Schild reichte, auf dem in feines Leinen gewickelt der kleine Sohn Katharinas lag. Das Kind machte einige fröhliche Laute, doch es regte seine festen Glieder kaum. Isabeau bemerkte mit dem geschärften Sinn der Verzweiflung alle Einzelheiten des Bildes vor ihren Augen: Der Schild war auf einer Seite mit gemusterter und bestickter Seide ausgeschlagen, auf der anderen Seite aber zeigte er das königliche Wappen von Navarra: Es mußte noch aus der Mitgift der Mutter Heinrichs des Fünften stammen. Der Herzog von Bedford sah zu, wie der Priester das Gewicht des Schildes mitsamt dem Kind auf seinen Unterarmen verteilte.

Erst dann drehte er sich feierlich zu den Kniebänken um, wo neben Isabeau und Katharina auch Philipp von Burgund und die Herzöge von Gloucester und Clarence leise beteten.

Er trat langsamen Schrittes, und ohne einen Blick von dem Kleinkind in seinen Armen zu lassen, nahe an den offenen Sarg und betrachtete seinen dort aufgebahrten Bruder einen Augenblick lang schweigend. Dabei fraß der unstete Schein der Kerzen mit scharfen Zähnen an seinem Gesicht und verzerrte dessen Ausdruck ins Ungewisse. Bedford streckte die Arme über seinen Kopf, und das Gemurmel der Mönche verstummte auf dieses Zeichen hin. Der Schild mit dem Säugling schwebte nun hoch über dem Leichnam des Königs, dem der Tod zumindest eine ewige Jugend, wenn schon nicht seine ihm eigene Schönheit gegeben hatte:

»König Heinrich der Fünfte von England, Erbe von Frankreich, ist tot! Lang lebe König Heinrich der Sechste von England, Erbe von Frankreich!« rief der Herzog von Bedford schließlich in die feuchte Dämmerung des *Donjon* von Vincennes. Seine Stimme dröhnte durch den Raum, prallte an den Wänden ab und hallte dann in der Spitze des Turmes einige Male wider.

»Der König ist tot, der König ist tot ...«, hörte Isabeau ihren Mann in der Kniebank neben sich summend anstimmen, ehe seine Stimme sich in einem Kichern verlor.

»Pst, Monseigneur ...«, beruhigte Odette de Champdivers ihn und legte ihm liebevoll die Finger auf die Lippen, um ihn zum Schweigen zu bringen. Karl der Vielgeliebte aber sah sie an, als hätte er sie noch nie in seinem Leben gesehen. Statt dessen begann er die Arme wie ein Raubvogel im Flug zu bewegen und krächzend zu schreien: »Ich bin ein Adler! Ich bin ein Adler! Ich bin der König: der König der Lüfte!«

Als Odette de Champdivers ihn beruhigend umarmen wollte, begann er nach ihr zu schlagen. Der Herzog von Bedford zog spöttisch die Augenbrauen hoch, und Isabeau hörte, wie die Herzöge von Gloucester und Clarence neben ihr leise mißbilligende Worte austauschten. Das paßt zu ihnen, dachte sie mit einem Mal zornig, als sie die beiden hageren Männer neben sich auf der Bank betrachtete. Aus so einem sauren Mund mit hängenden Winkeln, aus so einer mageren Brust unter knochigen Schultern, da kann ja keine frohe Stimme kommen! Das Haus der Plantagenets mochte sich mit einem reichen Mannesstamm brüsten, aber einer von ihnen war bitterer und härter als der andere!

Odette de Champdivers versuchte unterdessen, sich so gut es ging vor den Schlägen zu schützen und machte gleichzeitig den beiden Wärtern des Königs, die in der Tür lehnten, ein hilfesuchendes Zeichen. Sie lösten sich trotz ihrer bulligen Körper lautlos und geschmeidig wie Katzen aus dem Schatten des Eingangs. Ihre Fäuste griffen den König und drückten ihn mit Gewalt in den Samt der Bank, bis er nur noch leise murrte und schließlich stillhielt und schwieg. Odette begann nun, mit leise geflüsterten Worten sein Haar zu streicheln. Der König bewegte noch einige Male den Kopf, als ob sein Mund und seine Nase zu einem pickenden Schnabel verwachsen seien, dann hielt er unter ihrer geduldigen Liebkosung mit glasigem Blick ganz still.

Isabeau spürte beim Anblick des wahnsinnigen Königs neben dem Leichnam seines jungen Schwiegersohnes Zorn in sich aufsteigen. Karl war ihr vor langer Zeit hier in Vincennes als Ehemann gleichgültig geworden, nun aber fand sie ihn auch als König lästig. Sein Tod hätte endlich alles üble Spiel beendet. Frankreich und England wären endlich unter einer Krone vereinigt gewesen. Und was tat er, anstatt zu sterben? Das Schlimmste von allem: Er lebte weiter! Und Heinrich dagegen, ihr vor Kraft und Leben strotzender Schwiegersohn? Sie mußte die Tränen verdrängen: Ob diese jedoch aus Trauer, Wut oder aus Unverständnis über den Willen Gottes fließen wollten, das konnte sie nicht sagen.

Sie schloß die Augen, um nichts mehr sehen zu müssen.

Ein kalter Luftzug wehte mit einem Mal durch den Raum, und einige der Kerzenflammen duckten sich so tief nieder, als wollten sie ausgehen. Lange Schatten wanderten über den Stein der Wände und huschten Geistern gleich über den kahlen Fußboden. Der sieben Monate alte König von England begann nun schrill zu weinen, und in sein Schreien mischten sich die erneuten Schluchzer seiner Mutter.

»Heinrich! Heinrich!« hörte Isabeau sie leise weinen.

»Fasse dich, Katharina!« mahnte Isabeau sie und griff ihre Tochter mahnend unter den Arm. »Friede seiner Seele!« murmelte sie tröstend. Ihr Herz krampfte sich vor Sorge um ihren kleinen Enkelsohn zusammen. All meine Hoffnung, all unsere Hoffnung lebt und stirbt mit diesem Jungen! sagte sie sich verzweifelt. Ich werde gut auf ihn aufpassen.

Die Mönche um den Sarg des toten Königs begannen nun wieder zu beten. Isabeau sah, wie die Samtvorhänge vor der Tür sich teilten und zwei Soldaten den schweren Deckel des Sarges mit vor Anstrengung roten Gesichtern in den Raum trugen. Es war recht so. Sie nickte ihnen zu.

Katharina aber wollte aufspringen. »Nein! Nein! Nehmt ihn nicht mit! Er gehört doch zu uns!« rief sie. »Er soll nicht in diese ewige Dunkelheit! Er liebte doch die Feste und das Licht!«

Isabeau drückte sie an sich. »Katharina! Laß ihn in das Reich Gottes ziehen. Tue es deinem Sohn zuliebe, dem Erben von Frankreich!« flüsterte sie. »Du mußt nun nach vorne sehen! Vor dir liegt eine große Aufgabe!«

Katharina jedoch richtete sich zu ihrer vollen Größe auf und warf sich ihren Mantel aus dunklem Samt um die Schultern. Im Licht der Kerzen schien ihr Gesicht geisterhaft blaß zu sein und nur noch aus Knochen zu bestehen. Wann hatte sie das letzte Mal etwas gegessen? fragte sich Isabeau.

»Frankreich?« hörte sie ihre Tochter auflachen. »Ich soll diesem Land noch etwas geben? Frankreich hat mir immer nur genommen! Zuerst meinen Vater, dann meine Brüder und nun auch noch meinen Mann! Mein Sohn ist vor allem der König von England, und dorthin werde ich auch mit ihm zurückkehren, sobald die Sitte es mir gestattet.«

Isabeau erschrak. »Aber er muß hier aufwachsen! Er ist der Erbe deines Vaters!« entgegnete sie. »Hier ist er sicher!« Bei diesen Worten unterdrückte sie gerade noch einen Blick hin zum Herzog von Bedford, der Mutter und Tochter schweigend beobachtete. Er hatte den Säugling an seine wartende Amme weitergereicht.

Katharina schüttelte den Kopf. »Muß? Er muß gar nichts. Ich muß gar nichts, Mutter! Weshalb soll ich ihn hierlassen? Damit er hier so sicher ist, wie Ludwig und Johann es gewesen sind? Damit man ihn mir nimmt und mordet wie meine Brüder? Niemals! Er ist alles, was ich noch habe und was ich je haben werde: Niemand wird je Hand an ihn legen oder ihn für irgendeinen Zweck mißbrauchen, so wahr mir Gott helfe!« Sie nickte dem Herzog von Bedford zu, der wie auf ein geheimes Zeichen hin in die Knie ging und sich die rechte Hand auf das Herz legte.

»Du kannst dich auf die Treue der Plantagenets verlassen, bis zu unserem letzten Blutstropfen!« sagte er dumpf.

Bei diesen Worten wandte Katharina sich um und kniete zu einem letzten, stummen Gebet an dem Sarg ihres Mannes nieder, den die schweigende Arbeit der Soldaten mit Hammer,

Klemmen und Nägeln rasch auf immer ihren Blicken entzog. Als der Deckel des Sarges sich für immer über seinem eingefallenen Antlitz schloß, löste sich noch ein kleiner Seufzer aus ihrer Kehle. Katharina bekreuzigte sich mit den letzten Worten des *Vaterunsers*: »… Denn dein ist das Reich und die Kraft und die Herrlichkeit, in Ewigkeit, Amen.«

Sie hatte aufgehört zu weinen, als sie sich erhob und, ohne einem der Anwesenden noch einen Blick zu schenken, den Raum verließ. Die Schleppe ihres Mantels zog dabei eine Spur aus Schweigen hinter ihr her.

Vincennes, im Septembermond 1422

Liebste Mutter!
Nun mögen die ungeheuren Neuigkeiten der vergangenen Wochen auch schon bei Dir im Poitou angelangt sein. Nachrichten dieser Art reisen schneller als der Schwarze Tod. Manchmal habe ich den Eindruck, daß Gott und der Teufel sich an einem Tisch zu einem Schachspiel niedergelassen haben. Unsere Welt ist ihr Brett und die Menschen ihre Figuren. Wie kann sonst ein junger Mann, auf dessen Schultern die Hoffnung zweier Länder ruht, einfach so von uns gehen? Vor einer Woche noch ist Heinrich von England im Forst von Vincennes zur Jagd geritten und hatte am Abend danach gefeiert, gesungen und getanzt wie kein anderer Ritter am Hofe! Madame Katharina hatte an seiner Seite gestrahlt, daß der Schein der tausend Kerzen im großen Festsaal von Vincennes neben ihrem jungen, stolzen Lächeln verblaßte. Hätte ich Johann nicht gekannt, so würde ich zweifeln, daß Gefühle so stark sein können wie ihre Liebe zu ihm. Am Morgen darauf bekam der König von England jedoch mit einem Mal hohes Fieber, und dann ging es hier in Vincennes nicht besser zu als auf einem Viehmarkt, sage ich Dir! Seine eigenen Ärzte behandelten Heinrich sinnlos gegen einen Abszeß am Arm, ein »mal Saint-Fiacre«. Er aber begann Auswurf, Wasser und Blut aus allen Öffnungen zu schwitzen. Sein Körper stank in seinen letzten Stun-

den, in denen Madame Katharina nicht von seiner Seite weichen wollte, bis hinaus in die Gänge von Vincennes. Die Höflinge harrten dort dennoch von Neugierde getrieben aus: Sie schwiegen blaß vor Erschöpfung und Übelkeit und hielten sich in Tinktur aus Grasse getränkte Tücher vor die Nase. Ich war mit der Königin im Krankenzimmer und hörte, wie sie Guillaume Le Pelletier leise fragte: »Ist es Gift?« Der Gestank des Krankenlagers mußte sie an jene Nacht im Louvre erinnern, als ihr Sohn Ludwig in ihren Armen gestorben war. Es roch in dem Raum tatsächlich so ekelhaft wie auf einem Schlachthof, wo totes Vieh seit Tagen faulend in der brennenden Sonne liegt. Zwei Diener mit großen Fächern in ihren müden Händen wurden kaum der Fliegen Herr, die in diesen letzten heißen Tagen des August aus allen Mauerritzen und Sprüngen im Fenstersims zu kriechen schienen. Sie füllten das Zimmer mit ihrem geduldigen Surren und ließen sich, wann immer es nur ging, um Mund und Augen des Kranken nieder. Wir alle warteten auf die Antwort des alten Arztes. Er aber sah der Königin aufrichtig in die Augen und schüttelte den Kopf. »Nein, Herrin. Dieses Mal ist es wirklich die Ruhr. Nichts als die Ruhr.« Seine Augen schimmerten grau vor Müdigkeit in seinem mittlerweile faltigen Gesicht, und seine Stimme kippte erst ins Trostlose und dann ins Untröstliche ab. Was mit Heinrich dem Fünften in Vincennes starb, das war die Hoffnung auf einen raschen Frieden im Land, das wußten wir alle. Die Königin hatte beim Anblick ihres sterbenden Schwiegersohnes die Hände über ihrem wertvollsten Rosenkranz gefaltet und begonnen, flehend eine Perle nach der anderen abzubeten. Vielleicht würde ja ein Wunder geschehen: So manch einer hat schon die Ruhr überstanden und ist von seinem Lager als gesunder Mann wieder aufgestanden! Das Wunder ist nicht geschehen, Mutter: Heinrich von England hatte seinem Leib seit seinen jüngsten Jahren in zahllosen Schlachten und Reisen durch sein erobertes Reich schon viel zuviel abverlangt. Er war immer so mager wie eine Stallkatze, sage ich Dir, keine Kraft in den Knochen, aber Feuer in seinem Blut. Seine Augen konnten sich in dein Gesicht brennen, so daß du in der Nacht keine Ruhe mehr finden konntest. Als meine Königin ihren Blick auf das blasse, eingefallene Antlitz des jungen Königs senkte, konnte ich genau sehen, was sie empfand: Ihr alter und schwachsinniger Gatte sollte dort liegen, so starr und kalt, und nicht ihr stolzer Schwiegersohn! Sie sollte die aufrecht trauernde Königinwitwe sein und nicht unsere junge, schöne Madame Katharina, deren Geist sich seit Tagen auf einer gefährlichen Gratwanderung zwischen Wirklichkeit und Einbildung zu befinden scheint. Dabei schien Heinrich nicht einmal sie mehr zu erkennen! Er hatte mit letzter Kraft den Kopf zu Bedford hingedreht und gemurmelt: »Verhandelt nie, unter keinen Umständen mit dem falschen Dauphin! Er ist ein Bastard. Verhandeln heißt anerkennen …« Seine Stimme hatte dabei an Kraft verloren, und Bedford nickte beruhigend. Heinrich aber zwang sich weiterzusprechen. »Die Normandie …«, murmelte er. »Ja?« hatte Katharina leise und ermutigend gefragt. Seine matten Augen hatten sich zwar in ihre Richtung gedreht, doch sein Blick ging durch sie hindurch und glitt an der kahlen Wand des Raumes ins Bodenlose ab. »Die Normandie muß englisch bleiben, was auch immer geschieht!« keuchte er in einem letzten Anfall von krampfartigen Schmerzen, die sein Inneres bereits zerrissen hatten. »Ich verspreche es!« hatte Katharina geweint und die von der Krankheit erhitzte Haut seiner schlaffen Hand geküßt. Ihre Lippen hinterließen einen weißen Fleck auf dem fieberroten Ballen seines Daumens. Heinrichs Finger krümmten sich etwas, wie um nach dem hell fließenden Schleier ihres Hennin zu greifen, doch dazu fehlte ihm schon die Kraft. So drehte er seinen Kopf rasch, zu rasch, hin zu dem anwesenden Priester, der sich nun in seinem dunklen, vom Ritt ins Schloß staubigen Gewand von dem Schemel neben seinem Bett erhob. Wie ein Krähe von einem Acker. Der Grund für die Hast des jungen Königs war uns allen klar: Es ging zu Ende. »Empfiehlst du deine Seele Gott, und stirbst du im rechten Glauben an die heilige römische Kirche?« hatte der Priester gemurmelt und nach der rechten Hand Heinrichs gegriffen, an der der königliche Siegelring von England nur noch lose an den ausgezehrten Gelenken hing. Er sollte nicht ohne die Letzte Ölung aus dem Leben scheiden. Heinrich hatte mit letzter Kraft genickt. Die Finger seiner Linken schlossen sich nun fest um Madame Katharinas Hand, und er murmelte noch bedauernd: »Jerusalem …« Mit einem Mal richtete der König sich jedoch mit letzter Kraft auf: Er streckte eine Hand abwehrend in eine Ecke des Zimmers, die leer war, und preßte seine Stimme mit letzter Anstrengung aus seinem

Körper: »Nein, nein! Du lügst! Meine Seele gehört dem Herrn!« rief er noch. Meine Königin war entsetzt herumgefahren, und ich biß mir auf die Lippen, um nicht zu schreien: Was oder wen sah er dort? Einen bösen Geist? Es war entsetzlich! Wem hat er seine Seele so im letzten Augenblick noch anbefohlen? Heinrichs Augen verloren sich in der Leere der Ewigkeit. Als die Königin sich wieder zu seinem Lager wandte, war Heinrich der Fünfte von England tot. Ich habe seinen Tod und den Tod unserer Hoffnung bezeugt, und ich sage Dir, Mutter: Diese Partie Schach hat der Teufel gewonnen. Wie soll ein Knabe von sechs Monaten ein Erbe antreten, das zehn Männer nicht bewältigen könnten? Er braucht dazu alle Hilfe der Erde und des Himmels.

Jehanne

⚜

Es war finstere Nacht, als Yolanda sich in ihrem Bett aufsetzte und in die Dunkelheit lauschte. Ihre Augen gewöhnten sich nur zögernd an die Dunkelheit des Raumes: Nur die letzte Glut des Kaminfeuers warf noch einen schwachen, warmen Schein in ihre Kemenate. Sie schwang die Beine über den hohen Rand der Bettstatt: Ihre Zehen rollten sich bei der ersten Berührung mit dem nackten Steinboden, der zwischen den abgewetzten Teppichen hervorsah, fröstelnd zusammen. Wirklich, konnte ihre Zofe den Kamin nicht besser bewachen? Das Geld wurde ihnen knapp, und diese bittere Wahrheit hinterließ selbst in ihrer Feuerstelle ihre Spuren! Dabei gab es im Wald vor dem Burgtor doch wirklich Holz in Hülle und Fülle. Es fehlte dann eben nur jemand, der hinausging und es schlug. Jemand, dessen lange schon ausstehender Sold auch beglichen wurde! Sie schürte mit einigen geschickten Griffen das Feuer hoch und schenkte sich in einen Kelch aus gehämmertem Silber von dem Wein des Vorabends ein. Die Flammen leckten über die vom Ruß geschwärzten Steine der Feuerstelle. Sie spürte, wie eine belebende Wärme unter ihren Mantel und ihr Nachtgewand über ihre nackte

Haut kroch. Das Zittern ihrer Glieder beruhigte sich. Mit jedem Schluck des mit Ingwer, Rosinen und Mandeln gewürzten Weins lösten sich aus dem erst vollkommenen Schweigen der Finsternis die leisen, tröstenden Geräusche der Nacht. Aus den Flammen tauchten nun wie oft in der Nacht die Gesichter ihrer Erinnerung auf: teils schon lang vergessen, teils schon lange tot, teils auf immer bei ihr. Treue, manchmal auch ungeliebte Weggenossen. Sie sah jedem einzelnen von ihnen in die toten Augen, ehe sie sich vor dem Feuer in ihren Mantel einrollte und dort tief und traumlos dem kommenden Morgen entgegenschlief.

⚜

Es war Isabeaus Hand, die sich als erste hob, um ihrem Gatten die nun blicklos starren Augen für immer zu schließen. Mit seinem letzten Atemzug hatte sein schmaler Leib sich noch einmal wie von seinen Teufeln gezerrt verlangend aufgebäumt: Nun lag der tote König von Frankreich mit vom Leben erschöpften, leicht verdrehten Gliedern auf den Laken seiner Bettstatt im Hôtel Saint-Paul. Seine Dämonen hatten ihn endlich verlassen und ließen die zerbrechliche, schutzlose Hülle eines vor seinen Tagen gealterten Mannes zurück.

Sie hörte, wie der Priester zu Füßen des toten Königs in ein wiegendes Gebet fiel, und zwischen seine Worte drang das leise Schluchzen Odette de Champdivers. Sie hob den Kopf. So starb Karl der Sechste, dessen Regierung so glänzend und voll Hoffnung begonnen hatte. Nun lag sein Reich in Trümmern. Sie schloß kurz die Augen. Das Licht deiner Tage war so schnell von der Dämmerung deines Geistes überschattet worden, Karl, dachte sie bedauernd.

Keine atemlos wartenden Höflinge, keine vielköpfige Familie, kein untröstlicher und doch so ungeduldiger Dauphin hatten ihn auf diesem letzten Weg begleitet. Isabeaus Augen waren tränenlos geblieben. Guillaume Le Pelletier hatte nur machtlos zugesehen, wie das Leben mit jedem der rasselnden Atemzüge, die sich aus der ausgemergelten Brust ins Freie kämpften, aus seinem Herren wich. Zwei alte Diener hatten Leuchter in den Dämmer des Krankengemachs getragen. Nur Odette de Champdivers wollte ihm in seinem Tod die Hand halten. Vielleicht hat sie ihn wirklich langsam lieben gelernt, so wie ich es ebenso langsam verlernt habe, sagte sich Isabeau. Es ist gut so: Kein Mensch soll ganz allein und ungeliebt sterben. Wer wird einmal meine Hand halten, wenn Gott mich zu sich ruft?

Der Herzog von Bedford, der aus dem Fenster gesehen hatte, drehte sich nun um.

»Zwei Monate nach meinem königlichen Bruder«, murmelte er beinahe zornig. »Zwei Monate nur! Wenn das mit rechten Dingen zugeht!«

»Was willst du damit sagen?« fuhr Isabeau auf. Sie kannte den Regenten mittlerweile: Er war zwar liebenswürdiger und menschlicher, als sein Bruder es gewesen war, doch er redete nicht lange um eine Sache herum.

»Daß uns das Vereinigte Königreich, so sehr ich Frankreich liebe, viel, sehr viel abverlangt! Wäre Heinrich nur in England geblieben, so lebte er noch! Vielleicht hat der Teufel hier seine Hand im Spiel. Aber ich werde dieses Reich für meinen Neffen so gut verwalten, wie es nur in meiner Macht steht!«

Isabeau lächelte. Auf diese Worte hatte sie gewartet: »Bedarfst du dabei nicht meiner Hilfe? Ich kenne jeden Ritter und die guten Städte. Sollte ich nicht mit dir Regentin sein?« fragte sie schmeichelnd.

Bedford sah sie einen Augenblick lang an, als ob er diese Möglichkeit ernsthaft erwäge. Dann schüttelte er den Kopf. »Ein Weib kann nur kraft ihres Mannes Macht erlangen, Königin. Dein Mann ist tot. Sei damit zufrieden, deinen Enkel als König von England und Frankreich aufwachsen zu sehen!«

Isabeau spürte Tränen aufsteigen: Man will mich aufs Altenteil abschieben! Ich habe meinen Dienst getan, dachte sie bitter. Aber dafür habe ich nicht gelitten und gearbeitet! »Darüber müssen wir noch sprechen!« entgegnete sie trotzig und machte einen Schritt auf den Herzog zu.

»Der Mensch plant und schafft, aber letztendlich entscheidet nur Gott!« unterbrach der Priester rasch und mutig den schwelenden Streit. Er schob seinen schmalen Körper einige Schritte vor, so, als wolle er sie auch durch seine Anwesenheit und nicht nur durch seine Worte trennen.

Isabeau und der Herzog von Bedford schwiegen einander zornig an.

Schließlich zuckte der Regent von Frankreich mit den Schultern. »Der König soll in Saint-Denis neben seinen Vorfahren begraben werden. Aber aus der Staatskasse steht dafür kein Sou zur Verfügung, damit das klar ist! Die letzten Scharmützel gegen Karl haben mich schon zuviel gekostet. Alles, was Salisbury und Warwick in ihren Briefen von mir fordern, ist Geld für neue Truppen! Geld, Geld, Geld, dabei kommt mir die Normandie schon vor wie ein Badeschwamm, den ich voll ausgepreßt habe.«

»Und wer soll dann dafür aufkommen?« fragte Isabeau und zwang sich zur Ruhe. Der Leichnam Heinrichs des Fünften war dagegen mit den kostbarsten Ölen einbalsamiert worden: Katharina wollte ihn mit sich nach England nehmen, wo er neben seinem Vater in der Westminster Abbey seine letzte Ruhestätte finden sollte. »Ich habe kein Geld mehr, und Philipp von Burgund will ich nicht um eine weitere Leihgabe bitten müssen.«

»Was ist mit den lombardischen Bankhäusern?« fragte er gleichgültig.

Sie schüttelte den Kopf. »Ich habe schon zu viele Schulden dort. Und mein Bruder Ludwig im Barte ist wohl nach Bayern zurückgekehrt, doch er hat bisher noch keine Einkünfte meiner dortigen Lehen nach Paris gesandt.«

Der Herzog von Bedford sagte: »Nun, dann werden wir eben die Möbel und die Teppiche hier im Hôtel Saint-Paul verkaufen. Der Plunder sollte genügend Geld für den Leichenzug nach Saint-Denis über Notre-Dame einbringen, wie auch für eine Gruft neben seinen Vorfahren.« Er gab dem Stuhl, der ihm am nächsten stand, einen achtlosen Tritt.

Isabeau spürte Zorn in sich aufsteigen: Plunder, sagte er! Das Hôtel Saint-Paul war seinerzeit mit den feinsten Kunstwerken aus Italien, den edelsten Teppichen aus Flandern und den kunstvollsten Möbeln aus Frankreich und Seeland ausgestattet worden. Wenn Bedford alles verkaufte, konnte er jeden einzelnen seiner Männer nach England zurückschiffen, doch sie unterdrückte diese Bemerkung gerade noch. Sie mußten sich nicht hier und heute streiten.

Isabeau sah wieder auf den traurigen Leichnam ihres Mannes. »Karl der Vielgeliebte«, murmelte sie leise und strich ihm über eine der noch weichen, blassen Hände. Ihr Blick tauchte in das Grau des späten Oktoberhimmels: Er verlor sich dort zwischen den verwirrenden Spuren, die der Zug der Wolken auf dem blassen Grund hinterließ. Ihre Gedanken wanderten mit ihnen hin zu Karl, dem verlorenen Sohn, der sich nun bestimmt vom Dauphin zum König von Frankreich erheben wollte. Ihre Gedanken zogen jedoch auch zu dem kleinen Heinrich von England, ihrem Enkelsohn, der gar nicht weit von ihr im Louvre bei seiner Mutter weilte und der nun ebenfalls König von Frankreich wurde.

Frankreich, so spürte sie, hatte nun wohl zwei Könige, aber noch immer keinen Führer.

⚜

Paris, im Novembermond 1422

Meine Mutter!
Ich nutze den ersten Augenblick der Stille seit langem, der Stille in meinem Inneren und der Stille in der Stadt, um Dir wieder zu schreiben. Vier Wochen ist es nun her, daß unser König Karl der Vielgeliebte gestorben ist, und in diesen langen Tagen und Nächten wollten die Totenglocken von Paris nicht verstummen. Es war, als gebe der dumpfe Ton von Notre-Dame den Ton an, und die Glocken von Saint-Eloi, Saint-Pierre-des-Arcis, Saint-Merri, Sainte-Geneviève fielen dann in das Lied mit ein. Fast konnte man ihren Klang so unterscheiden wie die einzelnen Stimmen eines Chores. In der ganzen Stadt wurden Messen für das Seelenheil des toten Königs gelesen, und das Volk konnte an drei Tagen in langen Schlangen an dem

aufgebahrten Leichnam vorbeiziehen. Meine Königin verbrachte diese Zeit betend und in Gedanken versunken im Hôtel Saint-Paul. Nichts dort erinnert mehr an die frohen Tage der Feste und der Liebe, die er auch noch erleben durfte. Mutter, durch die Gänge des nun vereinsamten königlichen Hauses wandert der Frost und überzieht den grauen Stein gelassen mit seinem Reif. Die Zeit kann immer unser aller Ende abwarten, nicht wahr? Die Wege des Gartens sind mit Laub bedeckt, und der starke Herbstwind trägt die feuchten Blätter bis in die Kreuzgänge hinein, in denen die Aschepfannen nun kalt und vergessen liegen. Man könnte meinen, das Hôtel ist selbst ein zu einem prunkvollen Begräbnis geputzter und dann von allen verlassener Leichnam. Alle Höflinge sind entweder dem Herzog von Bedford in den Louvre oder dem Herzog von Clarence in das Palais de la Cité gefolgt. Meine Herrin ist so die Königin des Schweigens, wenn ihre Schritte durch die hohen Kreuzgänge des Hôtels hallen, dessen Wände und Fußböden nun kahl wie die Glatze eines Greises leuchten. Ihr Staat besteht aus Schatten, ihr Reichtum aus Erinnerungen. Ich bin nicht viel mehr als einer dieser Schatten, da ich die wertvollsten Geheimnisse ihres seltsamen Herzens teile. Für das Begräbnis des Königs habe ich Isabeau noch einmal aufgewartet: Meine Königin sprach kaum, während ich so bei ihr war. Ein letztes Mal wollte sie sich zu Ehren ihres Gatten ankleiden lassen, ein letztes Mal seine Königin sein. Schicht um Schicht legte sich dabei die Würde einer trauernden Frau und einer Königswitwe um sie, und das stumpfe Schwarz des geschlitzten und mit Satin abgefütterten Samtes ihres Kleides sog noch die letzte Farbe aus ihrem müden Gesicht. Wir haben so hart gekämpft, und noch immer ist der Sieg uns nicht gewiß. Wir traten in den Gang des Hôtel Saint-Paul, der von den Kemenaten über eine Treppe hinunter in den Hof führt. Unsere Schritte durchbrachen das Schweigen des Hauses wie eine eigene, lang schon vergessene Sprache. Jeder Stein in den ihres Schmuckes beraubten Wänden schien uns abwartend zu lauschen. Der Wagen, den der Herzog von Bedford hatte schicken lassen, wartete bereits im Hof auf uns. Als die von sechs Rappen gezogene Karosse vor Notre-Dame ankam, war die Place du Parvis bereits schwarz von wartenden Menschen. Sie musterten uns wie aus einem einzigen Paar Augen. Hier sah es uns an, Mutter, das wahre Gesicht von Paris: Nicht die grell-

geschminkte Metze, die Kurtisane, das lose Weibsstück, das sich mit weit aufgerissenem Mund durch Gassen und Gasthäuser lacht! Nein, es war das müde, ehrliche, liebende Gesicht von Paris, das seiner Bürger und Handwerker, dem wir dort in die Augen sahen. Die Pariser gaben ihrem Vielgeliebten Karl ein letztes, in seinem Schweigen mahnendes Geleit. Wir hatten Notre-Dame noch nicht betreten, als wir aus der Ferne den Zug der Engländer mit dem Sarg und dem Leichnam des Königs sich nähern sahen. Die Flagge der Plantagenets hing traurig in den grauen, windstillen Morgen, und die Menge vor der Kirche teilte sich nur langsam, um den zotteligen Hufen der Kaltblüter Platz zu machen. Nur Philipp von Burgund war nicht gekommen. Nach dem Gottesdienst wartete eine mit schwarzen Tüchern verhängte Barke auf die Königin und den Herzog von Bedford. Der Nachen lag tief in den grauen Wassern der Seine, und die Ruder wurden mit Kraft in die tanzenden Wellen gestoßen, aber ihr leises, schmatzendes Geräusch vermochte nicht, das alles übertönende Schweigen der Pariser aus ihren Ohren zu verdrängen. Bis hin zur Cour des Miracles und der Porte Saint-Denis im Norden der Stadt säumten die Bürger die Ufer ihres Flusses. In der Kathedrale von Saint-Denis waren nur der Herzog von Bedford und meine Königin anwesend, als die Knechte den Sarg unseres toten Königs unsanft in seine Grube fallen ließen. Die Ministranten schwenkten die goldenen Behälter mit dem Weihrauch heftiger. Vielleicht wollten sie mit ihrem Eifer die traurige Einsamkeit des Begräbnisses vergessen machen. Kein Prinz von Geblüt hat dem toten König das letzte Geleit gegeben. Madame Katharina und der junge König sind im Louvre geblieben. Sie hat der Königin ausrichten lassen, ihre Kraft zu trauern sei mit dem Tod ihres Mannes aufgebraucht worden. Verdenken konnte ich es ihr nicht: Unsere Kleider waren schwer von dem modrigen Geruch der Kathedrale und hingen uns am Leib wie nasse Säcke voller Steine. Ich sah mich in der Kirche um, während der Herold den Säugling Heinrich von England zum König von Frankreich ausrief. Da lagen sie alle, die in Paris regiert hatten. König von Frankreich! Was ist Frankreich denn noch, Mutter? Es gibt kein geeintes Reich. Ein Mann aus der Provence fühlt sich doch einem Normannen so verbunden wie eine Schwalbe einem Storch. Dort in der Kathedrale von Saint-Denis wird die Oriflamme aufbewahrt, das

Banner, das ein starker, junger König hissen soll, um das Land zu einen. Das Kind Heinrich muß damit freilich noch warten, obwohl ich denke, daß meine Königin insgeheim schon seinen glanzvollen Einzug nach Paris plant. Was wir Menschen nun brauchen, ist eine Hoffnung: Hoffnung wird die Spreu vom Weizen trennen, die Sieger von den Verlierern. Wer Hoffnung sät, der wird das Königreich Frankreich ernten. Du siehst, im Grunde bin ich die Tochter eines Bauernbarons aus dem Poitou geblieben. Wie sehne ich mich nach der Wärme des Strohs auf dem Boden unseres Schlosses und dem Flackern im Küchenherd, um den wir uns im Winter versammelten, um Kastanien zu essen. Denke an mich, wenn Du Dir dort Deine lieben, alten Knochen wärmst. Wenn all dies vorbei ist, komme ich zu Dir. Ich weiß nicht, wie und auch nicht wann. Wenn nicht in diesem Leben, dann eben in unserem nächsten, Mutter. In Liebe,

Jehanne

⚜

»Erkennst du mich wieder?« fragte Yolanda die junge Frau, die mit nackten und schmutzigen Füßen, aber sehr geradem Rükken vor ihr stand. In der Klosterzelle von Domrémy war es kalt, sehr kalt, und außer dem Kreuz an der kahlen, geweißten Wand, einer Pritsche und einem Krug Wasser auf dem Boden war der Raum leer. Yolanda saß auf der Pritsche und ließ ihre Augen an dem Mädchen vor ihr auf und ab wandern. Das Kind, das vor beinahe zehn Jahren mit dem übergroßen Hirtenhund Niko durch die Felder gezogen war, hatte all seine Versprechen gehalten: Aus dem schüchternen Geschöpf war eine junge Frau geworden, deren Haltung von Stolz und Geist sprach. Es war ein Stolz und ein Geist, der ihre einfache Kleidung wie auch ihre tägliche Arbeit im Wald beim Schafehüten Lügen strafte. Edle Herkunft, so sagte sich Yolanda, läßt sich eben nicht verleugnen.

Das Mädchen nickte und griff sich wortlos an den Hals. Unter dem mit schlichten Kreuzstichen verzierten Kragen ihres

Leinenhemdes in der Farbe von Haferschleim zog sie ein geflochtenes Lederband hervor, an dem das Bild eines Mannes hing.

Yolanda erkannte das Medaillon, das sie Johanna vor vielen Jahren gegeben hatte, und lächelte zufrieden. »Ich sehe, du hast dein Versprechen gehalten.« Sie machte eine kleine, kunstvolle Pause. »Alle deine Versprechen, wie ich hoffe?« fügte sie leiser hinzu.

Das Mädchen errötete bis tief unter die Haarwurzeln ihrer dichten blonden Haare und senkte den Kopf.

»Johanna. Sieh mich an, und schwöre mir, daß kein Mann dich je berührt hat, seitdem wir uns gesehen haben?« fragte Yolanda besorgt nach. »Kein Mönch und auch kein Bursche aus dem Dorf? Versprichst du mir, daß niemand deinem Busen und deinem Herzen so nahe gekommen ist wie das Bild des wahren Königs von Frankreich, Karl?« drängte sie.

Johanna sah nun auf und nickte. Das Licht des hellen Sommertages fing sich in ihren Augen, die wie der Glanz eines Wassers die Farbe zwischen hellem Grau, leuchtendem Blau und tanzendem Grün wechselten.

»Niemand hat mich berührt. Gott hat mich davor bewahrt. Und niemand ist meinem Busen je so nahe wie der Glaube an ein geeintes Frankreich und den Frieden!« entgegnete sie fast trotzig.

Yolanda trat näher und ging einmal um sie herum. Wohl gesprochen, wenn auch der aufmüpfige Ton in der Stimme des Mädchens ihr mißfiel. Sie trat von hinten nahe an Johanna heran und sprach leise und mahnend an deren langem Hals, einem Erbe der Valois.

»Gut. Denn, Johanna, du wirst noch lernen, wo die Macht einer Frau liegt!« flüsterte sie. Mit einem überraschenden Griff legte sie von hinten ihre Hand auf den groben Stoff des Unterkleides zwischen Johannas Schenkel und kniff das Mädchen sanft in ihr Fleisch.

Johanna keuchte auf und hielt ganz still. Yolanda löste ihren Griff nun und begann, Johanna über das lange, offene Haar zu streichen, in dem von ihrer Arbeit in den Wäldern noch einige lose Gräser und Blätter hingen. »Ich habe dich unterrichten lassen, lange Jahre, Johanna. Aber nun ist die Zeit gekommen, in der wir handeln müssen!« mahnte sie leise und sog den frischen Duft des Mädchens ein.

Johanna nickte. »Ich weiß. Das hat mir Gott durch seine Stimmen bereits anvertraut. Ich habe schon auf Euren Besuch gewartet, Herzogin. Wir alle sind in Gottes Hand, und nichts geschieht ohne seinen Willen«, antwortete sie ruhig.

Yolanda runzelte die Stirn. »Gott und seine Stimmen? Wovon redest du, Kind?« fragte sie überrascht und trat wieder vor Johanna hin.

Die hob den Kopf und schien nun wie von innen zu leuchten. »Ich kann mich noch genau daran erinnern, wann ich sie zuerst gehört habe, vor einigen Jahren. Es sind drei verschiedene Stimmen, eine Frau und zwei Männer. Es war nur wenige Wochen nach Eurem ersten Besuch, Herzogin! Ich war unter der heiligen Eiche eingeschlafen mit Niko an meiner Seite, als ich durch ein Brausen geweckt wurde, als ob tausend Adler sich in den Zweigen des Baumes niederlassen wollten!« Johanna schwieg einen Augenblick, als wolle sie die eben gesprochenen Worte noch auf ihren Lippen schmecken.

Yolanda jedoch drängte sie: »Und? Was geschah dann?«

Sie sah Johanna ins Gesicht und war mit einem Mal über ihre Ähnlichkeit mit dem toten König Karl erschrocken. Die Tochter eines wahnsinnigen Vaters und einer tatkräftigen, planenden Mutter: Was mußte man von ihr noch erwarten? fragte sie sich mit einem Mal.

»Sie riefen nach mir, und ich hatte zuerst furchtbare Angst. Niko begann zu bellen, und ich verkroch mich weinend vor Furcht unter den Wurzeln der Eiche. Mit einem Mal aber wurde es still. Dafür erfüllte ein goldenes Leuchten die Luft wie der Schein von zehn Sonnen!« Johannas Gesicht strahlte bei der Erinnerung, und Yolanda unterdrückte eine spöttische Bemerkung. Was für eine fruchtbare Erde der wißbegierige Geist eines jungen Menschen ist, sagte sie sich: Man kann ihn pflügen und düngen, bis darauf wächst, was man ernten möchte!

Johannas Blick verlor sich im kahlen Weiß der Klosterzelle, in der sie sich unterhielten. »Aus dem Glanz lösten sich die drei Heiligen und sagten mir meine Bestimmung voraus«, schloß sie dann leise. »Seitdem habe ich sie noch dreimal gesehen.«

»Haben sie dir neben deiner Bestimmung auch das Geheimnis deiner Herkunft verraten?« fragte Yolanda lauernd.

Johanna nickte und sagte ruhig: »Wer anderes als ein Kind Frankreichs könnte unser armes Land retten? Ich bin eine Tochter des Königs, das haben die Stimmen mir gesagt!«

»Kannst du sie rufen? Kannst du sie jetzt rufen, damit ich sie auch sehen kann?« forderte Yolanda, nun neugierig geworden.

Johanna sah sie an, und das reine, tiefe Erstaunen in ihrem Blick beschämte Yolanda. Es war ein Gefühl, daß sie in sich beinahe vergessen geglaubt hatte.

»Man kann Gott und seine Diener nicht zu sich rufen. Sie finden einen von selber und kommen, wenn sie es für richtig halten«, tadelte Johanna sie sanft.

Yolanda nickte, doch es ärgerte sie, wie ein dummes Kind belehrt zu werden. Nun, im Augenblick war es besser, zu schweigen: Es hieß, daß die *Godons* an eine Belagerung von Orléans dachten. Wenn ihnen die Stadt in die Hände fiele, so läge ihnen der Weg in das *terrain dauphinois* offen da: Schon jetzt hatten die englischen Grafen sich ihre französischen Titel ausgesucht, ganz gleich, ob der rechtmäßige Erbe des Lehens noch lebte. Sie nannten Karl nur verächtlich *le petit roi de Bourges* und eroberten Frankreich weiter, Tag für Tag. Die Männer um Karl hatten allen Mut und alle Hoffnung verloren: Sie hatten keinen Führer, der sich mit Bedford oder Salisbury messen konnte, gestand sich Yolanda mißmutig ein.

Sie wurde aus ihren Gedanken gerissen, als Johanna vor ihr auf die Knie ging. »Herzogin! Seht zu, daß ich bekomme, was ich brauche! Dann will ich Euch beweisen, wo wirklich unsere wahre Macht liegt: Nämlich hier!« Bei diesen Worten legte sie sich die flache Hand auf ihr Herz und schloß ihre eigentümlich schillernden Augen wie zum Gebet, ehe sie sie wieder weit öffnete. »Laßt mich meinem Ruf folgen! Laßt mich meine Bestimmung erfüllen!« forderte sie.

»Und welches ist deine Bestimmung?« fragte Yolanda leise.

Johanna hob das Gesicht zur Decke und dem Himmel darüber. Sie bekreuzigte sich: »Frankreich zu retten und zu einen, so wahr mir Gott helfe!« Ihre Augen leuchteten bei diesen Worten vor begeistertem Ernst: »Einmal bin ich schon nach Vaucouleurs geritten, doch der Stadthauptmann Robert de Baudricourt hat mich nur davongejagt! Er hat meinem Vater gesagt, er soll mich ohrfeigen und verheiraten«, fügte sie empört hinzu.

Yolanda fühlte ein Kribbeln unter ihrer Haube, das von ihrer Stirn über ihre Kopfhaut in ihren Nacken wanderte. Sie war gerade zur rechten Zeit nach Domrémy gekommen! »Was wolltest du von ihm? Was brauchst du, um deine Bestimmung zu erfüllen? Prachtvolle Kleider? Geld?« fragte sie Johanna mit einem kleinen, spöttischen Lächeln und verschränkte abwartend die Arme vor der Brust.

Johanna sah Yolanda tief in die Augen, und diese fühlte sich mit einem Mal wie gefangen: Das Mädchen lächelte ebenfalls, wie erfüllt von einem geheimen Wissen, und schüttelte leicht den Kopf, ehe es sprach.

9
Die Jungfrau von Orléans

Isabeau sah aufmerksam und schweigend auf die ausgerollte Karte, die vor ihr auf dem langen Tisch des Ratsraumes des Palais de la Cité lag. Die Ecken des Plans waren mit Tintenfässern beschwert worden, um das große und sorgfältig ausgearbeitete Papier flach auf dem Tisch zu halten. Der bleierne Himmel des Januarmondes ließ nur ein sprödes Licht durch die hohen Spitzbogenfenster fallen. Dennoch traten die mit schwarzer Tinte eingezeichneten Mauern und Türme der Stadt Orléans wie auch die mit Kreuzen vermerkten Lager der englischen Armee deutlich auf dem reinen Papier hervor. Der Herzog von Bedford hatte sie dort mit eigener Hand eingezeichnet: Er beugte sich nun neben Isabeau über die Karte. Seine Finger glitten kurz über die Zeichnung der dreißig Fuß hohen Mauer, auf die die Soldaten von Orléans siebzig Rohre geschmiedet hatten. Hinter den Mauern sollten sich fast sechstausend Mann verbergen, die von den vorhandenen Vorräten gut über zwei Winter gefüttert werden konnten.

»Orléans muß fallen!« sagte er ruhig. »Nach all unseren Versuchen zu verhandeln sind sie noch immer stur wie die Esel: Dafür soll die verfluchte Stadt mit jedem Leben in ihren Mauern bezahlen!« Er spielte unruhig mit den weich fallenden Manschetten seines langen, mit Löwen und Rosen bestickten Mantels aus dunkelblauem Samt. Isabeau sah ihn flüchtig an: Seine Kappe aus Biberfell warf einen zackigen Schatten über sein hageres Gesicht, so daß sie den Ausdruck seiner Augen nicht erkennen konnte.

Ehe Isabeau ihm antworten konnte, hörte sie hinter ihrem Rücken ein heftiges Gezeter. Sie drehte sich um: Vor dem Kamin stritten sich ihre beiden Narren, so daß die unzähligen Schellen an ihren gestreiften Kappen empört klingelten, mit der alten verwachsenen Magd, die gerade unter Mühen den hohen Feuerplatz des Raumes ausfegte, um dann neu anzuschüren. Ehe Isabeau sie selbst zurechtweisen konnte, trat Philipp von Burgund zornig nach ihnen. Die drei jaulten auf wie junge Hunde, und die Narren verzogen sich Kapriolen schlagend in eine Ecke des Zimmers. Philipp von Burgund hatte bisher in seinem Lehnstuhl vor dem Kamin voll kalter Asche mißmutig geschwiegen. Nun aber erhob er sich, zog sein Wams aus haselnußbrauner Seide, auf das goldene Knöpfe mit dem Burgunder Wappen glänzten, über der Brust zurecht und trat zu ihnen. Einer seiner Jagdhunde hob bei der Bewegung seines Herren kurz den Kopf, ehe er einige Male schwach mit dem Schwanz auf den Teppich klopfte und sich dann wieder faul lang ausstreckte. Philipp beugte sich nach vorne und kraulte im Vorbeigehen das Tier im Nakken. Am Tisch angelangt, warf er nur einen nachlässigen Blick auf die Karte.

»Einfach wird das nicht werden!« sagte er heiter und auch gleichgültig. Isabeau sah auf. In seiner Stimme klang etwas mit, das ihr nicht gefiel: Konnten sie sich noch auf seinen Beistand verlassen? Ohne Burgund konnte sie kaum auf einen Sieg gegen den Dauphin hoffen. Sie musterte ihn abwartend. Im mitleidlosen Licht des Winternachmittags wirkte seine Haut fahl und sein Gesicht aufgedunsen und müde. Seine Lebensart mit vielen Festen und den an die dreißig Geliebten, die er gleichzeitig aushielt, hinterließ mit einem Mal ihre Spuren.

Der Herzog von Bedford drehte sich ebenfalls um. »Nun, Philipp, wenn du uns mehr als nur hundertfünfzig Mann zur Verfügung stellen würdest, so ginge vielleicht so manches einfacher. Dann würden wir dem falschen Dauphin schon zeigen, wer Herr im Hause ist, und ihn kräftig stäupen. Wenn wir Orléans erobern, so liegt das *terrain dauphinois* offen für uns da!« drängte er. »An dieser Belagerung hängt für uns beinahe alles!«

Philipp von Burgund zuckte die Schultern. »Mehr als hundertfünfzig Mann kann ich nicht abstellen«, lächelte er.

Bedford erwiderte zornig: »Du meinst, das sind schon alle Stallburschen, die du in Dijon beschäftigst?«

Einen Moment später stellte Bedford fest: »Es fehlt dir nicht an Männern, sondern am Glauben an unsere Sache«, und ließ Philipp von Burgund dabei nicht aus den Augen.

»Das lasse ich mir von einem Engländer nicht sagen!« erwiderte der mit lauter Stimme. Zu laut, dachte Isabeau. Hatte Bedford eine Wahrheit ausgesprochen, die Philipp nicht hören wollte?

Bedford entgegnete nicht weniger zornig: »Ich habe hundertmal bewiesen, daß ich zum Stahl greife, um für Frankreich zu kämpfen! Ich liebe dieses Land mehr als jeder von euch Aasgeiern, die ihr eurem Reich noch das letzte faule Fleisch aus den mageren Rippen reißt.«

Philipp nickte und erwiderte spöttisch: »Du hast dir ja auch schon die schönsten Titel und Lehen selbst verliehen!« Dann aber gab er zu: »Vielleicht hast du recht. Ich bin mir nicht sicher, ob das Bündnis mit England wirklich hält, was es mir versprochen hat!«

Isabeau wartete gespannt auf die Entgegnung des Herzogs von Bedford: Sie wußte, daß Philipp sich in den letzten Monaten des öfteren mit Unterhändlern der Herzogin von Anjou getroffen hatte.

»Weshalb zweifelst du an einem französisch-englischen Reich? Und das gerade jetzt? Der Belagerungsgürtel um Orléans schließt sich: Was fehlt uns noch außer dieser Stadt?« lenkte der Herzog von Bedford ein. »Wenn sie einmal gewonnen ist, kannst du dir neue Lehen im Süden aussuchen. Du hast die freie Wahl und meine volle Unterstützung!« lockte er.

Philipp schenkte sich aus der Karaffe neben der ausgerollten Karte etwas Wein in einen Kelch aus Horn und Silber. Als er schluckte, verzog er den Mund, als sei das Getränk sauer, und lachte dann auf: »Mir ein Lehen aussuchen? Und ich soll mich da auf das Wort eines Plantagenet verlassen?«

Isabeau sah von einem zum anderen: Was konnte sie tun, um zwischen den Männern zu vermitteln? Philipp mußte auf ihrer Seite bleiben! Er durfte nicht zu Yolanda und Karl wechseln, denn ohne seinen Reichtum und seine Truppen war das Bündnis mit den Engländern verloren. Er benahm sich wie ein ungezogenes Kind, das seine Grenzen suchte! dachte sie ärgerlich, doch sie versuchte, ihre Stimme ruhig klingen zu lassen.

»Bitte Philipp. Vertraue dem Herzog!« mahnte sie ihn. »Vertraue mir«, fügte sie leiser hinzu. »Weshalb zweifelst du an unserem Bund?«

Philipp antwortete nicht, sondern beugte sich nun ebenfalls über die Karte der Stadt. »Weshalb ich an dem französisch-englischen Reich zweifle?« wiederholte er dann ihre Frage. »Nun, weil ich befürchte, daß es andersherum zu einem englisch-französischen Königtum verkommt. In London sagt man doch: Das Wohl Frankreichs hängt vom Wohlstand Englands ab. Was soll ich davon halten?«

Bedford neigte widerwillig den Kopf. »Du bist gut unterrichtet«, gab er zu.

Isabeau war dankbar, als es in diesem Augenblick leise an die Tür klopfte und ein Page einen großen Teller warmer, mit Honig, Äpfeln und Zimt gefüllter Waffeln in den Raum brachte. Sie biß vorsichtig in eine Waffel und sah dann zu, wie der Herzog von Burgund sich ebenfalls bediente. Die Soße tropfte ihm von den Lippen, und er wischte sie sich achtlos vom Kinn, während er schweigend kaute.

Wenn doch Johann ohne Furcht noch lebte, dachte Isabeau mit einem Mal und suchte wie schon viele Male zuvor vergebens nach einer Spur von Johann ohne Furcht in den undeutbaren Zügen seines Sohnes. Dann aber verbesserte sie sich: Wenn doch Frankreich nur einen Herren hätte, und nicht diese Unzahl gieriger Fürsten, die sich alle nur die eigenen Taschen füllen wollen! Vielleicht würde das Land erst geeint sein, wenn den *Pairs de France* die Macht entzogen wurde?

Sie nutzte jedoch den Augenblick, um zu sagen: »Wir müssen nun zusammenhalten! Die Männer um den Verräter Karl haben allen Mut verloren: Wem sollten sie ihre Führung noch anvertrauen?« Sie lachte auf: »Seine Lage ist aussichtslos! Er ist an seinem Hof von Sterndeutern, Satanisten und Mördern umgeben! Wenn kein Wunder geschieht, so ist die Stadt und Frankreich unser!«

Philipp kaute bereits gierig an seiner zweiten Waffel und nickte zufrieden. »Also gut. Ich will weiter an unser Bündnis glauben, schon um Rache für den Mord an meinem Vater zu nehmen. Es stimmt, Orléans ist so gut wie unser. Wenn kein Wunder geschieht!« fügte er hinzu und lachte spöttisch. »Aber das Wunder will ich sehen! Ich hoffe, der Bastard Karl betet fleißig!«

Isabeau spürte Erleichterung in sich aufsteigen. Das Bündnis mit Burgund war noch einmal gerettet. Philipp nahm den Teller mit den dampfenden Waffeln und reichte ihn dem Herzog von Bedford. »Komm, nimm. Bist ja eh nur Haut und Knochen«, sagte er freundlich und schlug ihn leicht an die magere Schulter.

Bedford hob abwehrend die sehnige Hand. »Auch ich bete derzeit lieber als zu essen!« sagte er. »Und auch ich will das Wunder sehen, das dem Bastard Karl noch seinen schmutzigen Kragen retten kann!«

Isabeau wiederholte in Gedanken: der Bastard Karl. Wie leicht es ist, Menschen von etwas zu überzeugen, das sie glauben wollen! Die Wahrheit aber kenne nur ich, dachte sie. Der Schmerz und die Bitterkeit über ihre verschmähte Mutterliebe wollte nie enden. Er hat mich zuerst verstoßen, damals in Vincennes, ermutigte sie sich selbst. Laut schloß sie erleichtert: »Nichts kann ihn mehr retten! Er hat von allem zu wenig: zu wenig Männer, zu wenig Hoffnung und zu wenig Glauben!«

⚜

Yolanda sah, wie Robert de Baudricourt sich noch den Mund an seinem Ärmel abwischte, ehe er die Hand mit der Sturmleuchte hoch über den Kopf hielt. Der Schein der Lampe spiegelte sich auf den vom Regen nassen Steinen seines Hofes, ehe er dann auf die Gruppe Reiter fiel, die dort einen Steinwurf entfernt auf ihn warteten.

»Wer da?« rief der Stadthauptmann von Vaucouleurs nun und schirmte mit der flachen Hand die tiefliegenden Augen über den speckigen Wangen, um besser in die Dunkelheit spähen zu können. Die Gruppe der Reiter setzte sich in leichte Bewegung. Es war kein Hufschlag zu hören, denn die Beine der niedrigen, kräftigen Pferde waren mit Lumpen umwickelt worden, um jeden Lärm in der feindlichen Nacht zu vermeiden. Sie mußten bei ihrem Ritt durch burgundisches Gebiet den Fluß mehrere Male durchquert haben; ihre Stiefel waren mit Matsch bespritzt, und die Säume ihrer Mäntel hingen triefend an den Seiten der Pferde. Die sechs Reiter hatten sich die Kapuzen ihrer dunklen Mäntel tief in die Stirn gezogen.

»Ich bin es noch einmal, Sire de Baudricourt!« sagte da eine Stimme, und der erste Reiter lenkte sein Pferd nach vorne. Helle Haut schimmerte durch das Dunkel der Nacht, als eine Hand die Kapuze von der Stirn des Reiters streifte und blonde Zöpfe auf die im Mantel verhüllten, schmalen Schultern fielen.

»Du schon wieder! Jungfrau Johanna, ich habe deinem Vater doch gesagt, wie er mit dir verfahren soll! Einen Satz heiße Ohren von einem Ehemann brauchst du und sonst nichts«, grunzte Robert de Baudricourt. »Oder soll ich mich selbst darum kümmern?« fragte er drohend und bewegte sich nach vorne.

In diesem Augenblick zogen zwei der Reiter gemächlich an Johanna vorbei und ließen ihre Pferde vor dem Stadthauptmann halten. Sie schlugen beide gleichzeitig die Kapuzen von ihren Gesichtern. Beide hatten dieselbe feine Haut, das gleiche kupferrote Haar und die gleichen edlen Gesichtszüge. Yolanda lächelte zu René hinüber und nickte ihm ermutigend zu. Schließlich herrschte er in Bar und nicht sie.

Der junge Mann räusperte sich verlegen und öffnete den Kragen seines Mantels gerade so weit, daß die breite goldene Kette auf seiner Brust, an der das Zeichen des Herzogtums hing, im Schein der Fackel aufleuchtete.

De Baudricourt schien vor Überraschung fast der Leuchter aus der Hand zu fallen. »Eure Hoheit!« rief er. »Hier in meinem bescheidenen Haus! Sire, steigt doch ab! Kommt ins Trockene! Womit kann ich Euch dienen?« fragte er eifrig und stieg vorsichtig die unebenen und vom Regen rutschigen Stufen seiner Treppe in den Hof hinunter. Dort kniete er neben dem Pferd des Herzogs René nieder und küßte den feuchten Saum von dessen Mantel.

René schwang sein rechtes Bein über die Kruppe des Pferdes und kam sicher auf den Steinen des Hofes zum Stehen. Er lachte, und Yolanda hörte ihn sagen: »Nun, zumindest könnt Ihr mir nicht mit einem Satz Ohrfeigen für Johanna helfen! Was sie dagegen braucht, sind einige Tage Aufenthalt in deinem Haus, um sich Männerkleider schneidern zu lassen. Dann will ich, daß du sie mit einer bewaffneten und berittenen Eskorte nach Chinon zu meinem Schwager, dem Dauphin, bringen läßt. Dort soll sie eine Rüstung und ein Schwert erhalten, um für Frankreich in Orléans zu kämpfen.«

»Nach Chinon? Zum Dauphin Karl? Aber natürlich, natürlich ...«, murmelte de Baudricourt nur. Yolanda entgingen nicht die abschätzenden Blicke, mit denen er dabei Johanna musterte. Die schnürte sich gerade mit ruhigen Fingern ihren Mantel auf, und ihr schlichtes Kleid aus roter Baumwolle leckte wie eine Zunge aus dem dunklen Schlund der Nacht.

»Habt Dank, Sire de Baudricourt«, sagte sie nun gemessen. »Ich werde in meinem Leben keine Frauenkleider mehr tragen, bis mein Dienst an Frankreich getan ist.«

Robert de Baudricourt schien einen Augenblick lang nicht zu wissen, was er tun sollte. Johannas Blick schloß sich um den seinen wie die Fangeisen in seinen Wäldern um das Bein eines hungernden Wilderers. Schließlich zog er sich mit einem Murren die Nachtkappe vom Kopf und verneigte sich tief vor ihr. »Geschehe, was geschehen soll, *Pucelle!*« meinte er, und Yolanda wußte nicht, ob er einen Segen oder eine Drohung aussprach.

Bevor die zweiflügeligen, kunstvoll mit Schnitzereien verzierten Türen des großen Schloßsaals von Chinon sich öffneten, faßte Yolanda Johanna hart am Handgelenk. Mit einem Mal hatte sie Angst: Was, wenn ihr so sorgsam über die Jahre gehegter Plan scheiterte? In diesem Augenblick konnte sie sich nur selbst eine Antwort darauf geben: Sie hatten keine andere Möglichkeit mehr. Die Männer dort drinnen um Karl mußten einfach an Johanna glauben, und ihr Glaube mußte Berge versetzen. Den Berg Frankreich, genauer gesagt.

»Frankreich wird von einer Frau zugrunde gerichtet werden, und eine Jungfrau aus Lothringen wird kommen, um es zu retten!« wiederholte Yolanda murmelnd die alte Prophezeiung.

»Die Frau ist die Königin Isabeau, *la Reine maudite, die verfluchte Königin!* Die Jungfrau aber bist du!«

Die tiefe Ruhe in Johannas Blick erstaunte Yolanda: Dieses Mädchen hatte sein Leben lang unter den Schafen und Ziegen von Domrémy zugebracht. Hier sollte sie nun vor Karl treten, der sich in seiner Schwäche und seinem Zweifel an seiner Geburt weigerte, sich als der siebte König von Frankreich seines Namens anreden zu lassen, und der sein Ohr willig jeglichem verderbten Gelichter lieh!

Was konnte Johanna ausrichten? Andererseits: Was konnte sie noch schaden? fragte sich Yolanda.

Johanna fuhr sich mit der flachen Hand über den nun kahlen Nacken, dort, wo vor vierzehn Tagen noch ihre Haare zu dicken Schnecken aufgerollt waren. Ein zufriedenes Lächeln spielte um ihre schmalen Lippen.

Sie ist so mager in ihrem Hemd aus grobem Leinen, dem einfachen Wams und den Beinlingen aus Ziegenleder, daß man sie mit den kurzen Haaren tatsächlich für einen Knaben halten könnte, sagte sich Yolanda. Sie sah, wie Johanna sich mit einem Mal den Kragen des Hemdes aufband, sich in den Ausschnitt griff und das Medaillon mit dem Bild von Karl an einem Lederband hochzog. Sie streifte es sich über den Kopf und legte es Yolanda in die offene Hand.

»Das brauche ich nicht mehr«, sagte sie schlicht.

»Aber nein, du mußt es behalten! Wer weiß, wozu es gut sein soll! Du mußt den König doch erkennen!« rief Yolanda erschrocken und wollte Johanna das Schmuckstück wieder über den Kopf streifen.

Die hob abwehrend die Hände und schüttelte entschieden den Kopf. »Nein. Gott läßt mich sehen, selbst wenn ich blind wäre. Laßt mich nun hineingehen, Herzogin, ich habe keinen Augenblick mehr zu verlieren. Die Engländer ziehen den Gürtel um Orléans dichter und dichter. Meine Zeit ist nahe.«

Über ihre Augen legte sich ein eigener Glanz, und sie wandte sich zu einem der Soldaten neben der Tür. »Öffnet, Mann, und kündigt Johanna die Jungfrau, *la Pucelle,* an!« forderte sie ihn ruhig auf.

Yolanda wollte sie noch zurückhalten. »Du mußt Karl sagen, daß …«, begann sie.

Johanna legte ihr nur die Finger auf die Lippen, und Yolanda verstummte erstaunt unter der leichten Berührung. »Ich weiß, meine Herzogin, was ich dem Erben von Frankreich zu sagen habe. Gott hat es mir eingegeben, schon vor langer Zeit.«

Der Soldat zog seine Waffe an sich und stand gerade. Die Flügeltüren schwangen auf, und seine Stimme hallte durch den Thronsaal von Chinon. Yolanda glitt gerade noch in den Schatten der Säulen neben der sich öffnenden Tür: Von hier aus konnte sie alles sehen und alles hören, ohne selbst gesehen zu werden.

Der Lärm schlug Johanna aus dem Saal wie die Brandung eines Meeres entgegen, schien es Yolanda. Es klang eher, als ob sich grobes Volk bei einem Tjost vergnügte als der Hof des Dauphins. Die Männer johlten beim Anblick des zarten Mädchens, das nun den Raum betrat. Die Frauen dagegen begannen erst, spöttisch in die Hände zu klatschen, ehe eine von ihnen an den Kleidern Johannas zu ziehen begann. Die anderen schrieen vor Vergnügen auf und taten es ihr nach. Einen Augenblick lang fiel Johanna von einem Arm in den anderen, nicht anders als ein Ball in einem Spiel des *Jeu de paume*.

»Ist es ein Knabe oder ein Mädchen? Laßt es uns herausfinden!« schrie eine Stimme.

»Ausziehen, ausziehen!« johlte jemand anderes.

»Ausziehen!« wiederholte die gesichtslose, grobe Masse, die den Thronsaal ausfüllte.

»*La Pucelle*? Eine Jungfrau? Dem kann ich abhelfen!« lachte ein Höfling und griff sich vielsagend an die buntbestickte Schamkapsel. Er tat, als wollte er sich einige der Bänder daran aufziehen und machte einige Tanzschritte auf Johanna zu, was die Menge um ihn herum wieder zum Brüllen brachte. »Kommt nur drauf an, ob du es nach Art der Jungen oder der Mädchen magst!« schmähte er Johanna.

Er versperrte ihr den Weg und breitete die Arme aus: Mit aufgerissenem Mund begann er wie ein Bär zu grollen. Johanna sah ihn nur an und errötete. Ihre Augen legten sich auf ihn, und es schien, als ob das Gewicht ihres Blickes seinen Leib nach unten zog. Er verstummte, zögerte noch, ließ dann seine Arme fallen und trat beiseite. Sie schritt an ihm vorbei. Mit einem Mal teilte ihr Schweigen den Lärm und die rohe Belustigung des Hofes wie der Bug eines Bootes die Wellen.

Sie ging nun unbeirrt den langen, abgetretenen Teppich auf den Thron am Ende des Saales zu.

Yolanda lehnte sich etwas nach vorne, um besser sehen zu können, und erschrak: Auf dem Thron saß nicht wie üblich Karl, seine schmalen Schultern unter dem Gewicht eines Mantels gekrümmt, sondern Pierre de Giac!

Dem schien seine neue Rolle außerordentlich gut zu gefallen: Er füllte den Thron mit seinem breiten Rücken aus, und seine großen, behaarten Hände lagen bestimmt auf den Armlehnen des Thrones, die in Löwenköpfen mit weit aufgerissenen Mäulern endeten. Yolanda fragte sich: War heute und hier angesichts von Karls Wankelmut und Schwäche nicht alles möglich? Selbst die Krone für einen Emporkömmling und Satanisten wie Pierre de Giac? Wo war Karl? Versteckte er sich wie ein alberner Junge? fragte sie sich.

Ihr Herz machte einen kleinen Sprung: An der Säule neben dem Thronsessel lehnte aufrecht und schweigend Tanguy du Chastel. Yolanda kniff die Augen zusammen und mußte mit einem Mal lächeln: Sie hatte sich nicht getäuscht. Unter der Armbeuge des Chevalier du Chastel lugte Karl mit ängstlichem und gespanntem Blick in die Menge. Wenigstens war er bei dem einzigen Mann zu finden, in dessen Hände sie ebenfalls so viele Male ihr Wohlergehen gelegt hatte: es immer wieder legen würde, bis zu ihrem letzten Atemzug.

Der alberne Höfling lief noch immer hinter Johanna her: »Zeig mir den König, *la Pucelle!* Verneige dich vor dem Mann, dem du das Reich retten willst! *Montre-moi le roi!«* spottete er singend.

Die Menge nahm seinen Ruf auf und wiederholte rauh und rhythmisch: »*Le roi, le roi!«*

Johanna war unterdessen vor dem Thron angelangt.

Pierre de Giac lehnte sich nach vorne, und sein Gesicht nahm einen, wie er glauben mochte, würdevollen Ausdruck an. Johannas Blickt traf den seinen, und er blinzelte einige Male überrascht. Er senkte den Blick und murmelte beschämt: »Ich glaube, ich habe zu lange in die Sonne gesehen!«

Johanna wandte sich leicht nach rechts, hin zu Tanguy du Chastel, der sich nicht gerührt hatte. Von Karl war hinter seinen breiten Schultern unter dem langen, dunklen Mantel nicht viel mehr zu sehen als ein schütterer blonder Haarschopf.

»Weshalb versteckt Ihr Euch vor mir, Sire?« fragte Johanna und trat entschlossen auf ihn zu. Tanguy du Chastel glitt mit einem kleinen, undeutbaren Lächeln beiseite, und Johanna ging vor Karl auf die Knie wie ein Mann. Ein vollkommenes Schweigen legte sich über den weiten Raum.

»Ich will Euch nichts als Gutes. Ich werde Euch das Reich geben, von dem Ihr träumt«, sagte sie leise. So leise, daß nur er sie hören sollte, und doch klang ihre Stimme wie ein Lied durch den Thronsaal von Chinon.

Yolanda sah, wie Tanguy du Chastel Karl nun am Ellenbogen griff und ihn vor die Jungfrau schob.

»Was willst du?« fragte der Dauphin sie mißmutig und trat von einem Fuß auf den anderen.

»Mit Euch reden, Sire. Euch Euren Zweifel nehmen, für immer. Folgt mir in ein Zimmer, allein. Meine Worte werden Euch Kraft für ein Leben geben«, antwortete Johanna sanft. »Für ein Leben als unser König, als König von Frankreich.«

Karl schien zu zögern, ehe er nickte. Nur einige Augenblikke später schloß sich die Tür des kleinen Ratsraumes hinter seinen abfallenden Schultern und dem schmalen, aber aufrechten Rücken des Mädchens.

Yolanda starrte überrascht auf das dunkle Holz, das sie von den Worten trennte, die Gott Johanna eingegeben hatte. Das war so nicht abgemacht gewesen! Sie schluckte einmal, um sich zu beherrschen. Johanna hatte doch nicht etwa vergessen, wer sie hierher nach Chinon gebracht hatte?

⚜

Paris, im Maimond 1429

Liebste Mutter!
Gott scheint sein Gesicht von uns abgewandt zu haben, und die Mächte des Bösen sind um uns, überall. Die Hexe Johanna, die der Teufel seinem Gesellen Karl und meinem Mann Pierre de Giac zur Seite gegeben hat, scheint ihr unseliges Werk zu tun: Jeder weiß, daß sie eine Tochter des toten Königs und der Champdivers ist, doch sie selbst nennt sich von Gott gesandt, und der verzweifelte falsche Dauphin glaubt es ihr auch noch! Ich bin selbst dabeigewesen, als der Herzog von Bedford einen ihrer unverschämten Briefe erhalten hat. »… Gebt der von Gott gesandten Jungfrau die Schlüssel aller Städte, die Ihr unrechtmäßig an Euch gerissen habt. Der Herr im Himmel hat mich gesandt, um Frankreich zu retten. Geht, verlaßt Frankreich von selber, oder die Jungfrau wird Euch übel mitspielen!« Solcher Dünkel muß vom Teufel kommen! Das Weib, das sich so unschuldig la Pucelle nennt, trägt Männerkleider, zerbricht ihr Schwert auf dem Rücken der Felddirnen vor Zorn über deren Unzucht und läßt englische Heerführer hinrichten, wenn sie ihr in die Hände fallen. Nun, unsere Truppen werden keine Gnade mit ihr kennen. Wenn sie schon Männerkleider trägt, so sollen sie mit ihr auch wie mit einem Mann verfahren! Unser Hof wartet nun jeden Tag auf Neuigkeiten aus Orléans. An der Eroberung der Stadt an der Loire hängt für uns vieles: Selbst Madame Katharina ist mit ihrem Sohn Heinrich aus England nach Paris gekommen. Bei Hofe munkelt man, daß sie sich in einen englischen Höfling namens Owen Tudor verliebt hat. Ihre Wangen sind wieder voll und rot, und ihre Augen glänzen wieder, ganz wie damals, als sie versprach, Heinrich von England auf dem Ehebett zu erstechen!

Mutter, gerade wurde ich zur Königin gerufen, und das Unglaubliche, Entsetzliche ist geschehen: Die Hexe Johanna hat Orléans eingenommen! Die Lords Suffolk, Talbot und Scales haben ihre Männer abgezogen und die Belagerung der Stadt aufgehoben. Sie hat mit ihrer verlumpten Horde, ihren Priestern und ihren Psalmen unsere Tausende von Soldaten besiegt! Wir alle sahen uns nur an und verstanden: Der Glaube alleine an dieses Mädchen, dessen Seele in der Hölle brennen soll, gibt dem falschen Dauphin mehr Kraft, als zehn-

tausend neue Waffen und zwanzigtausend frische Soldaten es könnten. Das Wunder, das nicht sein konnte, nicht sein durfte, ist geschehen! Ich muß eilen, meine Königin braucht mich in dieser Stunde. Sie wird wieder nach Johann ohne Furcht rufen, und wir werden gemeinsam weinen. Bete für uns, Mutter!

Jehanne

⚜

»Fabelhaft, fabelhaft! Gott ist wieder auf unserer Seite, nach zehn Jahren der Hoffnungslosigkeit!« rief Karl begeistert und klatschte in die Hände.

Yolanda lachte ebenfalls, obwohl ihr seine Stimme schrill im Ohr klang und sie bei sich dachte: Gott, ja, mit etwas Unterstützung! Aber wenigstens schien der Herr im Himmel ihre Pläne und Taten gutzuheißen. Wenn nur Karl so sehr an die Jungfrau glaubte wie das überhebliche Mädchen an sich selbst, dann würde ihre Glückssträhne anhalten.

Sie beobachtete zufrieden, wie Karls Finger begeistert dem Fluß der Loire auf den Kriegskarten folgte. »Besiegt! Wir haben die Engländer überall besiegt! Jargeau, die Brücke bei Meung, und in Beaugency mußten die Engländer in eine Kirche fliehen und um ihr Leben betteln!« jubelte er und umarmte kurzerhand Tanguy du Chastel, der neben ihm stand.

Karl wandte sich zu Yolanda. »Ich danke dir, daß Gott es dir erlaubt hat, die Jungfrau an meinen Hof zu bringen.«

Dann drehte er sich zu Johanna, die sich nicht hatte setzen wollen. Sie stand still an den Fenstersims gelehnt, und ihr dunkles Wams aus doppelter Leinwand mit den Beinkleidern aus Hirschleder nahm sich gegen den leuchtenden Junihimmel wie eine Mahnung aus.

»Und ich danke dir«, Karl zögerte etwas, ehe er hinzufügte: »Schwester, für all deine Hilfe! Dank dir sind die Engländer wie auch die Burgunder gegen uns machtlos!«

Johanna neigte den Kopf. »Alle Ehre gebührt dem Herrn im

Himmel, Karl. Nur durch Gottes Gnade sind wir den Feinden überlegen«, belehrte sie ihn.

Yolanda runzelte die Stirn, sagte jedoch nichts. Tanguy du Chastel strich sich über den gepflegten Spitzbart und schwieg ebenfalls.

»Ja, ja, natürlich«, verbesserte sich Karl hastig, jedoch ohne Überzeugung. »Was sollen wir jetzt tun?« fragte er dann Yolanda.

Die tauschte einen raschen Blick mit dem Chevalier du Chastel und erhob sich: Sie ging ebenfalls zu dem großen Tisch und legte bestimmt ihren Zeigefinger, an dem in einem schweren Ring der Rubin der Anjous leuchtete, in die Mitte der Karte.

»Was schon? Was bleibt einem König zu tun, als seine Hauptstadt wieder zu erobern? Wir marschieren nach Paris! Wir müssen Paris wiedergewinnen«, bestimmte sie.

Ihr Blick begegnete den Augen von Tanguy du Chastel und Karl. Zwischen ihnen regte sich die alte Verbundenheit durch die Erinnerung an den verlorenen Kampf um Paris vor vielen Jahren: jene Nacht, in der sie ihm das Leben gerettet hatten. Jene Nacht, in der er den Schwur getan hatte, Frankreich zu einen und zu beherrschen.

Karl nickte stumm, doch da sagte Johanna mahnend vom Fenster her: »Ihr vergeßt dabei eines!«

Alle drei drehten sich zu ihr, und Yolanda schlug den reichbestickten Saum ihrer Ärmel aus dichtgewebtem Seidenstoff zurück. »Nämlich?« fragte sie kühl.

»Karl, Ihr werdet nicht König, nur weil Euer Vater König war und der Herr ihn zu sich geholt hat. Ihr könnt nur dann König sein, wenn Ihr von Gott gesalbt und in Seinem Namen in der Kathedrale von Reims gekrönt werdet. So, wie alle Könige Frankreichs es vor Euch waren, und auch Euer Sohn es sein soll. Ihr regiert nicht in Eurem Namen, sondern in *Seinem*, im Namen des Herrn«, erklärte Johanna ruhig.

»Unsinn«, unterbrach Yolanda sie unwirsch. »Das ist Zeitverschwendung. Paris, sage ich! Wir müssen nach Paris.« Tanguy nickte bekräftigend. Mit der Hauptstadt hatte er noch eine Rechnung offen, das wußte Yolanda.

Karl sah von Yolanda zu Johanna und wieder von Johanna zu Yolanda. Er wiegte seinen Kopf auf dem dürren Hals hin und her. »Die Jungfrau hat recht«, entschied er schließlich. Die Idee der Würde, der Wurzel seiner Bestimmung schien ihm zu gefallen.

»Wie willst du denn nach Reims kommen? Die Stadt liegt mitten im von den Engländern besetzten Gebiet!« fragte Yolanda ungeduldig und fuhr mit der Hand über die Karte, dort, wo die Champagne eingezeichnet war: Die Wunden des ehemals blühenden Landstrichs wollten nicht vernarben, und auf seinen Weinbergen wuchs nun dichter Wald.

Johanna richtete sich auf und zog sich das Wams unter dem Gürtel mit ihrem Beutel und Dolch gerade. »Laßt das meine Sorge sein, Herzogin«, sagte sie schlicht.

Yolanda senkte gehorsam den Kopf zum Gebet, als der Erzbischof von Reims vor seinem Hochaltar aus grauem und rotem Marmor auffordernd die Arme hob. Die Kathedrale war gefüllt mit dem Hofstaat, der in seinen farbenprächtigen Festtagskleidern glänzte wie die Edelsteine in der Krone, nach der der Erzbischof nun griff. Sie wog so schwer, daß sie das Kissen, auf dem sie ruhte, tief niederdrückte. Yolanda lauschte durch die plötzliche Stille, die die Kathedrale lauter füllte als jeder Jubel, nach draußen, ehe der Chor anhob zu singen. Ihre Gedanken wurden von den engelsgleichen Stimmen der Knaben an dem vielfächrigen Spiel der Säulen vorbei auf den Vorplatz der Kirche getragen, dorthin, wo nun wohl das Heer in der Bewegung einer Welle niederkniete: alle zwölftausend Mann, die Johanna auf irgendeine ihr unbegreifliche Weise ausgehoben und durch Feindesland nach Reims geführt hatte. Kein Dorf stand mehr zwischen der Loire und der Seine, kein Stück Vieh graste mehr auf den satten Weiden, auf denen nun junger Wald sproß, und kein Mensch, der rechten Sinnes war, lebte hier noch. Niemand als verstreute Söldner – *les écorcheurs* – und Engländer oder Burgunder waren in der Champagne anzutreffen. Aber nun waren die Männer hier in Reims: Die Truppen und ihre Führer wollten nun ebenfalls für den Mann beten, der hier vor dem Altar unter dem Gewicht des mit Hermelin ausgeschlagenen Krönungsmantels aus veilchenblauem Samt beinahe zusammenzubrechen schien. Der Kragen des Mantels reichte bis hoch an seine Ohren, und seine Handgelenke wirkten schmal und knochig unter der doppelt gefalteten Fellmanschette. Yolanda heftete ihren Blick auf Karls Profil, als er gerade seine Hände flach vor der Brust faltete und ehrfürchtig vor dem Erzbischof den Kopf senkte. Er kniete unter einem gefalteten Baldachin aus nachtblauer Seide, auf dem statt der Sterne die goldenen Lilien Frankreichs glänzten. Das Licht, das hundertfach gebrochen und gefiltert durch die bunten Glasfenster der Kathedrale strömte und ihr Schiff erfüllte wie ein hohes Lied, tanzte auf seinem schütteren blonden Haar, als der Erzbischof seine Finger sorgsam in das Salbgefäß tauchte. Er zeichnete erst ein Kreuz in die Luft, ehe er es leise den Segen murmelnd mit geweihtem Öl auf Karls bleicher Stirn nachzog. Als er dann die Krone hob, glitt Yolandas Blick weiter, hin zu der schmalen Gestalt, die in einer glänzenden Rüstung aufrecht neben Karl stand. Das Licht schien Johanna zu umfließen wie ein mächtiger Strom eine Insel. Es prallte ab an dem eigenen Strahlen, das auf dem Gesicht des Mädchens lag, als es nun den Kopf in den Nacken legte und zu ihrem Schöpfer aufsah. Yolanda bemerkte, daß die Augen der Jungfrau wie vor Verzückung verdreht waren. Es lief ihr kalt über den Rücken: Wer auf Erden war dieses Mädchen wirklich? Ihr Geschöpf, das Gottes oder das des Teufels? zweifelte sie für einen Augenblick. Sie sah, wie Johannas Hand in dem metallenen Handschuh fester nach ihrem Banner griff – reine weiße Seide, auf der die Lilien von Frankreich um eine Hand mit einem Schwert sprossen –, als der Erzbischof langsam, ganz langsam die Krone auf Karls Haupt senkte. Einen Augenblick lang schien es, als wollten seine Schultern unter dem Druck des Ornats nachgeben, dann jedoch straffte er sich und hielt der Würde des Königtums, dem Erbe aller Herrscher Frankreichs vor ihm, gehorsam stand. Er legte nun seine Hand auf den ihm dargebotenen Ellenbogen des Erzbischofs und erhob sich langsam und vorsichtig unter dem Aufbrausen der Orgel und dem Jubel der Knabenstimmen des Chors. Er sah kurz und dankbar nach oben, hin zu dem Blütenkranz der großen Rose hoch unter dem sich teilenden Kreuzgewölbe des langen Kirchenschiffes und dem purpurnen Glühen der kleinen Rose der Marienlitaneien, die über dem Kirchenportal eingelassen war.

Yolanda lächelte ihm ermutigend zu; er aber drehte sich zu Johanna, die nun langsam und trotz der Rüstung mit Anmut vor ihm in die Knie ging.

»*Mon roi! Vive le roi! Vive le roi!*« sagte sie, und ihre helle Stimme ließ ein Raunen durch die Menge der Anwesenden gehen: Es war das erste Mal, daß sie Karl als König von Frankreich anredete. Einen Augenblick lang spürte Yolanda die widerstreitenden Gefühle der Menge: Empfanden sie Furcht oder Ehrfurcht vor Johanna?

Die wiederholte nun ihre Worte: Eine Aufforderung, die keinen Widerspruch mehr duldete, und nun riß ihr Ruf den Hofstaat mit sich, als sei er ihrem Wesen so hilflos ausgeliefert wie ein brüchiger Damm der ersten Sturmflut des Frühlings, wie der Weizen dem Wind auf einem Sommerfeld.

»*Vive le roi! Vive le roi!*« dröhnte es durch das Haus Gottes.

Dies ist ein Schlachtruf, sagte sich Yolanda, und in diesem Augenblick hatte sie ihre Entscheidung getroffen: Johanna die Jungfrau, *la Pucelle,* war in dem nur einen Jahr ihrer Macht gefährlich geworden. Nun, sollte sie im Herbst ihr Heer gegen die Mauern von Paris führen. Sollte sie diese Aufgabe erfüllen, konnte man weitersehen.

⚜

»Das kannst du nicht tun! Das darfst du nicht! Es sieht aus wie Feigheit und Verrat, wenn du nun die Regentschaft an Philipp von Burgund abtrittst. Gerade jetzt! Und weshalb? Bloß weil ein Weib in Männerkleidern nach Paris drängt und die Porte Saint-Honoré und die Porte Saint-Denis belagert?« fuhr Isabeau den Herzog von Bedford an.

Der schüttelte den Kopf. »Ich brauche meine Kraft für die Normandie«, sagte er nur, mied aber dabei ihren Blick.

»Die Normandie? Was bedeutet schon die Normandie gegen das gesamte Königreich?« fragte sie erstaunt.

Der Herzog von Bedford lehnte sich in seinem Ratsstuhl zurück und legte die Fingerspitzen aneinander. »Du scheinst den letzten Wunsch meines toten Bruders zu vergessen: Er hat mir aufgetragen, vor allen Dingen die Normandie zu bewahren«, erklärte er. Dann drehte er das nun beinahe ausgemergelt scheinende Gesicht zum Fenster, von wo das trostlose Grau des Septembertages sich mit der bleiernen Entschlossenheit seines Wesens vermischte. Isabeau musterte ihn einen Augenblick lang stumm, ehe sie sich erhob und die Hände flach auf den Ratstisch legte. Die Ringe an den Fingern funkelten dabei, als fingen sie noch die letzte Freude im Raum mit ihrem verführerischen Glitzern ein.

»Du hast Angst! Die letzten Worte Heinrichs sind nur ein Vorwand. Du hast Angst vor ihr, vor dieser Hexe!« hielt sie ihm entgegen.

Der Herzog antwortete ihr nicht.

Isabeau nahm dies als Eingeständnis und warf den Kopf in den Nacken. »Ich kann es nicht glauben! Ich sage dir doch, dir und all deinen Männern, sie ist nicht von Gott gesandt, sondern wie ihr Vater, mein seliger Mann, wahnsinnig! Sie ist ein Bastard des Königs und will sich wichtig machen, sonst nichts.«

Der Herzog zuckte mißmutig mit den Schultern. »Wer sagt, daß ihr Wahnsinn und ihre Macht nicht die Gnade Gottes sind?« fragte er leise. »Sie ist unbesiegbar. Sie ist unverwundbar. Die Männer deines Sohnes glauben, unter ihrer Führung einen heiligen Krieg zu führen.«

»Du hast Angst«, wiederholte Isabeau nur und suchte seine Augen mit ihrem Blick.

»Ja, ich habe Angst. Bist du nun zufrieden?« fuhr er sie an und stand ebenfalls auf. Er trat ans Fenster, das ihm den Blick auf Paris erlaubte. »Wo soll all dies noch hinführen? Was sollen wir zuerst verteidigen gegen *la Pucelle*? Diese Stadt, durch deren Straßen mehr Wölfe als Menschen streichen, oder die Normandie, die uns mit ihren Einkünften erlaubt, zu leben und diesen verdammten Krieg zu führen?« fragte er.

Schweigen legte sich zwischen sie wie der dichte Nebel, der schon am Mittag jenes September die Ufer der Seine den Blikken entzog. Isabeau wußte nicht, was sie ihm entgegnen sollte. Dieser verdammte Krieg, den niemand mehr wollte, der aber immer weiterging, weitergehen mußte: Es war schon zuviel geschehen, als daß es anders hätte sein können.

In diesem Augenblick öffnete sich ohne Ankündigung die Tür des kleinen Ratsraumes im Châtelet, und herein purzelten die Zwerge und die langohrigen, sabbernden Hunde des Herzogs von Burgund, gefolgt von ihm selbst. Isabeau hob erstaunt die Augenbrauen: Er zog einen einfachen Soldaten am Ellenbogen hinter sich her, der mit seiner anderen Hand eine Armbrust umklammert hielt. Der Mann wagte es kaum aufzusehen, doch Philipp stieß ihn mit vor Aufregung glühenden Wangen in die Mitte des Raumes. »Wiederhole, Mann, was du mir eben gemeldet hast, und gnade dir Gott, wenn du nicht die Wahrheit sprichst!« drohte er dem Soldaten.

Der Mann ging vor Isabeau in die Knie und stammelte: »Meine Königin!«

»Sprich«, befahl sie ihm knapp.

»Die Jungfrau ist verwundet! Ich selbst habe sie mit dieser Armbrust von ihrem Zelter geholt!« Er hob seine Waffe und musterte sie, als sei er sich nicht sicher, ob es sich dabei nicht um ein Werk des Teufels handelte. »Ich schwöre es bei allem, was mir heilig ist! Sie hatte meinen Bolzen im Oberschenkel, und ich habe sie fallen sehen!«

»Was dann?« fragte der Herzog von Bedford und kam eilig um den Ratstisch herumgelaufen, so daß er dem Mann nun gegenüberstand. Er packte ihn bei den Schultern und rüttelte ihn. »Haben die Truppen des falschen Dauphins sich wie ein Mann um sie geschlossen, um sie zu retten? Hat sich der Himmel geöffnet, und hat eine Wolke sie deinen Blicken entzogen? Oder wurdest du von einem überirdischen Strahlen geblendet, bis sie sich retten konnte?« wollte er wissen.

Der Soldat ließ seine Armbrust sinken und schüttelte den Kopf. »Nein, eben nicht. Ich konnte sie genau von meiner Zinne aus sehen. Sie ist wohlgestaltet«, sagte er anerkennend, ehe er weitersprach. »Die Truppen des Verräters sind wie die Hasen gerannt, als sie *la Pucelle* fallen sahen, aber keiner von ihnen hat versucht, sie zu retten! Sie lag dort bis zum Einbruch der Nacht hilflos auf dem Schlachtfeld, zwischen den Leichen, den Verwundeten und den trampelnden Hufen der Pferde, bis ich erkennen konnte, wie zwei Soldaten sie im Schutz der Dämmerung davontrugen«, schloß er. »Es wirkte eher, als ob zwei wilde Hunde einen Knochen in die Büsche schleiften.«

Isabeau drehte sich zum Herzog von Bedford, und sie hörte ihre eigene Stimme vor Erregung beben, als sie sagte. »So, *la Pucelle* ist unverwundbar, unbesiegbar? Wir werden ja sehen! Tausend *Livre tournois* dem Mann, der sie gefangennimmt, sei es ein Engländer, ein Burgunder oder einer der *faux francais*, die sich um meinen Sohn rotten!« rief sie.

Ihre Worte öffneten einen unbekannten, unbeschrittenen Weg zwischen den Anwesenden: einen Pfad im Wald des Zweifels, der Furcht und der Ungewißheit, und jeder der Männer nickte, bereit, ihn zu wagen.

⚜

Yolanda legte sich die flache Hand an die Augenbrauen, um im hellen Licht des Mai das Schlachtfeld unter ihrer Anhöhe besser betrachten zu können: Seit einer Woche lagen die Truppen unter der Führung der *Pucelle* vor Compiègne. Es hatte am Tag zuvor wie auch die ganze Nacht hindurch geregnet, und die Sonnenstrahlen des jungen Morgens brachen sich nun funkelnd in den Tropfen, die die Zweige der Büsche und die Äste der Bäume schwer und triefend nach unten hängen ließen. Sie trat unruhig von einem Fuß auf den anderen: Die feinen Ledersohlen ihrer Schnabelschuhe waren bereits von dem feuchten Gras durchweicht. Yolanda seufzte: Sie war nicht mehr gerne im Feld, es war einfach zu unbequem. Das muß das Alter sein, sagte sie sich. Obwohl ihr Zelt, dessen buntgestreifte Klappe aus gewachstem Leinen hinter ihr offenstand, um die frische Morgenluft in das Innere dringen zu lassen, mit aller nur möglichen Bequemlichkeit ausgestattet war, fehlte ihr die tröstliche Stärke der Burgmauern und die bekannte, ihrem Rücken wohltuende Härte ihrer eigenen Matratze. Wählt man so unbewußt das Bett, in dem man stirbt? fragte sie sich. Indem man jedem Wechsel im Leben mit wachsender Unlust entgegensieht? Gott gebe mir die Kraft, mein Werk zu Ende zu führen! Ihr schauderte: Eine Brise kam auf, und sie zog sich mit der anderen Hand ihren Surkot aus mit Ranken und Vögeln besticktem Samt dichter um ihren Leib. Der Biberpelz des Kragens streichelte ihr Kinn. Ins Feld nahm sie nur ihre wärmsten Kleider mit: Es war irgendwie immer kalt und feucht, wo man nur ging und stand. Wo hatte ihre Magd gestern abend ihre Stiefel gelassen? Unachtsames Stück.

Eine Bewegung im lagernden Heer fesselte mit einem Mal ihre Aufmerksamkeit. Aus dem Grau der erschöpften Gesichter der Soldaten, aus dem traurigen Flickenteppich der Fetzen und Lumpen ihrer Kleider, aus dem Matsch des zertrampelten Feldes hob sich das helle Fell eines Schimmels ab, der unruhig unter dem festen Griff seiner Reiterin tänzelte. Vor dem verwaschenen Blau des Himmels leuchtete die weiße Seide des Banners, dem die Männer seit mehr als zwei Jahren auch blind und lahm noch folgen wollten. Vom flachen Feld stieg nun mit dem dichten, qualmenden Rauch der Lagerfeuer ein Ruf bittend in die Höhe: »*La Pucelle! La Pucelle! Que Dieu nous donne la victoire!* Gott möge uns den Sieg schenken!«

Yolanda kniff die Augen zusammen, um Johanna besser sehen zu können. Ihr Angriff auf die Mauern von Paris im vergangenen August war erfolglos geblieben: Die Pariser hielten Burgund die Treue, wohl auch aus Furcht vor möglichen Racheakten von Karls Truppen und den letzten Armagnacs unter ihnen, wenn sie erst einmal in der Stadt waren. Sie sah, daß Johanna sich wieder gerade und sicher zu Pferd hielt: Ihre Verwundung vom vergangenen Jahr schien gut geheilt zu sein. Die Jungfrau ritt die Linien ab und musterte die Truppen, die schon ihre Stellung bezogen hatten. Sie machte kehrt und schien sich noch kurz mit den anderen Heerführern über den bevorstehenden Angriff auf die Mauern der Stadt zu beraten.

Yolanda hörte hinter sich Schritte durch das Gras kommen,

und Karl trat nun neben sie. Auch er besah sich das offene Schlachtfeld, die Mauern von Compiègne und das Mädchen, das gerade seinen Hengst steigen ließ und als Zeichen zum Angriff den Arm hob. Die Mauern der Stadt wurden mit einem Mal belebt: Yolanda sah die englischen Bogenschützen Mann auf Mann in dichten Reihen aufziehen und die Burgunder Soldaten in den großen Kesseln mit Pech rühren. Wenn Burgund nur auf unserer Seite wäre, fuhr es ihr durch den Kopf, dann könnten wir die Engländer besiegen.

»Meinst du wirklich, sie kann siegen?« fragte Karl sie gerade leise in diese Gedanken hinein. So leise, daß keiner seiner Begleiter ihn hören konnte. »Meinst du wirklich, es ist Gott, der sie uns sendet?« hörte sie ihn fragen.

Yolanda löste ihre Augen nicht von der Jungfrau, die nun im gestreckten Galopp über das offene Feld auf die Stadt zuflog. Ihre Rüstung aus bester Nürnberger Schmiede glänzte im Sonnenlicht, und sie hielt ihr Pferd mit der einen Hand fest in seiner Richtung, während ihre andere das Banner hoch wie einen Siegesruf schwenkte. Die Tore der Stadt öffneten sich auf ein Hornsignal hin, ein dunkler Rachen, der Menschen spuckte, und heraus schwärmten die Engländer und die Burgunder wie Bienen aus ihrem Bau: Sie bezogen rasch und geübt Stellung, marschierten vorwärts, und von den Mauern fielen die Pfeile auf die Angreifer nun dichter als Hagel. Der Gestank nach brodelndem Pech, gemischt mit dem Qualm des Feuers und der ekelhaften Süße von erstem vergossenen Blut stieg Yolanda in die Nase: der Gestank des Krieges. Es dauerte nur einige Atemzüge lang, bis beide Heere ineinander verbissen waren, nicht anders als zornige Hunde auf einem Marktplatz, aufeinandergehetzt von zwei Herren, denen es nur um den Einsatz und nicht um das Leben der Kämpfer ging. Die Jungfrau hatte ihr Schwert gezogen, Yolanda sah es wieder und wieder im Licht des Morgens aufblitzen, als sei es ein Sonnenstrahl des Glaubens in der Finsternis des Kampfes.

»Ich weiß es nicht. Wir werden sehen, ob sie siegt«, antwortete sie Karl auf seine Frage.

»Und wenn sie nicht siegt? Wenn sie gefangengenommen

wird?« Seine Stimme strich an ihrem Ohr vorbei, und Yolanda atmete tief durch.

»Dann brauchen wir sie nicht mehr. Dann hat sie ihre Bestimmung bereits erfüllt; deine Männer wissen, daß sie siegen können, und du bist der gesalbte und gekrönte König von Frankreich«, entschied sie.

Karl nickte bedächtig. »Ja. Ich bin der gesalbte und gekrönte König von Frankreich«, wiederholte er zufrieden, »während mein englischer Neffe nicht gesalbt worden ist! Und die Engländer werden schon müde werden, eines Tages. Sie haben doch ein eigenes Land, um das sie sich kümmern müssen! Auch der Verräter Burgund wird zur Vernunft kommen.« Seine Stimme klang besonnen, so, als könne er diese Entwicklung in Ruhe abwarten. Seine Zeit würde kommen. »Und ich bin der letzte lebende Sohn des Königs«, fügte er hinzu. Yolanda blickte ihn an und wußte mit einem Mal, wie Johanna Karl in Chinon seine Zweifel genommen hatte. Ja, es gab in der Königsfamilie ein uneheliches Kind, aber es war nicht er, sondern sie selbst!

Ehe sie ihm jedoch antworten konnte, griff Karl nach ihrem Handgelenk und preßte es so hart, daß sie aufschrie.

»Sieh doch! Sieh doch nur!« keuchte er erschrocken, und sie folgte seinem Blick.

Dort unten, im pochenden Herzen der Schlacht, hatte sich um einen einzelnen Reiter ein Ring aus Engländern und Burgundern gebildet. Yolanda sah, wie Johanna ihren Schimmel verzweifelt drehte und wendete, aber das Tier konnte nicht durch die sich dichter und dichter schließende Mauer der Feinde brechen. Sie legte sich gegen ihren eigenen Willen die Hand vor den Mund, vor Schreck, vor Staunen über das, was sie sah: Johanna schlug mit ihrem Schwert auf die herandrängenden Männer ein, aber sie mußte ihren Schwung überschätzt haben, denn der Stahl glitt ihr aus der Hand, er wirbelte mit einem Mal hoch durch die Luft und tauchte irgendwo in der Flut aus Menschen unter. Die Burgunder schrieen auf und schienen Mut zu fassen: Yolanda sah, wie Johanna nun ihr Banner hob, um mit dessen Stiel auf die sie umringenden Soldaten einzustechen und zu schlagen. Sie sah aber auch, wie das Schlachtfeld sich um die Jungfrau herum leerte: Ihre eigenen Truppen liefen wie die Hasen davon, als sie Johanna umringt sahen; es schien, als folgten sie wie das Meer bei Ebbe einem geheimnisvollen Sog, der sie in Schutz und Dekkung brachte. Niemand wollte sein Leben für das ihre geben, niemand wagte es anscheinend, sie dem Griff des Feindes zu entreißen. Yolanda meinte nun, Johanna schreien zu hören: Das Mädchen kippte im Sattel nach hinten, die Eisen an ihren Schenkeln und Schienbeinen blitzten im Licht der Mittagssonne auf, und sie fiel: fiel inmitten des schäumenden Strudels der sie umgebenden Soldaten. Hatte man sie an ihrem Mantel vom Pferd gezogen? Sie entschwand Yolandas Blicken, ging unter in dem Sog, der sich um sie herum bildete. Einmal noch ragte ihr Banner auf, dann hing es in Fetzen von seinem nun gebrochenen Stab, nicht anders als das Segel eines einstmals stolzen Schiffes nach einem Sturm.

Das Kaminfeuer der Kemenate in Saumur brannte hoch und tröstlich. Yolanda griff noch eine Handvoll von den Kastanien, die ihre Diener am Nachmittag im Park gesammelt hatten und die dann in den Küchengewölben gewaschen und geschlitzt worden waren, so daß sie sie nur noch auf das Gitter über den Flammen legen mußte, ehe sie sie verzehrte. Der November war der Monat der Kastanien und der gestopften Gänseleber. Sie beobachtete, wie die Hitze des Kamins die Haut der Früchte platzen ließ, wie die Schale um den Spalt erst dunkel und dann schwarz wie Kohle wurde und wie das weiche, köstlich würzige Innere der Kastanien einen goldenen Ton annahm. In Gedanken versunken griff sie nach ihrem Kelch aus gehämmertem Silber, der neben ihrem hohen Lehnstuhl auf einem niedrigen Tisch aus Zedernholz und Elfenbein stand: Das Möbelstück hatten ihre Vorfahren, die Herrscher von Aragón, von einem der letzten Kreuzzüge mitgebracht. Die Kastanien auf dem Rost über dem Feuer knackten leise, Yolanda trank von dem schweren, gewürzten Rotwein und dachte nur: Bald sind sie gar. In diesem Augenblick öffnete sich die Tür, und Marie betrat den Raum, gefolgt von zweien ihrer Töchter.

Yolanda lächelte ihre Tochter und die Enkelkinder an: »Kommt, Mädchen, setzt euch zu mir, wir rösten Kastanien!«

Marie lächelte matt und nahm umständlich Platz, denn sie war durch ihre mittlerweile jährlichen Schwangerschaften üppig geworden: Sie ist fett, dachte Yolanda teilnahmslos, aber sie schenkt Frankreich jedes Jahr ein Kind, und Karl wird ihrer nicht müde. Marie schnaufte leise, als sie versuchte, neben ihrem Fleisch auch noch die Fülle ihrer Unterkleider und ihres Surkots in dem freien Lehnstuhl unterzubringen. Als sie saß, zog sie sich ein Spitzentuch aus dem schmalen Ärmel und tupfte sich damit den Schweiß von der hohen, noch faltenlosen Stirn unter ihrer Wulsthaube. Ihre Töchter ließen sich geschmeidig um sie herum auf dem weichen Teppich nieder, und eine von ihnen faßte mit der bloßen Hand nach den Kastanien. Yolanda wollte nach ihrem Handgelenk greifen, doch es war schon zu spät: Das Kind heulte auf, und als es seine verbrannten Fingerkuppen zurückzog und Marie sie tröstete, dachte Yolanda zum ersten Mal seit langem an Johanna: *La Pucelle* war von den Burgundern an die Engländer ausgeliefert worden. Sie saß nun fest in den finsteren Verliesen von Rouen. Man hatte kein Lösegeld für sie verlangt, und Karl und Yolanda wollten auch keines zahlen. Ihr Schicksal war damit besiegelt. Die Anklage lautete auf Ketzerei, und darauf stand nur eine Strafe: der Tod auf dem Scheiterhaufen. Yolanda seufzte und griff nun selbst nach einem Löffel aus Elfenbein und Silber und fegte damit die heißen Kastanien von ihrem Gitter auf einen Teller, den sie ihren Enkelinnen hinhielt. Sie sah auf die garen, duftenden Früchte; sie sah auf ihre Enkelin, die sich jammernd auf die Finger blies, und trotz der Wärme des Kamins schauderte ihr mit einem Mal. Vielleicht ist der Henker gnädig und erwürgt Johanna, ehe sie die Flammen spürt, dachte sie und bekreuzigte sich.

⚜

»Meinst du wirklich, dies war die richtige Entscheidung?« fragte der Herzog von Bedford.

Er sah aus dem Fenster hinaus auf den Hof des Louvre, wo das Kind Heinrich von England gerade auf seinen prachtvoll geputzten und geschmückten Zelter gehoben wurde. Isabeau trat neben ihn und betrachtete den Knaben stolz: Seine blonden Haare hatten dieselbe Farbe wie seine vor Goldlahn steifen Kleider. Sein ebenfalls mit Gold bestickter weißer Mantel verschmolz mit dem gestriegelten Fell seines Schimmels. Er sah aus wie ein Geschöpf des Himmels. Und der Himmel stehe ihm bei an diesem Tag, dem Tag seiner *joyeuse entree*, fügte Isabeau in Gedanken hinzu: Heinrich sollte heute als König von Frankreich in Notre-Dame einziehen. Wie lange hatte sie auf diesen Tag gewartet?

Sie nickte deshalb: »Der Verräter Karl hat sich in Reims salben und krönen lassen, Heinrich wird eben in Paris gesalbt und gekrönt, der Hauptstadt seines Reiches. Dann werden wir ja sehen, wer der wahre König von Frankreich ist!«

Mit diesen Worten richtete sie sich entschlossen den Schleier aus feinster Spitze über ihrer mit Edelsteinen besetzten Hörnerhaube. Dabei raschelte der vor Silberstickerei steife Damast, mit dem ihre weiten Trompetenärmel gefüttert waren. »Und nun komm, oder soll Heinrich ohne uns gekrönt werden?« fragte sie nachdrücklich und winkte ihrem Pagen, der herbeieilte, um ihre Schleppe aufzunehmen.

Der Herzog von Bedford nickte und folgte ihr aus dem Zimmer: hinaus in den endlosen Gang des Louvre, hinaus in den von hohen Zinnen bewachten schattigen Hof, hinaus in den kalten Wintertag von Paris, hinaus unter den Himmel, der so grau und freudlos wirkte wie das Leben der Menschen in der Stadt.

Isabeau drehte den Kopf auf den Kissen, doch der Schlaf wollte sich nicht zu ihr gesellen. Es knackte im Kamin, der Wind fuhr um ihre Fenster im Hôtel Saint-Paul, und sie lauschte in die Dunkelheit. Der Atem wurde ihr knapp vor Spannung. Wer war dort? Ihr Mann, Gott hab ihn selig? Oder der Geist des Menschen, den sie heute bei der Krönung ihres Enkels am liebsten an ihrer Seite gehabt hätte, Johann ohne Furcht? Vielleicht hätte er noch lachen können über alles, was heute geschehen war. Das zornige Schweigen der Pariser, als Heinrich mit hocherhobenem Kopf an ihnen vorbeiritt: Keine einzige Steuer war zur Feier des Tages abgeschafft worden. Der Bischof von Paris, der der Krönung tatenlos hatte zusehen müssen, während ein anderer Priester in englisch die heilige Messe las. Die englischen Soldaten, die nach der Salbung umgehend und ohne Scheu begannen, das Kirchensilber zu stehlen. Die Faustkämpfe bei Tisch während des Krönungsbanketts. Die Masse des Volkes, der Mob mit hungrigen Augen und einem einzigen, weit aufgerissenen Maul, der sich seinen Weg in den Saal erzwang, um sich endlich einmal wieder satt zu essen. Die Gefangenen in der Bastille, die umsonst auf eine Begnadigung gehofft hatten. Die Kranken im Hôtel Dieu, unter denen kein einziges Almosen verteilt worden war. Eines jedoch hätte auch Johann ohne Furcht nicht mehr belustigt: Die beleidigend offensichtliche Abwesenheit seines Sohnes Philipp bei den Feierlichkeiten. Isabeau spürte eine Kälte durch ihre Knochen ziehen, die nichts mit dem Frost der Winternacht zu tun hatte. Johanna die Jungfrau, *la Pucelle,* war in den Flammen ihres Scheiterhaufens in Rouen gestorben, doch der Glaube und die Stärke, die sie Karl gegeben hatte, lebten weiter. Der Glaube, der nun auch Philipp von Burgund auf seine Seite zog: Lange, so wußte sie, würde er nicht mehr für ihre Sache kämpfen. Dies wäre dann das Ende. Das Ende ihres Traumes, das Ende ihrer Hoffnung. Das Ende meines Kampfes, dachte sie mit einem Mal, und eine bis dahin nie gekannte Ruhe kam über sie. Die Geschichte soll mich richten, dachte sie noch. Ich habe alles versucht, so, wie ich es für das Beste hielt.

Es knackte wieder in den Dielen ihrer Kemenate.

Sie setzte sich auf und flüsterte voll Hoffnung: »Johann, bist du das?«

Noch ehe sie den Satz zu Ende gesprochen hatte, zog endlich eine süße Schwere sie mit sich: Sie seufzte und ließ sich in die Arme dieses Schlafes fallen wie durch eine Falltür in die Dunkelheit.

⚜

Paris, im September 1435

Meine Mutter!
Wie schwer es mir fällt, die Feder für diese Worte zu ergreifen. Ich weiß, daß dies mein letzter Brief an Dich sein wird und die letzte Spur meines unbedeutenden Daseins auf dieser Erde. Meine Königin ist gestorben, und ich bin vom Herzog von Bedford aus den Diensten des Hofes entlassen worden. Der Tod kam rasch zu ihr, zu rasch, als daß auch ich nach seiner Hand hätte greifen können. Nur ich war mit auf dem Nachen, der ihren Leichnam die Seine hinunter nach Saint-Denis brachte. Nur meine Lippen und mein Herz sprachen die Bitte für ihr Seelenheil aus. Schließlich haben wir mehr geteilt als unsere Liebe zu Johann: Auch sie wollte Größeres schaffen, als sie es vermochte. Als die Frau eines Bürgers hätte sie ein glücklicheres Leben geführt. Noch ehe ich mich nach ihrem Tod fragen konnte, wohin ich mich nun wenden sollte, erhielt ich ein Billett von Pierre de Giac. Als ob es mit seinem Gesellen, dem Teufel, zuginge! Pierre beordert mich an seine Seite zurück, »wie es sich für ein treues und liebendes Weib gehört!« schreibt er, und seine Worte machen mich nur lachen. Was weiß er von Treue? Ich habe treu gedient und wurde nicht belohnt dafür. Ich habe geliebt und habe verloren. Ich wollte Gutes tun und habe nur das Schrecklichste auf Erden damit erreicht. Dann aber kam mir ein Gedanke, das Lachen verging mir und machte einem stillen, freudigen Verstehen Platz: Pierre soll mir nur einmal in meinem Leben von Nutzen sein. Er wird mir nun den letzten, größten Dienst erweisen und tun, was ich selber nicht vermochte. Denn: Was, wenn er nun von meiner Liebe zu Johann erfährt und meiner Treue zu dessen Sache? Was, wenn er die Briefe meines Geliebten findet, die ich jeden Morgen und jeden Abend lese, treuer als die Bibel selbst? Was, wenn er versteht, was es mit dem Siegelring auf sich hat, dem einzigen Schmuckstück, das ich nur im Tod ablegen werde? Ich habe keine Angst, Mutter: Ich konnte in all den Jahren, die ich ohne Johann hier leben mußte, nie Hand an mich legen. Dazu liebe ich Dich und fürchte ich den Herrn zu sehr. Pierre wird es nun für mich tun: Ich kenne ihn und werde ihn mit der Wahrheit in seinem Jähzorn reizen, über den er alles andere vergessen wird. Ich hoffe, daß es kein gnädiger, rascher Tod sein wird. Ich will leiden, denn

ich muß bezahlen für meine Sünden. Das Sterben ist nur eine kurze Nacht, der Tod die Morgenröte, und am leuchtenden Tag des ewigen Lebens sehe ich mich schon mit Johann und unserem Kind auf ewig verbunden. Meine Mutter, so hat Dich Deine ganze Familie nun verlassen, aber doch nur, um auf immer bei Dir zu sein. Auch wir sehen uns wieder. Ich danke Dir für alles.

Jehanne

⚜

Yolanda bewegte die Zehen in ihren hohen Reitstiefeln und drückte ungeduldig die Hacken in den Steigbügel durch. Ihr Pferd, wie auch die Rösser ihrer Begleiter, zupfte friedlich mit lang hängenden Zügeln an den letzten Halmen, die noch auf den nun brachliegenden Äckern standen. Es war ein frischer Septembermorgen: Der Himmel nördlich der Somme wölbte sich weit und frei über die Ebenen bei Arras, und der frische Tau legte sich wie ein Schleier vor den noch warmen Schein der Sonne. Letzte Nebelschleier lagen über der glänzenden Scholle. Der Sommer war heiß gewesen, und in der Luft lag ein Geschmack nach fruchtbarer Erde. Yolanda schloß kurz die Augen und sog die Morgenfrische ein wie den Duft eines guten Weins. Das Land vor ihr könnte auch ein friedliches sein: Wie lange hatte sie kein Dorf mehr gesehen, in dem auf jedem Haus ein Dach lag? Aus den Schornsteinen stiegen helle Rauchsäulen gerade nach oben. Der Wind trug die Rufe der Einwohner bis zu ihr heran, und als sie zu Boden sah, konnte sie Kuhfladen entdekken: Die Bauern hier hatten noch Vieh! Kein Wunder, denn Philipp von Burgund achtete fein darauf, daß seine Ländereien keine durchziehende Armee zu verköstigen hatten. Gerade, als sie sich mit einer Bemerkung zu Tanguy du Chastel wenden wollte, griff der nach ihrem Arm und nickte dann auch Karl zu, der mit mißmutig hängenden Schultern auf seinem Braunen saß und dort wie ein beliebiger Bauer an einem Halm kaute.

»Majestät, Herzogin, seht doch: Er kommt«, sagte Tanguy nur

und zeigte zum Horizont, der sich klar vor ihren Augen wölbte. Zuerst konnte Yolanda nichts erkennen, dann jedoch sah sie eine Wolke feinen Staubes, wie er nur von galoppierenden Hufen aufgewirbelt werden konnte.

Hielt er sich an die Abmachung und kam ebenfalls unbewaffnet und nur von zwei Getreuen begleitet zu diesem Treffen? Karl spuckte den Halm aus, der nun flachgekaut war: »Hundsfott. Verräter. Wenn es nicht um Frankreich ginge, so wollte ich ihm nie die Hand reichen«, meinte er wegwerfend.

Yolanda erwiderte: »Nun, er wird dir auch nicht zu wohlgesinnt sein. Er hat noch immer nicht Rache für den Mord an seinem Vater in Montereau genommen.«

Karl sah zu Tanguy und sagte deutlich: »Damit hatte ich nichts zu tun.«

Tanguy neigte nur den Kopf.

Yolanda dachte: Das macht einen echten Getreuen aus. Er tut, was sein Herr tun möchte, aber nicht zu tun wagt, und nimmt dann die Schuld auf sich. Mein guter Tanguy. In einem anderen Leben hätten wir zusammengefunden. Als sie wieder nach vorne sah, hatte sich die bis dahin unförmige Staubwolke zu drei Reitern verdichtet.

»Er ist es«, bestätigte sie sich selbst und richtete sich in ihrem Sattel auf.

Frankreichs Schicksal konnte hier und heute entschieden werden: Nicht in einem Schloß voll gieriger und gerissener *Pairs de France,* nicht in einem prunkvoll ausgestatteten Zelt voll wichtiger Gesandter, sondern hier, auf dem fetten Acker vor Arras. Niemand wußte, daß sie sich hier trafen, niemand konnte hören, was sie sich sagten: Es hatte viele Briefe, viele geheime nächtliche Ritte ihrer Boten und viele Gespräche mit Karl gekostet, ehe sie an diesem Morgen hier warten konnten. Vielleicht hat es mein Leben und all meine Kraft gekostet, verbesserte sie sich.

Die Reiter kamen näher.

Sie streifte sich die bestickten Handschuhe ab und öffnete die Tasseln ihres dunklen Wollmantels, so daß die goldene Kette mit dem Wappen der Anjou auf ihrer Brust in der Morgensonne aufleuchtete. Karl tat es ihr gleich. Am bleichen Ringfinger seiner linken Hand glänzte in einen Rubin geschnitten das Siegel des Königs von Frankreich auf, das er sich hatte anfertigen lassen. Ein Tropfen von Frankreichs Blut an seinem Finger.

»Er wird dir die Hand nicht küssen«, sagte sie spöttisch.

»Das werden wir ja sehen. Still jetzt!« befahl Karl, und sie schwieg wirklich überrascht.

Sie konnte nun erkennen, daß Philipp von Burgund sich in der Mitte der drei Reiter hielt: Er lenkte sein Pferd aus spanischer Zucht mit nur einer Hand. Der Wind fing sich in den reichen Falten seines mit Fell besetzten und mit dem Wappen von Burgund bestickten Mantels und kam dort zur Ruhe. Sein Rappe fiel vom Galopp in den Trab zurück und schließlich in einen gleichmäßigen Schritt, ehe er und seine Männer vor ihnen zum Stehen kamen.

Yolanda hatte Philipp schon lange nicht mehr gesehen und war überrascht, wie verlebt seine Züge schon wirkten: Seine Augen lagen tief über den hervorstehenden Wangenknochen, und die vollen Lippen wirkten grau und unzufrieden zwischen den scharfen Falten, die sich von seinen weiten Nasenflügeln hin zu den hängenden Mundwinkeln zogen. Vielleicht war er auch nur ermüdet von den Verhandlungen mit den Engländern, die in Arras nach beinahe sechs Wochen ergebnislos abgebrochen worden waren.

»Willkommen, Herzog von Burgund«, hörte sie Karl mit aller Form sagen. Keiner der Männer erwies dem anderen jedoch die Höflichkeit, abzusitzen. »Ich sehe, Ihr tragt Trauer«, bemerkte Karl und deutete mit seiner Gerte auf das schwarze Band, das sich der Herzog von Burgund an das Wams geheftet hatte. »Für Bedford?« fragte er seinen Vetter noch.

Philipp nickte. »Er war ein großer, ein edler Mann. Auch wenn er ein Engländer war.« Er lachte, aber es klang mehr wie ein Knurren.

»Friede seiner Seele«, murmelte Yolanda höflich. Der Herzog von Bedford war vor drei Tagen in Rouen gestorben.

»Ist denn Unser englischer Neffe, der sich König von Frankreich nennt, auch ein feiner Mann?« fragte Karl weiter. Sein

Schimmel tänzelte unruhig, doch Karl zwang ihn zur Ruhe. Die Sonne lag nun auf seinem Gesicht und ließ den blassen Hautton der Valois rosiger scheinen. Yolanda war beeindruckt, wie zielstrebig er das Gespräch steuerte.

Der Herzog von Burgund zuckte mit den Schultern. »Er ist noch ein Kind, Heinrich von England. Aber ich wünsche ihm ein langes Leben in seinem Reich.«

Da mischte Yolanda sich ein. »Heinrich von England wird in diesem Jahr volljährig. Dann ist er kein Kind mehr. Wirst du ihm dann die Treue schwören und den Lehnseid ablegen? Wirst du Frankreich für immer an die Engländer abtreten, es verkaufen, wie die verfluchte Königin Isabeau es wollte, diese bayrische Metze?«

Sie bemerkte aus den Augenwinkeln, wie Karl kurz das Gesicht abwandte, als sie die Königin schmähte. Dann sah er wieder ausdruckslos nach vorne. Ich mußte tun, was ich getan habe. Ich mußte dich vor ihr retten, für Frankreich, rechtfertigte sich Yolanda.

Philipp sah sie an. »Ob ich Frankreich verkaufe? Das kommt auf den Preis an, der mir gezahlt wird.«

Burgunder Krämerseele, dachte Yolanda bei sich, sprach jedoch gleich weiter: »Was ist, wenn wir mehr zahlen können?«

Philipp schwieg, doch er sah aus wie eine Stallkatze, die unverhofft eine Schale Sahne gefunden hatte. So unverhofft kann es nicht sein, dachte Yolanda, er weiß schließlich, was wir wollen: Frieden und Einigkeit für Frankreich. Der Sieg hängt von einem Bündnis mit ihm ab, von seinem Reichtum und seinen Truppen.

Philipp lächelte: »Das wird teuer.«

»Was willst du haben?« fragte Karl unwirsch.

»Alle Länder nördlich der Somme wie auch die Städte, die am Fluß selbst liegen. Zudem will ich Mâcon, Auxerre und Ponthieu als meine Lehen haben«, antwortete Philipp rasch; zu rasch, als daß er nicht längst darüber nachgedacht hätte.

Karl nickte. »Halb Frankreich also! Nun, es sei. Diese Ländereien hast du sowieso bereits besetzt. Sie sind dein auf königlichen Erlaß.« Er hob die Hand.

»Das ist nicht alles«, unterbrach Philipp ihn, und Yolanda hörte wohl den drohenden Unterton in seiner Stimme.

»Was möchtest du noch?« fragte sie und zog die Augenbrauen hoch. Genügte die Hälfte des Landes ihm nicht?

Philipp hob nun die rechte Hand in seinem Reithandschuh aus besticktem Schweinsleder und zeigte bestimmt auf Tanguy du Chastel.

Yolanda wurde der Mund trocken. Philipp hatte Montereau nicht vergessen.

»Ihn. Ich will den Chevalier du Chastel. Die Rache soll mein sein. Niemand mordet Johann ohne Furcht und kommt ungeschoren davon.« Seine Stimme klang entschlossen.

Tanguy erwiderte den Blick des Herzogs ruhig. Er würde niemals offen Angst zeigen, das wußte Yolanda. Sie bemerkte jedoch, wie die lange Narbe von seinem Mundwinkel bis hin zu seinem Ohr, dort, wo ein Ungläubiger ihm die Wange aufgeschlitzt hatte, mit einem Mal rot auf seiner Haut hervortrat, so blaß wurde er. Yolanda versenkte ihren Blick in den dunklen Tiefen seiner Augen. Sie erinnerte sich: Ihre erste gemeinsame Reise vor vielen Jahren, um Karl in Marcoussis mit Marie zu verloben. Die Morde an den Prinzen Ludwig und Johann. Sein Mut, der sie durch die bittere Nacht des Kampfes um Paris getragen hatte. Er hatte sie immer begleitet und mit jedem Atemzug beschützt. Konnte sie ihn der Rache des Burgunders ausliefern? Seine Knochen sollten auf dem Rad gebrochen, sein Herz ihm mit glühenden Zangen aus der Brust gerissen werden?

Nein, entschied sie. Dieser Preis war selbst für sie zu hoch.

»Es ist genug Blut geflossen, Philipp. Ich verspreche dir, Tanguy du Chastel wird dir nie wieder unter die Augen kommen. Er wird kein Amt mehr innehaben und keine Macht mehr ausüben. Laß es damit gut sein«, forderte sie.

Ehe Philipp ihr darauf antworten konnte, fügte Karl noch hinzu: »Ich werde die anderen Mörder bestrafen lassen, das schwöre ich. Zudem soll an jedem Morgen meines Lebens eine Messe für die Seele deines Vaters gelesen werden. Sobald ich als König in Paris eingezogen bin, werde ich ein Denkmal für Johann ohne Furcht errichten lassen.«

Ein feiner Regen fand nun seinen Weg zwischen den herbstlichen Sonnenstrahlen und legte sich wie ein Schleier zwischen die sechs Reiter, die sich noch immer gegenüberstanden.

Karl fuhr fort: »Ich werde mit deiner Hilfe mein rechtmäßiges Erbe antreten: Wir beide wissen, daß ich der Sohn des Königs bin und kein Bastard.« Philipp neigte den Kopf, unterbrach Karl jedoch nicht, als dieser weitersprach. »Frankreich soll einig und stark sein. Nur so können wir den Feind vertreiben. Jeder, der noch die Bezeichnung Burgunder oder Armagnac für einen der Unseren verwendet, dem soll die Zunge mit einem heißen Eisen durchbohrt werden. Wir sind von heute ab alle nur noch eines: Franzosen«, beschwor er.

Philipp überlegte einige Herzschläge lang, ehe er nickte. Er wischte sich über das Gesicht.

Regentropfen oder Tränen? fragte sich Yolanda und schluckte selbst heftig. Eine Bewegung seines Kopfes und der lange, elende Krieg von Franzosen gegen Franzosen war vorbei.

In diesem Augenblick schwang sich Karl vom Pferd und kam auf dem fetten Acker von Arras zum Stehen. Er streckte dem Herzog von Burgund seine Arme entgegen und öffnete seine Handflächen. Yolanda betete stumm.

Philipp zögerte nur einen Wimpernschlag, dann schwang auch er sich von seinem Roß. Er stand Karl gegenüber, zog seine Handschuhe aus und beugte langsam, ganz langsam vor ihm das Knie. Dabei senkte er den Kopf und legte seine Hände in die des von Johanna gesalbten Königs.

»*Mon Roi*«, sagte er leise und schwor Karl damit die Treue.

Yolanda sah wieder nach oben. Der Regen hatte nun ebenso unvermittelt aufgehört. Die letzten Tropfen verfingen sich noch wie zappelnde Fische in dem feingewobenen Netz des tanzenden Sonnenlichts, und sie verschmolzen dort tausendfach zu neuem Glanz. Über das glitzernde Blau des Himmels zog sich nun ein mächtiger Regenbogen in den zarten Farben venezianischer Seide. Er wölbte sich von den kieseligen Stränden der Normandie über die verbrannten Dächer von Paris und die grauen Felsen der Auvergne bis hinunter zu den duftenden Olivenbäumen ihrer schönen Provence.

So kann der Frieden im Land sein, hoffte Yolanda, ehe sie sich verbesserte, sicher und stolz: So wird der Frieden in *meinem* Land sein.

Im Wald von Creil

Roß und Reiter kamen nun an dem Fluß an, der sein Land um das verarmte Gut von Creil von dem Gebiet seines Nachbarn trennte. Ralff gehorchte auf dem groben Kies des Ufers dem Befehl des Ritters und fiel erst in einen erschöpften Schritt, ehe er mit Schaum vor den Nüstern und bebenden Flanken ganz stehenblieb. Das Tier beugte den Kopf, als wolle es aus dem Fluß saufen.

Der Ritter jedoch stieg ab und faßte die Zügel kurz, so daß die Bewegung des Tieres unterbrochen wurde. Er zog seinen Dolch und flüsterte: »Mein guter Ralff, mein bestes Pferd. Danke für alles!«

Der Hengst schnaubte mit weichen Nüstern warm über die Hand, die den mit Juwelen besetzten Griff des Dolches hielt.

Sein Reiter drehte sich kurz nach dem leblosen Körper um, der in einigem Abstand hinter dem grauen, nun ruhig schlagenden Schweif des Hengstes lag.

Das Pferd wieherte noch einmal leise auf, es wollte wieder hin zum Wasser.

»Du kannst gleich saufen, Ralff!« murmelte der Ritter zärtlich und streichelte seinem Roß die schweißnasse Kruppe. Er hob den Dolch und schnitt dem Pferd tief und gerade in die lange Ader, die über den starken Nacken zur Brust hin lief. Der Hengst machte ein Geräusch, das wie ein Schrei klang, als das Blut über das weiße Fell spritzte.

»Zum Wasser, Ralff, zum Wasser!« rief der Ritter und gab dem Tier einen Klaps auf die Flanke. Er sah zu, wie sein zu Tode verwundeter Hengst sich in die Strudel des Flusses stürzte und seine leblose Last mit sich zog. Es war ein Wasser, das Ralff bei vollen Kräften mit Leichtigkeit durchquert hätte. Nun jedoch schien der Zug des Stromes ihn schnell zu ermüden, und die Gischt um seinen kämpfenden Körper färbte sich tiefrot. Die

Strömung schlug über ihm zusammen, hell und schäumend, und in diesem Augenblick tauchte auch der geschundene Körper der Frau noch einmal aus der Flut auf. Ihre Augen, aus denen alle Farbe gewichen war, schienen den Ritter anzusehen.

Er vergrub das Gesicht in seinen blutverschmierten Händen. Als er wieder aufsah, versank die Kruppe seines Pferdes gerade zum letzten Mal in dem Strom. Er hörte noch ein letztes Gurgeln, dann nichts mehr. »Armer Ralff …!« flüsterte er.

Er stand einen Augenblick stumm da und starrte auf die Wellen, die alles, was ihm je lieb gewesen war, verschluckt hatten. Dann wandte er sich zum Gehen. Es würde leicht bis zum Morgengrauen dauern, bis er sein Schloß erreichte. Es schien nun die kälteste und dunkelste Stunde der Nacht anzubrechen. Ihn fröstelte, als er den Weg zurückging, über den er seine Liebe geschleift hatte. Seine Füße schienen die Spuren ihres weichen, geschmeidigen Körpers wie von selbst zu meiden.

Mit einem Mal hörte er ein leises Schnauben. Er sah auf und stockte vor Entsetzen in seinem Schritt. Auf dem schmalen Weg standen, still, wie aus Stein gemeißelt, ein Roß und sein Reiter. Der Hengst war ein Rappe, gegen dessen dunkles Fell die dichte, tintige Farbe der Nacht verblaßte. Das Pferd war nicht gesattelt, und auch kein Zaumzeug umspannte seinen edlen Kopf. Der Reiter trug keine Handschuhe, um seine feinen, wie durchsichtig schimmernden Finger zu schützen, aber dennoch beherrschte er sein Tier vollkommen. Der schwarze Samt seines Mantels reichte bis weit auf den matschigen Boden des Waldes, aber der Stoff schien dennoch sauber zu sein und glänzte matt in der Dunkelheit, mit der die Schultern des Reiters verschmolzen. Am rechten Ringfinger des jungen Mannes, dessen längliches Gesicht im Dunkel der Nacht weiß wie das eines Toten leuchtete, schimmerte ein Obsidian. Als er die Hand zum Gruß hob, saugte der Stein in der Bewegung das graue Licht des Mondes in sich auf. Die Nacht wurde um einen Schatten dunkler.

Der Ritter ging vor der Erscheinung unwillkürlich in die Knie: Er zwang seine Hände flach auf die Erde, so daß sie aufhörten, zu zittern. War es Furcht oder Erschöpfung, die seine

Glieder beherrschte? Er sah auf seine Finger, die sich in das Moos krallten. Das blaue Siegel leuchtete ihn spöttisch an: *La Même.*

»So schnell sehen wir uns wieder, *Chevalier!*« kicherte der Reiter. Seine helle Stimme stand wie ein kühler Hauch in der lauen Herbstnacht. »Ist alles so gekommen, wie Ihr es wolltet?« fragte er fast neckend weiter. Der Rappe tänzelte unruhig auf seinen glänzenden Hufen.

Der Ritter wagte es nicht, aufzusehen.

Der Mann auf dem Pferd beharrte jedoch auf einer Antwort und schüttelte mißbilligend den Kopf: »Ihr schweigt. Wollt Ihr mir nicht antworten, Freund? Habe ich nicht alles getan, was ich Euch versprochen habe?« Er schob schmollend wie ein Kind seine schmalen, blutleeren Lippen vor, ehe er den Ritter wieder musterte. »Was ist das für ein Ring an Eurer Hand? Ich habe ihn nie zuvor bemerkt. Laßt sehen, hebt sie mir hoch, und zwar die rechte: Die linke, wie Ihr wißt, kümmert mich nicht.«

Der Ritter gehorchte und hob langsam die rechte Hand.

Der Mann auf dem Pferd kicherte wieder. »Ihr habt wohl Angst, daß ich mir jetzt schon nehme, was mir zusteht?«

Da sprang der Ritter auf seine Beine: »So haben wir nicht gewettet, rußiger Bruder! Gewiß, der Herzog ist tot, und meine Ehre ist gerächt! Aber Ihr habt mir mehr versprochen als nur das! Ich habe die schönste Frau von Frankreich geheiratet und bin der Liebling des Königs Karl geworden! Ihr habt mir aber außerdem den größten Schatz des Königreiches zugesagt!« rief er, und seine Stimme hallte von den hohen, geraden Stämmen der Bäume wider.

Der Mann auf dem Pferd blieb gelassen. »Mein Chevalier, nur ruhig Blut«, tadelte er den Ritter freundlich. »Ich habe soviel Zeit, soviel mehr als Ihr. Und ich bin ein guter und großzügiger Freund und lasse Euch Eure kurzbemessenen Tage wohl genießen.« Er mußte seinem Rappen die Knie in die Flanken gepreßt haben, denn das Tier drehte sich seitlich weg. Im Drehen sagte der Unbekannte noch: »Behaltet mir schön den Ring Eurer teuren Gattin an der rechten Hand. Ich nehme ihn, wenn die Zeit gekommen ist, als Zugabe obendrauf.«

Er schlug sich den Mantel um die Schulter, als sei der Stoff aus der ihn umgebenden Nacht gewirkt. Der Ritter mußte zwinkern, als sei ihm Staub in die Augen gekommen. Er hörte ein Schnauben, Hufeschlagen, und er riß die Augen wieder auf: Roß und Reiter waren verschwunden. Kein geknickter Halm, kein flachgestampftes Moos, kein zerbrochener Ast verriet, wer hier gerade noch gewesen war. Vollkommene Stille herrschte nun im Wald. Die Vögel schwiegen in den Bäumen, und selbst der Wind hatte sich gelegt.

Der Mann legte sich in stummem Entsetzen die Hände vor den Mund. Einen Augenblick lang schien er zu zögern, doch dann lief er los, in die weichende Dunkelheit der Nacht hinein, dem trauernd fahlen Grau des Herbstmorgens entgegen. Der Mond war wieder hinter den Wolkenbergen verschwunden. Nur ein einziger Stern leuchtete hell am bedeckten Himmel.

Die Kathedrale von Saint-Denis

Das Portal aus dem dreifach genagelten Holz gab erst auf den zweiten Stoß der Frau hin nach. Selbst als die Tür sich schon einen Spalt weit geöffnet hatte, mußte sie sich noch immer mit all ihrem Gewicht dagegenlehnen, um die Kirche schließlich betreten zu können. Ihr schauderte: Die klamme Kälte des Kirchenschiffs schlug wie Brackwasser gegen den Kai der streng gereihten Säulen aus Granit, zwischen denen scheinbar vergessen die Gräber von Frankreichs Königen lagen. Das im Vorhof der Kirche schon warme Sonnenlicht drang selbst durch die vielfach unterteilten Glasfenster nicht in das Innere der Kathedrale vor. Sie hielt in ihrem Schritt inne. Ihre Augen mußten sich erst an das unfreundliche Dämmerlicht um sie herum gewöhnen, und sie sog den Duft nach verfaultem Holz, dem kalten Weihrauch und der vergessenen Asche mit geblähten Nasenflügeln ein. In den Strebepfeilern hingen die Fledermäuse, es regnete durch das morsche Dach des Hauptschiffes wie durch ein Sieb. Der Weihrauch war viel zu kostspielig geworden, um ihn bei jeder Messe zu schwenken, und die Wärmpfannen waren wohl schon sehr lange nicht mehr benutzt worden. Schlamperei, dachte sie. War dies die Kirche, in der das heilige Banner Frankreichs, die *Oriflamme*, aufbewahrt wurde? Jeder Tölpel könnte sich den Zutritt zu dem heiligen Tuch erzwingen und sich damit davonmachen, dachte sie ärgerlich. Sie tat einige Schritte nach vorne, hin zu den ersten Säulen des Kirchenschiffes. Ihre weißen Finger leuchteten unwirklich in dem schlierigen, aber hoffentlich doch geweihten Wasser des Steinbeckens, als sie ihre Kuppen damit benetzte und sich bekreuzigte. Die Gesichter der Dreifaltigkeit blickten gütig auf sie herab, als sie vor dem Hochaltar tief knickste, ehe sie sich nach rechts wandte.

Dort lag das Grab, das sie besuchen wollte: Eine schlichte Steinplatte versiegelte es für die Ewigkeit. Fast fiel es ihr schwer, sich dem schlichten Grab zu nähern, doch schließlich kniete sie doch daran nieder. Die Kathedrale war leer. Niemand konnte wissen, daß sie hier war.

Sie hob die Blume, die sie an ihrem langen Stengel in der linken Hand hielt, an ihre Nase. Die Blätter der weißen Lilie hatten sich voll entfaltet und gaben den Blick auf ein Inneres so rosig wie das Herz einer Muschel frei. Ein süßer, schon fast vergangener Duft füllte die Nase der Frau, und mit ihm kamen die Erinnerungen. Fast fühlte sie eine Vertrautheit mit der Toten aufsteigen, wie damals in Marcoussis. Sie hockte sich wie eine Bauersfrau vor die Steinplatte hin und zog die Fersen an. Die Stille tönte in ihren Ohren, und sie lauschte in sich hinein. Einen Augenblick lang überlegte sie noch, zögerte, aber es gab nichts zu sagen. So raffte sie ihr dunkles Gewand und erhob sich. Ihre Finger lagen noch immer unentschlossen um den festen Stengel der weißen Lilie. Der Kopf der edlen Blume hing schwer vor Reife nach unten. Die Frau beugte sich rasch hinunter zu der Grabplatte und legte sie darauf ab. Dann legte sie sich die Kapuze wieder um die noch immer flammend roten Haare und verließ raschen Schrittes die Kathedrale, ohne sich noch einmal umzusehen. Das Portal fiel mit einem dumpfen Schlag hinter ihr in sein Schloß. Das Geräusch hallte in Wellen durch das Kirchenschiff, schwappte um den Bug der Säulen und verlor sich dann gegen den Himmel der Kreuzbögen hoch unter der Decke. Eine graue Stille wollte schon wieder von den verlassenen Gräbern von Frankreichs Königen Besitz ergreifen. Mit einem Mal jedoch fand ein Sonnenstrahl den Weg hin zu dem nun verlassenen Grab und ließ die reinen Blütenblätter der Lilie im blauen Dämmer der Kathedrale golden aufleuchten.